Jennifer Haigh

Familieband

Vertaald door
Jorien Hakvoort en
Albert Witteveen

Artemis & co

ISBN 978 90 472 0058 1
© 2008 Jennifer Haigh
Published by arrangement with William Morrow an imprint of
HarperCollins Publishers
© 2008 Nederlandse vertaling Artemis & co, Amsterdam,
Jorien Hakvoort en Albert Witteveen
Oorspronkelijke titel *The Condition*
Oorspronkelijke uitgever Harper Collins
Omslagontwerp Janine Jansen
Omslagillustratie © Veer
Foto auteur © Asia Kepka

Verspreiding voor België:
Veen Bosch & Keuning uitgevers n.v., Wommelgem

In nature, all is useful, all is beautiful.

– Ralph Waldo Emerson, 'Art'

To regret deeply is to live afresh.

– Henry David Thoreau, *Journals*

1976

Het Kapiteinshuis

De zomer komt laat in Massachusetts. De ijzige, grijze lente heeft geen haast. Natte sneeuw op de prille plantjes, een kille les voor optimistische tuiniers, voor hen die het nog niet hebben geleerd. De schoorstenen roken tot Memorial Day, eind mei. Dan trekt plotseling het wolkendek op. De zon brandt los en schroeit de drassige aarde.

Het ritme op Cape Cod is eeuwig en onveranderlijk. IJzige vloedgolven slaan op de stranden. Dan koude golven. Dan koele. De baai ligt op te warmen tijdens de lange dagen. Kinderen met blauwe lippen trotseren de branding.

In de derde week van juni namen ze het huis weer in gebruik voor de vakantie, in de zomer van het tweehonderdjarig bestaan van het land en van Paulettes vijfendertigste verjaardag. Ze reed van Concord naar het station in Boston, waar haar zus op haar wachtte, en stond toen maar al te graag de plek achter het stuur aan haar af. Martine was beter in het verkeer. Ze was ook beter geweest op school, op de tennisbaan; twee jaar achtereen was ze de beste enkelspeelster op Wellesley geweest. Nu, op haar achtendertigste, was Martine een carrièrevrouw, wat in die tijd nog altijd een bijzonderheid was, tenminste wel in hun familie. Ze werkte voor een reclamebureau aan Madison Avenue – wat ze daar precies deed, wist Paulette niet goed. Haar zus woonde alleen in New York, wat zij maar een angstaanjagend idee vond. Maar Martine was altijd al een onverschrokken type geweest.

De stationcar zat vol met Paulettes kinderen en hun spullen. Billy en Gwen, veertien en twaalf, zaten op de achterbank met een stapel strandlakens tussen zich in. Scotty van negen was zo door het dolle heen omdat ze naar de Cape gingen dat hij er bijna onuitstaanbaar van werd en was daarom naar de achterbak verbannen.

'God, moet je dat nou eens zien.' Martine schakelde terug en hield haar hand boven haar ogen tegen de zon. Het verkeer was stapvoets gaan rijden. De grote Amerikaanse auto's draaiden met veel lawaai stationair en de zinderende lucht zag blauw van de uitlaatgassen. Het was nog bijna een kilometer voordat ze bij de Sagamore Bridge waren. 'Het wordt elk jaar erger. Er zijn verdomme ook veel te veel auto's.'

Van de achterbank klonk gegiechel, Gwen waarschijnlijk. Paulette fronste. Ze was tegen vloeken, vooral als vrouwen het deden en vooral als er kinderen bij waren.

'En hoe was je verjaardag?' vroeg Martine. 'Niet te geloven dat *la petite* Paulette al vijfendertig is. Heb je nog iets leuks gedaan?'

Haar toon was luchtig, misschien wist ze niet dat het een teer punt was. Niet eerder was Paulette zo van streek geraakt door haar verjaardag. Het aantal jaren leek op de een of andere manier veelbetekenend. Ze was al vijftien jaar getrouwd, maar nu pas voelde ze zich echt een getrouwde mevrouw.

'Frank heeft me mee de stad in genomen. We hebben heerlijk gegeten.' Ze vertelde niet dat hij ook een kamer in de Ritz had gereserveerd, een aanmatigend gebaar dat haar irritatie had gewekt. Zoals altijd met Franks cadeaus was het geschenk meer voor hemzelf geweest dan voor haar.

'En zal hij ons dit jaar met zijn aanwezigheid vereren?'

Paulette negeerde de schertsende toon. 'Volgend weekend misschien, als hij weg kan. Anders in elk geval voor Onafhankelijkheidsdag.'

'Moet hij deze zomer lesgeven?'

'Nee,' zei Paulette behoedzaam. 'Hij zit in het lab.' Ze had altijd het gevoel dat ze zich moest verdedigen wanneer ze Franks werk met Martine besprak, die maar niet wilde begrijpen dat hij niet alleen maar docent was, maar ook wetenschapper. ('Moleculaire ontwikkelingsbiologie,' zei Paulette wanneer iemand vroeg wat zijn onderzoeksterrein was. Meestal hield dit antwoord verdere vragen af.) Franks lab was het hele jaar in bedrijf, zeven dagen per week. Vorige zomer was hij zo druk geweest met het schrijven van een subsidieaanvraag dat hij helemaal niet naar de Cape was gekomen. Martine leek dit als een persoonlijke blijk van minachting op te vatten, hoewel ze nooit de indruk had gewekt dat ze het leuk vond als hij er was. 'Hij is academicus,' had ze korzelig gezegd. 'Hij heeft 's zomers vrij. Dat is toch om met vakantie te gaan?' Uit de manier waarop ze het woord uitsprak, viel duidelijk af te leiden hoe ze over academici dacht. Martine zag dezelfde tekortkomingen in Frank als Paulette: zijn obsessie voor zijn werk, het zelfvoldane genoegen dat hij in zijn eigen intelligentie schepte. Zij vergaf het hem alleen niet, zoals Paulette altijd had gedaan – zoals vrouwen in het algemeen altijd deden. Frank hield al jaren vol dat Martine hem haatte, een bewering die Paulette van de hand wees. 'Doe niet zo raar. Ze is erg op je gesteld.' (Waarom loog ze daarover? Omdat Martine familie van haar was en omdat ze op Frank gesteld hoorde te zijn. Paulette had in die tijd vastomlijnde ideeën over hoe de dingen moesten zijn.)

In Truro was de lucht koeler. Eindelijk werd het verkeer wat minder druk. Martine ging de snelweg af en draaide de No Name Road op, een smal weggetje dat nog maar kort geleden verhard was. Hun vader had de meisjes vroeger geleerd om de beroemde regel van Thoreau op te zeggen: *Cape Cod is de ontblote en gebogen arm van Massachusetts. De schouder bevindt zich in Buzzard's Bay, de elleboog in Cape Mallebarre, de pols in Truro en de zanderige vuist in Provincetown.*

Bij de gedachte daaraan stroomde Paulettes hart vol van genegenheid voor haar vader. Everett Drew had de kost verdiend als patentadvocaat en zag ideeën als het meest waardevolle bezit. Volgens hem was Thoreau het bezit van New England, van Concord in Massachusetts, misschien zelfs in het bijzonder van de familie Drew.

'Gaat het alweer wat beter met papa?' vroeg Paulette. 'Ik maak me zorgen over zijn rug.' Martine was net terug uit Florida, waar hun ouders na hun pensioen waren gaan wonen en waar Ev nu herstelde van een operatie. Paulette ging zo vaak bij hen op bezoek als ze maar kon, maar dat haalde het niet bij de vroegere gewoonte om op zondag bij haar ouders thuis te eten, die aangename cadans van het familieleven die nu doorbroken was en voorgoed voorbij was.

'Hij mist je,' zei Martine. 'Maar hij wist zich nu met mij te behelpen.'

Paulette knipperde met haar ogen. Ze werd vaak overvallen door het cynisme van haar zus, doordat Martine midden in een prettig gesprek een snedige opmerking kon maken die haar rauw op het dak kwam vallen. Zo'n dubbelzinnig compliment was als een rijpe appel waarin een scheermes verborgen zat. Toen ze nog klein waren, had ze Paulette vaak beslopen en zomaar aan haar haren getrokken. Het kwam niet door haar leven alleen in de grote stad dat Martine zo vinnig was geworden. Ze was altijd al zo geweest.

Vanaf de No Name Road namen ze een pad met diepe sporen. In juni was het pad nog erg hobbelig, met de twee diepe bandensporen waartussen het gras groeide. Tegen het eind van de zomer zou het glad gesleten zijn. Het Kapiteinshuis stond recht op het einde ervan, drie rommelige verdiepingen die uit houten spanen waren opgetrokken. Een brede veranda omsloot het huis aan drie kanten.

Zoals ze elke zomer in haar leven al had gedaan, sprong Paulette het eerst de auto uit. Ze vergat voor een ogenblik haar kinderen op de achterbank en Scotty die zat te jengelen en te wiebelen in de achterbak. Heel even was ze weer het meisje van vroeger dat de boel inspecteerde en controleerde of alles net zo was als ze het een jaar geleden had achtergelaten. Elk lid van de familie voerde een bepaalde versie van dit ritueel uit. Haar broer Roy snelde eerst naar het botenhuis, Martine naar het zandstrand.

Maar Paulette voelde zich aangetrokken door het huis zelf, de vertrouwde trap en de gangen, de vreemde hoekjes en linnenkasten, en de ingebouwde kasten waar ze zich als kind – de kleinste van de neefjes en nichtjes Drew, een kleine Houdini – had schuilgehouden bij het verstoppertje spelen. Het Kapiteinshuis noemde de familie het, ter nagedachtenis aan Clarence Hubbard Drew, Paulettes betovergrootvader, die zeeman en walvisvaarder was geweest. Clarence had een vooraanstaand architect ingehuurd, een verre neef van Ralph Waldo Emerson. Het huis had de sierlijke lijnen van de shingle-stijl; het was meer gebouwd met het oog op comfort dan op grandeur. Een huis met brede deuren en ramen, een huis dat bedoeld was om open te gooien. Op zomeravonden waaide er een krachtige bries dwars door de eerste verdieping, een koele tunnel van lucht die naar zee rook.

Paulette stond een ogenblik naar de gevel te kijken, naar het enige bouwkundige versiersel van het huis: drie ruitvormige raampjes net boven de voordeur. De raampjes verspongen en liepen diagonaal omhoog als een trap, een feit dat Paulette als kind altijd veelbetekenend had gevonden. Zij was het laagste raampje, Roy het hoogste. Het middelste raampje was Martine.

Toen viel haar op dat er een auto geparkeerd stond op de zanderige oprijlaan die afboog achter het huis. Het gezin van haar broer was er al.

'Moet je nou eens zien,' zei Martine die achter haar aan kwam. 'Anne heeft een nieuwe Mercedes.'

Dat zou Paulette zelf niet zijn opgevallen. Dat soort observaties liet ze aan haar man over, die overigens een voorliefde had voor Saab en Volvo.

Martine lachte misprijzend. 'Roy heeft promotie gemaakt.'

'Martine, stil nou.' Paulette was niet van plan om haar zus dit moment te laten vergallen, de heuglijke eerste minuten van de zomer, de vreugdevolle terugkeer.

Ze laadden de auto uit: bruine papieren zakken van de supermarkt in Orleans, de lange koker met de telescoop van Gwen. Op het dak waren de koffers vastgezet, samen met Billy's nieuwe racefiets met tien versnellingen, die hij alvast voor zijn verjaardag had gekregen. Martine stond op haar tenen om alles los te maken.

'Ik doe het wel,' zei Billy en hij maakte de touwen behendig los, zijn vingers waren al zo breed als die van een man. Hij zeilde al vanaf zijn peutertijd en hij wist alles van ingewikkelde knopen. Hij was nog geen veertien, maar torende nu al boven zijn moeder uit. Het was een mooi kind geweest en hij zou een bijzonder knappe man worden, maar die zomer vond Paulette het moeilijk om naar hem te kijken. De recente ontwikkelingen waren onmiskenbaar: zijn brede schouders, zijn stem die zwaarder werd, het blonde, perzikachtige dons op zijn bovenlip. Normale, natuurlijke en noodzakelijke veranderingen, die toch op de een of andere manier voor hen allebei schokkend en gênant waren.

Beladen met boodschappen liepen ze het kiezelpad af en gaven een por tegen de hordeur. Een vertrouwde geur kwam hun tegemoet, een geur waarop Paulettes geheugen het etiket 'zomer' plakte. Het was de geur van haar eigen jeugd, complex en niet te herleiden, hoewel ze wel een paar componenten ervan kon thuisbrengen: Murphy's oliezeep, cederhouten kasten die de hele lange winter dicht waren geweest, het oude hout dat van zijn eigen hars doortrokken was geraakt in afwachting van de terugkeer van de familie.

Paulette zette de boodschappen neer in de bedompte keuken en vroeg zich af waarom haar schoonzus er niet aan had gedacht om de ramen open te zetten. Billy droeg de tassen de krakende trap op. Het huis had negen slaapkamers, waarvan er een paar zo klein waren dat alleen een kind er kon slapen zonder last van claustrofobie te krijgen. De kamers op de tweede verdieping, waar het in de zomer smoorheet was, werden nauwelijks gebruikt. Hetzelfde gold voor de kleine alkoof naast de keuken, wat ooit het onderkomen van de kokkin was geweest. Sinds ze getrouwd was, sliep Paulette al in een van de zonnige slaapkamers aan de voorkant – Fanny's kamer volgens het zelfgemaakte houten bordje dat op de deur hing. Fanny Porter was een schoolvriendin van Paulettes oma geweest. Ze was al minstens dertig jaar dood, maar dankzij een Drew-nichtje uit vroeger tijden, dat op aandringen van een of andere gouvernante die deurbordjes op een regenachtige dag had gemaakt, zou de kamer voor altijd blijven voortleven als 'Fanny's kamer'.

De verdeling van de slaapplekken in het huis was elk jaar dezelfde. Roy en Anne namen de Kapiteinskamer aan de achterkant van het huis, het grootste vertrek met het mooiste uitzicht. Frank, als hij er was, mopperde daar altijd over, maar Paulette vond het niet erg. Iemand moest in de Kapiteinskamer slapen, iemand moest haar vaders plaats aan de eettafel innemen. Dat het Roy was, de oudste zoon, leek gepast, de natuurlijke gang van zaken. Het leek ook gepast dat Gwen de beste plekken op de slaapveranda deelde met de beide dochters van Roy, waar Martine en Paulette als meisjes ook hadden geslapen met hun Drew-nichtjes. De veranda was aan drie kanten van horren voorzien, zelfs op de warmste nachten waaide er een zeebriesje doorheen. Aan de andere kant van de gang waren de Seringenkamer, die zijn naam had ontleend aan het gebloemde behang, en Martines favoriet, de Fluitkamer, waarvan de oude ramen zongen als een fluitketel wanneer de wind er vanuit het westen tegenaan blies. Billy en Scotty namen de met houten panelen afgetimmerde slaapkamer beneden – de Barak – waar Roy en de neven vroeger hadden geslapen. Paulette koesterde die onveranderlijkheid, het zomerritueel dat vaststond, de illusie dat het altijd zo zou blijven.

Die middag pakten ze een picknickmand in en persten ze zich in de auto. Hun eigen stukje kust – de familie noemde het Mamies Strand – was de voor de hand liggende keuze geweest toen de kinderen klein waren. Nu de jongens het bodysurfen hadden ontdekt, was het wildere water aan de National Seashore aantrekkelijker. Voor deze korte afstand nam Paulette plaats achter het stuur, met een zelfvertrouwen dat ze in Boston niet kende. Ze vond het heerlijk om langs de vertrouwde, licht kronkelende Cape-wegen te rijden, dat kon ze nog met haar ogen dicht. Scotty eiste de plek voorin naast haar op na een ruzie met zijn broer. ('Billy schat, laat hém daar nu maar zitten, alsjeblieft,' had ze gesmeekt.) Na die hele ochtend in de auto was haar jongste zo wild als een kat. In deze toestand vond Paulette hem onhandelbaar en tamelijk angstaanjagend. Haar enige hoop was om hem buiten los te laten, waar hij de hele middag kon rennen en razen.

Ze zat op een deken in de schaduw van een parasol met *My Antonia* opengeslagen op haar schoot. Ze had *Lord of the Flies* meegenomen voor Billy, die dagelijks een hoofdstuk las zonder te klagen, en *Little Women* voor Gwen, die dat niet van plan was. Paulette was er een groot voorstander van dat ze boeken lazen in de zomer en omdat zij zelf als meisje de boeken van Alcott had verslonden, kon ze maar niet vatten waarom Gwen er niets aan vond. Orchard House bezoeken was de grootste belevenis in Paulettes leven geweest toen ze twaalf was. 'Hier is Louisa opgegroeid, hier in Concord,' had ze haar dochter verteld. Daar bleek niet voldoende bekoring van uit te gaan. Nadat ze de hele week op haar had ingepraat, had Gwen nog altijd het boek niet open gehad.

Paulette verschoof een beetje zodat ze dichter bij de parasol kwam te zitten. Aan de positie ervan was een uitvoerige discussie voorafgegaan. Haar schoonzus Anne, bedekt met een laag babyolie, wilde zoveel mogelijk zon hebben; Paulette had volledige schaduw nodig. Ze was op haar hoede nadat ze bij haar ouders in Palm Beach was geweest, een stad die bevolkt werd door gepensioneerden met een leerachtige huid die hun leven aan de rand van het zwembad doorbrachten en die vouwen in hun lichaam hadden op plekken waarvan ze nooit had bedacht dat je daar ook rimpels kon krijgen.

Martine bemoeide zich niet met de discussie en moest lachen om hen allebei. 'Jullie vormen een fraai stel zo,' zei ze. Paulette droeg een grote strohoed met over haar zwempak een gestreepte strandpyjama waarvan de wijde pijpen klapperden als vlaggen in de wind. Anne droeg een witte bikini die meer iets voor een tiener was. De bikini bestond uit driehoeken. Twee omgekeerde driehoeken vormden het broekje. Twee kleinere, die met een koordje aan elkaar vastzaten, vormden het bovenstuk.

Paulette kende Anne al het grootste deel van haar leven. Roy had haar leren kennen in zijn laatste jaar op Harvard, toen Paulette veertien was, en zij was ook verliefd op Anne geworden. Ze waren zo innig met elkaar als zussen – beslist inniger dan Paulette en Martine. Paulette bewonderde haar zus, maar ze kon niet met haar bespreken wat haar bezighield. Martine leek het leven heel eenvoudig te vinden. Ze had geen geduld voor iemand die dat niet vond.

Anne stak een sigaret op. Nadat ze bevallen was van haar tweede dochter, was ze weer gaan roken om haar figuur terug te krijgen. Charlotte was nu twaalf en Anne, die zo dun was dat je haar ribben kon zien, rookte nog altijd.

Ze keken hoe Martine met de jongens meedeed met het bodysurfen. In zee was ze een waaghals. Paulette werd er al zenuwachtig van als ze naar haar keek. Martine die haar moment afwachtte, haar gladde hoofd dat op en neer danste, Martine die onvervaard de golven in dook.

'Je kunt nu wel even rustig gaan zitten,' gniffelde Anne. 'Tante Strandwacht heeft dienst.'

'Dat is nu juist het probleem. Zij stort ze allemaal in het ongeluk.' Paulette ging een stukje verzitten om de rook die haar kant op kringelde te ontwijken. 'Wanneer komt Roy?'

'Vrijdagochtend. Hij kan niet wachten om de boot te water te laten.' Anne rolde op haar buik en maakte toen haar bovenstukje los. 'Wil je mijn rug even insmeren?'

Paulette pakte de babyolie aan die Anne haar aanreikte en spoot die op haar handen. Annes huid was warm en papierachtig en voelde droog aan.

'Ik weet niet of Frank het dit jaar redt,' zei Paulette. *Ik weet niet of ik dat wel wil*, voegde ze er bijna aan toe. Thuis leefden ze min of meer vreedzaam naast elkaar, al bracht Frank zoveel tijd in het lab door dat ze elkaar nauwelijks zagen. Op de Cape zouden ze lange dagen met elkaar moeten doorbrengen. Waar moeten we het de hele dag over hebben? vroeg ze zich af. Wat moeten we in vredesnaam doen?

Ze wist wel wat Frank wilde doen. Zijn seksuele verlangens waren overweldigend voor haar. Als hij het minder vaak vroeg, zou ze er misschien een slecht gevoel bij krijgen als ze weigerde, maar als Frank zijn zin kreeg, bedreven ze elke avond de liefde. Na vijftien jaar huwelijk leek haar dit buitensporig vaak. Paulette vroeg zich weleens af of andere echtparen het zo vaak deden, maar ze had niemand aan wie ze dat kon vragen. Anne schrok niet terug voor persoonlijke vragen, maar ze was de vrouw van Roy. En bepaalde dingen wilde Paulette gewoon echt niet weten.

Seks binnen het huwelijk: de bekende aaneenschakeling van woorden, liefkozingen en gevoel, misschien in een andere volgorde, maar uiteindelijk altijd dezelfde. Ze werd doodmoe van die eindeloze herhaling. Elke avond wanneer Frank zijn arm naar haar uitstrekte, laaide de irritatie bij haar op die ze dan weer wegdrukte. Ze dwong zichzelf om hem goedgezind te zijn, om alle pijn en teleurstelling te vergeten, om zich open te stellen voor alles wat hij wel en wat hij niet was. De inspanning putte haar uit.

Jaren later zou ze met vertedering aan die echtelijke nachten terugdenken, aan de dappere jongeman die Frank was geweest en aan haar eigen jonge persoontje, het gekwetste en koppige meisje. Ze had zich een bepaald idee gevormd over de liefdesdaad, zoals ze dat uit Hollywoodfilms of God mag weten waarvandaan had gehaald. Ze had het idee dat het verlangen van de man specifiek op haar gericht zou moeten zijn, slechts ontketend door haar unieke gezicht of stem of – beter nog – een of andere ongrijpbare karaktereigenschap; en dat van alle vrouwen ter wereld alleen zij in staat zou moeten zijn die lust bij hem op te wekken. En daarin zat hem het probleem. Franks aanhoudende en onuitputtelijke begeerte leek weinig met haar van doen te hebben. Als hij thuis van zijn werk kwam stond hij bijna op knappen, terwijl ze elkaar al uren niet hadden gezien of gesproken. 'De hele dag heb ik hieraan gedacht,' fluisterde hij soms als hij binnen in haar kwam.

Hieraan.

Van dat ene woordje kon ze helemaal verstijven. Niet: 'heb ik aan jóú gedacht.' Maar: 'heb ik híéraan gedacht.'

Later zou het komisch lijken hoezeer ze hierdoor van streek was geweest. Zoals zoveel van haar ruzies met Frank leek dit achteraf belachelijk. Ooit, eerder al, had ze geprobeerd om het aan Anne uit te leggen: 'Frank is dol op seks. Als hij niet met mij getrouwd was, zou hij met iemand anders naar bed gaan.'

'En?' zei Anne.

'Voor mij is het anders,' hield Paulette vol. 'Ik hou van Frank. Als ik hem niet had ontmoet, zou ik nooit met iemand anders naar bed gaan.'

Dat was niet waar, maar ze wilde dat het zo was. Ze had vastomlijnde, onmogelijk idealistische ideeën: Frank was de enige man van wie ze had kunnen houden. Later zou dat een kinderachtige opvatting lijken, maar in die tijd lag dat anders. Paulette, haar hartsvriendin Tricia Boone, en haar beste vriendinnen op Wellesley – allemaal hadden ze er zo over gedacht, of gedaan alsof ze er zo over dachten.

Ondertussen ging Frank niet mee in die illusie. Ze wist dat hij naar andere vrouwen keek. Een bepaald type trok hem aan, weelderig gevormde vrouwen met grote borsten, vrouwen met een totaal ander figuur dan zij had. Wanneer ze samen uitgingen, naar een concert of naar het theater, speurde ze onwillekeurig het publiek af om te zien tot welke vrouwen hij zich aangetrokken zou voelen. Ze had bijna altijd gelijk, Frank bewees dat door vlak voor haar neus naar ze te lonken. Hij had haar verjaarsdinertje verpest door schaamteloos met de serveerster te flirten. Die avond, thuis – ze had de hotelsuite van de hand gewezen – was hij verbaasd toen ze niet wilde dat hij haar aanraakte. 'Wat is er aan de hand?' vroeg hij, oprecht verwonderd. 'We hebben toch een leuke avond gehad?' Ze had hem kunnen zeggen (maar dat deed ze niet) dat hij haar het gevoel gaf dat ze onzichtbaar was. Op dat moment wilde ze al niet meer met hem praten. Ze wilde hem niet eens meer bij zich in de buurt hebben.

Ze waren twaalf uur per dag van elkaar gescheiden, zes dagen per week. Hoeveel sexy jonge studentes had hij in die tijd in gedachten uitgekleed? Toen ze in een zwak moment haar ongerustheid kenbaar had gemaakt, had Frank alleen maar gelachen. 'Liefje, er zijn daar helemaal geen knappe meisjes. Het is het Massachusetts Institute of Technology.'

Dat was niet het antwoord waarop ze gehoopt had.

Onlangs was haar ongerustheid nog heviger geworden. De faculteit had een nieuwe secretaresse aangenomen. Wanneer Paulette nu Frank op zijn werk opbelde, klonk er een jonge vrouwenstem aan de andere kant van de lijn. Paulette had nader onderzoek verricht: de secretaresse, Betsy Baird, was blond en aantrekkelijk. Werd Franks seksuele lust soms door haar aanwezigheid aangewakkerd?

De hele dag heb ik hieraan gedacht.

'Daar zijn de meiden,' zei Anne. Gwen en haar nichtjes, Mimi en Charlotte, waren met een andere auto gekomen. Mimi was het afgelopen voorjaar zestien geworden en had per se willen rijden, trots als ze was op haar pasverworven rijbewijs.

De drie meisjes trokken het strand over, met hun handdoek om hun schouders geslagen. Mimi ging voorop – ze was lang en dartel en had de donkere ogen en de aristocratische neus van haar vader. Charlotte was blond en sproeterig en leek op haar moeder. Gwen vormde de achterhoede en haastte zich op haar korte benen. Ze was net zo oud als Charlotte, maar een hoofd kleiner. Naast haar nicht leek ze maar een klein popje.

Paulette keek naar hen. 'Charlotte is het afgelopen jaar de hoogte in geschoten,' merkte ze op.

'Ja, dat klopt.' Anne draaide zich op haar rug. 'Ze is er een stuk beter door gaan tennissen. Volgens mij lijkt ze op haar tante Martine.'

De meisjes legden hun handdoeken hoog op de duinen neer, uit de buurt van hun moeders. Hun gelach werd meegevoerd door de wind terwijl ze zich ontdeden van de kleren die ze over hun badkleding hadden aangetrokken. Mimi droeg eenzelfde soort bikini van driehoeken als haar moeder, maar bij haar had het een ander effect. De driehoek aan de achterkant bedekte maar nauwelijks haar ronde achterste. Haar hoge, fiere borsten piepten aan de zijkanten onder het bovenstuk vandaan.

'Mijn dochter,' lachte Anne, alsof ze Paulettes gedachten gelezen had. 'Roy krijgt een hartaanval als hij die bikini ziet. Als hij zijn zin zou krijgen, zou ze nooit meer de deur uit mogen.'

Paulette keek vol verwondering naar haar nichtje. Mimi was de eerste baby die ze ooit had vastgehouden. Als jonge studente werd ze toen overweldigd door een ongekend gevoel. Ze vond alles aan Mimi geweldig – haar babygeur, het compacte lichaampje. Toen Paulette haar vasthield, voelde ze een knoop onder in haar buik, een pijn tussen haar benen. Het was een bijna seksueel gevoel dat schokkend was in zijn hevigheid: dit wil ik, ik wil er een.

Ze had haar nichtje zestien jaar lang aanbeden. Nu keek ze met tegenzin naar het meisje. Mimi had haar hele leven nog voor zich: liefde, ontdekkingen, elk talent en elke mogelijkheid. Mimi's geluk lag in de toekomst, dat van Paulette in het verleden. Ze was stomverbaasd over haar eigen gemene gedachten. Ik hou van dat meisje, hield ze zichzelf voor. Wat egoïstisch, wat ongepast en nutteloos om te verlangen naar wat voorbij was.

Anne stak een nieuwe sigaret op. 'Verschrikkelijk is het. Heb ik zo'n prachtige dochter en dan gaat mijn hele lichaam met de minuut meer hangen. Ik voel me een verschrompeld oud wijf.'

(Jaren later zou Paulette zich erover verbazen wanneer ze eraan terugdacht: wat hadden ze zich oud gevoeld op hun vijfendertigste, volkomen uitgerangeerd en uitgeput. We waren toen nog steeds jong en mooi, zou ze veel te laat beseffen.)

'Ik vind het ook maar niks,' zei ze instemmend. 'Ik ben er nog niet aan toe. Ik wil niet dat Gwen volwassen wordt, nooit.'

Anne gniffelde. 'Ik zou me nog maar geen zorgen maken. Het ziet ernaar uit dat het nog wel een hele tijd zal duren.'

Ze keken hoe Gwen zich in de branding wierp. Ze droeg een rood badpak dat op de heupen met zwierige ruches was afgezet. Haar borst was volkomen plat en haar buik was bol als van een klein meisje.

Anne fronste. 'Ze is toch twaalf? Net als Charlotte?'

'Eigenlijk is ze ouder. Ze wordt dertien in september.'

Anne was lange tijd stil.

'Gek hoe dat gaat met die dingen,' zei ze uiteindelijk.

Die avond roosterden ze hamburgers op de veranda. Paulette onderdrukte een vlaag van paniek toen Martine Billy liet zien hoe hij de houtskool moest aansteken. 'Rustig maar,' zei Martine. 'Het is een grote jongen. Hij kan het heus wel.'

'Je hebt gelijk. Frank zegt ook altijd dat ik niet zo bezorgd moet doen.' Paulette zei het op luchtige toon zonder haar ergernis te laten blijken. Echt iets voor Martine om haar te vertellen hoe je de opvoeding moest aanpakken. Ze wist precies hoe het moest al had ze zelf geen kinderen.

Ze spreidde een geblokt kleed uit over de picknicktafel. Deze lange avonden zonder de mannen vond ze het allerleukste van de zomer. De kinderen vermaakten zich met elkaar zodat zij lekker een wijntje kon drinken met Anne en Martine. Als Frank en Roy erbij waren geweest – en zich op het terras hadden geposteerd waar ze langs elkaar heen zouden zitten praten en hun mening zouden ventileren over weinig interessante zaken – dan zouden de vrouwen zich in de bedompte keuken hebben teruggetrokken. Dan zouden ze meer werk hebben gemaakt van het eten dan nodig was, alleen maar om iets te doen te hebben.

Dat jaar had Mimi de taken in de keuken overgenomen: ze mengde de salade, ze pelde de maïskolven. Terwijl Paulette toekeek hoe ze – volledig in de kleren nu – de borden aan Billy overhandigde, moest ze terugdenken aan de driehoekjesbikini en die akelige steek van jaloezie die ze had gevoeld. Het gevoel was nu helemaal verdwenen. Alsof Mimi het merkte, glimlachte ze even verlegen naar haar, wat haar een warm gevoel bezorgde.

'Wat heb je toch een behulpzame dochter,' zei ze tegen Anne.

'Billy heeft een goede invloed op haar. Geloof me maar, thuis doet ze dit nooit.'

Op dat ogenblik, wat sentimenteler geworden door de wijn, was Paulette trots op de kinderen die ze hadden grootgebracht. In de herfst zou Billy naar Pearse gaan; over een paar jaar zou hij met vriendinnetjes thuiskomen, mooie meisjes zoals Mimi. Hij zou verliefd worden. Terwijl ze naar hem keek, moest ze eraan denken hoe fantastisch het was om verliefd te zijn. Verliefd worden op Frank was het aangrijpendste wat haar ooit was overkomen. Het leek tragisch dat je zoiets maar één keer meemaakte op je negentiende en daarna nooit meer. De opvoeding van haar kinderen zou haar nog een kans geven om haar mooiste jaren opnieuw te beleven. Voor de tweede, de derde en de vierde keer.

'Het is allemaal zo spannend,' zei ze tegen Anne, zo ontroerd dat ze bijna niet uit haar woorden kwam. 'De kinderen die volwassen worden. Het is een prachtige tijd.' Jarenlang waren de zomers onmerkbaar in elkaar overgegaan doordat elke nieuwe zomer veel weg had van die daarvoor. Maar nu zou elke zomer nieuwe ontwikkelingen met zich meebrengen. Mimi en daarna Billy zouden gaan studeren, gaan trouwen en zelf kinderen krijgen. Natuurlijk zat er ook een droevige kant aan, het deprimerende feit dat je ouder werd. (Anne: *ik voel me een verschrompeld oud wijf.*) Maar Paulette was niet van plan om zich zo te voelen als Anne. Zij was altijd het mooie meisje van hun gezin geweest, een aanduiding waarvan ze haar hele leven had genoten. Nu zou ze de titel op een elegante manier afstaan. Terwijl ze keek hoe Mimi de tafel afruimde, voelde ze zich trots op haar eigen grootmoedigheid.

Goed zo, liefje, dacht ze. Nu is het jouw beurt.

In het huis rinkelde de telefoon, een schrille onderbreking. De wereld van buiten leek volkomen irrelevant. Iedereen die ze nodig had, was hier, binnen handbereik.

'Paulette,' riep Martine door het open raam. 'Frank aan de telefoon.'

'Papa!' riep Scott. 'Ik wil met papa praten!'

'Zo meteen,' zei Paulette terwijl ze opstond. 'Je moeder gaat eerst met hem praten.'

Ze haastte zich de keuken in. De enige telefoon in het huis, een toestel met draaischijf zo zwaar als een bowlingbal, stond op het aanrecht. 'Frank?' Ze dronk de rest van haar wijn op. 'Alles goed?'

'Hallo.' Hij klonk haastig en geagiteerd. 'Luister, ik heb maar een minuutje, maar ik wilde je het even zeggen. Ik denk dat ik dit weekend wel kan komen.' Ze hoorde het geratel van een typemachine. Frank deed altijd twee dingen tegelijk.

Ben je alleen? wilde ze vragen.

'Wat ben je aan het typen?' vroeg ze in plaats daarvan.

Toen kwam Mimi de keuken binnen, haar handen vol schalen. 'Pardon,' zei ze geluidloos met haar lippen. Ze zette de slakom in de gootsteen.

'Nog meer correcties op het artikel. Sorry, ik moet dit ding de deur uit zien te krijgen.'

Mimi boog zich voorover om de borden leeg te schrapen boven de vuilnisbak. Paulette keek naar haar gebruinde benen. De shorts van spijkerstof – tot dan toe was haar nog niet opgevallen hoe kort die wel niet was – kroop behoorlijk omhoog waardoor de onderste plooi van haar billen te zien was. Heel even zag Paulette het meisje zoals Frank haar zou zien. Ze kreeg het er benauwd van.

'Ben je daar nog?' vroeg Frank. 'Ik zal proberen om vrijdag te komen. Het wordt nog een hele klus, maar ik kan het volgens mij wel klaarspelen.'

Nee. Paulette voelde opnieuw die vlaag van misselijkheid opkomen die ze had gevoeld toen ze op het strand naar Mimi had gekeken, wrang en bijtend en scherp als glas. Haar familie, de zomer op de Cape, haar genegenheid voor dat lieve kind: dat alles was zo kostbaar en kwetsbaar. Te delicaat om aan Franks achteloze handen over te laten.

'Lieverd, ik weet dat je het erg druk hebt. Je hoeft niet te komen als het te ingewikkeld is. Ik had je niet zo onder druk moeten zetten.'

'Dat geeft niet. Ik wil het zelf ook.' Hij ging zachter praten. 'Ik kan er niet goed tegen om alleen te slapen.'

Nog meer getyp, er klonk een belletje: hij was aan het eind van de regel gekomen.

Eindeloze dagen. De goudkleurige uitgestrektheid van de National Seashore met het zand zo fijn als poedersuiker en grove plukken helmgras die golfden in de wind. De dagen verliepen volgens een vast stramien. Elke ochtend werden er boterhammen gesmeerd en werd er een picknickmand ingepakt. Klamme badpakken werden van de waslijn gehaald. De rest van haar leven zou Paulette zich deze zomers herinneren. Zou ze ernaar verlangen om daarnaar terug te keren, naar de stille rijkdom van die dagen, het leven van haar gezin dat zich ontvouwde als een bloem, dat zich ontwikkelde zoals het bedoeld was, alle dingen op hun eigen tijd.

Op een ochtend toen de auto al volgepakt zat, ontdekte ze dat er een kind miste. 'Gwen!' riep ze. 'Waar is Gwen?'

'Ergens daarachter,' zei Scotty.

Paulette vond haar opgerold op een ligstoel op de veranda, met haar nachtjapon nog aan. Ze had haar sinds het ontbijt niet meer gezien. Met drie volwassenen en vijf kinderen in huis was Gwen in de consternatie zoekgeraakt.

'Gwen? Ga je aankleden, liefje. We gaan naar het strand.'

'Ik ga niet mee.' Haar wangen waren rood, haar mond stond strak. Paulette had die blik eerder gezien, na een ruzie met haar broers, of na een onterecht standje. Een blik die moeilijkheden beloofde.

'Gwen, doe niet zo raar. Iedereen zit te wachten. Mimi en Charlotte.'

'Ik wil niet mee.'

'Wat is er aan de hand?' Ze legde haar hand op haar dochters voorhoofd om te controleren of ze koorts had, half en half voor de grap. Gwen was dol op het strand. Aan het eind van de dag drong ze bibberend en bruinverbrand aan op nog een halfuurtje. Paulette moest haar vaak omkopen – aardbeienijs bij de supermarkt in het stadje – om haar ertoe te bewegen te vertrekken.

Gwen schudde haar moeders hand van zich af. 'Ik haat het strand. Ik vind er niks meer aan.'

Paulette fronste. Gwen had een zonnig karakter: ze was veel extraverter dan Billy, die zich vaker in een humeurig stilzwijgen hulde, en minder recalcitrant dan Scotty. Van alle drie de kinderen was zij juist altijd zo meegaand geweest.

'Ik haat Charlotte,' zei ze fel. 'Ze gaat niet eens het water in.'

'Nou, je kunt met je broers zwemmen. En met tante Martine.'

'Ik haat mijn zwempak,' zei ze met trillende kin.

Paulette ging naast haar zitten. 'Wat is er gebeurd? Een week geleden vond je het nog mooi.' Ze waren samen op stap geweest om het badpak te kopen, ze hadden er een leuk dagje van gemaakt met een lunch en winkelen bij Filene's in het centrum. Gwen, die verrukt was geweest van de kleine ruches, had het badpak zelf uitgekozen.

'Ik haat die stomme ruches,' zei ze nu. 'Ik lijk wel een klein kind.'

'Lieverd.' Paulette koos haar woorden zorgvuldig. Ze wist dat dit gesprek zou komen, ze had alleen niet verwacht dat het al zo snel zou zijn. 'Ben je van streek omdat Charlotte er ineens zo anders uitziet?'

Gwen wilde geen antwoord geven.

'Het is vreemd voor je,' zei ze voorzichtig, 'om te zien dat Charlotte volwassen wordt.'

'Maar ik ben óúder. Zij is pas in december jarig.' Gwen kreeg een kleur. 'Het is niet eerlijk.'

'Ik weet het. Dat is ook niet eerlijk.' Paulette streek het haar van Gwens voorhoofd. 'Toen ik zo oud was als jij was ik het kleinste meisje in mijn klas. Toen ik in de herfst weer op school kwam, leek het net of al mijn vriendinnen volkomen andere mensen waren geworden. Ze waren langer en ze kregen een heel ander figuur. En ik was helemaal niet veranderd. Ik was nog precies hetzelfde.'

Gwen keek met roodomrande ogen naar haar op.

'Toen zeiden ze dat je dan een laatbloeier was. Het heeft bij mij wat meer tijd gekost, maar uiteindelijk kwam het allemaal wel. En toen dat gebeurde, was ik heel blij.' Paulette trok haar naar zich toe en Gwen nestelde zich tegen haar aan. Het was een aanhalig kind dat meer affectie toonde dan haar broers. Het verschil tussen jongens en meisjes, veronderstelde Paulette.

'Ik weet wat we eraan kunnen doen. Laten we een nieuwe kopen. Een bikini, net zoals Charlotte heeft. We kunnen vanavond naar Provincetown rijden.'

'Oké,' zei Gwen zuinigjes.

Paulette stond op en stak haar hand uit. 'Kom mee. Iedereen wacht op ons.' Dat is godzijdank ook weer opgelost, dacht ze.

Voor meisjes was het nooit gemakkelijk. Toen Paulette daarna in de auto zat en haar hand boven haar ogen hield tegen het felle ochtendlicht dacht ze aan haar eigen puberteit. Al die jaren later was het nog steeds een pijnlijke herinnering voor haar: die eindeloze maanden wachten, het gebrek dat voor iedereen zichtbaar was. In haar lange zonnige kindertijd was ze nooit jaloers geweest, maar in de puberteit was ze het elk moment van de dag. Met een voortdurende bezetenheid benijdde ze de paar klasgenoten die, God weet waarom, van de ene op de andere dag leken te transformeren. Ze had ze blindelings gehaat, allemaal, ze haatte zelfs Marjorie Tuttle, die toch een goede vriendin van haar was. Als moeder dacht ze nu vol medeleven terug aan die meisjes, in de wetenschap dat zij hun eigen problemen hadden gehad: aandacht van oudere jongens, volwassen mannen zelfs; dwaze volwassenen als Frank die geen onderscheid konden maken tussen een vrouw en een kind. Ze had hem een keer of twee betrapt toen hij naar meisjes zat te lonken die nog maar net van de lagere school af waren. 'Ik ben geen viezerik,' hield hij vol toen ze hem erop wees. 'Hoe moet ik dat nou weten?' Ze moest toegeven dat die vraag gerechtvaardigd was. Hun lichaam zag er volwassen uit en ze droegen kleding die daar de aandacht op vestigde: minirokken en strakke T-shirts met soms niets eronder. Ze had het geluk gehad – ja toch? – om in een wat zediger tijd volwassen te worden. Ze herinnerde zich dat ze op Wellesley een regenjas over hun witte tenue hadden gedragen als ze op weg naar de tennisbaan over de campus liepen. Dankzij die regels waren de meisjes veilig en konden zij zich op hun gemak voelen. En was alles rechtvaardiger, zo kwam het haar voor. Met fatsoenlijke kleding voelden de rondborstigen zich niet zo bekeken en werd de ijdelheid van de planken en de dikzakken niet te zeer gekrenkt. Wat hard om nu een meisje te zijn, zonder de bescherming van zulke maatregelen. Om blootgesteld te zijn aan volwassen reacties waarmee een kind nog helemaal niet om kon gaan, de lust, de hoon en het medelijden, het voortschrijdende schaamtegevoel.

Moge God Gwen helpen, dacht ze. Moge God ons allemaal helpen.

De veerboot zat tjokvol mensen: de jongeren droegen college-sweaters en afgeknipte spijkerbroeken; de ouderen windjekkers en voorhang-zonnebrillen, gemakkelijke schoenen en bermuda's. Er waren een paar verwaaide mannen, zoals Frank McKotch, in zaken-kostuum, maar de meeste droegen kaki broeken en poloshirts. Ze sleepten fietsen en visgerei mee, koffers en plunjezakken. Een groepje langharigen droeg tenten in rugzakken. De hele menigte snoof de veerlucht op – een krachtig mengsel van vis en diesel – en moest roepen om boven het gedreun van de motoren uit te komen. Op elk gezicht en in elke stem was de verrukking bijna tastbaar aan-wezig: *We zijn er bijna! We gaan naar de Cape!*

Frank keek met stomme verbazing naar hen. Elke zomer was hij getuige van hetzelfde verschijnsel bij zijn vrouw en kinderen, en zijn futloze schoonfamilie. Zelfs zijn norse schoonzus leefde even helemaal op. De Drews beschouwden Cape Cod als iets waar ze van nature recht op hadden. De ene gezegende zomer na de andere kre-gen ze er maar geen genoeg van om over de stranden te slenteren, langs de kust te zeilen en de vissoep naar binnen te slurpen. Want wat moest je ánders doen in de zomer?

Hij kon wel honderd antwoorden op deze vraag bedenken. Voor hem betekende de Cape drommen mensen en verkeer, ijskoud wa-ter, onbestendig weer waardoor je de helft van de keren in huis op-gesloten zat met een verzameling zeurderige en teleurgestelde kin-deren en rusteloze en prikkelbare volwassenen. Wat was daar nu precies aantrekkelijk aan? Het bleef hem een raadsel.

Het was een gevoel dat hij maar nauwelijks kende. Frank was zeer belezen op het gebied van de natuurwetenschappen; hij las in het Engels en in het Duits, hij volgde met grote interesse de laatste ontwikkelingen in de theoretische fysica, zoals de snaartheorie die nu in opkomst was. Hij was ervan overtuigd dat in wezen alles kenbaar was, dat de wereld te begrijpen was. Maar wat de Cape betreft, dat kon er bij hem gewoon niet in. Zomer in zomer uit belandde hij in Provincetown met hetzelfde ontgoochelde gevoel: Oké, en wat nu?

Hij veronderstelde dat het met de opvoeding te maken had. Was dat eigenlijk niet met alles zo? Zijn vrouw had haar halve jeugd op het water doorgebracht, of in de buurt ervan. Ze kon zwemmen en zeilen, en duiken als een dolfijn. Frank was twintig toen hij voor het eerst een glimp van de zee opving, tijdens een autorit naar Atlantic City met een paar vrienden van Pennsylvania State University. Zijn herinneringen waren vaag, vertroebeld door de alcohol: White Castle-hamburgers, meisjes in badpakken, blikjes bier die ze hadden meegesmokkeld naar het strand.

Het ging niet om de zee, hield Paulette hem elke zomer opnieuw voor. Het ging erom dat de Familie weer bij elkaar kwam. Maar Frank had het niet zo op familieleden, ook niet op die van hemzelf. Sinds hij getrouwd was, had hij welgeteld drie keer de reis gemaakt naar het stadje in Pennsylvania waar zijn vader nog altijd woonde. Van die plek met zijn fabriekswoningen en de zwarte rook van de staalfabrieken ging een verlammende treurigheid uit. Zijn moeder was een vroege en verschrikkelijke dood gestorven als gevolg van borstkanker die was uitgezaaid. Het verdriet had van zijn vader een strenge en zwijgzame man gemaakt, of misschien was dat wel zijn karakter. Een stugge oude man van een fatalistische vroomheid, die zich in stille lijdzaamheid door de jaren heen ploegde en wachtte totdat zijn leven voorbij was. Frank kon zich geen andere voorstelling van hem maken.

In vergelijking daarmee zag het leven van zijn schoonfamilie er heel wat rooskleuriger uit. Zij hadden op de beste scholen gezeten en hadden verre reizen gemaakt; in hun jeugd waren ze bejubeld en begeleid en was alles voor hen gefinancierd op een voor Frank ongekende manier. Hij was niet verbolgen over die verschillen. Integendeel: hij wilde in de familie Drew worden opgenomen, hij wilde worden zoals zij. Hij was bereid om van Roy en Martine te houden, van de oude Everett en Mamie, het hele legertje blauwogige neven en nichten dat zich elke zomer in Truro verzamelde (alleen de neven en nichten van de familie Drew, niemand nodigde ooit de familie van Mamie uit, over die ordinaire Broussards werd niet eens gesproken). Maar Frank, die uit een deel van de wereld kwam waar de mensen geen hete aardappel in de mond hadden, was geen Drew en zou er ook nooit een worden. Als hij op dat punt al enige illusies had gehad, dan waren ze al lang geleden vervlogen. Nu prees Frank zich gelukkig dat hij vrij was van de familieneurosen, die aangeboren leken: Paulettes preutsheid, Martines bitterheid, Roys luiheid en eigendunk; hun onbewuste gevoel dat zij het recht hadden op de naam Drew en hun ontzag voor die naam, die voor de rest van de wereld allang niets meer te betekenen had, als dat al ooit het geval was geweest. Voor Frank, die slimmer en ijveriger was, die zich altijd kapot had gewerkt voor elke kans die hij ooit had gekregen, was het succes van een man als Roy Drew een belediging.

De scheepshoorn weerklonk. Luid nadieselend naderde de boot de kade. Frank ging staan en wachtte; het had geen zin om het gevecht aan te gaan met de wanordelijke mensenmassa die zich haastte om van de boot te komen. Ten slotte stapte hij op de loopplank en ontwaarde Paulette die in de menigte stond te zwaaien.

'Frank! Hier ben ik!' Ze droeg een marineblauwe jurk met een lijfje dat nauw aansloot. Haar blote armen waren melkwit. Een aantal mensen draaide zich om en keek naar haar. Dat gebeurde vaak en het deed hem nog altijd heel veel. Mijn vrouw, dacht hij trots. Mijn vrouw.

'Hallo,' zei hij terwijl hij haar vastgreep. Ze rook naar het buitenleven, zeelucht en Coppertone. 'Waar is ons kroost?'

'Ik heb tegen Martine gezegd dat we ze op het strand treffen.'

'Ik heb een beter idee.' Frank kuste haar langdurig op de mond. 'Laten we ergens heen gaan.'

'Doe niet zo raar.' Ze deed een stap naar achteren en streek de jurk glad over haar heupen. 'Iedereen wacht op ons. Scotty is door het dolle heen. Het is al dagenlang papa voor en papa na.'

Ze gaf hem de sleutels van de stationcar. Frank reed altijd als ze samen waren, hij had in geen jaren bij haar in de auto gezeten als zij achter het stuur zat, niet sinds het huiveringwekkende voorjaar waarin hij haar had leren autorijden. Het was een regeling waar ze beiden de voorkeur aan gaven. Paulette werd er zenuwachtig van als hij naast haar zat terwijl zij reed, en dat gevoel was wederzijds. Het was haar stijl om als een ambulancechauffeur over de weg te razen en bij elk oranje licht voluit op de rem te gaan staan. Een jaar eerder had ze tot zijn afschuw zijn gloednieuwe Saab 97 total loss gereden. Frank was nooit meer zo verknocht aan een auto geweest als aan die Saab. Hij vergaf het haar onmiddellijk, dankbaar dat haar niets was overkomen, maar het verlies van de auto liet hem nog altijd niet los. De rest van zijn leven zou hij er nog af en toe in rijden, in zijn dromen.

Op weg naar Truro bracht ze hem op de hoogte van de gebeurtenissen van die week. Martine was met de kinderen wezen vissen; Roy had beloofd dat hij de volgende week, als er tenminste genoeg wind stond, met hen een zeiltocht naar Martha's Vineyard zou maken in de Mamie Broussard. Er waren een paar kibbelpartijen geweest tussen Charlotte en Scotty, die zelfs nog recalcitranter was dan thuis. Dat was een verzuchting die Frank niet meer kon horen. *Wat wil je nou?* wilde hij zeggen. *God nog aan toe, het is een jongen.*

'Hoe zit het met zijn voeding?' vroeg hij in plaats daarvan. 'Let je erop hoeveel suiker hij binnenkrijgt?'

Ze draaiden het stoffige pad op dat naar het Kapiteinshuis voerde – een opmerkelijk voorbeeld van een bouwwerk in shingle-stijl en in Franks ogen een monument van de financiële onbekwaamheid van zijn schoonvader. Een eeuw geleden waren de Drews een van de welvarendste families in Amerika, dankzij één voorouder die een reusachtig fortuin had vergaard. De oude kapitein had meegeholpen bij de aanleg van de spoorlijn van Taunton naar Providence en had onroerend goed in bezit gehad – land aan de waterkant op Martha's Vineyard, een statig huis op Beacon Hill – dat nu miljoenen waard was. Een klein fortuin voor hen allemaal, als zijn afstammelingen het eenvoudigweg hadden weten te behouden; maar Paulettes vader, die met een zilveren lepel in de mond geboren was, leek van nature niet in staat om zelf iets te verdienen. Everett Drew had

de familiebezittingen een voor een van de hand gedaan, en de opbrengst over de balk gesmeten met een reeks rampzalige investeringen. Nu Ev met pensioen was gegaan in Florida, was zijn advocaten-
kantoor in handen gekomen van Paulettes broer Roy, een man met
minder principes dan zijn vader en in Franks ogen met zelfs nog
minder capaciteiten. Het huis in Truro was het laatste waardevolle
bezit van de Drews. Binnen een paar jaar, zo stelde Frank zich voor,
zou het Roy door de vingers zijn geglipt.

Ze stapten de auto uit en liepen de trap op naar de veranda aan de
voorkant waar Roy Drew een sigaret zat te roken. Het was een lange
stakerige man met een kalend hoofd en een lange adelaarsneus. Een
aristocratische neus, vond Frank, geschikt om op mensen neer te
kijken.

'Roy, je bent er.' Paulette omhelsde haar broer. 'We begonnen ons
al zorgen te maken.'

Roy stak zijn hand uit naar Frank. 'Heel verstandig van je om met
de veerboot te gaan, vriend. Het verkeer was zenuwslopend. Welkom.'

Frank glimlachte stuurs. Dat 'welkom' stak hem. Zo maakte Roy
hem nog weer eens duidelijk wie het huis over een paar jaar zou er-
ven. Paulette was altijd haar vaders lieveling geweest, maar Roy was
de enige zoon – en in de familie Drew triomfeerde de traditie altijd
over het gevoel. Roy had er al op een oneerlijke manier profijt van
getrokken door als jonge hond van dertig compagnon bij het advo-
catenkantoor te worden. Na Evs pensionering had Roy de financiën
voor zijn ouders afgehandeld; hun vermogen, zo stelde Frank zich
voor, werd in een discreet tempo overgeheveld naar Roys eigen
bankrekening – om de nieuwe Mercedes en het eeuwige onderhoud
aan zijn boot te kunnen betalen. Tegen de tijd dat de oude man
stierf, zou zijn testament er niet veel meer toe doen. Roy zou het
grootste deel van de opbrengst al hebben weggesluisd.

Roy bood hem een sigaret aan. 'Nee, bedankt,' zei Frank. Ik zou
maar eens wat gaan minderen met die dingen, dacht hij. Dan blijf je
tenminste lang genoeg leven om van de erfenis van mijn vrouw te
kunnen genieten.

'Hoe staan de advocatenzaken?' vroeg hij kortaf.

'Wat zal ik er van zeggen? De zaken lopen fantastisch dit jaar.' Roy leunde achterover in zijn stoel en strekte zijn harige benen uit. Hij droeg een kort hardloopbroekje. Niets lelijker dan mannenbenen, dacht Frank.

'Daar ben ik blij om,' zei hij terwijl hij Roy op zijn schouder klopte. 'Goed werk.' Na deze plichtpleging volgde hij Paulette naar de keuken, waar Roys broodmagere vrouw een picknickmand stond in te pakken. 'Ha Anne,' zei hij terwijl hij haar een zoen op de wang gaf. Evenals haar man stonk ze naar sigarettenrook. 'Waar zijn de kinderen?'

'Martine heeft ze meegenomen naar het strand.' Anne had een stuk of vijf boterhammen in vetvrij papier gewikkeld. 'Ik ga daar nu ook heen.'

'Waar is Mimi?' vroeg Paulette.

'O, die heeft met een vriendin van school afgesproken. Haar ouders hebben een huis op Martha's Vineyard.' Anne zette de vleeswaren weer in de koelkast.

'O, wat jammer.' Paulette richtte zich met een stralend gezicht tot Frank. 'Mimi is een prachtige jonge vrouw aan het worden. Het spijt me voor je dat je haar net bent misgelopen.'

'Mij ook,' zei Frank, hoewel hij Roys kinderen in geen jaren gezien had en in werkelijkheid nooit goed had kunnen onthouden wie nou wie was. Hij dacht aan het lege huis en de rustige slaapkamer aan de voorkant: een zeldzame gelegenheid om met zijn vrouw alleen te zijn op de Cape.

'Ik ga mijn badpak aantrekken,' zei Paulette.

Frank keek hoe ze de trap op liep. 'We zien jullie daar wel,' zei hij tegen Anne. 'Het heeft geen nut om hier op ons te wachten.'

Bij de slaapkamerdeur wachtte hij even. Door schade en schande wijs geworden wist hij dat het om de juiste timing draaide. Als hij wachtte totdat ze zich had uitgekleed, was het waarschijnlijker dat ze toegaf. Hij deed de deur open.

'Frank!' Paulette stond in het midden van de kamer en was spiernaakt. Ze stond op het punt in haar badpak te stappen. 'Er kon wel iemand in de gang staan. Je moet echt eerst kloppen.'

'Er is niemand.' Hij liep op haar af en trok haar naar zich toe, voordat ze zich ergens mee kon bedekken. Hij voelde hoe gespannen haar schouders waren: het kon nog steeds nee worden.

'Anne en Roy wachten beneden.'

'Maak je niet druk. Ik heb gezegd dat we ze straks wel zouden zien.'

Toen ontspande ze zich in zijn armen, het teken waarop hij had gewacht. 'Ik heb je wel gemist,' zei ze met een klein stemmetje, alsof ze een schuldbekentenis deed.

'Laat me je eens bekijken.' Ze vrijden altijd in het donker; het kwam maar zelden voor dat hij haar naakt in het daglicht zag: met haar kleine tepels en haar weelderige donkere haar.

Hij legde haar op het bed neer, een tikkeltje hardhandig. 'De hele week heb ik hieraan gedacht.'

Frank liep een eindeloos durende kilometer achter zijn vrouw aan over het strand, gebukt onder een koelbox, een parasol en twee strandstoelen. Zijn voeten zakten weg in het rulle zand. Morgenochtend – dat wist hij uit ervaring – zou hij enorm last van zijn rug hebben.

'En hier dan?' stelde hij voor terwijl hij de koelbox in het zand liet zakken.

Paulette hield haar hand boven haar ogen. 'Nee, daar.' Ze wees naar een roze parasol in de verte. Zoals alle Drews had ze duidelijke opvattingen over wat een geschikte plek was om op het strand te verpozen. Ze liet hem een kwartier of twintig minuten door het hete zand trekken en koos dan een plek die in Franks ogen niet te onderscheiden was van de andere.

Ze ploeterden voort. Het zweet drupte van Franks voorhoofd in zijn ogen. Er ronkte een vliegtuigje boven zijn hoofd dat een reclametekst achter zich aan sleepte: SULLY'S MOSSELTENT BESTE VISSOEP VAN DE CAPE.

'Hier,' zei Paulette ten slotte. 'Dit is de perfecte plek.'

Frank stak de parasol kwaadaardig in het zand. Hij had een hekel aan het strand. De zon was zijn sproeterige huid slecht gezind; terwijl de Drews zich koesterden in de zon, werd hij rood, transpireerde hij en verging hij van de dorst. 'Neem een boek mee,' stelde Paulette voor. 'Ga een dutje doen.' Maar van lezen in de zon kreeg hij hoofdpijn en hij had geen dutje meer gedaan sinds hij uit de luiers was. In plaats daarvan zat hij uren niets te doen. Het gebrek aan activiteit bezorgde hem een bijna fysieke pijn. Hij zou nooit begrijpen waarom Paulette hem zo wilde kwellen – wat voor bevrediging zou het haar nu schenken om hem zo doelloos en gek van verveling gevangen te houden?

Hij klapte de strandstoelen uit en installeerde ze onder de parasol. De verveling was niet zijn enige bezwaar. Hij had een hekel aan de zee zelf. Die ruisende eeuwigheid. 'Daardoor zie je alles weer in perspectief,' zei Paulette soms, en dat was precies wat Frank erop tegen had. Hij wilde er niet aan herinnerd worden hoe nietig hij was, hoe kort zijn bestaan was en hoe onbeduidend zijn zorgen waren. Welke gek wilde daar nu aan denken?

Hij strekte zich uit onder de parasol en hield een hand boven zijn ogen tegen de zon.

'Hé jullie daar!' riep een bekende stem. 'Wij zitten hier.'

Zijn schoonzus Martine kwam op een drafje naar hen toe, haar gespierde, fitte lichaam zag er seksloos uit in een blauw strak pak. Frank stond op om haar te begroeten. Hij kende geen andere vrouw bij wie het hem zo weinig deed dat ze bijna naakt voor hem stond.

Paulette ging overeind zitten op het kleed en zwaaide naar Scotty en Gwen, die nat en met blauwe lippen onder een gestreepte parasol zaten, met hun strandlaken om zich heen geslagen. Ze hield een hand boven haar ogen. 'Waar is Billy?'

'Hij is op de fiets Provincetown in,' zei Martine. 'Dat is toch wel goed?'

Paulette fronste. 'Er is behoorlijk wat verkeer op die weg. Frank, denk je dat hij dat wel aankan?'

'Stel je niet aan. Die jongen redt zich wel.'

'Papa!' riep Gwen terwijl ze op hem af rende. Een ander, langer meisje kwam achter haar aan.

'Dag, schatje!' riep hij. 'Hoe is het water?'

'Koud!' Ze greep hem om zijn middel. Haar natte hoofd lag tegen de voorkant van zijn overhemd. 'Wat vind je van mijn nieuwe bikini?'

'Prachtig.' Hij nam haar in zijn armen. De donkerrode bikini stond haar schattig, met het bovenstukje min of meer op de plek waar haar borsten zouden moeten zitten. De ene helft was een beetje verschoven en onthulde een roze tepel. Hij trok het voorzichtig weer terug op zijn plaats.

'Lieverd, je verbrandt helemaal.' Paulette reikte in haar tas naar een tube zinkzalf. 'Smeer dit maar op je neus.'

'Dat kan ik ook wel gebruiken,' zei Frank. Het arme kind had zijn huidtype geërfd. Hij pakte de tube uit Paulettes hand, deed een dot op zijn eigen neus en wreef hem tegen die van Gwen aan. Ze giechelde opgetogen.

'Dag oom Frank,' zei het andere meisje dat zich bij hen had gevoegd.

'Hallo zeg.' Frank boog zich vorerover om haar op de wang te kussen. 'Ik dacht dat jij naar Martha's Vineyard was.'

'Dat is Mimi,' zei het meisje. 'Samen met die stomme vriendin van haar.'

'O, Charlotte.' De jongste dus, ze was van Gwens leeftijd. Hij bekeek de beide meisjes die naast elkaar stonden. Net als Gwen droeg Charlotte ook een bikini, maar zij had kleine borsten die de hare opvulden. Haar schouder bevond zich ter hoogte van Gwens kruin.

'Ik heb het ijskoud,' zei Gwen klappertandend. 'Papa, we gaan op onze handdoek liggen.'

Hij keek hoe ze het duin op klauterden, Gwens stevige benen ploegden voort. 'Is dat Charlotte?' zei hij tegen zijn vrouw die een boek van Willa Cather las. 'Zij is toch ook twaalf? Net als Gwen?'

'Charlotte is drie maanden jonger. Ze wordt dertien in december.' Paulette sloeg een bladzijde om.

De wind veranderde van richting, het werd plotseling kil. Frank wist, en kon dat nooit meer niet-weten, dat er iets vreselijk mis was.

Het verkeer op de weg naar Provincetown was hectisch. Billy reed voorzichtig en keek steeds in zijn achteruitkijkspiegel. Hij was een verstandige fietser, hij hield rechts en hij stak altijd zijn hand uit voordat hij afsloeg. De meeste automobilisten reden met een ruime bocht om hem heen, maar af en toe kwam er een hufter met veel geraas achter hem rijden en ging dan op de claxon hangen of met zijn koplampen knipperen. Hij begon te begrijpen dat de wereld vol was met dat soort mensen – van die agressieve botteriken. Af en toe moesten ze boeten voor hun slechte gedrag, maar meestal niet. Meestal namen ze bedrijven over, speelden ze de baas over sportploegen of deden ze een gooi naar het presidentschap. De hufters hadden het voornamelijk voor het zeggen in de wereld.

Dat soort dingen zei zijn tante Martine altijd. 'Wie goed doet, slecht ontmoet.' En: 'Asocialen hebben de halve wereld.' Hij begon in te zien dat het waar was. Het afgelopen voetbalseizoen had hij er echt van langs gehad. Zijn coach Dick had hem elke training weer vernederd. 'Hij heeft een slecht seizoen gedraaid en jij bent zijn zondebok,' had Billy's vader tegen hem gezegd, maar daar had hij verder weinig aan. 'Je moet ervoor zorgen dat je nooit een zondebok wordt.'

'Hoe doe ik dat?' had Billy gevraagd.

'Daar kom je wel achter,' zei zijn vader.

Billy was er niet achter gekomen. Hij had gewacht tot het voorbij was. Vanaf de eerste juni lag de Pilgrims Country Day School officieel achter hem. In de herfst zou hij naar kostschool in New Hampshire gaan, waar de coaches geen eikels waren. Dat had zijn oom Roy hem beloofd, die honderd jaar geleden op Pearse had gezeten en waarschijnlijk niet wist waar hij het over had.

Billy sloeg vanaf de grote weg de strandweg in, langs een rij kleine vakantiehuisjes. De avond ervoor waren ze samen Provincetown in geweest, Billy, zijn moeder en Gwen. Scotty had niet mee gemogen omdat hij zich volgens hun moeder de hele dag abominabel had gedragen. Wat Billy ervan begreep was dat hij had zitten kieskauwen bij het eten, onbeschofte geluiden aan tafel had gemaakt en Charlotte had zitten pesten, die het volgens Billy overigens wel verdiende. Charlotte was werkelijk onuitstaanbaar geworden. Het speet hem voor Scotty, maar hij vond het fijn om even bij hem weg te zijn. Dit jaar had Scotty het bovenste bed, waar hij lag te snurken en te woelen en in zijn slaap te mompelen, waardoor Billy wel tien keer per nacht wakker werd. Billy had er een hekel aan om zijn slaapkamer met iemand te delen. En zijn broer was nog maar negen, een klein kind.

In Provincetown hadden ze ijs gegeten, Billy een chocoladehoorntje met hagelslag en Gwen een aardbeienmilkshake. Daarna nam hun moeder hen mee naar een winkel die Outer Limits heette. In de etalages lagen strandlakens, T-shirts en zwemkleding. Aan het plafond hing een geknoopverfde hangmat.

'Wij zijn wel even bezig,' had zijn moeder tegen hem gezegd. 'Kijk jij maar even rond. Als je maar niet de winkel uit gaat.'

Billy was de winkel rondgelopen. Bij de kassa lag achter glas een assortiment vreemde pijpen uitgestald waarvan er een twintig dollar kostte. Er waren oorbellen, schelpenkettingen en ringen die van kleur veranderden naargelang je stemming. Achterin vond hij rekjes met ansichtkaarten. De National Seashore, de vuurtoren van Provincetown, walvissen, kreeften, meisjes in bikini. Een heel rek was gewijd aan foto's van mannen in uniform: politieagent, brandweerman, soldaat in camouflagepak. Billy pakte een kaart en liet die in zijn zak glijden.

Hij stal al lang. Alleen kleine dingetjes – strips, zakmessen, dingen die hij niet echt wilde hebben. Bij het warenhuis in Concord had hij vier tubes secondelijm gestolen. Hij wist eigenlijk niet waarom.

Hij keek over zijn schouder. Tot zijn afgrijzen kwam er een winkelbediende op hem af. Hij was nog nooit betrapt en hij vroeg zich af wat de man zou doen. Zoals altijd wanneer hij zenuwachtig was, voelde hij een enorme aandrang om te plassen.

'Hallo,' zei de winkelbediende. Hij deed Billy aan een piraat denken. Hij had een blauwe bandana om zijn hoofd gewikkeld. Hij droeg een klein ringetje in zijn rechteroor.

'Wat kom jij hier doen?' Zijn toon was vriendelijk en totaal niet dreigend. Hij heeft me niet gezien, dacht Billy beduusd.

'Mijn zus zoekt een bikini uit.'

De man ging op de punt van een lage uitstalkast zitten. 'Logeer je in P-town?'

'Ons huis is in Truro,' zei Billy.

De winkelbediende knikte naar de fiets die tegen de etalageruit aan stond. 'Is dat jouw fiets? Of ben je hier met de auto?'

'Mijn moeder heeft ons met de auto gebracht. Ik ben nog maar veertien.'

'O,' de man ging staan en keek even achterom, 'ik dacht dat je ouder was.'

'Is hier ook een toilet?' vroeg Billy.

'Niet voor klanten. Er is een openbaar toilet in Commercial Street.'

'Oké.' Billy keek achterom naar de kleedkamers. 'Als er een mevrouw uit komt, zeg dan maar dat ik zo terug ben.'

Het toilet was donker en rook verschrikkelijk, naar bleekwater, bedomptheid en andere dingen waaraan hij niet wilde denken. Billy dacht aan zijn moeders raad om nergens aan te komen behalve aan zichzelf. Hij had veel gelezen over micro-organismen. In het gemiddelde toilet huisden miljarden virussen, parasieten en bacteriën. In Billy's ogen leken ze op de geniepige superschurken die Batman op tv bestreed. Hij stelde ze zich gemaskerd voor met opzichtige kostuums aan. De Boosaardige Salmonella. De Strontminnende E.coli, het smerigste organisme dat je je kon voorstellen: vuiligheid in haar ergste vorm.

Hij stond bij het urinoir en deed zijn behoefte. Toen hij zijn rits dichtdeed, hoorde hij lawaai uit een van de hokjes komen.

De deur van het hokje schudde alsof iemand ertegenaan sloeg. Billy's blik ging omlaag, naar de vloer. Hij zag twee paar laarzen in het hokje die neus aan neus stonden. De deur bleef schudden. Toen het ophield, draaide Billy zich om en vluchtte weg.

Hij vertelde aan niemand wat hij had gezien. Wie moest hij het ook vertellen? Zijn nicht Mimi was ouder en wist meer dan hij; maar toen hij haar weer zag bij het huis waar ze op de veranda stiekem een sigaret stond te roken, was hij niet in staat om iets te zeggen. Om te beginnen, wat had hij eigenlijk gezien?

Hij had er wel een idee over, of misschien was het alleen maar een gevoel. Hij hield zijn gevoel voor zichzelf.

Nu zette Billy zijn fiets voor de winkel en ging naar binnen. Hij zocht naar de piratenbediende, maar er was iemand anders aan het werk, een gebruind meisje met een topje aan. Hij zette zijn fiets vast aan een lantaarnpaal en liep de straat in naar het toilet dat overdag nog erger stonk. De deuren van de hokjes waren allemaal gesloten. Onder een van de deuren was één paar voeten zichtbaar: een man die op de pot zat met zijn broek op zijn enkels.

Billy waste zijn handen.

De man kwam het hokje uit. Hij was oud en dik en droeg een rode broek. Billy deed een stap opzij om hem bij de wastafel te laten. Toen de man vertrok, bekeek Billy zijn gezicht in de spiegel, hij dacht eraan dat de winkelbediende hem ouder had geschat. Zestien, oud genoeg om te rijden.

Opnieuw waste hij zijn handen.

Hij was ze aan het afdrogen aan zijn shirt toen een man het toilet binnenkwam. Hij droeg een blauw politie-uniform en Billy moest denken aan de kaart die hij uit de winkel had gestolen.

De man ging bij het urinoir staan en deed zijn rits open.

'Waar kijk je naar?' vroeg hij Billy.

'Nergens naar.' In zijn zenuwen was zijn stem overgeslagen. Hij voelde zich warm worden in zijn gezicht.

De man was klaar en schudde nog even na. 'Ben je niet een beetje te jong om hier rond te hangen?'

'Ik ben zestien,' zei Billy met bonzend hart.

De man keek hem onderzoekend aan. 'Ik kan je een hoop last bezorgen als ik dat wil. En nu wegwezen voordat ik van gedachten verander.'

Pas tegen bedtijd kon Frank zijn vrouw weer alleen zien. In de tussentijd had hij met de kinderen gegeten, zijn verbrande schouders met aftersun ingesmeerd en zo lang met Scotty gefrisbeed dat het hem een eeuwigheid leek. ('Mat hem af,' had Paulette hem opgedragen. 'In 's hemelsnaam, Frank, dat kind slaapt anders niet.') Hij had urenlang de gesprekken van zijn zwager aangehoord: zeilverhalen, visverhalen, mannelijke avonturenverhalen waaruit Roy Drew steevast als de held naar voren kwam. Frank sloeg vier gin-tonics achterover en verschoof van tijd tot tijd zijn stoel om uit Roys sigarettenrook te blijven. Ten slotte kondigde hij aan dat hij naar bed ging en liep de trap op naar de slaapkamer. Paulette had haar nachtjapon aan. Ze had net de sprei opengeslagen en stapte in bed.

Ze keek hem achterdochtig aan. Eén keer per dag is meer dan genoeg, leek haar blik zeggen. Als je maar niet denkt dat het vandaag nog een keer gebeurt.

'Ik moet met je praten.'

Haar hele lichaam ontspande zich, alsof haar een afstraffing bespaard bleef. Frank probeerde haar opluchting niet te zien. Ze luisterde aandachtig naar wat hij zei. Vervolgens haalde ze tot zijn verbazing simpelweg haar schouders op.

'Och, Frank. Ze is altijd al klein geweest voor haar leeftijd.'

'Dat is het niet alleen. Is het jou dan niet opgevallen? Toen ik haar met Roys dochter samen zag, kon ik gewoon niet geloven dat ze van dezelfde leeftijd zijn.'

'Al Gwens schoolvriendinnen zijn langer dan zij.' Paulette zei het heel luchtig, misschien bedoelde ze er niets mee. Misschien legde

Frank er zelf de onderliggende boodschap in. Dat zou je zijn opgevallen als je een betere vader was. Als je ooit eens thuis was.

'Maak jij je er dan geen zorgen over?' drong hij aan.

'Helemaal niet.' Ze glimlachte krampachtig. 'Ik was net zo op haar leeftijd. Ik ben nog altijd tenger. Net als mijn moeder en Martine. Alle vrouwen in mijn familie zijn klein.'

'Ze is bijna dertien. Moet ze inmiddels niet eens in de puberteit komen? En borsten krijgen of schaamhaar. Toch wel iets.'

'Wil je alsjeblieft wat zachter praten?' Paulettes wangen waren vuurrood en ze sprak op verhitte fluistertoon. 'Frank, ik weet hier iets meer van dan jij. Ik ben ook ooit een meisje geweest. En toevallig kwam ik ook aan de late kant tot bloei.' Ze glimlachte somber. 'Misschien ziet ze er straks wel zo uit als ik. Zou dat niet vreselijk zijn?'

'Wat bedoel je daar nu weer mee?'

'Jij hebt een voorkeur voor weelderige vrouwen. Dat weet ik. Dat heb ik altijd geweten. Maar dat wil nog niet zeggen dat er met de rest van ons iets mis is. Sommige mannen weten juist een slank figuurtje te waarderen. Het is heus geen aandoening.'

'Jezus, wat is er met jou aan de hand?' Hij staarde haar in stomme verbazing aan. 'Ik heb een voorkeur voor jou. Ik ben toch met jou getrouwd?' Terwijl hij het zei, wist hij dat het geen zin had. Het had geen zin om te zeggen dat hij van haar hield, dat hij haar begeerde en dat hij haar verkozen had boven talloze andere meisjes. Het had geen zin om haar erop te wijzen dat zij juist degene was die altijd nee zei, die hem regelmatig van zich af duwde.

Hij haalde diep adem. 'Luister nu eens. We hebben het niet over jou. We hebben het over Gwen. Er kan iets aan de hand zijn. In medisch opzicht.' Hij wachtte even om dit tot haar door te laten dringen. 'Ik denk dat ze naar de dokter moet. Gewoon voor controle, zodat we zeker weten dat alles in orde is.'

'Ze gaat elk jaar naar de dokter. Al sinds haar babytijd ga ik daar met haar naartoe.' Paulettes stem was uiterst kalm, een handigheidje van haar: hoe meer ze hem onder druk zette, hoe rustiger ze werd. 'En met Billy. En met Scott. Frank, het zijn volmaakt gezonde kinderen. En ik ben een goede moeder.' Ze was even stil. 'De laatste tijd blijk ik zelfs een redelijk goede vader te zijn.'

'Wat bedoel je daar nu weer mee?'

'Zeg nou zelf, Frank. Hoeveel moeders moeten hun zoon leren hoe hij zich moet scheren?'

Hij werd rood. Een paar maanden geleden had Billy een scheermesje van Frank gevonden en zich ermee gesneden toen hij probeerde het zachte dons van zijn bovenlip te verwijderen. Frank was de stad uit – de jaarvergadering in Cold Spring Harbor. Dat zou ze hem nooit meer laten vergeten.

'Weet je,' zei ze bedachtzaam. 'Ik vind dit wel heel interessant.' Ze leek op een reactie te wachten.

'Wat?' vroeg hij vermoeid.

'De enige keer dat je ooit belangstelling toont voor de gezondheid van onze kinderen, betreft het iets seksueels.' Het laatste woord sprak ze op een hese fluistertoon uit. Het zou grappig geweest zijn, dacht hij, als het niet zo triest was.

'Wie heeft het hier over iets seksueels?' Ik kan haar wel vermoorden, dacht hij. Hij voelde zijn hart sneller gaan en zijn benen en armen volpompen met bloed. Nee: zij vermoordt mij. Ze kost me jaren van mijn leven.

'Frank, je bent altijd al geobsedeerd geweest door seks.'

Hij was ervan onder de indruk dat ze het woord op een normaal volume uitsprak. Hij kende zijn vrouw en wist wat voor moeite haar dat moest kosten.

Hij legde een heroïsche zelfbeheersing aan de dag en gaf geen antwoord. Hij had geleerd dat je een vrouw nooit mocht slaan, en dat betekende ook dat hij haar niet met woorden om de oren mocht slaan. Hij zei niet wat hij al jarenlang van tijd tot tijd had gedacht: *Je bent de meest geremde vrouw die ik ken.*

De nacht is stil en het huis slaapt rusteloos. In de slaapkamer aan de voorkant ligt het echtpaar dicht tegen elkaar aan in een te smal bed. Ieder van hen verfoeit het lichaam van de ander, de warme ademhaling ervan, de warmte die het uitstraalt. De man overweegt het huis uit te glippen en een wandeling te maken, maar hij is bang dat hij zijn schoonzus wakker maakt, de humeurige schildwacht boven aan de trap. Zijn vrouw doet alsof ze slaapt en ligt te zweten in haar katoenen nachtjapon. Ze is te boos om ongekleed te slapen.

Beneden, in het verafgelegen deel van het huis, ligt hun jongste zoon te snurken. Hij droomt van de branding, de frisbee die door de lucht vliegt, de hond die hij niet mag hebben.

Zijn oudere broer ligt wakker in het bovenste stapelbed en denkt aan laarzen in een wc-hokje: versleten cowboylaarzen met ingewikkelde stiksels, de andere van zwart leer, glimmend en nieuw.

Op de veranda met de horren slapen de nichtjes de diepe slaap van kinderen. Een koel briesje kust hun wangen.

Over een jaar zal het huis verkocht zijn. Frank en Paulette McKotch zullen alleen nog via advocaten met elkaar communiceren. Het is de laatste zomer voor deze familie. Niets zal ooit meer hetzelfde zijn.

1997

De aandoening

1

Het sneeuwde hard in Cambridge, kleine droge vlokjes in onstuimige diagonalen. De eerste storm van het seizoen, volkomen onverwacht. Frank McKotch' overjas was nog bij de stomerij. Er was regen voorspeld en daarop had hij zich gekleed. Met gedecideerde passen stak hij de straat over, zwaaiend met zijn overbodige paraplu, zijn regenjas wapperend in de wind. De wandeling duurde twintig minuten, een aanzienlijke tijdsbesteding, maar Frank was ervan overtuigd dat hij hiermee zijn productiviteit vergrootte. De ademhaling stimuleren, dacht hij. Het bloed laten stromen.

Zijn route liep dwars over de campus van het Massachusetts Institute of Technology, waar hij het grootste deel van zijn loopbaan had doorgebracht. Vijf jaar geleden had hij, daartoe verleid door de belofte van meer geld en een lichtere onderwijstaak, een benoeming geaccepteerd aan het Grohl Institute; maar de eigenlijke campus, met de dreigend opdoemende rechthoekige gebouwen die om een vierkant plein stonden, bleef hem zo vertrouwd als zijn woonkamer. Daar net achter bevond zich het hoofdkantoor van Protogenix, waar Frank in de wetenschappelijke adviesraad zat. Hij had de hele ochtend in de lage bakstenen bunker zitten vergaderen zonder zijn jasje uit te trekken. Hier op de campus hing een vakantiegevoel in de lucht. Het semester was voorbij en er was opvallend weinig verkeer. Studenten in donsjassen met grote bekers koffie in de hand kwamen met soepele tred voorbij. Er liepen opgeschoten jongens met parka's, keppeltjes en brillen, en schriele kinderen die zware rugzakken meesleepten. 'Professor McKotch!' riep een jongen van de overkant van de straat. Frank stak zijn hand op in een groet. Een aantal van zijn vroegere studenten verbleef nog steeds op de campus, als masterstudent, onderzoeksassistent of postdoc, de tredmolen van studie en academische aanstellingen waarin een jonge wetenschapper jarenlang kon blijven lopen.

Het waren de knapste koppen van de hele wereld: uit vijftig staten en wel honderd landen; afkomstig van planeten die al wel ontdekt maar nog niet in kaart gebracht waren, zo kwam het Frank vaak voor. In de loop van de jaren had hij Saudische prinsen onderwezen en wonderkinderen van tienerleeftijd; zonen van vrachtwagenchauffeurs, van viersterrengeneraals, van diamantmijnwerkers en van sovjetdissidenten. Hij genoot van zijn studenten en koesterde zich in hun prestaties. Tegelijkertijd ergerde het hem – omdat het hem voorkwam als iets volkomen onnodigs – dat deze briljante jongemannen in fysiek opzicht zulke erbarmelijke specimina waren. Hij zag veel slechte kapsels, slappe lijven en acute gevallen van cystische acne. Op hun negentiende was de helft al vadsig en de andere helft zag er volslagen uitgehongerd uit. Atletisch gebouwde types kwam je zelden tegen; de spannendste wedstrijd op de campus was de jaarlijkse Wedstrijd Integreren waarin jonge genieën elkaar het hoofd boden door koortsachtig integraalvergelijkingen op te lossen. Studentes waren er maar weinig en het leken er zelfs nog minder – weinig aantrekkelijke Aziatische meisjes, onopvallend gekleed in onflatteuze kleding die bijna hun sekse verborg. Je zou snel vergeten dat een paar kilometer westwaarts de meisjes van Harvard er als modellen bij liepen met hun sweaters, hun zongebruinde huid en hun lange laarzen die als leren mouwen hun blote benen omvatten. Als je, zoals Frank, dertig jaar lang over Kendall Square gewandeld had, dan zou je bijna vergeten dat er op deze wereld vrouwen bestonden.

Hij kwam binnen achttien minuten bij Grohl aan, een nieuw record. Hij liep de lift voorbij en klom de drie trappen naar zijn laboratorium op. Het was een bescheiden training waar hij zich al jaren aan hield en die deel uitmaakte van zijn dagelijkse leefregels om fit te blijven. Opdrukoefeningen en buikspieroefeningen, en in het weekend op de fiets. Er hing een optrekstang in de deuropening van zijn studeerkamer. Hij was negenenvijftig en hij was niet dikker geworden in de taille. Er hingen geen vetrollen over zijn riem.

Vanaf de overloop zag hij een van zijn secretaresses, Betsy Baird, de lift uit stappen met een boodschappentas in haar armen. Ze was een kleine energieke vrouw met het haar in de lak en uitbundig geverfde lippen.

'Drank,' verklaarde ze. 'Het is kerst, weet je wel? Je team heeft dorst.'

Hij liep achter haar aan door de receptieruimte, die een paar van de jongere stafleden – er waren vijf masterstudenten en acht postdocs – hadden versierd met rode lichtjes en engelenhaar. In Franks eigen werkkamer zat Margit Lindgren op het bureau met een bierflesje in haar hand. Ze was te lang om er bevallig op neer te strijken: 1,85 meter, net als Frank. Margit stond aan het hoofd van haar eigen laboratorium op de begane grond, maar ze bezocht regelmatig de derde verdieping.

'We zijn alvast zonder jou begonnen' zei ze. 'Waar zat je?'

Hij trok een stoel bij. 'Protogenix. Een vergadering met het bestuur.' In de verte ging een telefoon over. 'Jezus, wat nu weer?'

'Arme Frank,' zei Margit. Zijn uitstapje naar de commerciële wetenschap had hun vele uren gespreksstof opgeleverd. Op grond van wat hij haar allemaal had verteld, beschouwde Margit het managementteam bij Protogenix als een stelletje plunderende vandalen, een conclusie die hij onderschreef. Het diepe medeleven en de stille afschuw waarmee zij op zijn verhalen reageerde, gaven hem een intens gevoel van bevrediging.

Betsy Baird stak haar hoofd om de deur. 'Het is Neil Windsor weer.'

'Ik zit nog bij Protogenix.'

'Daar heeft hij naartoe gebeld. Ze hebben hem gezegd dat je al weg was.'

'Zeg maar dat ik nog niet terug ben. Dat je niet weet waar ik ben.'

Betsy verdween en Margit nam een slok van haar bier. 'Neil Windsor?'

'Een vriend van vroeger. Een studiegenoot eigenlijk. Hij is een paar dagen in de stad.'

'Wil je hem niet zien?'

Frank haalde zijn schouders op. 'In principe wel. Maar Gwen komt morgen. Ik heb nog veel te doen.' Het was een mager excuus. De bezoekjes van zijn dochter vroegen helemaal niet om voorbereiding. Ze gingen uit eten. Zijn maar zelden gebruikte logeerkamer was zo keurig als een laboratorium.

'Windsor. Die naam klinkt bekend.'

'Hij is van Stanford,' zei Frank nonchalant.

'O, díé Windsor. Heb je zijn artikel in *Nature* gezien?'

'Natuurlijk,' zei Frank. Het nieuwe nummer was gisteren binnengekomen. Het moment was natuurlijk toevallig – het artikel was al maanden geleden ingediend – maar het leek bewust zo gepland om hem zoveel mogelijk te kwellen.

'En dan is er natuurlijk nog de Academy,' zei Margit.

Frank knikte somber. In april van dat jaar had hij zoals altijd verlangend uitgezien naar de bekendmaking van de nieuwe leden voor de National Academy of Science. Zij waren de uitverkorenen, de topmensen in wiskunde en techniek, astronomie en natuurkunde, biologie en medicijnen. Uit hun gelederen kwam om de zoveel jaar een nieuwe Nobelprijswinnaar. Frank had zo zijn successen gehad, hij was gelauwerd en gesponsord, in genootschappen opgenomen en gevierd. Zijn positie bij het MIT stond buiten kijf, maar om de een of andere reden was het lidmaatschap van de Academy er nooit van gekomen. De verkiezingsprocedure was lang en omslachtig: wetenschappers werden door hun eigen sectie genomineerd, waarna er per categorie op hen werd gestemd. Een aantal jaren geleden was Frank gevraagd om een curriculum vitae en een publicatielijst in te leveren; jaar na jaar stelde hij zich voor hoe zijn naam steeds hoger op de lijst van genomineerden kwam. Hij was er zeker van geweest dat zijn moment nu gekomen was. In plaats daarvan was het Neil Windsors moment geweest. Margit, die van alles op de hoogte was, kneep even in zijn arm.

'Wanneer komt Gwen aan?' vroeg ze.

'Gwen en Billy.' Hij grijnsde, blij dat ze een ander onderwerp aansneed. 'Hij is erin geslaagd om zich een dag vroeger van zijn werk los te rukken. Ze komen morgenmiddag met het vliegtuig aan en ik breng de avond met ze door. Woensdag rijden ze door naar hun moeder.' Het bezoek was een jaarlijkse traditie voor Frank en zijn dochter. Billy was er al in geen jaren meer bij geweest. Scott, Franks jongste zoon, was nog nooit gekomen.

'Kom even met ze bij het lab langs,' zei Margit. 'Ik zou Gwen graag weer eens zien.'

'Dat zal ze leuk vinden.' Frank aarzelde. 'Het gaat nog hetzelfde met haar, denk ik. Bij haar verandert er nooit iets.'

Margit haalde haar schouders op. 'Waarom zou er iets moeten veranderen? Ze houdt van haar werk. Ze is tevreden met haar leven.'

'Ik ben bang dat ze eenzaam is.'

Margit keek hem een tijdje aan. 'Alleen zijn is niet hetzelfde als eenzaam zijn. Billy is ook single. Maak je je ook zorgen om hem?'

Frank grijnsde. Billy was altijd een knappe jongen geweest en had nooit gebrek aan vriendinnen gehad. Op Princeton had hij een tijdje iets gehad met een echte schoonheid, een zekere Lauren, een statige blondine van het soort dat je op de covers van tijdschriften aantrof. Billy bracht allang geen vrouwen meer mee naar huis – dat had Paulette hem wel afgeleerd – maar een cardioloog uit New York met zijn uiterlijk had de vrouwen vast voor het uitkiezen. 'Ik geloof niet dat Billy ooit eenzaam is,' zei hij met iets van trots in zijn stem.

'Domme man. Ik heb het niet over seks. Ik heb het over gezelschap.' Margit dronk haar bier op en zette het flesje weg. 'Billy is altijd aan het werk, net als Gwen. Allebei houden ze van wat ze doen.'

'Dat zal dan wel,' zei hij, hoewel het natuurlijk niet echt hetzelfde was. Billy zag vijf dagen per week patiënten; hij had veel contact met mensen, terwijl Gwen als jonge vrouw haar hele leven doorbracht met het catalogiseren van relieken in de kelder van een museum. Wat was dat nu voor een leven? Gwen had het nooit zo op het gezelschap van anderen gehad en door haar werk was ze nog minder sociabel geworden. Mensen die haar niet kenden, vonden haar vreemd. Zelfs bij haar familie was ze gereserveerd en stroef, en hulde ze zich vaak in langdurig stilzwijgen. Over haar privéleven liet ze niets los. Ze wekte de indruk er uitgesproken meningen op na te houden die ze voor zich hield. Soms had Frank het gevoel dat ze hem op een onmiskenbaar antropologische manier aan het bestuderen was. Al met al was zijn dochter geen gemakkelijk gezelschap; wanneer ze woensdagmiddag uit Cambridge vertrok, zou hij zich schuldig voelen over de opluchting die hem dat gaf. Maar Margit genoot echt van Gwens gezelschap en vond haar vele zonderlinge eigenschappen volkomen begrijpelijk. Frank deed alleen maar alsof. En Gwen, die zich niet snel iets liet wijsmaken, merkte het verschil.

'Je hebt gelijk,' zei Frank. 'Gwen redt zich wel. Help me daaraan herinneren.'

Hij nam de fles aan die Margit hem aanbood en ze dronken in een plezierig stilzwijgen. Ze waren al jaren goede vrienden, al sinds Margit bij het MIT was komen werken. Oppervlakkig gezien was het een onwaarschijnlijke vriendschap. Frank was een geboren docent, hij was charmant en extravert in het leslokaal, geliefd bij de studenten en scheutig met zijn tijd. Hij onderhield contact met tientallen vroegere postdocs, schreef aanbevelingsbrieven en gaf adviezen. Een paar jaar geleden had zijn team een surpriseparty georganiseerd ter ere van zijn verjaardag, een wild en lawaaierig feestje waarbij de nadruk lag op scherpzinnige toosten en beminnelijke plagerijen aan het adres van Frank. Het was precies het soort bijeenkomst waar hij van hield. Voor het eerst in jaren had hij zich een vader gevoeld.

Zijn enthousiasme om les te geven was Margit een raadsel. Voor haar waren de uren in het leslokaal een bezoeking. De eisen van de studenten putten haar uit. Zelfs haar postdocs moesten zich in bochten wringen om haar aandacht te krijgen; ze sloop elke dag stiekem uit het lab weg als een filmster die de paparazzi ontwijkt: 'de Garbo van Grohl' grapte Frank vaak. Ze waren even oud, en allebei waren ze gescheiden en hadden ze volwassen kinderen. Ze hielden van dezelfde films en van dezelfde boeken. De helft van de exemplaren in Franks studeerkamer had Margits naam op het schutblad staan. Elk jaar namen ze samen een seizoensabonnement bij het Huntington Theatre. Ze waren ooit bij een uitvoering van Miss Julie een studente tegen het lijf gelopen op wie Frank een oogje had, een knap Indiaas meisje dat hij het semester ervoor had lesgegeven. Ze was ervan uitgegaan dat Margit zijn vrouw was. De beide dames hadden gelachen om de vergissing, maar Frank was sprakeloos geweest. Mijn vrouw? had hij zich in stilte verbaasd. Maar ze is óúd.

Anderen, zoals Betsy Baird en Ursula de laborante, had hij weleens horen zeggen dat Margit 'aantrekkelijk' was. Degenen die dat zeiden, waren altijd vrouwen van middelbare leeftijd. Ze hadden bewondering voor haar tanige figuur en haar hardloopbenen; ze vonden het niet erg – waarom zouden ze ook – dat haar achterste plat was en dat ze geen borsten had. Margits grijze haar was zo kort geknipt als dat van een man; ze droeg opvallende brillen, rood of paars met hoekige monturen. Voor een bezoek aan het theater kleedde ze zich flamboyant, met lange rokken en zijdeachtige sjaals. De mensen keken om bij het geritsel van al die stof, maar Frank vond er niet zoveel aan. Als hij er iets over moest zeggen, zou hij zeggen dat ze er leuk uitzag.

Zijn ex-vrouw Paulette zag er niet leuk uit. Als meisje, als jonge vrouw, was ze een oogverblindende schoonheid geweest. In die tijd, in het begin van de jaren zestig, werd ze vaak vergeleken met Jacqueline Kennedy, eveneens een schone met donkere ogen die iets elegants en voornaams uitstraalde. Bij Paulette waren die kwaliteiten in de loop der jaren vervaagd. Toen hij haar voor het laatst had gezien, drie jaar geleden, zag haar huid er teer en kreukelig uit. Haar gezicht deed hem denken aan een verkreukelde bloem. Maar haar verschijning had nog altijd een sensuele uitstraling, iets wat je week maakte en wat intens vrouwelijk was. Bij de buluitreiking van Billy aan de medische faculteit had Frank gezien dat hun zoon haar voorstelde aan een aantal van zijn docenten, en die oude lullen waren in haar aanwezigheid tot leven gekomen. Al was Paulette niet meer in de bloei van haar leven, ze maakte nog wel altijd een verpletterende indruk op mannen.

'Frank?'

Hij keek te snel op. Zijn oor herkende onmiddellijk de frequentie van dat warme, hese, verleidelijke stemgeluid. Hij zou zweren dat hij haar nog op straat kon horen als hij laat in zijn kantoor op de derde verdieping zat te werken.

'Heb je een momentje?' Cristina Spiliotes, een van zijn postdocs, stond in de deuropening met een drankje in haar hand.

'Ik ben zo terug,' zei Frank tegen Margit. Hij stond op en liep achter Cristina de gang in. Vandaag droeg ze een dunne auberginekleurige blouse met de drie bovenste knoopjes los. Meestal waren het er twee. Ze had in geen maanden drie knoopjes open gehad.

'Wat is er?' Nadat hij zich er maanden op had toegelegd, was het zijn tweede natuur geworden: hij richtte zijn blik op haar neus of op haar schouder – weg van haar wellustige mond en het schemergebied van haar decolleté.

'Ik heb hier een conceptversie van het onderzoeksverslag,' zei ze opgewekt terwijl ze hem een map van manillapapier overhandigde. 'Zie je kans om ernaar te kijken?'

'Ho eens even. Loop je niet wat op de zaken vooruit?' Hij grinnikte vriendelijk, maar hij stond versteld van haar lef.

Ze wuifde zijn bezwaren weg. 'Natuurlijk heb je gelijk. Er moet nog veel gebeuren. Maar ik wil alleen maar goed voorbereid zijn voor als het zover is.' Opnieuw stak ze hem de map toe. 'Alsjeblieft?'

Frank knipperde met zijn ogen. Ambitieuze postdocs waren niets nieuws. In de loop van zijn carrière had hij er tientallen aangenomen; vele jaren geleden was hij er zelf een geweest. Maar Cristina was anders. Achter haar ambitie ging een enorme arrogantie schuil. Zo kwam het in elk geval op Frank over.

'Ik heb misschien nog wel tijd met de feestdagen,' zei hij. 'Ik beloof niets, maar misschien kan ik er even naar kijken.'

'Ik weet dat het vroeg is, maar ik zou graag horen wat je ervan denkt.' Toen ze hem de map gaf, streek haar hand even langs de zijne. 'Dank je wel.' Haar vingers waren verrassend warm en haar ogen waren fluweelbruin als die van een hert.

'Ik kan je niet beloven dat ik eraan toe kom,' herhaalde hij.

'Natuurlijk niet,' beaamde ze. 'Maar je weet maar nooit. Voor het geval dat.'

Ze werkte net iets meer dan een jaar bij Frank in het laboratorium en elke dag was een kwelling. Hij had haar in een opwelling aangenomen, op een moment dat zijn beoordelingsvermogen vertroebeld was door eenzaamheid, twijfel en wanhoop. Deena Maddux, met wie hij zes jaar lang een relatie had gehad, was bij hem weggegaan voor een loopbaantraject op Berkeley met uitzicht op het hoogleraarschap. Ze was twintig jaar jonger dan hij en wilde dolgraag kinderen; alleen een huwelijksaanzoek had haar in Cambridge kunnen houden. Toen dat niet kwam, reed ze weg in een verhuiswagen. Het huis en de meubels waren van Frank, maar Deena had de vloerkleden en de gordijnen gekocht, de lakens, de gewatteerde dekens, de sierkussens. Nu nam ze dat allemaal mee. Er was niets zachts meer in de kamers.

Het huis was hol zonder haar. 'Blijf een tijdje alleen,' adviseerde Margit. 'Dat is goed voor je.' Maar hij sliep slecht zonder Deena naast zich. Vrouwelijk gezelschap was essentieel voor hem, zoals water of zuurstof. Hij had nooit als een monnik geleefd en hij was te oud om er nu mee te beginnen.

Een paar vrienden, die allemaal getrouwd waren, regelden afspraakjes voor hem. De vrouwen waren rond de vijftig, of iets jonger – in ieder geval voorbij de leeftijd dat ze aandrongen op wat Frank niet wilde geven. Er was een professor van Harvard bij, een vegetarische chef-kok, een ontwikkelingseconoom van de Kennedy School of Government. En maar liefst twee geestelijken, een methodistische dominee en een liberaal-joodse rabbi. Geslaagde, wereldwijze en belachelijk goed ontwikkelde vrouwen. Hij ging een paar weken of maanden met hen uit. Hij trakteerde hun op etentjes, masseerde hun rug en volgde een cursus Toscaans koken bij het centrum voor volwassenenonderwijs. Hij probeerde skeelers uit en sneeuwschoenen, ging *candlepin*-bowlen, struinde braderieën af en ook, God beware hem, de antiekmarkt in Brimfield, waar hij maar net een ongemakkelijke ontmoeting met zijn ex-vrouw misliep. Zes maanden lang, een jaar wel, had hij enorm veel middelbaar plezier. Afgezien van de vegetarische chef-kok was hij uitzonderlijk gesteld op al die vrouwen. Hij kuste en knuffelde hen. Maar tot zijn afschuw voelde hij geen begeerte voor hen.

Zijn pik – die tot dan toe zo hyperactief was geweest dat hij er soms door in moeilijkheden was gekomen – was willoos en pruilerig geworden. Net als een humeurige tiener wilde hij met rust gelaten worden. De vrouwen begrepen dat natuurlijk niet. Er werden pogingen ondernomen. Na vijf seksloze afspraakjes stelde rabbi Kleinman voor een weekend in een pension in New Hampshire te verblijven. De kamer was voorzien van een bubbelbad en ze kregen er een fles champagne van het huis bij. Er was geen televisie. In het nauw gedreven schonk Frank de rabbi tweemaal daags bevrediging; op een regenachtig weekend in het landelijke New Hampshire was er weinig anders te doen. Twee keer slaagde hij erin om haar met een half hard geworden lid te penetreren. Ze deed alsof het haar bevredigde. In de auto op de terugweg naar Cambridge zongen ze liedjes van de Beatles met de radio mee. Dagenlang gebeurde er niets. Uiteindelijk stuurde ze hem een e-mail: zij en haar ex-man wilden het weer met elkaar proberen. Uit het veld geslagen stuurde hij haar zijn felicitaties, dankbaar dat hij haar niet meer onder ogen hoefde te komen.

Als zijn pik depressief was, was de rest van hem dat misschien ook wel. Dat was vrij aannemelijk. Hij stond onder druk op zijn werk (hoewel dat niet ongewoon was, hij stond al vijfendertig jaar onder druk). En Deena's aftocht had hem dieper gekwetst dan hij had beseft. Een depressie kon iedereen treffen, ook een tiener of een jonge hengst van twintig. Dat had niets met leeftijd te maken. En met de nieuwe serotonine-medicijnen die de markt overspoelden, kon zijn aandoening op rationele wijze worden behandeld, zonder de vernederingen die hij jaren geleden had moeten ondergaan, toen hij in de laatste dagen van zijn huwelijk door Paulette werd meegesleept naar een therapeut. Als je *Time Magazine* moest geloven was een van de twee voorbijgangers op straat aan de Prozac. Iedere huisarts kon hem een recept voorschrijven.

Hij maakte een afspraak met zijn internist, een slimme vent van Harvard, die Cheng heette. Het woord 'impotentie' kreeg hij niet over zijn lippen. 'Mijn libido is verdwenen,' zei hij in plaats daarvan met bonzend hart. 'Ik heb gewoon geen zin meer.'

Cheng onderbrak hem met een handgebaar. 'Luister, Frank.' Het was een Chinese Texaan die met een nasale stem sprak. 'Het laatste wat je in dit geval moet hebben is Prozac. Het is een geweldig middel, maar juist omdat het de seksuele lust remt, willen mannen het niet meer slikken. En soms werkt het hele zaakje niet meer.'

'Het hele zaakje?' herhaalde Frank.

'Ik bedoel dat ze hem niet meer omhoog kunnen krijgen.' Toen hij Franks blik zag, zei hij: 'Maak je niet druk. Voor elk probleem bestaat een oplossing. De Britten hebben een geweldig erectiemiddel op stapel staan. Het ziet er veelbelovend uit. Als het een succes wordt, krijgen we allemaal nog een stijve als we ver in de negentig zijn.'

'Je maakt een geintje,' zei Frank.

'Ik zweer het je,' zei Cheng.

Frank zwoer de vrouwen af. Het debacle met rabbi Kleinman had hem erg van zijn stuk gebracht en hij was bang voor nog meer vernederingen. Ooit zou een wondermiddel hem misschien redden, maar in de tussentijd was een man in zijn toestand alleen beter af. Hij stortte zich op zijn werk, met weekenden in het lab en nachten op de bank in zijn kantoor. Hij had subsidie gekregen voor een extra postdoc. Een enkele aankondiging leverde honderd sollicitanten op; hij kon kiezen uit de slimste jonge wetenschappers op zijn vakgebied. Ze hadden allemaal de juiste papieren, een stuk of vijf waren echte uitblinkers. Frank koos voor een wonderkind dat naar de naam Kevin Cho luisterde, een whizkid van begin twintig die net aan Stanford was gepromoveerd. Hij wilde Cho net een aanbieding doen toen Betsy Baird hem nog weer een cv met begeleidende brief overhandigde. 'Deze is vandaag binnengekomen. Nog net op het nippertje vóór de deadline.'

Hij wierp een snelle blik op de brief, zocht naar de vertrouwde namen – Stanford, Harvard, MIT – maar vond ze niet.

'Laat maar zitten,' zei hij terwijl hij de brief teruggaf. 'Ik heb mijn man al gevonden.'

'Je kunt op zijn minst een gesprek met haar voeren.'

'Waarom dan?' vroeg hij oprecht verbaasd. 'Het wordt Cho. Het heeft toch geen zin daar iedereen weer tijd aan te laten verspillen?'

'Oké,' zei Betsy op die spottend-geduldige toon waar hij zo'n hekel aan had. Het betekende dat zij meende dat ze hem een stap voor was, wat dan vaak ook zo was. 'Ik heb hier de formulieren met de vrijwillige verklaring.' Ze zweeg even veelbetekenend. 'Moet ik ze naar boven sturen?'

Hij herinnerde zich een reeks memo's over het aannamebeleid die Steve van Boven onlangs had rondgestuurd – Steve Zeichner, de directeur van het instituut, die in het kantoor op de bovenste verdieping zetelde, vanwaar je een prachtig uitzicht op de rivier de Charles had. Om redenen die zijn staf niet kende, was Steve van Boven plotseling alert op het aannemen of in elk geval het uitnodigen van ondervertegenwoordigde groepen. Op Grohl – dat geleid werd door blanke en Aziatische mannen – betekende dat zwarten en vrouwen. Toen de eerste sollicitaties binnenkwamen, was Frank er verbaasd over geweest hoeveel vrouwen erbij zaten – het bleek dertig procent te zijn. Dat was zijn eerste en laatste gedachte over deze kwestie. Zonder Betsy's aansporing was het nooit tot hem doorgedrongen dat de zes kandidaten die hij had uitgekozen allemaal mannen waren. Dat hij met geen enkele vrouw een sollicitatiegesprek had gevoerd.

'O shit,' zei hij.

'Het begint hem te dagen, hoor.' Betsy gaf hem de brief terug. 'Kijk maar even.'

Frank keek snel de eerste alinea door. Cristina Spiliotes had haar promotieonderzoek op Baylor gedaan bij Alan Manning, die Frank van naam kende. Manning was een koploper op het nieuwe en spannende gebied van de apoptose; al vanaf het begin had hij de theorie verdedigd dat cellen onder bepaalde omstandigheden zelfmoord pleegden – en dat er ziekte optrad als dit mechanisme niet meer werkte. Als te veel cellen zelfmoord pleegden, kreeg je de beschadigde bloedvaten van een ischemische hartziekte; als te weinig cellen zelfmoord pleegden, vermenigvuldigden gebrekkige cellen zich ongebreideld tot tumoren. Het veld bestond nog maar een paar jaar, maar het leek oneindig veel mogelijkheden te bieden. Als wetenschappers zouden ontdekken hoe ze de controle konden krijgen over de genen die apoptose bewerkstelligden, dan konden er veelbelovende behandelingen uit voortkomen voor Parkinson, kanker en hartziekten. In Franks ogen waren er verbijsterende mogelijkheden. Hij was een traditionele geneticus in de oncologie; hij had naam gemaakt met zijn ontdekking van een specifiek oncogen, XNR, en de rol die dat speelde in het markeren van tumorcellen. Hij had geen achtergrond in de apoptose, maar hij verslond de literatuur over het onderwerp. Instinctief voelde hij aan dat dit weleens de volgende grote doorbraak kon zijn. Natuurlijk was dit een spel dat door jongemannen werd gespeeld en dat beheerst werd door jonkies als Cristina Spiliotes, die de laatste paar jaar in een van de nieuwste apoptose-laboratoria van het land had gewerkt. Voor een fossiel als Frank zou dit weleens zijn kans kunnen zijn om op dat terrein binnen te komen.

'Laat haar vrijdag maar komen,' zei hij tegen Betsy.

'Dan zit je de hele dag vol.'

'Het hoeft niet lang te duren. Ik ga wel met haar lunchen.'

Achteraf vroeg hij zich af of dat het verschil had gemaakt. Alle andere kandidaten, Kevin Cho incluis, waren naar zijn werkkamer gekomen en hadden hem de hand geschud boven zijn rommelige bureau. Cristina Spiliotes had een restaurant voorgesteld waarvan hij nog nooit had gehoord, een Spaans tentje in een zijstraat bij Harvard Square. Ze zat al te wachten toen hij arriveerde. Haar donkere haar hing los, ze droeg kleine pareltjes in haar oren, en een zijden witte blouse. Haar benen gingen schuil onder een stuk gebloemd tafelkleed.

Hij was gecharmeerd geweest van haar hartelijkheid, haar lichte accent en haar welluidende lach. Tot zijn verbazing bestelde ze een glas wijn. 'De tapa's zijn hier echt heerlijk,' zei ze. 'Wilt u ze ook proeven?' Er kwamen kleine schaaltjes met olijven, knoflookmosselen en gebakken dingen uit de zee.

Onder het eten stelde Frank haar vragen over haar wetenschappelijk onderzoek. Drie jaar lang had ze een specifiek gen bestudeerd – een X-gebonden apoptoseremmer, oftewel XIAP. Ze had het onderdeel van de moleculaire biologie al gedaan en de reagentia ontwikkeld om het gen in vitro stop te zetten. Haar volgende stap was om een transgene muis te kweken die genetisch zo was aangepast dat de XIAP in alle cellen was uitgeschakeld. Als, zoals Cristina hoopte, het uitzetten van de XIAP de muis resistent maakte tegen tumoren dan was het een uitgemaakte zaak, dan speelde dit gen, háár gen, een rol in de ontwikkeling van kanker.

Frank knikte gefascineerd. Zijn ex-vrouw had altijd gezegd dat hij niet goed kon luisteren en hij wist dat dit vaak ook het geval was; maar wanneer een wetenschappelijk vraagstuk hem bezighield, had hij een grenzeloze aandacht. Cristina sprak snel en haar prachtige handen fladderden in het rond; ze had een lading zilveren armbanden om, maar geen ring.

Haar woorden boeiden hem, en dat gold ook – waarom doen als-of dat niet zo was? – voor haar blote hals, haar glanzende haar en de verbazingwekkende suèdeachtige structuur van haar huid. Evenals hoogstaande wetenschap had vrouwelijke schoonheid altijd zijn aandacht, maar zelden waren die twee met elkaar verenigd. Onder het luisteren en het kijken was hij zich bewust van de spieren in zijn armen en zijn benen, van het bloed dat zijn gezicht warm maakte, en van het simpele feit dat zijn hart klopte.

Toen de paella kwam, veranderden ze van onderwerp. Ze hadden het over politiek, over de huizenprijzen, een nieuwe fototentoon-stelling in het Museum of Fine Arts.

Cristina had die ochtend op Harvard een gesprek gehad met Franks geduchte tegenstander van vroeger, Otto Mueller; ze was er zo zeker van dat hij haar een aanbieding zou doen dat ze al naar ap-partementen aan het kijken was. (Op dat moment vond Frank dat grote zelfvertrouwen aantrekkelijk. Later leek het een bewijs van haar arrogantie.) Ze had een fantastisch huis in Cambridgeport ge-zien, maar ze vroeg zich af of de buurt wel veilig was. 'Ik moet voor-zichtig zijn,' legde ze uit en dempte haar toon een beetje, 'als vrouw alleen.'

Frank viel vooral – hij kon er niets aan doen – het woord 'alleen' op.

Ze bestelde nog een glas wijn.

'Laten we een fles nemen,' stelde hij voor, wat heel logisch was: het was goedkoper dan per glas bestellen. Bij zijn tweede glas liet hij al doorschemeren dat hij en Deena Maddux uit elkaar waren, en Cristina keek hem meelevend aan. Haar bh scheen door haar blouse heen – een witte bh, vermoedde hij, veel lichter dan haar olijfkleuri-ge huid. Toen de flan kwam, stond ze op om naar het toilet te gaan. Haar rok zat vastgeplakt aan haar achterste, dat rond was met een gleuf erin, als een abrikoos.

Hij was verloren.

Ze begon onmiddellijk, ze spraken af dat ze later vrij zou nemen om haar nieuwe appartement in te richten. Frank had nieuwe ener-gie gekregen. Cristina was een groot succes bij de andere postdocs; wanneer hij langs hun gemeenschappelijke werkkamer kwam, hoorde Frank haar vaak lachen met Martin of Guei. Haar wetenschappelijk onderzoek was stimulerend, evenals – gaf hij bij zichzelf toe – haar aanwezigheid. Hoewel hij zich in de omgang met haar uiterst gepast gedroeg, observeerde hij haar onopvallend en onthield hij alles precies. Op bepaalde dagen droeg ze haar haar in een knotje zodat haar mollige oorlellen te zien waren; vaak sprong er een donkere krul los die in haar blote nek hing. Ze droeg graag klassieke zijden blouses in donkere kleuren, ze liet de twee bovenste knoopjes los en soms de bovenste drie. Toen het zomer werd ontdekte hij een nieuw aspect aan deze blouses: in een vertrek met airconditioning verborgen ze haar tepels niet. Zonder het ooit te zien of aan te raken had ze zijn slappe aanhangsel weer tot leven gewekt. Wat rabbi Kleinman met gebruik van haar handen en haar mond maar nauwelijks was gelukt, bracht Cristina zonder het te weten meermalen per dag tot stand. Zijn aandoening was genezen.

Frank McKotch was nog niet afgeserveerd. Hij was nog net zo viriel als altijd. De toekomst lag voor hem – korter dan vroeger, maar nog altijd veelbelovend. Er zouden weer vrouwen in zijn leven komen. Een nieuwe Deena die hem vurig tegen zich aan klemde, een nieuwe Paulette die zijn naam fluisterde.

Maandenlang had hij genoeg aan deze wetenschap. Zeker weten! Zijn grootste angsten waren verdreven, zijn mannelijkheid was bevestigd. Hij verwachtte beslist niet meer van Cristina. Ze was immers zijn postdoc en hij was verantwoordelijk voor haar professionele ontwikkeling, een taak die hij niet licht opvatte. Bovendien had ze hem al een heel groot geschenk gegeven.

Hij was haar zo dankbaar dat hij het echt geloofde. Hij geloofde het tot aan het moment dat hij uit een koffieshop kwam en een ronkende motor Kendall Square hoorde oprijden. De berijder was jong en donker. Een vrouw had haar armen om zijn middel geklemd. Ze klom van de motor, deed haar helm af en schudde haar donkere haar los. Dat ronde gekerfde achterste kon van niemand anders zijn. Ze boog zich voorover om de motorrijder op de mond te zoenen.

De motor ging er gierend vandoor en reed door rood. Frank ging in een deuropening staan en wachtte totdat Cristina voorbij was. Ze had hem niet gezien; dat wist hij heel zeker. Hij had pijn op zijn borst, het koude zweet stond hem op zijn voorhoofd. Zijn maag kwam in opstand.

Hij herkende de symptomen van een hartinfarct.

Het was een belachelijke veronderstelling: hij had een lage bloeddruk en een voorbeeldig vetprofiel. Maar hij was geen jonge vent meer. Die paar ogenblikken hadden hem twintig jaar ouder gemaakt.

Cristina had een geliefde. Dat was niet verwonderlijk, ze was een mooie meid. Dat de geliefde jong en vitaal was, een donkere Griek op een motor, paste ook helemaal in het plaatje. Het viel te verwachten en als hij goed had opgelet had hij het van mijlenver kunnen zien aankomen. Hij had alleen de verkeerde gegevens bestudeerd. Maandenlang had hij zich gefixeerd op abrikozen, oorlellen en vooruitstekende tepels. Hij was zo druk geweest met knopen tellen dat hij andere cruciale feiten over het hoofd had gezien. Op een ochtend was ze somber en uitgeput op het werk gekomen, met dikke ogen alsof ze gehuild had. De volgende dag werd er een bos rozen bij het lab bezorgd; toen Betsy Baird haar ermee plaagde, moest Cristina blozen.

Het was natuurlijk absurd dat hij zich door haar bedrogen voelde. Steeds weer riep hij zich voor de geest hoe ze die eerste keer samen hadden geluncht: *Ik moet voorzichtig zijn als vrouw alleen.* Ergens had hij geloofd dat ze hem daarmee een signaal had gegeven, dat ze hem had laten weten dat ze vrij was.

De heftigheid van zijn woede verbaasde hem. Op het kantoor en in het lab kon hij haar niet in de ogen kijken. De akelige waarheid drong in alle hevigheid tot hem door: hij had haar aangenomen omdat hij haar begeerde. En omdat hij op een verwrongen manier geloofde dat zij hem ook wilde. Op zwakke momenten werd hij door zelfmedelijden overmand. Hij kreeg het gevoel dat zij juist misbruik van hem had gemaakt, van zijn overduidelijke fascinatie voor haar. Nergens op gebaseerd natuurlijk, maar het gevoel bleef hem achtervolgen. Aan hun wekelijkse besprekingen van een uur leek geen einde te komen; hij bedacht uitvluchten om af te zeggen, wat voor alle betrokkenen het beste leek. Haar aanblik vervulde hem met wrok en zulke gevoelens hoorden niet thuis in een lab.

Ondertussen ploeterde Cristina voort op haar transgene muis. Het werk bleek lastiger te zijn dan verwacht. De XIAP werkte niet erg mee; ze had enige moeite gehad om het gen in de stamcellen van de muis uit te schakelen. In de genetische manipulatie waren zulke hobbels gebruikelijk, maar naarmate de maanden verstreken, werd Frank steeds zenuwachtiger. Hij begon apoptose te beschouwen als een grote gok waarvoor hij in een vlaag van verstandsverbijstering interesse had gehad. Hij had weleens vaker waardeloze mensen aangenomen, maar nog nooit om zo'n verachtelijke reden. Bestond er iets treurigers dan de fascinatie van een oude bok voor een mooi groen blaadje? Iedereen die een beetje oplette had meteen ingezien wat zijn drijfveer was geweest; de laboranten en de postdocs, Betsy Baird en Margit, ze moesten allemaal hebben gezien wat voor dwaas hij was. Ondertussen was Kevin Cho op Stanford gebleven. Hij was ingepikt door – lag dat niet voor de hand? – Franks oude kameraad Neil Windsor. Cho bestudeerde de rol van signaaleiwitten in het tumorgroeiproces – veel minder riskant dan Cristina's apoptose-werk. Frank begreep dat hij een zeldzame kans had gemist. Een blinde kon zien dat Cho was voorbestemd om een klapper te maken. Cho was de grootste kans op succes die Frank ooit gehad had.

Maar uiteindelijk keerden Cristina's kansen. Nadat ze maandenlang de stamcellen had gemanipuleerd, slaagde ze erin om het gen uit te schakelen. Ze had het voor elkaar! En twaalf weken later waren er bij haar transgene muizen geen borsttumoren te vinden – een direct resultaat, vermoedelijk, van het deactiveren van de XIAP.

En in één klap was zijn beoordelingsvermogen in ere hersteld. Cho was de veilige keuze geweest, maar Frank McKotch was niet bang, Frank McKotch was risico's nooit uit de weg gegaan. Achter Cristina's aantrekkelijke uiterlijk ging een ware wetenschapper schuil en hij was de enige die dat gezien had. De postdocs, de laboranten en zelfs Steve van Boven zouden allemaal ontzag hebben voor zijn scherpe inzicht, zijn buitengewoon vooruitziende blik.

Frank zat in de bar van het Charles Hotel op Neil Windsor te wachten en naar de sneeuw buiten te staren. Er was een storm vanuit het westen op komst. Gwen had hem van het vliegveld in Pittsburgh gebeld om te melden dat haar vlucht vertraging had. Een paar uur slechts, maar Frank was ontstemd over het oponthoud. Nu moesten ze tijdens het spitsuur onmiddellijk doorrijden naar South Station om op tijd te zijn voor Billy's trein en daarna moesten ze meteen uit eten gaan. Frank had zijn dochter een jaar niet gezien en zijn zoon – was het echt waar? – drie jaar niet. In elk geval hebben we morgen nog, dacht hij. Ze zouden de ochtend en de middag nog samen doorbrengen voordat de kinderen naar hun moeder in Concord vertrokken.

Hij keek snel de bar rond. Hij had het gevoel dat hij hier tegen zijn wil ontboden was. Grohl was vroeg dichtgegaan vanwege de vakantie en Betsy Baird was rond het middaguur vertrokken. Nadat Gwen en hij hadden opgehangen, ging de telefoon onmiddellijk weer en Frank nam hem gedachteloos aan. Toen hij Neils stem hoorde, wist hij dat hij er niet meer onderuit kon.

Nu zat hij met zijn handen om een glas martini geklemd zichzelf moed in te spreken. Hij zou wat over koetjes en kalfjes praten met zijn oude makker: een paar roddels uitwisselen, naar vrouw en kind informeren. Er was net een nieuwe subsidieronde van de Defense Advanced Research Projects Agency geweest die fikse bedragen toekende. Neil zou weten wie er uitverkoren waren. Er was van alles te bespreken buiten de Academy, Kevin Cho en het artikel in *Nature*, alle wrok die hem als een steen op de maag lag, het verraad uit het verleden.

Hij schrok toen Neil hem een klap op zijn schouder gaf.

'McKotch! Man, wat ben jij moeilijk te pakken te krijgen.'

Frank stond op. 'Kerel, wat fijn om je weer eens te zien.' Tot zijn verbazing meende hij het ook nog. Het bracht hem altijd weer van zijn stuk hoe vertrouwd Neil eruitzag, hoeveel hij op zichzelf van vroeger leek. Met zijn bijna zestig jaar was hij nog net zo mager als altijd; zijn razendsnelle stofwisseling was er niet trager op geworden. Op de masteropleiding had hem dat de bijnaam Lintworm bezorgd. Frank dacht aan de boterhammen met vleeswaar – joekels hadden ze die genoemd – die Neil elke morgen had gemaakt. Hij nam ze in een bruine papieren zak mee naar het lab, vijf joekels per dag. Zelfs toen werd zijn haar al dunner. Nu was hij praktisch kaal, zijn schouders hingen al een beetje naar voren. Frank had tot zijn grote tevredenheid nog altijd een volle haardos: dik en golvend met hier en daar een streepje grijs.

Neil leek zijn gedachten te lezen. 'Mijn God, moet je jou toch eens zien. Bejaarde beatnik. Zou je niet eens naar de kapper gaan?'

'Afgunst is een lelijk ding, Weisberg.'

Neil grijnsde goedkeurend. 'Is dat een martini?'

'Jij ook eentje?'

'Het is nog wat te vroeg voor mij. Maar neem het er lekker van.'

Dank je voor je toestemming, dacht Frank zuur. 'En, wat kom jij hier in de stad doen?'

'Ik heb een lezing bij het Dana Farber Cancer Institute gegeven.' Neil schonk zijn biertje in een glas. 'Daarna ben ik vanochtend bij jouw club geweest.'

'Protogenix?' Frank keek hem verbijsterd aan.

'Ja, ze willen me in de WAR hebben.'

'Je meent het.' Frank voelde dat hij zweette. Hij zat al bijna drie jaar in de wetenschappelijke adviesraad, zijn aanstelling liep over een maand af. Hij zat dan wel op het management af te geven tegen iedereen die het maar wilde horen, maar dat betekende nog niet dat hij eraan toe was om vervangen te worden.

'Ik heb geweigerd. Het betaalt ongelooflijk goed, maar ik heb al te veel omhanden.' Neil reikte over de bar naar een bakje pinda's. Lintworm was altijd al dol op pinda's geweest. 'Heb je Paulette de laatste tijd nog gezien?'

'Al een paar jaar niet meer.' Frank spieste zijn olijf aan een tandenstoker, een dodelijke klap. 'Toen Scott vanuit Californië weer hiernaartoe verhuisde, mocht ik van haar komen eten zodat ik mijn kleinkinderen kon bekijken.' Het woord kleinkinderen kwam er wat schaapachtig uit.

Neil lachte. 'Dat klinkt dan weer wat minder, vind je ook niet, ouwe?' Hij gooide een pinda in zijn mond. 'Waar zit Scotty tegenwoordig? Vermont of zo?'

'Connecticut.'

'En waarom zit hij in Connecticut?'

Daar gaan we weer, dacht Frank. Neil deed niets liever dan vragen stellen. Vroeger was Frank er helemaal gek van geworden. Hij had de feitelijke vragen nooit erg gevonden – 'Waar ben je met Paulette wezen eten?' Maar die waren slechts bedoeld als aanloop. Neil wilde de reden voor dingen weten. 'Waarom was je zo vroeg thuis?' 'Waarom werd ze boos op je?' 'Waarom denk je dat ze zich zo voelde?' 'Weet je wel zeker dat dit de reden is?' Destijds had Frank zich gevleid gevoeld, hij had verondersteld dat Lintworm, die zelf geen vriendin had, via hem wilde ervaren hoe dat was.

Later zag hij die vragen in een ander licht.

In de nieuwsgierigheid van zijn vriend, die ver de diepte in ging, maar ook een verbluffend breed terrein bestreek, school zijn elementaire kracht als wetenschapper. Andere onderzoekers, Frank incluis, waren gedreven om het juiste antwoord op een vraag te vinden – het enige, unieke, perfecte antwoord. Neil was geïnteresseerd in de hele reeks van mogelijkheden; hij genoot er echt van om theorieën aan te voeren en scenario's na te spelen zo ver als zijn verbeelding hem maar toeliet. Anders dan Frank vond hij het niet erg om het bij het verkeerde eind te hebben. 'Alleen op die manier leer je iets,' zei Neil vaak, maar Frank vond dat hele proces vermoeiend. Hij had geen geduld voor vergissingen.

'Hij geeft les,' zei hij en dronk zijn glas leeg. 'Op een of andere particuliere middelbare school daar.'

'Choate?' vroeg Neil. 'Taft? Pomfret?'

'Een ervan.' Frank kon zich niet herinneren wanneer hij voor het laatst met iemand over zijn jongste zoon had gesproken. Scott de langharige, die voortijdig van de universiteit was gegaan, die naar het westen was vertrokken en daar met een meisje was getrouwd dat de familie nog nooit had gezien. Billy was de zoon over wie Frank graag sprak. Maar Lintworm had zoals altijd meteen zijn zwakke plek te pakken.

'Billy's praktijk loopt heel goed,' zei Frank.

'Fijn voor Bill,' zei Neil. 'En Gwen?'

'Ik zie haar morgen. Billy en Gwen komen hier wat vroeger kerstfeest vieren.'

'Heeft ze ooit nog contact opgenomen met Doug Levin?'

Frank aarzelde, hij was enigszins overrompeld. Hij was vergeten dat hij jaren geleden, toen hij op zoek was naar een endocrinoloog voor Gwen, aan Neil had gevraagd of hij iemand kon aanraden. 'Ik geloof het wel.'

'Levin behoort tot de besten. Hij deed mee aan dat Turner-onderzoek bij het National Institute of Health.' Hij schonk bier in zijn glas. 'Ze neemt toch hopelijk nog wel oestrogeentabletten?'

Frank voelde een steek van woede. Dat gaat je geen donder aan, dacht hij terwijl hij zijn glas leegdronk. Hij schaamde zich ervoor te moeten toegeven dat hij er geen idee van had. Gwen was erg gesloten. Al jarenlang – sinds ze volwassen was – had ze elk gesprek over haar gezondheid van de hand gewezen. Op vragen werd met een ijzige stilte gereageerd. En oestrogeen had niet alleen met gezondheid te maken, het had ook met seks te maken. Frank was geen preuts type. Hij had altijd – nou ja, tot voor kort – een gezond seksleven gehad. Maar het idee dat hij seksuele aangelegenheden zou bespreken met zijn dochter, die wel een preuts type was, deed hem verstijven. Ze was zo mogelijk net zo verkrampt als haar moeder, die de preutsheid ten top was.

'Ze wil er niet over praten,' zei hij. 'Eerlijk gezegd heb ik er geen idee van of ze die pillen neemt of niet.'

Neil fronste. 'Frank, je kent de argumenten. Je hebt kans op verminderde botdichtheid. Kans op vroege hart- en vaatziekten.'

'Het is haar besluit. Ze is geen kind meer.'

'Des te meer reden voor haar om in te zien dat zoiets verstrekkende gevolgen heeft.'

'Ik weet zeker dat ze het begrijpt,' zei Frank een beetje scherp. Ze is klein, niet achterlijk, wilde hij eraan toevoegen. Het is een intelligente meid.

'Goed dan.' Neil slurpte uit zijn glas. 'Hoe gaat het met de wetenschap, amigo?'

Frank gebaarde naar de barman. Er moest duidelijk nog een martini aan te pas komen. 'Op dit moment valt er nog niets te melden, maar er zit schot in de zaak. En bij jou?'

Neil grijnsde. 'Je hebt het artikel wel gezien neem ik aan?'

'Welk artikel?' zei Frank minzaam.

'O, het staat in een klein tijdschrift dat Nature heet. Misschien heb je daar weleens van gehoord?' Hij gniffelde. 'Ik kan natuurlijk niet helemaal alleen met de eer gaan strijken. Ik heb een geweldige postdoc. Volgens mij ken je hem. Kevin Cho.'

Franks hart ging sneller slaan. 'Hm. Ik geloof het niet.'

Hij besefte onmiddellijk dat hij dat niet had moeten zeggen. Neil keek hem nieuwsgierig aan. 'Echt niet? Hij zei dat hij een paar jaar geleden bij jou op sollicitatiegesprek is geweest. Slimme Koreaanse jongen. Ziet eruit alsof hij nog maar twaalf is.'

'O, díé Cho,' zei Frank slapjes. 'Tuurlijk, die ken ik nog wel.'

'Nou, je hebt mij een groot genoegen gedaan door hem niet aan te nemen. Daar mag ik je wel voor bedanken, mijn vriend. Hij blijkt mijn geheime wapen te zijn.'

Wat van mij is, is van jou, makker, dacht Frank. Kevin Cho, Protogenix. Heb ik misschien nog meer wat jij wilt?

Neil deed nog weer eens een greep naar de nootjes. 'Hoe gaat het met je apoptose-dame? Zit er al schot in de zaak?' Hij kauwde luidruchtig. 'Ik heb geruchten gehoord dat Radler jullie op de hielen zit.'

Frank knipperde even met zijn ogen. Hij wist natuurlijk wel dat Cristina niet de enige was die onderzoek naar XIAP deed. Haar vorige lab op Baylor bezat het genconstruct; dat gold ook voor het team van Fritz Radler aan de University of Chicago. Elk van beide groepen kon eerder de finish halen dan zij, zoals Neil heel goed wist.

'O, Cristina is een echte doorzetter.' Frank ging zachter praten. 'Ik mag je dit eigenlijk niet vertellen, maar we krijgen positieve signalen van Science over ons artikel.'

'Je meent het,' zei Neil. 'Is het al ter beoordeling ingestuurd?'

'Het is ook al weer teruggekomen.' De leugen brandde in zijn keel als whisky, deels genot, deels pijn. 'We zijn het nu aan het herzien, maar de veranderingen zijn minimaal. Ik kan me niet voorstellen dat het niet door zou gaan.'

'Frank, wat fantastisch. Mazzeltof, mijn vriend.'

'Het meisje is een hele aanwinst gebleken. Iemand om rekening mee te houden.'

Er werd een nieuwe martini neergezet. Frank greep er dankbaar naar.

'Je hebt zelf natuurlijk ook een topjaar achter de rug,' ging hij verder. 'Met de Academy en zo.' Hij kreeg pijn van het lachen. Zijn kaak deed hem zeer tot helemaal achter zijn oren. 'Daarmee ook nog gefeliciteerd, trouwens.'

'Frank, je bent een *mensch*. Je mag gerust weten dat ik er pijn van in mijn buik zou krijgen als de zaken omgekeerd lagen.' Neil lachte breeduit. 'Dat is het nut van sport. Daar krijg je karakter van. Ik heb geprobeerd om mijn zoon op voetbal te krijgen, maar geen succes. Hij lijkt op zijn vader.'

Frank klokte zijn drankje naar binnen. Neil was laat getrouwd, met een levendige Israëlische vrouw die tien jaar jonger was. Hij was vijftig toen zijn zoon geboren werd. Zijn vrouw, een paleontoloog, had haar invloed bij het Stott Museum aangewend om Gwen een stageplaats te bezorgen. Tien jaar later werkte zijn dochter daar nog steeds. Het was de enige baan die ze ooit had gehad.

'Hoe is het met Tova?' vroeg Frank om een ander onderwerp aan te snijden.

'Die is gek,' zei Neil opgewekt. 'Had ik je verteld dat we koosjer moeten eten van haar? Sinds ik hier in Boston ben, heb ik al drie cheeseburgers gegeten. Het voelt alsof ik overspel pleeg.' Hij greep naar zijn portemonnee om de rekening te betalen. 'Zonder gekheid, het is een fantastische vrouw. Ik heb een fantastische zoon. Frank, ik ben een gelukkig man.'

Toen ze elkaar net hadden leren kennen in de herfst van 1960, had het erop geleken dat Frank de gelukkige zou zijn. Geluk had hem al verder gebracht dan iedereen die hij kende. Hij had zijn vader en stiefzussen achtergelaten in Bakerton, een klein mijnstadje in het westen van Pennsylvania, in de fabriekswoning waar hij geboren was. Zijn vader en al zijn vrienden van vroeger werkten in de kolenmijnen. Een klasgenoot van de middelbare school was er op twintigjarige leeftijd omgekomen, verpletterd bij een mijninstorting. Geluk had Frank grootte, snelheid en kracht gegeven, het vermogen van de quarterback om zijn kansen te grijpen. Geluk had er ook voor gezorgd dat zijn knie kapotging in zijn tweede seizoen bij Pennsylvania State University. Dat kwam op een heel gunstig moment. Zijn sportbeurs werd omgezet in een universitaire beurs en Frank McKotch begon serieus te studeren op een moment dat achteraf gezien een uitzonderlijke periode in de geschiedenis bleek te zijn. De cruciale ontdekking van het Salkvaccin tegen polio had de mensheid duidelijk gemaakt dat het laboratorium het slagveld was waar ziekten overwonnen zouden worden. Polio, hartziekten, zelfs kanker. Hoewel Frank zich zijn moeder nauwelijks kon herinneren, dacht hij vaak aan de aandoening die haar dood was geweest. Geen enkele tegenstander was onoverwinnelijk – dat geloofde hij toen tenminste, de arrogante atleet die hij was, jong en nonchalant en zwaar onder de indruk van zijn eigen talenten.

Geluk had hem behoed voor ongelukjes met zijn vele vriendinnen – Marla, Rita, Louise en Rosemarie. Mooie meiden uit Pennsylvania die maar wat graag aan de man wilden; in de hoop daarop hadden ze allemaal hun benen voor hem gespreid. Het waren geen meisjes die gemakkelijk het bed in te krijgen waren, een fenotype dat eind jaren vijftig eenvoudig te onderscheiden was. Ze waren allemaal mooi en allemaal maagd. Dat vertelden ze hem tenminste, alsof het een aanbeveling was. Alsof dat voor een wellustige jonge vent als Frank iets uitmaakte.

Geluk had hem doen belanden in het lab van Kendrick Moore, wiens briljante wetenschappelijke geest uiteindelijk aan dementie ten onder zou gaan, maar die toen op het hoogtepunt van zijn kunnen was. Moore was degene die zijn capaciteiten had erkend, die hem had aangespoord om een masteropleiding aan Harvard te volgen, waar Neil Windsor zich al zat uit te sloven. Frank had ook geluk gehad bij het kiezen van een studierichting; hij had op precies het juiste moment voor ontwikkelingsbiologie gekozen.

Als masterstudenten hadden hij en Neil samen op een kamer gezeten; de afdeling studentenhuisvesting had hen aan elkaar gekoppeld. Op het eerste gezicht was Frank niet onder de indruk. Als sportman had hij de gewoonte om iemand in één oogopslag te taxeren. Op het speelveld – en in het gewone leven – was dat een cruciale vaardigheid. Het ontbrak Neil duidelijk aan grootte en kracht. Ook zijn snelheid leek twijfelachtig. Die jongen liep altijd met losse veters rond. Hij kon nauwelijks de straat oversteken zonder over zijn voeten te struikelen.

'McKotch,' herhaalde Neil nadat Frank zich had voorgesteld. 'Schots?'

'Ja, hoor,' zei Frank toegeeflijk. Dat hoorde hij zo vaak – zijn lengte, zijn rossige haar. Hij wist maar weinig over Schotland, maar de associaties bevielen hem wel: golf, familietartans, kostbare single malt whisky's. Zijn werkelijke achtergrond, Hongaars en Slovaaks, was minder aantrekkelijk en lastiger om uit te leggen.

'Windsor,' zei hij. 'De koninklijke familie?'

'Het zwarte schaap. Let maar eens op, ze hebben het nooit over mij. Prins Neil.'

Prins Neil had al als student op Harvard gezeten en wist de weg in Cambridge. Hij wees de bibliotheken aan, de laboratoria en – niet dat hij zich er ooit had gewaagd – de sporthal en de sportvelden. Frank beschouwde hem als een deskundige op het gebied van alles wat met Harvard te maken had. Toen hun eerste weekend bijna was aangebroken, stelde hij de allerbelangrijkste vraag:

'Zeg, makker. Waar zijn de meisjes?'

Daarop had Neil simpelweg zijn schouders opgehaald. 'Radcliffe misschien? Hoe moet ik dat weten?'

Toen begreep Frank dat Neils toestand zelfs nog nijpender was dan het leek en dat de jongen nog altijd maagd was. En hoewel Frank Cambridge niet kende – en nog nooit, op een enkel uitstapje naar de kust van New Jersey na, de staat Pennsylvania had verlaten – viel Neils probleem binnen zijn beperkte blikveld. Hij wist hoe hij dat moest aanpakken.

De daaropvolgende week nam hij vanuit het lab de lange weg

naar huis door een langzame omweg te maken via Radcliffe Yard. Daar ontmoette hij een mooie blondine die Janet Clever heette en die zich daar op een septembermiddag koesterde in de zon. 'Dit is een clever meisje,' zei hij toen hij haar aan Neil voorstelde. En Janet, die dat grapje ongetwijfeld al heel vaak gehoord had, giechelde behaagziek.

Dat weekend hadden Frank en Neil hun eerste Radcliffe-afspraakje; Janets kamergenote Muriel Kline was bereid gevonden om ook mee te gaan. Ze gingen naar *Psycho* in het centrum van de stad, een uitstekende film voor een afspraakje: Janet klemde zijn hand vast en verborg haar gezicht tegen zijn schouder en bij de fameuze douchescène zat ze bijna bij hem op schoot. Toen het licht weer aanging stelde Janet voor om naar Nantasket te rijden voor een strandwandeling in het maanlicht.

Het was Indian summer in die septembermaand. Nadat ze vijf minuten hadden gewandeld in het licht van de maan die laag aan de hemel stond, leidde Frank Janet weg naar een plek waar lang helmgras langs het strand groeide. Ze waren bij het studentenhuis van de meisjes nog even gestopt om een deken op te halen, een feit dat Frank niet was ontgaan. Janet en hij waren duidelijk hetzelfde van plan.

Ze lagen lange tijd bij elkaar, hoewel Janet hem op het eind wel tegenhield. Daardoor liet hij zich niet ontmoedigen: ze zou het de volgende keer wel toelaten, of de keer daarna. Hij vond het nooit erg om een tijdje te wachten. Dan had hij iets om naar uit te kijken.

Neil en Muriel bleken nog steeds langs het strand te wandelen. 'Waar hebben jullie gezeten?' vroeg Neil. 'We vernikkelen hier helemaal.'

Ze spraken bijna geen woord in de auto terug naar Cambridge. Janet leunde tegen Franks schouder met haar hand hoog op zijn bovenbeen. Toen Frank de beide meisjes bij hun studentenhuis afzette, bleef Neil op de achterbank zitten.

'Wat is hier nu de lol van?' vroeg hij. 'We hebben meer dan een uur gelopen. Ik voelde me net een zandkrab.'

Frank keek naar hem in de achteruitkijkspiegel. 'Heb je gelópen? Jezus, Windsor. Ik zorg voor een leuk meisje, ik rijd je naar het strand. Moet ik haar ook nog voor je zoenen?'

'Ik wilde haar niet zoenen.'

Frank kreeg een naar gevoel in zijn buik. Hij had wel gehoord over zulke mannen, maar hij was er nog nooit een tegengekomen. Hij wist niet wat hij moest zeggen.

'Muriel leek me heel aardig,' zei hij ten slotte. 'Het verbaast me dat je haar niet leuk vond.' Als je homofiel bent, dacht hij, zeg het dan gewoon. Ik zoek wel een andere kamergenoot. Daar zit ik niet mee.

'Ik vond haar best aardig.' Neil streek met zijn hand door zijn haar. Frank had al vastgesteld dat dit een zenuwtrek van hem was. 'Maar Frank, Muriel is joods.'

Frank haalde zijn schouders op. Hij was katholiek, maar had gezoend met lutheranen en anglicanen. 'Ja en?'

'Nou, ik ben ook joods.'

'Echt waar?' Hij draaide zich om om Neil eens goed op te nemen. De enige joden die hij ooit had gekend waren middenstanders in Bakerton: de Lippmans met hun bloemenwinkel en de Friedmans, die een meubelzaak hadden. 'Is Windsor een joodse naam?'

'Onze echte naam was Weisberg. Mijn vader heeft hem veranderd toen hij in aanmerking wilde komen voor een masteropleiding. Als een Weisberg kon hij niet op een Ivy League-universiteit komen en daarom veranderde hij zijn naam in Windsor. Princeton accepteerde hem meteen.'

'Echt waar?' zei Frank weer. Het verbaasde hem wat Neils vader had gedaan en het maakte hem afgunstig. Zijn eigen vader was uit Hongarije vertrokken als Anders Mikacs; een beambte op Ellis Island had zijn naam verkeerd gespeld. Een pennenlikker van de overheid had hem een andere naam gegeven en Franks vader had die domweg geaccepteerd. Ook al was hij in Boedapest tot tandarts opgeleid, hij zou de rest van zijn leven kolen delven. Uit angst en omdat hij nauwelijks Engels sprak, was hij zo mak als een lam geweest.

'Je bent dus een bedrieger,' zei Frank.

'Zeker weten.'

'Ik ook.' Frank parkeerde de auto. 'Ik behoor ook tot het vorstenhuis. Van vorstelijke verliezers. De Amerikaanse droom in omgekeerde richting. Ik kan beter teruggaan naar Hongarije en de Hongaarse droom nastreven.'

'De Schot,' zei Neil lachend.

'De prins van Wales.'

Ze stapten de auto uit.

'Ik snap het nog niet,' zei Frank. 'Wat is er mis met joodse meisjes?'

'Dan is het net alsof ik met mijn zus zoen.'

'Ik vat hem,' zei Frank.

'Ik zou wel graag willen weten hoe het kan dat je het enige joodse meisje op Radcliffe voor me hebt uitgezocht. De kans daarop moet wel astronomisch klein zijn.'

'Kop dicht, Weisberg,' zei Frank. In de loop der jaren zou hij dat wel duizend keer zeggen.

Buiten dwarrelde de sneeuw nog steeds naar beneden. Frank zette de kraag van zijn jas omhoog. De ontmoeting met Neil deed hem aan het verleden denken, en dat liet hem niet meer los. Hij dacht met hunkering terug aan Paulette. Niet aan zijn boze ex-vrouw uit de bittere laatste dagen van hun huwelijk, maar aan een eerdere versie. De jonge Paulette. Het meisje van wie hij gehouden had.

Tegen alle verwachtingen in was het Neil die hen aan elkaar had voorgesteld. Paulette was het enige meisje dat hij in Boston en omgeving kende en mogelijk zelfs, met uitzondering van zijn drie zussen, in de hele wereld. Als student had Neil Paulette twee jaar lang bijles in wiskunde gegeven. Zoals ze Frank later zou uitleggen vond ze trigonometrie volslagen onbegrijpelijk en volslagen oninteressant. Maar ze wilde gaan studeren en met die erbarmelijke cijfers van haar was Wellesley zelfs met een legaat nog niet te vermurwen. Er moest iets gebeuren.

Haar vader had Neil aangenomen op aanbeveling van een vriend van vroeger, een van Neils professoren op Harvard. Met één blik op de jongen was de zaak ongetwijfeld bekeken. Als je zo'n bloedmooie dochter als Paulette had, zou je Neils onbeholpenheid zeker geruststellend vinden. Haar deugdzaamheid zou bij hem niet in gevaar komen. Nadat Paulette op Wellesley was begonnen, hielden de bijlessen op, maar Neil en zij bleven contact houden. Toen ze Neil uitnodigde voor een feestje van Wellesley rond de kerst, deed Frank iets wat hij nog nooit had gedaan. Hij liep achter hem aan.

Hij was toen vrij en op jacht. Hij had snel genoeg gekregen van Janet Clever, maar toen hij met andere meisjes van Radcliffe probeerde uit te gaan, schenen ze hem allemaal al te kennen. Nu hij zijn eerste semester al gedeballoteerd was, moest hij wel elders kijken.

Over het algemeen was hij niet zo onder de indruk van de meisjes van Wellesley. Hij vond ze verwaand, schreeuwerig zelfs. Hoewel ze prachtige kleren droegen, hadden ze zelf qua uiterlijk weinig te bieden. Hij had massa's mooiere meisjes gekend op Pennsylvania State University. Bij Wellesley zoek je een bruid, bij Wheaton gaan de kleren uit, dacht Frank en hij vroeg zich af waarom ze niet op een feestje van Wheaton waren.

Hij was aan het dansen met een uitzonderlijk irritant meisje, een spichtige roodharige, toen Neil Windsor voorbij kwam zeilen met een meisje in zijn armen. Een donkerharig meisje met een fijnbesneden gezicht. Ze was niet gewoon mooi: ze was oogverblindend mooi. Het mooiste meisje van de zaal.

Met een verontschuldiging maakte Frank zich van de roodharige los, stak de dansvloer over en tikte Neil op zijn schouder. En voordat ze ook maar een woord hadden gewisseld, hield hij Paulette in zijn armen.

'Dat meisje met wie je aan het dansen was, dat is Edith Anderson,' zei ze. 'Je bent erg onbeschoft tegen haar geweest. Je hebt haar zomaar alleen op de dansvloer achtergelaten.'

'Ik vond haar niet leuk,' zei hij. 'Ik vond jou veel leuker.'

'Je had ook kunnen wachten.'

'Ik kon niet wachten.' Hij ontwaarde de roodharige aan de andere kant van de zaal, waar ze met een nieuwe partner aan het dansen was. 'Is Edith een vriendin van je?'

Paulette giechelde. 'Ik kan haar niet uitstaan. Het is een heks.'

'Dan ben ik blij dat ik haar aan de kant heb gezet.' Frank trok haar dichter naar zich toe. 'Kom, dan gaan we naast haar dansen.'

Ze troffen elkaar in de bagagehal, hun gebruikelijke ontmoetings-punt. Frank stond naast de transportband te wachten op het paarse koffertje van zijn dochter. In een drukke menigte was dat gemakke-lijker te vinden dan Gwen.

'Dag papa,' klonk een stem bij zijn elleboog, die hem aan het schrikken bracht. Ze kwam altijd onverwachts naast hem opduiken.

Frank bukte zich om haar te omhelzen. Hij had de neiging haar op te tillen, maar een consulent had hem dat jaren geleden al afgera-den.

'Heb je een goede reis gehad?' vroeg hij. Haar uiterlijk was in twintig jaar niets veranderd. Ze had een bleke huid bezaaid met sproeten; kort, in plukjes geknipt peenrood haar met een weerbor-stel die niet in het gareel te krijgen was. Ze droeg een spijkerbroek en een sweater van de Pittsburgh Steelers, in een grote jongensmaat. Gwen was de enige van Franks kinderen die belangstelling voor sport had. Samen hadden ze de Steelers viermaal de Super Bowl van het American football zien winnen. Tweemaal thuis in Concord, en tweemaal in een kaal tochtig appartement aan Massachusetts Ave-nue, waar Frank na de scheiding tijdelijk was neergestreken.

'Wacht eens,' zei hij. 'Waar is je bril?'

'Ik heb geen bril meer.' Ze grijnsde. 'Ik heb een operatie gehad.'

'Heb je radiaire keratotomie laten doen?' Vol ongeloof keek hij haar aan. Sinds haar jeugd had Gwen altijd een immense afschuw van artsen gehad. Frank kon zich niet voorstellen dat ze iemand met een mes in haar ogen had laten snijden. Dat ze sowieso bij een dok-ter was geweest.

Hij kuste haar op haar kruin. 'Wat bezielt jou zo opeens?'

'Ik ga volgende maand op duikvakantie. Het lijkt me wel zo leuk om ook iets te zien onder water.' Ze had al jaren geklaagd over haar aangepaste duikmasker, een zwaar ding dat in warm water steevast beslagen was. Haar zicht was zo slecht dat er geen sprake kon zijn van een gewoon duikmasker. En ondanks jarenlang aandringen van Pauline had ze geweigerd contactlenzen te nemen.

'Dat is geweldig, Gwen. Wat goed van je.' Hij zag haar koffer aankomen en zwaaide die met gemak van de transportband. Gwen nam altijd maar heel weinig mee op reis. Ze had lang geleden al geleerd niet meer in te pakken dan ze kon dragen.

'Is dat alles?' En daarna met een knipoog: 'Geen handtasje?'

Gwen rolde met haar ogen en ze moesten allebei lachen. Paulette vond het maar niets dat Gwen nooit een handtasje bij zich wilde dragen. Die discussie had Frank talloze keren meegemaakt – jaren geleden, toen zijn aanwezigheid bij schoolfeesten en diploma-uitreikingen werd gedoogd.

'Maar waar laat je dan je portemonnee?' wilde Paulette dan weten.

'In mijn broekzak.'

'En je lippenstift dan?'

'Ik gebruik geen lippenstift.'

'Als je een handtasje hebt,' hield Paulette vol, 'kun je daarmee beginnen.'

Ze liepen naar de balie van het autoverhuurbedrijf. 'Er is hier een auto gereserveerd voor Gwen McKotch,' zei Frank tegen de man achter de balie, een kale latino met een hele rits ringetjes in zijn oor.

'Waar is de bestuurder?' vroeg hij.

'Hier,' zei Gwen.

De medewerker keek omlaag naar haar en fronste. 'Mag ik uw rijbewijs zien?'

Gwen graaide in haar broekzak en overhandigde hem haar rijbewijs. Hij bestudeerde het lange tijd, waarbij hij nog tweemaal naar haar gezicht keek, dat inmiddels dieprood was geworden. Frank besefte dat zijn dochter heel vaak met dergelijke situaties te kampen had, de blikken van vreemden die probeerden te doorgronden of ze nu een vrouw of een kind was. Op haar vierendertigste was Gwen 1,43 meter, net zo lang als een kind van elf. Zelfs haar stem was kinderlijk, met een heldere en hoge klank. Op de lagere school had ze geregeld als solist in het schoolkoor gezongen, met een stem die de onderwijzers versteld deed staan, die meer jongensachtig dan meisjesachtig klonk, als de uitbundige oorlogskreet van een kwajongen die streken uithaalt. Een stem die gepaard ging met een absoluut gehoor en die opviel door de helderheid en de kracht ervan.

De man gaf haar het rijbewijs terug. 'Goed,' sprak hij onzeker. 'We hebben een Chrysler LeBaron voor u. Of u kunt voor dertig dollar extra een Cadillac krijgen.'

Zonder het na te vragen wist Frank dat Gwen een kleine Ford Festiva had gereserveerd, zoals ze elk jaar deed.

'De LeBaron is een middenklasser,' zei hij tegen de medewerker. 'De reservering was voor een kleine auto.' In gedachten hoorde hij de consulent zeggen: *Gwen is een volwassen vrouw. Ze moet zelf het gevecht aangaan.* Maar dat zou niet zo moeten zijn, dacht hij, terwijl hij naar Gwens vuurrode konen keek. Er zou helemaal geen gevecht nodig moeten zijn.

'Ik heb de reservering niet aangenomen, dus ik weet niet waar ze om heeft gevraagd,' zei de medewerker. 'Maar maakt u zich geen zorgen, ze hoeft niets extra te betalen voor de grotere auto.'

Uiteindelijk reageerde Gwen: 'Daar gaat het niet om. Ik kan geen middenklasser besturen.'

De man sperde zijn ogen open. 'Het spijt me. Daar had ik niet bij nagedacht.'

'Geen probleem,' zei Gwen terwijl ze haar rijbewijs opborg. 'Ik neem u niets kwalijk.'

Ze haalden Franks Saab op uit de parkeergarage en reden stapvoets door het spitsverkeer naar het centrum. De medewerker had geen kleine auto kunnen vinden. De pot op met de consulent, dacht Frank en hij gaf de kerel een fikse uitbrander. Zijn uitbarsting had verder niets opgeleverd – Gwen had nog steeds geen huurauto – maar Frank had het niet kunnen laten.

'Wat een stom rund,' brieste hij. 'Zo moeilijk is het toch niet om een auto te verhuren?'

'Papa, maak je niet druk.' Gwen graaide onder haar stoel en vond de hendel om hem omhoog te zetten.

'Ze kunnen de Chrysler morgenochtend naar mijn huis brengen,' stelde Frank voor. 'Billy kan ermee naar Concord rijden.'

'Dat zal niet gaan,' zei Gwen.

'Waarom niet?'

'Slecht nieuws, papa. Billy komt niet.'

Onwillekeurig trapte Frank op de rem. 'Hoe bedoel je, komt niet?' Hij keek naar zijn dochter. Ze zat stevig vastgesnoerd in haar stoel en keek recht voor zich uit.

'Hij heeft vannacht dienst.'

'Hoe komt dat zo ineens?' De teleurstelling drukte op zijn borst als de hand van een ruziezoeker die een gevecht uitlokte. 'Ik dacht dat we het hadden afgesproken.'

'Ik ben niet op de hoogte van de details, papa. Ik weet alleen dat hij dienst heeft.'

'Waarom heeft hij niets tegen mij gezegd? Was het nou zo'n moeite om even de telefoon te pakken?'

'Hij heeft het tamelijk druk. Eerlijk gezegd hoor ik zelf ook maar weinig van hem.'

Frank keek haar achterdochtig aan. Wanneer Gwen dichtsloeg, kon je op geen enkele manier meer toegang tot haar krijgen. Billy belde hem tweemaal per jaar, op zijn verjaardag en op Vaderdag, en reageerde beleefd op zijn e-mails, maar wanneer Frank zo nu en dan voor een conferentie in New York was, had zijn zoon nooit tijd voor een lunch. Frank had zich de laatste tijd weleens afgevraagd of Billy hem soms meed. Hij had die gedachte steeds van zich afgezet.

Hij wisselde snel van rijbaan, waarbij hij een Jeep Cherokee die wilde passeren afsneed. De andere bestuurder liet zijn claxon horen.

'Ik had Scott kunnen vragen,' zei Gwen. 'Maar ik betwijfel het of hij was gekomen. Hij heeft zijn handen vol aan Penny en de kinderen.'

'Dat is waar.' Frank kon zich niet herinneren wanneer hij Scott voor het laatst had gesproken. Nu vroeg hij zich af of zijn zoon net zo zou zijn als de jonge vaders die hij elke zondagmiddag langs de Charles zag lopen, met een baby in een rugzak of in een draagzak op de borst. Zoiets had Frank in de jaren zestig nooit gezien, toen zijn kinderen klein waren. Hij was heimelijk wel blij dat hem de onwaardigheid bespaard was gebleven van het meezeulen van een baby in een draagdoek, wat op hem toch een onmannelijke indruk maakte. Wilden zijn kinderen hem daarom niet meer zien? peinsde hij geërgerd. Omdat hij hen nooit in een kinderwagen had voortgeduwd?

Plotseling voelde hij zich verloren en onzeker over wat hij nu moest doen. Bij het lab langsgaan om Margit op te zoeken? Dan gaat de tijd tenminste wat sneller voorbij, dacht hij wanhopig. De avond die een ogenblik geleden veelbelovend leek, strekte zich nu troosteloos voor hem uit. Wat was het toch een vreemde zaak, deze jaarlijkse traditie, wat een kale en betekenisloze bedoening: vader en dochter die elkaar twee dagen voor de kerst cadeautjes gaven in een restaurant. Billy's aanwezigheid zou alles hebben veranderd. Dan was het meer een familiebijeenkomst geweest, iets wat Frank in geen jaren had meegemaakt. Natuurlijk kregen de kinderen dat al volop mee bij hun moeder thuis. Paulette wilde beslist elk jaar de deftige kerstviering van het New England uit haar jeugd weer opvoeren: een officieel diner, nachtmis, cadeautjes openmaken rond de kerstboom – rituelen waaraan hij tot zijn immense opluchting niet meer hoefde deel te nemen. Alleen Gwen maakte nog steeds tijd vrij voor haar vader. Alleen Gwen had wellicht niets beters te doen.

Hij keek schielijk naar zijn dochter. Voor iemand die wist wat het syndroom van Turner inhield, was het duidelijk dat ze aan die aandoening leed. Ze was klein, maar niet tenger. Haar brede borstkas leek voor een veel langer persoon bedoeld. Haar korte benen waren dik en gespierd. Ze had de krachtige bouw van een Olympische juniorenatleet: smalle heupen en een brede borstkas. Toen hij afgelopen zomer naar de Olympische Spelen had gekeken, had Frank zich afgevraagd of de hele ploeg niet het syndroom van Turner had. Bij zo'n jonge leeftijd – dertien of veertien jaar – viel dat moeilijk met zekerheid te zeggen.

De ernstige gevallen van het syndroom van Turner, waarbij het tweede X-chromosoom van de vrouw volledig ontbrak, waren gemakkelijk te herkennen. Voor een klein lichaam in combinatie met bepaalde typerende lichamelijke kenmerken – laaggeplaatste oren, een lage haargrens, huidplooien aan weerszijden van de nek – kon geen andere oorzaak bestaan. Maar bij Gwen ontbrak het tweede X-chromosoom niet echt, het was slechts gedeeltelijk weggevallen. Dat verklaarde waarom er in haar jeugd geen symptomen waren opgetreden en waarschijnlijk ook waarom ze als volwassene zo'n goede gezondheid genoot. Op Gwens leeftijd kregen veel Turner-vrouwen ernstige kwalen. Zo had dertig procent een nierafwijking en kwam een aangeboren tweeslippige aortaklep bijzonder veel voor. Maar doordat het grootste deel van haar tweede X-chromosoom intact was, had Gwen geen last van dergelijke complicaties.

Frank was nog met Paulette getrouwd toen hij een chromosomenonderzoek bij Gwen liet uitvoeren. Vanuit medisch gezichtspunt had de uitslag nauwelijks beter kunnen zijn, maar Paulette wilde het niet horen; ze was razend. Franks uitleg was aan haar niet besteed. Tot zijn verbazing leek ze vastbesloten om zo weinig mogelijk over het syndroom van Turner te weten te komen, alsof Gwens aandoening zou verdwijnen als zij er niets van wist. Elke objectieve bespreking van het syndroom deed haar in woede ontsteken. Verwijtend vroeg ze hem hoe hij nu zo kon denken. Wat voor een mens was je dan? Wat voor een vader kon op zo'n kille en afstandelijke manier over zijn bloedeigen kind praten?

Maar het was nu eenmaal zo dat Frank langere tijd wetenschapper was geweest dan vader. Ook al was het zijn vak om iets op een bepaalde manier te observeren en zijn observaties in exacte bewoordingen te omschrijven, dan wilde dat nog niet zeggen dat het object van zijn studie hem niet ter harte ging. Hij was begaan met het object, diep begaan; hij voelde woede en beschermingsdrang omwille van haar. Hij voelde een sterke neiging om een medewerker van Avis een pak rammel te geven omdat hij niet gewoon een auto kon verhuren, om al zijn ringetjes uit zijn oor te trekken en ze woest te vertrappen. Frank had altijd van zijn dochter gehouden. Hij wilde haar eenvoudigweg helpen, haar het best mogelijke leven geven. Waarschijnlijk wilde Paulette hetzelfde. Maar hoe dat moest gebeuren, was een onderwerp waarover ze het nooit eens hadden kunnen worden.

Ze liepen de trap op naar het lab, Gwen voorop met gympen die op de trap een piepend geluid maakten. Ze bereikten de gang juist op het moment dat de liftdeuren opengingen.

'Frank?' Cristina Spiliotes stapte de lift uit en schonk hem een warme glimlach. Ze droeg een groene fluwelen pullover met een lage V-hals. In het kuiltje onder haar keel bungelde een diamant. Ze zag eruit alsof ze voor iets feestelijkers was gekleed dan het lab – een kerstfeestje wellicht.

'Hoe gaat het, Frank?' Ze raakte zijn elleboog aan. 'Fijne kerst gewenst.'

Hij glimlachte onzeker, verward door haar vriendelijkheid. Meestal zeiden ze alleen maar plichtmatig 'hallo' tegen elkaar, of helemaal niets.

'Is dat je kleine meid?' vroeg ze.

Een misselijk gevoel in zijn maag. Jezus, nee, dacht hij. Maar Gwen stond met haar rug naar Cristina; van achteren zag ze er zeker uit als een kind. Het schoot hem te binnen dat de twee vrouwen ongeveer even oud waren.

Hij legde een hand op Gwens schouder. 'Gwen, dit is Cristina Spiliotes, een van mijn postdocs. Mijn dochter, Gwen McKotch.'

Hij wilde dat ze een stap naar voren deed en vol zelfvertrouwen haar hand uitstak. Maar Gwen leek zich achter hem te verschuilen. 'Hoi,' zei ze met zachte stem.

Voor het eerst, voor zover hij zich kon herinneren, was Cristina oprecht van slag. Ze keek van Gwen naar Frank en weer terug.

'Sorry,' stamelde ze. 'Mijn fout. Excuses.'

'Geen probleem,' zei Gwen voor de tweede keer binnen een uur. 'Ik neem je niets kwalijk.'

Het sneeuwde. Er viel sneeuw op het huis in Concord, en meer nog dan al het andere – meer dan de cadeautjes of de guirlandes, meer dan de oude vertrouwde liedjes of de nietszeggende nieuwe die op die middag werden afgespeeld in de bank, de kapsalon en de kruidenierszaak – zorgde deze sneeuw ervoor dat 24 december als een feestdag voelde. Nadat ze haar boodschappen had gedaan, stond Paulette bij de voordeur en staarde door het berijpte venster naar buiten. Toen ze nog een meisje was, had ze altijd van sneeuw gehouden en was het elk jaar een feest geweest wanneer de eerste vlokken weer vielen. Roy en Martine trokken dan hun slee omhoog naar de top van de heuvel achter hun huis en wachtten af en toe op haar, omdat ze nog te klein was om hen bij te houden. Nu woonden haar broer en haar zus in warmere streken – Martine in Taos, in New Mexico, en Roy met zijn nieuwe vrouw in Arizona. Alleen Paulette was nog over om de ijsbloemen op de ruiten te zien en de dikke laag sneeuw die zich bij het voortrapje ophoopte.

Het huis, aan een brede met bomen omzoomde straat aan de rand van de stad, had al vele winters meegemaakt; 195 volgens de gemeentesecretaris. In dit huis was vroeger Josiah Hobhouse opgegroeid, een predikant van de unitariërskerk en een vurig voorstander van afschaffing van de slavernij. Paulette koesterde deze historie alsof zij er zelf deel van uitmaakte, alsof het een van haar eigen voorvaderen was die bij Harpers Ferry aan de zijde van John Brown had meegevochten voor de bevrijdingsbeweging. Misschien kon ze het daarom niet over haar hart verkrijgen het huis te verkopen, zoals de mannen in haar familie – Billy, haar broer Roy – haar op gezette tijden dringend aanraadden. In financieel opzicht was het huis een ramp. Net als alles wat oud werd, begon het slijtageverschijnselen te vertonen.

Muren, vloeren, niets hield eeuwig stand. Paulette was zelf nog niet tot dat inzicht gekomen. Jarenlang had ze een taak vervuld in de plaatselijke commissie voor Patriots' Day, die elk jaar de uitbeelding van de Slag bij Concord organiseerde. Bij de laatste Patriots' Day had ze een jonge timmerman ontmoet, een zekere Gilbert Pyle. Hij stamde rechtstreeks af van John Hawes Gilbert, een burger uit Concord die continu paraat had gestaan voor de strijd. Elk jaar trok Pyle in april een kniebroek aan en zette hij een driekantige hoed op; dan speelde hij de rol van zijn voorvader tijdens de schermutseling bij de North Bridge. Wanneer hij niet in historisch kostuum rondliep, was hij werkzaam als specialist in historische restauraties; in Concord was veel vraag naar zijn vaardigheden. Hij was met Paulette door het huis gelopen, had scheuren in de fundering aangewezen, de verzakkende veranda, de onheilspellende vochtplekken in de keukenvloer. Problemen die duur waren om te herstellen en die – voor een huiseigenaar die door sentimenten werd verblind – maar al te gemakkelijk over het hoofd te zien waren. Voor Paulette was het huis niet zomaar een investering. Het huis was als een geliefde grootvader, zwijgzaam en versleten, die werd geplaagd door allerlei vage kwalen, maar die nog steeds bij zijn volle bewustzijn was. Die zich nog steeds bewust was van de nieuwe winter die zich stilletjes aankondigde met een heldere wind uit het noorden.

Ze had alle moeite gedaan om het huis er uitnodigend uit te laten zien voor de kerst. Er stonden grote boeketten van witte bloemen in de hal en de eetkamer: orchideeën en lelies, met een paar rozen, en eucalyptusbladeren voor de geur en het groen. Ze had een geweldige bloemist, die rekening hield met al haar wensen en die vindingrijk was. Ze had een hekel aan al die overdreven kerstdingen, zoals de mistletoe met die flauwekul van dat zoenen, en kerststerren die nu ook in de kruidenierszaken te koop stonden, in vulgaire perzikkleurige en roze tinten.

Buiten huilde de wind, een geluid dat zij prachtig vond. Ze was voorbereid op een storm – brandhout in de kelder, dozen met kaarsen voor het geval dat de elektriciteit uitviel. Heimelijk verlangde ze ernaar dat dit zou gebeuren, met de familie bijeen rond de haard, in dekens gewikkeld, terwijl zo nu en dan iemand naar buiten keek naar de vallende sneeuw.

Het enige probleem met deze fantasie, besefte ze, was haar aardewerk. In een kamer op de bovenverdieping stonden zo'n driehonderd kruiken, vazen, borden en presse-papiers. Ze had deze verzameling op planken gerangschikt naar jaar en oorsprong van fabricage. De kamer was tochtig en lag op het noorden; als de elektriciteit uitviel, zou de temperatuur al snel tot onder het vriespunt dalen, een angstwekkende gedachte. Haar oudste stukken waren gevoelig voor craquelévorming, een web van fijne haarscheurtjes in het glazuur van het porselein. Een abrupte daling in de temperatuur zou het risico daarop vergroten. Een antiquair had tegen haar gezegd dat 13 °C optimaal was en Paulette probeerde het huis op die temperatuur te houden. Als dat betekende dat ze acht maanden van het jaar een wollen trui moest dragen, vond ze dat maar een kleine opoffering.

Ze zag het als haar taak om deze stukken te beschermen, de nobele overlevenden uit een andere tijd. Tijd was de vijand; met elk jaar dat verstreek, werd zij zich meer bewust van de druk van de tijd, de verwoesting die hij aanrichtte. Haar eigen gezicht herinnerde haar er voortdurend aan: ze was nog steeds mooi, beweerde haar zoon met klem, maar Paulette liet zich niet voor de gek houden. Op haar dunne huid tekenden zich fijne lijntjes af. Ze lette zo nauwgezet op haar gewicht dat haar gelaatstrekken scherper waren dan vroeger; als ze haar haar niet meer verfde, zou het meer grijs dan zwart zijn. De schokkendste ontwikkeling zag ze bij haar handen, waar de aderen als koorden overheen liepen. Wat was haar huid doorzichtig geworden! Ze vond het lichtelijk ongepast dat wat zich binnen in haar lichaam afspeelde, haar bloedsomloop, zo duidelijk zichtbaar was.

Ze liep de trap op naar de slaapkamer aan de achterkant en deed het licht aan. Het glas en het aardewerk stonden keurig gerangschikt op planken van de vloer tot het plafond. Tegen een binnenmuur stonden de kostbaarste stukken, die een eeuw geleden waren vervaardigd door de Mount Washington Glass Company. Deze maakten een indruk op haar die ze nauwelijks onder woorden kon brengen, deels omdat ze mooi waren en deels omdat ze waren geproduceerd in New Bedford, een stad in Massachusetts die Clarence Hubbard Drew nog had helpen bouwen. In zijn tijd was dat de rijkste stad van Amerika, dankzij de walvisvaart. Paulettes eerste stukken, een theeservies en een bloemenvaasje van Mount Washington, waren een erfenis van haar grootmoeder. Paulette had die als klein meisje altijd al prachtig gevonden. Zij stelde zich voor hoe ze waren uitgestald in het oorspronkelijke huis van de familie Drew in County Street in New Bedford, dat aan de stad was verkocht en tot museum was verbouwd toen haar vader nog maar een jongen was. Het theeservies en het bloemenvaasje stonden centraal in haar collectie, die nu ook aardewerk van Hull & Roseville, porselein van Hall en meer dan twintig sierlijke presse-papiers van glas omvatte.

Deze objecten schonken haar plezier; meer nog, ze vulden een leegte in haar, het gat dat was ontstaan toen Frank wegging, de kinderen volwassen werden, haar eigen ouders zich terugtrokken in Florida en binnen een jaar na elkaar stierven, en haar schoonzus Anne binnen korte tijd en kermend van pijn bezweek aan longkanker, zeven maanden nadat de ziekte was vastgesteld. Paulette voelde zich enige tijd als een reiziger die in de trein in slaap valt en gedesoriënteerd wakker wordt in een plaats waar ze helemaal niet heen had gewild. Ze begreep toen hoe breekbaar een leven was dat was opgebouwd rond andere mensen. De banden van het huwelijk en het bloed die een fundament leken te vormen, maar uiteindelijk slechts vluchtig bleken te zijn – alleen van belang voor de archieven, als relieken bewaard onder glas.

De veranderingen hadden zich verspreid over drie of vier jaar voorgedaan, een periode waaraan Paulette nu met een zekere distantie terugdacht, als hoofdstukken van een roman die ze in haar jeugd had gelezen. Haar reactie was instinctief geweest: na de scheiding richtte zij zich meer op de kinderen; toen de kinderen het huis uit gingen, zocht ze contact met haar ouderlijke familie. Toen haar ouders, en later Roy en Martine, naar afgelegen oorden in het land verhuisden, voelde ze de verleiding opkomen hen te volgen; maar iets in haar – trots? sentiment? – had zich ertegen verzet. Het huis in

Concord was haar lief. De kinderen waren er opgegroeid, hadden er voetbal en badminton gespeeld op het grasveld achter het huis. Die periode was haar leven, ongeacht hoe pijnlijk het allemaal was geëindigd. Als je die jaren niet meerekende, had ze niets bereikt, niets ervaren. Zonder die periode was ze helemaal niemand.

Ze stelde zich een tijdlang voor dat het huis een toekomst had. Haar kinderen – getrouwd, met een eigen gezin – zouden hier elke zondag komen eten, zoals Roy en zij dat ook hadden gedaan in het huis van hun ouders in Newton. Maar dat was net zoals haar huwelijk anders gelopen dan gepland. Billy leek vastbesloten te zijn om altijd ongetrouwd te blijven. (Om nog maar te zwijgen van Gwen, arme Gwen.) En Scott had zich overhaast in een huwelijk gestort dat rampzalig bleek. Hij was altijd vaag over de bijzonderheden gebleven; voor zover Paulette wist, had hij Penny langs de kant van de weg gevonden. Zij was een dommig mooi meisje dat niet bereid was, of niet in staat, een beleefde conversatie te voeren. Wat erger was, ze gaf haar twee kinderen geen enkele opvoeding. Tot haar eigen ontzetting dacht Paulette over Sabrina en Ian als 'de kinderen van die vrouw'. Tegen de tijd dat Scott en Penny terugverhuisden vanuit Californië, waren de kinderen vijf en zeven en leken ze er alleen maar verbaasd over te zijn dat ze een oma hadden. Ze gedroegen zich verschrikkelijk, wat wilde zeggen volkomen oprecht. Ze hadden geen hekel aan Paulette, maar ze begrepen het nut van een oma gewoon niet. Hoewel ze elk jaar een cadeautje stuurde voor hun verjaardag, had ze nog nooit een bedankbriefje ontvangen. Die gewoonte had ze er bij haar eigen kinderen wel ingehamerd, maar Scott had zich er kennelijk van losgemaakt.

Hij was altijd een eigenzinnige jongen geweest, die er moeite mee had als hij werd gecorrigeerd. Zij had altijd wel vermoed dat haar invloed op zijn karakter minimaal zou zijn, en dat vermoeden was bewaarheid. Hij was tien jaar toen Frank en zij uit elkaar gingen, en hij had meer van de problemen tussen volwassenen meegemaakt dan Paulette durfde te erkennen. Hij was vanaf zijn geboorte al recalcitrant geweest en had meer behoefte gehad aan een stabiele omgeving dan de anderen, en had die juist minder gekregen. Paulette was een uitstekende moeder voor Billy geweest, en een goede moeder voor Gwen ondanks de moeilijkheden die zich voordeden. Maar bij Scott was ze afgeleid geweest, zo vervuld van woede en verdriet dat ze er in de cruciale jaren niet voor hem was geweest. Ze was enorm opgelucht toen ze hem naar Pearse kon sturen, terwijl zijn vertrek haar juist verdrietig had moeten stemmen. Hij was toen veertien, een kleine jongen nog, maar zij was bereid geweest – nee, ze had ernaar verlangd – hem weg te laten gaan. Haar eigen vader en moeder waren naar Pearse geweest, en het had Billy ook goed gedaan. Maar ze had moeten zien dat Scott er nog niet aan toe was om zijn plaats in de wereld in te nemen. Ze had Scott verwaarloosd en was overbezorgd om Gwen geweest, die haar dat nu kwalijk leek te nemen. Paulette zag in dat ze zich op beide punten had vergist. Dat ze alles verkeerd had gedaan.

Beneden legde ze een houtblok op het vuur en ontkurkte ze een fles champagne. Ze dronk maar zelden overdag, en nooit alleen, maar ze gunde zich deze jaarlijkse uitzondering. Het was zenuwslopend, dat wachten zonder te weten wie als eerste zou arriveren. Ieder kind vroeg weer iets anders van haar, en het zou haar enorm – echt enorm – geruststellen als ze wist welke rol ze geacht werd te spelen op het moment dat de deurbel ging.

Voor Billy moest het goed met haar zijn, in alle opzichten. Ze moest er goed uitzien. Zich goed voelen. Het zou hem opvallen als ze er moe uitzag, dus was ze de vorige avond vroeg naar bed gegaan. (Dat dergelijke dingen hem opvielen, vatte zij op als een teken van zijn gevoeligheid. Hij was altijd de minst zelfzuchtige van haar kinderen geweest.) Voor Billy had ze haar haar laten doen en had ze geld uitgegeven aan een schoonheidsbehandeling; ze was uit winkelen geweest om iets speciaals te kunnen dragen en had extra veel tijd bij de bloemist doorgebracht. Maar ze was herstellende van een verkoudheid, een feit dat hem niet zou ontgaan. Als zij in zijn aanwezigheid zou moeten niezen, zou hij haar meteen naar bed sturen als een oud besje dat elk moment een longontsteking kon krijgen en daar mogelijk ook nog aan zou bezwijken.

Het kapsel en de schoonheidsbehandeling zouden aan Scott niet besteed zijn; hij zou het nog niet merken als ze in een overall de deur opendeed. Toen Sabrina en Ian jonger waren, bedierven ze geregeld

Paulettes kerstkleding; met hun plakkerige handen zaten ze overal aan – haar blouse, de deuren, de muren. Scotts vrouw maakte nooit een opmerking over de sierstukken die al vele jaren in de familie waren, of over de bloemen. Paulette kon naar hartenlust kuchen en niezen; ze moest zo ongeveer aan Scotts voeten doodgaan voordat hij zou merken dat er iets aan de hand was. Ze werd ook altijd meteen in de rol van babysitter gedwongen – of in recentere tijden, van bewaker. Haar kleinzoon was in zijn eentje een sloopbedrijf. Zonder voortdurend toezicht zou hij waarschijnlijk het hele huis afbreken.

Gwen stelde helemaal geen eisen, toch was haar komst aanleiding voor de grootste zorg, vanwege één enkele reden: ze zei niets. Als je het aan Gwen overliet, zou het gesprek eindigen bij 'hallo'. Ze leek niet te begrijpen dat voor sociale interactie de deelname van twee mensen nodig was, dat beleefde volwassenen open vragen stelden – *Heb je iets gehoord van oom Roy of tante Martine? Heb je nog antiek gekocht?* – en belangstelling in de antwoorden voorwendden, of die nu interessant waren of niet. Een enkele keer had ze op de dag voor Kerstmis, geconfronteerd met Gwens zwijgzaamheid, een uur of meer in zichzelf gepraat totdat de anderen arriveerden. 'Ontspan eens wat, moeder,' had Billy geadviseerd toen ze tegen haar eigen regel in haar frustratie met hem had gedeeld. (In principe sprak ze niet met een van de kinderen over de anderen, maar soms zondigde ze tegen die regel.) 'Je hoeft niet elke minuut te praten. Wat is er mis met een beetje stilte?' Paulette vond het een absurd advies.

Gwen was niet alleen zwijgzaam, ze was ook lichtgeraakt. Er bestond een grote kans dat Paulette uiteindelijk iets verkeerds zou zeggen, als ze zich gedwongen voelde honderduit te vragen. Niet dat ze ooit iets vroeg wat té persoonlijk was. Ze had bijvoorbeeld nooit gevraagd of Gwen weleens met iemand uitging, wat juist het enige was dat ze graag wilde weten. Alleen Gwens baan scheen een veilig onderwerp te zijn. Ze werkte al jarenlang op de afdeling Antropologie van het Stott Museum in Pittsburgh, al had Paulette geen flauw idee wat ze daar precies deed. Toen ze tijdens een kerstdiner verlegen zat om een gespreksonderwerp, had ze gevraagd wat voor kleren Gwen op haar werk droeg. De reactie van haar dochter had haar versteld doen staan. Gwen had alleen maar gelachen. Het lachen hield zo lang aan dat Paulette er nerveus van werd. Het was volgens haar de lach van een onevenwichtig persoon.

'Het geeft niet,' zei Gwen toen ze wat was bedaard. 'Je zult het niet geloven, moeder, maar het kan niemand iets schelen wat ik draag.'

Paulette was met een smoesje van tafel gegaan, beledigd en gekwetst. Pas later drong tot haar door dat het misschien niemand iets schelen kon wat Gwen droeg omdat er nooit iemand naar haar keek, naar dat vreemde kleine meisje dat waarschijnlijk nooit mee uit was gevraagd. Toen voelde ze zich verschrikkelijk en probeerde ze zich te verontschuldigen: 'Het spijt me, liever. Ik wilde je geen rotgevoel bezorgen.' Ze hoopte op een knuffel, maar haar dochter hield niet van knuffelen.

'Je hebt me geen rotgevoel bezorgd,' zei ze alleen maar. 'Ik voel me uitstekend.'

En daarmee was de kous af, veronderstelde Paulette. Gwen haatte haar niet en koesterde geen wrok tegen haar of tegen iemand anders. Ze zat gewoon anders in elkaar. Zo had Frank het een paar jaar geleden verwoord, toen ze hem huilend had gebeld over iets wat Gwen had gezegd. Of waarschijnlijker: niet had gezegd.

'Fascinerend,' had hij gezegd toen ze haar verhaal had gedaan. 'Het kan verband houden met de non-verbale leerproblemen.'

'Bedoel je dat het wordt veroorzaakt door haar... door haar syndroom van Turner?' De woorden voelden vreemd aan in haar mond. Ze had in geen jaren over Gwens aandoening gesproken.

'Het komt in elk geval overeen met wat er in de literatuur staat. Er is nog onvoldoende onderzoek verricht, maar sommige gegevens doen vermoeden dat Turner-meisjes geen oog hebben voor non-verbale sociale aanwijzingen, en daar ook niet passend op reageren.' Hij wachtte even. 'Het ligt niet aan jou, Paulette. Zo is ze nu eenmaal.'

Tot haar verrassing voelde ze zich getroost door zijn exacte uitleg van de dingen. In een bepaalde periode zou ze woedend zijn geweest. De term 'Turner-meisjes' zou haar razend hebben gemaakt. *Dit is geen klinische test*, zou ze tegen hem gezegd hebben. *Ze is geen onderzoeksobject. Ze is onze dochter.*

Gedurende korte tijd, niet lang na hun scheiding, hadden ze helemaal niet meer met elkaar gesproken; maar in gedachten bleef Paulette met hem redetwisten. Dag na dag vochten ze felle ruzies uit in haar hoofd. Wanneer ze thee zette of in de auto naar Brimfield reed, betrapte ze zich erop dat ze met Frank praatte, dat ze nog steeds vervuld was van alles wat ze had moeten zeggen, de briljante argumenten die hem tot een gelaten zwijgen zouden brengen. Zo zou hij eindelijk moeten toegeven dat hij het bij het verkeerde eind had gehad.

Maar in de laatste jaren was er iets veranderd. De ruzies waren gewoon opgehouden. Wanneer ze nu weleens aan Frank dacht, herinnerde ze zich de tijd dat ze verliefd waren, wat een mooie jongen hij was geweest, hoe attent en hoe lief. De laatste tijd vroeg ze zich af hoe het tussen hem en Gwen ging. Praatte hun dochter wel met hem wanneer ze in Cambridge kwam? Genoot hij van deze bezoekjes? Spraken ze weleens over Paulette?

Ze dronk haar glas champagne leeg en bracht de lege flûte naar de keuken. De kerstboom, een grote douglasspar, stond in de woonkamer, in afwachting van de komst van de kinderen. Ik moet de lichtjes aandoen, dacht ze vermoeid, maar ze kwam er niet toe. Ze was zesenvijftig, ze had meer kerstdagen meegemaakt dan nodig leek. Een kerst om de paar jaar zou genoeg zijn. Eens in de vier jaar, zoals een schrikkeljaar of de Olympische Spelen. Dat zou ruimschoots voldoende zijn.

Haar boom was zoals altijd prachtig versierd. Met de kerstballen en de houten soldaatjes van oma Drew en met de engel van oma Broussard als piek. Rond de boom lagen stapels cadeautjes. De meeste waren voor het gezin van Scott: goede lakens en handdoeken, boeken voor de kinderen, het soort dingen waarvan ze dacht dat er behoefte aan was. Het was altijd moeilijk om te bepalen waar je moest beginnen: de enige keer dat ze bij hen op bezoek was geweest in Gatwick – een stad die naar een luchthaven was genoemd! – had ze de indruk gekregen dat er aan werkelijk alles behoefte was. Het huis, een kleine boerderij met lage plafonds en kleine ramen, was een gigantische bende – vol met kranten, reclamefolders en kinderspeelgoed. Maar als je beter keek, werd duidelijk dat Scott en

Penny vrijwel niets bezaten. De muren waren kaal, voor de ramen hingen metalen jaloezieën die er al waren toen ze het huis betrokken. Ze aten van plastic borden. In het huis was geen enkel boek, zelfs geen woordenboek, te bekennen.

Cadeautjes kopen voor Billy bracht juist het tegenovergestelde probleem met zich mee: alles wat hij graag wilde hebben, had hij al en wat hij niet had, daar had hij gewoon geen behoefte aan. Zijn appartement in New York was ingericht in een stijl die hij 'minimalistisch' noemde: kale vloeren, weggewerkte verlichting en modern meubilair van zacht leer, alles in beige tinten. Paulette vond het allemaal erg mooi, zij het wat kaal. Eens per jaar nodigde hij haar uit om een weekend bij hem te komen. Hij had een zonnige logeerkamer met een heerlijk stevige matras. Ze vond het prachtig om na het theater en na een voortreffelijk diner in slaap te vallen tussen de beige lakens van haar zoon. Ze zou willen dat hij haar vaker in New York uitnodigde. Ze was niet het type moeder dat zichzelf uitnodigde.

Voor Kerstmis had ze boeken voor hem gekocht, twee kasjmieren pullovers en een prachtige leren riem. Voor Gwen kon er geen sprake zijn van kleren: de maten voor jonge vrouwen pasten haar nooit, en de stijl op de meisjesafdeling was niet gepast voor een volwassene. Paulette had haar keus laten vallen op een halssnoer, oorbellen met een clip (Gwen wilde geen gaatjes in haar oren) en een kasjmieren hoed met sjaal. Goede parfum. Een lichtroze lippenstift van Chanel, een kleur die zo discreet was dat Gwen die wel zou willen proberen. Ze had overal gezocht naar een leren handtasje. Schoudertassen kwamen niet in aanmerking. De riemen waren altijd te lang.

Ze had jarenlang geprobeerd Gwen te helpen om er wat vrouwelijker uit te zien. De mensen raakten verward door haar lengte, daaraan viel niets te doen. Maar waarom zou je het nog erger maken door je als een jongen te kleden? Met make-up en een flatterend kapsel kon Gwen de wereld kenbaar maken dat ze een volwassen vrouw was; misschien zou ze daar dan ook naar worden behandeld. Elk jaar bereidde Paulette voor de kerst in gedachten een vergelijkbare toespraak voor. Maar net als haar geruzie met Frank werd deze nooit uitgesproken. Eén blik op Gwens kleine weerspannige gezicht en de grimmige lijn van haar mond deed Paulette alle moed verliezen om kritiek te leveren. Gwen was nog steeds haar kind. Ze deed haar best.

Ze stond in de keuken toen de deurbel klonk. Laat het Billy zijn, dacht ze.

(Ja, ze had een voorkeur. Dat hadden moeders nu eenmaal.)

Ze liep snel naar de hal en keek uit het raam. Op de oprit stond een onbekende auto geparkeerd. Dat moest Gwens huurauto zijn. Ze haalde diep adem en deed open. Gwen stond voor de deur in een vreselijk paars ski-jack, met haar handen in haar zakken.

'Lieverd!' Paulette omarmde haar. 'Wat heerlijk dat je er bent.'

'Vind ik ook. Moeder, moet je horen...'

Paulette liet haar abrupt los, verbluft toen ze Frank over het voetpad aan zag komen.

'Paulette,' brulde hij met de gemaakte hartelijkheid die zij haatte. 'Dat had je niet gedacht, hè?' Hij droeg een spijkerbroek met een MIT-sweater en hij had Gwens koffer in zijn hand.

Ze stonden elkaar heel even aan te kijken. Het sneeuwde nog steeds; op het eerste gezicht leek Franks hoofd met een laagje sneeuw te zijn bedekt, alsof hij helemaal vanuit Cambridge was komen lopen. Vreemd wat de ouderdom deed met roodharigen. Zijn haar, met her en der zilverkleurige strepen, zag er een beetje roze uit.

'Hallo Frank,' zei ze luchtig, alsof ze hem op een feestje was tegengekomen. 'Hemeltje, wat doe jij hier?'

'Let maar niet op mij,' zei hij. 'Ik speel gewoon voor taxichauffeur.'

Bij de buren ging het licht op de veranda aan. Maar natuurlijk: Barbara Marsh was een schaamteloze roddelaarster en Franks stem was zo luid dat hij in Lexington te horen was.

'Kom alsjeblieft binnen,' zei ze – zachtjes, in de hoop dat hij de hint zou begrijpen.

Binnen stampte hij krachtig met zijn voeten, ook al zagen ze er helemaal schoon uit. 'Sorry dat ik zo bij je binnen kom vallen, Paulette. Avis had een rommeltje gemaakt van Gwens reservering, zodat ik haar maar een lift heb gegeven.'

Gwen keek bezorgd van de ene ouder naar de andere, alsof ze op het ergste was voorbereid.

Frank nam Paulette van top tot teen op. Ze was vergeten hoe hij altijd naar haar keek – in feite naar iedere vrouw die hij tegenkwam. 'Je ziet er geweldig uit,' sprak hij.

Paulette bloosde. 'Jij ook.' Daarna corrigeerde ze zichzelf: 'Je ziet er goed uit.' Eigenlijk zag hij er uitgeput uit, met een huid die slap rond de ogen hing alsof hij slecht had geslapen. Of misschien werd hij – net als zijzelf, net als iedereen – alleen maar oud.

'Waar is iedereen?' bulderde hij. (Was hij slechthorend? Was dat het?) 'Is Billy er nog niet?'

'Ik verwacht hem elk moment,' antwoordde Paulette.

Er volgde een moeizame stilte. Frank keek de kamer rond, naar de kerstboom in de woonkamer, het knetterende haardvuur, de champagneglazen die op het dressoir klaarstonden.

'Nou, bedankt dat je Gwen hebt gebracht,' zei ze.

'Geen dank.'

Heb je plannen voor het avondeten? had ze bijna gevraagd, maar Frank sprak eerder.

'Ik moet er maar weer eens vandoor, denk ik. Ik heb een afspraak met iemand in de binnenstad.'

Uiteraard: daar wachtte een vrouw op hem. Was dat niet altijd zo? 'Goed dan,' zei ze resoluut. Ze deed de voordeur open. In de verte hoorde ze een knerpend geluid, autobanden op het steengruis. De straten hadden net een nieuwe deklaag gekregen.

'Dat moet Billy zijn,' sprak Paulette.

Frank draaide zich om. Er kwam een auto aan, een zilverkleurige Mercedes met een kentekenplaat van New York. Bij de ingang van de oprit minderde de auto vaart en deed zijn knipperlicht aan. Toen trok hij plotseling op en raasde verder het weggetje af.

'Wat doet hij nu?' vroeg Frank.

'Het is Billy niet,' zei Gwen, die hen naar buiten was gevolgd. 'Dat kan niet. Iemand moet zich in het huis hebben vergist.' Bij de bocht verderop sloegen de rode achterlichten af en verdwenen uit het zicht.

Ze zaten aan de keukentafel, terwijl de wind langs de ramen huilde. Paulette had haar tweede glas champagne op. Gwen had haar thee nauwelijks aangeraakt.

Paulette keek naar de klok. Ze had haar dochter een heel jaar niet gezien; en nu babbelde ze na een gespannen twintig minuten alweer over de buren. Herinnerde Gwen zich Philip Marsh nog, de jongere broer van Warren Marsh? Nee? Hij was misschien jonger, van Scotts leeftijd. Hij zou in het voorjaar gaan trouwen. Paulette had de aankondiging in de *Globe* gelezen. Toen ze zichzelf hoorde en de uitdrukking – of de afwezigheid daarvan – op het gezicht van haar dochter zag, voelde ze de wanhoop toeslaan. Mijn hemel, dit is vreselijk.

Ze zette haar glas neer. 'Het spijt me dat ik zo ratel. Ik zou niet weten waarom het jou iets zou moeten interesseren. Vertel eens wat over jezelf, lieverd. Heb je...' Ze was net aangeschoten genoeg om het eruit te flappen. 'Heb je een speciaal iemand in je leven?'

Het was verbijsterend wat voor reactie dat bij Gwen teweegbracht. Ze liep rood aan. Ze ging ongemakkelijk verzitten in haar stoel. 'Moeder, ik...' stamelde ze.

Juist op dat moment ging de deurbel.

'Ik doe wel open,' zei Gwen van haar stoel opspringend.

Paulette ging staan, deels teleurgesteld en deels opgelucht. Had Gwen op het punt gestaan haar in vertrouwen te nemen? Of wilde ze – en dat was veel aannemelijker – in een vlaag van woede de kamer uit stormen, zodat de feestdagen daarna in een gespannen sfeer zouden verlopen?

Ze liep achter Gwen aan naar de voordeur. 'Wat is dat in 's hemelsnaam voor lawaai?'

In de hal klonk een kabaal alsof er een bijzonder luide grasmaaier aanstond. Gwen deed de deur open. Scott stond op het voetpad in een vale oude sweater, zonder hoed of jas. Het busje draaide met veel lawaai stationair op de oprit.

'Lieve God,' zei Paulette. 'Wat is er gebeurd?'

'Er loopt ergens iets aan,' zei Scott met een schaapachtige glimlach.

'O jee.' Paulette ving niet op wat er precies aanliep; ze keek naar haar zoon. Hij had altijd de meeste trekken gehad van de familie McKotch, niet van de familie Drew; zijn gezicht was niet zo fijnbesneden als dat van Billy, maar op de een of andere manier was hij daardoor aantrekkelijker. Hij had het soort onbehouwen, mannelijke schoonheid dat Frank ook had, maar dan zonder de weelderige haardos. Tot haar teleurstelling had ze de laatste jaren al geconstateerd dat de haargrens van Scott terugweek. Misschien had hij nu wel lang en onverzorgd haar omdat hij zijn kale plek wilde verbergen. Ze vermoedde dat hij in geen maanden bij een kapper was geweest.

'Het gebeurde al op de tolweg. We mogen van geluk spreken dat we het hebben gehaald.' Hij bukte zich om haar op de wang te kussen. Er blies een harde wind door de open deur.

'O jee,' zei ze nogmaals, terwijl ze naar de bloemen op de tafel in de hal keek. De koude wind kon een ramp zijn voor haar orchideeën. 'Dat is pech. Maar liever, je moet de deur dichtdoen.'

'Eén moment. Hé jongens, komen jullie?' riep hij in de richting van het busje. 'Oma wil de deur dicht hebben.' Hij wendde zich tot zijn moeder. 'Waar is Bill?'

Paulette en Gwen wisselden een blik van verstandhouding.

'Je broer is laat,' zei Paulette. Ze was ervan overtuigd dat het Billy's auto was die ze hadden gezien. Waarom was hij toch weggereden?

Paulette kwam met schalen vol oesters uit de keuken en zette die op tafel. In het midden stonden de dampende soepterrine en de roze kerstster (in een met paars papier omhulde plastic pot) die Scotts vrouw had meegenomen. Paulette had hem vriendelijk in ontvangst genomen en had de gewoonlijk centraal geplaatste negentiende-eeuwse kan met schaal van Scroddleware weggehaald.

De familie verzamelde zich rond de tafel: Billy aan het hoofd en Paulette recht tegenover hem, de kinderen en Gwen aan de ene kant en Scott en Penny aan de andere. 'Hemeltje, wat zit je er verkleumd bij,' zei Paulette tegen haar schoondochter, die steevast in een zomerblouse kwam opdagen; na drie jaar in Connecticut had die meid nog steeds geen trui.

Billy stond op om hun glazen te vullen met een heerlijke pinot gris die hij bij de wijnhandel in de stad had gehaald. 'Dus daarom reed je weg,' zei Paulette toen hij uitleg gaf. 'Je vader was enorm teleurgesteld.'

'Het spijt me dat ik hem heb gemist,' zei Billy. 'De volgende keer beter.'

'Dit is verrukkelijk, moeder,' zei hij en iedereen beaamde dat. Sabrina was ongewoon behulpzaam en ruimde de soepkommen af terwijl Paulette de gans op tafel zette die ze die ochtend had gevuld. Ze vertelde niet dat de rest van het eten – wortelsoep met gember, gegrilde groente, lekker knapperig brood – afkomstig was uit een delicatessenzaak in de stad. Jaren geleden was een dergelijk bedrog ondenkbaar geweest. Paulette kon uitmuntend koken en tijdens haar huwelijk had ze geregeld voor gasten gekookt. Aan de tafel van haar grootmoeder konden gemakkelijk acht personen zitten – tien als Frank onder veel gevloek het extra blad ertussen paste. Nu was er geen haar op haar hoofd die erover peinsde om te koken voor zo'n groot aantal mensen. Scotts kinderen waren kieskeurige eters en Gwen at zoals altijd als een vogel. Haar twee zonen hielden van haar kookkunst, maar konden een maaltijd – het resultaat van een hele dag in de keuken staan – in tien minuten wegwerken. Al met al leek het al die inspanning niet waard.

'Je raadt nooit wie ik bij het concert van het symfonieorkest tegenkwam,' zei ze tegen Billy terwijl hij de kerstboomstam aansneed. 'Je vroegere vriendin Lauren McGregor.'

Billy overhandigde Scott een plak cake. 'Je meent het. Woont ze in Boston?' Hij knipperde snel een paar keer met zijn ogen, maar zijn gezicht bleef onaangedaan. Billy verloor nooit zijn zelfbeheersing, maar Paulette kende haar zoon.

'Andover, geloof ik. Haar man werkt in de binnenstad. Hij is een soort bankier.'

'Ik wist niet dat ze getrouwd was.'

Paulette keek hem aandachtig aan, verrast door de verandering in zijn stem. 'O ja. Ze hebben twee kinderen.'

'Je meent het,' zei Billy nogmaals.

'Je had haar moeten zien,' voegde Paulette er impulsief aan toe. 'Echt, ze is geen dag ouder geworden. Ze was altijd al een mooie meid.' Waarom was het nu zo gemakkelijk om dit te zeggen? Omdat het allemaal in het verleden lag en de jonge vrouw veilig met iemand anders getrouwd was?

'Het was echt een stuk,' beaamde Scott. 'Heel dom van je om haar te laten lopen, Bill.'

'Waarschijnlijk wel,' zei Billy welwillend, onverstoorbaar tot het eind. 'Nou ja, ik ben blij voor Lauren.' Hij knikte over de tafel naar Gwen. 'Waar is je bril?'

'Je zus heeft zich aan haar ogen laten opereren,' zei Paulette. 'Ziet ze er niet geweldig uit?'

'Wauw,' reageerde Billy. 'Hoe ben je daar zo toe gekomen?'

'Ik ga op reis,' zei Gwen. 'Naar Saint Raphael.'

Paulette keek haar stomverbaasd aan. 'Gwen, dat is gewéldig. Waarom heb je niets gezegd?'

'Moeder, ik ben hier nog maar net.' Gwen richtte haar aandacht op haar bord en nam een stukje van haar cake.

Paulette besloot haar wrevelige toon te negeren. Het was echt iets voor Gwen om hen te vervelen met gepraat over het werk terwijl er juist iets interessants stond te gebeuren. Ze was er nog niet over uit of Gwen dit doelbewust deed of dat ze het gewoon niet kon helpen. Misschien wist ze werkelijk niet wat interessant was en wat niet. Paulette begon zich af te vragen wat Gwen nog meer niet had verteld.

'Je kunt daar prachtig diepzeeduiken,' zei Scott met volle mond. Sinds hij met Penny was getrouwd, waren zijn tafelmanieren hollend achteruitgegaan. Paulette kon het niet begrijpen, vooral niet omdat die van Penny verrassend genoeg helemaal niet zo slecht waren.

'Daarom ga ik ook,' zei Gwen.

Paulette fronste. Gwens belangstelling voor diepzeeduiken had haar altijd al verontrust. Ze weet die voorliefde geheel en al aan Frank, die voor Gwens achttiende verjaardag de duiklessen bij de YMCA had betaald. 'Ze geniet van het water,' had hij als rechtvaardiging tegen Paulette gezegd. 'Godallemachtig, Paulette, het is het enige waarvan ze geniet.'

'Ga je duiken zonder mij?' vroeg Billy.

'Wat moet ik dan doen? Wachten totdat jij met pensioen gaat?'

Gwen en Billy waren een tijdje elk jaar samen op duikvakantie geweest, waar Paulette nachtmerries van kreeg. Het was een grote opluchting voor haar geweest toen Billy het te druk met zijn werk kreeg en een punt achter de traditie zette. Als God had gewild dat haar kinderen onder water konden ademhalen, dan had hij hun wel kieuwen gegeven.

'Hemeltje, wat een avontuur,' sprak ze luchtig. 'En met wie ga je op reis?'

'Met niemand,' zei Gwen. 'Ik ga alleen.'

Paulette legde haar vork neer. 'Vind je dat wel verstandig?'

Gwen haalde haar schouders op. 'Ik heb straks recht op een week vakantie. Daar kan ik gebruik van maken of niet. Na 1 maart is mijn kans verkeken.'

'Maar lieverd.' Paulette dwong zichzelf tot een glimlach. 'Zou het niet leuker zijn om samen met een vriendin te gaan?'

Gwen leek hier serieus over na te denken. 'Dat denk ik niet,' antwoordde ze uiteindelijk. 'Volgens mij bevalt het me beter als ik alleen ga.'

'Nou ja, volgens mij is het gewoon niet veilig,' zei Paulette. 'Alleen diepzeeduiken.'

'Dat doe ik niet alleen.' Gwen sprak extra langzaam, alsof Paulette een onnozele gans was. 'Er is daar een hele groep met een duikgids erbij.'

'Wat is dat in vredesnaam?'

'Een instructeur, mama. Jeetje, je doet net alsof ik naar de maan ga.'

Haar kleinzoon lachte. De borden werden doorgegeven.

Het tafereel aan de tafel leek tijdloos: iedereen zat op zijn vaste stoel, met het tafelzilver en het serviesgoed van oma Drew. De wijnglazen waren een cadeau voor hun huwelijk geweest. Net als de schalen en de soepterrine hadden ze het langer volgehouden dan het huwelijk waarvoor ze waren aangeschaft. Terwijl ze hun glas hieven om een toost uit te brengen, bedacht Paulette opeens dat ze al twintig jaar gescheiden was.

De gedachte kwam later weer bij haar op toen ze de glazen boven de gootsteen schoonspoelde. Ze werd bevangen door een vreemd gevoel. Haar hart bonsde; even leken de lichten zwakker te schijnen. Ze dacht eraan hoe haar eigen leven uit haar handen glipte terwijl haar gezin uiteenviel en verdween; de kleine Gwen weggevoerd en opgeslokt, haaien en inktvissen zwemmend om haar heen, en mensen wachtend aan wal die niet veel beter waren.

Paulette sloot haar ogen. Dergelijke ogenblikken had ze al eerder meegemaakt. Haar arts noemde het paniekaanvallen, al was Paulette daar zelf niet zo zeker van. De avond voordat haar vader overleed, had ze een voorgevoel gehad dat hier precies op leek; ze was er diep vanbinnen van overtuigd geweest dat het einde nabij was. Haar vader was oud en ziekelijk geweest, en er was niets aan te doen, maar in dit geval was het heel anders. Ze moest actie ondernemen. Ze moest er iemand bij halen. Ze dacht, volkomen irrationeel, aan de timmerman Gil Pyle, die van alles kon repareren. Wellicht wist hij wat er moest gebeuren.

Het is kerstavond, zei ze tegen zichzelf. Gewone mensen waren nu samen met hun familie. Trouwens, wat zou ze eigenlijk moeten zeggen?

Gwen gaat helemaal alleen naar het Caribisch gebied. Er gaat iets vreselijks gebeuren.

Diep inademen scheen te helpen, en een paar minuten later was het gevoel voorbij. Daarna belde ze Franks nummer. Zoals te verwachten nam hij niet op. Ze veronderstelde dat hij de nacht ergens anders doorbracht. Of thuis in het gezelschap van een vrouw, te druk in de weer om de telefoon aan te nemen.

Gil Pyle kon van alles repareren.

Van alle spelers van Battle Road – de advocaten, onderwijzers en geschiedeniskenners – zag alleen Pyle er overtuigend uit in zijn kostuum. Hij was een magere pezige man met een onverzorgde blonde baard en handen met littekens van zijn werk. In zijn kniebroek en bolkvanger zag hij eruit alsof hij gehavend was door de lange winters in de kolonie, maar desondanks stug wilde doorzetten. 'Hij verricht wonderen,' zei haar buurvrouw Barbara Marsh, die hem had ingehuurd om het houtwerk te repareren. Het huis van de familie Marsh was zelfs nog ouder dan dat van Paulette; zonder het herstelwerk van Pyle zou het al lang geleden in elkaar zijn gestort, beweerde Barbara.

Paulette had hem ingehuurd om haar keuken te redden, waarvan de vloer schrikbarend verzakte; ze kreeg steeds meer het gevoel dat ze in de kombuis van een schip stond te koken. De klus zou een paar weken kosten, had Pyle gezegd, hoogstens een maand. Dat vooruitzicht verontrustte haar. Ze was bang voor de verstoring van haar leventje, het onvermijdelijke lawaai en het stof. De aanwezigheid van een vreemde in haar huis.

Pyles truck was elke ochtend bij zonsopkomst aan komen rijden. Duf en gedesoriënteerd sleepte Paulette zich uit bed om de achterdeur open te doen – haar haren in de war en haar uitgedroogde gezicht opgezet van de slaap. Later stond ze er versteld van dat ze zich in deze toestand aan hem had vertoond, maar destijds was ze te sloom geweest om zich er druk om te maken. Ze ging weer naar bed, maar Pyles laarzen stampten luid en zijn radio was door de vloer heen te horen. Wanneer ze later in de ochtend aangekleed en verzorgd kwam opdagen, riep hij haar vaak naar de keuken en stopte haar een meetlint in de handen of vroeg haar een plank op zijn plaats te houden. 'Mijn hulpje heeft me in de steek gelaten,' legde hij uit. 'Ik heb een extra paar handen nodig.'

Zij stond er wat ongemakkelijk bij, terwijl ze toekeek hoe Pyle tilde en timmerde. Zijn geruite overhemden waren versleten bij de manchetten en zaten vol verfvlekken. Ze herinnerde zich hoe haar zoon Scott als tiener een splinternieuwe spijkerbroek had gekocht met designergaten bij de knieën, wat zij geen gezicht vond. Maar de kleding van Gil Pyle was versleten door het werk en dat gaf er een eerbiedwaardig tintje aan. Iets aantrekkelijks zelfs.

Onder het werk stelde Pyle allerlei vragen. Hoe lang woonde ze al in het huis? Van wie had ze het gekocht? Wist ze in welk jaar het was gebouwd? Dat wist Paulette natuurlijk; ze vertelde hem over Josiah Hobhouse, de voorstanders in Concord van afschaffing van de slavernij, de nakomelingen van Hobhouse die daarna in het huis hadden gewoond. 'Je bent goed op de hoogte,' zei Pyle en hij stelde nog meer vragen. Ze praatte over haar jeugd in Newton, de verloren gegane bezittingen van de familie Drew in Truro en New Bedford. Om de een of andere reden vertelde ze ook over de Mount Washington Glass Company, de verfijnde urnen en kruiken die ze had gekocht; de moeilijk te vinden andere stukken – van Scroddleware en Hall – die ze graag wilde hebben, maar nog nergens had bespeurd.

'Laat ze eens zien,' zei Pyle: een verzoek dat haar verbaasde. 'Niet nu, maar wanneer ik klaar ben.' En toen hij om vier uur klaar was voor die dag, gingen ze op de vloer van de slaapkamer aan de achterkant zitten, terwijl Paulette de vazen en kruiken uit hun doos pakte.

'Je kunt hier nog wel wat extra planken gebruiken,' zei Pyle. 'Ik kan kurk op de vloer leggen voor het geval je iets laat vallen. Om de val te verzachten.'

'Ik laat nooit iets vallen,' sprak ze ernstig. Ze had het niet gezegd om indruk te maken, maar Pyle moest grijnzen.

'Dat zal wel niet,' reageerde hij.

Ze was diep getroffen door zijn zorg voor haar kostbaarheden. Ze had niet verwacht dat een man als Pyle iets om antiek zou geven. In dat opzicht hadden ze verrassend veel gemeen: ze zagen in dat het verleden waardevol was, dat je moest koesteren wat er hiervoor was geweest. Pyle sprak liefdevol over de huizen die hij had gerestaureerd, de huisjes in Newport, de zomerhuizen op Martha's Vineyard en de Cape. Hij had jarenlang in het leger gezeten en had veel gereisd, met name in Duitsland, België en Frankrijk. 'Om de kerken te zien,' zei hij. 'Ik vind het geweldig zoals die zijn gebouwd.'

Toen was het Paulettes beurt om vragen te stellen. Zo kwam ze te weten dat Pyle met een rugzak door Vietnam en Thailand had gereisd, op de stranden van Turkije had geslapen en in een aftandse jeep rond Kaap Hoorn in Zuid-Afrika was gereden. Het werd haar op dat moment duidelijk hoeveel van de wereld zij nooit te zien zou krijgen, hoeveel plaatsen ontoegankelijk waren voor een vrouw alleen. De gedachte maakte haar triest. 'Dat hoeft niet zo te zijn,' zei Pyle toen ze uiting gaf aan haar stemming. 'Je hebt alleen iemand nodig die met je meereist.'

Hij werkte de hele zomer door aan haar huis: de keuken, de kurkvloer, de planken. Zijn gereedschap en de resten timmerhout lagen in haar achtertuin, bedekt onder een laag zaagsel. In september kondigde hij ineens aan dat hij over twee weken zou vertrekken. Hij bracht de winter altijd door in Florida om bij zijn kinderen te zijn, legde hij uit. Met de moeder van de jongens was hij nooit getrouwd, maar het was een vrouw die hij met genegenheid beschreef: 'Sharon is geweldig. We kunnen nog steeds goed met elkaar overweg.'

De naam Sharon had een vreemde uitwerking op Paulette. Ze voelde zich beledigd. Plotseling leek Pyles verleden bevolkt te zijn met allerlei vrouwen, de ex-vrouwen en de vriendinnen die hij terloops, herhaaldelijk, had genoemd, alsof Paulette een vriend uit het leger of een drinkmaat was. Gerimpeld, seksloos, zonder verdere relevantie. Een voormalige vrouw, geslachtloos geworden door haar leeftijd.

'Wat is er?' vroeg Pyle, die voelde dat ze ontdaan was. Tot haar verrassing nam hij haar handen in de zijne.

Op dat moment ging er een deur open en bespeurde Paulette vluchtig iets van wat daarachter was. Ze had iets kunnen zeggen, iets kunnen doen; ze had gemakkelijk over de drempel kunnen stappen. Maar het gezond verstand kreeg de overhand. Gil Pyle was een zwerver zonder vaste verblijfplaats, bijna een dakloze; hij leefde buiten in zijn truck, bij andere mensen op de vloer en de bank. En hij was maar een paar jaar ouder dan haar zoon Billy. Gil Pyle was jong.

'Niets,' zei ze ferm terwijl ze hem aankeek. 'Het is fijn dat je me alvast waarschuwt. Ik neem aan dat je de planken afmaakt voordat je vertrekt.'

'Zeker.' Pyle fronste, knipperde met zijn ogen en liet haar handen los. De deur sloeg abrupt dicht.

Inmiddels waren er maanden verstreken zonder dat ze iets van hem had gehoord. Ze had geen reden om iets anders te verwachten. Maar toen haar de paniek om het hart sloeg en haar keel werd dichtgeknepen, moest ze denken aan Gil Pyles handen. Paulette had geen idee waarom.

In Cambridge lag het trottoir onder een deken van sneeuw. Frank reed in de tweede versnelling. Of het nu door de sneeuw kwam of door de feestdagen, de straten waren nagenoeg verlaten. Slechts één auto reed hem voorbij, met helder schijnende koplampen. Naar de lucht boven hem te oordelen had het middernacht kunnen zijn, of drie uur 's nachts. Op zijn horloge zag hij dat het kwart over vijf was.

In bepaalde perioden van zijn leven had hij ervan genoten dat het vroeg donker werd. Toen hij en Paulette nog maar pas getrouwd waren, had het eenvoudigweg ingehouden dat de nachten langer duurden; wanneer hij van het lab thuiskwam, gingen ze rechtstreeks naar bed. In recentere tijden was hij bij zijn thuiskomst verwelkomd door helder verlichte ramen en keiharde muziek, terwijl Deena Maddux blootsvoets in de keuken stond te zingen en te koken. Zonder haar vond hij de donkere avonden deprimerend en boden zijn weinige vormen van vermaak – tv, lezen, drank – onvoldoende soelaas. De meeste avonden vluchtte hij het huis uit om met Margit naar de film te gaan. Maar hij had alles al gezien wat er in de Kendall draaide. En Margit zat in het vliegtuig naar Stockholm om de kerstdagen bij haar kinderen door te brengen.

Hij reed langzaam over Harvard Square. Hij overwoog om de Harvard Book Store in te duiken om even warm te worden en een halfuurtje rond te snuffelen bij de tweedehands boeken in het souterrain. Maar toen hij erlangs reed, zag hij aan de gedempte veiligheidsverlichting achter de ramen dat de winkel gesloten was. De Out of Town News was dicht, met de metalen rolluiken omlaag. De Harvard Coop was donker, evenals de cafés en de modieuze kledingzaken met hun uniseks etalagepoppen voor de ramen. Een gevoel van paniek overviel hem. De komende zesendertig uur zouden al zijn vaste adresjes gesloten zijn. Hij kon alleen nog maar naar huis.

Hij parkeerde voor zijn huis aan de overkant van de straat en keek naar de donkere ramen, de traptreden bij de voordeur die onder een laag sneeuw bedekt waren. In de vorige winter had hij tweemaal een boete van de gemeente Cambridge gekregen omdat hij had nagelaten het trottoir schoon te vegen. Hij liep de trap op en draaide de deur van slot. Sinds Deena's vertrek was de woonkamer een dependance van zijn werkkamer op het lab geworden. De boekenkast puilde uit; hij legde de boeken inmiddels in stapels op bijzettafeltjes, de vloer, de trap naar boven. Er lagen grote stapels wetenschappelijke tijdschriften, notitieblokken en manuscriptvellen; hele jaargangen van Time en Newsweek en de saaie tijdschriften – The Economist en de Atlantic Monthly – waarop hij was geabonneerd, maar die hij niet las.

Hij knipte een lamp aan en legde een stapel tijdschriften weg uit zijn favoriete stoel. Bovenop lag een beduimeld exemplaar van Endocrinology, een tijdschrift waarop hij al jarenlang geabonneerd was, al sinds de tijd dat Gwen haar diagnose kreeg. Verdomme, hij had te weten willen komen – op subtiele wijze uiteraard – of ze onder behandeling van een arts stond en of ze het uiterst belangrijke oestrogeen wel innam. Neil Windsor had gelijk. Oestrogeen was van doorslaggevend belang om botontkalking tegen te gaan en het hart gezond te houden. Om maar niet te spreken van het onbespreekbare: oestrogeen was ook onmisbaar om het vaginaweefsel gezond, elastisch en vochtig te houden. Dacht Gwen eigenlijk ooit wel na over dit deel van haar lichaam? Zijn dochter was 34 jaar, maar voor zover hij wist, had ze nog nooit een vriendje gehad.

Was het mogelijk dat ze nog steeds maagd was?

Was het mogelijk dat ze dat niet was?

Beide scenario's waren moeilijk voor te stellen – eigenlijk allebei even moeilijk. Toch moest een van beide kloppen.

Toen Gwen nog een tiener was, had hij zich enige tijd intensief bemoeid met haar behandeling. Hij had haar laten deelnemen aan een klinische test met oxandrolone, een anabole steroïde waarvan men hoopte dat het de groei zou stimuleren. Toen dat geen succes bleek te hebben, liet hij haar oestrogeen slikken. Om de oxandrolone de tijd te geven zijn werk te doen hadden ze met het oestrogeen gewacht tot op het laatste moment, totdat ze zestien was. Zodra een meisje oestrogeen kreeg, kon ze niet meer in de lengte groeien. Ze hadden gegokt en verloren. De steroïden hadden geen effect gehad.

Die beslissing had hem al die tijd achtervolgd. Hij had de literatuur bijgehouden, hij wist dat de protocollen waren gewijzigd. Nu begon men al eerder met oestrogeen, op de leeftijd van twaalf of dertien jaar. Het oestrogeen bevorderde de botdichtheid in de vroege tienertijd, een cruciaal moment in de ontwikkeling van het skelet. Hadden ze Gwen een slechte dienst bewezen door zo lang te wachten? Had dat gevaar opgeleverd voor haar kleine botten? Hij stelde zich voor hoe zijn dochter er over een flink aantal jaar aan toe zou zijn, als ze een kromme rug had en broze botten vanwege de osteoporose. Had zijn beslissing haar in gevaar gebracht? Die mogelijkheid was te erg om aan te denken. En Frank zou tegen die tijd al dood zijn. Hij zou het nooit hoeven weten.

Hij legde de *Endocrinology* opzij en gooide een andere stapel tijdschriften in de papierbak – sinds Deena's vertrek had dat ding een vaste plaats in het midden van de woonkamer gekregen. Een vroege toediening van oestrogeen had nog meer voordelen. Het bevorderde de sociale ontwikkeling, die in Gwens geval duidelijk was vertraagd. Op haar zestiende was ze nog een kind: ze had een onnatuurlijke binding met haar moeder en was bang voor iedereen. Paulette had het probleem verergerd door Gwen te behandelen naar haar lengte in plaats van haar leeftijd, een fout die vaak werd gemaakt. Het oestrogeen had in lichamelijk opzicht weinig verandering gebracht, tenminste niet zichtbaar. Maar haar houding was wel veranderd. Frank had nog nooit zo'n overtuigend voorbeeld gezien van de invloed die het endocriene systeem op het menselijk functioneren uitoefende. Niet met een abrupte overgang, maar heel geleidelijk leek Gwen haar leven in eigen hand te nemen: ze veranderde van school, ze verhuisde ver van Concord vandaan en ze wilde dat Frank haar leerde autorijden.

Dat een mens zo kon veranderen door wat oestrogeen in de hersenen teweegbracht.

In de keuken maakte hij een fles wijn open – een goedkope rode wijn, die niet slecht was voor zijn prijs. In het wijnrek in de hoek bewaarde hij een goede cabernet voor als er bezoek was. De cabernet had hij ooit ontdekt toen hij met rabbi Kleinman naar een wijnproeverij was gegaan, en hij had toen een kist gekocht om indruk op haar te maken. Nu hij een eenzame kerst voor de boeg had, was hij blij dat hij dat had gedaan.

Wat kan mij het schelen, dacht hij en deed de kurk weer op het goedkope spul. Het is kerstavond.

Hij ontkurkte een fles cabernet.

In de woonkamer doorzocht hij het metalen rek met dvd's, op zoek naar iets om naar te kijken. Er zaten veel cadeautjes bij van Deena en Margit, die net als hij een voorliefde voor Bergman hadden. *Het uur van de wolf* misschien? Hij las de handige inhoudsbeschrijving op de achterkant van het doosje. 'De verwarde kunstenaar Johan (Max von Sydow) wordt achtervolgd door herinneringen uit het verleden.'

Eh, misschien toch maar niet.

Herfstsonate? Wilde aardbeien? Scènes uit een huwelijk?

Grote goedheid, nee.

Uiteindelijk besloot hij gewoon televisie te gaan kijken. Het toestel stond op een lage tafel in de hoek, waar anders waarschijnlijk een kerstboom had gestaan, als hier een gezin had gewoond. Deze gedachte deed hem verder niets. Hij had nooit veel op gehad met Kerstmis. Misschien in het begin, toen de kinderen nog klein waren. Maar naarmate ze ouder werden, had hij zich steeds meer geërgerd aan de hardnekkigheid waarmee Paulette aan de traditie wilde vasthouden: de walgelijke kerstliederen, de kerstversierselen van de familie Drew, die bijna allemaal spuuglelijk waren en onevenredig veel werk gaven in vergelijking met het plezier dat je ervan had. Wanneer de kerstdagen voorbij waren, moest Frank de kerstboom opruimen terwijl Paulette die rotversierselen weer in de ene laag krantenpapier na de andere wikkelde. Eén keer, toen zij zwanger was van Scott, had hij de versierselen moeten opbergen. Ze had hem, over zijn schouder meekijkend, eindeloze instructies gegeven: zo veeleisend en pietluttig dat hij zijn zelfbeheersing had verloren.

Wat zou ze doen als het huis in brand stond? Eerst die rotversierselen redden? En dan misschien, als ze de kans nog had, terugkomen voor Billy en Gwen?

Hij dronk zijn glas leeg en haalde de aangebroken fles wijn uit de keuken. Hij had niet gegeten en op een lege maag kwam de wijn bij hem altijd hard aan. Hij voelde zich een beetje aangeschoten en nam zich voor nog dronkener te worden.

De ontmoeting met Paulette had hem van zijn stuk gebracht. Ze zag er op de een of andere manier jonger uit dan de laatste keer dat hij haar had gezien, terwijl hij zelf flink ouder was geworden. Destijds – drie jaar geleden? – had hij een relatie met Deena en voelde hij zich jong en energiek. Toen Paulette hem in Concord had uitgenodigd om Scott welkom te heten bij zijn terugkeer uit Californië, had hij Deena meegenomen. Dat was niet Franks idee geweest. Deena had al jaren geroepen dat ze zijn kinderen wilde ontmoeten en hij had geen excuus meer kunnen verzinnen. Zoals te verwachten viel, was het geen fijne avond geweest. Deena pruilde nog dagenlang. En Paulette had daarna niet meer met hem gesproken.

Hij had aanvankelijk gedacht dat de scheiding het einde van zijn huwelijk zou betekenen. Later kreeg hij door dat het niet zo simpel lag. Paulette en hij hadden twintig jaar lang op slechts enkele stadjes afstand van elkaar gewoond, terwijl ze ieder hun eigen leven leidden en elkaar toen de kinderen jonger waren zo nu en dan troffen. Bij feestdagen, verjaardagen en diploma-uitreikingen was de aanwezigheid van Frank nu eens vereist, dan weer verboden, schijnbaar naargelang het humeur van Paulette. In de loop der jaren was hij uit de gratie geraakt en weer in de gratie gekomen om redenen die hij niet altijd kon vatten. Niet altijd, maar vaak werd hij uitgebannen wanneer hij weer een nieuwe vriendin had. Hoe mooier de vrouw, des te langduriger de banvloek.

Nu hoorde hij natuurlijk buiten de gevarenzone te zijn: hij was volkomen, misschien wel permanent, alleen. En Paulette? Was zij ook alleen? Hij had geen idee. Ze had enige tijd 'omgang gehad' – de term die zij daarvoor gebruikte – met een rijke antiekhandelaar. Volgens Frank was dat net iets voor haar: een rijke vent die graag dure troep kocht. Toen de oude kerel het loodje legde, had hij volgens Gwen Paulette wat geld nagelaten. Miste Paulette hem? Waren vrouwen in dat opzicht zo anders? Na al die jaren, na al de vrouwen die hij lang en intiem had gekend, wist Frank het nog steeds niet.

Misschien was zij helemaal gelukkig met haar leventje in het tochtige oude huis, waar het drama van hun huwelijk – eerst een komedie, daarna een tragedie – zich had afgespeeld. Hij had een duidelijke herinnering aan de eerste keer dat ze het hadden gezien. Hij had zijn twijfels gehad over de aankoop van zo'n oud pand, maar Paulette was onmiddellijk verkocht, helemaal in de ban van de geschiedenis ervan. Ze had een sentimentele band met Concord, waar haar grootouders Drew hadden gewoond. Uiteindelijk liet Frank de beslissing aan haar over, en dat niet alleen omdat haar vader in de eerste aanbetaling had voorzien. Frank was met zijn gedachten bij andere zaken, zijn dissertatie die maar moeizaam verliep. Hij kon het zich niet veroorloven dat door geruzie zijn aandacht daarvan werd afgeleid. Paulette was toentertijd in verwachting van Gwen en was humeurig en bijzonder lichtgeraakt. Ze gloeide helemaal en was dik en opgezwollen. Alleen door haar aan te raken wist hij al dat ze zwanger was. Net zoals toen ze van Billy in verwachting was: ze voelde steevast warm aan.

Verdorie: Billy. Frank dacht aan de Mercedes die stationair had gedraaid bij de oprit, de aarzeling bij de bestuurder voordat hij het gaspedaal intrapte. Natuurlijk had Gwen het goed gezien; het was niet de auto van Billy. Van het alternatief – dat zijn zoon was gevlucht toen hij hem zag – kon geen sprake zijn.

Naar Franks oordeel hadden ze altijd een goede band gehad, ondanks de scheiding en de onvermijdelijke moeilijkheden die daarmee gepaard gingen. Doordat Billy ver weg op Pearse zat, waren hem het theatrale gedoe van zijn moeder en de ongemakkelijke weekendbezoekjes van zijn vader bespaard gebleven. Frank had Gwen en Scott meegesleurd naar musea, dierentuinen en sportwedstrijden, omdat hij zich opeens bewust werd van de noodzaak zijn kinderen te vermaken, iets waarmee zijn eigen ouders zich nooit bezig hadden gehouden, iets wat Frank zelf ook nooit had gedaan. Uitgeput van alle inspanningen bracht hij hen op zondagavond terug naar Concord, waar hij Paulette zoveel mogelijk meed, met haar gespannen stilte en haar onheilspellende blik. Wanneer hij daarna thuiskwam, belde hij Billy om even bij te praten over zijn lessen, zijn voetbalseizoen, zijn plannen voor de toekomst. De jongen leek altijd goed aangepast, serieus en leergierig, te druk bezig met zijn succesvolle tienerleven om in een stinkende dierentuin rond te willen lopen met zijn vader. Frank had toen verondersteld dat Billy er net zo over dacht als hij, dat een familieband iets natuurlijks moest zijn, zonder vaste planning, zodat vader en zoon zich met wederzijdse affectie en achting met hun eigen zaken konden bemoeien.

Hij schudde zijn hoofd om helder te kunnen nadenken. Hij kwam enigszins wankel overeind, waarbij hij tegen de lege fles schopte. De cabernet had een aangenaam vuurtje in zijn buik gestookt. Een vuur, dacht hij. Op een witte kerstavond leek dat er beslist bij te horen. Hij keek naar de met as bedekte haard, waar de bakstenen wit waren uitgeslagen door de creosoot. Hij opende de regelklep en keek twijfelend naar boven. De schoorsteenpijp was in geen jaren geveegd, de laatste keer was geweest nog voordat Deena bij hem was weggegaan.

Hij ging naar beneden naar de kelder, op zoek naar brandhout. Hij vond een Duraflame-blok dat nog steeds in de verpakking zat. Deena had het altijd fijn gevonden om voor het haardvuur te neuken, en ze hadden steeds een heel stel Duraflames tegelijk gekocht. De namaakhoutblokken veroorzaakten geen rook en er spatten ook geen vonken vanaf. Ze brandden net lang genoeg voor wat Deena 'één coïtaal samenzijn' noemde.

Hij nam het blok mee naar boven, tegelijk met de sneeuwschuiver. Over een tijdje – na nog een glaasje wijn – zou hij het trottoir schoonvegen. Hij pakte lucifers van de schoorsteenmantel en stak beide uiteinden van het blok aan. De Duraflame begon meteen te branden, wat het grootste pluspunt ervan was. Binnen de kortste keren brandde het blok van begin tot eind.

Frank ging weer in zijn stoel zitten en keek er kritisch naar. Geen rook misschien, maar ook niet veel vuur. Hij wenste dat hij eraan had gedacht om brandhout te halen. Toen kwam er een gedachte bij hem op: zijn hele huis stond vol met brandbaar materiaal. Hij kon – dat moest hij nu écht eens doen – beginnen met een vroege voorjaarsschoonmaak.

Hij reikte naar de stapel Newsweeks achter de bank. Op de ene cover werd het verhaal aangekondigd van de nieuwe mevrouw JFK jr. Op een andere zag hij de kop 'Het mysterie van het gebed'. Hij verscheurde ze krachtdadig, waarbij de drukinkt op zijn handen afgaf. Het vuur flakkerde kortstondig op.

Hij haalde een stapel papier van de tafel in de hal. Hij kwam om in het reclamedrukwerk. 'Laat uw tapijten professioneel reinigen.' 'Let op de kleintjes.' 'Hebt u dit kind gezien?' Vrolijk gooide hij ze op het vuur.

Hij pakte nog een ander tijdschrift, maar realiseerde zich toen wat hij vasthield. De nieuwste editie van Nature. Hij had een geel memostickertje geplakt bij het artikel dat Neil Windsor had geschreven. Neil en Kevin Cho.

Hij greep het tijdschrift stevig vast. Het zou hem werkelijk een enorm tevreden gevoel geven als hij het op het vuur zou gooien. Om zijn afgunst, zijn oude rancune en zijn eigen falen om iets te presteren tot as te verbranden. Hij zou de fik steken in die laatste paar slappe, teleurstellende jaren van zijn leven. Hij ging kort het rijtje langs van de grote fouten die hij in die jaren had gemaakt.

Niet met Deena trouwen.

Niet met Gwen naar de dokter gaan.

Kevin Cho niet aannemen.

Hij wierp het tijdschrift op het vuur. De vlammen laaiden enthousiast op en verspreidden licht in de kamer.

Frank nestelde zich weer in zijn stoel. Zijn koffertje lag open op de salontafel en puilde uit van de paperassen. Boven op de stapel lag een dun pakje manuscriptvellen, keurig geniet. Cristina's onderzoeksverslag, dat nog lang niet af was. Een publicatie – als het er ooit van zou komen – was pas vele maanden later mogelijk, misschien wel een heel jaar later.

Opeens schoot hem zijn leugen in de bar weer te binnen. *We krijgen positieve signalen van Science over ons artikel. Ik kan me niet voorstellen dat het niet door zou gaan.*

Hij werd vervuld van schaamte. Onder normale omstandigheden hield hij zijn mond over lopende projecten. In de wereld van de wetenschap heerste een sterke concurrentie, waarbij men tot het uiterste ging: wetenschappers namen dingen van elkaar over, eigenden ze zich toe, stalen ze gewoon. Grohl had enorm veel in Cristina's werk geïnvesteerd, veel tijd en kostbare onderzoeksgelden. Nu ze eindelijk met iets op de proppen kwam, was Frank doodsbenauwd dat iemand hun de loef zou afsteken.

Verdorie, nu de knapste koppen ter wereld zich inzetten in een race om het menselijk genoom in kaart te brengen, stond de oncogenetica op het punt een explosieve ontwikkeling door te maken. We plukken straks de kankergenen uit onze tanden, dacht hij. De wetenschappers van Franks leeftijd werden al snel een uitstervende soort; zijn collega's zagen er steeds meer uit als jonkies. Sommigen, zoals Kevin Cho, wáren ook echt jonkies, en zij deden ook de grootste ontdekkingen. Frank – waarom zou hij het ontkennen? – naderde het einde van zijn productieve periode. Hij wilde niets liever dan net als Neil Windsor een grote klapper maken in de wereld van de wetenschap. Hij was er een paar keer dichtbij geweest, maar de grote doorbraak was nooit gekomen. En dat – opeens drong het duidelijk tot hem door – was zijn eigen stomme schuld.

Steeds weer had hij zich op de verkeerde gegevens geconcentreerd. Jarenlang had hij zich superieur aan Neil gevoeld, om redenen die nu dwaas leken: charme, mannelijkheid, atletisch vermogen, seksuele bedrevenheid. De eerste drie telden niet mee en de laatste had hem nu voorgoed in de steek gelaten. Hij bespeurde nu een diepgaander verschil tussen Neil en zichzelf, één enkele krachtige factor – de ware reden waarom zijn eigen carrière in het slop was geraakt, terwijl Neil tot de Academy was toegetreden.

Het kwam allemaal aan op karakter – dat ongetwijfeld was gevormd in die beginjaren toen Neil zich had uitgesloofd op Harvard in plaats van te hoeren en sloeren op Pennsylvania State University. Al die tijd had hij precies geweten wat belangrijk was en had daarnaar gehandeld. Neil had de ruimte gegeven aan Kevin Cho, zijn geheime wapen. En Frank had de ruimte gegeven aan zijn midlifecrisis.

Hij zakte dieper in zijn stoel met nog steeds Cristina's onderzoeksverslag in zijn handen. Hij keek naar het titelblad. 'XIAP-tekort remt tumorgroei bij muizen.' Cristina's naam werd gevolgd door de lijst van auteurs; Franks naam kwam als laatste, de ereplek. Nou ja, zo ging het in de wereld. Frank kon zich niet heugen hoe vaak de grote namen van vroeger – Charlie Stoddard van Harvard, Harry Drucker van het MIT – gebruik hadden gemaakt van zijn prestaties om hun eigen carrière en reputatie op te bouwen. Als postdoc was hij net zo ambitieus geweest als Cristina; hij had jarenlang aan het systeem bijgedragen. Hij voelde zich niet schuldig, totaal niet, nu hij zijn beloning kon oogsten.

Hij dronk zijn glas leeg en begon te lezen.

Het onderzoeksverslag was uitmuntend.

Frank las aan één stuk door, waarbij hij slechts eenmaal stopte om wankelend naar de keuken te lopen voor een tweede fles wijn. Hij zag de goedkope rode wijn staan die hij al had opengemaakt, en nam hem mee naar de woonkamer. De resultaten waren er: bij alle drie de groepen dieren had de uitschakeling van de XIAP geleid tot een sterke afname in de tumorgroei.

Frank legde het verslag neer en dronk zijn glas leeg. Het verbaasde hem altijd weer hoe een goed verslag de wetenschap op papier tot leven kon brengen. Cristina kon levendig schrijven, zo scherp en overtuigend dat je gemakkelijk de kleine lacunes in haar methodiek over het hoofd zag. Om te verifiëren dat ze de XIAP daadwerkelijk had uitgeschakeld, had ze cellen uit de staart van de muis gebruikt voor een Southern blot: enkele DNA-strengen werden hierbij in stukjes opgedeeld, aan een gel gehecht en nader onderzocht om te bepalen welke stukjes de veranderde sequentie bevatten. Tot dusver niets aan de hand, behalve dat het diagram in Cristina's verhandeling slechts een deel van de resultaten liet zien, het 3' eind van het gen. Dat was algemeen gangbaar tegenwoordig, maar Frank was van de generatie die elke inkorting van de hand wees. HOE ZIT HET MET HET 5' EIND? TOON BEIDE KETENS!! noteerde hij met onvaste hand in de marge. Al besteedde Cristina meer aandacht aan de stijl dan aan de nauwkeurigheid, Frank stond welwillend tegenover haar. Als jonge jongen had hij dezelfde neiging gehad, totdat Charlie Stoddard, zijn mentor op Harvard, hem zo beschaamd maakte dat hij sindsdien grondig te werk ging. Cristina was intelligent en ambitieus; Frank was het haar verschuldigd haar dezelfde rigoureuze opleiding te geven als hijzelf had gehad. Hij zag nu in dat hij haar de tijd en de aandacht had ontzegd die hij de andere postdocs wel gaf, dat hij zijn werk niet goed had gedaan doordat hij zich tot haar aangetrokken voelde. Hij had niet naar behoren gepresteerd; maar met deze verhandeling zou Cristina het voor hen beiden goedmaken. Wie weet wat zij met zijn begeleiding tot stand zou kunnen brengen?

Hij voelde een enorme opluchting. Hij had dus toch niet tegen Neil Windsor gelogen, hij had alleen het tijdsverloop wat anders voorgesteld. Weliswaar had *Science* Cristina's verhandeling nog niet geaccepteerd, maar dat kon snel gebeuren. Als Neil hem ermee lastigviel, kon Frank de schuld afschuiven op de redacteur en de traag lezende vakgenoten die het artikel moesten beoordelen. *Er wordt aan gewerkt, makker. Het komt eraan.*

Aan de koelkast hing het lijstje met de telefoonnummers thuis van alle leden van zijn team, dat Betsy Baird voor hem had uitgetypt. Hij belde. Een antwoordapparaat vroeg hem een boodschap in te spreken: Cristina's stem, maar zwaarder, merkwaardig vervormd. Ai, dacht Frank, tijd voor een nieuw bandje.

'Cristina, met Frank McKotch. Het is woensdagavond' – hij wierp een schuine blik op de klok – 'wel een beetje laat. Luister, ik heb je verhandeling gelezen en ik moet zeggen, die is erg goed. Vooral de discussie is bijzonder sterk.' Hij stond zich een vaderlijk lachje toe. 'Natuurlijk heb je in het begin wel wat bochten afgesneden. Wat is er bij de blotting in vredesnaam gebeurd met het 5' eind?'

Hij schonk zich nog een glas wijn in.

'We moeten die diagrammen morgenochtend meteen rechtzetten.' Het 'wij' van de laboratoriumdirecteur betekende steevast 'jij'. 'O ja: dan is het Kerstmis. Nou ja, vrijdag dus.' Hij nam een grote slok. 'Het heeft geen nut om het nog veel langer te rekken. Dit kan al snel de deur uit.'

2

Drie dagen voor Kerstmis zag Scott McKotch het grote reclamebord. Het stond bij het knooppunt van Highway 8 en Highway 61 en het was vier meter hoog en veertien meter breed, de omvang van vier garagedeuren naast elkaar. Scott zat gehurkt op de vluchtstrook, net voor de vangrail, en keek omhoog naar het bord. Zijn eigen gezicht, dat was uitvergroot tot het formaat van een fietswiel, keek terug. Het was een ogenblik dat de meeste mensen gelukkig niet al te vaak meemaken, een ogenblik waarop rekenschap moet worden afgelegd. Hij had zulke momenten altijd behendig weten te ontwijken, maar deze keer had hij geen waarschuwingssignalen gehad. Het bewijs had hem overvallen op weg naar zijn werk, was in zijn gezichtsveld gesprongen over acht rijstroken met snelverkeer heen. Een dergelijk bewijs viel niet te negeren. Hij kon niet negeren wat er van hem geworden was.

De foto was drie jaar geleden genomen tijdens een voetbaltraining. Op de voorgrond renden twee tienerjongens over het grasveld in hun marineblauw met witte sporttrui van Ruxton. Achter hen stond Scott in een korte broek en een marineblauw windjack, met verwaaide haren, waarbij zijn vierkante kaak goed uitkwam. De fotograaf had zijn handen midden onder het klappen gekiekt. In zijn eerste en tevens laatste jaar als voetbaltrainer van Ruxton had Scott zich als enige vaardigheid het handgeklap eigen gemaakt. Met licht gebogen handen voor een maximale resonantie klapte hij wanneer zijn team het veld op ging en wanneer het team het veld verliet, wanneer er doelpunten werden gescoord, en vooral wanneer dat niet gebeurde – dan riep hij met zware stem: 'Goeie actie!' Trainer

McKotch klapte zijn handen blauw. De trainer was een in zijn handen klappende gek.

Hij deed een stap terug vanaf de vangrail. De kraag van zijn overhemd was kletsnat door de koude regen. Het spitsverkeer raasde langs hem heen, plensde door de waterplassen en spatte vuil water over zijn kaki broek. De twee jongens, herinnerde hij zich, waren broers die inmiddels van school waren. De oudste was aangenomen bij Brown University, waar veel leerlingen van Ruxton zich op aanraden van de school probeerden in te schrijven. De jongste zat op Ohio State University, het type waar ze meestal heen gingen. Beide jongens waren lang en slungelachtig, met hun blonde haar en hun roze wangen zagen ze eruit als Engelse prinsen. In vergelijking met hen zag Scott er breedgeschouderd en sterk uit, met indrukwekkend gespierde benen. Boven de drie hoofden stond in grote hoofdletters: RUXTON ACADEMY. Daaronder stond, door de scheenbenen van de jongens heen, in vette cursieve letters: 'Waar succes het doel is.'

Scott stapte in zijn auto – een twaalf jaar oude Volkswagen Golf met één ruitenwisser en zonder wieldoppen – en woog de kans af dat een bekende over Highway 61 voorbij kwam snellen en de in zijn handen klappende sukkel in voetbalbroek zou herkennen, die zielige figuur die een derderangs middelbare school aanprees.

Die kans was helaas verdomde groot.

Elke dag stond er tussen zeven uur en halfnegen een kilometerslange file op Highway 61, wanneer de hele bevolking van Gatwick de ochtendlijke trek zuidwaarts ondernam, lurkend aan reisbekers met koffie en luisterend naar inhoudsloos geklets op de radio of naar educatieve boeken op een cassettebandje. In de afgelopen vierentwintig uur hadden al zijn buren en zijn collega's het reclamebord al gezien. Dat leed volgens hem geen enkele twijfel.

'Oké,' zei hij hardop. 'Oké. En wat dan nog?'

Zijn buren en zijn collega's waren niet belangrijk. Iedereen die in Gatwick woonde, leidde een triest leven dat net zo mislukt en onbetekenend was als het zijne. Deze mensen brachten niets in beweging. Hun mening stelde geen drol voor. Maar stel nu dat er te midden van die zee van auto's toevallig een oud-leerling van Pearse langskwam (van de klas die in 1985 eindexamen had gedaan of van de andere klassen uit de periode dat hij op school zat). Een van zijn oud-klasgenoten zou onderweg vanuit New York naar het noorden – misschien voor het jaarlijkse bezoekje met kerst – weleens uit zijn raampje kunnen kijken en die gozer herkennen die verkozen was tot 'clown van de klas' en 'rebel zonder sjoege', die in de middelste klassen bekendstond als 'de bijter', en met wie het nu zo miserabel was afgelopen. (Ook vroegere studenten van Stirling College, waar Scott korte tijd op had gezeten, reden misschien langs Gatwick, maar voor hen hoefde hij niet bang te zijn. Hij had zo kort op Stirling gezeten dat niemand zich zijn gezicht nog zou herinneren.)

Hij streek met een hand door zijn natte haar en keek ter controle in de achteruitkijkspiegel. Hij veegde het haar weg van zijn voorhoofd en keek weer naar het reclamebord. Na drie jaar was het verschil verbijsterend.

Naast al die andere vernederingen in zijn leven werd hij verdorie nu ook nog kaal.

Gatwick, in Connecticut, was een stad van veertigduizend inwoners die was gebouwd op land waar vroeger vee werd gehouden. Toen Scott en Penny hier drie jaar geleden naartoe verhuisden, was Main Street nog maar net geasfalteerd; boven de velden hing nog steeds een doordringende geur van rundvee. Inmiddels was Gatwick uitgegroeid tot een uitgestrekte slaapstad met lage grondprijzen en gemakkelijk bereikbare winkelcentra. Langs de brede centrale verkeersader stonden kleine, maar snel in aantal toenemende fastfoodtenten, elektronicazaken en videotheken, met opvallende symbolen die kleine kinderen zelfs herkenden, de 'grote Amerikaanse merken'. De volwassen inwoners van Gatwick gingen elke dag voor hun werk in ongeveer gelijke aantallen naar Hartford, Providence en New Haven; een kleine groep reed twee uur heen en twee uur terug naar Boston. Gatwick was een voorstad zonder bijbehorende binnenstad, een vaag niemandsland dat er steeds meer uitzag als talloze andere plaatsen; een gedachte die Scott wanhopig stemde.

Toen hij de baan bij Ruxton Academy accepteerde, had hij zich voorgesteld dat hij in het nabije Dumfries zou gaan wonen, een schilderachtig stadje bijna twintig kilometer zuidelijker uit de tijd van de Onafhankelijkheidsoorlog. Dumfries lag aan de rivier de Quinebaug en had naam gemaakt in de textiel. Precies één jaar lang, in 1818, had hier de grootste katoenfabriek van Connecticut gestaan. In de jaren twintig van de twintigste eeuw opende het bedrijf Lipscomb & Blore binnen de grenzen van Dumfries vier overhemdenfabrieken, waarna Dumfries bekend werd als Shirttown USA. Die fabrieken waren allang weer dicht, waardoor Dumfries geen noemenswaardige industrie meer bezat, alleen enkele monumenten van de rijkdom van weleer: fraaie gebouwen in de stijl van de Greek Revival, een witte congregationalistische kerk. Het postkantoor, een voormalige smidse, was een onderduikadres geweest van de Underground Railroad, de organisatie die slaven vanuit het Zuiden naar het Noorden hielp te ontsnappen. Dit gebouw was samen met het stadhuis en het oude herenhuis van Lipscomb bestempeld tot historisch monument. De plaatselijke vereniging tot behoud van het erfgoed maaide en besproeide het stadsplantsoen. In de ogen van Scott, die de kale nieuwheid van het binnenland van Californië gewend was, leek Dumfries genoeg op Concord om sterke heimwee teweeg te brengen, hier kreeg hij het gevoel dat hij eindelijk naar huis was teruggekeerd.

In het gezelschap van de enige makelaar in de stad, een kwieke New Englander die Tom Harwich heette, hadden Scott en Penny elk beschikbaar huis in Dumfries bezichtigd: een paar krakerige huizen uit de victoriaanse tijd en een paar krappe huizen in de stijl van Cape Cod. Scott had een kleine erfenis gehad van zijn grootvader Drew, waarvan ze het grootste deel al hadden uitgegeven aan huur, gas en licht, aan minimale stortingen op hun creditcard waarvan de maximale limiet al bereikt was, en aan de vaste maandelijkse kosten van een echtpaar met twee kinderen. Het restant was goed voor een karige aanbetaling, maar deze huizen vielen nog maar net binnen hun budget. Erger nog: ze hadden allemaal dringend een kostbare verbouwing nodig, of ze waren in Penny's ogen rijp voor de sloop. Ze hadden het al bijna opgegeven toen Tom Harwich hun een natuurstenen jachtopzienershuisje aan de rand van de stad liet zien. 'Een beetje krap voor een gezin,' gaf hij toe, 'maar de prijs is naar behoren.' Het huis was klein maar sierlijk, met openslaande deuren die uitkwamen op een ommuurde tuin. Scott was in de ban van de benaming 'jachtopzienershuisje', met de diverse literaire en sensuele associaties die daaraan verbonden waren, en pleitte sterk voor het huis. Hij wees op de vurenhouten vloeren met planken van wisselende breedte, de oeroude rozenstruiken in de zonnige tuin. Penny was niet onder de indruk. Het plafond vertoonde tekenen van waterschade. De huishoudelijke apparaten in het huis zagen eruit alsof ze vijftig jaar oud waren. Het huis had geen airconditioning en slechts één toilet. Zonder acht te slaan op Tom Harwich, die hardnekkig aanwezig was, vroeg ze zich hardop af hoe mensen in zulke omstandigheden konden leven.

Scott begon uit te leggen dat een airconditioning overbodig was, dat de zomers in New England in niets leken op de zes maanden durende barbecue die ze in San Bernardino moesten doorstaan. Halverwege zijn zin merkte hij dat het zweet over zijn voorhoofd liep en dat zijn overhemd aan zijn rug vastgeplakt zat.

'Dan nemen we raamairco's,' zei hij met een wijziging van tactiek. 'In elke slaapkamer plaatsen we een raamairco.'

Penny zuchtte. Door haar zucht wist hij dat het geen zin had om te proberen haar over te halen. Ondanks de slechte staat waarin het huisje verkeerde, was het bijna net zo duur als de veel grotere huizen uit de victoriaanse tijd. Om het huisje leefbaar te maken moesten ze niet alleen beschikken over vaardigheden als timmerman – die Scott wel had – maar ook over veel tijd en grote sommen geld – die hij niet had. Hij moest het wel onder ogen zien: het goedkoopste huis in Dumfries kostte meer dan zij zich konden veroorloven.

Na deze enorme teleurstelling raakte hij verzeild in een van de depressies die hem in zijn jeugd hadden geteisterd, een krachtige, overweldigende mengeling van woede en zelfmedelijden die hem volledig in haar greep hield – urenlang of soms wel dagenlang, totdat iemand het opmerkte en hem zover wist te krijgen dat hij weer gewoon deed. Toentertijd had zijn moeder hem gepaaid met cadeautjes of snoep. Penny bood hem gewoonlijk seks of marihuana, maar ditmaal was ze niet in de stemming. Hij keek ongelukkig toe hoe zij, walgend van zijn gezwelg, de zoektocht naar een huis overnam. Ze keek de krant door. Ze vond een andere makelaar in de telefoongids, met een kantoor in het nabije Gatwick. De makelaar, een geparfumeerde blondine die Misty Sanderson heette, nam hen mee voor een tocht door de stad, die destijds één grote bouwput leek.

Vanaf de achterbank van Misty's Ford Taurus staarde Scott naar de graafmachines en de vorkheftrucks, met echte mannen in spijkerbroeken en werklaarzen. Hij voelde zich uitgeblust, en neerbuigend behandeld omdat hij als een klein kind op de achterbank moest zitten terwijl Penny voorin naast Misty zat. Vanaf de achterbank gezien, zagen ze eruit als zussen, met stemmen die even hoog klonken en kapsels in dezelfde blonde kleur. Hij probeerde tevergeefs zich hen samen naakt voor te stellen, een fantasie die hem had moeten opwinden: de een kronkelend onder hem, de ander schommelend bovenop. Maar er gebeurde niets. Zijn hart klopte langzaam, zijn bloed stroomde traag. Zijn depressie kneep als een tourniquet zijn kruis af.

'Het is nu moeilijk voor te stellen, maar geloof me,' sprak Misty opgewekt, 'over zes maanden herken je het hier niet meer.' De auto hobbelde over een stuk onverharde weg. In de verte klonk het gebrom van zwaar materieel.

'Welkom bij Loch Lomond Acres,' zei Misty. 'Het beste adres van de stad.'

'Welke stad?' mompelde Scott, waarop Penny hem een kwade blik toewierp. Hoewel het complex nog geen jaar oud was, legde Misty uit, waren de woningen bijna allemaal verkocht. De mensen kochten de huizen sneller dan de Wood Corporation ze kon bouwen. Er waren nog maar twee percelen over.

'O, maar we hebben nu meteen een woning nodig,' zei Penny. 'Scott begint in september met zijn werk.'

Misty gaf een stralende glimlach ten beste. Haar tanden waren onnatuurlijk wit. 'Maak u geen zorgen. We kunnen u de modelwoning verkopen, als die u bevalt. We hebben de exclusieve rechten.'

Hierop ontwaakte Scott uit zijn apathie. 'Nee,' zei hij zijn ogen uitwrijvend. 'Geen nieuwbouwproject. Niet zo'n in één keer uit de grond gestampte woonwijk. Dat is niks voor ons.'

Beide vrouwen draaiden zich naar hem om, alsof ze waren vergeten dat hij er was.

'Het zijn fantastische woningen,' bracht Misty ertegen in. 'Als u er één bekijkt, zult u wel van gedachten veranderen.'

'Kom nou, lieverd,' zei Penny. 'We moeten in elk geval even kijken.'

'Dat hoeft helemaal niet.'

Misty keek hem zenuwachtig aan. 'Ik laat u wel even rustig overleggen,' zei ze, en ze stapte de auto uit.

Het portier ging met een klap dicht.

'Wat is nou het probleem?' wilde Penny weten. 'Wat is er mis mee om even een kijkje te nemen?'

'Luister naar me,' sprak hij op effen toon. 'In Loch Lomond Acres ben je binnen de kortste keren weduwe. Eén week hier en ik schiet me door het hoofd.'

'Je stelt je aan.'

'Maar toch.' Hij leunde achterover en hield zijn hand boven zijn ogen tegen de zon.

'Scotty, we moeten wel iets kopen. Of iets huren. Je kunt niet zomaar niks leuk vinden.'

'Het huisje,' zei hij. 'Ik was dol op dat huisje.'

'O, wees nou eens realistisch. De kinderen zijn te oud om op één slaapkamer te slapen. Waar moeten we Ian volgens jou laten? Wil je hem vastbinden in de achtertuin?'

'We kunnen een kamer bij de keuken aanbouwen.'

Penny zuchtte. 'Je weet dat we geen halfgammel krot kunnen kopen. We hebben een huis nodig waar we in september in kunnen trekken.'

Hij keek uit over de modderige vlakte. Ergens verderop reed een vrachtauto achteruit. Het piep-piep-piep leek persoonlijk tot hem gericht te zijn, een honende aanval op zijn hoofd.

'We moeten hier in elk geval naar kijken.' Penny's stem was dun en gespannen geworden. 'We moeten toch wel érgens naar kijken. We kunnen niet eeuwig in een motel blijven zitten.'

Voor het eerst merkte hij de dieper wordende groef tussen haar wenkbrauwen op. Ze was nog geen dertig. Ze was ouder geworden door het leven met hem.

'Goed.' Hij strekte zich uit op de bank en sloot zijn ogen. 'Haal dat enge Stepfordmens hierheen en laat haar ons maar naar een huis brengen. Maar niet in een nieuwbouwwijk. Met twee toiletten. En het kan me geen zier schelen hoe het eruitziet... we kopen het.'

De Ruxton Academy stond aan de noordrand van Gatwick op een stuk land dat ooit was bewoond door de Quinebaug. Deze stam had de grond verkocht aan Nederlanders, en twee eeuwen lang had hier het grootste familiebedrijf in de melkveehouderij van Connecticut gestaan. In het begin van de jaren negentig was het land opgekocht door een groep particuliere investeerders die de Merit Corporation vormden en die een klein fortuin hadden verdiend met de overname van het management van gesubsidieerde lagere scholen die in moeilijkheden verkeerden. Gefinancierd met belastinggeld van de schooldistricten zelf deed Merit haar intrede, ontsloeg de meeste onderwijzers en verving hen door opgewekte, onvermoeibare studenten die bereid waren voor een laag salaris te werken en de Merit-methode te volgen. Deze methode was ontworpen door Ruxtons directeur Rick O'Kane en legde de nadruk op uit het hoofd leren en een intensieve voorbereiding op gestandaardiseerde testen. De resultaten dienden als ondersteuning van het motto van de Merit Corporation: 'Wij veranderen scholen.' Ruxton was Merits eerste uitstapje naar de particuliere scholen, die de directeuren van Merit hadden beoordeeld als een groeisector in de onderwijsmarkt. ('Bestaat er een onderwijsmarkt?' had Scott zich afgevraagd tijdens zijn sollicitatiegesprek met O'Kane. Sindsdien had hij wel geleerd om dergelijke vragen voor zich te houden.)

Hij gaf inmiddels drie jaar les aan de school. Daarmee gold hij als een veteraan op Ruxton, waar de docenten in koortsachtig tempo wegvluchtten: de jongste en slimste collega's kozen een baan aan een legitieme middelbare school; de oudere en cynisch geworden collega's gingen, aangetrokken door een pensioenregeling en een behoorlijke ziektekostenverzekering, naar Gatwick High. In beide gevallen betekende het een vooruitgang. Ruxton bood zijn docenten de grote klassenomvang en de middelmatige leerlingen van een gesubsidieerde lagere school met het schamele salaris van een particuliere school. In de glossy marketingbrochures werd de school voor de vermogende maar lichtgelovige inwoners van complexen als Loch Lomond Acres aangeprezen als een alternatief voor de allerbeste middelbare scholen. Rick O'Kane had een doctorsgraad in onderwijsmanagement aan de University of Connecticut, maar was van huis uit verkoper. Voordat hij met een aantal studievrienden Merit opzette, had hij eerst auto's verkocht en daarna verzekeringen. Bij dat eerste sollicitatiegesprek had hij voor Scott de bedrijfsstrategie uiteengezet. 'De ouders van Ruxton,' zei hij met een kleffe glimlach, 'zijn het gewend om ergens voor te betalen.' Net zoals ze accepteerden dat water uit een flesje beter was dan water uit de kraan, zo accepteerden ze ook dat het onderwijs op een particuliere school beter moest zijn dan wat het plaatselijke schooldistrict gratis ter beschikking stelde. En omdat Ruxton een dagschool was, waren ze bereid de exorbitante tarieven voor het onderwijs te betalen, in de geruststellende wetenschap dat ze veel geld bespaarden op kost en inwoning. 'Het is zoiets als magere melk,' zei O'Kane zonder enige gêne, 'het is een compromis.'

Terwijl hij daar in O'Kanes kantoor zat, in zijn goede pak dat hij sinds zijn trouwen niet meer gedragen had, voelde Scott een immense twijfel in zich opkomen. O'Kane was een bedrieger, zoveel was wel duidelijk, maar Scott verkeerde niet in de positie om kieskeurig te zijn. Hij wilde wanhopig graag weg uit San Bernardino, zijn benarde financiële situatie en de povere betonnen bungalow waar Penny en hij gegijzeld werden door hun twee overactieve kinderen. Hij had cv's naar alle particuliere scholen in New England gestuurd. Alleen Ruxton had hem voor een sollicitatiegesprek uitgenodigd.

En daar kwam nog bij dat hij, tegen zijn gezond verstand in, het gevoel had dat O'Kanes verkooppraatje hem goed deed. Scott voelde zich door deze man op waarde geschat doordat hij oog leek te hebben voor zijn uitstekende kwaliteiten. Van alle andere gegadigden – meer dan honderd, verzekerde O'Kane hem – waren er slechts drie uitgenodigd voor een gesprek.

Hij kreeg een jaarcontract als leraar Engels en voetbaltrainer. Het trainen was een voorwaarde voor zijn aanstelling – iedere docent van Ruxton moest een buitenschoolse activiteit begeleiden zonder daar extra voor betaald te krijgen. Hij had O'Kane laten weten dat hij nog nooit training had gegeven in wat voor sport dan ook, dat hij na Pearse nooit meer een stap op een voetbalveld had gezet. Op dat moment klaarde O'Kanes gezicht helemaal op, met zo'n gelukzalige glimlach als heiligen te zien gaven op schilderijen uit de renaissance, en Scott besefte dat hij het toverwoord had gezegd. Op dat ogenblik zag hij in dat zijn periode op de middelbare school de enige reden was geweest waarom hij voor een sollicitatiegesprek was uitgenodigd. Het verraste hem, terwijl hij eigenlijk wel zoiets had kunnen vermoeden. Hij had een diploma in algemeen vormende vakken van California State University; hij had twee jaar bijles in grammatica gegeven aan een technische vakschool in de binnenstad. Zelfs een pseudo-middelbare school zat niet echt om hem te springen.

Het parkeerterrein voor docenten was vol. Scott reed tweemaal rond en sloeg toen af naar het terrein voor de leerlingen. De leerlingen van Ruxton hadden een afkeer van de schoolbus, elke ochtend kwamen zij of hun ouders in een stoet van dure auto's aanrijden. Scott vond een smal plaatsje in de eerste rij en wachtte nog even voordat hij de motor uitzette. Links van hem stond een splinternieuwe zwarte BMW-cabriolet, nog met kentekenplaten van de dealer; rechts stond een witte Lexus-sedan. Beide auto's waren duidelijk door iemands vader betaald. Scott was zich er terdege van bewust dat (a) zijn Golf met een boekwaarde van 900 dollar slechts vier procent waard was van de auto's aan weerskanten, en (b) hij zelf iemands vader was. Hij reikte naar de achterbank om het verweerde leren koffertje te pakken dat nog van zijn grootvader Drew was geweest. Hij gebruikte dat nog altijd liever dan het modieuze nieuwe koffertje dat Penny vorig jaar met de kerst voor hem had gekocht.

Het begon heviger te regenen. Zoals altijd had hij geen paraplu bij zich. Hij zou een sprintje moeten trekken. Hij gooide het portier open en hoorde een krassend geluid.

'Shit,' zei hij hardop.

Hij stapte uit en de regen kletterde op zijn hoofd. Zijn portier had de voorplaat van de BMW geraakt, waardoor er een kras van vijf centimeter was ontstaan. Een van de verwende Ruxton-kereltjes zou door het lint gaan.

Geweldig, dacht hij. McKotch, dat was echt klasse.

Hij liet zich zakken om steunend op een knie de kras nader te bestuderen: er zat een vlekje gele verf van zijn eigen portier op. Hij dacht terug aan een voorval, jaren geleden, toen zijn vader op een parkeerterrein met zijn bumper in botsing was geraakt met die van een rode cabriolet, waarna beide bestuurders manhaftig uit hun auto waren gestapt en koeltjes elkaar hun telefoonnummer en verzekeringsgegevens hadden overhandigd. De andere bestuurder was nog maar een jongen geweest, een paar jaar ouder dan Scott, en het was duidelijk zijn schuld. Geschrokken maar ook opgetogen, omdat hij het temperament van zijn vader kende, had Scott vanachter zijn raampje toegekeken, in de verwachting dat er een uitbarsting zou volgen. Maar Frank sprak met zachte stem tegen de jongen, knikte kalm en gaf hem tot slot een hand. Hij had dat opdondertje behandeld als een man, als een gelijke. Toen Scott dat zag, had hij een steek van jaloezie gevoeld. Kon je daarmee het respect van die ouwe winnen – door zijn auto te rammen op een parkeerterrein? Was het niet genoeg om gewoon zijn zoon te zijn?

Hij zocht in zijn zak naar een stukje papier. De eigenaar van de auto was nergens te zien; een briefje onder de ruitenwisser moest volstaan. Hij stond daar in zijn zakken te graaien toen er achter hem een claxon klonk. Hij draaide zich om en zag de Mercedes van Rick O'Kane inparkeren op een plaats tegenover hem.

O'Kane liet zijn raampje zakken. 'Niet te geloven. Zo'n kleine etterbak heeft de brutaliteit gehad om mijn plek in te pikken.' Hij stapte zijn auto uit en stak een grote groen met witte golfparaplu op tegen de regen. Hij zag er fris geschoren, fit en gezond uit met zijn kleurtje dat hij het hele jaar door onderhield.

'Man, wat is met jou gebeurd? Je ziet eruit als een verzopen kat. Kom mee.' Hij hield de paraplu in Scotts richting. Scott zag dat er niets anders op zat dan maar naast hem mee te lopen.

'Eerlijk gezegd,' legde hij uit, 'ben ik onderweg gestopt om naar het reclamebord te kijken.'

O'Kane straalde. 'Goed, hè? Het heeft wel wat gekost, maar als we er twee nieuwe leerlingen door binnenhalen, betaalt het zichzelf terug.'

Scott liep verwoed te knikken. 'Dat is goed. Reclame maken is goed. Ik verwachtte alleen niet...' Hij wachtte even. 'Het is wel vreselijk groot, hè?'

O'Kane lachte, een aanstellerige hinnik. 'Dat is ook de bedoeling, McKotch. We willen juist dat ze het vanaf de snelweg kunnen zien.'

Scott knikte. 'Maar, nou ja, het is een beetje misleidend. Ik ben geen voetbaltrainer meer. Dus waarom hebben jullie mij genomen?'

'Wie moet ik er dan op zetten? Mary Fahey?'

Scott lachte zwakjes. Mary gaf biologieles aan de eerste klas; het was een grote, weinig aantrekkelijke vrouw die leiding had gegeven aan het vrouwenhockeyteam van Bryn Mawr. Na zijn rampzalige seizoen van één winstpartij en negen verliespartijen was het elftal toevertrouwd aan haar potige handen, zodat Ruxton als enige een jongensteam in de competitie had met een vrouwelijke trainer. Toen Scott O'Kane hierop wees, had hij alleen maar gelachen. 'Rustig maar. Vrouwelijk is een relatief begrip.'

Scott gooide het over een andere boeg. 'Waar heb je die foto trouwens vandaan? Ik kan me niet herinneren dat iemand tijdens de training foto's heeft gemaakt.'

'Geweldig shot, hè? Spontane foto's zijn altijd het mooist.'

Scott knipperde met zijn ogen. Een discussie met O'Kane was onmogelijk. Hij wist niet meer hoe vaak hij al met een klacht naar het kantoor van die man was gegaan en weer was vertrokken met een glimlach op zijn gezicht.

'Eigenlijk,' zei hij, 'vind ik het een beetje gênant.'

'Ach, kom op.' O'Kane gaf hem een klap op zijn schouder, zoals een jockey een paard kalmeert. 'Het is reclame met ambitie, McKotch. We verkopen die ouders een droom. En jij bent de droom.'

Scott wist niet wat hij moest zeggen.

'Je weet uiteraard dat je beeltenis mag worden gebruikt voor reclamedoeleinden,' voegde O'Kane er gladjes aan toe. 'Je hebt daar per slot van rekening toestemming voor gegeven.'

Hij versnelde zijn pas, zodat Scott alleen in de regen achterbleef.

Druipnat vervolgde hij zijn weg naar zijn werkkamer, een klein hokje dat hij deelde met Jordan Funk, die lesgaf in geschiedenis en maatschappijleer en die de toneelclub leidde. Door een wrede speling van het lot was Jordan de minst funky figuur die Scott kende, een broodmagere jongeman met een John Lennon-bril met ronde glazen – waarmee je tien jaar geleden nog wel kon verschijnen – en een gebreid vest dat als een badjas over zijn schouders hing. Hij had de neiging om te gaan stotteren als hij opgewonden was; dát en zijn jeugdig enthousiasme deden hem nog jonger lijken dan zijn leerlingen, die verveling en cynisme uitstraalden. Jordan was net van Bennington College gekomen en werd nog steeds geplaagd door jeugdpuistjes. Ze kwamen en gingen in een cyclische beweging, zoals de sterrenstelsels die langs het firmament trokken.

'Hé, man,' zei Jordan. Er zat een nieuwe pukkel op de brug van zijn neus, een glimmende rode. 'Jij ziet er woest uit. Wat is er met jou gebeurd?'

Scott keek omlaag naar zijn doorweekte broekspijpen. 'Ik ben onderweg gestopt om naar het reclamebord te kijken. Allemachtig.'

Jordan staarde in de verte, stak zijn kaak naar voren en klapte luid in zijn handen. 'Goeie actie,' gromde hij.

In weerwil van zichzelf was Scott onder de indruk – van Jordans provocatie, zijn kundige nabootsing en het feit dat zijn kippenborst zo'n mannelijke stem kon produceren.

'Grapjas.' Scott pakte een stapel in krimpfolie verpakte blauwe boekjes met examenopgaven uit een doos op de grond.

'Meen je dat nou?' sprak Jordan met zijn normale vijftienjarige cheerleadersstem. 'Ben je van plan om een toets te geven?'

'Kennelijk.'

'Het is al b-bijna kerst. De k-kinderen gaan helemaal door het lint.'

'Het is dinsdag,' zei Scott. 'Donderdag is het pas Kerstmis. Wat is het probleem?'

'Het is de kerstweek.'

'Kerstwéék?' herhaalde Scott. 'Binnen de kortste keren worden er geen toetsen meer in december afgenomen omdat het de kerstmáánd is. En die komt natuurlijk helaas direct na de máánd van Thanksgiving.' De ergernis nam volledig bezit van hem. Ondanks de hoge pretenties hield Ruxton zich aan het standaardrooster van de openbare scholen – korte middagen, geen zaterdagen. In plaats van Grieks en Latijn bood het lessen die op de grote tests voorbereidden: woordenschatverrijking (voor de beginjaren), intensieve lessen wiskunde en mondeling (voor het middenjaar), en opfrislessen (laatste kans, kinderen, voordat we het opgeven en je naar een goede vakschool sturen).

'Rustig maar,' zei Jordan.

'Wat, moet ik dan tot januari wachten? Zodat ik zéker weet dat ze alles zijn vergeten wat ik het afgelopen kwartaal heb gezegd?'

'Ik ga lunchen met O'K-Kane,' zei Jordan opeens. Dit was ofwel bluf ofwel een bekentenis; Scott kon niet zeggen welke van de twee.

'O ja?'

'Hij wil met me praten over de lentemusical.' In het vorige jaar had de toneelclub een rijk aangeklede productie van *Camelot* op de planken gebracht, die Scott zich herinnerde als de langste drie uren van zijn leven. Terwijl hij naast Penny in de verduisterde aula zat, had hij alleen maar sympathie voor Jordan gevoeld, die zijn best had gedaan met een Guinevere zonder muzikaal gehoor en een vijftienjarige Arthur die ongemakkelijk rondsjokte met zijn grijze baard en zijn met talkpoeder bestrooide haar. Maar tot Scotts verbazing was het stuk een groot succes geweest. De oudercommissie had het prachtig gevonden en Jordan was de nieuwe favoriet van O'Kane geworden. Jordan! Een snotjongen van wie het bureau vol speelgoed lag, zoals een gekleurde plastic loopveer en Silly Putty – nostalgische heruitgaven van speelgoed waarmee Scott als kind echt had gespeeld. Langs de rand van het bureau stonden plastic poppetjes van een aantal striphelden. In het begin had Scott om aardig te zijn belangstelling geveinsd: 'Is dat Aquaman?'

'Aquaman?' herhaalde Jordan. 'Hoe oud ben jij eigenlijk? Nee, dat zijn de Transmatics.'

'Natuurlijk, de Transmatics,' mompelde Scott en hij voelde zich een dwaas, terwijl híj niet eens met poppen speelde.

Nu vroeg hij zich af of Jordan juist door die kinderlijkheid zo populair was bij de leerlingen – die, stelde Scott zich voor, alle

Transmatics kenden en er elke zaterdagochtend naar hadden gekeken terwijl ze hun Cocoa Puffs aten of een nog hipper, moderner mierzoet graanontbijt dat hij als ouwe knakker niet kende. Elke keer tijdens lunchtijd, en ook weer na de laatste bel, stonden de leerlingen in een rij op de gang voor hun werkkamer, in afwachting van meneer Funk. Er kwam nooit iemand voor meneer McKotch. Het sloeg nergens op dat Scott zich afgewezen voelde, want hij raakte al geïrriteerd bij de eerste de beste aanblik van een leerling. Toch wist hij ook dat Rick O'Kane erop lette welke docenten een band hadden ontwikkeld ('een connectie hadden gelegd') met de leerlingen.

Scotts eigen bureau lag bezaaid met paperassen. Hij schoof er een paar aan de kant en ging zitten. De kantooruren waren zijn enige kans om zijn e-mail te lezen; thuis nam Penny de hele avond de computer in beslag – hij had geen idee waarvoor.

Zijn postvak zat vol met spam (Drugs uit Canada! Jonge Deense meisjes laten je alles zien!), een bericht van O'Kane – 'Vakantiebulletin', vast en zeker flauwekul – en een van die korte berichtjes die zijn zus vaak stuurde.

Hoi Scotty, ik vertrek morgen en kom 's middags in Boston aan. Wens me sterkte met pa. Fijne vrolijke veilige reis! Zie je bij ma. xxx Gwen.

Hij was altijd wat van zijn stuk gebracht door de joviale, hartelijke toon van haar e-mails. Wanneer hij haar op kerstavond bij hun moeder trof, kreeg hij geen x, ze gaf hem nog niet eens een hand. Alleen hun moeder mocht Gwen omhelzen, een ongemakkelijk gezicht: zijn zus stond er stijf en met een rood gezicht bij, alsof het een kwelling was om aangeraakt te worden.

Ach, zijn familie. Over vierentwintig uur zou hij op weg naar Concord zijn, kilometers vretend in Penny's minibus met de houten panelen, dat vernederende vervoermiddel waarin hij zich vroeg oud voelde. Bij aankomst zou hij onmiddellijk worden herinnerd aan zijn eigen onfatsoen. Toen ze de vorige kerst nog maar net de drempel van het huis uit zijn jeugd over waren, had Scott te laat de roze klont in Penny's mond opgemerkt. Zijn moeder had hij nog nooit met kauwgum gezien.

Dit jaar zou Paulette net als elk jaar op hen zitten wachten – zo zenuwachtig als wat, klaar om door het hele huis met een veger en blik achter de kinderen aan te lopen en hen te wijzen op wat ze niet moesten aanraken. Zijn broer was al gearriveerd en had zijn zilverkleurige Mercedes – hetzelfde model als dat van Rick O'Kane – op de oprit geparkeerd. Het was de schoonste auto waar Scott ooit in had gezeten, zonder afvalresten op de vloer en zonder mysterieuze geurtjes van rottende etenswaar. Het doorslaggevende bewijs dat noch de auto, noch Billy zelf – kalm, minzaam, onberispelijk gekleed – ooit binnen drie meter van een kind kwam.

In de woonkamer zou een vuur branden en zijn moeder zou een fles champagne ontkurken. Gwen zweeg het grootste deel van de avond, hooguit keek ze zo nu en dan vol ergernis of plezier naar Billy. Minstens eenmaal – op een mysterieuze, ongepaste manier – zouden ze in lachen uitbarsten, om iets waarvoor ze nooit een uitleg gaven. Zolang Scott het zich kon herinneren, was het al zo geweest: zijn broer en zijn zus in een verenigd front tegenover hun ouders. Scott behandelden ze als iemand aan wie ze achteraf pas dachten. Sinds ze vroeger bij huis met de bal hadden gespeeld was er maar weinig veranderd. Hij herinnerde zich nog een zomer, toen Gwen tien was en vaak ruzie maakte; Billy was een jaar ouder en was al een gevierd atleet. Hijzelf was een lastpost van zeven, die een bal mocht slaan op voorwaarde dat een uitbal of een run van hem niet meetelde. En zo voelde Scott zich nog steeds bij zijn familie: zijn inspanningen werden gewoon niet opgemerkt. Zijn aanwezigheid werd getolereerd, dat waren ze hem nu eenmaal verplicht vanwege de bloedverwantschap, maar uiteindelijk telde hij niet mee. Dit zou de derde keer zijn dat hij er met de kerst bij was in New England, maar hij was nog nooit uitgenodigd om met Gwen mee te komen naar zijn vaders huis in Cambridge. 'Jij moet naar school,' bracht Penny hem in herinnering. 'De kinderen ook. We zouden toch niet kunnen.' Maar voor Scott ging het daar niet om.

'Wanneer vertrek je voor de feestdagen?' vroeg Jordan. Hij ritste de rugzak open die hij in plaats van een koffertje gebruikte. Het was net zo'n rugzak als de leerlingen hadden.

'Morgenmiddag. Dan sta ik met al die andere sukkels in de file op de Massachusetts Pike. En jij?'

'Ik rijd kerstochtend naar New York, wanneer alle kinderen thuis hun cadeautjes uitpakken. De aan coke verslaafde kamergenoot van Alex geeft een feestje.' Alex was productieassistent bij Fox-tv en kennelijk de vriendin van Jordan, al maakte de geslachtsneutrale voornaam Scott wel achterdochtig.

'Leuk,' zei Scott terloops, alsof hij er geen moord voor zou hebben gedaan om naar een feestje te kunnen bij iemands aan coke verslaafde kamergenoot in plaats van kou te lijden met zijn vrouw en kinderen in Concord. Hoe vaak hij het ook vroeg, zijn moeder weigerde de verwarming hoger te zetten. Hij zou het weer te horen krijgen op de weg terug naar Gatwick: Penny die klaagde dat de kinderen na elke kerst verkouden werden en dat zij zelf ook last van haar keel begon te krijgen. *Zo koud is het huis niet*, zou Scott betogen, omdat hij zich gedwongen voelde zijn moeder met haar New Englandse zuinigheid te verdedigen. Hoewel hij altijd pas weer gevoel in zijn voeten kreeg als ze al halverwege de terugweg naar Gatwick waren.

Hij keek naar het computerscherm. Er was een nieuw bericht in zijn postvak verschenen, met als onderwerp: FIJNE KERST KLOOTZAK. Zonder te kijken wist Scott al van wie het bericht afkomstig was: crook@lelandbrothers.com. Scotts eigen aan coke verslaafde kamergenoot: gedurende een levensgevaarlijke periode van anderhalf jaar hadden Carter Rook en hij een kamer gedeeld – gewoonten gedeeld – op het Stirling College, eerst in een gewoon studentenhuis, later in een stinkend souterrain in een verenigingshuis van Kappa Sigma. Hun vriendschap had de helse ontgroeningsweek, de dodelijke blokweek, de afsluitende tentamenweek en allerhande chemische excessen doorstaan. Nu hielden ze nog contact met zo nu en dan een telefoontje of een vulgaire e-mail, doorgestuurde grappen en links naar pornosites. Carter woonde in Princeton met zijn vrouw Beth – met wie hij al ging in de tijd van Stirling – en hun twee kinderen. Hij werkte in New York als effectenmakelaar en zat de helft van de tijd in de trein. Een jaar geleden was Scott voor een bezoekje naar Princeton gereden. Hij was onder de indruk geraakt van Carters enorm grote huis, de zijden lakens op het king-size logeerbed, de BMW en de Range Rover die geparkeerd stonden in de garage met ruimte voor drie auto's. Dat zie ik ook wel zitten, dacht hij. Beth was nog steeds een mooie vrouw, ze droeg haar blonde haar in hetzelfde pagekapsel als ze op de universiteit had gehad, en haar lange en slanke lichaam was in een katoenen zomerjurk gestoken. Ze begroette hem hartelijk en in zijn ogen normaal, alsof ze zich niet herinnerde (misschien was dat ook echt zo) dat ze elkaar in een dronken bui betast hadden in het Kap Sig-souterrain. 'Kom gauw weer eens,' zei ze tegen hem bij zijn vertrek. 'Neem je vrouw en kinderen mee.'

'Zij houden niet van reizen,' antwoordde hij zonder het grappig te bedoelen; maar Beth was in een giechel uitgebarsten, terwijl haar wangen, haar hals en haar besproete borstbeen rood kleurden. Niet gek, dacht Scott terwijl hij naar haar keek. Jou zie ik ook wel zitten. Het gevoel achtervolgde hem de hele weg terug naar Gatwick. Hij was daarna niet meer in Princeton geweest.

Hij opende het e-mailtje.

Fijne kerst, klootzak! Alweer een jaar voorbij. Wanneer kom je weer eens langs? Beth vond het volgende op internet. Dacht dat het je misschien zou interesseren. Groet! Carter.

Scott klikte op de link en werd doorgestuurd naar een website.

SUNDANCE FILMFESTIVAL MAAKT WINNAARS BEKEND
De winnaars van de juryprijzen en de publieksprijzen zijn bekendgemaakt tijdens de slotceremonie van het festival in Park City, Utah.

Scott fronste. Hij had zoiets verwacht als een grap of een politieke satire – Carter was een vrolijke fascist – of op zijn minst porno. Scott had niets tegen onafhankelijke filmproducties, hij had zich er gewoon nooit mee beziggehouden. Het leek hem uiterst onwaarschijnlijk dat Carter Rook dat wel deed.

Scott las verder. Er waren prijzen uitgereikt voor speelfilms, documentaires en animatiefilms. De grote prijs van de jury in de categorie documentaires was naar *The Women of Kosovo* gegaan, die was geregisseerd en geproduceerd door Jane Frayne.

Scott stopte met lezen. In de verte klonk een bel.

'McKotch?' Jordan stond boven zijn bureau gebogen. 'Gaat het wel?'

'Best,' zei Scott met zijn ogen knipperend.

'Dat was, eh, toch de bel voor het eerste uur?'

'O ja, goed.' Scott keek weer naar zijn beeldscherm, de gewone voornaam, de rijmende achternaam. Hij pakte een armvol blauwe boekjes op en liep de deur uit.

Jane Frayne was zijn eerste liefde geweest, ook al had hij dat pas later door. Dit was, besefte hij nu, typerend voor zijn karakter: het onvermogen om in te zien wat iets betekende totdat het voorgoed voorbij was. Anderen wisten wanneer ze verliefd waren en handelden daarnaar. Carter Rook had hem in het eerste jaar verteld dat hij met Beth zou trouwen. Destijds had Scott dat belachelijk gevonden. 'Hoe kun je dat nou weten?' vroeg hij lachend. Maar innerlijk had het hem een vreemd gevoel van paniek bezorgd.

'Kerel,' zei Carter. 'Dat weet ik gewoon.'

Scott vond een dergelijke zekerheid indertijd – en ook nu nog – onvoorstelbaar. Beth was een mooie meid, een van de mooiste. Maar mooi genoeg om de belangstelling van Carter voorgoed vast te houden? Genoeg om op te wegen tegen de ontelbare vrachtladingen - honderden, duizenden – mooie meisjes die hij voorgoed zou afzweren?

Zo dacht hij in de winter van 1986, toen hij Jane Frayne leerde kennen. Het was in zijn tweede semester op Stirling, zijn veilige keus; gedurende de hele tijd dat hij daar studeerde, had hij er altijd op die manier aan gedacht. De universiteiten van de Ivy League hadden hem zonder meer afgewezen. Hij had er zijn twijfels over of iemand de essays bij zijn aanvraag eigenlijk wel had gelezen: 'Wat ik kan betekenen voor Harvard (Yale, Dartmouth)' en 'Mijn diner met Hunter S. Thompson', de historische figuur die hij het liefst wilde ontmoeten. 'Weet u dat Thompson nog steeds leeft,' merkte zijn studieadviseur, meneer Woodruff, droogjes op zonder het essay verder een blik waardig te keuren. 'Wat doet dat ertoe?' riposteerde Scott, brutaal als altijd. Maar het resultaat deed vermoeden dat Woodruff het bij het rechte eind had gehad. Hij werd afgewezen ondanks de aanbevelingsbrieven van zijn vaders collega's van het MIT (maar wie zou die serieus nemen als Scott maar amper voldoendes had voor wiskunde, scheikunde en natuurkunde?). Van de universiteit die zijn veilige keus was, kwam maandenlang geen antwoord. Dat was te verwachten volgens Woodruff. De universiteiten stuurden de eerste ronde van acceptaties al snel toe, maar veel van die studenten gingen uiteindelijk toch ergens anders heen, zodat er een groot aantal vrije plaatsen overbleef. Stirling maakte de financiële toelagen bekend in maart, en die sloegen een flink gat in de op donaties gebaseerde begroting. In april waren ze maar al te blij met een paar betalende klanten zoals Scott.

Doordrongen van dat besef was hij met een arrogante houding naar Stirling gekomen. Het was een kleine universiteit – tweeduizend studenten – en de campus zag eruit als een plaatje, ongeveer zoals een filmregisseur dacht dat een universiteit eruit zou moeten zien: een vierkant plein omringd door gebouwen van grijs kalksteen, grasvelden met daarlangs flagstonepaden, en de hoogste bomen die Scott ooit had gezien. (De bomen namen een belangrijke plaats in zijn herinnering in. Beuken? Kastanjebomen? Hij schaamde zich ervoor dat hij het niet wist. Destijds had hij niet erg op zulke dingen gelet.)

Hij onderwierp de campus aan een onderzoek. Tot zijn verrassing zaten er in de hogere jaren flink wat oud-leerlingen van Pearse, net zulke sukkels als hij die kennelijk ook Stirling als een veilige keus had beschouwd. De jongens van Pearse zaten bij elkaar in bepaalde sportploegen – voetbal, lacrosse – en in een bepaalde studentenvereniging, Kappa Sigma. Vagelijk herkende hij hun gezichten, al had dat waarschijnlijk meer te maken met hun kleding, hun kapsel, hun manier van spreken en de posters die op hun kamers hingen. Details die op Pearse niet zo in het oog sprongen, omdat iedereen daar min of meer hetzelfde was.

De studenten van Stirling waren van een ander slag: jongens uit kleine steden in Pennsylvania, Ohio of Maryland, en rumoerigere en stoerdere types uit New Jersey of Long Island. Scott had een voorkeur voor het Kap Sig-huis, om er bierpong te spelen of wiet te roken – hij had een forse zak van thuis meegenomen – met jongens die hem vertrouwd voorkwamen, als neven die hij eens per jaar zag. Nu hij eindelijk bevrijd was van zijn familie raakte hij in een roes van nieuwe mogelijkheden. Zijn hele leven was hij de minst interessante McKotch geweest, de minst belangrijke; maar hier had niemand ooit gehoord van zijn excentrieke zus, zijn geniale vader, of zijn mooie broer met zijn uitzonderlijke prestaties. Wanneer hij met Carter Rook over de campus struinde, had hij het gevoel dat iedereen van Stirling hem opmerkte. In het jaarboek van 1986 stond een spontane foto van Scott met zijn lange jas, RayBan-zonnebril en Chuck Taylor All-Stars, met woest krullend haar dat met een bandana naar achteren was gebonden. Wat een stuk onbenul, dacht hij later wanneer hij de foto bekeek, maar toentertijd had hij eigenwijs rondgelopen, trots op zijn stijl. En het werkte: de meisjes van Stirling konden geen genoeg van hem krijgen. Hij kon elk weekend een ander krijgen als hij dat wilde. En dat wilde hij bijna altijd.

Hij ontmoette Jane Frayne in de werkgroep 'Shakespeare verfilmd', die zij had gekozen vanwege haar interesse voor het schrijven van scenario's en die Scott had gekozen vanwege de leeslijst (er zou toch geen leeslijst zijn als Shakespeare verfilmd was?). Ze waren de enige eerstejaars in de werkgroep, waarvoor – officieel althans – een aantal toelatingscriteria golden. Jane had een brief aan het hoofd van de vakgroep geschreven met het verzoek een uitzondering voor haar te maken. Scott was er gewoon heen gegaan. Voor de eerste bijeenkomst wachtte hij buiten het gebouw van Engels totdat de docent zou komen. 'Hallo,' zei hij toen hij de man had opgemerkt. 'Zit deze werkgroep vol?'

De docent, een hippie op leeftijd die Dennis Gilligan heette, opende de map die bij zich droeg en keek naar de lijst namen. 'Nee,' zei hij, 'je kunt meedoen.' (Jaren later – als avondstudent aan California State University, waar praktisch elke werkgroep al een uur nadat de inschrijving was geopend, vol zat – kreeg Scott pas door hoe opmerkelijk dit was.)

Hij koos een plek achter in het lokaal naast iemand van Kap Sig, een zekere Darrell Reed. Reed had Engels als hoofdvak, wat niet veel voorkwam bij de studentenvereniging, en was aanvoerder van de zwemploeg. Zijn kleren roken net als zijn kamer aan de achterkant van het studentenhuis naar chloor en zweetvoeten. De werkgroep kwam bijeen op maandagavonden. Lessen in de avond waren ongebruikelijk op Stirling, legde Gilligan uit, maar hij vond het heiligschennis om films te kijken voordat het donker was. Dat gaf aanleiding tot zacht gelach van de dames op de voorste rij, wat Scott lichtelijk irritant vond.

'Flikker,' mompelde Darrell Reed die kennelijk hetzelfde dacht als hij.

Gilligan zag er goed uit, en ieder meisje in de groep leek aan zijn lippen te hangen. Eén meisje in het bijzonder, een meisje met donker haar en inktzwarte wenkbrauwen, zat pal voor Gilligans bureau, waar die gast altijd zo walgelijk nonchalant bovenop zat. Ze kwam altijd vroeg voor de les en vertrok ook altijd weer als eerste, waarbij ze de deur uit stormde alsof het gebouw in brand stond. Scott had haar de eerste dag al opgemerkt – vanwege de wenkbrauwen, die haar een uitdrukking gaven alsof ze kwaad was, en omdat ze geen moment haar mond hield. Met haar vragen – in mijmerende, redenerende trant – kon ze wel de helft van de tijd in beslag nemen, en wanneer ze eenmaal was uitgesproken, had ze vaak zelf het antwoord al gegeven. Dit leidde tot gefluister onder de andere meisjes en tot botte opmerkingen van de jongens, ook al begreep Scott niet helemaal waarom er zo'n drukte over werd gemaakt. Op Pearse had iedereen altijd zijn mond weten te roeren in de klas, zelfs degenen die net als Scott meestal niet de leesopdracht hadden uitgevoerd. Hij had al vroeg geleerd dat een enthousiaste deelname een betere tactiek was dan je mond houden, ook als je eigenlijk niet wist waarover je het had.

Maar deze meid wist wel degelijk waarover ze het had. Ze had de werkgroep 'Shakespeare verfilmd' zelf wel kunnen leiden. Zo had zij, nadat ze Orson Welles' versie van *Othello* met veel pijn en moeite hadden doorstaan, een gedreven monoloog over het camerawerk afgestoken: had Welles' gebruik van clair-obscur een contextueel doel? Of pronkte hij alleen maar met zijn technisch vernuft?

Scott schreef het woord 'clair-obscur' op in zijn notitieblok.

'Wat schrijf je daar?' vroeg Darrell Reed met een blik op Scotts notitieblok. 'Zij is de leraar niet. Het is gewoon een stomme eerstejaars.'

'Ik vind haar te gek,' zei Scott.

Hij schoof zijn bureau wat opzij om het meisje beter te kunnen zien. Ze had een fascinerend profiel: rechte neus, scherpe kin. Alles aan haar leek scherp en precies te zijn. Hij nam zich voor om na afloop een praatje met haar te maken, maar zodra de les voorbij was, stormde ze naar de deur. Ze haastte zich de gang door en het gebouw uit met een snelheid die op zijn lachspieren werkte. Kolere, dacht hij. Is er brand?

Een dag later zag hij haar weer, toen ze in dezelfde sneltreinvaart het plein overstak. 'Wacht even,' riep hij terwijl hij achter haar aan jogde. Ze scheen hem niet te horen. 'Hé jij, Shakespeare verfilmd.'

Eindelijk draaide ze zich om.

'Kolere, is er brand?' Hij paste zijn tempo aan haar aan. 'Loop je altijd zo snel?'

'Zo'n beetje wel.' Er gleed een glimlach over haar gezicht. Er zat iets heimelijks in die glimlach, alsof het haar zelf verbaasde dat ze moest lachen.

'Zit jij bij Shakespeare verfilmd?' zei ze. 'Waarom herken ik je dan niet?'

'Ik zit achteraan,' zei hij.

'O, ben jij er zo een.' Weer de glimlach. 'Dennis is geweldig, hè?'

Dennis. Gilligans gezicht klaarde helemaal op zodra Jane in de werkgroep het woord nam, de man wist niet hoe snel hij het met haar eens moest zijn: 'Dat is scherp gezien, Jane. Jane heeft daar een uitstekend punt.'

'Het is een zeikerd,' zei Scott. 'Wat heb jij met Shakespeare?'

'Ik houd van de tragedies. De komedies vind ik maar zo-zo.' Ze vertelde dat ze op haar tiende de zoon van Macduff had gespeeld in een experimentele theaterproductie, waarbij ze elke avond met een prins Valiant-kapsel een gewelddadige dood stierf. 'Hij heeft me doodgestoken! Moeder, vlucht!' declameerde ze met een uitgestreken gezicht, terwijl ze één zwarte wenkbrauw optrok.

'Heb jij meegedaan in een toneelstuk?'

'Mijn ouders zijn allebei acteur. Ik had geen keus.'

'Je meent het,' reageerde Scott koeltjes, alsof hij het helemaal niet opzienbarend vond. 'Op televisie of voor de film? Kan ik ze ergens gezien hebben?'

'Heb je ooit naar *The Magic Factory* gekeken toen je klein was?'

'Tuurlijk.' Dat was een van de tv-series die zijn moeder had goedgekeurd omdat er een educatief element in zat en er geen reclame tussendoor werd uitgezonden.

'Mijn vader was Larry.'

'Ga weg.' Hij keek haar aan. Larry was een figuur die in allerlei sketches te zien was, waarin meestal ook poppen optraden. Scott herinnerde zich nu dat hij dezelfde gitzwarte wenkbrauwen had als zijn dochter.

'Je moet weten dat hij een klassieke opleiding heeft gehad. 's Avonds speelde hij Jason in *Medea*. Daarnaast bracht hij hele dagen door met die stomme poppen. Bovendien was het voor de publieke televisie, zodat hij er nauwelijks iets aan heeft overgehouden.' Larry was het grootste deel van het jaar op reis, vertelde ze, om les te geven, te regisseren en op te treden in zomerproducties. Jane woonde ondertussen in New York met haar moeder, een soapactrice.

'Wauw,' zei Scott, onder de indruk. Hij was ook een beetje buiten adem – Jane had haar pas niet vertraagd en hij was niet meer in vorm na een semester lang flink wiet roken. 'Ik vind New York geweldig. Mijn broer zit op Columbia.' Hij sprak zelden over Billy, maar op dat ogenblik wist hij niets anders te zeggen.

'Ik kom uit Brooklyn,' zei ze. 'Dat is anders.'

'Tuurlijk,' reageerde Scott, alsof hij er iets van af wist.

'Goed, hier moet ik zijn.' Ze kwamen bij Lathrop Hall, een studentenhuis voor alleen vrouwen dat bekendstond als 'het nonnenklooster'. Ze waren de campus in twee minuten overgestoken. Jane gaf haar heimelijke glimlach ten beste. 'Het was leuk je te spreken...' Ze aarzelde.

'Scott,' zei hij.

Ze stond tegenover hem, haar ogen ter hoogte van zijn mond. Hij had haar oogleden, haar woeste wenkbrauwen, kunnen kussen.

'Scott. Ik zie je wel in de werkgroep. Ga ook eens vooraan zitten.'

Hij keek hoe ze naar binnen ging. Door de ramen van de ingang zag hij haar omhoogsprinten naar de overloop van de eerste verdieping. Even later ging het licht aan van een raam op de hoek. Terwijl hij daar stond, bekroop hem een vreemd gevoel. Alsof hij de duistere kamer was die op haar wachtte. Alsof zij hem met een druk op de knop met licht had gevuld.

'Tijd,' zei meneer McKotch. 'Pennen neer en inleveren.'
Er gingen dertig hoofden omhoog: dertig paar ogen keken hem aan. Gewoonlijk waarschuwde hij een minuut van tevoren zodat ze de kans hadden om het af te ronden, maar vandaag viel er niets af te ronden. De meeste leerlingen waren tien minuten geleden al gestopt met schrijven. Een paar leken niet eens te zijn begonnen.
Er brak een algehele onrust uit toen de blauwe boekjes met examenopgaven naar voren werden doorgegeven. Rugzakken gingen open en dicht. Dertig paar schoenen liepen in de richting van de deur.
'Een fijne vakantie,' riep Scott hen na. En daarna nog: 'Fijne feestdagen,' waardoor hij zich een beetje belachelijk voelde.
Niemand reageerde. Scott legde de examenboekjes keurig op een stapel. Hij wachtte totdat de leerlingen naar buiten waren gegaan en baande zich daarna een weg door de drukke gang. De gangen waren getooid met politiek correcte kerstversieringen, lange stroken glinsterfolie in zilver, rood en blauw. De versiering had iets patriottisch, maar riep ook associaties op met een zeeaquarium, alsof zich hele kolonies glanzende algen aan de muren hadden gehecht. De leerlingen waren rumoeriger dan anders en liepen met drie of vier naast elkaar. Scott drong zich er haastig langs. Hij was zo druk in de weer om zich door de menigte te wurmen dat hij niet merkte dat Rick O'Kane achter hem liep.
'McKotch,' zei O'Kane met een klap op zijn schouder. 'Wat heb jij daar?'
'Examens. Een niveautoets voor het een-na-laatste jaar.'
O'Kane slaakte een lange, zware zucht. 'Lees jij je e-mail soms niet? Geen examens in de kerstweek. Algemeen beleid van de school.'
Toen wist Scott het weer: 'Vakantiebulletin'. 'Ik moet er één gemist hebben,' verklaarde hij zwakjes. Wat een klasse-reactie weer.
'Denk nou eens na. Hoeveel leerlingen gaan deze week op reis? Skiën, vakantie bij familie, wat dan ook. De oudercommissie heeft met klem verzocht geen examens te plannen, en ik heb gezegd dat

het geen probleem zou zijn. Hier krijg ik nog heel wat over te horen.'

'Het is mijn fout,' zei Scott. 'Ik praat wel met die ouders. Ik zal ze vertellen dat het mijn fout was.'

'Laat dat maar aan mij over,' zei O'Kane.

Scott liep door naar de hoofdingang. Op het parkeerterrein was het een chaos: geef die jongelui twee uur eerder vrij en ze worden gek. Toen Scott naar zijn Golf liep, herinnerde hij zich dat hij met zijn portier een kras op de BMW had gemaakt. *Verdorie.* De auto van een leerling beschadigen was al erg genoeg, maar hij was daarna zo van zijn stuk gebracht door de ontmoeting met O'Kane dat hij was vergeten een briefje achter te laten.

Hij versnelde zijn pas. Het parkeerterrein voor de leerlingen was al halfleeg, er stond een lange rij auto's aan de rand van het terrein te wachten.

Van een afstand zag hij zijn Golf al. De plaatsen aan weerszijden waren leeg. Toen hij dichterbij kwam, zag hij dat er een vel papier onder zijn ruitenwisser zat. Hij herkende het kinderlijke handschrift, de groene balpen waarmee met zoveel kracht was geschreven dat hij bijna door het papier heen was gegaan. Dat waren de hanenpoten van Aaron Savitz, de zoon van een plaatselijke autohandelaar die Rick O'Kane korting op zijn Mercedes had gegeven. Misschien had O'Kane daarom wel Scotts klachten over de zestienjarige, dikkige schreeuwlelijk van de hand gewezen die bij hem in het tweede lesuur Engels volgde en vanaf de achterste rij continu sarcastische opmerkingen spuide. In het begin van het schooljaar had Aaron zijn spotternijen gericht tegen de paar leerlingen die hun hand durfden opsteken. Nu deed de hele klas er beschroomd het zwijgen toe.

Het was een kort berichtje, dat op een gelinieerd vel van een notitieblok was gekrabbeld.

MCKOTCH – JE AUTO IS EEN STUK SCHROOT.

MIJN VADER KRIJGT 500 DOLLAR VAN JE.

Scott vond niets zo deprimerend als midden op de dag de oprit naar zijn huis op te rijden. Het huis – een lage boerderij met aangebouwde garage – keek uit op het westen en bezat 's ochtends, met een zachte belichting vanaf de achterkant, wel een zekere waardigheid. Maar wanneer de middagzon er bijna loodrecht boven stond, kon je er niet om heen dat het een snertconstructie was met goedkope ramen en een gevelbeplating van vinyl met houtnerf die op jammerlijke wijze voor hout moest doorgaan. Penny's minibus was weg – hij had geen idee waarheen. De kinderen gingen 's ochtends om halfacht naar school en kwamen 's middags om drie uur weer thuis. Wat zij in die tussentijd deed, was hem een raadsel.

Hij parkeerde en pakte een stapeltje mappen van manillapapier van de stoel naast hem. Hij werd belachelijk blij van het vooruitzicht van een leeg huis – een uur van gelukzalige eenzaamheid. Hij kon het zich niet heugen wanneer hij voor het laatst het rijk alleen had gehad.

Maar toen hij bij de voordeur kwam, hoorde hij de televisie al schallen. Penny was toch thuis, ze had de minibus in de garage geparkeerd. Een gevoel van wrevel bekroop hem. Hij klemde de stapel mappen tegen zijn borst en deed onhandig de deur open. Via de voordeur kwam je direct in de woonkamer, wat inhield dat iedereen aan de deur – of het nu een jehova was, een bezorger of een padvindster die koekjes verkocht – meteen oog in oog stond met hun chaotische leven. Het vloerkleed was bezaaid met speelgoed. Er lagen stapels tijdschriften, er zwierven kinderschoenen rond en er stond een mand met wasgoed dat nog moest worden uitgezocht. Dat was allemaal heel gewoon. Ongewoon was dat er een schildersezel midden in de kamer stond.

'Penny?' riep hij, terwijl hij uitkeek naar een plek waar hij zijn mappen kon neerleggen. Toen hij nergens een plaatsje zag, legde hij de stapel op de vloer.

Zijn vrouw kwam uit de keuken met de draadloze telefoon aan haar oor en Jackie O., hun Jack Russell-terriër op leeftijd, keffend achter zich aan. Penny liep blootsvoets, in een korte broek en een topje; de hele winter in Connecticut door hield ze thermostaat op 26 °C. 'Ik ben aan de telefoon,' sprak ze geluidloos. Daarna wees ze naar de hond. Scott vroeg zich af hoe ze de persoon aan de andere kant van de lijn kon verstaan, met al het geblaf en de televisie op volle sterkte. Hij zag de afstandsbediening op de bank liggen en zette het geluid af.

'PAPA!' Zijn zoon kwam door de gang aanrennen met zijn hoofd omlaag als een jonge bok. Zijn hoofd trof Scott recht op de plexus solaris.

'Hé jongen.' Scott deed een stap terug om op adem te komen. 'Waarom ben jij al thuis van school?'

'Juf Lister heeft me naar huis gestuurd.' Ian keek omhoog naar Scott met een mond die er plakkerig en onnatuurlijk rood uitzag.

'Wat eet jij daar?'

'Een lolly.' Hij kauwde luidruchtig: het akelige gekraak van kiezen die snoep vermaalden. Bij de laatste tandartscontrole had hij vier gaatjes gehad, en die waren nog niet gevuld. Bij de daaropvolgende afspraak had hij geweigerd zijn mond open te doen.

Penny legde een hand over de microfoon. 'Wat is er met de tv gebeurd?'

'Waarom moet dat ding zo hard staan?' vroeg Scott. 'Ik kon er niet tegen.'

'Ik was aan het stofzuigen.'

Hij keek naar de vloerbedekking, waar de chipskruimels als hardnekkige roos rond de bank lagen.

Ian sloeg zijn armen strak rond Scotts heupen. 'Ik wed dat ik je kan optillen,' zei hij en zette zijn gewicht ertegenaan.

'Rustig, jongen.' Scott maakte zich los. 'Hebben ze hem naar huis gestuurd? Wat is er gebeurd?'

'Weer hetzelfde verhaal.' Penny leunde over de bank heen op zoek naar de afstandsbediening. Haar bovenbenen waren aan de achterkant nog zo strak als bij een tiener. 'Dit loopt uit de hand. Die juf Lister moet wat minder streng worden.'

'Ik heb een tafel omgegooid,' zei Ian trots. 'Maar het ging per ongeluk.' Hij zette zijn voeten op die van Scott en greep zijn vaders handen.

'Hé jongen, ga eens even in je eigen kamer spelen. Ik moet met je moeder praten.'

Ian trok aan Scotts armen, zette vervolgens zijn hoge sneakers tegen zijn vaders scheenbenen en hing achterover. 'Ik ga je beklimmen.' Dat was een spelletje waar hij als kleine jongen dol op was geweest, maar waarvoor hij nu te groot was geworden. Scott vreesde dat hij voorover zou vallen en zijn zoon onder zich zou verpletteren.

'Ian, ga van me af. Ik meen het.'

De jongen keek op naar hem, geschrokken door zijn scherpe toon. Ook Penny keek verrast.

'Ga op je kamer spelen,' zei hij kalm. 'Ik kom zo gauw ik met je moeder heb gesproken.'

Ian stommelde door de gang. Even later hoorden ze de deur van zijn slaapkamer dichtslaan.

'Hij speelde alleen maar,' zei Penny. 'Hij heeft je de hele dag niet gezien.' Dat zei ze zoals altijd op een toon alsof Scott tekort was geschoten, zodra hij ook maar een moment bij haar en de kinderen weg was, ook al was het om in hun levensonderhoud te voorzien.

'Een halve dag,' zei hij kalm. 'Vijf uur. Penny, wat is er nou eigenlijk gebeurd?'

'Ik moest hem ophalen en nu moet ik er nog een keer heen rijden om Sabrina van repetitie af te halen. En iemand moet deze hond uitlaten.'

'Zo meteen. Heb je met juf Lister gesproken?'

'Nauwelijks. Ze stond voor de klas toen ik kwam. En over de telefoon wilde ze er verder niets over kwijt.'

'Heeft ze er helemaal niets over gezegd?'

'Iets over storend gedrag. Hij heeft ditmaal tenminste niemand gebeten.' Penny had de afstandsbediening gevonden en zette het geluid weer aan. Het was een voortdurend strijdpunt in hun huwelijk: als het aan haar lag, zou ze de televisie aanzetten zodra ze 's ochtends wakker werd. Scott wist dat wanneer hij naar zijn werk was, er drie of vier televisies – in de slaapkamer, de woonkamer en de keuken – continu keihard aanstonden. Wanneer hij tegen de avond thuiskwam, was het alsof hij een elektronicawinkel binnenliep. Wanneer hij erover klaagde, haalde Penny alleen maar haar schouders op. 'Ik moet toch op de hoogte blijven van wat er gebeurt in de wereld,' hield ze vol, ook al keek ze vooral naar talkshows en een programma dat *Love Hollywood Style* heette en waarin de huwelijksproblemen aan bod kwamen van beroemdheden die hij niet kende.

'Wil je dat ding alsjeblieft uitzetten?'

'Wacht even.' Penny keek naar het televisiescherm.

Scott griste de afstandsbediening uit haar hand en zette de tv uit. 'Even serieus, Pen. Heeft hij een táfel omgegooid? Hoe kan dat nou? Stond hij gewoon midden onder de les op en gooide hij toen een tafel om?'

'Ik ben niet gek, oké? Ik geloof er ook niks van.' Penny ging op de bank zitten. 'Lieverd, ik wil niet zeuren, maar over precies één minuut gaat deze hond op de vloerbedekking piesen.'

Hij maakte een langzaam rondje langs de doodlopende straat die merkwaardig genoeg Canterbury Lane was genoemd, het dode punt waar het leven hem had gebracht. Jackie O. trok aan de riem. Er hing een lage zware wolkenlucht, die sneeuw in het vooruitzicht stelde. Ergens onder dezelfde hemel leidde Jane Frayne haar gedreven doelmatige leven, met elke dag een productieve reeks Frayneiaanse activiteiten. Scott stelde zich voor hoe ze in de weer was met filmen en bewerken en hoe ze de onderdrukte vrouwen van Kosovo achtervolgde en hen bestookte met meevoelende en inzichtelijke vragen. Hij zag hoe ze zich een weg baande door een luchthaven van een bezette stad – een grauwe luchthaven uit de Sovjettijd, bewaakt door soldaten met machinegeweren. Jane zou geen aandacht schenken aan hun gegluur en gefluit. Ze zou fel en onverschrokken door de luchthaven lopen, een en al snelheid en gratie.

Het was in het tweede semester van zijn tweede jaar als student dat alles misliep, een adembenemend abrupte afloop van wat een jaar eerder zo veelbelovend was begonnen. Tegen die tijd gingen Jane en hij met elkaar, wat op Stirling inhield dat ze de meeste nachten seks hadden, en de volgende ochtend in de kantine ontbeten met koffie en donuts. Deze gang van zaken kende een zekere spanning, omdat Jane om de zoveel tijd zeurde dat ze nooit iets déden.

Wat zouden we moeten doen? vroeg Scott zich af. Zijn dagen zaten tjokvol. Hij sliep lang uit, volgde zo nu en dan een werkgroep, bleef na de maaltijden rondhangen bij de Kap Sig-tafel, waar hij naar de meisjes aan de saladebar keek. Soms ging hij 's avonds naar de bibliotheek, waar de Kap Sigs enkele tafels van de studiezaal in het souterrain bezetten. Als er een tentamen op komst was, ondernam hij een halfslachtige poging om te studeren, waarbij hij de aantekeningen leende van een hypergeorganiseerde studiegenoot die de colleges nauwgezet had gevolgd. De meeste avonden speelde hij bierpong of poolbiljart, rookte wiet en dronk bier. Hij was dol op de smaak van bier, de metaalachtige nasmaak. Hij kon de hele nacht wel bier drinken.

Elk weekend hield Kappa Sigma een feestje, wat inhield dat er meer mensen waren en andere muziek, het soort waarop meisjes graag dansten. Aanvankelijk had Scott zich prima vermaakt tijdens deze bijeenkomsten, al die op elkaar gepakte lijven, de zekerheid dat hij het kon aanleggen met een meisje dat hij wel zag zitten – als het niet zijn eerste keus was, dan toch zeker zijn tweede. Maar de laatste tijd was hij alleen maar depressief geworden van die feestjes: de wc's die stonken naar kots doordat er veel te veel bier werd gedronken, de koortsachtige jacht die om hem heen plaatsvond en waaraan hij, nu hij aan een vriendin vastzat, niet meer kon deelnemen. Eenmaal, nou ja tweemaal, was hij voor de verleiding gezwicht toen Jane bij een repetitie moest zijn. Hij had het niet zelf opgezocht, in beide gevallen had het meisje achter hem aan gezeten. Hij had alleen maar genomen wat zij aanboden.

Achteraf werd hij verteerd door angst. Hij schatte in hoe groot de kans was dat Jane erachter zou komen, en oefende alvast wat hij zou zeggen als dat gebeurde. *Ik was dronken. Ik herinner me er nauwelijks iets van.* Deze angst verschilde niet veel van de verdrongen paniek waarmee hij 's nachts soms wakker schrok, een altijd op de achtergrond aanwezige vrees die toenam naarmate het semester vorderde. Na zijn eerste jaar was hij voorwaardelijk tot de vervolgstudie toegelaten en had hij de hele zomer gezeik aan zijn kop gehad van zijn vader, die hem naar het leger dreigde te sturen als hij zijn zaakjes niet op orde kreeg. Het leverde hem wel een leuk verhaal op – de andere Kap Sigs vonden het maar wat grappig – maar Scott begreep dat er een crisis dreigde. (Dat gevoel zou hem de rest van zijn leven in zijn dromen blijven achtervolgen. Zelfs als oude man zou hij zo nu en dan naar Stirling terugkeren tijdens een middagdutje, en dan was hij weer een in gebreke gebleven tweedejaarsstudent, een dronken Kap Sig die nog een werkstuk economie moest schrijven.)

Hij begon aan zijn tweede jaar met de beste bedoelingen: aanwezig zijn bij de colleges, minder wiet roken. Zijn volledige aandacht op Jane richten, zodat hij zich kon laten meeslepen door haar discipline en haar academisch succes – in het vorige semester had zij zelfs een tien gehaald.

Nu zag hij het als een van de grote mysteries in de natuur dat zij hem sowieso bij zich had geduld. De mooie Jane, met haar gedrevenheid en haar intelligentie; de Jane met genoeg energie om een kleine stad draaiende te houden. Wat zag zij in die bezopen grappenmaker met zijn geparadeer, zijn pretenties en zijn luid verkondigde opinies? Hij had van haar gehouden; meer nog, hij had haar willen zíjn. (Maar nog wel als man.) Hij had de mannelijke versie van Jane willen zijn, overlopend van plannen die ook werkelijk tot iets zouden leiden, levendig, vervuld van hoop en voorbestemd tot grootse dingen.

Uiteindelijk was het ergste gebeurd: Jane kwam eerder terug van een repetitie, kwam langs bij het Kap Sig-huis en trof hem in een hoek van de gemeenschappelijke ruimte aan, waar hij een dronken eerstejaars betastte. Achteraf zag hij in dat het nog veel erger had kunnen zijn. Het meisje en hij stonden nog steeds. Tien minuten later en hij had haar meegenomen naar het souterrain. Dan had Jane pas echt iets gehad om zich over op te winden.

Scott stond zo nu en dan stil, terwijl Jackie O. bij goten en brievenbussen rondsnuffelde op zoek naar een plek om te poepen. Op haar oude dag was ze erg kieskeurig geworden wat betreft de plaats waar ze haar darmen wilde legen, en evalueerde ze elke mogelijke locatie aan de hand van een mysterieuze checklist in haar kleine hersenen. Ze leek er een voorkeur voor te hebben bij Loch Lomond Acres te poepen, een neiging die Scott wel kon begrijpen. De enorme huizen stoorden hem, vooral omdat hij onwillekeurig het gevoel kreeg dat er druk op hem werd uitgeoefend om zo'n huis te begeren: ze waren dertig jaar nieuwer dan de kleine bunker van Penny en hem, en driemaal zo groot. Elk huis was gebouwd op een perceel van vijfhonderd vierkante meter, met een achtertuin zo groot als een biljarttafel. Het goedkoopste model – het was in prijs verdubbeld sinds Misty Sanderson het aan hen had willen verkopen – beschikte over vijf slaapkamers en vier badkamers, met in de hal een hoog plafond

en een opzichtige wenteltrap. Als je in het geld zwom, kon je er ja-
cuzzi's bij nemen, extra open haarden, en gebrandschilderd glas in
de hal. De aannemers voegden er zoveel hebbedingetjes aan toe als je
maar kon betalen. Bouwkundige principes of opvattingen over
smaak leken hierbij niet van toepassing te zijn. Bij één huis hadden
de eigenaars zelfs een uitkijkpost laten maken, die hoog genoeg was
om uitzicht te bieden over het centrale deel van Gatwick, met zijn
door neon verlichte restaurantketens en winkelcentra.

Scott was slechts eenmaal in een huis van Loch Lomond geweest,
bij een barbecue die georganiseerd was door Penny's vriendin Noelle Moss, die het huis in de wacht had gesleept bij haar scheiding.
Toen hij de voordeur ietwat ferm dichttrok, voelde hij het hele huis
trillen. Scott had enige tijd op bouwplaatsen gewerkt in La Jolla en
Sacramento, en wist het een en ander over besparingen die aannemers toepasten. Toen hij met Penny naar huis terugliep, gaf hij onder invloed van de gin af op het huis, maar hij merkte dat het onmogelijk was uit te leggen waarom iets ordinair was. Je zag het of je zag
het niet. Penny was dol op de grote badkuip met de vergulde kra-
nen, de hol klinkende woonkamer, die enigszins stompzinnig 'de
grote kamer' werd genoemd, met de akoestiek van een squashbaan.
'Je kunt wel verdwalen in dat huis,' sprak ze verrukt. 'Er is zoveel
ruimte.'

'De kamers zijn groot,' erkende hij. 'Dat moet ik toegeven.' Hun
eigen huis was krap bemeten en naarmate de kinderen groter werden, nam het probleem alleen maar toe. Toen het hele gezin in dat
jaar thuis was voor de eindeloze zomervakantieperiode, was Scott
bijna gek geworden. Maar er waren manieren – dat moest wel – om
een gevoel van ruimte te creëren zonder dikdoenerij, zonder over-
daad.

Scott wist wanneer een huis goed in elkaar zat. Het huis in Concord waar hij was opgegroeid, was na tweehonderd jaar nog steeds
solide en harmonieus van bouw. Scott wist zonder dat iemand het
hem ooit had uitgelegd waarom pleistermuren superieur waren aan
stapelmuren, en waarom handgesneden lijstwerk superieur was aan
het goedkope, in grote aantallen geproduceerde spul dat ze bij de
bouwmarkt verkochten. Maar Penny had haar jeugd doorgebracht

in allerlei Californische huizen van twijfelachtig allooi: een derde-rangs halfvrijstaand huis en een hele reeks flatwoningen. Op haar veertiende en vijftiende had ze zelfs in een motel in Pasadena ge-woond, waar de tweede van haar stiefvaders als nachtmanager werk-te. In het begin van hun relatie had Scott deze wetenswaardigheden wel een tijdje fascinerend, of zelfs romantisch, gevonden. Tegen de achtergrond van dat zanderige landschap in het westen stelde hij zich Penny voor als klein meisje, een aantrekkelijke tiener, die er nog geen idee van had dat Scott ergens in haar toekomst klaarstond om haar te redden. Nog vele jaren zouden verstrijken voordat hij ie-mand van haar uiteengevallen familie zou ontmoeten en hun akeli-ge woonoorden zou bezoeken. Haar krankzinnige zus verbleef in een reïntegratiehuis in Portland. Haar moeder en haar huidige stief-vader huurden zes maanden in het jaar een kampeerplek in Nowhe-re, in Arizona. De rest van de tijd reden ze kriskras door het land in een enorme Winnebago.

Het was dan ook wel begrijpelijk dat Penny onder de indruk kon zijn van een prefab woning met kunststof gevelplaten, kartonnen muren en verwarmde handdoekenrekken in de badkamers. Ze wist gewoon niet beter. Alsof ze op excursie waren, leidde Scott haar rond in zijn moeders huis in Concord, waarbij hij wees op de hoge pla-fonds en de originele eikenhouten vloeren. Hij wilde – en dat was ook echt heel belangrijk voor hem – dat ze het verschil zou zien. Ze was het met hem eens dat het een prachtig huis was, maar toen Scott een stap verder ging en het vergeleek met de wanproducten van Loch Lomond Acres, glimlachte Penny alleen maar.

'Ik weet dat je daar niet dol op bent,' zei ze, alsof het louter een kwestie van voorkeur was, zoals je meer van blauw kon houden dan van groen.

'Het is niet zomaar een kwestie van voorkeur,' zei hij weloverwo-gen. Hij kon haar kennelijk niet aan het verstand brengen dat de huizen – van hun groteske afmetingen tot hun imitatie-lichtarma-turen ('Imitaties van wat? Ze hadden geen elektriciteit in Versailles! Totaal niet!') – gewoon fout waren.

Op zulke momenten had hij het gevoel alsof er tussen hen een taal-barrière bestond. Jaren geleden toen zijn broer nog medicijnen studeerde, was hij bevriend geraakt met een verbluffend mooie Italiaanse medestudente, ene Lucia Bari. Deze 'vriendschap' (zoals Billy het noemde) had hem voor jaren komische anekdotes opgeleverd vanwege Billy's pogingen om het Amerikaanse sociale gedrag te verklaren en Lucia's amusante pogingen om het Amerikaanse slang te spreken. In de ogen van Scott, die toen met Jane Frayne een weekend in New York was, hadden die spraakverwarringen volkomen onbelangrijk geleken. Toen zij met Billy en zijn 'vriendin' hadden afgesproken voor een etentje, was Scott gebiologeerd geraakt door Lucia's grote borsten en haar sensuele mond. Wat maakte het nu uit wat die mond zei? Nu zag hij in dat die verschillen wel degelijk belangrijk konden zijn. Penny was op haar manier net zo buitenlands als Lucia. Er waren dingen die zijn vrouw gewoonweg nooit zou begrijpen.

Toen Scott naar huis terugkeerde, zat zijn dochter in de woonkamer met haar vriendin Paige Moss. De meisjes droegen een balletpakje met een maillot. Ze lagen uitgestrekt op de vuile vloerbedekking tv te kijken. Penny zat in de keuken met Paiges moeder Noelle, die weliswaar in Loch Lomond Acres woonde, maar volgens zijn berekening tweederde van de tijd dat ze wakker was doorbracht in zijn huis. In al die tijd had ze nooit iets anders tot zich genomen dan zwarte koffie met zoetjes. Scott zag in haar een uitgehongerde platinablonde vrouw die een overdreven voorliefde voor de zonnebank had. Ze deed hem vagelijk denken aan zijn tante Anne.

'Noelle heeft haar videocamera meegenomen,' liet Penny hem weten. 'We gaan de meisjes filmen terwijl ze hun dans uitvoeren. Wil je kijken?'

Scott aarzelde. Bij de dansbewegingen van zijn dochter voelde hij zich altijd zeer ongemakkelijk. Het afgelopen voorjaar had hij op de jaarlijkse uitvoering moeten toekijken hoe zij met haar vriendinnen op het podium rondhuppelde, met hun uitdagende kleren en hun kronkelende bewegingen zagen ze eruit alsof het tienjarige strippers waren. Hij was er bijna in gebleven.

'Ik heb nog corrigeerwerk,' zei hij.

'Dat is goed, papa,' zei Sabrina behulpzaam. 'Je kunt later de opname bekijken.'

Scott pakte zijn stapel mappen en liep de trap af naar zijn 'studeerkamer'. Hij gebruikte de term ironisch. Penny noemde het vertrek ook zo, maar dan zonder de ironie, en daar kreeg hij de kriebels van. Kort nadat ze het huis hadden gekocht, was hij van de bouwmarkt thuisgekomen met een vijfdeursauto vol planken en had hij een hoek afgeschermd van wat de makelaar (ook ironisch, naar bleek) het goed afgewerkte souterrain had genoemd. De vorige eigenaar had de bedrading weggewerkt in een verlaagd plafond, had de muren met panelen afgedekt en de betonnen vloer met een dun tapijt, maar hij had niets gedaan tegen de continue vochtigheid die door de fundering drong. Zelfs met twee ontvochtigingsapparaten aan rook het souterrain nog naar paddenstoelen, oude sokken en de vochtige geïmporteerde kazen waar Scott van hield, maar die Penny weerzinwekkend noemde. Ze hadden er hun oude meubilair neergezet, een leunstoel met een plaid eroverheen en een bank die onder de vlekken zat, zodat het er bijna uitzag als een gezellige woonkamer; maar zelfs de grote nieuwe televisie – de vierde! – kon Ian en Sabrina nog niet naar beneden lokken. Het huis beschikte over 170 vierkante meter aan woonruimte, maar het had net zo goed een hut met één kamer in Calcutta kunnen zijn. Penny en de kinderen brachten hun hele leven door in de keuken.

Scott liep zijn studeerkamer binnen. Het vertrek was tweeënhalf bij drie meter, met een raam hoog in de muur dat uitkeek op een lichtkoker van golfplaten en waardoor een smalle streep licht binnenviel. Hij gooide de mappen op het bureau – een flinke stapel, één map voor ieder van de honderdtwintig leerlingen in de voorlaatste klas van wie hij de taalvaardigheid in dat semester moest verbeteren. In de mappen zaten velletjes van een losbladig notitieblok, blauwe boekjes met examenopgaven en – tot zijn schande – wekelijkse schriftelijke overhoringen, waartoe hij sinds kort zijn toevlucht had genomen. De overhoringen hadden hem een capitulatie geleken, maar hij had geen andere mogelijkheid gezien om de leerlingen ertoe aan te zetten het opgegeven aantal bladzijden uit Dickens' *Great Expectations* te lezen. Hij besteedde er onnoemelijk veel uren aan om de vragenlijst samen te stellen. Hij merkte dat hij ernaar uitkeek om zo'n overhoring voor te bereiden, het was zijn vaste ritueel van de zondagavond geworden wanneer hij met een glas wijn de literaire analyse in Notes on Dickens' 'Great Expectations' uit de serie Cliff's Notes las en het internet afspeurde naar kopieën van literaire analyses, dezelfde strategie die zijn leerlingen toepasten. Hij bleef soms de halve nacht op om vragen te verzinnen die niet konden worden beantwoord op grond van deze ongeoorloofde hulpmiddelen. Het werd een spelletje voor hem, de denkbeeldige strijd met zijn leerlingen om te zien wie de slimste was, de bevrediging dat hij kon uitvissen wie de lijntrekkers waren. Dat onderdeel van zijn baan schonk hem de meeste voldoening.

Terwijl hij de computer startte, hoorde hij muziek boven zijn hoofd, het soort weeïge dansmuziek waar zijn dochter gek op was. Het dunne plafond steunde en kreunde onder het gedartel van de twee meisjes die ieder hooguit 28 kilo wogen.

Hij richtte zijn aandacht op het computerscherm, riep de zoekpagina van Lycos op en typte 'Jane Frayne' in.

Hij was altijd nog van plan geweest haar een keer op te zoeken, om af te maken wat er tussen hen onuitgesproken was gebleven. Hij was ervan overtuigd dat Jane dat wist, dat ze het zelfs verwachtte, dat ze het al die tijd al wist. En dankzij de recente technologie was de wereld veel kleiner geworden. Ze was gemakkelijk te vinden.

Ze waren nu volwassen, wijzer, niet naïef meer. Ze zouden kunnen lachen om het ongelukkige voorval dat hen uiteen had gedreven.

Ik had niet zo overdreven moeten reageren, zou Jane zeggen. Ik kon het niet helpen. Ik was gek op je.

Ik ben een sukkel geweest, zou hij ertegen inbrengen. Ik heb een grote fout gemaakt.

Hij stelde zich voor dat ze nog steeds in New York woonde, op een afstand van een paar uur rijden. Hij kon er gemakkelijk tussenuit glippen om bij haar langs te gaan. In de weekenden had Penny al zijn tijd volgepland, maar op een doordeweekse avond zou het gemakkelijk gaan. Hij kon meteen na school vertrekken. Als Penny ernaar vroeg, kon hij zeggen dat het ouderavond was, een beproeving die elk kwartaal plaatsvond en die tot laat in de avond duurde.

Hij had Penny nog nooit bedrogen, ook al had hij wel de kans

daartoe gehad: flirtende barmeisjes, een medewerkster in een video-
zaak in La Jolla, leeghoofdige schoolmeisjes en eenzame alleenstaande moeders die in San Bernardino wiet bij hem kochten. Hij voelde
zich gevleid door hun belangstelling, maar iets had hem altijd te-
gengehouden. Het kon de herinnering aan zijn vader zijn, het drama van de scheiding van zijn ouders. Maar meestal zag hij het gewoon niet zitten. Zijn seksuele lust was getemperd door chronische
uitputting. Bovendien waren de vrouwen die hem wilden, verloren
types die zelf de draad kwijt waren in hun leven, en die vast geen oplossing konden bieden voor wat er kapot was in zijn leven. Met Jane
Frayne lag het anders. Zijn liefde voor haar zou hem misschien kunnen redden.

Het leek het proberen waard.

Hij wachtte. De computer was oud en langzaam, de inbelverbin-
ding onbetrouwbaar. Hij hoorde gekras aan de deur. De hond was
hem naar beneden gevolgd. Ze kwam kwispelend bij hem en liet
zich over de kop aaien.

'Wat is er?' vroeg hij. 'Ben je eenzaam?'

Jackie O. jankte even. Het was een sociaal dier dat als puppy veel
te veel verwend was. In de zomer dat ze elkaar hadden ontmoet, had
Penny haar van een buurman gekregen, en ze had haar met zoveel
aandacht overstelpt dat de hond licht neurotisch was geworden.
'Ons kindje,' noemde Penny haar – toen ze er nog niet van op de
hoogte was dat er al een echt kindje in de maak was, dat een klomp-
je cellen dat binnenkort bekend zou staan als Sabrina zich deelde en
vermenigvuldigde, dat de simpele rekenkunde voortging als een
voorraadteller terwijl de laatste minuten van hun jeugd wegtikten.

Ze hadden elkaar ontmoet tijdens een kampeertocht in het voorjaar
dat Scott voortijdig van Stirling was vertrokken. Hij was heimelijk
in de nacht gevlucht, nadat hij zijn lesgeld had besteed aan een oude
Pontiac Sunbird en een grote hoeveelheid marihuana, die zijn stads-
vriend Magic Dave losjes had verpakt in een Wonder Bread-zak, met
nog een extra zak eromheen om de wiet vers te houden. Drie dagen
lang reed Scott in een rechte lijn naar het westen, met zijn eigen
wonderbrood weggestopt onder de passagiersstoel. Hij sliep een

nacht in Buffalo, in Wyoming, en reed daarna de laatste zestig kilometer naar Yellowstone Park, waar hij een paar vrienden zou treffen die voorjaarsvakantie hadden. Hij had hen niet kunnen vinden. Het park was net zo groot als heel New Hampshire. Scott had tot dan toe alleen maar in New England gewoond; de natuur was Cape Cod met zijn huisjes en schuurtjes; Walden Pond was een oase te midden van de voorsteden. De lege hoogvlakten maakten hem onrustig. Het landschap kwam hem spookachtig en triest voor. Hij voelde zich, en was dat ook, wel duizend kilometer weg van de warboel die hij met zijn vertrek van de universiteit achter zich had gelaten – de directeur die het op hem had voorzien, de woedende telefoontjes van zijn vader, de huilerige teleurstelling van Jane Frayne, die onbewogen was gebleven toen hij voor haar door het stof ging en die had gezworen hem nooit meer te willen zien.

In maart was het park vrijwel verlaten. Hij liep anderhalve dag voordat hij de rook van een kampvuur ontwaarde. Tegen die tijd zaten zijn voeten vol blaren en was zijn watervoorraad bijna op. Hij had de hele nacht liggen bibberen in zijn lichtgewicht slaapzak.

Hij liep in de richting van de kampeerplek, waar twee haveloze tenten boven op een heuvel stonden. Een meisje zat gehurkt bij het vuur. 'Hallo!' riep hij op vriendelijke toon; in haar eentje in de wildernis zou zij vast en zeker bang zijn voor vreemden. 'Mag ik even bij je vuur zitten?'

Het meisje stond op. Ze had een spijkerbroek met een bikinitopje aan. Om haar hoofd had ze een blauwe bandana gewikkeld, op haar rug hingen twee goudblonde vlechten. Met de geur van het vuur kwam een vleug marihuana mee. 'Tuurlijk,' zei ze. 'Kom erbij.'

Hij klauterde de heuvel op met voeten die brandden van de blaren. Het meisje zat op haar hurken in het vuur te porren, met het laatste restje van een joint tussen haar vingers geklemd. Scott hurkte naast haar neer en keek hoe ze uitademde. Meteen begreep hij ook waarom ze zo schaars gekleed was: het vuur gaf een intense hitte af. Hij pakte zijn eigen joint uit zijn zak en ze namen er beurtelings lange trekken van.

Waarover hadden ze het die avond gehad? Hij zou het bij God niet meer weten. Hij herinnerde zich alleen hoe traag ze sprak, hoe ontspannen, bedachtzaam en tevreden ze leek. Heel anders dan Jane Frayne, die met hele alinea's tegelijk sprak en hooguit vijf uur per nacht sliep, maar niet bereid was met roesmiddelen haar manische energie te temperen. Wiet maakte haar paranoïde, zei ze, en bier was zonde van de calorieën. In de ogen van Scott, die een- of tweemaal per dag high werd, was dit een onherstelbare tekortkoming in hun relatie, haar weigering om met hem mee te gaan naar de plek waar hij volkomen zichzelf kon zijn. Toen hij die avond naast Penny Cherry in het vuur staarde, zag hij dit met grote helderheid in, en kwam hij tot de conclusie dat hij er goed aan had gedaan te vertrekken. Er was geen weg terug.

Ze bleven gehurkt bij het vuur zitten totdat zijn bovenbenen pijn deden. Hij merkte, maar vond het niet erg, dat het zweet hem over de rug liep en dat zijn coltrui doorweekt raakte. Penny merkte het ook. 'Doe je trui toch uit,' zei ze en dat deed hij, een beetje beschroomd. Door drieënhalf semester van bier en studentenvoedsel was zijn bovenlijf wat gezetter geworden. Het meisje was zo slank als een ree, een wild schepsel. De mannenspijkerbroek (van wie? vroeg hij zich af) hing laag op haar heupen.

Het was volslagen donker toen de anderen arriveerden. Ze hadden forellen bij zich voor het avondeten – die ze buiten het visseizoen hadden gevangen, een paar pond aan glibberige contrabande. Scott keek met stil ontzag naar hen, alsof hij het leven in de wildernis bezag door een verrekijker. Het waren gebruinde, aantrekkelijke mensen die laarzen en gehavende spijkerbroeken droegen. De onopgesmukte meisjes hadden grote ogen en lang haar. De grootste jongen had allerlei kleurige, in elkaar gedraaide tatoeages op zijn onderarmen; de andere jongens hadden geen opvallende kenmerken, maar gaven de indruk snel en sterk te zijn. Scott keek of er vaste stellen bij waren, maar hij wist zich geen raad met de getalsverhouding: drie meisjes, onder wie Penny, en vier jongens. Ze maakten samen het eten klaar, waarbij ze elkaar allemaal met tedere gebaren aanraakten. Een gedrongen Mexicaan kuste ieder meisje op de mond. Scott hield zijn ogen op Penny gericht om erachter te komen van wie zij de vriendin kon zijn. Dat kon iedereen wel zijn, concludeerde hij. Maar nadat ze de vis hadden opgegeten, en er een fles whisky en nog een joint de kring waren rondgegaan, had zij Scotts hand gegrepen en had zij Scott zwijgend naar een plek diep in het bos geleid.

Ze kwam uit Californië, ze was geboren in North Hollywood – dat toentertijd nog een miserabel dorp was, zei ze, maar vanwaar je gemakkelijk naar Burbank kon rijden, waar haar vader Whizzer Dooley als stuntman voor de televisie werkte. Hij trad voornamelijk op in een detectiveserie die *Vegas Jack* heette, maar hij had ook films gedaan. (Penny ratelde een hele lijst titels af: *Death Rangers*, *Rage on Wheels*, *The San Antonio Outlaws* – maar Scott kende slechts één ervan: *The French Connection*.) Whizzer had de stunts gedaan voor Robert Wagner, James Garner en eenmaal – waar hij zich vooral op beroemde – voor Steve McQueen, op wie hij volgens veel mensen leek. Penny's moeder, een voormalige Miss Fresno County, was Whizzers vriendinnetje op de middelbare school geweest. Aan het eind van de jaren zestig waren ze naar Hollywood gekomen, toen Penny's oudere zus nog maar een baby was – wat hun de minachting had opgeleverd van beide families, die Whizzer een dromer en een klaploper noemden en zijn vrouw een sufferd die haar leven vergooide. Whizzer bewees dat ze het bij het verkeerde eind hadden gehad door onmiddellijk werk te vinden op de set van *Vegas Jack*. De regisseur was enthousiast over Whizzer, die geen angst kende en bovendien jong was en er goed uitzag. Doordat hij sterk leek op de ster van de serie, ging het filmen van een leien dakje. Whizzer versterkte het effect door zijn haar te bleken en een krulsnor te laten groeien. 'Vegas Jack!' had een jongetje op straat ooit naar hem geroepen.

Penny was zeven toen Whizzer vertrok om wat zij 'de gebruikelijke redenen' noemde: iemand had iemand genaaid, of zou dat hebben gedaan. Van de familie was zij de laatste die hem nog in leven zag. Ze liep vanaf de halte van de schoolbus naar huis, toen ze zijn limoengele Chevelle van de oprit zag komen. De raampjes waren open, de AM-radio stond keihard aan. Whizzer leek haar niet op te merken toen hij schakelde. 'Hé papa!' riep ze, terwijl ze onhandig met haar broodtrommel in haar hand naar hem zwaaide.

De auto reed haar voorbij – en kwam toen abrupt met piepende banden tot stilstand. Whizzer stapte uit en kuierde naar haar toe, met wilde haren en een rood gezicht. Hij droeg een roze geruit over-hemd dat Penny's lievelingsoverhemd was, met parelkleurige druk-knopen aan de voorkant. Deze details zou ze nooit meer vergeten. Die waren van haar en van haar alleen, net als het doosje met fluweel aan de binnenkant met daarin de sieraden met kunstdiamanten, dat ze onder haar bed bewaarde, met een plastic ballerina die binnenin pirouettes draaide.

'Ha schatje,' zei hij een beetje buiten adem en hij tilde haar op in zijn armen. Hij had zich niet geschoren; zijn ruige hals was warm en rook indringend, de bierachtige geur die ze lekker vond. Over zijn schouder zag ze dat de auto was volgeladen met dozen, zijn gitaar-koffer en wat eruitzag als (maar dat kon het zeker niet zijn) de dub-belgeklapte pingpongtafel. De openstaande klep van de kofferbak was met touw vastgebonden.

Waar ga je heen? was de vraag die ze niet stelde.

Ik verlaat je voorgoed, was het antwoord dat hij niet gaf. *Ik zal je een-maal bellen, volgend jaar met Kerstmis, en ik zal je moeder een telefoonnummer ge-ven dat al snel wordt afgesloten. Ik ga met auto's racen en ga bij een danseres in Ne-vada wonen, die jou, nadat ik met 180 kilometer per uur tegen een muur ben gereden, een doos met waardeloze rommel zal sturen die je geen enkele aanwijzing geeft over de reden van mijn vertrek, helemaal niks.*

'Wat ben je toch mooi,' zei hij in plaats daarvan. 'Je moet nooit je haar afknippen.'

Ze keek hoe hij weer in de auto stapte. Het portier sloot de eerste keer niet goed; hij deed het weer open en sloeg het harder dicht. Ter-wijl hij wegreed, stak hij zijn linkerarm uit het raam, alsof hij haar wilde meetrekken achter zich aan. Hij ging de hoek om en was weg.

Er waren stiefvaders. Henry Cherry was een weduwnaar met vijf blonde zonen. Hij was voor zaken in de stad, Penny's moeder ont-moette hem in het steakhouse waar ze was aangenomen omdat ze er goed uitzag. Al snel verhuisden ze naar Cherry's gigantische boerde-rij aan de rand van Boise, een laag gebouw met tweeënhalve hectare vlak grasland. Penny en haar zus hadden ieder een eigen slaapkamer; de vijf blonde jongens sliepen op stapelbedden in één enkele grote kamer verderop in de gang. (Jaren later vertelde Penny's moeder haar wat de reden daarvan was: om te voorkomen dat ze zichzelf zouden betasten. Een jongen op een kamer voor zich alleen zou zijn handen voortdurend daar beneden hebben.)

In Idaho gingen ze naar de kerk en verrichtten ze taken in de huishouding. Penny plukte groente in de tuin, voerde de kippen en raapte de eieren. In North Hollywood had haar moeder het niet zo nauw met de huishouding genomen: broodkruimels op het aanrecht, klodders blauwe tandpasta in de wasbak. Maar bij de bijeenkomsten van de Relief Society leerde ze nu inmaken. Cherry's eerste vrouw had een grote verzameling weckpotten aangelegd, die door het koken glad en dof waren geworden.

Voor Penny, die tot voor kort crackers at als avondeten, was de verandering alarmerend. Ze trok zich terug in de heuvels achter het Cherry-huis met Benji, de jongste van haar blonde stiefbroers, een jongen die nauwelijks kon spreken maar wel kon klimmen als een geit. Benji was blijven zitten op school en werd traag genoemd, maar hij kende de namen van bomen en bloemen en herkende de uitwerpselen van herten, antilopen en elanden. Benji kon een berenspoor aanwijzen en een vuur aanleggen zonder lucifers. Hij zag de vormen van de sterrenbeelden, de strijders en de godinnen, die tussen de sterren schuilgingen.

Benji? De naam deed Scott denken aan een film die hij als kind had gezien, de ongelukkige toestanden waarin een hondje, een mager scharminkel, steeds weer verzeild raakte.

Penny vond het niet leuk. 'Hij was mijn redding,' bezwoer ze met onverwachte heftigheid. Benji had haar gezelschap gehouden totdat het misging met haar moeders huwelijk – om redenen die Penny niet kende, maar die ze wel kon raden.

Dit – dit allemaal! – vertelde ze Scott in de eerste nacht dat ze samen waren. Destijds had het hem gefascineerd, de vele wendingen in haar verhaal, de wonderlijke locaties. Maar al snel werd het hem tot last dat hij zoveel wist. Dit vreemde meisje dat hem haar liefdesleed en haar jeugdangsten toevertrouwde in de overtuiging dat hij de eerste man was die haar vertrouwen niet zou beschamen.

Hij was negentien.

Die zomer huurden ze een appartement aan het strand in La Jolla, waar Penny een baan vond in een winkel met surfspullen. Ze kochten een videorecorder en huurden *The French Connection*, een film die ze nog nooit had gezien. Samen keken ze naar de aftiteling, de namen van stuntmannen die allang gepensioneerd waren of die net als haar vader waren omgekomen. Penny spoelde de band tweemaal, driemaal terug, maar er stond geen Whizzer Dooley bij de aftiteling.

Daarover, over alles, had haar vader gelogen.

Scott keek naar zijn computerscherm. Lycos had vijf vindplaatsen voor Jane Frayne, waaronder de website van haar productiemaatschappij Plain Jane Films in Brooklyn, in New York.

Wat was een productiemaatschappij nou precies? Hij wist het niet echt zeker. Toch was hij onder de indruk.

Op dat moment hoorde hij plotseling een grote opschudding boven zijn hoofd: het geluid van voetstappen, een plotselinge bons. 'Ma, Ian staat in de weg!' Zijn eigen chaotische leven deed zich gelden.

'Scott!' riep Penny. 'Kun je boven komen? Ik heb maar één paar handen.'

Na elf jaar kon hij zich nog steeds verbazen over de stem van zijn vrouw, die als een cirkelzaag door de dunne wanden en vloeren ging. Vermoeid kwam hij omhoog van zijn stoel.

Je kreeg maar één kans in dit leven, peinsde hij, één kostbare kans. Hij had zijn tijd verdaan op de lommerrijke campus van Stirling College, terwijl hij te stom was om te begrijpen dat elke deur in het leven voor hem openstond.

Hij had zijn keuzes gemaakt. Nu was hij dertig en waren alle deuren gesloten.

3

Tom en Richard schotelden hun gasten sushi voor. De exquise bundeltjes met rijst en vis waren in piramides opgestapeld op gelakte dienbladen. Het diner werd in de vorm van een buffet geserveerd in de grote woonkamer. De mannen vulden hun vierkante borden en begaven zich toen naar de eetkamer waar gekalligrafeerde tafelkaartjes waren neergezet. Billy McKotch bekeek zijn kaartje zorgvuldig omdat hij werd getroffen door de fijnzinnigheid ervan. Hij kende Toms gebruikelijke handschrift, de slordige blokletters die je zo vaak zag bij architecten. Het leek een klein wonder dat deze sierlijke letters aan dezelfde hand ontsproten waren.

'Zijn ze niet kostelijk? Tom voelde zich helemaal óósters,' teemde Richard. Hij was dertig jaar geleden uit Alabama naar New York gekomen en was er elk jaar alleen maar zuidelijker op geworden. Zijn partner Tom Kim had een cursus sushi maken gevolgd op de New School; de hele middag was hij bezig geweest met het in stukjes snijden van komkommers tot het formaat van luciferhoutjes en het uitrollen van gedroogd zeewier op bamboematjes. Richard had de sake, de jasmijnthee en de kokosnootsorbet voor het dessert gekocht.

Van Billy's vrienden hadden Tom en Richard het vaakst gasten over de vloer. Ze woonden aan Park Avenue in een klassiek vijfkamerappartement dat het eigendom van Richards vroegere levenspartner Harry was geweest, die in de jaren tachtig was overleden. Harry had het huis geërfd van zijn stiefmoeder, een vriendin van de schatrijke filantroop Brooke Astor; hij had het op zijn sterfbed aan Richard verkocht voor een bedrag van vijftig dollar – dat was gemakkelijker, eenvoudiger dan het opstellen van een testament.

De mannen schaarden zich om de antieke tafel, ook uit Harry's nalatenschap. ('Welcome to Tom, Dick and Harry's' zong Richard toen hij voor de gasten de deur opendeed.) Billy vroeg zich af hoe Tom het kon verdragen om te midden van de schatten van zijn voorganger te moeten leven. 'Ik zou er gek van worden,' vertrouwde hij Srikanth toe. Waarop Sri antwoordde: 'Tom is architect. Hij houdt van mooie dingen.'

Van de vier stellen woonden er drie in de Upper East Side. Het vierde stel, Oscar en Eddie, bezat een loft in de West Thirties, een grote lege ruimte die tevens dienst deed als Oscars fotostudio. De samenstelling van de groep was in de loop der jaren veranderd naargelang er nieuwe stellen werden gevormd of oude stellen werden opgebroken. Vóór Eddie in beeld kwam, had Oscar samengewoond met een striptekenaar die Raj heette en die Srikanth kende via een of andere mysterieuze Dosco-connectie, de alumnivereniging van de Doon School in India, waar Sri op school had gezeten. Via Raj waren Sri en Billy bij de groep gekomen. Raj was daarna naar San Francisco verhuisd, maar Sri en Billy bleven deel uitmaken van de vaste kliek die de etentjes bezocht. Voor Billy betekenden deze mannen meer dan zijn familie. Ze waren zijn allerdierbaarste vrienden.

'Is dat alles wat je eet?' vroeg Nathan met een blik op Billy's bord met sushi. 'Heb je vandaag soms geen tachtig kilometer hardgelopen?'

'Nee,' zei Billy. 'Ik begin pas in januari met trainen voor Boston. Ik heb steeds lang uitgeslapen en me te barsten gevreten.' Hij had de marathon van New York in drie uur en twee minuten gelopen, een persoonlijk record. Behalve wat ontspannen stukjes joggen tussen de middag in Battery Park had hij sinds de wedstrijd niet meer hardgelopen.

Nathan kneep zijn ogen samen. 'Moet ik dat geloven?'

Billy grijnsde. Hij wist dat Nathan en Jeremy zijn trainingsschema dwangmatig vonden. 'Vat het niet persoonlijk op,' zou Sri later tegen hem zeggen. 'Hij heeft gewoon last van beroepsdeformatie.'

'Het gaat prima met me, Nathan,' zei Billy. 'Zeg, doe rustig aan met dat kokosnootspul. Zit vol met verzadigd vet.' Toen Sri hem later berispte, wierp hij tegen: 'Ik heb gewoon last van beroepsdeformatie.'

'Dit is zó stijlvol,' zei Eddie, nippend aan zijn thee. 'Hemel, ik wou dat wíj een eetkamer hadden.'

Billy keek even snel over tafel naar Sri, die een ironisch glimlachje om zijn mond had. Later zouden ze er samen om lachen dat hun vrienden nergens anders over konden praten dan over appartementen. Lange tijd had Billy deze gesprekken boeiend gevonden, de talloze manieren waarop mensen – homo's – in de stad woonden. Maar vanavond werd hij neerslachtig van het gesprek: huurprijsbeheersing, servicekosten, dat je met geen mogelijkheid een betrouwbare aannemer kon vinden. Jaar in jaar uit dezelfde conversatie. Zijn vrienden waren geen leeghoofdige typers. Ze waren belezen en bereisd, ze deden interessant werk. Richard was literair agent, Nathan en Jeremy waren psychotherapeut, Eddie was docent klassieke talen op Hunter College. Maar wanneer de groep bij elkaar was, hadden ze het voornamelijk over onroerend goed. Alsof de kamers waarin ze woonden net zo belangrijk waren – of misschien wel belangrijker – als wat zich erin afspeelde.

Srikanth had deze wereld voor Billy geopend, met zijn uitgebreide netwerk van vrienden en bekenden en, naar Billy vermoedde, vroegere geliefden. Hij vroeg niet of dat zo was en Sri kwam er zelf ook niet mee; zulke ontboezemingen pasten niet bij zijn indirecte stijl. Als Sri's vriend werd Billy uitgenodigd voor homobrunches en homohousewarmingparty's, homoseiders en homopaasbuffetten. Hij zag homoherenhuizen van binnen, medicijnkastjes met 'hij-en-hij'-scheermesjes, de elegante slaapkamers waar mannen naast elkaar sliepen. Hij was diep geroerd door de alledaagsheid, de intieme banaliteit van die gedeelde levens. Tegelijkertijd voelde hij een onuitgesproken verwijt. Van al hun vrienden waren Sri en hij het enige stel dat niet samenwoonde. Hoewel hij elke nacht in Billy's huis doorbracht, had Sri zijn appartement aan Riverside Drive aangehouden. 'Voor het gemak,' zei Billy tegen iedereen die ernaar vroeg. Waarop Sri, die toch verondersteld werd van dat gemak te profiteren – Sri die elke morgen weer de moeizame afstand van achtennegentig straten door de stad naar Colombia University moest afleggen, die twintig mille per jaar besteedde aan een appartement dat hij nooit gebruikte – alleen maar glimlachte.

Die glimlach bood stof tot discussie, een discussie die Billy uit de weg ging. Over sommige dingen wilde hij gewoon niet praten. Daartoe behoorden, maar niet uitsluitend, godsdienst, vroegere sekspartners, de prijs van dingen (in zijn opvoeding had hij meegekregen dat het onbeschoft was om daarover te praten) en natuurlijk zijn familie. Maar hij had er vooral een hekel aan om over de toekomst te praten. Hij voelde zich nog maar net een beetje op zijn gemak in het heden.

'Billy?' zei Tom met een vragende glimlach en Billy besefte dat hem een vraag was gesteld.

'Tom vroeg of we op kerstavond wilden komen,' mompelde Sri.

'O, sorry.' Billy kreeg een kleur. 'Dat lijkt me enig, maar ik ben dan bij mijn moeder in Boston.'

Het was plotseling stil.

'Nou, ik kan wel,' zei Srikanth. 'Ik wil graag komen.'

Er werden blikken uitgewisseld rond de tafel, of misschien ook wel niet; Billy wist heel goed dat hij nogal paranoïde kon zijn. Hij wist dat er over Sri en hem, met hun afzonderlijke vakanties en hun afzonderlijke huizen, heel wat werd gespeculeerd; hij wist dat zijn vrienden vonden dat hij 'in de kast zat', een uitdrukking die hij maar dwaas en achterhaald vond en in zijn geval absoluut niet van toepassing. In de afgelopen week waren Sri en hij naar een bruiloft geweest en naar twee kerstborrels. Voor hun vrienden en collega's waren ze er heel open in dat ze een stel waren. Wat zijn familie betrof, koos Billy er gewoonweg voor om het voor zichzelf houden. Dat hij Sri's ouders nooit had ontmoet – zijn moeder was dood en zijn vader was oud en seniel en zat in een verpleeghuis in Londen – was een bijkomende rechtvaardiging: de relatie was zo volmaakt in evenwicht. Billy had het vermoeden dat veel stellen, als ze de keuze hadden, de voorkeur zouden geven aan een leven zonder schoonfamilie. Op die manier bezien hadden Sri en hij het beter voor elkaar dan de meesten.

Hij had in de loop der jaren een manier gevonden om met zijn familie om te gaan, een protocol dat hij voor zichzelf als het Systeem bestempelde. Hij belde zijn moeder twee keer per week. Met kerst, Thanksgiving en Moederdag reisde hij af naar Concord; elk jaar in oktober bracht Paulette een weekend bij hem in New York door. Door het Systeem werden verrassingen, waar Billy een hekel aan had, voorkomen en werden Paulettes verwachtingen – en zijn eigen schuldgevoel – onder controle gehouden. De rest van zijn familie vroeg minder aandacht. Hij sprak Gwen om het weekend en Scott zo ongeveer nooit. Jarenlang was zijn broer onbereikbaar geweest, met adressen in Californië die om de paar maanden veranderden en telefoonnummers die sneller afgesloten werden dan Billy ze kon opschrijven. Zo had zijn Systeem zich ontwikkeld zonder nog met Scott rekening te houden.

Voor het grootste deel van Billy's leven had het contact met zijn vader helemaal geen onderhoud vereist; Frank had Billy's kinderjaren en zijn tienertijd afgezonderd in het laboratorium doorgebracht. Maar onlangs had de ouweheer vriendelijke toenaderingspogingen gedaan – telefoontjes, uitnodigingen om te gaan lunchen – wat Billy verontrustend vond. Anders dan Paulette deinsde Frank er niet voor terug om persoonlijke vragen te stellen. Nog meer gesprekken die Billy niet wilde voeren.

Van zijn familie was alleen Gwen op de hoogte van het bestaan van Srikanth. Billy had het haar niet verteld, ze was erachter gekomen door omstandigheden die buiten zijn macht lagen. Twee jaar geleden, toen hij terugreed naar New York van een reünie van zijn klas op Pearse, was hij achter het stuur in slaap gevallen en had hij zijn auto total loss gereden op de I-95, een week voor de marathon van Boston (dat was voor hem vele malen erger dan zijn gebroken ribben). Op een kaartje in zijn portemonnee stond Gwens naam met haar telefoonnummer. Ze was onmiddellijk met het vliegtuig uit Pittsburgh gekomen om zich ervan te verzekeren dat alles goed met hem was. Hij had geslapen, zwaar onder invloed van de pijnstillers, toen ze zijn kamer in het ziekenhuis kwam binnengesneld en Sri aan zijn bed vond zitten. Billy vroeg zich vaak af wat die twee tegen elkaar gezegd hadden. Hij had nooit de moed opgebracht om het te vragen.

Nu hij met zijn vrienden om de eettafel zat, voelde, en verfoeide, hij de onuitgesproken afkeuring. Als homoman was hij een mislukking, een verrader van de club. Hij kon het alleen maar goedmaken door met groot vertoon afstand te doen van zijn waardigheid en de intiemste details van zijn leven toe te vertrouwen aan iedereen die hem kende, of het hun nu iets kon schelen of niet. Zo'n ordinaire bekentenis vond hij goedkoop en narcistisch. Billy had het gevoel dat dergelijk vertoon vernederend zou zijn voor iedereen die het betrof. Zelfonthulling was voor de familie Drew niet de manier. Die les had hij geleerd van zijn ongetrouwde tante Martine, bij wie hij altijd zijn vermoedens had gehad. Martine deelde een huis in Taos met twee andere eerzuchtige Georgia O'Keeffes, maar zag geen enkele noodzaak om uitleg te geven. Billy had nog nooit iemand ontmoet die meer in zichzelf opging dan zijn vader of Scott, of die verkrampter was dan zijn moeder of Gwen. Hij zag niet in waarom hij hen met informatie zou belasten die ze beslist niet wilden horen.

Die zomer hadden Nathan en Jeremy hem op een verjaarsfeestje om beurten stevig onder handen genomen. De twee psychotherapeuten hadden een paar familietherapiesessies voorgesteld voor Billy en zijn ouders. Eerst had hij het erg grappig gevonden, het beeld werkte op zijn lachspieren. Een ogenblik later was hij woest geworden. Nathan had dit aan zijn arrogantie toegeschreven: 'Typisch een dokter. Je weigert om buiten het medische kader te denken.' Maar Billy's bezwaren gingen veel dieper. Hetero's hadden wel recht op hun privacy: als hij een vriendin had gehad, had het niemand iets kunnen schelen of hij haar wel of niet aan zijn ouders voorstelde. Maar omdat Billy homo was, kregen Nathans argumenten een moralistische toon, alsof je door je relatie gewoon geheim te willen houden, verraad pleegde aan alle homo's. Billy vond dat een belachelijk idee. 'Talloze homomannen zijn er tegenover hun familie voor uitgekomen,' zei hij tegen Nathan, 'en ik heb daar niets aan gehad.'

'Ik begrijp het,' zei Nathan droogjes. 'Het is dus iedere flikker voor zich.'

'Precies,' zei Billy. Zijn hele jeugd had hij zich ongemakkelijk gevoeld doordat hij gedwongen was aan teamsport te doen; de ervaring had hem geleerd dat hij geen groepsmens was. Hij had zich ingeschreven om als partijloze te stemmen (ook een feit dat zijn vrienden stuitend vonden). Hij voelde zich niet solidair met mensen, of hij wilde zich dat niet voelen.

Gwen belde in de week voor kerst op zondagmorgen om halftwaalf, haar gebruikelijke tijd om te bellen. Dat was al lang geleden een gewoonte van hen geworden, voordat door Billy's auto-ongeluk zijn geaardheid aan zijn zus was geopenbaard. Hij was toen ongebonden geweest, met een gecompliceerder sociaal leven, en laat in de ochtend was een discrete tijd: zo hoefden ze geen van beiden indiscrete vragen te stellen of te beantwoorden over wat ze de avond ervoor hadden gedaan, of juist niet hadden gedaan.

Billy stelde zich Gwen in haar zonnige keuken voor, waar zoveel planten voor de ramen stonden dat het appartement vanaf de straat wel een kas leek. De enige keer dat hij haar had opgezocht – vier jaar geleden? vijf? – had hij al die planten een beetje eng gevonden, hun brede bladeren zaten tegen het glas gedrukt als gespreide handen die om redding smeekten. Hij kon zich haar nu voorstellen, terwijl ze haar thee zat te drinken in een gestreepte pyjama die eruitzag alsof hij voor een klein jongetje was gemaakt – en misschien was dat ook zo. Billy zelf lag languit op de bank met de *Times* van zondag voor zich uitgespreid, terwijl de restanten van het ontbijt – kruimelige croissants van een nieuwe bakker die Srikanth had ontdekt – overal op de salontafel lagen.

'Ik vlieg er woensdag naartoe,' vertelde Gwen. 'Papa haalt me van het vliegveld.'

'Ik dacht dat je een auto zou huren.' Billy maakte aanstalten om de tafel af te ruimen – hij had een hekel aan troep – maar Sri was hem voor. Hij veegde de kruimels op een blad en bracht de plakkerige jamborden naar de keuken.

'Dat ga ik ook doen,' zei Gwen. 'Maar er zijn allemaal wegwerkzaamheden in Boston. Vanwege de aanleg van die tunnel waar de I-93 doorheen gaat.'

'Is die nog niet klaar?'

'Pas volgend jaar geloof ik. Hoe dan ook, papa wil dat ik achter hem aan rijd naar Cambridge. Hij is bang dat ik anders weer verdwaal.' Het jaar daarvoor had Gwen, in verwarring gebracht door eindeloze wegomleggingen, twee uur in de stad rondgedwaald. Uiteindelijk had ze wanhopig Frank opgebeld vanaf een recreatieplaats aan de Massachusetts Turnpike. Toen Billy hoorde van haar vreselijke avontuur, was hij razend geweest. Het was net iets voor hun vader om Gwen rond te laten zwerven in een stad als een doolhof – die nu ook nog eens verworden was tot één grote bouwput – en dat in het spitsuur te midden van de meest agressieve automobilisten ter wereld. In Billy's optiek waren de New Yorkse taxichauffeurs er nog hoffelijk bij.

'Dat is nog niet zo'n slecht plan,' zei Billy met tegenzin. Eindelijk dacht die ouwe nu eens niet alleen aan zichzelf.

'Zeg, waarom kom je me daar niet opzoeken?' Gwen zei dit met bestudeerde nonchalance, alsof het idee net bij haar opgekomen was. Waarschijnlijk had ze er al weken op zitten broeden. 'Papa wil je dolgraag zien.'

'Dat betwijfel ik,' zei hij zuur, hoewel hij wist dat ze gelijk had. Hun vader had altijd een voorkeur voor hem gehad. Dat was een van de vele tekortkomingen die Billy hem aanrekende.

'O, toe nou. Voor een dagje maar. Een dag en een nacht. Dan kunnen we samen naar mama rijden.'

'Dat lijkt me niet.'

'Ik heb al tegen hem gezegd dat je komt,' zei Gwen.

'Wat zeg je me nou?'

Sri kwam terug uit de keuken en viste de kruiswoordpuzzel tussen het stapeltje krantenkaternen uit. Billy maakte plaats voor hem op de bank.

'Billy, hij wil je graag zien. En hij is eenzaam. Hij is zichzelf niet meer sinds Deena bij hem weg is.'

'Ik begrijp niet dat je hebt gezegd dat ik zou komen.'

'Waarom ben je zo koppig?' zei Gwen, het koppigste schepsel op aarde.

'Ik ben niet koppig.'

'Billy.' Ze sprak met een zacht stemmetje; ze probeerde het nu met lieve woordjes. 'Alsjeblieft?'

'Ik kan echt niet. Ik heb woensdag dienst.'

Sri keek op van zijn puzzel met een geamuseerde trek om zijn mond.

'O,' zei Gwen. 'Nou, waarom zei je dat dan niet?'

'Dat was ik vergeten.'

Sri rolde met zijn ogen.

Gwen zuchtte. 'Dan zie ik je dus bij mama. Kun je dan tenminste vroeg komen? Laat me niet alleen met haar.' Gwen was even stil. 'En doe de groeten aan Srikanth.'

'Zal ik doen,' zei Billy en hing op.

'Je bent de slechtste leugenaar ter wereld.' Sri zat wat met een balpen in de puzzel te krabbelen. Over tien minuten zouden de vakjes vol zijn.

'Ik? Jij weet echt niet wat je daar opschrijft. Het zijn gewoon maar wat letters. Je hebt geluk dat ik je Hindi-handschrift niet kan lezen.'

'Ik probeer alleen maar indruk op je te maken,' zei Sri.

'Ik ben al onder de indruk van je.'

Sri glimlachte. Hij was ongelooflijk knap als hij glimlachte; dat wist hij en daarom zette hij die glimlach met beleid in. Het leek alsof hij zijn hele leven tussen spiegels had doorgebracht, zo precies wist hij de effecten van zijn schoonheid in te schatten.

'Wat is er woensdag?' vroeg hij.

'Gwen gaat naar Boston. Om mijn vader op te zoeken.'

'Aha.' Sri wachtte totdat Billy verder zou vertellen. Toen dat niet gebeurde, zei hij: 'Je wilt er niet heen.'

'Jezus, waarom zou ik? Een dag bij mijn moeder is al erg genoeg,' zei Billy. 'Dit weet je allemaal al.'

'Is dat zo?' Ik luister, zei zijn toon – maar het was een uitnodiging, geen eis. Dat vond Billy juist zo fijn aan Sri: zijn onverstoorbaarheid en zijn subtiliteit. Met hem waren er geen scènes, niets van de hoogdravende operataferelen die Tom en Richard soms opvoerden of de verwarrende emotionele tango waar Billy zich jaren geleden met Lauren McGregor doorheen had gestunteld.

'Ik heb hem een paar jaar geleden gezien,' zei Billy. 'Dat was geen onverdeeld genoegen.'

Dat was uiterst zwak uitgedrukt. Dat etentje in Concord – de eerste keer in tien jaar dat zijn ouders elkaars gezelschap hadden geduld – was voor alle betrokkenen een marteling geweest. Voor iedereen behalve Billy's broer Scott, wiens terugkeer naar New England de aanleiding was geweest voor het debacle. Toen Scott arriveerde met zijn rumoerige clubje had hij al een wazige blik in zijn ogen, en van tijd tot tijd verdween hij de logeerkamer in om een joint op te steken. Terwijl de rest van de familie hevig op de proef werd gesteld, was Scott de dag beneveld doorgekomen. (Zo kenmerkend! Jaren geleden had Billy zijn broer al eens 'Scott, de egotripper' gedoopt.) Hun vader had om een of andere onbegrijpelijke reden – sadisme? kinderachtige kwaadaardigheid? – zijn toenmalige vriendin Deena meegenomen. Paulette, die niet was voorbereid op deze overval, deed ijzig beleefd. Deena probeerde er nog maar het beste van te maken door voor het eten een hele fles sancerre leeg te drinken. De hele avond had ze haar roes liggen uitslapen in de logeerkamer terwijl Frank en Paulette elkaar over de tafel aanstaarden.

'Dat heb je me nooit verteld,' zei Sri.

'Het was voordat ik je kende,' loog Billy.

'Dat is dan wel heel lang geleden.'

'Dat zal wel. Mij is het niet opgevallen. Ik heb hem niets te zeggen.'

'Misschien heeft hij jou iets te zeggen.'

Dat was ongetwijfeld waar. Als hij maar half de kans kreeg, zou Frank Billy al in een coma praten. Dat kreeg je na dertig jaar lesgeven: die dwang tot onderrichten en het onnatuurlijke gemak waarmee hij een eenzijdig gesprek kon voeren. Die volstrekte ongevoeligheid voor de verveling, irritatie of volslagen razernij van zijn toehoorder.

'Hij heeft het alleen maar over zijn onderzoek,' zei Billy.

'En dat is?'

'Ontwikkelingsbiologie en kankeronderzoek.'

Sri trok zijn wenkbrauwen op. 'Dat is een opmerkelijk feit om zo lang stil te houden.'

Billy schokschouderde en stond op om nog eens koffie in te schenken.

'Het is fascinerend dat genetische expressiepatronen die normaal zijn bij het embryo tot maligne tumoren leiden bij de volwassene.

Eigenlijk te vergelijken met de ontregelde genen bij een hartaandoening. Te veel MEF-2 en boem!' Sri onderbrak zijn verhaal. 'Waarom heb je me dat niet verteld? Ik zou dolgraag meer willen weten over zijn onderzoek. We zouden heel wat te bespreken hebben.'

Daarom dus, dacht Billy.

Hij had Sri leren kennen op een conferentie in Toronto – bijna vier jaar geleden, voordat Billy tot zijn cardiologenmaatschap was toegetreden, toen het leven nog simpeler was en ze allebei tijd hadden om dergelijke evenementen bij te wonen. Billy had zich op het laatste moment opgegeven; hij was van plan geweest om die maandag de marathon van Boston te lopen, maar hij was uitgeschakeld door een liesblessure. Later moesten Sri en hij erom lachen dat ze elkaar hadden leren kennen omdat Billy last van zijn kruis had.

Sri was als arts-onderzoeker verbonden aan Columbia University en gaf een lezing over hartspierspecifieke transcriptiefactoren, een onderwerp dat in het begin van de jaren negentig erg in de belangstelling stond. Toen Billy hem hoorde spreken – met die gedecideerde Britse stembuiging en dat dure kostschoolaccent – deed dat echt iets met hem. Sri's schoonheid zou overal opmerkelijk zijn geweest, maar in een conferentiezaal vol afgeleefde oude mannen was die schoonheid welhaast obsceen.

Is hij soms...? vroeg Billy zich af.

In die tijd – en ook nu nog – voelde hij dat soort dingen maar nauwelijks aan.

De lezing werd met enthousiasme ontvangen; het stafhoofd, een eerbiedwaardige professor, werd met vragen bestookt. Sri stond een beetje opzij, alleen; Billy kon zo op hem af stappen. Hoe doe ik dit? vroeg hij zich af. Hij had nog nooit eerder een man benaderd. De anderen – de paar die er waren geweest – waren altijd op hem afgekomen.

Van dichtbij waren Sri's ogen koffiekleurig. Zijn mond zag er stevig en vol uit, als een rijpe pruim. Billy's vraag over MyoD – een van de eerst bekende spiergenregulatiefactoren – was in twee minuten te beantwoorden, maar Billy verbaasde zichzelf met zijn voorstel om iets te gaan drinken in de bar van het hotel.

Ze namen een tafeltje in een hoek, een beetje afgezonderd. Twee knappe jongemannen in strakke pakken: Billy droeg een Armani en Sri een zandkleurig linnen pak waar Billy dolgraag zijn hand over wilde laten gaan. Hij keek snel om zich heen omdat hij het gevoel had dat ze opvielen. Tot zijn opluchting zat de bar vol met mannen die samen aan een tafeltje zaten, collega's en onderzoeksmedewerkers die na een drukke dag ontspanning zochten.

Toen ze later de lift in stapten, drukte Billy op het knopje voor de derde verdieping. 'Je vergist je,' zei Sri zachtjes. 'Ik zit op de vierde.'

En zo gemakkelijk was het geregeld tussen hen. Billy had nooit hoeven vragen. In New York zagen ze elkaar eerst af en toe, daarna wekelijks, daarna dagelijks. Hun monogamie kwam spontaan, bij toeval. Geen van beiden had het verwacht of erop gestaan. In het begin had Sri een andere minnaar en Billy had nog contact met een oud-studiegenoot van Pearse met wie hij sinds de universiteit af en toe het bed had gedeeld. Matthew werkte voor het ministerie van Buitenlandse Zaken in Barcelona; eens per jaar hield Billy daar vakantie en bracht dan het grootste gedeelte van de week door in Matthews bed. Sinds hij Sri kende, was hij nog maar één keer in Barcelona geweest. Sri had niet aangedrongen om meer over die vriend van hem, die Matthew, te weten te komen, maar zijn ironische lachje insinueerde dat hij volledig op de hoogte was. Ooit hadden Tom en Richard bij een etentje gejubeld over hun eigen vakantie naar Barcelona. 'O, Billy kent Barcelona van alle kanten,' had Sri opgemerkt. 'Hij is gek van Barcelona. Hij lijkt er maar geen genoeg van te krijgen.'

Maar dat was jaren geleden. Nu kon Billy zich geen andere huid, geen andere mond en geen andere geur voorstellen dan die van Srikanth. 'Ik wil niemand anders,' had hij ooit tegen Sri gezegd.

'Natuurlijk niet,' antwoordde Sri. 'Mensen werken je op je zenuwen. En je bent bang voor verandering.'

Maar zelfs als Billy nu met iemand in bed zou belanden – een vreemde uit een bar of uit een boekwinkel, die leuke blonde *barista* bij Starbucks die met hem had geflirt – dan zou het op de een of andere manier niet erg zijn. Sri zou het onmiddellijk weten en hem genadeloos sarren, maar tussen hen zou er niets veranderen. Dat wist

Billy zo zeker als hij zijn eigen naam wist en die wetenschap was uiterst geruststellend voor hem. Hij kon zich zijn leven niet anders voorstellen.

Oppervlakkig gezien waren ze heel verschillend, maar op de belangrijke punten leken ze juist sterk op elkaar. Ze waren beiden de oudste zoon van een succesvolle vader (die van Sri was een naaste adviseur van Sanjay Gandhi geweest); ze waren beiden naar veeleisende opleidingen gestuurd (Billy naar Pearse, Sri naar Doon). Met Sri was Billy niet alleen maar gelukkig. Hij voelde zich ook echt begrepen. Als hij dacht aan hun leven samen voelde hij een diepe opluchting. Sri was zijn oplossing voor een bijzonder hinderlijk probleem: hoe een man als hij moest leven.

Jarenlang dacht hij er op die manier over. Als tiener zag hij zijn seksuele geaardheid als een medische aandoening, die met het blote oog niet zichtbaar was, maar wel behandeld moest worden. Als hij naar andere jongens in de klas of op het sportveld keek, vroeg hij zich af: is hij zoals ik? Sommigen wel, dat kon niet anders. Het duidelijkst was dat het geval met een jongen die Willie Neeland heette en halverwege Billy's tweede jaar op Pearse was gekomen. Vanaf zijn eerste dag op de campus trok Willie de aandacht; met zíjn uiterlijk kon dat ook niet anders. Het was een klein jongetje met een blonde krullenbol en een komische manier van lopen. Hij liep niet door de kamer, hij stuiterde. En toen Willie Pearse in kwam stuiteren, hield Billy zijn hart vast omdat hij uitging van het ergste. Willie was gewoon een visuele grap: met zijn schreeuwerige overhemden, zijn minuscule handen en voeten, en zijn schelle stem was hij zo overduidelijk belachelijk dat het bijna overbodig was om hem te pesten. Willie was er geweest.

Maar om redenen die Billy ontgingen, werd Willie Neeland gespaard. Sterker nog, hij was zo extravagant dat hij een gevierd persoon werd. Hij was artistiek en gevat, wat je van Billy niet kon zeggen. Hij kon alles en iedereen tekenen met een verbazingwekkende nauwkeurigheid. Maar hij stond er vooral om bekend dat hij mensen griezelig goed kon nadoen. Zijn gezicht en zijn lichaam leken wel van boetseerklei; met één hoofdbeweging en één stembuiging kon hij Mick Jagger worden, Richard Nixon of Mohammed Ali. Al snel omvatte zijn repertoire alle docenten van Pearse. De andere jongens waren dolenthousiast en lieten Willie met rust.

Eerst was Billy opgelucht. Daarna vreemd genoeg geïrriteerd. Willies imitaties gingen hem tegenstaan. Zelfs zijn naam, Willie, was irritant door die meisjesachtige spelling en die vragende toon: Willie of Willie niet? Maar wat hij pas echt verontrustend vond, was dat de naam zoveel op Billy leek. Ze waren immers allebei een William. Maar daar hield de overeenkomst wat hem betrof wel op. Ze leken totaal niet op elkaar. Billy had geen belangstelling voor zulke types als Willie Neeland. De sportieve types zetten hem in vuur en vlam, zijn teamgenoten bij voetbal en lacrosse en de grotere en hardere jongens die rugby en American football speelden. Jongens die hem, als ze een vermoeden hadden, een pak op zijn sodemieter zouden geven. Met die wetenschap keek hij heimelijk naar ze, beschaamd, zijn verlangen aangewakkerd door angst. (Jaren later zou hij inzien hoe pervers dat eigenlijk was. Maar toen niet. Toen stond hij in vuur en vlam.)

Hij zou de hele Willie Neeland zijn vergeten als dat gesprek er niet was geweest aan het einde van zijn derde jaar. Zoals elk jaar in mei reed Frank McKotch naar Pearse om Billy's studentenkamer leeg te halen en hem met al zijn troep terug naar Concord te vervoeren voor de zomer. Ze waren de dozen in de Volvo aan het laden toen Willie Neeland met een schetsboek onder de arm voorbij kwam dansen in een van zijn befaamde creaties, een overhemd van rood geruite katoen, dat net een tafelkleed leek. Billy en Willie wensten elkaar een goede zomer. Op de Pearse-manier schudden ze elkaar de hand en gaven ze elkaar een duw tegen de schouder. Toen Billy in de auto stapte zei zijn vader er iets over.

'Interessant mannetje. Wel een beetje excentriek, of niet?'

'Neuh,' zei Billy, terwijl hij enorm bloosde, 'Willie is oké.'

(Was het verbeelding of wierp zijn vader werkelijk een zijdelingse blik op hem? Een waarschuwende, betekenisvolle blik. Billy had het moment in gedachten zo vaak herhaald dat de herinnering rafelig was geworden en waarschijnlijk niet meer helemaal klopte. Het viel onmogelijk te zeggen.)

Toen stortte Frank zich in een verhaal dat komisch bedoeld was, over een keer dat hij naar het strand was gereden met zijn kameraad Neil Windsor en een stel meisjes van Radcliffe. Frank had zijn vriendinnetje meegenomen het helmgras in – 'om even wat privacy te hebben,' zei hij tegen Billy met een opgetrokken wenkbrauw. Billy voelde zijn wangen warm worden; hij was zestien en schrok van dergelijke ontboezemingen, die zijn vader verontrustend vaak deed. 'Neil raakte zijn meisje met geen vinger aan,' zei Frank lachend. 'Ik kon het gewoon niet geloven. Ik dacht echt dat hij homo was.'

Het hele gesprek duurde misschien vijf minuten, maar het zou Billy altijd bijblijven. Op dat moment – en nog altijd – kon hij het gevoel niet van zich afschudden dat zijn vader hem iets duidelijk had willen maken: *Ik weet wat jij bent en dat kun je maar beter niet zijn. Jij niet. Niet mijn zoon.*

Heel lang kon hij zichzelf niet als homo beschouwen; dat woord associeerde hij met de nichten in Provincetown die elk jaar op vier juli met hun parade door Commercial Street trokken, dat prikkelende, beangstigende en obsederende schouwspel uit zijn jeugd. Hij was een ingetogen en gevoelige jongen geweest en dat bleef zijn wezenlijke aard. Toch werd zijn temperament geassocieerd met kostuums en dansen, met carnaval en travestietenshows, het soort gekunsteld vermaak dat hem altijd op zijn zenuwen had gewerkt. Het was een verontrustende ontdekking. Zelfs als kind had hij al een hekel gehad aan Halloween.

Hij had een man nodig; dat had hij inmiddels wel geaccepteerd. Toch voelde hij vaak walging bij mannen die homo waren. Zelfhaat had Matthew dat genoemd, toen Billy dat opbiechtte tijdens een telefoontje 's avonds laat naar Barcelona. Billy trok die aantijging in twijfel. Het lag in zijn aard om heel precies te zijn en hij wist precies wat hij wilde. Een ernstige man, een mannelijke man. Iemand die min of meer was zoals hij.

Het had jaren geduurd om tot deze conclusie te komen, de conclusie dat zijn wezenlijke aard voor altijd onveranderlijk was. Daarvóór had hij een halfhartige poging gedaan. Op de universiteit was hij verliefd geworden – een soort van verliefd – op Lauren McGregor en door Lauren was alles duidelijk geworden.

Hij kende haar al van Pearse, waar zij in het eerste jaar biologie zijn labpartner was, doordat hun achternamen nu eenmaal na elkaar kwamen in het alfabet. Ze was een alledaags, rustig meisje met een warrige pony waar ze behoedzaam doorheen gluurde alsof ze bang was voor wat daarbuiten lag. Ze was groot, van Billy's lengte, en zo mager dat haar rokken leeg leken – geen ronding van heupen of billen, helemaal niets. Lauren McGregor was het schuchterste meisje van de klas en het slimste; ze aanbad Billy zo hevig dat hij er voortdurend mee werd gepest.

'Klasse,' grapten zijn klasgenoten. 'Die meid is echt klasse.' Het was het ultieme Pearse-woord omdat het precies het tegenovergestelde uitdrukte van wat het woord betekende. Een onvoldoende halen was klasse. Een gemakkelijk schot missen was klasse. Een meid met warrig haar, geen tieten en geen kont: dat was grote klasse. De jongens noemden Lauren 'Ichabod'. Naar de spichtige schoolmeester Ichabod Crane die in The Legend of Sleepy Hollow zo verliefd is op de mooie Katrina. 'Je vriendin Ichabod.'

Op Princeton vergat Billy de arme Lauren helemaal. Vergat hij de meisjes in het algemeen; naast lacrosse en organische chemie waren er genoeg andere dingen om zijn tijd mee te vullen. Maar achter al die bedrijvigheid knaagde de onrust: met zijn negentiende en met zijn twintigste drukte het op hem dat hij nog maagd was. Want zo beschouwde hij zichzelf ondanks wat er in zijn tweede jaar op Pearse was voorgevallen in zijn studentenkamer met zijn kamergenoot Matthew Stone. Op een avond was hij wakker geworden van Matthews ademhaling en hij had onmiddellijk begrepen wat zijn vriend aan het doen was in het bed naast hem. Nog half in slaap en in eerste instantie zonder te begrijpen waarom, had Billy hetzelfde gedaan.

Lange tijd raakten ze elkaar niet aan. Ze raakten alleen zichzelf aan in elkaars aanwezigheid. Dat deden ze heel vaak. Maar omdat dit iets was dat Billy toch wel deed, of Matthew er nu wel of niet bij was, besloot hij dat het niet telde. Pas nadat Matthew op een nacht bij Billy in bed was gestapt en nadat ze naakt en in elkaar gedraaid als een warme, plakkerige jongenshelix in slaap waren gevallen, raakte Billy in paniek. Dat voorjaar deed hij zonder het aan Matthew te vertellen met een maat van het lacrosseteam mee aan de loting voor een nieuwe kamer. 'Ik had toch al schoon genoeg van je,' grapte Matthew toen hij erachter kwam, maar Billy kon zien dat het verraad hem pijn had gedaan. Ze bleven vriendelijk tegen elkaar, maar ze waren geen vrienden meer. Ze zouden heel lang geen vrienden meer zijn.

Op Pearse, en later op Princeton, liepen de meisjes achter hem aan. Mooie meisjes, hoewel niet de mooiste; daarvoor zou hij toch wat moeite moeten doen. Hij was van de passieve benadering: hij wachtte af en dan zou er wel wat gebeuren. Kansen kwamen en gingen, maar om de een of andere reden liet hij ze voorbijgaan. En hoe langer hij wachtte hoe afschrikwekkender het vooruitzicht werd.

Het probleem, zo besloot hij, was dat de meisjes die hij op de campus ontmoette hem niets zeiden; hij kende ze ook niet echt. Hij was te kieskeurig om een onbekende aan te raken. Seks moest met iemand zijn die hij kende. En van sport en van school – Pearse was in naam gemengd, maar de leerlingen waren voornamelijk van het mannelijk geslacht – kende hij alleen maar jongens. Kon hij een meisje ooit zo volledig kennen als hij Matthew Stone had gekend?

Door die zorgen werd hij gekweld in zijn laatste jaar op Princeton – dat hij in het wanhopige verlangen om zijn ouders te ontvluchten, had verkozen boven de universiteiten in de buurt. Met dit besluit had hij zijn moeder van streek gemaakt en zijn vader versteld doen staan, die had verwacht hem door het biologiecurriculum aan het MIT te loodsen. Billy's oom Roy, die idioot loyaal aan Harvard was, was zelfs nog meer verbolgen. Een paar jaar later begroette Roy Billy koeltjes bij de bruiloften van zijn dochters (twee voor Mimi, een voor Charlotte), als een vreemde die hij zich nog vaag kon herinneren in plaats van de neef met wie hij zomer na zomer had gezeild. 'Princeton?' mompelde hij halfbezopen op Mimi's eerste trouwerij. Het was een spectaculair en buitensporig gebeuren in Newport, waar de helft van de oud-leerlingen van Pearse was uitgenodigd – onder wie tot Billy's verbazing Lauren McGregor.

Hij herkende haar eerst niet eens, zo totaal anders zag ze eruit. Ze had minder dik, lang haar dat getoupeerd was in een van die jarentachtigcreaties die later nogal gênant leek, maar toen op de een of andere manier geweldig uitpakte. Ze stond tussen twee mannen aan de bar en nipte aan een borrelglas. Haar nauwsluitende jurk zat strak om haar lange bovenbenen. Vroeger had hij zich niet kunnen voorstellen dat ze ooit een mooie vrouw zou worden. Pas toen hij het voor zich zag kon hij het geloven. Het was een verbluffende metamorfose.

Hij had een paar glaasjes op en hij was een beetje sentimenteel – vanwege zijn moeder die alleen aan een tafeltje met haar voet op de maat van de muziek zat mee te tikken, alsof ze ernaar verlangde dat iemand haar ten dans zou vragen; vanwege Mimi, de romantische heldin van zijn jeugd, die hem op zijn zesde had laten zweren dat hij nooit zou trouwen, omdat neef en nicht niet konden trouwen. Hij had daar onmiddellijk mee ingestemd. Als hij niet met Mimi kon trouwen, waarom zou hij dan nog iemand willen?

In deze gemoedstoestand ving hij voor het eerst een glimp op van Lauren aan de bar. Hij raakte haar schouder aan en voelde zich gestreeld doordat haar gezicht helemaal oplichtte toen ze hem zag. Op de dansvloer voelde ze stevig en goed aan in zijn armen, een veelbetekenende ontdekking. Hij had zich altijd ongemakkelijk gevoeld doordat meisjes zo klein waren, maar met hoge hakken was Lauren precies zo groot als hij.

Onder invloed van de gin flirtte hij, iets wat hij nog nooit had gedaan. Hij was hiertoe in staat doordat hij Lauren in zijn armen hield en niet een onbekende. Laurens schouder en rug, haar heup en haar achterste onder zijn hand. Hij werd vervuld door een gevoel van vreugde, met daarbij het gevoel dat hij iets had bereikt. Het was alsof hij een differentiaalvergelijking had opgelost die hem ooit voor een raadsel had gesteld, een ingewikkeld vraagstuk dat hem jaren had beziggehouden.

De familie McGregor had een aantal kamers naast elkaar gehuurd in een hotel in Newport. Lauren, de laatste ongetrouwde zus, had de kamer naast haar ouders. Billy was zich daarvan bewust toen hij de sleutel in het slot omdraaide. Hij had zijn eigen moeder samen met zijn tante Martine naar Concord teruggestuurd, waarbij hij haar verbaasde blik en het verwijt in haar ogen had genegeerd. 'Een stel mensen van Pearse blijft hier vannacht,' zei hij tegen haar. 'Ik ben op tijd thuis voor het ontbijt.'

Zijn moeder had een doordringende blik op Lauren geworpen, die bij de bar op Billy stond te wachten. 'Blijft zij hier?' vroeg zijn moeder, maar Billy haalde alleen zijn schouders op. Hij voelde haar afkeuring toen hij Lauren mee naar de tafel nam. *Voor haar?* zeiden zijn moeders ogen. *Laat je mij voor haar alleen?*

Wat er in die hotelkamer gebeurde – als je het hele domein van de seks in ogenschouw nam, de duizelingwekkende verscheidenheid aan dingen die mensen met elkaars lichaam deden – was uiterst gewoontjes, maar Billy deed allerlei kleine ontdekkingen. Dat het lichaam van een meisje, ondanks die merkwaardige zachtheid, niet zo heel anders was dan dat van een jongen. Beide hadden gewicht en warmte en structuur, monden die ademden en fluisterden en proefden. Dat de aaneenschakeling van gewaarwordingen, de warmte, de druk en de wrijving, opvallend op elkaar leek. Dat het uiteindelijk – was het echt zo eenvoudig? – om het directe contact ging, huid tegen huid, mond tegen mond, de kortstondige opheffing van het alleen-zijn. Het andere kloppende hart in de kamer.

En net zo gemakkelijk werd Lauren zijn vriendin. Ze belde hem elke avond op vanaf haar studentenkamer op Yale en om het weekend lag ze tegen hem aan gekruld in bed. Ze verscheen in al haar schoonheid op het gala van zijn studentenvereniging en ze maakte indruk op zijn vrienden met haar intelligentie en geestigheid. Op die momenten was Billy op een vreemde manier trots op haar, als een vader die zag hoe een onbeholpen kind tot bloei kwam. Hij dacht aan de Lauren van veertien jaar – de onhandige Ichabod, die vanachter het gordijntje voor haar ogen naar het leven tuurde – en hij merkte dat hij de nieuwe Lauren alle kansen wilde geven. Het was niet de manier waarop andere jongens van hun meisje hielden, maar het was toch een soort liefde.

Op Thanksgiving nam hij Lauren mee naar huis in Concord. Later zou hij zich afvragen wat hem bezield had, maar op dat moment leek het een zinnig plan. Laurens ouders hadden hen beiden in Parijs uitgenodigd – haar vader leidde de Europese tak van een bedrijf dat in kantoorbenodigdheden deed – maar ze hadden slechts vijf dagen vrij met Thanksgiving en dat was te kort voor een reis naar Europa. Zijn kameraad Topher Craig bracht de vakantie door met de familie van zijn vriendin en daarom veronderstelde Billy dat dit de gebruikelijke gang van zaken was. Nu hij eindelijk een vriendin had bemachtigd, wilde hij de dingen graag doen zoals het hoorde. Hij was trots op Lauren en op zichzelf omdat hij van haar hield. En omdat ze altijd trots op hem waren geweest, ging hij ervan uit dat zijn familie nu ook trots op hem zou zijn.

Zijn ouders probeerden in die tijd nog steeds om de vakanties samen door te brengen, vooral omdat het goed zou zijn voor Scott, die toen nog op de middelbare school zat. Achteraf gezien leek het lachwekkend. Als je zag hoe duidelijk Frank en Paulette elkaar haatten, waren de voordelen van deze regeling voor Scott of voor wie dan ook twijfelachtig. (Waren die er waarschijnlijk helemaal niet, als je zag wat er van zijn broer geworden was.)

Nog voordat Billy en Lauren er waren, gonsde de dag van de spanning. Toen ze bij het huis aankwamen op de ochtend van Thanksgiving, was zijn moeder bijna hysterisch in de weer met de voorbereidingen. 'O, daar zijn jullie,' zei ze nauwelijks opkijkend van wat ze ook maar aan het snijden was. Dit stond in schril contrast met de manier waarop ze Billy gewoonlijk begroette, met kleffe omhelzingen die hem een ongemakkelijk gevoel bezorgden.

'Je kamer is klaar,' zei ze als een knorrige hotelhouder. 'Je kunt haar in de logeerkamer kwijt.' Alsof Lauren een extra bed was of een seizoensgebonden voorwerp dat opgeslagen moest worden. Billy staarde zijn moeder stomverbaasd aan. Hij had haar zien huilen van verdriet, eenzaamheid of frustratie – uitbarstingen die steevast waren veroorzaakt door zijn vader. Maar nog nooit had ze haar keurige Drew-manieren laten varen. In zijn hele leven had hij nog nooit meegemaakt dat ze zich onbeschoft gedroeg.

Ze hielden het diner 's middags, zoals het in de familie Drew de traditie was op Thanksgiving. Paulette had Lauren aan het uiteinde van de tafel neergezet en keek haar niet één keer aan. Scott, die er onverzorgd en stuurs bij zat, keek Lauren smachtend aan; voor een zeventienjarige knul had hij een verrassend zware baard. Gwen prikte zwijgend in haar eten. Frank was zo vriendelijk als maar kon en haastte zich om de stilte te vullen door Lauren talloze vragen te stellen. Hij leek er opgetogen over te zijn dat ze bezig was met de toelatingsprocedure voor een studieplaats aan een van de medische faculteiten. Was ze van plan om zich te specialiseren? Had ze een bepaald vakgebied op het oog?

Daarvoor was Billy hem echt dankbaar. Voor het eerst in jaren was hij blij met zijn vaders aanwezigheid. Maar Franks aandacht voor Lauren maakte Paulette alleen maar bozer. Billy, die extreem gevoelig was voor zijn moeders emoties, merkte dat ze nadrukkelijk zat te kauwen en langgerekte diepe zuchten slaakte, alsof ze een heroïsche verdraagzaamheid moest opbrengen.

Na het eten stelde Billy voor om te gaan wandelen. Normaal gesproken zou hij hebben geholpen met afruimen, maar om Lauren nog langer bloot te stellen aan zijn moeders gezelschap leek hem wreed voor hen allebei. Lauren en hij pakten zich in met sjaals en truien; ze liepen de stad door naar de Sleepy Hollow Cemetery; hun adem vormde wolkjes in de invallende schemering. 'Het spijt me,' zei hij. 'Ik weet niet waarom ze zo deed.'

'Het geeft niet,' zei Lauren. 'Ik vond het niet erg.'

Het sneeuwde een beetje toen ze het pad afliepen naar Author's Ridge. Billy liet Lauren de percelen van Thoreau en Alcott zien, de beide families lagen zes meter van elkaar begraven. Hij wees op een rechthoekige steen die niet groter was dan een woordenboek en waar alleen maar 'Henry' op stond. Kleine offergiften sierden het graf: een minipompoen, een hoopje kleurige kalebassen.

Ze wandelden verder over het pad naar het hogere gedeelte waar door een ketting gescheiden van de omringende graven, het geslacht Emerson begraven lag. Het perceel stond vol bescheiden grafstenen. In het midden gaf een grillig gevormde kei de plek aan waar Ralph Waldo lag.

'Dit vind ik mooi,' zei Lauren enigszins buiten adem. 'Zo wil ik ook begraven worden, naast mijn man en kinderen. De hele familie bij elkaar. Jij niet?'

'Ik wil een grote zwerfkei,' zei Billy, 'zoals Ralph.'

'Prima,' zei Lauren. 'Dan leggen we jou in het midden, tussen je moeder en mij.'

Staand aan het graf van Emerson hadden ze beiden gelachen totdat ze er pijn van in hun buik kregen en de ellendige spanning van de dag volkomen verdwenen was. Het was een moment dat Billy de rest van zijn leven zou bijblijven, Lauren McGregor en hij helemaal buiten adem van het lachen op die begraafplaats in de sneeuw.

Pas later bedacht hij met schrik dat Lauren hen als een echtpaar had afgeschilderd.

Toen ze thuiskwamen voerde hij haar snel af naar boven, uit schaamte voor de ruzie die zich in de keuken afspeelde. 'Schandelijk zoals je met dat meisje zat te flirten. Schaam je je niet?' Die woorden speelden Billy nog lang door het hoofd. Zijn vader had niet met Lauren geflirt; hij had alleen maar beleefde interesse getoond. Jarenlang had Billy naar zijn moeders litanie van grieven tegen Frank geluisterd en onvoorwaardelijk haar kant gekozen. Nu vroeg hij zich af of er wel iets van klopte, of zijn moeder te vertrouwen was, of dat ze wat zijn vader betrof, domweg haar verstand verloren had.

Toen hij weer op Princeton was, kon Billy maar niet vergeten wat Lauren op de begraafplaats had gezegd. Hij merkte dat hij het dreigende vooruitzicht van de tentamens als excuus gebruikte om geen uitstapjes naar New Haven te hoeven maken. 'Mis je me dan niet?' vroeg ze soms met een omfloerste stem. 'Natuurlijk wel,' hield hij vol, hoewel het niet helemaal waar was. Hoe kon hij haar missen als hij haar al had? Lauren die aan hem dacht, die zich interesseerde voor wat hij deed, zijn lacrossetraining, zijn biochemietentamen, de oninteressante details van zijn leven als student.

Wat hij eigenlijk niet miste, was de seks. Het scheen hem maar niet te lukken die begeerte op te roepen, de zuiver dierlijke lust die normale studentenstelletjes wild van verlangen maakte om elkaar te zien, de werkelijke reden dat Topher Craig elk weekend achthonderd kilometer reed om zijn vriendin op Cornell University op te zoeken. 'Ik weet niet hoe jij dat voor elkaar krijgt, man,' zei Topher soms als hij op donderdagavond zijn plunjezak inpakte. 'Na een week sta ik zo ongeveer op knappen.'

Daar had Billy geen antwoord op. Het echte antwoord – dat het bij hem elke avond tot een ontlading kwam, wanneer hij alleen op zijn kamer was – was onzegbaar en zielig. Onzegbaar ook waar hij aan dacht om zichzelf op te winden. Hij dacht niet aan Lauren.

Als ze op Princeton kwam logeren, gingen ze naar de film, ontbeten ze in een *diner* en keken ze naar basketbalwedstrijden. Op zaterdagmiddag gingen ze hardlopen. Lauren zat in het veldloopteam van Yale – ze was een toegewijd hardloopster en ambitieus in haar training, ze kon Billy's lange passen uitstekend bijhouden. 's Avonds waren ze moe, maar high van de endorfinen (en uitgedroogd, Billy huiverde later als hij eraan dacht) en dan gingen ze drinken. Op feestjes op de campus of in bars met Topher en zijn vriendin goten ze bier en cocktails naar binnen – vaak zoveel dat er van seks later helemaal geen sprake meer was. Zou dat dan eigenlijk Billy's bedoeling zijn geweest? Op dat moment was hij er niet zeker van.

Zo hadden ze eindeloos door kunnen gaan als hij toen in februari niet naar Maryland was gegaan voor een lacrossewedstrijd tegen Towson University. In plaats van mee te rijden in de teambus was hij met zijn eigen auto gegaan; hij was van plan om een dag extra te blijven voor een toelatingsgesprek op een medische faculteit in Georgetown... en om een oude vriend op te zoeken, die aan Johns Hopkins University studeerde. Hij kwam vroeg aan en vond het nummer in het telefoonboek van Baltimore: zijn oud-kamergenoot van Pearse, Matthew Stone.

'Prima,' zei Matthew toen Billy hem voor de wedstrijd uitnodigde. Billy haalde hem er onmiddellijk uit op de tribune. Hij was magerder dan Billy zich herinnerde en zijn haar zat anders. Hij droeg een diamanten knopje in zijn rechteroor. Misschien kwam het door de oorbel, maar Matthew zag er nu uit als een homo. En dat stond hem erg goed.

Ze begroetten elkaar hartelijk en onhandig – met een stevige handdruk en een klap tegen de schouder – terwijl Billy zich de hele tijd afvroeg wat zijn teamgenoten ervan zouden denken, en hoe hij en Matthew er samen uitzagen. 'We hebben samen op Pearse gezeten,' legde hij uit aan niemand in het bijzonder, alsof er uitleg nodig was.

Ze gingen naar Matthews woning in een buurt waar Billy schroomde om zijn auto te parkeren. Matthews appartementengebouw zag eruit alsof het rijp voor de sloop was, maar zijn appartement was ruim en aantrekkelijk ingericht – met een asymmetrische sofa met golvende vormen en een Eames-stoel. Matthew gooide hem een biertje uit de koelkast toe en voordat hij de kans had om het open te maken waren ze al in Matthews slaapkamer.

Wat daar gebeurde, leek in niets op de seks met Lauren, die op zijn best een spannend experiment was geweest. Met Matthew hoefde hij helemaal geen moeite te doen en was er van concentratie en berekening geen sprake. Matthew wist precies wat hij moest doen, en hoe en waar hij hem moest aanraken. Zijn lichaam kwam hem uiterst vertrouwd voor – van de nachten lang geleden op Pearse en de vele keren daarna dat hij bij Billy alleen op zijn kamer was opgedoken, in Billy's fantasie.

'Dat was ongelooflijk,' zei Billy na afloop, nog nahijgend.

'Ik heb geoefend,' zei Matthew en Billy voelde een steek van jaloezie. Idioot natuurlijk, om te hopen dat Matthew op hem gewacht had. 'Wat, heb jij soms niet geoefend?'

Billy dacht dat hij zou stikken in zijn schuldgevoel. Tot op dat moment was hij vergeten dat er ook nog een Lauren bestond.

Het volgende weekend reed hij in de stromende regen naar New Haven. Hij had gevraagd of ze het feestje van haar studentenvereniging konden overslaan. 'Laten we ergens heen gaan, alleen wij met ons tweeën. Het is belangrijk. Ik moet met je praten.'

Hij haalde haar op bij haar studentenhuis. De regen kwam in ijskoude stromen naar beneden. Hij stond een straat verderop geparkeerd; tegen de tijd dat ze bij de auto waren, was Laurens jas doorweekt. Ze had een tafeltje gereserveerd in de Rose Room, het soort gelegenheid waar Yale-studenten hun ouders mee naartoe namen als ze afgestudeerd waren of aan het eind van het jaar naar huis gingen. Het eten was goed – duur, een tikje te pretentieus – en de drankjes uitzonderlijk sterk. Billy dronk twee gin-tonics voordat de salades kwamen.

'Ik heb eens zitten denken,' begon hij met de toespraak die hij tijdens zijn autorit vanaf Princeton had ingestudeerd. Hij was dronken genoeg om hem helemaal op te lepelen, zolang Lauren maar niet huilde. 'Het wordt een hectische tijd nu we moeten besluiten aan welke medische faculteit we gaan studeren. We zullen niet veel tijd hebben om elkaar te zien.'

Lauren fronste. 'Het is bijna zomer. We kunnen met mijn ouders naar de Cape gaan. Als we willen, kunnen we elkaar elke dag zien.'

'Tuurlijk,' zei Billy. 'Het is leuk om naar de Cape te gaan, maar...' O, Jezus, hoe pakte je zoiets aan? Hij dacht even aan zijn ouders die een huwelijk van vijftien jaar in de loop van een paar maanden hadden ontbonden. Hoe durfden mensen dat aan? Hoe moest je überhaupt beginnen?

De ober kwam met hun hoofdgerecht. Billy keek naar de schalen, zijn maag trok zich samen als een gebalde vuist. Geen denken aan dat hij een hap door zijn keel zou kunnen krijgen.

Hij keek naar Lauren die zat te rillen in een mouwloze jurk. Het was een lichtgroene zijden jurk die hij niet kende. Ze droeg een parelsnoer om haar hals en haar blonde haar was donker van de regen.

'Je ziet er mooi uit,' zei hij gevoelvol.

Ze stopte een haarlok weg achter haar oor, waardoor een parelknopje zichtbaar werd. Billy dacht aan Matthew, aan het diamanten knopje in zijn rechteroor.

'Ik moet overgeven,' zei hij.

In het herentoilet stond hij over de pot gebogen. De gin kwam in een zure golf uit zijn maag omhoogzetten. *Klasse*, dacht hij. Van de tafel wegrennen om te kotsen, dat was echt klasse. Toen hij terugkeerde naar de eetzaal zat Lauren uit het raam te staren, ze had haar eten niet aangeraakt.

'Het spijt me,' zei hij. 'Ik heb te veel gedronken.'

'Zo had ik het me niet voorgesteld.'

'Hoe bedoel je?' Hij keek haar oprecht niet-begrijpend aan.

'Ik dacht dat je me iets wilde vragen.'

En eindelijk begreep hij het: de nieuwe jurk, de Rose Room. 'O, Lauren.'

Ze zag eruit alsof ze elk moment in huilen kon uitbarsten, volkomen verslagen door de teleurstelling. Billy, die nog nooit iemand in zijn leven had teleurgesteld, kon het bijna niet verdragen.

'Ik begrijp het niet,' zei ze met trillende stem en hij zag dat er geen ontkomen aan was: ze zou nu echt gaan huilen. 'Is het... vertel het me gewoon. Heb je een ander?'

De vraag bleef in de lucht hangen. Hele levens trokken voorbij.

De inzegening van hun huwelijk in de kerk in Concord, Lauren in de trouwjapon van zijn oma; zomers in Truro, hun kinderen die in zee speelden. Billy en Lauren die in genegenheid samen oud werden, zoals zijn ouders niet hadden gedaan.

Ze stond snel van de tafel op, pakte haar handtas en snelde naar de deur.

'Lauren, wacht nou!' Hij greep naar zijn beurs en legde een paar briefjes op tafel, vijftig, een van honderd, en meer. Hij voelde het plastic plaatje in zijn jaszak. Ze was haar jas vergeten.

Hij vond haar op de parkeerplaats, huilend en doorweekt. 'Kijk eens,' zei hij vriendelijk toen hij haar jas om haar heen sloeg. Ze reden in stilte terug naar de campus. Billy was nu eindelijk nuchter en rilde van de kou. Hij dacht aan de lange terugrit door de regen naar Princeton en aan de lange, dorre jaren van een leven zonder haar.

En voor lange tijd leek er voor de liefde, voor de mogelijkheid van liefde, geen plaats in zijn leven. Het was de kille werkelijkheid van hoe hij was. Hij kon andere mannen begeren, hij kon aanraken en aangeraakt worden, hij kon neuken en geneukt worden; maar dat was geen liefde. Dat was eerder een vreselijke parodie daarop, dat had iets komisch en iets grotesks. Liefde was wat je zag in de films uit zijn middelbareschooltijd, John Travolta die liep te pronken en te paraderen en die het meisje in de lycra jurk liet rondzwieren. Billy wist niet meer hoe de actrice heette, hij wist niet eens meer hoe ze eruitzag; maar de les had hij wel heel goed in zich opgenomen: het was pas liefde als er iemand met een jurk bij was.

Maar wat de seks betrof: seks was verkrijgbaar. Toen hij die herfst met zijn studie medicijnen begon, voelde hij hoe de seks aanwezig was in de straten en in de dancings waar hij zich af en toe waagde, waar New Order zo hard werd gedraaid dat hij er niks van kon horen, maar het alleen maar kon voelen in zijn borst. *How does it feel to treat me like you do?* Jongens met hoge schoenen en nauwsluitende jeans die hem schaamteloos opnamen vanaf de andere kant van de zaal. De nachtuilgezichten, de holle wangen: voor Billy, die zijn hele middelbareschooltijd had gedweept met Bowie en Mick Jagger, waren ze bijna het summum van verleidelijkheid. Maar in de herfst van

1984 waren ze ook verdacht. Het virus was geïdentificeerd en er was een naam aan toegekend. Toch stonden de overlijdensadvertenties in de Times vol met codewoorden: 'aan een longontsteking', 'na een langdurige ziekte'. Plotseling zag niemand er meer gezond uit en plotseling maakte dat heel veel uit. Voor de gemiddelde homoman was het een angstige aangelegenheid geworden om een wip te maken. Voor Billy McKotch – die net een pittig semester op Columbia University achter de rug had en meer wist over virologie en epidemiologie dan hij wilde weten – was het simpelweg onmogelijk.

Dus weg met de vrouwen en weg met de mannen. Hij zou leven als zijn zuster Gwen, buiten dat duizeligmakende en verraderlijke spel. Hij werd volledig in beslag genomen door zijn studie medicijnen; hij studeerde, ging naar colleges en sliep wanneer de tijd het toeliet. En wanneer hij niet sliep of studeerde, liep hij hard. Elke dag stond hij op voordat het licht werd en kwam hij dezelfde magere onbekenden in het park tegen, een spookachtige broederschap die door het schemerlicht stoof. Ze wisselden vluchtige blikken uit, ze knikten elkaar kort toe zoals hardlopers dat doen, en Billy dacht aan de andere geesten die nog altijd de stad bevolkten, de jonge mannen die in het niets waren verdwenen door 'een langdurige ziekte', geveld door een chronische aandoening. De mannen die waren zoals hij.

Hij liep de marathon van New York in drie uur en zestien minuten – zes minuten te langzaam om mee te mogen doen aan die in Boston, maar dat zou volgend jaar wel lukken. Toen hij over de finish kwam, dacht hij aan Lauren McGregor, die hem sneller en beter had gemaakt. Na afloop draaide hij met handen die beefden van de adrenaline en van angst, haar nummer in Connecticut. Hij kreeg het antwoordapparaat: 'Ik ben er nu niet. Je weet wat je moet doen.'

Hij belde steeds opnieuw, zonder iets te zeggen, alleen om haar stem te horen.

1998

De remedie

4

Gwen pakte haar uitrusting met zorg in. Het was een smalle, lichtgewicht plunjezak die net groot genoeg was voor haar masker, vinnen en snorkel, haar ademautomaat en haar trimvest. Zoals altijd was ze er bang voor dat de luchtvaartmaatschappij haar bagage kwijt zou raken. Snorkels en ademautomaten kon je gemakkelijk vervangen, maar het trimvest was voor haar op maat gemaakt en zat haar als gegoten. Geen enkele duikwinkel op Saint Raphael – zelfs niet in de gehele Caraïben – zou er een in haar maat hebben.

Kort en vierkant dus. Small zou je kunnen zeggen, maar dat ook weer niet helemaal.

Ze had nooit aan iemand uitgelegd wat er met haar aan de hand was. Het was haar wel gevraagd, maar niet op een manier waarop er antwoord gegeven moest worden.

Wat is jouw probleem, Ukkie? Hoe kom je zo klein?

Of:

Beschrijf op welk(e) punt(en) het syndroom van Turner uw psychosociale ontwikkeling heeft beïnvloed.

De tweede vraag is erger omdat hij niet te beantwoorden valt. Ze is nooit iemand anders geweest, nooit normaal geweest. Buiten de opvallende dingen – de borsten enzovoort – heeft ze er geen idee van hoe normale mensen zich ontwikkelen. En natuurlijk gaat psychosociaal niet over borsten.

Ik ben geen psycho(ot), had ze op de vragenlijst geschreven terwijl ze zat te wachten totdat ze bij de dokter terecht kon, *noch ben ik erg sociaal.* Als de dokter het al las, zou hij het opvatten als het symptoom van het een of ander. Haar hele leven werd beschouwd als het symptoom van het een of ander.

Onverklaarbaar.

Het was niet zo dat haar iets overkomen was, een ongeluk of een verwonding, een ziekte die van het ene op het andere moment had toegeslagen – ze denkt aan tuberculose of die andere aandoening, die met de ruggengraat – waardoor ze ineens invalide was, een duidelijk geval van oorzaak en gevolg. Nee. Ze was een normaal gezond kind geweest. En toen.

Toen niets. Toen was er helemaal niets gebeurd.

In plaats daarvan waren bepaalde dingen uitgebleven. En hoe kun je nu uitleggen wat er is uitgebleven? Gwen veranderde niet. Andere meisjes wel. Ze kan niet weten hoe zij van binnen zijn, hoe hun innerlijke weersgesteldheid is. Wat zij zijn dat zij niet is.

In haar tienerjaren verslond ze sciencefictionromans, vol met buitenaardse indringers, hoe excentrieker hoe beter. Ze stelde zich voor dat ze aan deze wezens, bezoekers die afkomstig waren uit een ander sterrenstelsel, zou uitleggen wie ze was.

Ik ben klein, zou ze hun vertellen. Dit is de reden waarom ik klein ben.

Haar lengte zou hun in vergelijking met haar soortgenoten wel zijn opgevallen; maar voor hen, met hun grote hoofden en mogelijk zonder functionerende longen, zou dat van ondergeschikt belang zijn. Ze zou de karakteristieke gedaanteverwisseling beschrijven die mensen doormaakten – de plotselinge groei in lengte en de subtiele veranderingen in vorm. De bezoekers zouden vol ongeloof luisteren, het hele proces zou bijzonder vreemd voor hen zijn en zou hun net zo bizar en willekeurig in de oren klinken als het Gwen altijd was voorgekomen.

Toch maakte iedereen dit mee: rijk en arm, genie en stomkop, miljoenen Afrikanen en Aziaten die talen spraken die ze nooit zou begrijpen. Jaren geleden toen ze nog studeerde, was ze gefascineerd geraakt door puberteitsrituelen: de Dans van de Zonsopgang bij de Apachen, de Nigeriaanse meisjes die in een ruimte werden afgezonderd om daar dikker te worden, de bar mitswa's en de confirmaties, de toekenning van volwassen namen. De plaatselijke Algonkianstam had de Ceremonie van de Maagd uitgevoerd om jonge meisjes in te wijden in het vrouw-zijn – een ritueel dat door de puriteinse kolonisten van Concord werd afgekeurd en al snel verboden werd.

Het kwam bij Gwen op – die toen negentien was en zich in de bibliotheek van Wellesley had verschanst om een werkstuk voor culturele antropologie te schrijven – dat de puberteit de enige universele menselijke ervaring was. Niet alleen voor de miljoenen mensen die nu leefden, maar ook voor de miljoenen die hen waren voorgegaan. Iedereen had deze overgang doorgemaakt. Dat was een schokkende ontdekking voor haar. Ze had zich nog nooit zo alleen gevoeld.

Ze was een meisje zoals alle anderen geweest: klein voor haar leeftijd, maar ook niet opvallend klein. Ze had het prettig gevonden klein te zijn vanwege de aandacht die ze daardoor kreeg. Ze was toen een uitslover geweest. Met zingen en met dansen. De hoofdrol in elk schooltoneelstuk. De snelste hardloopster van de klas.

Ze wilde zich graag bewijzen. Bij een wedstrijd als tweede eindigen, had haar al woest gemaakt. Op Pilgrims Country Day School werd ze bestempeld als een huilebalk, maar dat was alleen omdat ze niet tegen haar verlies kon. Ze had geprobeerd dat aan haar moeder uit te leggen: 'Ik ben niet verdrietig, ik ben gewoon boos.' Emotioneel onvolwassen noemden haar leerkrachten het. Daarom lieten ze Gwen een jaar overdoen. 'Ze is zo klein,' zei het schoolhoofd tegen haar moeder. 'Ze heeft tijd nodig om goed mee te kunnen komen.'

Gwen begreep dat het achteraf bezien een zegen was dat ze was blijven zitten. Daarmee werd het onvermijdelijke uitgesteld. Het leverde haar een extra jaar van onschuld op. Als dertienjarige in een klas met twaalfjarigen viel het haar op dat de meisjes veranderden. Niet allemaal, nog niet. Maar steeds vaker ontwaarde ze het vierkante juk van bh-bandjes onder de witte blouses van haar vriendinnen. Die zomer op de Cape had haar nichtje Charlotte haar verraden. Binnen het bestek van een jaar was ze een andere persoon geworden, iemand die Gwen niet herkende. Op school hield ze in gedachten bij hoeveel meisjes net als zij nog een hemd droegen of niks. Zolang er nog anderen waren, kon het haar niet schelen. Zolang ze maar niet de enige was.

Gymnastiek was zoals te verwachten een martelgang. Drie keer per week kleedde ze zich snel uit in de kleedkamer. Natuurlijk wilde ze niet dat iemand haar zag. Maar minstens zo dringend was haar behoefte om zelf ook niemand te zien. Ze wikkelde zich in een handdoek en ging op weg naar de douche volgens een uitgekiende timing. Als ze snel was, kon ze klaar zijn voordat de meeste anderen begonnen waren. Dit werkte wel, maar nooit helemaal. Altijd zag ze wel borsten.

Er viel niet aan te ontkomen. Borsten waren overal. Als een geile puberjongen bestudeerde Gwen de pagina's met lingerie in de catalogus van Sears. Borsten die in truien waren geperst, die aan de zijkant onder topjes uit kwamen piepen, die opbolden onder T-shirts, als de kussens in een strak opgemaakt bed. Toen ze eindelijk de diagnose had gekregen, waren de andere kenmerken van haar syndroom van Turner troebele abstracte begrippen – het gepraat over eierstokken waarvan ze tot voor kort niet had geweten dat ze die had; de oudemensenzorgen over botten en hartaandoeningen. Maar dat platte bovenlijf kwelde haar. Borsten wilde ze, en die werden het symbool van alles wat ze nooit zou hebben.

Achter gesloten deuren maakten haar ouders ruzie – op dringende fluistertoon, met gedempte stemmen. Uiteindelijk schreeuwden ze en bekommerden ze zich er niet meer om of Gwen het hoorde. In hoofdzaak kwamen die ruzies altijd op hetzelfde neer. Haar vader wilde onderzoeken, dokters, röntgenfoto's, hormonen. Haar moeder moest daar niets van hebben. Behalve als het om medische aangelegenheden ging, negeerde Frank haar problemen. Paulette behandelde haar als een klein kind. Op de Cape mocht Gwen van haar niet door de duinen fietsen en ze stond erop dat ze een van haar broers meenam. 'Let een beetje op je zus,' zei ze dan tegen Scotty. 'Zorg dat ze niet verdwaalt.' Dat Gwen drie jaar en vijf maanden ouder was en een redelijk richtingsgevoel had terwijl Scott op een parkeerplaats nog verdwaalde, deed er niet toe.

Laat haar toch, zou haar vader hebben gezegd, als hij er ooit bij was geweest op zulke momenten. *Gwen redt zich wel.* Natuurlijk wist hij alles van het syndroom van Turner. Hij deed niets liever dan haar vertellen welke kwalen ze allemaal had kunnen hebben, maar niet had. Een paar jaar geleden had hij haar opgewonden opgebeld: een wetenschapper van Berkeley had een gen geïdentificeerd dat verantwoordelijk was voor het voorstadium van borstkanker, de ziekte waaraan Franks moeder overleden was. De mutaties in dat gen waren erfelijk – maar Gwen had godzijdank weinig reden om zich zorgen te maken.

Het duurde even voordat ze begreep waarom hij zo opgetogen was. Hij gaf haar opnieuw een reden om dankbaar te zijn. Waar moet ik God voor danken? vroeg ze zich af. Dat ik geen borsten heb?

Haar hele puberteit was hij bezig geweest om met dokters te overleggen en de literatuur bij te houden. Billy, die echt de lieveling van hun vader was, grapte vaak dat Gwen dat was. Hij beweerde dat zij een oneerlijke voorsprong had: er bestond geen literatuur over Billy of Scott.

Haar vader was de eerste die er een naam aan gaf en die haar voor bloedonderzoek naar het Massachusetts General Hospital bracht. Het sneeuwde die ochtend, de eerste dag van de kerstvakantie. Haar ouders hadden enkele maanden ruzie gemaakt. Toen de uitslag kwam, legde Frank uit wat die inhield. Hij praatte meer dan een uur en gebruikte woorden die Gwen niet kende, lange woorden die de belangrijke punten versluierden. En dat waren:

1   Ze zou altijd klein blijven.
2   Ze zou niet ongesteld worden.
3   Ze zou geen kinderen krijgen, en
4   geen borsten.

Je had twee chromosomen, net als iedereen, maar bij een van de hare ontbrak een stukje. En die andere dingen zouden daardoor ook ontbreken.

Plotseling was er voor alles aan haar een verklaring: haar lengte en haar figuur, haar dramatische begin op deze wereld, dat kleine prematuurtje in een couveuse. Die keer dat ze verdwaald was in de supermarkt was niet langer zomaar een verhaal; het was het bewijs van haar 'problemen met ruimtelijk inzicht' en haar 'non-verbale leerproblemen'. Zelfs voor haar beroerde wiskundecijfers was er een verklaring: kennelijk waren alle Turner-meisjes waardeloos in wiskunde. Dat Gwen maar zelden haar huiswerk maakte, dat ze poppetjes zat te tekenen of zat te dagdromen of brieven aan Shaun Cassidy zat te schrijven in plaats van de sommen op het bord over te nemen in haar schrift, dat deed er niet toe. Ze kreeg niet langer standjes omdat ze lui was; ze werd doodgewoon uit de algebraklas gehaald en in de elementaire wiskundeklas gezet.

Haar ouders maakten ruzie.

Na elke ruzie sleepte haar vader haar mee naar een andere dokter: een endocrinoloog, een kindercardioloog. Er werd bloed afgenomen, er werd een echo van haar nieren gemaakt, er werden röntgenfoto's gemaakt om de botten van haar hand te bekijken. Als ze geluk had zou ze een flink aantal centimeters groeien door de injecties. Maar ze was nu eenmaal Gwen en had natuurlijk geen geluk. Een jaar later was ze krap twee centimeter gegroeid.

Gwen had het syndroom van Turner.

Haar ouders maakten ruzie.

Haar vader ging weg.

Lang nadat hij uit huis was vertrokken, bleef Frank dingen uitleggen. Hij was mateloos geïnteresseerd in het syndroom van Turner; het was alsof ze samen een nieuwe hobby hadden ontdekt, zoals postzegels verzamelen of golfen. Toch vertelde hij haar nooit iets wat ze echt wilde weten.

Ze herinnerde zich een zaterdagavond hartje winter, met de radiatoren op de hoogste stand. Ze zaten een afhaalpizza te eten op de vloer van zijn appartement in Cambridge. Frank legde uit. Gwen luisterde:

Vraag: Papa, waarom heb ik Turner gekregen?
Antwoord: Je hebt het niet gekregen. Je hebt het altijd al gehad. Je tweede X-chromosoom was beschadigd in utero, misschien al bij de conceptie. (Hij ziet haar fronsen.) Al voor je geboorte.

Vraag: Het zit dus in onze familie?
Antwoord: Nee, want Turner-vrouwen zijn nulliparae. (Hij ziet haar fronsen.) Dat wil zeggen dat ze geen kinderen krijgen en dus niet

hun beschadigde genetische materiaal doorgeven. Zodra een familie een Turner-meisje voortbrengt, sterft die tak eigenlijk uit. Als een van je broers een dochter zou krijgen, dan heeft zij niet meer kans op een beschadigd chromosoom dan een ander meisje.

Haar vragen waren altijd simpel, zijn antwoorden waren altijd ingewikkeld. Hoe meer hij praatte, hoe minder ze begreep.

Ze koos Sacred Heart als middelbare school in plaats van Pearse. Dat deed ze deels om haar moeder een plezier te doen en deels om zichzelf te sparen. De school werd steeds meer een kwelling. Een nare nieuwe bijnaam, Ukkie, achtervolgde haar door de gangen. Op Pearse was er geen ontkomen aan een dergelijke verschrikking: ook 's avonds en in de weekenden niet, je was daar altijd op school.

Daarna kwamen de hormonen met nieuwe beloften. Haar figuur zou veranderen – 'een bescheiden verandering' haastte de dokter zich te waarschuwen. Ze zou ongesteld worden – niet echt, voegde hij er snel aan toe; maar elke maand zou ze een paar dagen bloeden. Wat is daar anders aan dan bij een echte ongesteldheid? vroeg Gwen zich af. Maar tegen die tijd had ze het al afgeleerd om vragen te stellen.

Als ze aan die tijd terugdacht, dacht Gwen vooral aan haar moeder. Na Franks vertrek waren Paulette en zij onafscheidelijk. Haar moeder nam haar mee naar het theater en naar het ballet, op picknicks en op wandelingen in de natuur, naar concerten in Tanglewood en naar tentoonstellingen in het Museum of Fine Arts. 'Dat deed hij nou nooit met mij,' zei haar moeder vaak. Natuurlijk begreep Gwen wie 'hij' was.

Haar moeder had haar nodig. Als Frank vrijdags verscheen om Gwen en Scotty op te halen voor het weekend, beweerde Gwen dat ze hoofdpijn had of buikpijn. Haar moeder liet dat gebeuren, ze moedigde het zelfs aan. Nu Billy op Pearse zat, voelde Paulette zich eenzaam. Ze wilde Gwen voor zichzelf alleen hebben.

En Gwen wilde haar gelukkig maken. Ze liet zich door Paulette mee uit winkelen nemen, wat voor haar een verschrikkelijke onderneming was: de vernedering in de pashokjes van de warenhuizen, waar onthutste winkeljuffrouwen haar van top tot teen opnamen en dan vroegen welke maat ze 'gewoonlijk' droeg. Toen haar moeder – met een beschamend enthousiasme – voorstelde dat ze voor Gwen een oefenbeha zouden kopen, ging ze daar niet tegenin. Ze controleerde dagelijks haar bovenlijf om te zien of de hormonen al iets deden. Er was nog niets gebeurd. Maar een beetje oefenen kon geen kwaad.

Het meest stuitend was (vond ze zelf als volwassene, de persoon die ze later werd) dat ze een dringend verzoek van haar moeder inwilligde. Het was belangrijk – onontbeerlijk – dat Gwen naar het wintergala van haar school zou gaan.

Ze had vol ongeloof naar dit verzoek geluisterd. Het was alsof haar moeder haar had gevraagd om ineens te gaan vliegen.

'Eh, oké,' zei de kleine Gwen, terwijl ze voorzichtig met haar vleugels klapperde.

'Maak je maar geen zorgen,' zei de moedervogel. 'Ik heb het al helemaal uitgestippeld. Laat alles maar aan mij over.'

Paulettes jeugdvriendin Tricia James, zo bleek, had een zoon van Gwens leeftijd. Patrick James zat in het laatste jaar van de Friends School in Philadelphia en had onlangs een aanvraag ingediend voor een studieplek op Harvard; hij was nu bezig om zijn bezoeken aan de universiteiten in te plannen. Na de gloedvolle aanbevelingsbrief die hij van Frank McKotch had gekregen, was Patrick de familie een wederdienst schuldig. Hij kon zijn gesprek bij Harvard plannen in de week van het gala en een leuke avond met Gwen doorbrengen.

Ze begonnen twee maanden van tevoren met de voorbereidingen. Na een lange vruchteloze dag winkelen gaf Paulette het op en nam ze Gwen mee naar een kleermaakster. Samen bekeken ze de stalen van zijde, satijn en tule. Geen paars, want dat was vulgair, hield haar moeder vol. Gwen stemde er gedwee mee in. Ze stond in haar ondergoed toen de maten werden genomen. Na een paar weken verscheen de jurk. De stijl was eenvoudig – een diepe halslijn en een aansluitend lijfje, dat zo gesneden was dat er plek was voor de opgevulde bh die Paulette voor haar had gekocht. De smalle rok, die tot op de grond viel, zou Gwens glimmende zwarte Mary Janes aan het zicht onttrekken, de enige avondschoenen die in haar maat beschikbaar waren.

Ze had Patrick James in geen jaren gezien en ze zou hem niet hebben herkend als hij die middag niet in haar eigen woonkamer was verschenen, twee uur voor het bal. Haar vader had hem met de auto vanaf Harvard gebracht. 'Gwen,' had haar moeder gefluisterd toen ze op haar kamerdeur klopte. 'Kom even beneden gedag zeggen.'

Patrick zat op de divan toen Gwen beneden kwam. Hij had een rond en blozend gezicht, en doordat hij jaren een beugel had gedragen stonden zijn tanden netjes recht. Hij had blond krulhaar, van het soort dat je bij babypoppen aantreft. Hij was eigenlijk niet knap, maar hij leek vluchtig op jongens die dat wel waren. Gwen glimlachte aarzelend. De meisjes op het bal – Martha Hixbridge en de anderen op school die haar negeerden – zouden wel onder de indruk moeten zijn.

Paulette kwam de kamer binnen met een bord vol scones. 'Gwen, lieverd, je kent Patrick nog wel.'

'Hoi,' zei Patrick. Toen hij zag dat er een volwassene bij was, stond hij op.

Gwen slikte zo hard dat de anderen het misschien konden horen. Hij was lang. Niet lang zoals haar broer en haar vader van 1,82 meter, wat al erg genoeg zou zijn geweest. Patrick – de beste voorspeler, zo ontdekte ze later, in het basketbalteam van de Friends School – was maar liefst 1,95 meter lang. Haar ogen kwamen ter hoogte van zijn borstbeen.

'Patrick vertelde me net over zijn dag op Harvard,' zei Paulette. 'Hij heeft een fantastisch gesprek gehad.'

'Fijn.' Gwen voelde haar moeders blik. 'Wat ga je studeren?' vroeg ze plichtsgetrouw.

'Vooropleiding Rechten,' zei Patrick. 'Denk ik.'

Paulette klopte Gwen op de schouder. 'Ga zitten, liefje. Neem een scone.'

Gwen ging zitten en zag haar met spijt vertrekken. Paulettes al te stralende glimlach was om bang van te worden, maar ze had tenminste iets gezégd. Nu Gwen en Patrick alleen waren, zaten ze in stilte.

'Zit je nog niet in je laatste jaar?' vroeg hij ten slotte. 'Ik dacht dat we even oud waren.'

Ik heb een jaar overgedaan, had ze kunnen zeggen. Ze hebben me laten zitten omdat ik klein ben.

'Ik ben in september jarig,' zei ze in plaats daarvan. De verklaring die haar moeder altijd gaf. 'Ik ben een late leerling.' Ze kende Patrick nog maar twee minuten en nu loog ze al tegen hem. Dat beloofde niet veel goeds.

Toen kwam haar moeder de kamer weer in en joeg haar naar boven. 'Het heeft geen nut om tot het laatste moment te wachten. Ik kom straks wel boven om je met je haar te helpen.'

Gwen douchte en kleedde zich aan. Ze had gemopperd op de vervelende pasbeurten, de tijd en het geld die waren besteed aan iets wat ze maar een paar uur zou dragen, maar ondanks alles vond ze de jurk prachtig. Het was het eerste kledingstuk in jaren dat haar goed paste, met schoudernaden die werkelijk aansloten op haar schouders. De grijsblauwe stof paste precies bij haar ogen. Het was niet die pastelblauwe kinderkledingkleur, maar een subtiele tint, verfijnd en volwassen. Dit is mooi, dacht ze. Ik zie er mooi uit.

Er klonk een discreet klopje op de deur. Het was Paulette, bedolven onder een doos met elektrische krulspelden, een make-upset en de borstels en kammen en haarspray waarmee ze Gwen mocht optutten. Gwen had geweigerd om de middag in een salon door te brengen.

'Lieverd, kijk nou toch!' Paulette liet alles op het bed vallen en trok Gwen in haar armen. 'Je ziet er beeldschoon uit.'

Gwen begon wat te draaien, maar ze werd er niet ongelukkig van. Meestal als haar moeder zoiets zei, wist ze niet of ze er nu geïrriteerd of neerslachtig van moest worden. Deze keer raakten de woorden haar. In de nieuwe jurk geloofde ze het bijna.

In deze hoopvolle toestand onderwierp ze zich aan de warme krulspelden, en aan de plamuur en de poeder die op haar gezicht werden aangebracht. Het resultaat was goed, zij het wat verwarrend. Ze leek wel iemand anders. Maar ze veronderstelde dat het daar nu juist om ging.

Haar moeder straalde en kreeg tranen in haar ogen. 'Dit is voor jou,' zei ze terwijl ze Gwen een klein doosje gaf. 'Je vader heeft me dit als verlovingscadeau gegeven.'

In het doosje zat een parelsnoer.

'Ik draag het niet meer,' voegde Paulette eraan toe, met ongebruikelijke zelfbeheersing.

Het bal was in het centrum van Boston, in een hotel aan Copley Square. 'Ik hoorde van je moeder dat je uitstekend kunt rijden,' zei Paulette toen ze Patrick haar autosleutels overhandigde zonder acht te slaan op zijn glazige blik en zijn enorme grijns. Gwen had hem op Scotty's kamer gevonden, in een wit overhemd en een smokingbroek; de beide jongens zaten in kleermakerszit op de grond en gaven elkaar een enorme waterpijp door. 'Wacht even,' zei hij tegen Gwen toen hij de pijp van Scott aannam. 'Ik moet nog één hijs hebben.'

In de auto was Patrick plotseling spraakzaam. 'Je broer is een toffe gast,' zei hij. 'Dat was te gekke wiet.'

Gwen glimlachte toen ze eraan dacht dat Scotty met grote ernstige ogen had gekeken toen hij haar in haar jurk zag. 'Je ziet er geweldig uit,' had hij gefluisterd toen Patrick en zij vertrokken. Dat was het grootste compliment dat je kon krijgen van een veertienjarige die stoned was.

Ze gaven de auto over aan een parkeerbediende en gingen het hotel binnen. In overeenstemming met het thema van het bal – Een avond in het paradijs – geurde de Minuteman Ballroom naar lelies. De decoratieploeg was de hele dag bezig geweest, met lichtjes ophangen, fonteinen vullen en de ruimte versieren met palmen in potten. Gwen en Patrick liepen door een poort die overladen was met bloemen. Ze werden gefotografeerd onder een bamboe pergola, ook overladen met bloemen. Een blonde jongen van een jaar of veertien begeleidde hen naar hun plaatsen aan een ronde tafel achter in de zaal. De populaire meisjes hadden hun tafels al weken geleden uitgezocht en hun beste vriendinnen gevraagd bij hen aan te schuiven. Omdat Gwen het toewijzingsformulier niet had ingeleverd, hadden Patrick en zij een plek gekregen aan deze tafel vol onbekenden. Achter hen was de band zich op een geïmproviseerd podium aan het opstellen.

Het eten werd opgediend, een taaie kippenborst. Patrick schrokte die van hem in drie happen naar binnen en vermaakte zich vervolgens door met de jongen naast hem grappen uit een stand-upact van Richard Pryor uit te wisselen en daar steeds luidruchtig om te lachen. Hij leek te zijn vergeten dat zij er ook nog was.

Na het eten werden de lichten gedimd. De band speelde zo hard dat het onmogelijk was een gesprek te voeren. Gwen was dankbaar voor het lawaai. Bij elk langzaam nummer keek ze naar de stelletjes die de dansvloer opgingen. Ze keek heimelijk naar Patrick. Natuurlijk zouden ze er bespottelijk uitzien als ze samen dansten. Dat was haar eerste gedachte geweest toen ze hem bij haar thuis in de woonkamer had zien staan.

Op dat moment stond Patrick op.

'Ik ben zo terug,' zei hij.

Bijna een uur lang zat ze alleen naar de stelletjes op de dansvloer te kijken. Uiteindelijk kwam Patrick terug, met een vlinderdas die los zat. Hij zag er verfomfaaid en lichtelijk beschonken uit.

'Waar ben je geweest?'

'Er is boven een feestje. Iemand heeft daar een kamer. Kom mee.' Hij stak zijn hand uit. 'Laten we hier weggaan.'

Gwen aarzelde even en pakte toen zijn hand. Op de duwen, de klappen en de aaien over de bol van haar broers na, was dit de eerste keer dat een jongen haar aanraakte. Ze stelde zich voor dat haar klasgenoten haar zagen vertrekken, Gwen McKotch hand in hand met een bijna-knappe jongen.

Ze liepen de overvolle lift voorbij en gingen naar de trap. Patrick nam de trap met twee treden tegelijk. Gwen moest moeite doen om hem bij te houden.

'Van wie is dat feest?' vroeg ze, haar stem weergalmend in het trappenhuis.

'Wat maakt het uit? Ze hebben een vaatje.'

Gwen stopte op de overloop. Ineens drong tot haar door in wat voor onmogelijke situatie ze zich bevond. Ze stond op het punt om een kamer binnen te wandelen vol met klasgenoten die haar zo pestten dat ze er nachtmerries van had. Ze was van het winterbal weggelopen zonder ook maar één keer te dansen.

'Wat is er aan de hand?' zei Patrick. Hij stond twee treden hoger dan zij. Haar ogen waren nu ter hoogte van zijn riem.

'Laten we teruggaan naar het bal.'

'Dat meen je niet.' Patrick keek gepijnigd. 'Wil je daar de hele avond naar die lullige band zitten luisteren?'

Gwen voelde dat ze rood werd. 'We kunnen gaan dansen.'

'Wil je dansen?' Patrick grijnsde. 'Best hoor.'

Hij pakte haar beet en trok haar naar zich toe.

Het was vreselijk. Haar gezicht zat tegen zijn buik aan geperst, de knopen van zijn overhemd drukten in haar wang. Hij wiegde een beetje heen en weer – of dat nu door de drank kwam of dat het een halfbakken poging was om te dansen, kon Gwen niet zeggen. Zijn warme handen rustten op Gwens schouders. Ze waren groter dan haar voeten, zag ze.

'Lekker,' fluisterde hij.

Gwen probeerde zich los te worstelen. Zijn handen waren vochtig en heel zwaar. Het leek alsof ze haar schouders omlaagdrukten.

'Lager,' zei hij.

Ze draaide van hem weg. 'Wat ben je aan het doen?'

'Nu je daar toch bent, kun je me wel een dienst bewijzen.'

Ze duwde hem uit alle macht van zich af. Hij verloor zijn evenwicht en struikelde naar achteren, waarbij hij zich aan de leuning moest vastgrijpen. Haar gezicht had een veeg make-up op de voorkant van zijn overhemd achtergelaten.

'Wat doe jij nou, verdomme?' zei hij.

'Ik wil hier weg,' zei Gwen. 'Ik wil naar huis.'

In haar laatste jaar deed ze op aandringen van haar moeder een aanvraag voor een studieplek op Wellesley. Ze had goede cijfers, behalve voor wiskunde, maar op de landelijke vaardigheidstest had ze maar matig gescoord. In Gwens ogen was het jammer van de postzegel, ze mocht blij zijn als ze zelfs maar op de wachtlijst terechtkwam. Maar toen dat gebeurde, was Paulette des duivels. Wellesley móést haar toelaten: Gwens tante Martine, haar oma en diverse oudtantes waren er allemaal afgestudeerd. (Dat Paulette niet was afgestudeerd – dat ze haar studie had afgebroken om te trouwen – was de zoveelste vergissing die ze Frank aanrekende.)

Toen Wellesley haar uiteindelijk toeliet, was haar moeder dolgelukkig. Haar vader was minder opgetogen. 'Waarom blijf je zo dicht bij huis?' vroeg hij. 'Waarom sla je je eigen weg niet in?'

Hij stelde vaak zulke vragen. Gwen wist meestal niet wat ze daarop moest zeggen, hoewel ze in dit geval haar antwoord klaar had: ze had zich verder nergens ingeschreven, iets wat haar vader had kunnen weten als hij niet elk vrij moment met zijn nieuwe vriendin doorbracht. Afgelopen najaar, juist toen de inschrijvingstermijn werd gesloten, had hij Gwen en Scott voorgesteld aan Traci, die bij het inschrijvingsbureau van Harvard werkte. Ze was in de dertig, maar ze gedroeg zich jonger – ze gebruikte jongerentaal en plaagde Frank met zijn leeftijd in een poging, veronderstelde Gwen, om bij zijn kinderen in het gevlij te komen. Gwen was wel zo verstandig om het niet tegen haar moeder over Traci te hebben, maar Scott kon zijn mond niet houden. Natuurlijk was Paulette helemaal door het lint gegaan en had Frank niet meer mogen komen met Thanksgiving en Kerstmis, een decreet dat een aantal jaar zou standhouden. Ze maakte zo'n heisa over hun weekendbezoek dat Gwen uitvluchten ging verzinnen om hem niet te zien. Het was het niet waard om haar moeder ervoor van streek te maken.

Ze was negentien in de herfst dat ze op Wellesley begon. De campus was vijfentwintig kilometer van Concord, zo dichtbij dat Gwen zelden op haar studentenkamer sliep. Haar bed thuis lag veel lekkerder en haar moeder bracht haar met plezier naar college, net zoals ze haar eerder vier jaar naar de Sacred Heart School had gebracht. Frank had herhaaldelijk aangeboden om Gwen te leren autorijden, maar ze had altijd haar bedenkingen gehad. Paulette had het niet echt verboden, maar ze werd zenuwachtig bij het vooruitzicht: rijden was sowieso al gevaarlijk en Gwens 'moeilijkheden' (zoals Paulette het noemde) maakten het er nog lastiger op.

Zodoende zette ze Gwen elke ochtend op de campus af, en na afloop van haar laatste college verscheen de oude Volvo dan weer. Een tijdlang had Gwen erop gestaan om een straat verder van de campus af te spreken. Later zou ze er anders over denken. Halverwege haar eerste jaar was ze na afloop van een college fysische antropologie in gesprek geraakt met een studiegenote, iets wat maar zelden gebeurde. Het meisje, Cynthia Denny, kwam uit het paardenland Tennessee, wat het een en ander verklaarde. Het was Gwen opgevallen dat meisjes uit het Zuiden anders waren – ze waren losser en kletsten met iedereen een eind weg.

Ze hadden het over de les van die dag, een gastcollege van een wetenschapper die dat semester gastdocent aan de universiteit was. De docent, Andreas Swingard, had net een oral history gepubliceerd over een weinig bekende stam van de Amazone-indianen.

'Je haalt onze cijfers omlaag,' klaagde Cynthia. 'Je weet net zoveel als hij.'

'Ik heb zijn boek gelezen. Het is een interessant onderwerp.'

'Mag ik je iets vragen?' zei Cynthia met een plagerig glimlachje dat bijna flirterig overkwam. 'Hoe oud ben jij?'

Toen begreep Gwen dat er een bedoeling achter het gesprek school. Dat Cynthia niet gewoon maar aardig was.

'Negentien,' zei ze behoedzaam.

'Het gaat me ook niets aan,' stamelde Cynthia. 'We dachten alleen dat je jonger was. Een soort wonderkind of zo. Ik zag laatst dat je moeder je naar school bracht.' En weer die glimlach. 'Ik heb je toch niet beledigd, hoop ik.'

Op dat moment was Gwen ontzet geweest. Haar studiegenoten – het mysterieuze 'wij' – hadden haar voor een kind aangezien. Maar hoe meer ze erover nadacht, hoe meer dat beeld van zichzelf haar aanstond. Ook al was het niet echt vleiend, het was te prefereren boven de waarheid: je kon beter een genie zijn dan een mutant. Vanaf dat moment liet ze zich door haar moeder afzetten bij het Hazard Quadrangle, waar heel Wellesley haar kon zien.

(Als ze jaren later terugkijkt op die tijd, kan Gwen zichzelf er nauwelijks in herkennen: wat was ze bang, passief en verlamd door schaamte.)

Uiteindelijk deed haar oma haar inzien hoe slecht ze eraan toe was. Vroeg in Gwens tweede jaar op Wellesley kreeg Mamie een zware beroerte waardoor ze rechtszijdig verlamd raakte en verward ging praten. Gwen en Paulette zochten haar regelmatig op in Florida. Ze gingen om beurten bij Mamie zitten, op de zonnige veranda met uitzicht op de tuin met vijgen- en mangobomen, bougainvilles en azalea's die permanent in bloei stonden.

Op een van die middagen had Mamie, ineens heel alert en verrassend helder, Gwens hand gegrepen. 'Mijn hartje, heb je dat weleens overwogen? Er is zo'n tekort aan mensen met een roeping. Alles gebeurt met een reden, liefje. God heeft een plan voor ons allemaal.'

Het duurde even voordat Gwen begreep wat ze bedoelde. Mamie was altijd gelovig geweest; ze ging dagelijks ter communie en ze had Paulette en Martine naar de Sacred Heart School gestuurd, waarmee ze de protestante Drews had gechoqueerd. Nu hoopte ze – dat hoopte ze al jaren, zei ze – dat Gwen zou overwegen om het klooster in te gaan. 'Misschien is dat het beste leven voor een meisje zoals jij.'

'Ik zal erover nadenken, oma Mamie,' zei Gwen, want wat moest je anders zeggen tegen een verzwakte oma – zo vroom en vriendelijk – die zich zorgen maakte om je toekomst.

'Daar ben ik heel blij om,' zei Mamie. 'Dank je wel, lieverd.'

Een week later stierf ze aan een tweede, zware beroerte; en zoals ze beloofd had, bleef Gwen nadenken over wat haar oma had gezegd. (Jarenlang kwam in tijden van tegenspoed onwillekeurig altijd die gedachte weer bij haar op: ik kan altijd nog het klooster ingaan. En dat werkte steevast op haar lachspieren.)

Maar het gesprek had nog een ander, directer effect. Gwen besefte ineens heel sterk dat er iets moest veranderen in haar leven. Die herfst had ze zonder het tegen iemand te zeggen overplaatsing aangevraagd naar de University of Pittsburgh, waar Andreas Swingard was aangesteld als de nieuwe hoogleraar antropologie. Ze koos deze universiteit vanwege de grote studentenpopulatie, waarin ze volkomen anoniem kon zijn, en vanwege de milde toelatingseisen: volgens Barron's ranglijst van de Amerikaanse universiteiten zouden ze dik tevreden zijn met haar 8,5 gemiddeld, de niet echt uitmuntende testscores waardoor ze bij Wellesley op de wachtlijst was gekomen.

Toen Gwen per post bericht kreeg dat ze was aangenomen, vertelde ze dit het eerst aan haar vader.

'Pittsburgh?' Frank was even stil om zijn gedachten te bepalen. Gwen kon aan zijn hoofd zien dat er een lezing zat aan te komen. 'Ik heb enige ervaring met dat deel van de wereld,' zei hij voorzichtig. 'Het is in vele opzichten nogal anders dan hier.'

Gwen knikte en wachtte. Het was vreemd om haar vader om woorden verlegen te zien.

De University of Pittsburgh was een prima universiteit, maar het was geen Wellesley. Dat had Gwen toch wel begrepen?

'Ja, papa,' zei ze. 'Daar gaat het mij eigenlijk ook om.'

Toen legde ze uit van Andreas Swingard en de culturele antropologie. De faculteit van Pittsburgh was groter en gespecialiseerder dan die van Wellesley. En natuurlijk kon je in Pittsburgh promoveren.

Frank leefde zichtbaar op. Gwen kende haar vader, ze wist wat hem aanstond. Schaamteloos bracht ze de sportieve prestaties van de Steelers, de Pirates en de Penguins ter sprake. Ze kon zien dat hij om was. Het was niet nodig om te zeggen dat Pittsburgh, anders dan Wellesley, een gemengde universiteit was.

Ze was niet van plan om het klooster in te gaan.

Die lente werd Frank haar held. Hij beloofde haar dat ze naar Pittsburgh zou gaan; hij zou haar moeder wel overtuigen. Gwen hield zich op de achtergrond, terwijl haar ouders de strijd aangingen. Uiteindelijk zegevierde haar vader.

Die hele zomer ging Paulette tekeer. 'Ik kan niet geloven dat je weggaat,' zei ze steeds maar weer – afwisselend boos en huilerig, op een manier die Gwen sinds de scheiding niet meer had meegemaakt.

Gwens reactie was steeds hetzelfde: 'Moeder, het is tijd.'

Tot haar vaders verbazing vroeg ze of hij haar wilde leren autorijden. Samen reden ze langs de achterafweggetjes tussen Lincoln en Lexington en oefenden ze straatje keren op parkeerterreinen. Frank noemde het een fascinerend experiment: de meeste Turner-vrouwen hadden moeite met het inschatten van ruimte en afstand, legde hij uit, en Gwen was daarop geen uitzondering. Desondanks was ze een betere leerling dan Scott, wiens lessen bijna Franks dood waren geweest en hem bovendien zijn versnellingsbak hadden gekost. Nadat Scott zijn rijbewijs had gehaald, had Frank de oude sedan weggedaan en Gwen leerde autorijden in zijn nieuwe Saab 900. Billy, die de spot dreef met Franks voorliefde voor alles wat Zweeds was, noemde de nieuwe auto 'Papa's Nobelprijs'.

Voordat ze naar Pittsburgh vertrok, gaf haar vader haar nog een cadeau. Gwen ging leren scubaduiken. De lessen voor het certificaat, die ze alvast voor haar verjaardag kreeg, werden twee keer per week gegeven in het zwembad van een middelbare school twee steden verderop. Dat dit cadeau later op een aantal fronten heel belangrijk voor haar zou worden, kon Gwen toen nog niet bevroeden.

Het Stott Museum bevond zich ten noorden van de Allegheny, vlak bij de Seventh Street Bridge, in een spelonkachtig, bakstenen gebouw waar vroeger de oorspronkelijke Stott-brouwerij was gevestigd. Het gebouw was in het begin van de jaren tachtig grondig gerenoveerd, een operatie die was bekostigd dankzij de vrijgevigheid van Juliet Stott, de oude vrijster die het fortuin van de Stott-brouwerij had geërfd. Mevrouw Stott had miljoenen in het project gepompt met de bedoeling dat haar museum het pronkstuk zou worden van de wederopleving van Pittsburgh, de transformatie van wegkwijnende stad van de staalindustrie tot een sprankelend centrum van technologie, van de dinosauriër van de Rust Belt tot het Florence van Amerika, een centrum van intellectuele en culturele bedrijvigheid.

Of zoiets.

De Stott-collectie was uitgebreid maar eclectisch ('incoherent' zeiden sommigen), de aankopen werden grotendeels ingegeven door de bevliegingen van mevrouw Stott die destijds in de jaren veertig, vergezeld van haar kok, meid en chauffeur, met een aantal archeologische opgravingen had meegelopen. Mevrouw Stott had veel respect voor de inheemse kunst van Oceanië. De Minoïsche beschaving interesseerde haar. Ze was gefascineerd door alles wat Egyptisch was. Op het binnenplein van het museum stond een nauwkeurige reconstructie van een Maori-ontmoetingshuis. Toch was er maar heel weinig uit het krijt in de collectie aanwezig, en uit de jura en het trias was er praktisch niets. 'Geen dinosauriërs,' had de grande dame van begin af aan verordonneerd en hoewel het personeel deze regel wat had opgerekt door fossielen van kleine viervoeters tentoon te stellen, hadden ze er nooit mee gebroken. Mevrouw Stott, die nu achtennegentig jaar was, bezocht het museum nog zo af en toe, wat een vlaag van bedrijvigheid teweegbracht bij de beleidsmedewerkers. Er werden buffetten klaargezet met vers fruit en gebak van een bakker van buiten. (De rest van de tijd kocht het personeel slappe koffie en ontdooide bagels in de bedompte kantine in de kelder.) Mevrouw Stott kon ondanks haar vrijgevigheid op sommige fronten (volkskunst, Egyptische kunst) krenterig zijn op het gebied van wat de beleidsafdeling 'toegevoegde waarde' noemde en wat mevrouw Stott 'franje' noemde. De beleidsafdeling had jaren gelobbyd voor de financiering van een IMAX-theater dat volgens hen in het eerste jaar al dertig procent meer bezoekers zou opleveren. In het tweede jaar zou het zelfs het Buhl Planetarium van de toeristische kaart vegen.

(Dat mevrouw Stott er geen belang bij had om het Buhl weg te vagen en dat ze in haar jongere jaren in de raad van bestuur van het Buhl had gezeten kwam als een gênante verrassing.)

'Een bioscoop?' herhaalde de oude dame. 'Wie wil er nu naar films kijken als je dit allemaal hebt?'

De beleidsmedewerkers keken elkaar eens aan omdat ze niet wisten hoe ze dat nu weer moesten uitleggen – aardewerk en artefacten bezaten weinig aantrekkingskracht voor verwende snotapen uit de buitenwijken die hun halve leven al niets anders deden dan voor grote tv-schermen hangen.

Het Stott Museum was weliswaar een non-profitorganisatie, maar in de afgelopen jaren was het wel zo non-profit geworden dat het voortbestaan van het museum zelf in gevaar kwam. Het bezoekersaantal was beneden de maat, wat de subsidieaanvragen van de beleidsmedewerkers geen goed deed. Anders dan in vergelijkbare musea – het Field Museum in Chicago en het National Museum of Natural History van het Smithsonian Institution – waren er in het Stott geen grote tentoonstellingen (over dinosauriërs bijvoorbeeld) die volop in het nieuws kwamen. En het gebouw zelf, hoe fraai het ook was, ontbrak het aan winstgevende voorzieningen. De cadeauwinkel was minimaal en het zelfbedieningsrestaurant moest nodig gerenoveerd worden. Het management stelde zich een 'fullserviceeetplein' voor met wereldkeukens die thematisch gelieerd waren aan de exposities van het Stott. De beleidsafdeling stelde een dynamische nieuwe kracht aan, die luisterde naar de naam Lois Kraft, om gesprekken te voeren met bepaalde personeelsleden van de afdeling Collecties om gegevens te verzamelen.

'Die... inheemse stammen van Australië. De Aboriginals. Wat eten die?'

'Hun voedselpatroon is veranderd in de twintigste eeuw,' zei Gwen. 'Nu lijkt het erg op wat wij eten.'

Lois Kraft keek teleurgesteld. 'En vroeger dan?'

'Wortels en larven.'

'Larven?' herhaalde Lois.

'Wormen,' zei ze.

Dat was de teneur van Gwens interacties met het hogere kader. Op haar eigen afdeling werd ze misschien niet direct leuk gevonden, maar ze werd wel gewaardeerd en gerespecteerd. Na zeven jaar op de afdeling Collecties werd ze als een veteraan beschouwd, een interne deskundige op het gebied van de geschiedenis, het beleid en de procedures van het Stott. Met haar academische titel was Gwen overgekwalificeerd voor de baan en toch zou ze zonder de bemiddeling van Tova Windsor helemaal niet zijn aangenomen. Tova – de vrouw van haar vaders jeugdvriend Neil Windsor – kende de directeur en had voor haar een sollicitatiegesprek geregeld voor een baan als assistent-curator. Gezeten tegenover Bennett Whitley, een beminnelijke man van veertig die haar chef zou worden, gaf Gwen alleen maar eenlettergrepige antwoorden. 'Hij zei dat je te introvert was,' vertelde Tova haar na afloop. 'Liefje, je moet wat losser worden. Probeer wat meer van jezelf te laten zien.' Ze belde opnieuw met de directeur en regelde nog een gesprek voor Gwen. 'Het is een baan achter de schermen,' legde Tova uit. 'Hierbij kom je weinig met het publiek in aanraking.' Ditmaal had Gwen een gesprek met de personeelsmedewerker die ondergeschikten moest aannemen, een verveeld kijkende pennenlikker die regelmatig een blik op zijn horloge wierp.

'Deze baan is fysiek zwaar,' zei hij. 'Je moet veel in de benen zijn en je moet zonder hulp twintig kilo kunnen optillen.'

Gwen probeerde zich beledigd te voelen door deze opmerking, maar dat lukte haar met geen mogelijkheid. De man keek haar nauwelijks aan en zij zat al toen hij binnenkwam. Het was goed mogelijk dat hij niet eens gezien had hoe lang ze was.

'Geen probleem,' zei ze.

Hij vinkte iets aan in de opengeslagen map voor hem. 'We hebben nog nooit een collectiemedewerker met een academische titel gehad,' merkte hij welwillend op.

'Dat is prima,' zei Gwen. 'Dat vind ik niet erg.'

En dat was ook zo. Ze genoot van het onderzoek en van de fysieke inspanning bij het opbouwen van de tentoonstellingen. 'Wauw, jij bent behoorlijk sterk,' zei haar chef, Roger Day, nadat hij haar een onhandelbaar triplex schot op een dolly had zien laden. Op de een of andere manier schepte ze daar een enorm genoegen in. Ze vond het heerlijk om mensen te verbazen met wat ze kon.

Dat was zeven jaar geleden. In die tijd had haar leven vorm gekregen op dezelfde geleidelijke, kalme manier als het oestrogeen haar lichaam had gevormd. (*Een bescheiden verandering*, zoals dokter Chapin had gezegd. Ze droeg nu, met enige zelfspot, een gewone bh, in de moeilijk te vinden maat 85 AA.) Ze had haar bescheiden tien jaar oude, maar nog altijd betrouwbare Volkswagen aangehouden, evenals haar bescheiden studentenappartement in Oakland, op slechts een simpele busrit afstand van het Stott. Haar bescheiden salaris had gelijke tred gehouden met de inflatie (hoewel haar bescheiden erfenis van grootvader Drew na een paar jaar investeren in een ongekende groeimarkt bijna verdrievoudigd was). Haar bescheiden vriendenkring omvatte haar hospita, mevrouw Uncapher, en haar scriptiebegeleider Andreas Swingard (ze had haar proefschrift nooit voltooid). Dan was er ook nog zuster Felicia Pooly, een bevriende non die het Stott bezocht met haar klasje tienjarigen. (Ik houd alle opties open, oma Mamie, dacht Gwen soms.) Toch ontbrak het haar aan vrienden van haar eigen leeftijd. Haar leeftijdgenoten waren druk met trouwen en kinderen krijgen, een manier van leven die hen helemaal leek op te slokken en waarin Gwen zichzelf niet kon voorstellen.

Wat haar interesses en haar gedrag betrof, haar leven van alledag, had ze meer gemeen met een zestigjarige non.

Haar collega's waren geen vrienden. De meesten waren er maar kort. In zeven jaar tijd was het personeelsbestand enkele malen volledig veranderd. Collectiemedewerker was een baan op instapniveau die, behalve in Gwens geval, door pas afgestudeerde bachelors werd vervuld. 'De Peuters' noemde ze hen in gedachten. Ze kwamen vroeg in de zomer en binnen een jaar vertrokken de meesten alweer voor een masteropleiding. De huidige lichting – Colin, Connor en Meghan – leek wel uit tieners te bestaan. Meghan droeg een oorringetje in haar linker wenkbrauw; Connors wijde spijkerbroek slobberde om zijn enkels en liet de tailleband van zijn boxershort zien. De hele dag draaiden ze muziek, zo hard dat je de beat kon voelen: rap, hiphop en een woest soort dansmuziek die ze ska noemden. Gwen kreeg hoofdpijn van de dreunende baslijn. Ze ging oordopjes dragen op haar werk, maar het lawaai was niet het werkelijke probleem. De Peuters zelf zaten haar dwars, met hun jeugdigheid en hun geestdrift, hun vanzelfsprekende hooggespannen toekomstverwachtingen. Ze bejegenden Gwen met een onuitgesproken respect, waar ze depressief van werd. Ze was te jong om zich zo oud te voelen.

Uiteindelijk had ze geklaagd bij haar chef. 'Ik kan zo niet werken. Ik heb mijn eigen ruimte nodig.' Maar in plaats van de Peuters te verhuizen, had Roger Gwen ondergebracht in het enige beschikbare kantoor, een raamloze hoek van de kelderverdieping. Redelijk natuurlijk: er waren drie Peuters en er was maar één Gwen. Over zes maanden zijn ze vertrokken, hield ze zich voor en ze nestelde zich in eenzame afzondering op haar klamme werkplek. Toen propte Roger nog een bureau in haar kantoor en nam Heidi Kozak aan.

Gwen mocht haar meteen al niet toen ze haar zag.

'Gwen weet alles,' zei Roger bij wijze van introductie. 'Ze werkt hier al sinds mensenheugenis. Zij maakt je wel wegwijs.'

Heidi lachte breed, waarbij grote tanden te zien waren. Haar lach kwam Gwen merkwaardig vertrouwd voor. Waar ken ik haar van? vroeg ze zich af. Het was een grote vrouw met een zware boezem en met lang strokleurig haar. Haar vingernagels staken ruim een centimeter boven haar vingertoppen uit.

'Welkom,' zei Gwen opgelucht. De indringer zou er maar tijdelijk zijn. Met zulke nagels was Heidi Kozak geen blijvertje.

Maar Heidi bleef wel. Ze verscheen elke ochtend met zo'n overdadige bloemengeur om zich heen dat het leek alsof ze net in een bad met eau de cologne had gezeten. Evenals haar geur viel ook zijzelf onmogelijk te negeren. Haar eerste werkdag vertelde ze Gwen haar levensverhaal. Ze kwam van oorsprong uit deze contreien, ze was de dochter van een staalarbeider en was opgegroeid in een rijtjeshuis in South Side, met vijf broers en één toilet. ('Acht poepgaten, één plee,' zei ze tegen Gwen.) Ze was voortijdig van de universiteit van Pittsburgh afgegaan om met haar liefje van de middelbare school te trouwen en had zich onledig gehouden met het geven van rondleidingen in het Stott als vrijwilliger. Ze was onlangs gescheiden ('breek me de bek niet open') en moest nu geld verdienen.

Dat verklaarde waarom Heidi haar zo bekend voorkwam. Gwen zag de gidsen alleen maar in de kantine – de vrouwen in jurken, de mannen in pakken. (Het collectiepersoneel droeg flanellen blouses en spijkerbroeken.) Voor zover Gwen het zich kon herinneren had er nog nooit een gids de overstap naar Collecties gemaakt.

Haar cv maakte Heidi uitzonderlijk. Nog vreemder was het hoe ze op Gwen reageerde. Dag in dag uit vroeg Heidi haar mee voor de lunch, voor de koffie of voor de cocktails in het happy hour bij de bar aan het einde van de straat. Ze vindt me aardig, besefte Gwen geïrriteerd en stomverbaasd. Instinctief sloeg ze deze voorstellen af. Ze wist niet goed waarom. Haar 'nee' kwam onmiddellijk, als een reflex, en leek van diep vanbinnen te komen. Haar eerste neiging was altijd geweest om haar eenzaamheid te waarborgen – een manier van leven waaraan ze vasthield en die ze met verve verdedigde, maar niet speciaal prettig vond.

Maar Heidi bleef maar vragen en uiteindelijk liet Gwen zich vermurwen, gekweld door haar eigen voortsluipende eenzaamheid. Haar sociale agenda was leeg, haar andere collega's waren aardig, maar afstandelijk. Alleen Heidi leek te merken dat zij bestond.

Ze waren een merkwaardig stel; als ze samen over straat liepen, keken er altijd mensen om. Gwen was eraan gewend geraakt dat onbekenden haar onderzoekend opnamen, maar in het gezelschap van

Heidi was de aandacht anders. Heidi was niet mooi, maar dat deed er niet toe als je er blond en wulps uitzag en strakke truien en korte rokken droeg. Op haar wankele hoge hakken was Heidi 1,83 meter; ze kleedde zich meer als een tiener dan als een vrouw van veertig. Gwens moeder zou haar wenkbrauwen hebben opgetrokken bij die felle kleuren en die trendy modellen. De beste kleur voor elke vrouw was beige, zei ze vaak.

Maar Gwen hield van Heidi's hartelijke en opgewekte natuur, en van haar opzichtige kleding. Ze hield van Heidi's bulderende lach, haar oneindige dorst naar margarita's, de schunnige verhalen die ze vertelde. Haar agressieve rijstijl, het feit dat ze er geen been in zag om haar middelvinger op te steken in het verkeer, de ongedwongen manier waarop ze in het leven stond. Eerder al een keer, toen ze samen margarita's zaten te drinken, had ze Gwen plompverloren gevraagd: 'En hoe zit het met jou? Ben je getrouwd, alleen, of wat?'

'Ik heb geen vriendje meer gehad sinds mijn masteropleiding,' zei Gwen met bonzend hart. 'Eric is nu getrouwd. Ik heb hem in geen jaren gezien.'

Ze had in geen jaren over Eric Farmer gesproken en het verbaasde haar hoeveel het haar deed om erover te praten. Ze had zichzelf altijd het genoegen ontzegd om haar hart te luchten. Ze kwam tot het besef dat Heidi de enige was, behalve Eric, met wie ze sinds haar jeugd bevriend was geraakt, sinds ze een Turner-meisje was geworden; en dat ze dringend behoefte had aan vriendschap.

Ze had Eric Farmer tijdens haar eerste semester op de University of Pittsburgh leren kennen. Hij was een student-assistent die haar colleges fysieke antropologie gaf – een domineeszoon van het platteland van Indiana, met een zachte, door koorzang geschoolde stem die trilde van opwinding wanneer hij het over de evolutie van de primaten had. Zijn enthousiasme ontlokte hinnikgeluiden aan de verveelde tweedejaars die een gemakkelijk keuzevak hadden verwacht, maar Gwen vond zijn geestdrift inspirerend. De collegezaal was enorm, twee keer zo groot als de lesruimten bij Wellesley, maar Eric stond er heel zelfverzekerd bij, ondanks zijn lengte. Toen hij een dia van de Pygmeeën in Afrika liet zien, had hij een grapje gemaakt over zijn eigen lengte – 1,65 meter schatte Gwen. Ondanks haar 'problemen met ruimtelijk inzicht' kon ze iemands lengte opmerkelijk accuraat schatten. Ze oefende al jaren.

Ze liepen elkaar een paar jaar later weer tegen het lijf toen Gwen, die inmiddels zelf masterstudent was, een zomer als onderzoeksassistent voor Andreas Swingard werkte. Ze had geen gehoor gegeven aan de smeekbeden van haar moeder om in de zomer terug naar Concord te komen. Paulettes eenzaamheid beangstigde haar. Scott was spoorloos verdwenen in Californië en ze hadden Billy nauwelijks meer gezien sinds hij aan zijn studie medicijnen was begonnen. 'We zouden iets in Truro kunnen huren,' had haar moeder voorgesteld. 'Alleen voor ons tweetjes.' Gwen zag het al voor zich: de familie die uit elkaar lag; het Kapiteinshuis dat jaren geleden verkocht was en nu door vreemden werd bewoond; en dan Paulette en zij in een huurhuisje op de Cape. De zieligste figuur zou Gwen zelf zijn, met haar defensieve houding en haar nukkigheid. Als volwassene was ze schrander en competent, gereserveerd maar altijd vriendelijk. Bij haar moeder viel ze terug in het gedrag van een humeurige tiener. Gwen walgde van haar eigen gedrag. Paulette was altijd een lieve moeder voor haar geweest. Wat haar fouten ook mochten zijn, zo'n behandeling verdiende ze niet. Gwen wist heel goed wanneer ze onuitstaanbaar was. Ze wist alleen niet hoe ze ermee moest ophouden.

Alles welbeschouwd leek het haar verstandiger om de zomer door te brengen in een volgestouwd kantoortje in het imposante Forbes Quadrangle – gebouwd op de plek van het oude Forbes Field, waar haar geliefde Pirates ooit hadden gespeeld en waar Babe Ruth zijn laatste homeruns had geslagen. In juni was de campus uitgestorven, het leger studenten voor de zomer uit de dienst ontslagen; alleen Swingards promovendi kwamen nog langs op de faculteit. Gwen was de hele dag bezig met het volledig uitschrijven van de cassettebandjes van Swingards veldwerk, talloze uren van gesprekken met zijn Amazone-indianen. Tussen de middag ging ze wandelen in het Schenley Park. Op een ochtend zat ze met haar koptelefoon op een bandje voor de tigste keer terug te spoelen, toen er een bekende galmende stem door het geruis heen drong.

'Hé, ik ken jou.'

Ze keek verschrikt op. Eric Farmer stond in de deuropening.

'Je volgde een paar jaar geleden mijn tweedejaarscollege fysieke antropologie,' zei hij. 'Gwen, was het niet?'

'Wat een geheugen,' zei ze blozend. 'Er moeten wel honderd studenten in die zaal hebben gezeten.'

'Waarvan er precies een geïnteresseerd was.' Hij ging op de rand van haar bureau zitten. 'Ben je nu met je masteropleiding bezig?'

Gwen knikte.

'Swingard is mijn begeleider,' zei Eric. 'Je moet wel goed zijn als je aan zijn cassettebandjes mag komen.'

Gwen moest lachen. Swingards bezorgdheid om zijn bandjes was op het neurotische af. Op haar eerste dag had hij er een halfuur aan besteed om haar uit te leggen hoe de cassetterecorder werkte, alsof het een of ander geavanceerd instrument was dat alleen een beroepsantropoloog wist te bedienen.

Eric kwam een paar keer per week naar de faculteit, om Swingard te spreken of om een enveloppe in zijn postvakje te deponeren; en elke keer bleef hij even staan om een praatje met Gwen te maken. Op een vrijdag stak Eric een keer laat in de middag, nadat Swingard al naar huis vertrokken was, zijn hoofd om de deur. 'Het is weekend,' zei hij. 'Laten we bier gaan drinken.'

Ze zaten twee uur buiten op de patio van een kroeg in de buurt van de campus terwijl ze vettige borrelhapjes uit plastic mandjes aten en Stott Golden Ale dronken. Daarna was het bier drinken op vrijdagavond een wekelijks ritueel geworden waar Gwen al dagen van tevoren naar uitkeek.

Op een avond kwamen ze te spreken over hun jeugd. Ze vond het heerlijk om te horen over Erics jongensjaren in Indiana, over de alomtegenwoordigheid van de kerk en over zijn strenge vader aan wie hij zich verschrikkelijk graag had willen ontworstelen. Hij was de enige zoon, de enige mannelijke Farmer in vier generaties die weigerde predikant te worden. Toen hij toegaf dat hij in de evolutietheorie geloofde, had zijn vader hel en verdoemenis gepreekt.

'Ik ben onder de indruk,' zei Gwen.

Eric bestelde een tweede kan en Gwen vertelde hem dingen die ze nog nooit aan iemand had toevertrouwd. Ze had het over de scheiding van haar ouders: haar moeders afhankelijkheid, haar eigen onmacht. Dat ze zich zo stuurloos en zo alleen had gevoeld toen haar beide broers het lieten afweten: de ene die bovenmatig presteerde en de andere die delinquent gedrag vertoonde, maar die zich beiden zo hadden losgemaakt dat Gwen zich net een enig kind voelde dat als een roodharige tennisbal tussen haar ruziënde ouders heen en weer werd gemept.

'Een roodharige tennisbal,' herhaalde Eric breeduit grinnikend.

Een ogenblik later barstten ze allebei in lachen uit, ze moesten zo lachen dat ze er pijn van in hun buik kregen, net zo onbedaarlijk als Gwen vroeger als kind met Billy of met haar nichtje Charlotte had kunnen lachen. Wanneer het lachen tot bedaren kwam, hoefde een van beiden maar de woorden 'roodharige tennisbal' te herhalen en dan begonnen ze weer.

'Ze gooien ons er zo meteen uit,' zei Eric ten slotte terwijl hij een traan uit zijn ogen veegde. Hij wierp een blik op de rekening en haalde een bankbiljet uit zijn portemonnee.

Omdat hij dat nog niet eerder had gedaan – op de studentikoze manier hadden ze altijd ieder de helft betaald – was Gwen even in paniek. Gingen ze nu met elkaar uit? Was er nu iets gaande tussen Eric en haar?

Ze stond enigszins wankelend op haar benen. Ze was verder heen dan ze had gedacht. Op een man na die alleen in een hoekje zat, waren zij als enigen op de patio overgebleven.

'Gaat het wel?' zei Eric.

Hij leek ineens lang, maar niet verontrustend. Ze was drieëntwintig en voor het laatst gekust toen ze een kind was, door een onwillig Drew-neefje bij een zoenspelletje. Ze boog zich naar hem over en kuste hem op de mond.

'Kom, we gaan,' zei Eric.

Hij reed in een oude, roestige Pontiac Ventura. Terwijl ze langzaam Schenley Avenue afreden voelde Gwen zich behoorlijk licht in haar hoofd, wat niet onplezierig was en haar deed denken aan zeilen: de boot van haar oom, de Mamie Broussard, die werd meegevoerd door de zeewind.

Eric parkeerde de auto op straat voor haar huis. Donkere ramen in het appartement op de benedenverdieping; het was na middernacht en mevrouw Uncapher sliep allang. Ze stommelden de trap op.

In gedachten had ze geoefend hoe ze zich voor een man moest uitkleden. Het was minder moeilijk dan ze had gedacht. Het donker hielp. Dronken zijn hielp. Ze schrok ervan hoe verhit zijn lichaam was en hoe nat zijn mond die naar bier smaakte.

Het deed flink zeer. Haar dokter, die haar opnieuw had berispt omdat ze haar medicijnen niet had ingenomen, had haar uitgelegd dat dit te verwachten viel. Maar Gwen had een hekel aan die pillen, waar ze een misselijkmakende hoofdpijn van kreeg. Ze was al lang geleden gestopt met ze in te nemen.

'Is dit goed zo?' fluisterde Eric die op haar instak.

Ze had al vroeg in het leven geleerd dat sommige pijnen noodzakelijk waren. Vaccinaties deden zeer, en een gebroken bot zetten en gaatjes vullen; dat waren allemaal dingen waar je baat bij had. Die nacht gaf Gwen McKotch zich op haar bobbelige futon, met haar slipje om één enkel gestroopt, over aan de aloude handeling – heilzaam naar haar heilige overtuiging en mogelijk levensreddend. Ze stond Eric Farmer toe haar te redden.

'Ja,' zei ze. 'Goed.'

Een paar uur later werd ze uitgedroogd en zwetend wakker in het donker. Eric was zich aan het aankleden.

'Ik moet weg,' fluisterde hij. 'Ik bel je nog wel, goed?'

Ze keek uit het raam hoe de Pontiac Ventura om de hoek verdween. 's Ochtends reed ze naar de apotheek en haalde nieuwe medicijnen.

Er ging één dag voorbij, en toen twee. Was dit normaal? Gwen had geen idee. Ze overwoog om haar broer Billy om advies te vragen, maar kwam snel weer bij haar positieven. Een dergelijk gesprek zou voor hen allebei heel gênant zijn.

De week sleepte zich voort met eindeloze dagen. Eindelijk op vrijdagochtend – een hele week later! – verscheen Eric weer bij haar kantoortje.

'We moeten even praten,' zei hij om haar bureau heen schuifelend. 'Vrijdagnacht, dat was heel fijn. Maar ik heb gewoon, ik kan niet echt...' Hij stopte, werd rood en probeerde het opnieuw. 'Ik zit tot over mijn oren in dat proefschrift en ik heb geen plaats in mijn leven voor een vriendin. Wat ik wil zeggen, is dat ik je echt heel graag mag. En ik denk dat we beter als vrienden met elkaar kunnen omgaan.'

Het werd herfst. Gwen kreeg een onderwijsassistentschap aangeboden, maar de gedachte om voor een zaal met mensen te staan, vervulde haar met afschuw. In plaats daarvan bleef ze als assistent van Swingard werken. Ze zag Eric nog zo nu en dan in de buurt van het Forbes Quadrangle. Een paar keer kwam hij op haar kantoortje langs om een praatje te maken. Maar hij kwam nooit meer op vrijdagmiddag langs om te vragen of ze mee ging voor een biertje.

Toen, op een ochtend vlak voor kerst, zag ze Eric de campus oversteken met een meisje.

Een knap meisje, tenger en met donker haar. Ze leek niet langer dan 1,50 meter. Hoogstens vijf of tien centimeter langer dan Gwen.

Hoogstens!

Later, toen ze Eric op het secretariaat van antropologie tegen het lijf liep, leek hij haast te hebben. 'Ik moet opschieten,' zei hij op zijn horloge kijkend. 'Ik moet naar het vliegveld.'

'Krijg je bezoek?' vroeg Gwen terwijl ze vermeed hem aan te kijken.

'Het bezoek gaat juist weg.' Hij aarzelde. 'Mijn verloofde was over.'

Gwen staarde hem sprakeloos aan. Vier maanden geleden had hij het te druk gehad voor een vriendin. Nu had hij een verloofde.

Jill was zijn vriendinnetje van de middelbare school, legde hij uit, maar tijdens de studie waren ze ieder hun eigen weg gegaan. Een paar maanden geleden had ze weer contact met hem gezocht.

Een paar maanden, dacht Gwen. Voor augustus, of daarna? 'Wauw,' zei ze bête. 'Ik bedoel, gefeliciteerd. Ik had er geen idee van.'

'Ik ook niet. Het gebeurde gewoon, weet je wel.'

Ze stonden elkaar een lang ogenblik aan te kijken. Gwen voelde hoe haar hart in haar binnenste tekeerging. Voor één keer kon ze zich niet stil houden.

'Waarom heb je het me niet verteld?' gooide ze eruit. 'Je hebt het zelfs nooit over haar gehad.'

'Het leek me dat je dat niet wilde weten.'

Gwen kreeg een akelig rode kleur. Hij wist het dus: dat ze voortdurend aan hem had gedacht en wat die ene nacht voor haar had betekend.

'Ben je mal,' zei ze snel. 'Natuurlijk ben ik blij voor je. Wanneer is de grote dag?'

'Volgende maand. Tijdens het winterreces.' Toen hij haar geschokte reactie zag: 'We zijn al zo lang van elkaar gescheiden geweest. En Jill... wij allebei eigenlijk... willen een gezin stichten.'

Gezin. Het woord was een klap in haar gezicht. Gwen had weinig over kinderen nagedacht, over het feit dat ze ze niet kon krijgen. Wat deed het ertoe als ze niet eens een vriendje kon krijgen? Het was nooit bij haar opgekomen dat die twee dingen met elkaar te maken konden hebben. Had Eric Farmer verondersteld dat ze geen kinderen kon krijgen? Was dat iets waar mannen – jonge mannen, van haar leeftijd – zelfs maar aan dachten?

Tot haar opluchting nodigde hij haar niet uit voor de bruiloft. Hij kreeg een vaste aanstelling aan een universiteit in Minnesota en liet elk jaar met een kerstkaartje nog wat van zich horen. In latere jaren werden de kerstkaarten vervangen door foto's met een algemene wens erop gedrukt:

Wij wensen onze vrienden en familie een zalig kerstfeest.
Liefs, Eric, Jill, Joshua, Hannah en Michael.

Dat ze hem nooit meer had teruggezien, was iets waarover ze zich nog steeds kon verbazen. Ze had een paar mensen toegang tot haar leven gegeven en nog nooit eerder was er iemand uit haar leven verdwenen. Dat was een les die de meeste mensen veel vroeger al leerden: dat zelfs innige vriendschappen een niet nader genoemde houdbaarheidsdatum konden hebben. Dat loyaliteit en genegenheid, hoe overweldigend en krachtig ook, konden oplossen als mist.

Ze vertrok uit Pittsburgh in de nasleep van een sneeuwstorm. Toen het vliegtuig opsteeg vanaf de startbaan kon ze de knipperende gele lichten van de sneeuwploegen zien, die de lege uitgestrekte I-90 schoonveegden. Waar ga ik naartoe? dacht ze. En toen: weg, weg.

Het was een volslagen toeval dat ze deze reis maakte. Heidi Kozak had deze de zomer ervoor geboekt, maar nu ging haar vader, die ernstig verzwakt was door Parkinson, naar een verpleeghuis; het kwam nu niet goed uit als ze de stad uit was. De aanbetaling werd niet terugbetaald, legde ze uit, die kon alleen aan iemand overgedragen worden. 'Je kunt me uitkopen,' zei ze. 'En trouwens, ik heb het geld echt nodig.'

Ze zaten samen te lunchen in de kantine van het museum. 'Saint Raphael is een klein stukje paradijs,' beloofde ze. 'Je zult een te gekke tijd hebben.'

'Het klinkt geweldig,' zei Gwen, 'maar ik kan niet.'

Heidi begreep dat dit een automatische weigering was, een formaliteit die moest worden afgehandeld. Ze was niet ontmoedigd. Ze wachtte gewoon.

Gwen zocht onzeker naar een excuus, maar er kwam niets bij haar op. Er was niets, maar dan ook helemaal niets, waarvoor ze in de stad moest blijven. De Pittsburghse winter had vroeg en heftig zijn intrede gedaan. Door de sneeuwstorm die was ontstaan door de wisselwerking van de arctische vrieslucht met de warme lucht boven het open meer, was er de dag na Halloween een pak sneeuw van dertig centimeter op de stad gevallen. Het werk stond op een laag pitje, behalve Heidi zou niemand merken dat ze afwezig was. De Peuters bleven haar tot waanzin drijven. Haar ongebruikte vakantiedagen lonkten.

Dat wist Heidi allemaal.

De stilte tussen hen werd ingezet. Normaal gesproken was dat Gwens geheime wapen, een instrument dat ze met chirurgische precisie hanteerde. Andere mensen waren er bang voor; geconfronteerd met een onderbreking in het gesprek begonnen ze met hun ogen te knipperen, te stotteren of onsamenhangend te kletsen. Haar ouders hadden er een hartgrondige hekel aan. Vooral de Peuters waren er erg gevoelig voor. Als ze met Gwens zwijgen werden geconfronteerd, bloosden ze en draaiden ze wat ongemakkelijk, en vervolgens begonnen ze haastig de stilte op te vullen, als lemmingen die hun dood tegemoet sprongen. Alleen Heidi leek te begrijpen dat Gwen zelf ook niet van die stilte hield. Dat zij er vroeg of laat ook nerveus van werd en dat zij zelf dan begon met praten.

'Wanneer was het ook alweer precies?' vroeg Gwen.

Heidi klapte verrukt in haar handen. 'Je zult het heerlijk vinden, dat weet ik zeker. Misschien kom je wel nooit meer terug.'

Gwen worstelde zich met haar tassen door de douane in Miami, stapte aan boord van het kleine propellervliegtuig en landde om twaalf uur 's middags op het eiland. De felle zon schokte haar lichaam, alsof ze gedefibrilleerd werd. Haar spijkerbroek plakte onaangenaam tegen haar zweterige benen. Ze trok haar Steelerssweater uit en knoopte de mouwen om haar middel.

Het busje van Pleasures stond buiten de bagagehal te wachten en zat al propvol gasten met hun bagage. Gwen klom erin en ging op een stoel achterin zitten. De passagiers waren voornamelijk vrouwen, die in groepjes van twee of drie zaten te kwekken.

'Mijn zus is hier twee jaar geleden naartoe gegaan,' zei de vrouw links van Gwen. 'Ze heeft haar man hier leren kennen.'

De chauffeur, een oudere zwarte man in een papegaaigroen uniform, telde even snel de neuzen. 'Welkom op het mooie Saint Raphael,' zei hij met een zwaar accent in moeilijk verstaanbaar Engels.

Hij startte de motor. Ze reden Pointe Mathilde in, de hoofdstad van het eiland. De smalle straatjes waren verstopt door het verkeer, aan weerszijden bevonden zich juwelierszaken en tikibars, T-shirt-winkels en barbecuetenten. Op fleurig beschilderde bordjes werd geadverteerd met SURFPLANKEN TE HUUR, BELASTINGVRIJE SIGARET-TEN, LIVE TOPLESS MEISJES.

Het busje kroop met ronkende motor een steile heuvel op. Gwen staarde in de verte naar de rotsachtige kliffen en het turkooiskleurige water daar beneden, waarlangs een dunne strook wit zand liep. Ze telde de vele lange winters die ze in Pittsburgh had doorgebracht, in de donkere kelder van het Stott en dacht: dit was hier al die tijd al.

'We zijn er bijna,' zei de chauffeur. 'Pleasures ligt iets verderop.'

Nu stond er aan weerszijden van de weg een grote ondoordringbare haag, die tjokvol oranje bloemen zat. Ze kwamen door een ijzeren sierhek. De lange oprijlaan – met aan weerszijden palmbomen en heel veel bloemen – voerde naar een witgepleisterd gebouw, waarvan de ingang beschut werd door een groene luifel. Het busje stond stil in de lus die de oprijlaan voor het gebouw maakte. Gwen klauterde de bus uit en hees haar rugzak op de ene schouder en de tas met de duikuitrusting op de andere.

'Hé, vrouwtje,' riep de chauffeur. 'Zal ik even helpen met die dingen?'

Gwen grinnikte. Kwam het door zijn accent dat 'vrouwtje' charmant klonk en niet beledigend? Of doordat hij het gewoon hardop gezegd had, op een vrolijke en niet verontschuldigende manier?

De chauffeur pakte haar duikspullen en gaf die af aan een kruier. Ze wandelde een zonnige lobby in die naar lelies geurde. Enorme palmen in potten stonden rondom, in het midden onder een hoge lichtkoepel bloeide een boom met gele bloemen. Ze ging in de rij staan voor de receptie en liet haar tassen op de grond vallen.

Ze voelde zich dronken van de warmte, de kleuren en de bloemengeuren. De grijze winter in Pittsburgh leek heel erg ver weg.

'Gwen?'

Ze draaide zich om en zag een diep gebruinde vrouw van haar eigen leeftijd staan, een forse, compacte vrouw met steil zwart haar dat op haar rug hing. 'Ik ben Miracle Zamora,' zei ze en gaf Gwen een kus op haar wang. 'Heidi heeft je perfect beschreven. Ik haalde je er zo uit.'

Gwen glimlachte aarzelend. Door de onverwachte aanraking – en het idee 'perfect' beschreven te zijn – kleurden haar wangen rood.

'Ik wacht wel even totdat je je hebt ingeschreven,' zei Miracle. 'Je boft dat ik hier eerder was dan jij. Ik ben de hele morgen bezig geweest om onze kamer te vinden.'

'De volgende,' riep het sprankelende meisje achter de receptie. Gwen stapte op de balie af. 'Welkom in Pleasures!' zei het meisje opgewekt, met een stem die opvallend veel leek op die van de geldautomaat van de Allegheny Savings Bank thuis. Ze keek omlaag naar Gwen en er trok even een verwarde uitdrukking over haar gezicht. Ze herstelde zich bewonderenswaardig snel. 'Welkom op ons paradijselijke eiland! Welkomstreceptie om drie uur in de Breezes Lounge. Kom alleen, vertrek met een nieuwe vriend!'

'Geweldig,' zei Gwen, terwijl ze haar kamersleutels en minibarkaart, haar activiteitenprogramma en de plattegrond van het resort in ontvangst nam. 'Maar ik kom hier eigenlijk om te scubaduiken.'

'Activiteitencoördinator, toestel 300. U kunt duikexcursies per telefoon boeken.'

Gwen stak achter Miracle de binnenplaats over en ging een pad af dat langs bloembedden liep. Ze kon haar neus en wangen al voelen branden, haar zonnebrandmiddel zat ergens onder in haar rugzak.

Ze beklommen een buitentrap. Hun kamer was vrolijk aangekleed in roze en geel, met spiegels aan het plafond en twee queensize bedden. Miracle had haar bagage al uitgepakt. In de kast hingen kleurige zonnejurken. Langs de muur stonden tien paar schoenen.

'Is dat al je bagage?' vroeg Miracle verwonderd toen ze Gwens rugzak bekeek.

'De kruier komt mijn duikuitrusting nog brengen,' zei Gwen. 'Ik probeer nooit meer mee te nemen dan ik kan dragen.'

'Jemig, dat is echt slim. Ik ben bijna bezweken onder mijn bagage toen ik door de douane moest. Dat ding weegt een ton.' Miracle wees naar de halflege koffer die open op de vloer lag. Hij had het formaat van een salontafel.

'Heb je dat allemaal meegenomen voor een week?'

'Schoenen,' legde Miracle uit. 'Kleed je nu maar snel om. We hebben dat welkomstgebeuren om drie uur.'

Gwen aarzelde. 'Ik ben nogal uitgeteld door de vlucht. Misschien blijf ik maar hier om mijn spullen uit te pakken.'

'Geen sprake van,' zei Miracle. 'Hier leer je iedereen kennen. Als je dit mist, kun je het de rest van de week wel schudden. En trouwens, er is gratis champagne.'

'Dag allemaal, en welkom in Pleasures! Ik ben Trina, jullie versier-manager' – het meisje maakte even een buiginkje – 'en we staan nu aan het begin van de Liefdesweek!' Trina's enthousiasme was voelbaar; ze leek bijna flauw te vallen van opwinding. Met haar gespierde kuiten en haar korte pakje – een witte cirkelrok die nauwelijks haar billen bedekte, als een zomerse variant op het kunstschaatspakje – deed ze Gwen denken aan de hyperactieve tennisinstructrices die ze jaren geleden op kamp had moeten verdragen.

'Dit kan weleens het belangrijkste moment van de week zijn,' zei Trina. 'Onze speed-meet-and-greet! We weten wel dat jullie het hebben gehad met die hele mallemolen van het daten en vandaar dat de liefdesexperts hier bij Pleasures een supersnelle en superleuke manier hebben verzonnen om contact te leggen met de jongen of de meid van je dromen.'

Er klonk een beleefd applausje, wat Trina leek op te vatten als een aanmoediging.

'Oké, zo gaat het in zijn werk. De meiden zitten hier tegen deze muur.' Ze maakte een gebaar naar de muurbank waar Gwen en Miracle en een stuk of dertig andere vrouwen aan kleine ronde tafeltjes de gratis champagne zaten te drinken uit plastic flûtes. 'En daar aan de bar, met een goede uitgangspositie om de feestelijkheden te beginnen, zitten de jongens.'

De meiden waren rond de veertig, een paar jonger. De meeste jongens waren al kaal. Gwen keek even snel de zaal rond om te zien of er ook anderen waren die deze benamingen belachelijk vonden. Niemand keek geamuseerd.

'Als je net binnengekomen bent, heeft onze eigen cupido, Jamie' – Trina wees op een mollige jongeman in het papegaaigroene Pleasures-uniform – 'je een scorekaart gegeven.' Ze hield een vel papier omhoog. 'Hierop vind je alle meiden gerangschikt op letter en alle jongens gerangschikt op nummer.

Op mijn teken komen de jongens het atrium op en dan kiezen ze een meisje uit om bij te gaan zitten. Jullie hebben precies drie minuten om elkaar te leren kennen. Dan blaast Jamie op het fluitje en dan schuiven jullie op naar de volgende dame in de rij.'

Alsjeblieft niet, dacht Gwen.

'Nu hebben sommige jongens misschien wel zin om wat langer bij een bepaalde dame te blijven,' ging Trina verder en ze knipoogde erbij, 'maar denk eraan dat je blijft doorschuiven, want de volgende jongen in de rij wil ook een kans hebben. En trouwens, misschien zit er even verderop wel iemand die je zelfs nóg leuker vindt.

Na elke kennismaking krijg je een ogenblik om op je scorekaart "warm" of "koud" aan te geven. En als je dan vanavond aan tafel komt voor het eten, dan vind je er zo eentje' – Trina hield een papegaaigroene enveloppe omhoog – 'onder je bord. Oeps!' De enveloppe glipte uit haar vingers op de vloer. Ze bukte om hem op te rapen. 'Telefoonnummers en kamernummers, alles wat je nodig hebt voor een liefdescontact met een van je "warme" gegadigden. Is dat niet cool?'

Vanaf de bar klonk applaus en gefluit. Dat had misschien minder te maken met de groene enveloppe dan met de aanblik van Trina die zich in haar minuscule rokje vooroverboog om hem op te rapen.

'En het beste moet nog komen,' ging ze verder. 'Jullie weten dan al dat élke jongen of élk meisje op je lijst ook al een oogje op jou heeft. Jamie en ik lopen vanmiddag alle scorekaarten na om jouw hotlist en hun hotlist met elkaar te matchen. Zo wordt er niemand afgewezen! Zo hoef je niet te raden! Dan kun je meteen met het leuke gedeelte beginnen.'

Gwen speurde de zaal af naar een vrije uitweg. Ondanks zijn naam, die open deuren en briesjes deed vermoeden, zat de Breezes Lounge potdicht. De enige uitweg leken de openslaande deuren direct achter Trina te zijn, volledig in het zicht van de hele meute. Was dat niet in strijd met de brandvoorschriften? Dit doen ze expres, dacht ze.

Trina deed haar horloge af en hield het omhoog zodat iedereen het kon zien. 'Daar gaat ie! Heren, start uw motor.'

Algehele commotie toen de mannen door de zaal stormden met een cocktailglas of een pul ijskoud bier in hun hand. Een paar grijnsden schaapachtig. Anderen joelden luidruchtig, met een rode kleur van opwinding. Het tafereel deed sterk denken aan de gymles aan het begin van de middelbare school met het gevreesde stijldansen, waar de jongens en de meisjes gedwongen waren om elkaar, voor de eerste keer, aan te raken.

Gwen dronk haar champagneglas leeg toen een man tegenover haar kwam zitten.

'Ik ben Gwen,' zei ze. 'Snap jij dat we dit nog echt doen ook?'

'Bobby.' Hij zag eruit alsof hij begin vijftig was, de bovenkant van zijn hoofd was kaal en de rest van zijn haar was samengebonden in een donkere paardenstaart. Hij droeg een slobberige trainingsbroek met een patroontje, zo'n soort broek die professionele worstelaars droegen.

'Ik vind dit een geweldig idee,' zei hij vlak. 'Geen spelletjes, geen gemanipuleer. Twee uur gezeik, in plaats van twee maanden of twee jaar.'

Gwen knikte beleefd.

'Ik ben onlangs gescheiden,' zei hij. 'Mijn vrouw komt niet aan.'

Was ze zo mager dan? wilde Gwen bijna vragen. En bedacht toen: o ja: kon het niet aan.

'Ze zit met depressiviteit, een geremde seksuele behoefte, een verleden van seksueel misbruik. Uit die situatie kom ik nu, snap je? Dat probeer ik te vermijden.' Hij nam een lange teug uit zijn pul. 'Dat bevalt me wel aan dit forum. Ik kan nu recht voor zijn raap deze vragen stellen. Ben je onder behandeling voor een depressie? Ben je in het verleden seksueel misbruikt?'

'Nee,' zei Gwen. 'En nog eens nee.'

'Zie je wel, dat was gemakkelijk. In tegenstelling tot veertien jaar van gedraai en ontkenning en passief-agressief gezeik. Reken daar meteen in het begin al mee af. Dat scheelt enorm veel tijd.'

'TIJD!' riep Jamie van achter uit de zaal. 'Oké, tijd om door te schuiven. Neem allemaal een ogenblik de tijd om je scorekaart in te vullen. Dan gaan de heren door naar de volgende lieftallige dame.'

Bobby stond op en wierp een blik op zijn scorekaart. 'Hoe heette je ook alweer?'

'Heidi Kozak,' zei Gwen.

Twee avonden achtereen zat ze alleen op haar balkon te eten. Een weldadig briesje streek langs haar blote armen en schouders, talmend als de aanraking van een mens. De tweede avond was het volle maan. Gwen maakte zich een voorstelling van een maan die laag aan de hemel stond en een zilveren licht over de kabbelende zee wierp. Ze zou zo meteen een wandeling maken om te kijken of het klopte. Heidi en Miracle hadden een kamer aan de kant van het zwembad gehuurd in plaats van een duurdere suite met uitzicht op zee. Je kon de zee overal wel zien, had Miracle uitgelegd. Zij was meer geïnteresseerd in het menselijke landschap, de naakte schoonheid van de zongebruinde lijven die ronddartelden in het zwembad.

Het was Miracles vierde reis naar Pleasures. Heidi en zij hadden elkaar een paar jaar geleden ontmoet toen ze op vakantie waren met hun man. Nu ze beiden single waren, zagen ze elkaar elk jaar in januari voor een week vol zon en avontuur. 'Het helpt me om de winter door te komen,' zei Miracle. 'Mijn moeder neemt de jongens onder haar hoede en ik voel me weer een jong ding.' Ze was een röntgenlaborante uit West in Texas. Als gescheiden vrouw met twee kinderen kwam ze naar Pleasures om haar bruine kleur weer op te vijzelen, drankjes met parasolletjes te drinken en, dat gaf ze eerlijk toe, mannen te ontmoeten: 'Ik ben veertig en ik woon in een klein plaatsje. Er is daar niemand over om mee uit te gaan.'

Gwen had niets te zeggen op deze onthullingen. Haar eigen sociale leven was te kleurloos om te bespreken.

Nu drong er zachtjes muziek door vanaf de flagstonespatio beneden, steelguitars, het getingel van een keyboard. De muzikanten zagen er in hun donkere vestjes en witte overhemden merkwaardig formeel uit tussen de halfnaakte drinkers en zwemmers. In het goudkleurige licht van de tuinfakkels leken de gasten bevangen door de zon of door de drank of door allebei. Hun blote lijven zagen er lekker en vlezig uit, als gebakken hammen. Het tafereel leek goed te passen bij het diner van die avond, het Lovers' Luau dat aan de rand van het zwembad werd geserveerd. Het zwembad was niervormig, op de betegelde bodem was het Pleasures-logo te zien: een naakt paar met hun lichamen in een krul zoals de symbolen van yin en yang, dat tot in de eeuwigheid samen zwemt in een nauw om hen heen sluitende cirkel.

Gwen stond over de rand van het balkon gebogen naar beneden te kijken. Het diner liep op zijn einde. Zwarte hulpkelners met schorten voor waren de buffetten aan het ontmantelen en laadden het restant van het varkenskarkas op verrijdbare karretjes. Er hing een geur van chloor, citronella en geroosterd varkensvlees. De glimlachende drummer sloeg dapper op zijn drumstel. De zanger kweelde een bekend deuntje. Sinds Gwen in Pleasures was beland, had ze het al heel vaak gehoord. *When I dance they call me Macarena.* Aan de rand van het zwembad stond een vrouw in een gebloemde bikini, die haar heupen op de maat mee bewoog en alle dansbewegingen afwerkte: palmen omlaag, palmen omhoog, handen op de heupen, draaien met het bekken. 'Wacht,' krijste ze, 'ik ben het vergeten!' De bubbelbaden bubbelden. De bar in het midden van het zwembad was open. Binnen een uur zou Gwen het licht uitdoen en de centrale airconditioning laten razen, net zoals de avond ervoor. De ventilator maakte een prettig bijgeluid dat het gelach en geschreeuw van beneden wat dempte.

Ze wierp een blik op de wekker. Het was nog vroeg op de zondagavond. Ze pakte de draadloze telefoon van het nachtkastje en toetste een nummer in. Ze belde haar broer nooit 's avonds, maar ze wilde dolgraag een vertrouwde stem horen.

'Billy, met mij,' zei ze. 'Sorry dat ik je stoor. Het klinkt alsof je bezoek hebt.'

'Zoiets.' Er klonken stemmen op de achtergrond, mannen lachten in koor. 'Ben je goed aangekomen? Hoe gaat het daar?'

'Ik heb vandaag twee keer gedoken. Overal pijlstaartroggen, zoals we bij Grand Cayman zagen.'

'Ik ben een sukkel,' zei Billy. 'Ik had met je mee moeten gaan. Volgend jaar, dat beloof ik.'

'Hoe gaat het met trainen?'

'Prima. Ik heb vandaag eenentwintig kilometer gelopen op wedstrijdtempo. Mijn knie hield zich prima.'

'Wauw, wat goed.' Ze aarzelde. 'Ik zal je niet langer weghouden van je gasten.'

'Bel me als je terug bent,' zei hij.

'Oké.' Gwen hing op. Meestal voelde ze zich beter als ze zijn stem hoorde. Deze keer voelde ze zich er alleen maar eenzamer door. Het was al jaren geleden dat ze Billy voor het laatst had opgezocht in New York, maar ze had nog altijd een duidelijk beeld van zijn appartement. De herinnering was zo levendig dat ze eraan twijfelde of die wel klopte; het zou ook wel een chic stadsappartement kunnen zijn dat ze in een film gezien had. Ze herinnerde zich dat het huis uitzonderlijk mooi was – net als Billy en Srikanth, net als de vele vrienden, allemaal mannen, die Billy waren komen opzoeken in het ziekenhuis. De ontmoeting met al die mooie mannen had haar op een vreemde manier aangegrepen. Niet het feit dat haar broer homo was of dat hij dat voor haar verborgen had gehouden; geen van beide was echt een verrassing als je Billy kende. Het trof haar dat Billy de knapste man was die ze kende. Hij had elk meisje kunnen krijgen dat hij wilde hebben, elk van de delicate wezens die Gwen haar hele leven had willen zijn, maar nooit zou kunnen zijn. Het vervulde haar met liefde en dankbaarheid dat Billy deze zwanen had afgewezen. Het kwam haar voor als een groots gebaar van loyaliteit, de ultieme genegenheid van een broer voor een zus.

Ze zette de telefoon terug in de houder tussen de bedden. Op Miracles bed lag een hoge stapel zonnejurken, kleurige pareo's en een roze strohoed. 'Je mag alles lenen wat je wilt,' had ze aangeboden, maar behalve de hoed zag het ernaar uit dat geen van die dingen haar zou passen. Gwen besteedde maar zelden aandacht aan wat ze droeg, maar toen ze in de Breezes Lounge zat, had ze zich zweterig en slonzig gevoeld in haar spijkerbroek met T-shirt. Het was haar universele tenue dat ze droeg naar het werk, naar het happy hour met Heidi, naar wedstrijden van de Pirates, naar bruiloften, begrafenissen en naar de kerk. Als haar spijkerbroek er vaal begon uit te zien, ging ze even snel naar de jongensafdeling van Sears. Tandenpoetsen kostte meer tijd. Buiten deze routineboodschap was ze in geen jaren uit winkelen geweest om kleding te kopen.

Ooit, toen ze stond te wachten op een vlucht naar huis, naar Boston, had ze op de luchthaven van Pittsburgh een glimp opgevangen van een andere kleine vrouw. Een Turner-vrouw, dacht ze terwijl haar hart als een razende tekeerging. Waarom was ze zo verbaasd? De aandoening was ook weer niet zo ongewoon; er moesten in Pittsburgh wel meer Turner-vrouwen zijn geweest, tientallen, honderden, wie zou het zeggen? Desondanks had Gwen er nooit een persoonlijk gekend. Lang geleden had een dokter haar ouders verteld over een lotgenotengroep in Boston. Haar vader was er enthousiast over geweest, haar moeder ongerust, maar voor één keer waren ze het erover eens geweest dat het Gwens besluit moest zijn. En Gwen had er niet heen gewild.

De vrouw op het vliegveld was precies zo groot als zij en zag er zakelijk gekleed uit: een wollen mantelpakje, goed van snit, en leren pumps met hoge hakken. Ze had een coupe soleil in haar haar dat zorgvuldig in model was gebracht, en haar gezicht was zwaar opgemaakt. Zag ze er aantrekkelijk uit? Of belachelijk? Belachelijk, concludeerde Gwen met gloeiende wangen. Net een klein meisje dat zich heeft verkleed. Maar klopte haar observatie of werd die vertroebeld door haar eigen onzekerheden? Zagen andere mensen deze vrouw ook zo?

Gwen legde haar krant opzij en ging staan. *Hallo, mag ik wat vragen,* oefende ze. *Waar heb je toch die schoenen kunnen vinden?* Maar op dat moment versperde een troepje tienerjongens haar de weg, lange, kauwgum kauwende jongens met dezelfde trainingspakken aan, een sportploeg op weg van of naar een wedstrijd. Luidruchtig namen ze een rij stoelen in beslag. Gwen voelde zich plotseling verlegen. Door jaren van meedogenloze pesterijen had ze een levenslange angst opgevat voor zulke herrieschoppers. Eén kleine vrouw was al opvallend genoeg, een bliksemafleider voor spotternij. Twee van hen tegelijk zou een onweerstaanbaar doelwit zijn.

Gwen ging weer zitten en verborg zich achter de sportpagina. Toen ze die een paar minuten later liet zakken, was de kleine vrouw verdwenen.

Op dat moment – een zwak moment vol zelfmedelijden – had ze overwogen om haar moeder te bellen. Nu overviel datzelfde gevoel haar ineens weer. Gwen keek omlaag naar de Pleasures-patio met de frivole vreemdelingen die in het zwembad dobberden als knoedels in de soep.

Er klonk lawaai op de gang, gerammel met sleutels en vervolgens kwam Miracle Zamora de kamer binnenstormen. 'Gwen?' Ze kwam het terras op en leunde tegen de deurpost. 'Hé, hoe is het. Lekker eten, hè?' Toen zag ze het dienblad op de glazen tafel staan met Gwens half opgegeten broodje kalkoen, dat ze via de roomservice had besteld. 'Ben je helemaal niet gegaan?'

'Ik was niet in de stemming,' zei Gwen.

'Ik snap wat je bedoelt. Toen ik dat varken zag met de kop er nog aan...' Ze trok een grimas alsof ze pijn had. 'Ik bedoel, jemig. Ze hadden die kop er toch wel af kunnen halen.' Ze boog om haar sandalen met hoge hakken los te gespen. 'Die schoenen doen verrekte zeer. Kijk.' Ze stak een blote voet uit met vuurrood gelakte nagels. Op de voetzool zat een rode blaar die was opengegaan en op de hiel zat er nog een.

'Oei,' zei Gwen.

'Ik vergeet steeds weer hoe groot het hier is. Gisteravond ging ik met die Brian naar het bubbelbad in het nudistengedeelte. Ben jij daar al geweest? Het is achter de tennisbanen, aan de andere kant van de brug. Wel drie kilometer lopen. Zoveel loop ik anders in een maand nog niet eens.'

Gwen glimlachte.

'Ik ga er nu ook naartoe zodra ik mijn slippers heb gevonden. Wil je ook mee?'

'Straks misschien,' zei Gwen.

'God, ik heb veel te veel gegeten.' Miracle stapte de kamer in en boog zich voorover om in haar koffer te rommelen. Haar gele string kwam boven de tailleband van haar rok uit. 'Ben ik een maand aan het lijnen geweest voor deze vakantie en dan eet ik het er meteen de eerste avond weer bij aan.' Ze schoot plastic sandalen aan die versierd waren met gele margrieten en schopte ze toen weer uit. 'Mijn kuiten lijken wel boomstammen. Ik moet hakken aan.'

'Over tien minuten heb je niks meer aan. Wat maakt het nou uit?'

'O nee,' zei Miracle ernstig. 'Je mag daar wel schoenen aan.' Ze liet haar kamersleutel in haar handtasje glijden. 'Wil je echt niet mee?'

'Misschien zie ik je daar nog wel,' zei Gwen.

'Goed.' Miracle keek naar Gwens half opgegeten broodje. 'Eet je die augurk nog op?'

'Neem maar.'

'Ze hebben negatieve calorieën,' zei Miracle kauwend. 'Minder dan nul.'

'Hoe kan dat nou?'

'Ze doen iets met je stofwisseling,' zei Miracle. 'Echt waar, ik heb het nagekeken.'

Gwen hoorde haar weglopen, het geklik van de hoge hakken dat langzaam wegstierf door de gang. Het leek alsof Miracle en zij elkaar al heel lang kenden. Sinds haar jeugd – de met horren afgezette slaapveranda in het Kapiteinshuis – had Gwen geen slaapkamer meer met iemand gedeeld en ze stond er versteld van hoe intiem dat was: de vreemde slipjes op de vloer, het kletsnatte bikinibovenstukje dat te drogen hing over de handdoekstang. Na slechts twee dagen wist ze al dingen over deze bijna onbekende vrouw waardoor ze vertrouwder leek dan haar eigen familie. Geen enkele McKotch zou zo openhartig spreken over haar spijsvertering, haar allergieën of het grillige verloop van haar menstruatiecyclus. Het bovenblad van Miracles ladekast leek wel een apotheek. Gwen mocht haar lotions en haar antikatermiddeltjes uitproberen, haar vitaminen, haar zonnebrandolie en haar shampoo met ananasgeur. Miracle was vatbaar voor urineweginfecties en netelroos; ze slikte de pil voor een gave huid. Op de een of ander manier praatte ze voortdurend over haar lichaam. Het was het soort gesprek dat haar moeder afkeurde en dat Gwen zelf instinctief vermeed.

Dat was een onderwerp waarover ze helemaal niets te melden had.

Ze stonden met z'n negenen op het eind van de pier te wachten, in een zwembroek met T-shirt, of een bikini, en op slippers. Gwen telde drie paren – twee jonge Amerikaanse stellen en een Duits stel van middelbare leeftijd – en twee zongebruinde tienermeisjes. De meesten hadden hun duikspullen gehuurd; naast Gwen hadden alleen de Duitsers hun eigen spullen. Ze waren lang en slank en blond; ze hadden hetzelfde soort kortgeknipte kapsel en droegen identieke brillen met een dun montuur. Hun dure uitrusting was veel gebruikt. De vrouw droeg een geavanceerde duikcomputer om haar pols.

'Jezus, waar blijven ze nou?' klaagde een van de meisjes. 'Ik bedoel, moest ik daarom om acht uur mijn bed uit?'

Gwen keek op haar horloge. De boot waarmee ze gingen duiken was twintig minuten te laat. De golven vanuit het westen voerden een afwijkend patroon aan in het haventje. Het kielzog van een waterscooter of wellicht een boot. Ze luisterde aandachtig. Ze hoorde een lage dreun in de verte die steeds harder klonk. 'Daar komt hij,' zei ze tegen niemand in het bijzonder.

Acht hoofden wendden zich naar de horizon. Een kleine boot met een buitenboordmotor naderde de pier. Bij het roer wapperde een rode duikvlag. Op de achtersteven stond 2STE geschilderd.

'Nou, waar wacht hij op?' zei een kleine gespierde man met een stekelhoofd.

'De zee is vrij ruw,' zei Gwen tot haar eigen verrassing. In haar dagelijks leven sprak ze geen woord tegen vreemden. 'Hij kan met deze stroming niet recht aan komen varen. Hij moet vanaf de zijkant hierheen komen.'

Stekelhoofd fronste. 'Nou, dan moet hij een grotere motor nemen.'

Gwen keek aandachtig naar het water. De schroef van de 2STE had een paar grote golven geproduceerd. Vijftig meter verder, bij het strand van Pleasures, gingen verontwaardigde zwemmers terug naar de kust. Een grotere motor zou een soort vloedgolf hebben veroorzaakt.

De Duitsers keken Gwen belangstellend aan. 'Zit je veel op zee?' vroeg de man.

'Niet echt,' zei Gwen. 'Ik hou gewoon van boten.'

Eindelijk was de boot bij de pier. Vanaf de brug zwaaide de kapitein hen toe. Op de boeg stond een bruine jongen met ontbloot bovenlijf. 'Hallo!' riep hij zwaaiend. 'Zijn jullie klaar voor de duik?'

'We waren een halfuur geleden al klaar,' mompelde Stekelhoofd zachtjes.

De duikers dromden samen bij de boot. 'Voorzichtig,' zei de jongen die een hand uitstak naar een van de meisjes. 'Het is hier wat glibberig.'

Gwen hees haar persluchtfles op haar schouder.

'Zal ik je daarmee helpen?' vroeg de jongen. Hij was even lang als zij en broodmager. Hij was misschien een jaar of twaalf.

'Nee dank je,' zei ze. 'Ik heb hem.'

Op de boot waren aan weerszijden banken aangebracht; de duikers namen twee aan twee plaats. De kapitein zette de motor af en ging staan. Ook hij had een ontbloot bovenlijf, zijn huid was chocoladebruin en zijn hoofd was zo goed als kaal geschoren. Zijn armen zagen er gespierd uit. Aan een ketting rond zijn hals hing een zilveren medaille.

'Welkom op de Toussainte,' sprak hij. Zijn stem was laag en melodieus, en hij sprak met een onmiskenbaar accent. 'Ik ben Rico, jullie duikgids. Mijn neef Alistair hebben jullie al ontmoet. Vandaag gaan we duiken bij wat bekendstaat als de Blue Wall, aan de benedenwindse kant van het eiland. Je kunt er een prachtige duiktrip maken, er is daar een matige stroming en een ongelooflijke verscheidenheid aan onderwaterflora en -fauna. Gewoonlijk duurt het ongeveer een halfuur om er te komen, maar vandaag misschien iets langer omdat we een ruwe zee hebben. Maar nu eerst de formaliteiten. Ik moet jullie duikbrevet even zien.'

De duikers zochten in hun rugzakken en portemonnees. Gwen viste het hare uit een achterzak en overhandigde het aan hem. Kapitein Rico keek aandachtig naar haar foto en daarna naar haar. 'Je haar was toen donkerder,' zei hij.

Ze knikte beschaamd. Tijdens haar masteropleiding had ze haar haar een tijdje zwartbruin geverfd, de kleur van haar moeders haar. 'Rood vind ik mooier,' zei hij toen hij het brevet teruggaf. Hij ging verder met de meisjes.

'Momentje,' zei de ene, een brunette met een flinke boezem en de tatoeage van een spin op haar enkel. Ze stak een vinger in de achterzak van haar korte broek en kermde: 'Ik krijg het er niet uit. Mijn broek zit een beetje te strak.'

Haar vriendin, een blondine met brede schouders, barstte in lachen uit. Ze deed Gwen denken aan de hockeymeisjes die ze op Wellesley had gekend. Hetzelfde fenotype, zou haar vader zeggen.

Eindelijk kon de brunette haar brevet laten zien. Gwen wierp er schielijk een blik op. Het was een tijdelijke kaart zoals alle resorts die aanboden: voor een paar honderd dollar nam een badmeester je mee naar een zwembad, liet je zien hoe je de ademautomaat moest aansluiten en hoe je de duikgordel kon verzwaren, en dan had je al een duikbrevet.

'Amanda,' zei kapitein Rico, 'heb je al eerder gedoken?'

'Zo'n beetje,' antwoordde ze. 'Alleen in een zwembad.'

Hij wreef over de donkere stoppels op zijn kruin. 'Geen probleem,' zei hij inschikkelijk. Hij wendde zich tot de groep. 'Jullie kiezen allemaal een duikpartner die je steeds in het oog moet houden. Ik zal Amanda's duikpartner zijn. Ze hoeft dus nergens bang voor te zijn. Ik ben een heel goede partner. De beste!'

Amanda's blonde vriendin keek moeilijk. 'En ik dan?'

Kapitein Rico keek de kring rond. 'Wie heeft er nog geen partner?' Toen Gwen haar hand opstak, zei hij: 'Kijk, daar is je partner.'

Gwen sloeg geen acht op de frons van het meisje. Haar broer Billy was een uitstekende duikpartner, avontuurlijk en bekwaam, maar ze vond het niet erg om met een vreemde te duiken. Ze had vertrouwen in haar eigen vaardigheden.

'Zijn er nog vragen?' vroeg kapitein Rico.

'Hoe diep is het water?' informeerde Amanda.

'Vijftien meter. Om en nabij.'

Amanda's ogen werden groot van schrik. 'Ik kan niet heel goed zwemmen,' zei ze terwijl ze aan haar duikgordel frunnikte.

'Maak je geen zorgen.' Hij legde een hand op haar schouder. 'Ik zal goed op je passen.'

Ach ja, dacht Gwen. Die kerel was schaamteloos – maar wel erg knap, moest ze toegeven, met zijn gespierde schouders en zijn muzikale stem. Toen merkte ze het bordje op dat bij de achtersteven hing: FOOIEN WELKOM. De knappe kapitein Rico voorzag in zijn levensonderhoud door mensen te charmeren, vrouwen in het bijzonder.

Je haar was toen donkerder. Rood vind ik mooier.

Zelfs mij, dacht ze.

Ze gingen voor anker op ruim een halve kilometer van het rif. Een voor een lieten de duikers zich in het water zakken. Rico en Amanda eerst, daarna de Duitsers. Ook Gwen begaf zich in het water, dat helder en verbluffend warm was. Ze nam even de tijd om aan de geluiden te wennen: het holle gepuf van haar gereguleerde ademhaling, het luide kloppen van haar hart. Ze keek hoe haar duikpartner – Courtney, het hockeymeisje – in het water plonsde. Er volgde een uitbarsting van luchtbelletjes, een onstuimige door de zon verlichte beweging.

Gwen zwom naar het meisje toe. Achter het duikmasker stonden haar ogen wijd open van angst. Gwen legde een hand op haar schouder en gaf haar het oké-teken. Courtney knikte en maakte een oké-teken terug. Gwen wees in de richting van het rif en Courtney begon er met hevig maaiende armen heen te zwemmen, de klassieke beginnersfout. Ze was een sterke zwemster, maar paniekerig. *Rustig aan,* wilde Gwen tegen haar zeggen. *Hou je armen stil.*

Dat was een van de frustraties van het duiken: de wanhopige drang om te communiceren, het hulpeloze gevoel niet te kunnen spreken. Aan land, waar een gesprek gemakkelijk was, deed Gwen moeite het te ontlopen. Onder water was het onmogelijk en wilde ze juist graag spreken. Bovendien waren er praktische overwegingen: als het meisje doorging zo wild om zich heen te slaan, had ze haar luchtvoorraad in twintig minuten opgebruikt.

Gwen ging naast haar zwemmen en tikte tegen haar eigen fles totdat het meisje naar haar keek. Ze wees naar zichzelf en hield vervolgens haar armen stijf tegen zich aan alsof ze in een dwangbuis zat. Gelukkig leek Courtney het te begrijpen. Ze trok haar armen stijf tegen zich aan en zwom verder, alleen voortgedreven door haar beenslag.

Was het leven altijd maar zo, dacht Gwen. Onder water, met een ademautomaat in haar mond, had ze geen moeite om duidelijk maken wat ze bedoelde.

Samen zwommen ze naar het rif. Hier was het water dieper en de witte bodem verder weg. Courtneys roze bikini had zijn kleur verloren en was zoals alles om hen heen verbleekt in steeds wisselende tinten groen. Het waaierkoraal wuifde traag mee met de stroom. Eromheen zwom een school felgekleurde cichliden. Courtney wendde zich met een schuin hoofd naar Gwen; door de ademautomaat was het onmogelijk te lachen, de mond te openen van verbazing of te glimlachen. In plaats daarvan klapte Courtney in haar handen in een langzaam, golvend applaus.

Aan de rand van het rif raakte Gwen Courtneys schouder aan en wees omlaag. De oceaanbodem viel hier weg met een scherp aflopende helling; van het punt waar zij dreven, ging het waarschijnlijk zo'n driehonderd meter omlaag. Er waren geen woorden om uitdrukking te geven aan de schok, de plotselinge desoriëntatie – en daarna het intense gevoel van veiligheid. Drijvend boven de afgrond, met een opwaartse druk en perfect in balans, had je het gevoel alsof je vloog. Gwen had dit al tientallen keren meegemaakt, maar ze werd nog steeds gegrepen door dat gevoel. Ze zweefde als een geest die uit de fles was ontsnapt. Ze had geen lichaam. Het was het sterkste gevoel van vrijheid dat ze kende.

Aan boord had Alistair een buffet klaargezet van schijven meloen en ananas. Gwen trok haar vinnen uit, gespte haar trimvest los en spoelde ze daarna schoon in de bakken met zoet water die de jongen had klaargezet.

'Dat was waanzinnig mooi,' zei Courtney tegen Gwen. 'Je bent een waanzinnig goede duiker. Ik vond het prachtig.' Ze wendde zich tot haar vriendin Amanda, die met een groene Pleasures-handdoek om zich heen geslagen stond te klappertanden. 'Wij zwommen recht in een groep gestreepte vissen. Ik vond het eerst doodeng. Dat zou ik zelf nooit hebben gedaan.' Ze richtte zich weer tot Gwen. 'Sorry dat ik me zo idioot gedroeg in het begin. Ik weet niet wat ik had.'

'Dat overkomt iedereen,' zei Gwen.

'Misschien, maar... ik zit in een zwemploeg. Op Duke University. Ik ben niet bang voor water of zo.'

'Hou je kop,' zei Amanda.

'Zeg, doe normaal. Ik bedoel er niets mee. Ben je eigenlijk nog diep gegaan?'

'Een beetje maar,' zei Amanda. 'Maar ik kreeg water in mijn masker. Dat was echt heel eng. Toen heb ik hem gevraagd me weer omhoog te brengen.'

'Dat is balen,' zei Courtney. 'Dan moet je je geld terugkrijgen. Nou heb je niks gezien.'

Gwen had naar het bordje bij het roer – GEEN RESTITUTIE – kunnen wijzen, maar zag ervan af. De meisjes leken te zijn vergeten dat zij er was. Boven water was de natuurlijke orde hersteld.

De zon brandde flink toen de Toussainte met brullende motor naar de pier voer.

'Jullie allemaal bedankt,' zei kapitein Rico terwijl hij de duikers, nat en verbrand door de zon, van de boot af hielp te stappen. Amanda gaf hem in het voorbijgaan een stukje papier. Hij glimlachte maar zei niets en stopte het papiertje alleen maar in zijn zak.

Haar kamernummer, dacht Gwen. Natuurlijk: waarschijnlijk kwam dat geregeld voor. Hoeveel mooie angstige duiksters zou Rico er troosten per week, per maand, per jaar? Geen wonder dat de man altijd lachte.

Ze hees haar persluchtfles op haar schouder en wilde aan wal gaan. 'Wacht even,' zei Rico terwijl hij haar schouder aanraakte. 'Heb je haast?'

'Eh, nee,' mompelde ze.

'Ga alsjeblieft even zitten.' Hij riep naar Alistair, die de boot aan de pier vastmaakte: 'Morgen kom ik stipt om acht uur. Me fais pas attendre. Dan sta je klaar, ja?'

'Jawel,' antwoordde de jongen.

Rico wendde zich tot Gwen. 'Ik wil je bedanken voor je hulp vandaag. Ik heb je met dat meisje gezien. Je had veel geduld met haar.'

Gwen bloosde. 'Ze was alleen maar nerveus. Verder ging het goed.'

'Die andere kon nauwelijks zwemmen. Ze had helemaal niet moeten gaan duiken.' Weer wreef hij over de stoppels op zijn hoofd. Het was vast een gewoontegebaar. 'Die resorts gedragen zich totaal onverantwoordelijk. Maar ze hebben veel macht op het eiland. Ze kunnen doen wat ze willen. Eigenlijk verbaast het me dat er nog geen slachtoffers zijn gevallen. Hoe dan ook...' Hij glimlachte ontwapenend. 'Jij hebt me ontzettend geholpen vandaag. Meestal is er maar één duiker die extra hulp nodig heeft. Gewoonlijk zijn het er niet twee.'

'Ik vond het niet erg,' zei Gwen, terwijl ze onwillekeurig glimlachte.

'De Blue Wall is een uitzonderlijke duik. Het is niet eerlijk dat jij al die tijd op dat arme meisje hebt moeten letten. Dat is mijn taak, niet de jouwe. Dus ik ben je wel wat verschuldigd.' Hij wachtte even. 'Heb je ooit bij donker gedoken?'

'Nee,' zei Gwen.

'Dat is echt fantastisch. Je ziet heel andere vissen, langoustines, allemaal nachtdieren. Het is alsof de nachtploeg aan de slag gaat.' Hij keek omhoog naar de lucht, helderblauw met een vage, krijtachtige maan in de verte. 'Zie je dat? Vanavond is het volle maan en dat is de ideale omstandigheid. Ga je met me mee?'

Gwen aarzelde.

'Die vraag is niet zo moeilijk. Je zegt gewoon: "Ja Rico, ik ga graag mee."'

'Ja Rico,' zei Gwen met bonzend hart. 'Ik ga graag mee.'

Kort voor zonsondergang keerde ze zonder spullen terug naar de pier. Ze hoefde geen duikuitrusting mee te nemen, had Rico gezegd; die van Alistair zou haar prima passen.

Ze voeren weg van de pier. Een stevige bries deed haar haar wapperen. In de verte weerklonk calypsomuziek – waarschijnlijk waren het dezelfde muzikanten als de vorige avond, in hun donkere broek en witte overhemd. Ze keek om naar de kust, naar het fel verlichte resort. Pleasures' eigen nachtploeg – de drukke warmwaterbaden, het blackjack aan het zwembad – was net begonnen. Nadat ze een kleine kilometer hadden gevaren, zette Rico de motor af. Er ging een onderstroom van prikkelende angst door haar heen. Ze was alleen op zee, in het donker, met een volslagen vreemde. Het drong tot haar door dat niemand ter wereld wist waar ze was.

Net voordat de zon onderging lieten ze het anker zakken. Rico hees de duikvlag, terwijl Gwen haar uitrusting aantrok. Alistairs trimvest paste haar goed, maar zou onder water ruimer komen te zitten. Zwijgend tilde Rico de persluchtfles op haar rug. Zijn zwijgzaamheid verraste haar en deed haar goed. Ze hield er niet van een gesprek te voeren vóór het duiken. Haar broer Billy voelde dit aan en had haar altijd met rust gelaten.

'Ik heb de schijnwerper bij me. Blijf maar gewoon bij mij in de buurt.' Rico liet Gwen een kleinere lamp zien. 'Dit is je signaallamp.' Hij maakte deze vast aan de plastic D-ring van haar trimvest, net onder haar borst.

Ze stapten tegelijk van de boot. Gwen knipperde met haar ogen om zich aan te passen aan het schemerlicht. Ze kon de voorbijschietende contouren ontwaren van trekkervissen die omlaagdoken en zich tussen het koraal verscholen. Rico wees een slapende papegaaivis aan, die zich in een deken van gelei had gewikkeld. In de verte lag een slanke gedaante op de loer: een rifhaai die rond het koraal zwom op jacht naar zijn prooi.

Ze bewogen langzaam verder terwijl ze andere dieren passeerden. Boven hun hoofd zweefde een elegant zeepaardje. Een octopus zakte langs hen omlaag. Gwen keek vol verbazing naar de krabbetjes die uit hun hol tevoorschijn kwamen. *Alsof de nachtploeg aan de slag gaat.*

Verderop wachtte Rico op haar. Hij hield zijn lamp op een platte rotssteen gericht. Wat doet hij daar nou? vroeg Gwen zich af. Even later zwierde een zwarte gedaante vanuit het niets tevoorschijn; haar hart klopte haar in de keel. De manta was zo groot als een schuurdeur en zo snel als een vleermuis. De schijnwerper had plankton aangetrokken en nu kwamen de roggen zich voeden.

Plotseling hield Rico halt. Hij scheen omhoog. Een school vissen – een immense kegelvorm van groupers – zwom naar de oppervlakte. Gwen hield haar adem in: ze stegen op om te paaien. Ze hield zich volkomen stil, terwijl ze zich bewust was van Rico's nabijheid, haar eigen ademhaling en al het leven dat hen omringde, zij tweeën zwevend in dit korrelige en vruchtbare bad.

Rico raakte haar schouder aan. Het water was bezaaid met dinoflagellaten, kleine lichtgevende groene deeltjes. Vonken flitsten in het rond.

Wie was hij? Waar kwam hij vandaan? Dat vroeg Gwen hem allemaal toen ze van top tot teen in een enorm strandlaken gehuld weer aan boord zat en wijn uit een plastic bekertje dronk.

Rico kwam van de zuidkant van het eiland, aan de andere kant van het Calliopegebergte, zo'n honderd kilometer verwijderd van de chique resorts aan de noordkant. Hij was opgegroeid in een dorpje dat Le Verdier heette, waar zijn grootmoeder Toussainte Victoire een lapje grond bewerkte met haar dove zoon Nestor. Haar oudere zonen waren gedood toen ze voor de Britten vochten. De mannen van Saint Raphael werden verder helemaal niet als Brits beschouwd, maar waren wel Brits genoeg om in de oorlog te worden gedood. Rico's moeder was het jongste kind van Toussainte, het kind dat ze kreeg toen ze al op middelbare leeftijd was. Ze was op haar zestiende weggelopen naar de stad Pointe Mathilde. 'Het was in die tijd een rijke stad, waar het wemelde van de buitenlanders,' legde Rico uit. 'Ze kwamen voor het beau ksiet.'

'Beau ksiet?' herhaalde Gwen.

'Daar maken ze aluminium van. Jarenlang hebben de Britten ons beau ksiet weggehaald zonder er iets voor te betalen – hooguit een shilling per ton.'

'Je bent niet zo dol op de Britten,' merkte Gwen op.

'Het gekke is dat ik er zelf ook een ben,' zei Rico. Zijn vader kwam uit Londen; hij had enkele maanden gelogeerd in het Victoria Hotel, waar Rico's moeder als kamermeisje werkte. Toen ze ontdekte dat ze zwanger was, was hij al naar Engeland teruggegaan zonder een telefoonnummer of een adres achter te laten. Rico's moeder ging terug naar het dorp om daar het kind te baren.

Daarna was ze al vrij snel verdwenen en werd Rico grootgebracht door Toussainte Victoire in haar kleine huisje. Zij was nog als slavin geboren. De Britten hadden deze praktijk bij wet verboden, maar daar hielden de plantage-eigenaars zich niet aan. Toussaintes vader, een rietsnijder, kreeg niets betaald en mocht niet vertrekken. 'Volgens mij ben je dan een slaaf,' zei Rico.

Zijn voorouders hadden hun vrijheid te danken aan een goddelijke interventie. Na jarenlang alleen stoom te hebben uitgestoten kwam op een zondagochtend de Montagne-Marie volledig tot uitbarsting. De vulkaan bedolf de plantage onder vloeibaar gesteente en verzwolg ook de kerk van Marie-des-Anges, waar de plantage-eigenaar met zijn familie was gaan bidden. Die ochtend waren de overgrootouders van Rico gaan vissen; ze zagen de vulkaanuitbarsting op een kilometer uit de kust, vanuit de kano die zijn overgrootvader had gemaakt uit de stam van een mahonieboom. Terwijl ze toekeken, kreeg zijn vrouw weeën. Tussen de rookflarden van de vulkaan werd Toussainte Victoire geboren.

Nu de plantage was vernietigd, verhuisde Toussaintes vader met zijn gezin zes kilometer landinwaarts. Hij kweekte zoete aardappelen en broodvruchten voor ene Thibault, die hen genoeg liet houden om van te leven.

Na de dood van haar ouders bleef Toussainte het land bewerken. Rond haar lapje grond stonden vijgen- en mangobomen, die ze zelf had geplant. Fruitbomen waren er niet veel in het dorp; ze wilden niet gedijen in de arme bodem, die schraal en asachtig was door de Montagne-Marie. Alleen Toussainte Victoire speelde dat klaar. De dorpsvrouwen vroegen zich af hoe dat kon. Het land dat zij bewerkte was niet anders dan dat van hen, met een bodem die zo schraal was dat zelfs broodvruchten er slecht groeiden. Toussainte, die was geboren tijdens de vulkaanuitbarsting, was een sterke kleine vrouw met rossig haar – 'net als jij,' zei Rico. Omdat haar zoon doof was, bleef hem de oorlog bespaard; als hij helemaal gezond was geweest, was zijn moeder nu alleen geweest. Dit alles werd opgevat als bewijs van hekserij. De dorpelingen hielden zich op afstand. Allemaal, met uitzondering van Toussaintes schoonzus Mignonne Dollet, die om de paar dagen bij haar aan de deur verscheen en haar deel van Toussaintes vruchten opeiste. Als ze een vreemde was geweest (daar was Rico heel stellig in), had zijn grootmoeder haar een armvol fruit gegeven, maar zij had haar hele leven niets anders dan verdriet gehad van Mignonne Dollet, die haar broer ervan had overtuigd dat Toussainte te min voor hem was. Te lelijk. Te zwart.

Toen ze nog steeds weigerde het fruit aan haar te geven, werd Mignonne *furieuse*. En de volgende dag kwam Thibault in zijn wagen aangereden. Hij was ingelicht over het fruit.

Tot zijn verrassing had Toussainte een mandvol voor hem klaarstaan en overhandigde ze hem die hoffelijk. Maar later die dag was Thibault, nadat hij op zijn veranda een rijpe mango had gegeten, op de vloer neergevallen terwijl hij naar zijn borst greep. De half opgegeten mango was op de grond gerold, waar hij al snel was overdekt door mieren. Thibaults vrouw weigerde de mango aan te raken. 'Laat ze hem maar hebben, dat smerige ding,' zei ze. 'Dan zijn we tenminste van onze mieren af.'

Gwen fronste. 'Ik snap het niet.'

'Een hartstilstand,' zei Rico. 'Hij kreeg een fatale hartstilstand.'

Ze keek hem geamuseerd aan. 'Kreeg hij een hartaanval doordat hij van die vrucht at?'

'Ja, die vrucht. Wat kon het anders zijn?'

Gwen lachte. 'Mijn broer is cardioloog. Hij zou je wel tien oorzaken kunnen noemen.'

'Als hij cardioloog in het Caribisch gebied was,' zei Rico, 'zou hij wel van zulke dingen op de hoogte zijn.'

De wind wakkerde aan. Gwen trok haar strandlaken wat beter om zich heen en huiverde een beetje. 'Wat is er met je grootmoeder gebeurd? Leeft ze nog?'

'O ja. Zij leeft altijd.' Rico keek Gwen aan. 'Volgens mij heb je het koud. Kom eens hier.'

Hij zei het heel natuurlijk, alsof ze elkaar al jaren kenden.

Gwen stond op. Haar lichaam voelde ontspannen en warm. Rico

spreidde zijn benen en zij ging ertussen zitten, zoals een kind zou doen. Ze leunde achterover tegen zijn borstkas. Zijn huid verraste de hare met zijn warmte. Ze was in geen tien jaar zo dicht bij iemand geweest. En zou dat waarschijnlijk ook nooit weer zijn.

'Wat is er?' vroeg Rico. 'Zojuist. Iets deed je huiveren.'

Hij sloeg een arm om haar middel en reikte om haar heen om haar het bekertje wijn aan te geven. Zo zaten ze een moment lang, of een paar jaar, wie zou het zeggen? Gwen dronk het bekertje leeg.

'Het wordt al laat,' zei hij uiteindelijk. 'Ik moet je weer aan land brengen. Kom.' Hij kneep even in haar schouder en ging staan.

Ga niet weg, dacht ze.

Raak me aan, dacht ze.

Het was alsof hij haar had gehoord. Hij bracht zijn mond naar haar nek. Een vochtige opwinding stroomde door haar heen, vanaf zijn lippen omlaag. De opwinding verspreidde zich in haar borstkas en zakte recht omlaag door haar buik, totdat zij zich weldadig nestelde tussen haar benen. Ze verlangde naar beschutting, de veiligheid van de duisternis. In het licht van de volle maan kon ze zich niet verbergen.

Opwinding en angst leverden strijd in haar. Ze gingen tegen elkaar tekeer als twee vechtende honden.

Hij trok het bandje van haar badpak over haar schouder omlaag.

Wat doe je? vroeg ze, of misschien dacht ze het alleen maar.

Je badpak is nat, zei hij, of hij zei het niet. *Daarom heb je het koud.*

Gwen zag de logica ervan in.

Hij trok het badpak van haar schouders omlaag tot haar taille. De koele bries prikkelde haar huid. Ze keek omlaag naar zichzelf, de witte huid van haar buik, haar kleine naar buiten wijzende borsten.

Ze draaide zich om en keek hem aan.

5

Halverwege een natte maand april trok Massachusetts ten oorlog. De ochtend was koel en mistig geweest. Het stadsplein was nat van een mistroostige regen. Verderop langs de weg, in Lexington, waren acht leden van de militie geveld te midden van de rookwolken van musketvuur. Vervolgens was de moordzuchtige colonne van Britse beroepssoldaten in Concord gearriveerd, op zoek naar wapens. De lokale militie had een voorraad aangelegd van kanonnen en musketten, en de beroepssoldaten hadden opdracht gekregen die te vernietigen.

In Concord waren de kolonisten op hun komst voorbereid. Ze stonden in feite al maandenlang klaar, en hadden de nodige voorzieningen getroffen – ruim tien vaam hout, zeshonderd balen stro en honderdveertig verplaatsbare toiletten, die discreet op strategische plaatsen in het Minuteman National Park waren neergezet. De troepen waren gemobiliseerd en hadden hun kamp opgeslagen bij de Best Western aan Route 2A en bij de Comfort Inn in Woburn. De uniformen waren met de hand en met de naaimachine genaaid.

Voorzien van een goede uitrusting verzamelden de soldaten zich bij de North Bridge. De opgeroepen militieleden waren aan de overkant van de rivier de Concord gestationeerd; drie compagnieën van het Britse leger stonden aan de lagergelegen kant. De beroepssoldaten hadden kleine wapenarsenalen ontdekt en verbrand. Nu waren de Britten gekomen om de stad in brand te steken! Het bevel werd afgekondigd, de musketten werden geladen. De Amerikaanse Onafhankelijkheidsoorlog begon zoals elk jaar in een regenachtige aprilmaand.

Paulette stond op de haar toegewezen plek, huiverend van de kou ondanks de twee wollen rokken die ze onder haar mantel droeg. Al jarenlang liet ze geen enkele Battle Road aan zich voorbijgaan; dit was haar derde keer als gekostumeerde speler en nog steeds ging er een golf van opwinding door haar heen wanneer het eerste schot werd gelost. Lang geleden, toen schoolkinderen nog gedichten uit hun hoofd leerden, had de jonge Paulette Drew de dichtregels in haar hoofd geprent van Emersons 'Concord Hymn'. De woorden kwamen weer bij haar op als waren ze uit een gebed:

Hier stonden ooit dapp're boeren in 't gelid
En viel het schot dat in d'hele wereld klonk

Ze wachtte op haar signaal om te spreken. Enkele andere spelers hadden elk jaar weer dezelfde tekst, maar Paulette was niet gemakzuchtig. Ze spande zich elk jaar weer in om iets nieuws toe te voegen. Dat viel nog niet mee. De Slag bij de North Bridge had slechts een paar minuten geduurd. Er waren slechts één kolonist en één Britse soldaat gedood. De echte strijd brandde pas later los, toen de kolonisten van de brug zich voegden bij de groep militieleden van Meriam's Corner.

Een beetje zenuwachtig sprak ze haar zinnen uit. Na afloop was ze benaderd door een man in een leren kniebroek. 'Jij bent toch Paulette? Ik heb in het huis naast je gewerkt voor Barbara Marsh. Zij zegt dat je hulp nodig hebt met je keukenvloer.'

Nu, tien maanden later, herinnerde ze zich alles weer van dat ogenblik: de blonde man die er knap uitzag in zijn uniform, zijn serieuze blik, de verrassende ernst in zijn stem. Ze herinnerde zich dat ogenblik terwijl ze slappe koffie zat te drinken in de stadsbibliotheek en zat te wachten op de komst van de andere comitéleden. Als ze eerlijk was, moest ze toegeven dat ze zat te wachten op de komst van Gil Pyle, die inmiddels wel terug moest zijn uit Florida. Ze hield haar ogen op de deur gericht en bleef wachten. Toen voelde ze, net op het moment dat de vergadering begon, een hand op haar schouder.

'Hallo,' fluisterde Pyle. 'Heb je straks een momentje? Ik moet met je praten.'

De vergadering leek wel een eeuwigheid te duren. De notulen werden voorgelezen. Er stonden gemeenteraadsleden op om te spreken. Paulette keek naar Gil Pyle aan de andere kant van de zaal, waarbij haar zicht deels werd belemmerd door een van de andere spelers, een bejaarde man die Harry Good heette. Misschien was het maar goed ook dat ze Pyles gezicht niet kon zien, zodat ze niet in verlegenheid werd gebracht wanneer hun ogen elkaar ontmoetten. Vanuit haar gezichtspunt zag ze alleen zijn linkerschouder, zijn geruite overhemd waarvan de mouw tot de elleboog was opgerold, en zijn onderarm die bruin was geworden van de zon in Florida.

Eindelijk was de vergadering afgelopen. Pyle baande zich een weg door de zaal.

Paulette bedacht op welke manier ze hem zou begroeten. 'Wat leuk je te zien. Hoe was je reis?' Hij zou zijn hand uitsteken en zij zou die met beide handen vastgrijpen. Dat leek wel te kunnen. Ze hadden elkaar in geen vijfenhalve maand gezien.

Met licht gebogen hoofd kwam hij op haar toe. Zijn gezicht was diepbruin, met een wit stuk rond zijn ogen waar zijn zonnebril had gezeten. Hij had geen baard meer, maar kennelijk liet hij een nieuwe staan. In gedachten raakte ze de stoppels van zijn kin aan.

'Luister,' zei hij. 'Ik heb nogal haast, maar ik wilde je laten weten dat ik het heus niet ben vergeten. Ik heb al een paar klussen geboekt. Ik moet je het over drie weken kunnen terugbetalen. Hooguit vier.'

Ze knipperde verward met haar ogen. Geld? Wilde hij over geld praten?

'Dat is prima,' zei ze zachtjes. Ze had gezien dat Barbara Marsh een paar meter verderop haar plastic bekertje nogmaals met koffie vulde. Die vrouw had net zo'n scherp gehoor als een hond. 'Maak je geen zorgen. Vier weken is prima.'

Een ongemakkelijke stilte.

'Ga je vanavond terug naar New Hampshire?' vroeg ze. 'Naar het huis van je broer?'

'Ik ga naar Providence. Daar woont een vriendin van mij.' Hij knikte over Paulettes schouder in de richting van iemand. Ze draaide zich om en zag een meisje, een jonge vrouw, op hen afkomen.

'Klaar?' zei het meisje tegen Pyle. Ze had korte benen en wat te dikke dijen, maar misschien lag dat aan de manier waarop ze was gekleed: ze droeg net als Pyle een verbleekte spijkerbroek en een geruit overhemd. Maar ze had een mooi gezicht, met een stralende huid en lang golvend haar dat was gebleekt in de zon.

Paulette dacht: ze is half zo oud als ik.

'O hé,' riep Pyle tegen haar. 'Ik wil je aan iemand voorstellen. Paulette, dit is mijn vriendin Melissa.'

Na hun ontmoeting reed Paulette met een rusteloos gevoel door de stad. De lening was haar eigen idee geweest. Pyle had er niet om gevraagd en had het ook niet van haar verwacht. Het leek er nu op dat ze de relatie daarmee juist kapot had gemaakt, al was deze mogelijkheid toen niet bij haar opgekomen. Op die middag in het afgelopen najaar, toen Gil Pyle zijn gereedschap bij elkaar zocht. Haar daad was ingegeven door angst en verlangen, zo wanhopig graag wilde ze dat hij terug zou komen.

'Florida is prachtig rond deze tijd van het jaar,' had ze gezegd terwijl ze met een plotselinge schok moest denken aan die bewuste oktobermaand in Palm Beach, de koele ochtenden, de verblindende zon. Haar vader was in het najaar overleden.

'Ik heb al in geen tien jaar meer een winter in New Hampshire doorgebracht. Ik weet niet of ik die winters hier nog aankan.' Hij grinnikte. 'Misschien kom ik wel nooit meer terug.'

Hij moest haar schrik hebben aangevoeld. Heel even raakte hij haar schouder aan.

'Grapje. Daar in het zuiden is niets wat het repareren waard is. Genoeg werk, maar niks interessants.' Hij keek de eetkamer rond en de gang. Hij gaf een klap tegen de deurpost alsof hij een oude vriend op de schouder sloeg. 'Ik zal dit huis missen.'

Ik zal jou missen, dacht Paulette.

'Wanneer kom je terug?' vroeg ze, terwijl ze wat aan een plant voor het raam stond te plukken.

'In maart meestal. Maar ditmaal weet ik het nog niet. Hangt ervan af hoe snel ik me daar kan vrijmaken.'

Paulette keek hem vragend aan.

'Ik ben achter met mijn betaling voor de kinderen. Daarmee

maak ik het Sharon moeilijk. Ik wil haar graag het geld op vaste tijden geven, als een gewone burgerman, maar ik krijg niet op die manier betaald. Ik zeg je, ik word te oud om zo te leven. Om van week tot week te eten van wat ik vang.'

Pyle krabde aan zijn baard, een gebaar dat haar niet aanstond. Ook de baard zelf stoorde haar inmiddels. Op een zomernacht was ze wakker geworden uit een droom waarin Gil Pyle met ontbloot bovenlijf bij de wastafel in haar badkamer stond. Zijn gezicht was ingezeept en zij ging er heel langzaam met een scheermes langs. De droom was levendig en merkwaardig opwindend. Het scheermes had als een veer langs zijn huid gestreken.

'Mijn truck loopt op zijn laatste benen,' zei hij. 'Mogelijk kom ik er nog wel mee in het zuiden, maar ik weet vrij zeker dat het oude wrak de terugweg niet meer haalt.'

Hij nam de gereedschapskist mee naar buiten en laadde die in de truck. Toen hij terugkwam, vroeg Paulette: 'Wat kost een truck?'

'Tienduizend. Acht voor een opknapper.' Pyle haalde zijn schouders op. 'Als ik de hele winter hard doorwerk, kan ik het misschien voor elkaar krijgen.'

'Maar je mag de Slag natuurlijk niet missen,' zei ze. 'Wie zou Gilbert moeten spelen? Daarmee komt de geloofwaardigheid van het hele evenement in gevaar. Harry Good zou een beroerte krijgen.'

Pyle lachte.

'Ik geef om het behoud van het erfgoed van New England en daarom wil ik een nieuwe truck voor je kopen. Ik zal je het geld lenen. Je kunt me in het voorjaar terugbetalen.'

Hij staarde haar aan. 'Ben je gek geworden? Wil jij geld lenen aan een klaploper als ik?'

'Dat ben je niet,' zei ze zachtjes. 'Dat moet je niet zeggen.'

Hij wendde zijn blik af. 'Geen baan, geen vast woonadres. Je moet de feiten onder ogen zien: met mij loop je het risico dat ik met de noorderzon vertrek. Ben je niet bang dat ik nooit meer in deze stad kom en dat jij naar je geld kunt fluiten?' Zijn toon was plagend, maar hij had een rood hoofd gekregen. Hij wilde haar niet aankijken.

'Nee,' zei ze eenvoudigweg. 'Daar ben ik niet bang voor.'

Ze pakte haar handtas van de bank en opende haar chequeboek. 'Tot in het voorjaar dan.'

Ze overhandigde hem de cheque, en eindelijk keek hij haar weer aan. Tot haar verbazing stonden er tranen in zijn ogen.

Hij boog voorover en kuste haar wang.

Na de vergadering had ze thuis een eenvoudige maaltijd bereid van thee met toast. Ze dacht aan Gil Pyle in de truck die ze voor hem had gekocht, terwijl hij met Melissa terug naar Providence reed. De raampjes open, Melissa's lange haar wapperend in de wind.

Hij had Paulette ooit een keer gevraagd waarom Frank en zij waren gescheiden. 'Gwens aandoening,' antwoordde ze in een reflex. 'Die was hem te veel.'

Pyle leek niet overtuigd.

'Er zal wel wat meer hebben meegespeeld,' erkende ze toen hij aandrong. 'Frank keek altijd naar anderen.'

'Is het bij kijken gebleven?'

'Ik weet het niet. Ik heb geprobeerd erachter te komen,' gaf ze toe. 'Ik weet het nog steeds niet zeker.' Ze gaf te veel van zichzelf bloot, maar ze kon niet meer stoppen. Het gaf haar een vreemde voldoening om haar hart te luchten, het was een bevrijding.

'Mijn eerste vrouw was ook zo. Ik was trouw, maar zij heeft me nooit geloofd. Ik gaf het op om haar steeds weer te overtuigen. Zo kun je niet leven.'

'Hield je van haar?' vroeg ze. 'Van je ex.'

'In het begin wel,' antwoordde hij. 'Maar met liefde is het net als met alle andere materialen. Je kunt er maar voor beperkte tijd en met beperkte kracht op steunen. Eens bezwijken ze.'

Een vrouw is haar lichaam.

Die avond, na haar bad, deed Paulette iets wat ze in geen jaren had gedaan. Ze ging voor de spiegel staan en bekeek zichzelf. Haar gladde schouders, haar fijne onderarmen en kuiten – daaraan kon je nog steeds zien dat ze van Paulette waren, de persoon die ze altijd was geweest. Maar over haar platte buik liepen bleke golvende lijnen. Haar borsten, die vroeger alleen maar klein waren, zagen er nu leeggelopen uit. Haar schaamhaar was overwegend grijs. Haar dijen waren bijzonder slank, maar de huid had een textuur als crêpepapier. Rimpels? Konden dijen rimpels krijgen?

Lieve God.

Aangekleed kon ze de wereld aan. Maar in geen jaren had iemand haar naakt gezien. Ze herinnerde zich met een schok hoe Frank haar geregeld had uitgekleed, de honger waarmee hij naar haar keek. *Laat het licht aan. Ik wil je zien.* Met Donald Large, na haar scheiding, was ze terughoudender geweest. Toen, op haar veertigste, was ze al onzeker over haar lichaam. Zijn woorden hadden haar weer vertrouwen gegeven, een gestage stroom van lieve complimenten die haar susten als een zachte regen. Bovendien: zijn eigen lichaam was verre van volmaakt. Misschien had ze hem vooral daarom gekozen.

Ze hadden elkaar ontmoet bij een antiekmarkt in Hartford, in Connecticut. Ze waren allebei vroeg, nog voordat de deuren waren geopend. Donald bood haar een espresso aan uit zijn thermosfles; zijn adem vormde wolkjes in de koude lucht. Hij was twintig jaar ouder dan zij, maar hij was nog steeds een knappe man. Ze hoorde van hem dat hij een weduwnaar was zonder kinderen en dat hij alleen woonde in een huis in Cos Cob dat vol antiek stond. Vanaf het allereerste begin waren ze onafscheidelijk. Wanneer ze aan hem dacht, herinnerde ze zich de helderblauwe luchten van de herfst, de lange autoritten op zondagmiddag. Op mooie herfstdagen reden ze tot ver in Vermont en New Hampshire, waar ze rondkeken en soms iets kochten. Ze reisden in Donalds bestelwagen, waarin planken waren ingebouwd om hun aankopen op te bergen. Paulette nam altijd plaats achter het stuur. Anders dan haar ex-man vond Donald dat ze goed kon rijden. Hij bulderde geen instructies, hield zich niet vast aan het dashboard en schopte ook niet steeds weer met zijn rechtervoet, alsof hij op een onzichtbare rem trapte. In plaats daarvan deed hij een dutje of las hij haar voor: gedichten of essays, of het redactionele commentaar in de krant. Ze brachten lange dagen door op de markten, onvermoeibaar in hun enthousiasme. Na afloop namen ze hun intrek in een mooi landelijk hotelletje om een dutje te doen voor het avondeten, wat te lezen of te dagdromen, of gewoon wat te praten. Het viel haar toentertijd op dat dit het soort huwelijk was dat ze in haar jongere jaren had willen hebben. Donald sprak zachtjes en bedachtzaam, liefdevol en verfijnd. Hij kleedde zich geweldig – corduroy broeken en prachtige sweaters, met zachte leren schoenen die hij elke zomer in Italië kocht. Hij verwende haar, prees haar en uitte nooit kritiek; hij hield van haar precies zoals ze was. Hij beminde haar om meer dan haar lichaam. Wat triest, wat een wrede speling van het lot, dat ze hem nu pas had leren kennen, nu de oudere Paulette andere behoeften had.

Aanvankelijk hadden ze zo nu en dan de liefde bedreven, later helemaal niet meer. Ze was geschrokken toen ze na een relatie van een jaar hoorde dat hij tweemaal een hartaanval had gehad en dat hij tweemaal per dag insuline bij zichzelf moest injecteren. Als hij haar dit meteen aan het begin had verteld, zou ze dan nog verliefd op hem zijn geworden? Dat vroeg hij haar een keer tegen het einde, toen ze hem met de auto naar het ziekenhuis bracht voor een dialyse. 'Natuurlijk, mijn liefste,' zei ze zachtjes. Hij had haar bedrogen en nu wilde hij van haar horen dat ze het niet erg vond. Ze had geen keus en moest het wel zeggen. Hij was ziek.

Zou ze hoe dan ook verliefd op hem zijn geworden?

Paulette wist het echt niet. Hij had haar de kans niet gegeven om erachter te komen.

Nu zou ze nooit meer voelen hoe opwindend het was om je uit te kleden voor een man. Ze gaf zich over aan de fantasie dat een jonge man als Gil Pyle haar verwelkte borsten liefkoosde. Waarom zou hij dat in vredesnaam willen doen? En zelfs als hij dat wilde, hoe zou zij het dan kunnen verdragen om in zo'n toestand gezien te worden?

Op dat moment drong de waarheid tot haar door. Niemand zou haar ooit nog aanraken.

Nog twintig of dertig jaar onaangeraakt en onbemind leven: het leek onmogelijk dat dit de bedoeling was van de natuur. Haar hele leven had Paulette in een natuurlijke orde geloofd, had ze de natuur gezien als een liefhebbende moeder die wijs en vooruitziend was. Maar oud worden en kinderen baren waren natuurlijke processen. Er viel niet aan te ontkomen: haar geruïneerde lichaam was het werk van de natuur.

De natuur was niet zachtaardig.

Ze besefte uiteraard dat het niet in elk leven zo ging als in het hare. Er waren stellen die samen oud werden. Paulette herinnerde zich hoe Frank er op kerstavond had uitgezien, met hangende oogleden en zijn rode haar dat nu roze oplichtte. De leeftijd had ook hem niet onberoerd gelaten. Maar Paulette had hem gekend als een jonge knappe man, met gespierde schouders en een vierkante kaak. In haar geest smolten de twee beelden samen. Het resultaat was oneindig veel gunstiger dan wat een vreemde zag.

Paulette dacht aan Rand en Barbara Marsh, Wall en Tricia James: echtparen van haar eigen leeftijd, echtparen die het hadden volgehouden. Keken deze mannen en vrouwen na zoveel jaar nog naar elkaar, begeerden ze elkaar nog steeds? Misschien was dát de bedoeling van de natuur. Een vrouw van zesenvijftig zou zich ook helemaal niet hoeven te ontkleden voor een nieuwe minnaar. Die beproeving behoorde haar bespaard te blijven.

Er was niets mis met de natuur. Frank en Paulette hadden zelf gefaald.

Aan het eind van het najaar, een gure novembermaand. Een gestage regen doorweekt de slapende gazons van Newton, in Massachusetts, waar Scotty en zijn zus mee naartoe zijn gekomen om zoals altijd op zondag bij hun grootouders op bezoek te gaan. Ze hebben oma Mamie een kus gegeven, antwoord gegeven op de gebruikelijke vragen van volwassenen over school en de leraren. Nu kijken ze televisie.

(Waar is Billy in dit verhaal? Hij ontbreekt vaak in Scotts jeugdherinneringen. Was zijn broer vaak ergens anders? Of had Scotts geheugen hem er gewoon buiten gelaten?)

Scotty en Gwen worden neergezet voor de oude Philco, een antiek zwaar meubel. Hun grootouders zijn de enige mensen ter wereld die een zwart-wittelevisie hebben. Het toestel staat opgesteld in wat oma Mamie de zitkamer noemt, een kleine slaapkamer op de eerste verdieping aan de achterkant van het huis. De tv is weggestopt als een familielid voor wie men zich schaamt – blind door de syfilis of kreupel door een ander schandelijk gebrek. Opa en oma waren van de generatie die televisie een vreemde indringer vond. De tv was opgekomen toen zij op middelbare leeftijd waren, en zij waren niet bereid hun leven daarnaar in te richten. De woonkamer kon voor zoveel andere zaken worden gebruikt – bridge, lezen, drinken. Een televisie stond alleen maar in de weg.

Op die zondagmiddag ligt Scotty languit op de oncomfortabele oude bank, die oma Mamie divan noemt. Gwen ligt uitgestrekt op de vloer, dicht genoeg bij de televisie om een ander programma te kiezen als ze er genoeg van hebben. De tv heeft een sprietantenne en kan vier kanalen ontvangen, bij helder weer vijf. Vandaag is het geen helder weer.

Er is weinig keus en het beeld is korrelig. Een kookprogramma, een American footballwedstrijd, een oude man die een preek houdt. De zondagfilms zijn oeroud en vrijwel altijd saai, met soldaten of cowboys, of detectives met een hoed op. Heel soms krijgen ze een monster te zien dat Japanners terroriseert. Mothra is Scotty's favoriet.

Ze stuiten op een film die al een tijdje bezig is. Een blond meisje ligt te slapen met de satijnen lakens zedig opgetrokken tot aan haar kin. Haar lippen zijn donker; een golvende schaduw valt over haar ene oog. Een vreemde nadert haar bed, een man gehuld in een zwarte cape. Net als het meisje draagt ook hij rode lippenstift. Hij sluipt naderbij. De actrice is een naïef blond meisje, dat verder naamloos blijft. Béla Lugosi sluipt op haar toe. Dan ineens begraaft hij zijn gezicht in haar hals.

Op dat moment, in de zitkamer van zijn grootouders – versleten Perzisch tapijt, onderleggertjes op elke tafel – krijgt Scott als kleine jongen zijn eerste stijve. (Dat zoiets mogelijk is op je achtste – de leeftijd van Ian – doet hem later versteld staan.) Hij ervaart een vreemde euforie, alsof hij wordt opgetild en gelanceerd. Hij verlangt niets. Hij zou niet weten waarnaar hij moest verlangen.

'Saai!' zegt Gwen en ze steekt haar hand uit om een andere zender te kiezen.

'Nee!' Scotty springt van de bank af en stort zich op zijn zus. Op zijn achtste is hij al groter, maar zij is snel en kordaat. Ze verzet zich hevig, en werpt haar hoofd in de nek zodat haar blanke keel zich strekt.

'Ga van me af, etter!'

Hij bijt niet door, maar bijt wel stevig. De volgende dag verschijnt er een paarsige vlek op haar huid.

'Lieverd, wat is er gebeurd?' vraagt haar moeder bij het ontbijt.

'Niets,' antwoordt Gwen op die ondoorgrondelijke manier die typerend voor haar zou worden. Haar effen toon ontmoedigt verdere vragen. Zijn zus is geen huilebalk, een karaktertrek die Scotty waardeert. Gwen kan een geheim bewaren.

Het is het begin van zijn carrière als bijter. Bij jongens weet hij zich redelijk goed te gedragen. Bij meisjes krijgt hij een sterke aandrang. Op de Pilgrims Country Day School is geen enkel meisje van de derde klas veilig voor hem, al hebben sommige minder van hem te vrezen dan andere: Carolyn Underwood met haar eczeem, Madeleine Hopewell die altijd in haar neus zit te peuteren. Juf Terry probeert hem in toom te houden, wat het probleem alleen maar verergert. Juf Terry is jong en mooi; haar achterste wiebelt wanneer ze op het schoolbord schrijft. Het wiebelen, haar blonde haar, haar licht blozende huid die hem mysterieus genoeg aan aardbeien doet denken: dat alles windt hem op.

Nu hij vele jaren later in een helder verlicht klaslokaal op de Walker Elementary School moest verschijnen, herinnerde hij zich het wiebelende achterste van juf Terry en dat hij niets liever had gewild dan haar in haar nek te bijten. Juf Lister, de juf van zijn zoon, gaf geen aanleiding tot een dergelijke drang. Zij was een bleke, pafferige jonge vrouw die erin slaagde om er zowel over- als ondervoed uit te zien. Haar sluike haar, dat met een haarspeld naar achteren werd gehouden, leek dunner te worden. In de hoeken van haar mond zaten korstige witte restjes. Bij een mooie vrouw zou je er seksuele associaties bij kunnen hebben. Bij Meredith Lister moest je denken aan tandpasta of een vitaminetekort.

Listerine, dacht hij. Listeria. Maar vergeleken met de klaslokalen uit zijn jeugd zag dat van juf Lister er steriel uit. Op Pilgrims waren de lokalen tochtig en kraakten de houten vloeren. Daar had elk klaslokaal een eigen garderobe gehad, een duur woord voor de jasjes van die kleine snotneuzen.

'Dank u voor uw komst,' zei juf Lister terwijl ze hem en Penny een hand gaf. Dat het gesprek in een klaslokaal werd gehouden, scheen een vooropgezet plan om hun gevoel van eigenwaarde aan te tasten: de beschaamde ouders moesten zich tussen de stoeltjes en tafeltjes wurmen die bedoeld waren voor achtjarigen. Penny kon dit nog wel met enige gratie voor elkaar krijgen, haar ranke hertenbenen waren plooibaar door dagelijkse yogaoefeningen; maar Scott had zijn tenen in geen tien jaar aangeraakt. Zelfs toen hij op de middelbare school aan sport deed, was hij nooit lenig geweest. Nu – met een lengte van 1,90 meter – kon hij zijn ledematen nergens kwijt en zag hij geen enkele mogelijkheid om zich straks als de beproeving ten einde liep uit zijn positie te bevrijden.

'Dit gesprek hadden we al veel eerder moeten hebben,' zei ze.

'Mijn fout. Ian heeft al gedragsproblemen sinds september, maar ik heb het zo druk gehad dat ik geen tijd voor andere dingen had. We hebben dit jaar een nieuwe schoolleider, en met al die gestandaardiseerde toetsen...'

'Praat me er niet van,' zei Scott vriendelijk. 'Ik begrijp het. Ik zit zelf ook in het onderwijs.'

Ze keek hem dankbaar aan. 'U weet dus wat het is. Waar geeft u les?'

'Ruxton.'

'O.' Haar glimlach verdween. 'Dat is toch een particuliere school? Ik bedoel, min of meer.'

Min of meer.

'En u neemt ook heel wat toetsen af,' voegde ze eraan toe.

'Precies,' zei Scott vlotjes. 'Dus ik begrijp dat die veel aandacht vergen.'

Hij had haar. Ze was overwerkt, onderbetaald en hunkerde naar erkenning: een toestand die Scott maar al te goed kende. Een beetje begrip, een beetje waardering van de ouders zou al veel doen om haar houding te versoepelen. Een achtjarige tijdelijk van school sturen was een buitensporige daad van een wanhopige vrouw. Maar Scott begreep hoe ze tot deze daad gekomen was. Dag in dag uit voelde hij zich net zo wanhopig.

'Goed,' zei Penny. 'Maar het punt is dat Ian echt overstuur is. Hij voelt zich nu een crimineeltje. Ik weet niet wat ik met hem aan moet.' Ze wachtte even. 'Alleen al het punt dat we vandaag hier moeten komen, weet u. U wilde ons beiden spreken, wat ik kan begrijpen, maar waar laten we Ian dan? We moesten oppas regelen en u weet niet...'

'Schat.' Scott gaf haar een waarschuwende blik. Het aankaarten van hun problemen om een oppas te vinden – tot op heden had geen van die meisjes nog een keer willen komen – zou Ians zaak geen goed doen. Als Penny haar mond hield en het hem liet afhandelen, waren ze over tien minuten thuis.

Juf Lister vouwde haar handen samen. 'Het spijt me als ik u overlast bezorg, mevrouw McKotch, maar volgens mij begrijpt u het niet. We hebben het niet over normaal wangedrag. Ian vertoont symptomen van een veel ernstiger probleem.'

Ze wachtte even om het te laten bezinken.

'Maar hij doet echt zijn best,' hield Penny vol, alsof ze het niet had gehoord. 'Hij zit de hele avond achter de computer. Hij moet mij elke avond zijn huiswerk laten zien voordat hij naar bed gaat. En hij is verbazend goed met de computer. U moest eens zien hoe hij zich van hot naar her klikt. Hij weet er meer van dan ik.'

Hou alsjeblieft je mond, dacht Scott. Hij zag hen beiden door de ogen van juf Lister: de vader dommig en slecht op de hoogte, een vriendelijke kletsmajoor. De moeder zeurderig en agressief, een vrouw die een miskend genie grootbracht. Penny en hij waren het soort ouders dat leerkrachten wel konden schieten. Het soort dat hij zelf wel kon schieten.

'Dat kan zijn,' zei juf Lister. 'Maar ik krijg zijn huiswerk nooit onder ogen. Hij weet het ergens tussen thuis en de klas kwijt te raken.' Ze telde af op haar vingers: 'Ian wordt gemakkelijk afgeleid. Hij raakt snel het overzicht kwijt. Hij heeft weinig zelfbeheersing. Zeg het maar als iets hiervan u bekend voorkomt.'

'Het hele rijtje,' zei Scott op meevoelende toon. 'Het hele rijtje klinkt bekend.'

Penny keek hem woest aan.

'Dat dacht ik al,' zei juf Lister.

'Wacht eens even. Ik weet niet waarover u het hebt,' reageerde Penny.

De onderwijzeres leunde naar voren in haar stoel. 'Volgens mij moet worden onderzocht of Ian ADD heeft, een aandachtstekortstoornis. En misschien ook of hij aan een depressie lijdt of angstgevoelens heeft.'

Scott knipperde met zijn ogen. Hij is acht, dacht hij.

'Ian is altijd vrolijk,' zei Penny in reactie op het woord 'depressie'. Scott had lang geleden al geleerd om haar niet te overvoeren; zij verwerkte ideeën een voor een. Hij vroeg zich nog steeds af of ze nu echt dom was of gewoon heel erg op één ding geconcentreerd. Na al die jaren wist hij het nog steeds niet.

'Misschien is hij depressief omdat u hem steeds de klas uit stuurt,' zei Penny. 'Hij vindt dat heel erg. Hij zal het niet zeggen, maar ik merk het aan hem.'

'Het spijt me als dat zo is,' zei juf Lister. 'Ian kan bijzonder lief zijn, als hij dat wil.'

Dat was waar. Scott dacht eraan hoe zijn zoon de vorige avond was geweest, toen hij voor de televisie in slaap gevallen was. De jongen had zich aan zijn schouders vastgeklampt toen Scott hem naar bed droeg.

'Wanneer hij herrie schopt, doet hij dat omdat hij gefrustreerd is,' zei Penny. 'Hij heeft het moeilijk met rekenen. Volgens mij heeft hij extra hulp nodig.'

Juf Lister zat heftig te knikken. 'Precies. Dat is precies wat ik wil zeggen: extra hulp. Maar er zitten nog vierentwintig andere kinderen in de klas. Er zijn grenzen aan wat ik kan doen.' Scott zag dat haar vingernagels tot op het leven waren afgebeten. Hij had ineens enorm met haar te doen. Als hij een klas van vijfentwintig Ians onder zijn hoede had, zou hij zijn nagels tot bloedens toe afbijten.

'Hebt u een voorstel?' vroeg hij.

Juf Lister wendde zich tot hem. 'Dit zijn bekende problemen, zoals u ongetwijfeld zult weten. Ouders gaan hier op verschillende manieren mee om. Medicatie is een mogelijkheid...'

'Vergeet het maar,' reageerde Penny. 'Ian gaat beslist geen medicijnen slikken. Geen sprake van.'

De onderwijzeres stak haar handen omhoog in een verdedigend gebaar. 'Die beslissing is natuurlijk helemaal aan u. Niemand kan dat voor u beslissen. Maar ik wil u wel zeggen dat ik Ian tot dat onderzoek niet meer in mijn klas kan hebben.'

'Schopt u hem van school?' zei Penny. 'Het is een openbare school. U kunt hem niet zomaar wegsturen.'

'Dat is waar,' stemde juf Lister met haar in. 'Maar de kwestie sleept al zo lang dat we andere mogelijkheden in overweging moeten nemen. Een klas voor leerlingen met een leerachterstand bijvoorbeeld.'

'Ian is niet achterlijk,' zei Penny.

Hou... toch... je mond, dacht Scott.

Juf Lister keek op haar horloge. 'Ik zeg alleen maar dat Ian meer hulp nodig heeft, of een ander soort hulp, dan een openbare school kan bieden.' Ze pakte een brochure uit haar bureaula en gaf die aan Penny. Scott boog zich naar haar toe om er een blik op te werpen, waardoor zijn tafeltje bijna omviel.

'Oeps,' zei juf Lister terwijl ze een hand uitstak om hem tegen te houden. 'Fairhope is een zelfstandige school in Fairfield County. Een oud-klasgenoot van mij geeft daar les. Ze behalen ongelooflijke resultaten met kinderen als Ian. Als u pertinent tegen medicatie bent, is dat iets om te overwegen.'

Penny overhandigde Scott de brochure. De foto's deden hem denken aan Pearse: de gebouwen van natuursteen, de grasvelden en de hoge bomen. Hij sloeg de bladzijde om en keek van boven naar beneden. De informatie die hij zocht stond in de kleine lettertjes onderaan. Meer nullen dan hij voor mogelijk had gehouden.

'Sterkte,' zei juf Lister terwijl ze opstond. 'Ik wens u en Ian het allerbeste.'

Ze reden zonder iets te zeggen naar huis, met Penny achter het stuur. Het was een eigenaardigheid in hun huwelijk waarvoor Scott geen verklaring had: als ze samen in een auto zaten, was het altijd Penny die reed. Hierin verschilden ze van alle andere stellen die hij kende. Hij wist niet wat dat betekende. Op seksueel gebied nam hij het initiatief en hij was de kostwinner. Niet een bijzonder succesvolle weliswaar, maar de kost die ze kregen, werd gewonnen door Scott.

Penny's zwijgzaamheid was klam en zwaar; hij voelde dat er een storm op komst was. Scott wachtte af, met al zijn zintuigen op scherp. Na tien jaar huwelijk was hij een oude grijsaard die pijn kreeg bij een hoge luchtvochtigheid, die in zijn botten voelde wat voor weer het zou worden.

'Ik snap jou gewoon niet,' zei ze uiteindelijk.

Scott voelde zijn spieren verslappen, een tastbare afname van de spanning. Zoals vroeger toen de angst voor de straf erger was dan de straf zelf, zo waren de ruzies met Penny altijd minder erg dan de aanloop ernaartoe.

'Je hebt Ian gewoon verraden. Je was het eens met alles wat ze zei.'

Is dat de manier waarop je je zoon verdedigt?'

'Waar moet ik hem tegen verdedigen, Penny? Tegen het krijgen van onderwijs? Tegen een onderwijzeres die zich zorgen maakt en wil helpen?'

'Zij wil hem aan de medicijnen hebben, Scotty. Noem je dat helpen?'

Hij haalde diep adem. 'Ian heeft het moeilijk. Hij kan geen schooldag doorkomen zonder gek te worden. En die woedeaanvallen, dat getreiter van hem: je hebt zelf tegen me gezegd dat Nathaniel Moss niet meer met hem wil spelen.'

'Nathaniel is een verwend joch.'

Laat je niet afleiden, zei hij tegen zichzelf. 'Dat ben ik met je eens: Nathaniel is verwend. Maar hoe zit het dan met Ians pesterijen tegenover Sabrina? Het slaan, het aan de haren trekken...' Hij wachtte even. 'Het bijten.'

'Ik zet hem steeds even apart om tot bedaren te komen,' zei Penny.

'Ik weet het: je doet wat je kunt. Maar hoe slecht moet het worden voordat we erkennen dat het niet werkt? Dat we professionele hulp nodig hebben?'

'Je klinkt net als juf Lister,' zei Penny.

'Misschien heeft ze wel gelijk. Het was heel geschikt van haar om een halfuur voor ons uit te trekken. Na afloop van zo'n werkdag heeft ze zin om naar huis te gaan en een stevige borrel te drinken. Dan wil je niet in een klaslokaal met twee vijandige ouders tegenover je zitten.'

'Vijandig? Wanneer ben ik vijandig geweest?' Penny reed door rood en miste op een haar na een andere minibus die uit de tegenovergestelde richting kwam. De scholen waren pas uit; rond deze tijd was het botsautootje spelen op de Quinebaug Highway, waarbij de Plymouth Voyagers fungeerden als de auto's met rubberen stootrand.

'*Ian is altijd vrolijk,*' deed Scott haar na. '*Misschien is hij depressief omdat u hem steeds de klas uit stuurt.* Was dat nou echt nodig, Pen? Hoe kan zij ons nog serieus nemen na zo'n opmerking?'

'Ons serieus nemen?' Ze keek hem verbaasd aan. 'Het maakt me niks uit of zij ons serieus neemt. Waarom vind je het zo belangrijk wat zij denkt?' Ze trapte op de rem. 'Daar gaat het jou om. Daar gaat het jou altijd om. Wat andere mensen ervan denken.'

'Wat?' Hij keek haar volkomen verbijsterd aan. Het was alsof het gesprek ineens een gierende U-bocht midden in het spitsverkeer maakte.

'Je schaamt je voor ons,' zei Penny. 'Voor Ian, en voor mij, voor ons allemaal.'

Niet dat weer, dacht hij. Sinds ze naar Connecticut waren verhuisd, was dit een terugkerend thema in hun ruzies. Voor zover Scott kon nagaan, kwam deze aanklacht voort uit twee incidenten in de winter van 1995:

1 Toen ze op zoek waren naar een nieuwe bank bij een goedkope meubelzaak die Rooms Unlimited heette, had Penny tegen Sabrina en Ian gegild dat ze niet op de demo-matrassen moesten springen, met een stem die diverse mensen had doen omkijken. Toen Scott haar op kalme, beheerste toon had gevraagd om niet als een viswijf te krijsen, was ze de winkel uit gerend.

2 Op de avond van een feest voor het docentenkorps van Ruxton was Penny uit hun slaapkamer tevoorschijn gekomen in een jurk met een decolleté tot haar navel, die een derde van elke borst blootgaf; ze waren gedurende haar tweede zwangerschap opgezwollen tot de omvang van grapefruits en waren niet meer tot de oorspronkelijke grootte teruggekeerd. Toen Scott zich hardop afvroeg of een rok met een truitje niet geschikter zou zijn, had ze gezegd dat hij kon oprotten. Hij was alleen naar het feestje gegaan.

'Niet te geloven zoals jij haar naar de mond praatte,' zei Penny nu. '*Ik begrijp het. Ik zit zelf ook in het onderwijs.*'

Hij kromp ineen bij haar korzelige imitatie van zijn stem, terwijl hij zich er ergens wel bewust van was dat hij haar het eerst had bespot. Hij vond het domme platvloerse karakter van hun ruzies deprimerend en vernederend. Hij had sterk het gevoel dat huwelijkse geschillen ook van enige esprit moesten getuigen: een koele scherpzinnigheid, een Edward Albee-achtige theatraliteit. Zijn ouders hadden briljante ruzies uitgevochten, ook al had zijn moeder uiteindelijk vaak haar toevlucht in tranen gezocht. Penny was gelukkig geen janker, maar ze had ook geen gevatte antwoorden tot haar beschikking. Samen klonken ze als twee kinderen op een speelplaats.

'Ik probeerde een beetje medeleven te tonen,' zei hij. 'Om een beetje goodwill te kweken. Dat ging ook goed totdat jij je mond opentrok.'

'Ging dat goed?' Ze spuugde het woord uit als een dikke fluim. 'Hoezo "goed"? Ze wil onze zoon aan de medicijnen hebben!'

'Sinds wanneer ben jij er zo pertinent op tegen om iets te gebruiken?'

Daar had hij haar klem. Gedurende de eerste jaren van hun huwelijk hadden ze in een soort marihuanawolk geleefd. Enige tijd geleden had ze met het oog op Scotts urine – onder de docenten van Ruxton werden steekproeven op het gebruik van drugs gehouden – thuis een strikt verbod uitgevaardigd, maar ze waren allebei weleens in overtreding.

'Scotty, we hebben het nu wel over ritalin. Dat is heftig spul.'

Uit de tijd dat Penny veel surfte, had ze nog het onder surfers populaire woord 'heftig' overgehouden voor wat echt gruwelijk was: rituele moord, zelfverminking en kindermishandeling, de lugubere onderwerpen van *Faces of Evil*, een sensatiebelust tv-programma waarnaar ze elke avond keek wanneer ze aan het koken was.

'Misschien heb je gelijk,' gaf hij toe. 'Maar het kan geen kwaad als we enig onderzoek verrichten. We zijn geen dokters, Pen. Ik zal mijn broer bellen.'

'Billy?' Weer zwenkte de minibus opzij. 'Billy kent Ian nauwelijks.'

Alsjeblieft God, dacht Scott, laat ons heelhuids thuiskomen.

'Nou ja, hij heeft gezien wat er met Kerstmis gebeurde.'

'Begin alsjeblieft niet over Kerstmis. Met jouw moeder in dat ijskoude huis. Zij laat die arme jongen urenlang aan tafel zitten. En dan al dat aanstellerige eten! Je kunt van kinderen niet verwachten dat ze zich als volwassenen gedragen. Zij weet helemaal niks van kinderen.'

Scott keek haar geamuseerd aan. 'Nou ja, ze heeft er drie grootgebracht.'

'O ja. Zeg nou niet dat jij met Billy en Gwen elke avond een uur lang aan tafel zat.'

'Dat is het nu juist, Pen. Dat was wel zo. Ik weet niet meer hoe we ons daarbij voelden of wat we daarvan dachten. We deden het gewoon.' Terwijl hij dit zei, schoot hem die keer te binnen dat zijn moeder gefrustreerd van de eettafel was weggerend en had geweigerd terug te komen. 'Regel jij het maar, Frank. Ik heb ze al de hele dag gehad.' Scott was vergeten wat hij nu precies had misdaan, maar hij wist wel zeker, door het gevoel in zijn maag, dat het wangedrag niet afkomstig was van Billy of Gwen. Hij was de schuldige.

'We waren uiteraard niet volmaakt,' voegde hij eraan toe. 'Maar daar gaat het nu niet om. Het gaat nu om Ian en wat wij voor hem kunnen doen.'

'Een andere juf om te beginnen. Deze weet niet wat ze doet. En ze heeft duidelijk de pik op hem.'

'Volgens mij is dat niet waar,' zei hij. 'Hoe dan ook, ik denk niet dat we die mogelijkheid hebben, tenzij we hem naar het speciaal onderwijs sturen.'

'Nee!' De minibus sloeg eindelijk Canterbury Lane in. 'Die kinderen worden daar echt gemarteld, Scotty. Mijn stiefbroer Benji...' Haar stem brak. Tot zijn verbazing biggelden er twee grote tranen over haar wangen.

'Rustig maar.' Voorzichtig raakte hij haar schouder aan, terwijl hij probeerde te bedenken of ze misschien ongesteld moest worden. 'Benji? In Idaho?'

Ze reed de oprit op en remde. Eindelijk liet hij zijn greep op de deurhendel verslappen.

'Hij was niet achterlijk, Scotty. Hij was juist erg slim. Hij had wat moeite met lezen en hij was erg verlegen.' Ze sprak nu zachtjes, ze fluisterde bijna. 'Die klootzak van een stiefvader van mij stuurde hem naar het speciaal onderwijs en, mijn God, je weet niet wat die andere kinderen hem hebben aangedaan. Uiteindelijk kon hij het niet meer aan en is hij weggelopen.' Ze snikte luid. 'Ik meen het serieus. Hij is weggelopen naar Californië. Hij is nooit meer teruggekomen.'

'Oké,' zei Scott, terwijl hij haar schouder streelde. 'Geen speciaal onderwijs. We zullen wel iets anders verzinnen. Dat beloof ik.'

Die avond zocht Scott op zijn computer in het souterrain allerlei websites door, waarbij hij de sites meed waarop reclame voor medicijnen werd gemaakt: 'Medicijnen per post. Ritalin en Adderall. PharmCanada. De laagste prijzen.' Eindelijk vond hij wat hij zocht, een lijst met alleen de diagnostische criteria. Er waren twee types aandachtstekortstoornis, die werden gekenmerkt door onoplettendheid of door hyperactiviteit-impulsiviteit. Hij scrolde omlaag en las:

1 Onoplettendheid
lijkt vaak niet te luisteren wanneer hij rechtstreeks wordt aangesproken

Op dat moment werd hij zich ervan bewust dat er op het plafond boven hem werd gebonsd. 'Schat!' riep Penny van boven. 'Ik roep je al vijf minuten.'

'Wat is er?'

'De afvalvernietiger maakt nog steeds herrie. Ik dacht dat je die zou repareren.'

'Dat heb ik ook gedaan,' zei hij. 'Ik zal ernaar kijken.' Hij staarde naar het scherm.

volgt vaak instructies niet op en heeft moeite met het voltooien van huiswerk, huishoudelijke klusjes of taken op het werk

'Dat zei je vorige week ook al,' gilde Penny.

'Ik weet het, ik weet het. Ik moet er nog een onderdeel voor kopen.'

raakt vaak dingen kwijt die nodig zijn voor taken of activiteiten (bijvoorbeeld huiswerk, schoolboeken)

'Lieverd, dat heb je al gekocht. Het ligt boven op de koelkast.'

'Mooi zo,' zei Scott, 'ik heb de hele week al naar dat kloteding gezocht.'

'Oké, maar Scotty...?'

'Kun je me even vijf minuten met rust laten?' riep hij. 'We hebben het hier al eerder over gehad, weet je nog? We zouden elkaar niet steeds door het trapgat toeroepen.'

heeft vaak problemen om de aandacht vast te houden bij de uitvoering van taken of activiteiten

Geen reactie van boven. Hij richtte zijn aandacht weer op het scherm, maar de letters begonnen voor zijn ogen te dansen. Hij keek snel verder tot onder aan de pagina. Zo, dacht hij, dat is een lange lijst.

Scott leunde achterover in zijn stoel, bereid om het zoeken op te geven, toen een bepaalde tekstregel zijn aandacht trok. Deze was rood onderstreept.

De symptomen van ADHD kunnen tot in de volwassenheid blijven bestaan. Dit geldt in het bijzonder als de stoornis in de familie vaker voorkomt.

Scott knipperde met zijn ogen. Het besef trof hem als een fysieke klap. Hij voelde dat er een bonzende hoofdpijn bij zijn slaap kwam opzetten, een ritmische dreun, alsof er een wezen in zijn schedel gevangen zat dat probeerde te ontsnappen.

Snel verbrak hij de verbinding. Op het scherm verscheen het logo van CompuCom USA. Een servicebericht liet hem weten: UW GEBRUIK BEDRAAGT 61 MINUTEN.

Shit, dacht hij. Ze hadden een abonnement met een tarief per uur, waarbij het eerste uur gratis was. Als hij net een minuut sneller had rondgeklikt, was deze sessie gratis geweest.

Hij klikte op de tab 'rekening'. Een ander servicebericht informeerde hem: UW GEBRUIK IN DEZE MAAND IS 7920 MINUTEN.

Hij maakte een snelle rekensom. Volgens zijn berekening had iemand via dit abonnement gemiddeld zes uur per dag verbinding gehad. Hij sprong op van zijn stoel.

'Penny!' brulde hij.

Ze verscheen boven aan de trap. 'Ik dacht dat we niet meer zouden roepen.'

Hij negeerde haar opmerking. 'Hebben de kinderen gebruik gemaakt van ons abonnement bij CompuCom?'

Ze keek hem behoedzaam aan. 'Hoezo? Wat is er aan de hand?'

'Ik heb net naar ons maandelijkse gebruik gekeken. Iemand heeft zo'n zes uur per dag met de computer verbinding gemaakt. Ik heb toch gezegd dat ze niet in mijn studeerkamer mochten komen? Daarom hebben ze toch juist zelf een computer gekregen?'

Penny streek met een hand door haar haren. 'Wind je niet zo op. Er is gewoon een fout gemaakt. Ik zal CompuCom morgen meteen bellen om het te regelen.'

'Waar is Ian? Ik wil met Ian praten.'

'Daar komt niks van in,' zei Penny. 'Eerst moet je wat kalmeren.'

Ze sloeg de deur dicht. Dat maakte een hol geluid, zoals het geklepper van paardenhoeven.

Scott zette zich weer aan zijn bureau en bladerde een beduimeld aantekenboekje door totdat hij het telefoonnummer van zijn broer had gevonden. Onder het bellen keek hij naar de cijfers die op het lcd-schermpje van zijn draadloze telefoon verschenen.

Wie had er nu zoiets uitgevonden? En hoe konden ze in vredesnaam voor zo'n lcd-scherm de kristallen vloeibaar maken?

Zijn vader zou dat wel weten. Zijn vader zou het twee uur lang gaan uitleggen in de overtuiging dat Scott het echt wilde weten.

Scott wilde het helemaal niet echt weten.

De laatste vijf cijfers van Billy's nummer waren 51551. Op het schermpje zag hij SISSI. Penny zou dat prachtig vinden. Zij zei al jarenlang – tot grote ergernis van Scott – dat zijn broer homo was.

Hij hing snel op. Daarna tikte hij gewoon voor de lol het nummer van zijn werkkamer op Ruxton in, waarbij geen enkel woord zichtbaar werd. Hij hield de telefoon op zijn kop. De cijfers gaven nog steeds geen woord te zien.

Hij hing op.

De lijst met diagnostische criteria had hem scherp bewust gemaakt van de loop van zijn eigen gedachten, die lukraak alle kanten op schoten. Zo had zijn geest altijd gewerkt. Hij had aangenomen dat het bij iedereen zo werkte, maar hoe had hij dat nu eigenlijk kunnen denken? Mensen als zijn vader concentreerden zich hun hele leven lang op droge, abstracte, complexe gegevens. Jaren geleden, op Pearse, had Scotts klasgenoot 'Jens' Jensen hem geholpen bij scheikunde, natuurkunde en wiskunde, allemaal vakken waar Scott een hekel aan had. (*Mijdt taken waarvoor een langdurige geestelijke inspanning vereist is.*) Hij keek vol ongeloof toe wanneer Jens een gecompliceerd vraagstuk bestudeerde en zo geconcentreerd was dat er rimpels in zijn bleke voorhoofd verschenen. Destijds had Scott het toegeschreven aan een verschil in cultuur. Jens kwam uit... Noorwegen? Denemarken? Een of andere koude noordelijke breedtegraad, waar het altijd donker was en waar de mensen binnenshuis bleven om vraagstukken op te lossen.

Hij wist toentertijd dat Jens hem erdoor had gesleept. Nu besefte hij dat in een ruimer verband de Jensen van de wereld de rest van de mensheid erdoor sleepten. Als de hersenen van iedereen werkten zoals bij Scott, zou er helemaal geen sprake zijn van wetenschap of hogere wiskunde, van het soort dat werd gebruikt om hoge gebouwen en bruggen te ontwerpen en vliegtuigen die niet uit de lucht vielen. De mensen zouden in hutten wonen en dierenhuiden dragen, of waardeloze leraren Engels worden die nog geen fractie hadden gelezen van de boeken die ze zouden moeten lezen. Die in de afgelopen drie jaar alleen de boeken hadden gelezen die hun leerlingen ook moesten lezen.

Zijn hele leven lang had hij verklaringen bedacht voor zijn gebrek aan prestaties. De scheiding van zijn ouders stond bovenaan. Zijn broer Billy had een stabiel thuis gehad voordat hij naar Pearse ging; als Scott dezelfde start had gehad, had hij ook bij lacrosse de sterren van de hemel gespeeld en was hij ook naar Princeton gegaan om er met lof af te studeren. Toen Frank Billy's interesse in de wetenschap stimuleerde, liet hij hem hele dagen doorbrengen in het heilige der heiligen, zijn lab op het MIT. Scott was bijna gestikt van jaloezie. 'Ik neem jou later ook een keer mee,' had Frank beloofd toen Scott een hevige woedeaanval kreeg. Maar tegen de tijd dat Scott oud genoeg was, was zijn vader allang vertrokken. En dan had je natuurlijk Gwen nog: Frank en Paulette waren zo druk in de weer geweest met hun getwist over medische problemen dat ze Scott aan zijn lot overlieten; als ze meer aandacht voor hem hadden gehad, zou hij wel op koers zijn gebleven. Nu besefte hij dat geen van die veronderstellingen klopte. Als zijn ouders bij elkaar waren gebleven en als Gwen normaal was geweest, zou hij nog steeds een blindganger zijn geweest.

Deze aandoening, als hij die had, zou verklaren waarom zijn leven deze loop had genomen, een feit dat hem terneergeslagen maakte en tegelijk ook troost gaf. Zijn verwaarloosde academische studie. De lange reeks van rampzalige beslissingen die hem op Ruxton had doen belanden (*achteruitgang in beroepsuitoefening*). Hij was een middelmatige docent, een slechte acteur in een cynische parodie op een middelbare school. Een kalende man van dertig die na een huwelijk van zoveel jaar was uitgeblust, die een dochter had die hem uitlachte en een zoon die...

Allemachtig.

Een zoon die net zo zou worden als hij.

Hij pakte de telefoon. Zelfs de telefoon van zijn broer ging op een andere manier over. Billy's beltoon klonk duur – laag en melodieus, een lage mechanische zoem. Scott had bij de lokale gesprekken gemerkt dat de telefoons in Gatwick overgingen met een irritante falsettjirp. Lag dat aan de lokale telefoonmaatschappij? Zijn telefoonbedrijf voor interlokale gesprekken? Was het een mechanisme in zijn eigen telefoon, of in het toestel dat hij belde?

Hij schudde zijn hoofd om helder te kunnen nadenken.

Billy nam op toen de telefoon voor de tweede keer overging. Het duurde even voordat hij Scotts stem herkende. Nou ja, zo vreemd was dat niet. Scott had zijn broer in geen jaren gebeld.

Mocht Billy zich dat al realiseren, hij liet het niet merken. 'Hoe is het?' vroeg hij vlotjes, alsof ze elkaar elke dag spraken.

Scott stelde zich voor hoe Billy plaatsnam op een gestroomlijnde moderne bank, die met duur leer was bekleed. Hij had Billy's appartement nog nooit gezien, maar zijn moeder had het uitbundig en tot in detail beschreven, iets wat Penny razend maakte. Even was hij jaloers op zijn broer. Een vrijgezel op vrijdagavond, vrij om in een bar met onbekende vrouwen een gesprek aan te knopen. Of beter nog (en dit gaf aan dat Scott al hard op weg was een man van middelbare leeftijd te worden) om gewoon met rust te worden gelaten.

Bij Billy klonk lichte jazzmuziek op de achtergrond. Er was geen ander geluid uit zijn omgeving te horen. Bij Scott deed de televisie het plafond schudden. Ook hoorde hij dat er hard van de keuken naar Ians kamer werd gerend.

'Luister, ik wil je even iets voorleggen,' zei Scott. 'Wat weet je over ritalin?'

'Het middel tegen hyperactiviteit?'

'Ja. De onderwijzeres van Ian vindt dat hij dat moet gaan slikken.'

'Heb je het al met je kinderarts besproken?'

'Ja,' loog Scott. 'Ik wil graag een second opinion.'

Een ogenblik stilte. 'Scotty, ik wil je graag helpen, maar je weet dat ik geen kinderarts ben. En dan nog, ik heb hem niet onder ogen gehad.'

'Je hebt hem met kerst gezien.'

'Ik heb hem niet onderzocht. Ik zou me onverantwoordelijk gedragen als ik je een medische opinie geef op basis van wat je mij over de telefoon vertelt.' Hij klonk meer als een arts die niet wegens nalatigheid wilde worden aangeklaagd, dan als een broer. Allemachtig, dacht Scott, wat een SISSI.

'Jezus Bill, ik ga je heus niet vervolgen hoor.'

Billy zuchtte. 'Goed. Prima. Dit gedrag... de hyperactiviteit, de agressie, het gestotter...'

'Ho, wacht even. Stottert Ian?'

'Hm, ja,' antwoordde Billy. 'Wanneer hij opgewonden raakt. Heb je dat niet gemerkt?'

'O dat,' loog Scott nogmaals. 'Ja natuurlijk.'

'Zeg eens: wanneer heb je voor het eerst...'

'Bill, zelfs als peuter was hij al moeilijker dan Sabrina. Hij sliep nooit een hele nacht door. Dat soort dingen. Maar hij is een jongen, hè? Ik dacht dat het gewoon door het verschil tussen jongens en meisjes kwam. Sabrina was in vergelijking met hem een engel, Bill. Echt een engel.'

'Laat me even uitspreken, wil je?' zei Billy. *(Flapt er een antwoord uit voordat de vraag in zijn geheel is gesteld.)* 'Zijn de symptomen al vóór zijn zevende begonnen?'

Scott herinnerde zich de eindeloze rit vanuit Californië naar Connecticut, een week waarin ze in motels langs de weg hadden geslapen, met hun vieren bij elkaar gepropt in één smerige kamer. In de verstikkend hete Golf zaten Ian en Sabrina op de achterbank gemeen naar elkaar te schoppen. Ian was toen vijf, een razende schreeuwlelijk. Met dezelfde intensiteit waarmee hij als tiener in gedachten zijn seksuele fantasieën had uitgeleefd, dagdroomde Scott er toen over zijn hele gezin aan de kant van de weg achter te laten.

'Ja,' antwoordde hij. 'Duidelijk al voor zijn zevende.'

'Dat is belangrijk,' zei Billy. 'Dat past bij ADHD.'

De waterpomp trad met luid misbaar in werking, zodat de triplex wand stond te trillen. Scott lette er niet op, ook al werd hij *snel afgeleid door prikkels van buitenaf.*

Hij ging verder.

'Luister, zeg niks tegen mama hierover. Helemaal niks dus. Maar vooral niet hierover: Penny heeft een zus die schizofreen is. Kan dat er iets mee te maken hebben?' Jaren geleden, toen Penny en hij nog in Eureka woonden, waren ze een weekend naar Portland geweest om dope te halen en hadden ze bij haar zus op de grond geslapen. Jo-Ann zat toen zwaar onder de medicijnen; ze was een opgezwollen, zwijgzame versie van Penny, met haar dat zo was verknipt dat het een soort helm met pieken was. Scott kreeg de indruk dat ze zichzelf had gesneden. (In een aanval van zelfhaat. Met een machete.) Hij was doodsbang van haar geweest.

'Nee,' antwoordde Billy. 'Maar weet je, het is wel een interessante kwestie. Er schijnt een soort genetische aanleg voor schizofrenie te bestaan. En er is sprake van comorbiditeit met ADHD.'

Scott liet dat langs zich heen gaan, als een taxi die niet vrij was. Hij was opgehouden met luisteren na het woord 'nee'.

'Nog even het medicijn,' zei hij. 'Volgens Penny zijn er bijwerkingen.'

'Gewichtsverlies, slaapstoornissen.' Billy wachtte even. 'Aan de andere kant is er altijd wel wat als je een medicijn voorschrijft. Je moet de risico's van de behandeling afwegen tegen de gevolgen als je niets doet. In welke groep zit hij, groep drie?'

'Groep vijf.'

'Hoe doet hij het op school?'

'Slecht,' zei Scott. 'Ze willen hem van school sturen. Daarom bel ik ook.'

'Van een openbare school? Ik wist niet dat ze dat konden doen.'

'Als hij niet aan de ritalin gaat, willen ze hem naar het speciaal onderwijs sturen.' Scott aarzelde. 'Luister, je hebt hem meegemaakt met Kerstmis. Als je daarvan uitgaat, zou jij het dan doen als het jouw kind was?'

Een lange stilte.

'Hij leek me erg opgewonden met Kerstmis,' constateerde Billy. 'Volgens mij had mama er wel zorgen om.'

Er wel zorgen om hebben. Dat was Drewspraak voor 'op het punt staan om de etter het raam uit te smijten'.

'Ik weet dat hij een lastpak is,' zei Scott zwakjes. 'Mama is dat niet gewend.'

Billy grinnikte. 'Ze heeft jou toch grootgebracht.'

Scott kreeg van verontwaardiging een brok in zijn keel. Hij slikte met tegenzin. Billy was vijf jaar ouder; als iemand het zich herinnerde, zou hij het zijn. En wie kon hij het anders vragen?'

'Was ik ook zo?' wilde hij weten. 'Zoals Ian?'

Weer het gegrinnik. 'Hou je me voor de gek? Door jou kwam ze bijna in het McLean terecht. Zoals jij en Gwen altijd op elkaar in zaten te stompen...' Hij brak zijn zin af. 'Trouwens, heb je het al gehoord?'

'Wat?' vroeg Scott.

'Hou je vast. Gwen heeft een vriend.'

'Je neemt me in de maling.'

'Nee echt, ze heeft hem ontmoet tijdens haar duikvakantie. Mama kan het helemaal niet aan. Ze is in alle staten.'

Die zondagochtend ontbeet Paulette in haar nachtjapon. Dat deed ze slechts eenmaal per jaar, wanneer haar jeugdvriendin Tricia James uit Philadelphia op bezoek was. Voor Tricia had ze een pot koffie gezet, hoewel ze van haar tweede kop al wat trillerig was geworden. (Tijdens de menopauze was ze overgestapt op kamillethee.) Maar met Tricia had ze de traditie om in nachtkleding koffie te drinken, een onbewuste herleving van hun tijd als kamergenoten op Wellesley, waar ze de koffie met bakken tegelijk hadden gedronken en een groot deel van hun tijd in pyjama hadden doorgebracht. Paulette en Tricia waren die tijd niet vergeten. Ze zouden zich altijd die meisjes van vroeger herinneren.

'We hebben een hechtere band dan zussen,' zeiden ze graag en in het geval van Paulette was dat zeker ook zo. Haar eigenlijke zus was tien jaar geleden naar New Mexico verhuisd – naar haar zeggen om te profiteren van het spectaculaire licht, om haar eigen kleurenpalet te mengen met woestijnzand. Martine woonde in een huis met twee andere kunstenaressen, en Paulette was er nooit uitgenodigd. Ze spraken elkaar tweemaal per jaar, op hun verjaardagen, en voor elke kerst stuurde Martine haar een schilderij. Paulette wist van hun broer dat Martine het weer eens voor elkaar had gekregen, dat haar schilderijen in een galerie in New York hingen en voor duizenden dollars over de toonbank gingen. Dat Martine zelf haar dit niet had verteld, kwetste haar zeer. Paulette vond het geweldig om grootse prestaties te vieren (die van haar familie uiteraard, want zelf had ze nooit iets gepresteerd). In haar ogen was dat ook de zin van prestaties.

Tricia James dacht er precies hetzelfde over. Dat maakte hun vriendschap nog hechter. Drie dagen lang had Paulette toegestaan dat Tricia vol lof sprak over Billy, Gwen en Scott. Ze reageerde daarop met vriendelijke woorden over Hadley, Patrick en Eleanor. Zo was het altijd gegaan tussen Tricia en haar. Het zou ongepast zijn om maar over je eigen kinderen door te blijven kleppen.

Op Wellesley was het hun klasgenoten al opgevallen hoezeer ze op elkaar leken. Ook al was de een blond en de ander donker, ze hadden gelijke gelaatstrekken en een identiek tenger lijf. Tot afschuw van Paulette had Frank ooit eens opgemerkt dat in het donker Tricia precies hetzelfde zou aanvoelen als zij.

Dat had ze nooit aan Tricia verteld.

Ze deden allebei graag het verhaal van hun eerste ontmoeting: in de eetzaal hadden ze van elkaar gezien dat ze een identieke rok van sealskin droegen met een botergele sweater, pumps met een klein hakje, en een Hermès-sjaaltje. Als ze in een identieke jurk waren verschenen, was dat gênant geweest, maar dat ze precies dezelfde combinatie droegen, inclusief schoenen en sjaaltje, was te gek voor woorden. Paulette Drew en Tricia Boone kenden elkaar nog niet, maar ze waren in lachen uitgebarsten. Ze waren negentien en de reactie van beiden was vervuld van hilariteit, herkenning en vreugde.

Het zag er enige tijd ook naar uit dat ze een volkomen identiek leven zouden leiden. Beiden gingen van de universiteit om te trouwen. Walter James was net als Frank een knappe, charmante, viriele man; en een korte, heerlijke tijd werd de beide meisjes tegelijk het hof gemaakt. In Franks ouwe brik – Frank en Paulette voorin, Wall en Tricia op de achterbank – waren ze allebei voor het eerst gezoend. Ze waren volledig, hopeloos en gelijktijdig verliefd geworden.

Beiden kregen drie kinderen, al waren die van Tricia sneller na elkaar gekomen. Zwanger zijn was haar zwaar gevallen en ze had zich er met grote moed doorheen geslagen; ze had zich voorgenomen om het zo snel mogelijk achter de rug te hebben. En op dat punt waren hun paden uiteengeweken, omdat Tricia met haar inwonende kinderjuffrouw het zich ook kon veroorloven om het snel achter de rug te hebben. Tricia was getrouwd met een man die het talent bezat om geld te verdienen, een man die geld belangrijk vond.

Toen Paulette onlangs haar haar liet verven, had ze een tijdschrift doorgebladerd en daarin het fascinerende statistische feit gelezen dat de langste mannen ook de hoogste salarissen verdienden. Onder het slaapverwekkende gezoem van de haardroger had ze zitten mijmeren over de uitzonderlijke lengte van Walter James. Terwijl Frank eindeloze jaren met zijn opleiding bezig was geweest, had Wall als investeringsbankier gewerkt bij Goodman Schering; toen Paulette en Frank nog in een vervallen studentenwoning zaten, had Wall voor Tricia een huis in Bryn Mawr laten bouwen. Paulette had met een krap budget en een man die workaholic was, haar kinderen helemaal alleen grootgebracht. Ze had haar ouders weleens een hint gegeven dat enige ondersteuning welkom was, maar haar vader was alleen maar in het verleden rijk geweest, terwijl die van Tricia dat tot op heden was gebleven. Paulette had van een afstand gezien hoe Tricia het leven leidde van een welvarende jonge vrouw en moeder – het leven dat Paulette ook voor zichzelf had verwacht, en dat ze vrijwel zeker ook zou hebben gehad als Frank niet op een avond op een gemengd feest van Wellesley was verschenen en haar leven een andere richting had gegeven.

Nu hun kinderen het huis uit waren, zagen de twee vriendinnen elkaar geregeld. Elk voorjaar kwam Tricia voor een weekend naar Concord. In het najaar bracht Paulette een weekend door in Bryn Mawr. Deze bezoekjes begonnen met een omhelzing en een kus, ze beoordeelden snel hoe het met de ander gesteld was en pasten zich opnieuw aan elkaar aan. In de beleving van Paulette was Tricia nog steeds een jonge vrouw, maar in die eerste ogenblikken zag ze dat het anders was. Meer dan wie ook ter wereld maakte Tricia het Paulette duidelijk dat ze zelf ook ouder werd. 'Je ziet er geweldig uit,' zeiden ze tegen elkaar, en in zekere zin was dat ook zo. Ze waren beiden slank, mooi gekleed, zorgvuldig gekapt. Ze verzorgden hun lichaam als betrof het een museumschat, een kostbaar kunstvoorwerp dat achter glas werd bewaard. Maar ze waren dichter bij de zestig dan bij de vijftig, en geen enkele vorm van onderhoud kon daar verandering in brengen.

De oudste vrienden waren het belangrijkst. Met elk jaar dat verstreek, raakte Paulette daarvan des te sterker doordrongen. Ze dacht aan haar broer Roy, die als gepensioneerde in Arizona was gaan wonen om er te golfen met mannen die ook – ze verafschuwde het woord – bejaard waren. Roy was naar Phoenix gekomen met een heel leven achter zich, een carrière, een huwelijk; voor zijn nieuwe vrienden was hij altijd oud geweest. Dat gold niet voor Paulette en Tricia. Vreemden zouden Paulette kunnen aanzien voor een oude vrouw, maar Tricia wist dat ze in al die jaren maar heel weinig was veranderd, dat ze voor een groot deel nog dezelfde persoon was als toen ze twintig was: haar koppige hoop en haar grenzeloos vermogen om teleurstellingen aan te trekken waren eigenschappen die met elkaar waren vervlochten als strengen haar. Dat was de wezenlijke aard van Paulette – 'mijn dwaasheid' noemde ze het zelf – en ze was die niet ontgroeid zoals haar moeder haar dat wel had voorspeld. Net als al het andere was het leven op rijpe leeftijd voor Paulette een teleurstelling. Ze vond dat er een soort voordeel moest schuilen in dat groteske gedoe van het oud worden, een kleine compensatie voor alles wat er wegviel. Ze had wijsheid verwacht, maar die wijsheid kwam niet. In de herfst van haar leven wilde ze dezelfde dingen die ze altijd had gewild, en met een onverminderde intensiteit; en ze leed ook nog net zo hevig wanneer die verlangens niet werden vervuld.

Omdat Tricia dit begreep, had Paulette haar nog steeds nodig en hechtte ze nog steeds grote waarde aan hun samenzijn ondanks de onvermijdelijke vergelijkingen tussen Tricia's leven en het hare. Tricia's kinderen waren gezond, haar huwelijk was intact. Ook al had Paulette er haar twijfels over of Wall, die haar een keer bij haar billen had gegrepen toen ze op de bruiloft van een vriendin met elkaar dansten, wel honderd procent trouw was gebleven. (Vertrouwde Tricia hem? Was dat de reden waarom ze na al die jaren nog steeds getrouwd was, terwijl Paulette alleen was?)

Tussen het museum, het toneelstuk van Ibsen, de lunches en het winkelen door vond er een gesprek plaats, een gesprek dat altijd was gericht op echtgenoten en kinderen. Gezien de recente gebeurtenissen – drie dagen van bezorgd piekeren, angst en ingehouden woede – had Paulette deze onderwerpen nu het liefst helemaal gemeden, maar met Tricia was dat onmogelijk. Hun vriendschap was te oud, de gewoonten stonden al te zeer vast.

Op de tafel tussen hen lag een stapel foto's. 'Plaatje met een praatje,' had Tricia verkondigd terwijl ze de foto's uit haar handtas viste. Ze hadden ze gezamenlijk doorgekeken, waarbij Paulette goedkeurende geluidjes van vermaak, waardering of verrukking liet horen. Tricia's dochters waren mooie meiden die net zo blond waren als hun moeder. In hun kindertijd waren ze niet aantrekkelijk geweest, maar nu ze volwassen waren, kwamen ze goed tot hun recht. Op één foto stond Tricia gearmd met Hadley en Eleanor: het was onmiddellijk duidelijk waar de meisjes hun knappe uiterlijk vandaan hadden, en waar dat van Tricia was gebleven. Paulette vroeg zich af hoe Tricia dat kon verdragen. Zou zij in Tricia's positie jaloers zijn geweest op haar mooie dochters? Was een zwak deel in haar er dankbaar voor dat haar de vernedering van de kerstfoto's bespaard bleef waarin Tricia moest berusten, de kwelling om weg te kwijnen terwijl haar dochters opbloeiden? Was ze blij dat Gwen niet tot een volwassen vrouw was uitgegroeid?

Ik ben geen genereus mens, dacht ze.

Nog meer foto's. De dochters van Tricia hadden ieder twee kinderen. Patrick en zijn vrouw, beiden advocaat, hadden er geen. Dat vond Tricia een bezoeking, maar ze gedroeg zich keurig en hield haar mond erover. 'Ik weet niet waar ze nog op wachten,' had ze Paulette toevertrouwd. 'Claire is vierendertig, even oud als Patrick. Even oud als Gwen.'

Paulette bestudeerde de foto. Patrick zag er dik en pafferig uit, hij had zijn mooie krulhaar verloren. Arme Patrick, dacht Paulette. Ze had altijd warme gevoelens voor die jongen gehad. Ze zou nooit vergeten dat hij zo aardig was geweest om met Gwen naar het wintergala te gaan.

Omdat Tricia het verwachtte, liep Paulette naar de woonkamer en haalde haar enige kerstfoto uit de hoge ladekast; ze was er nog niet toe gekomen een lijstje te kopen. Op de foto stond de familie rond de douglasspar: Paulette in het midden met haar knappe zonen aan weerszijden. Op de voorgrond stonden Ian, Sabrina en Gwen.

Billy, Scott en Sabrina stonden er prachtig op. De anderen was de camera minder goed gezind. Gwen zag er verfomfaaid en gedrongen uit in haar afschuwelijke sweater; in het felle licht van de flits was haar gezicht erg bleek, zonder zichtbare lippen of wenkbrauwen. (Lippenstift! dacht Paulette.) Ians shirt zat onder de vlekken. En Paulette zag er gewoon oud uit.

'O wat lief,' zei Tricia plichtsgetrouw. 'De vrouw van Scott heeft de foto zeker genomen?'

'Zij is de beste fotograaf in de familie,' zei Paulette.

'Blijkbaar. Zij staat nooit op een foto.' Tricia hield de foto op armlengte, met haar ogen tot spleetjes geknepen. Net als Paulette was ze te ijdel om een bril te dragen. 'Scotty's kleine meid wordt straks een schoonheid.' Ze zei het niet, maar het viel haar vast en zeker op dat Sabrina nu bijna net zo lang was als haar tante Gwen.

'Het is een mooie meid,' beaamde Paulette.

'Wat heeft ze een blanke huid. Heeft haar moeder die ook?'

'Ja,' antwoordde Paulette. 'Penny heeft een lichte huid.'

'Billy is echt ongelooflijk knap. Zeg nou zelf, wat mankeert die meisjes tegenwoordig? Het is onvoorstelbaar dat niemand hem nog aan de haak heeft geslagen.' Tricia bestudeerde de foto. Uiteindelijk reikte ze naar haar handtas en haalde haar bril tevoorschijn.

'O mijn hemel,' riep ze uit. 'Het is echt Scott.'

'Ja natuurlijk,' reageerde Paulette onzeker. 'Wie zou het anders moeten zijn?'

'O, maar dat is frappant. Ik was niet van plan er iets over te zeggen omdat het zo dwaas leek. Ik was ervan overtuigd dat ik me had vergist.' Tricia zette haar bril af. 'Toen ik hierheen reed, zag ik iets heel vreemds. Ergens in Connecticut zag ik Scotty op een groot reclamebord.'

Paulette fronste.

'Het was geloof ik om een school aan te prijzen. Eerst dacht ik: Tricia, je bent helemaal in de war. Je krijgt waanbeelden. Maar lieverd, ik zag het goed! Het was jouw Scott.'

Paulette schudde haar hoofd alsof ze zo haar gedachten op een rijtje wilde krijgen. Te veel cafeïne, te veel foto's, de intense inspanning om niet te denken aan wat haar het hele weekend door het hoofd had gespookt. En wat was dat voor onzin over een reclamebord? Ze voelde een druk achter haar ogen, een opkomende migraine. Tot haar afschuw barstte ze bijna in tranen uit.

'Wat is er, lieverd? Heb ik je van streek gemaakt?' Tricia reikte over de tafel naar Paulettes hand. 'Wat is er? Wat is er aan de hand?' Paulette greep Tricia's hand, steviger dan ze had bedoeld. 'Tricia, ik moet het aan iemand kwijt en we zijn al zo lang vriendinnen. Er is Gwen iets verschrikkelijks overkomen.'

Op vrijdagochtend was de telefoon overgegaan, net toen Paulette de schoonmaakster betaalde – een nieuw meisje dat ook het huis van de familie Marsh naast haar deed. Guadelupe was een mooie meid met een bruine huid die slechts vijf woorden Engels sprak, zodat het onderhoud traag verliep. Maar haar prijs was redelijk en ze leverde perfect werk af.

Paulette haastte zich naar de telefoon. Zij was nog van de generatie die een telefoon niet gewoon kon laten rinkelen, zoals haar kinderen haar aanraadden. Billy had er lange tijd bij haar op aangedrongen om een antwoordapparaat te kopen, maar Paulette vond dat maar niks. Ze vond het vreselijk om haar stem op een bandje te horen.

'Billy, wat is er?' vroeg ze onmiddellijk. Haar zoon was een gewoontemens, ze spraken elkaar altijd om klokslag zes uur 's avonds. Voor zover ze zich kon herinneren had hij nog nooit op een doordeweekse ochtend gebeld.

'Rustig maar,' zei Billy, die zelf helemaal niet zo rustig klonk. 'Alles is goed.'

'Ik heb een beetje haast,' legde ze uit. 'Tricia komt dit weekend en ik heb niets in huis.'

'Goed, we kunnen wel een andere keer praten.' Hij klonk opgelucht dat hij van haar af was, alsof zij hem urenlang aan de telefoon had gehouden. Alsof zij hém had gebeld.

'Billy, je klinkt gespannen. Wat is er?'

'Gisteravond heb ik Gwen gesproken. Ik moest je de groeten doen.'

'Dat is aardig van je, lieverd.' Paulette keek op haar horloge. 'Hoe was haar vakantie?'

'Nou, dat is het nu juist, moeder. Ze had een week geleden al te-

rug moeten komen. Maar ze zit daar nog steeds.'
'Is het goed met haar?' Paulette voelde haar hart sneller gaan. Er schoot al van alles door haar hoofd: ze kon ogenblikkelijk naar het vliegveld vertrekken. Misschien kon ze Tricia nog net bereiken voordat zij uit Philadelphia wegging. Zo niet, dan kon ze wel een briefje achterlaten bij de familie Marsh. Tricia zou het wel begrijpen.

'Het is prima met haar,' zei Billy. 'Ze klonk zelfs heel gelukkig. Blijkbaar heeft ze op het eiland iemand leren kennen.' Hij wachtte even, alsof hij zich bewust was van het gewicht van wat hij ging zeggen. 'Moeder, Gwen heeft een vriend.'

Ze kon helemaal niets wijs worden uit de weinige inlichtingen die Billy haar kon geven. Ze hadden elkaar op een boot ontmoet. Ze waren samen gaan duiken. De jongeman heette Rico.

Gek genoeg moest Paulette denken aan Guadelupe de schoonmaakster, en de recente beproeving om voor het meisje een cheque uit te schrijven.

'Mijn hemel,' zei ze zwakjes. 'Spreekt ze eigenlijk wel Spaans?'

Rico was niet van Spaanse afkomst, legde Billy uit; hij had een Franse achternaam. Hij woonde kennelijk op het eiland. Op Saint Raphael.

Toen ze later van de supermarkt terugreed, dacht ze na over wat Billy had gezegd. Ze probeerde zich die Rico voor te stellen, maar zonder succes. Ze wist niets, maar dan ook helemaal niets, over wat voor mensen er op Saint Raphael leefden.

Zoals altijd wanneer ze met iets onbekends werd geconfronteerd, raadpleegde ze het World Book. Ze had de set lang geleden, in het begin van haar huwelijk, gekocht van een knappe verkoper die had aangebeld bij hun appartement in Cambridge. Frank had de aankoop onzinnig genoemd en had geen goed woord voor de boeken overgehad, maar Paulette vond dat ze na al die jaren nog steeds van onschatbare waarde waren. Ze waren inmiddels vijfendertig jaar oud, maar voor Paulette was dat van ondergeschikt belang. De delen van de wereld waarvoor zij zich interesseerde, waren niet zo heel veel veranderd.

Saint Raphael. Een van de noordelijke Kleine Antillen in het oosten van de Caribische Zee. Na de ontdekking door de zeevaarder sir Francis Drake werd het in 1693 eerst een kolonie van de Britten en kwam het later onder Frans bestuur (1782-1790). De suikerhandel kwam in 1800 tijdelijk stil te liggen door een massale zelfmoord onder de slaven op de suikerplantages. De suikerproductie eindigde definitief in 1910, toen vrijwel alle plantages aan de zuidkust van het eiland werden weggevaagd door een uitbarsting van de vulkaan Montagne-Marie. Tegenwoordig bestaat de belangrijkste economische activiteit uit de winning van bauxiet. De hoofdstad is Pointe Mathilde.

Naast de beschrijving stonden twee foto's in postzegelformaat. Palmbomen vol kokosnoten. Een glimlachende man met een bruine huid die een tros bananen droeg.

Paulette legde het boek neer.

Mijn hemel, dacht ze. Is die Rico zwart?

Zoals een reiziger wacht op het binnenrijden van de trein, zo zat zij te wachten op de uitwerking die deze gedachte op haar zou hebben, een gevoel van extra opwinding vanwege de schok of de ontzetting. Vreemd genoeg kwam de trein niet. Haar lichaam was al in een staat van hoogste paraatheid – een bonzend hart, een intense warmte die zich over haar gezicht, keel en borstkas verspreidde. Een verdere mate van paraatheid was onmogelijk. Het volume was al zo hoog gedraaid als mogelijk was.

En wanneer ze erover nadacht – eens in de twintig jaar – vond ze zwarte mannen eigenlijk wel knap. Ze dacht in eerste instantie aan Harry Belafonte en aan die jongeman die op de lokale nieuwszender de sportuitslagen presenteerde.

Ze keek weer in het *World Book*.

SAINT RAPHAEL IN VOGELVLUCHT

INWONERTAL 72.500
HOOFDSTAD Pointe Sainte Mathilde
REGERING protectoraat (Groot-Brittannië)

TAAL   Engels (officieel), Frans dialect
RELIGIE   divers
ECONOMIE   landbouw (suiker, bananen), mijnbouw (bauxiet)
MUNTEENHEID   Oost-Caribische dollar

Ze legde het boek neer. Het *World Book* had haar zelden teleurgesteld, maar afgezien van de mogelijkheid dat Rico zwart was, had de beschrijving haar niets nuttigs opgeleverd. Dat hij zwart was, of zwart kon zijn, was zoiets als een rommelige kamer in een brandend gebouw: niet iets om je druk over te maken. Er waren dringender vragen waarop ze antwoord wilde hebben. Zoals: was die Rico een serieus type? Had hij een beroep, een vaste bron van inkomsten? Of was hij een crimineel, een opportunist die misbruik maakte van Amerikaanse toeristen? Zag hij in Gwen – de kleine, kwetsbare Gwen – een gemakkelijke prooi?

Was er seks in het spel? Van films en televisie wist ze dat dit bij een afspraakje al werd verwacht, dat meisjes die veel jonger waren dan Gwen, heel vanzelfsprekend naar bed gingen met jongemannen voor wie ze nog geen liefde voelden en dat misschien ook nooit zouden gaan doen; dat de jongemannen dit verwachtten en dat de hele gang van zaken voor beide partijen aantrekkelijk was. In tegenstelling tot wat Frank soms had gezegd was Paulette geen preutse vrouw. Ze had genoten van de lichamelijke kant van het huwelijk en had die gemist toen het huwelijk voorbij was. (Tot haar verrassing had ze die erg gemist.) Oppervlakkig bezien leek deze nieuwe vorm van omgang logischer, eenvoudiger en eerlijker dan de uitgebreide gavotte die zij indertijd hadden uitgevoerd. Tegelijkertijd zag ze er iets ongelijks in. In haar hart was Paulette ervan overtuigd dat vrouwen anders waren dan mannen, dat zij een groot risico namen in de liefde en er ook iets voor terug verwachtten – toewijding, trouw – wat mannen hun niet altijd wilden geven. Wat mannen van vrouwen wensten, was daarentegen veel simpeler en was tegenwoordig zonder veel moeite te krijgen.

Het leek haar een uiterst plezierige tijd om man te zijn, en oneerlijk genoeg een hachelijke, moeilijke tijd om vrouw te zijn.

Bovendien was Gwen geen gewone vrouw. Het leven had Paulette harde lessen geleerd over de liefde van mannen en over de betekenisloze, bijkomstige attributen die zij aantrekkelijk vonden. Toen zij jong en mooi was, had Frank haar bemind. Zijn ontrouw – zo niet in daden dan wel in gedachten – had zich juist doen gelden toen zij ouder werd. Gil Pyle – ze kon niet aan hem denken zonder te huiveren – was niet anders: hij had gekozen voor schoonheid, zoals iedere man zou doen. En Gwen... het was bruut om te zeggen, helemaal niet loyaal en wreed, maar Gwen was geen schoonheid. Kon een man verder kijken dan de buitenkant en zien dat ze vanbinnen waardevol was? Het was verleidelijk om te geloven dat er zulke mannen bestonden. Maar Paulette geloofde het niet, ze kon het niet geloven. Haar eigen ervaring had zo'n geloof onmogelijk gemaakt.

Gaf die Rico om haar dochter? Hield hij van haar om haar karakter, om de vreemde, moeilijke, unieke persoon die ze was? Of waren er andere, duisterder redenen voor zijn belangstelling voor haar?

Zwangere vrouwen droomden. Onrustig heen en weer draaiend in hun slaap schonken ze het leven aan vogels, bloemen en fantasiewezens. Paulette herinnerde zich één droom in het bijzonder, waarin ze een besnorde meerval met een rij kleine tandjes had gebaard. Tijdens alle drie de zwangerschappen had ze levendige dromen gehad, maar vooral tijdens de tweede; ze was het angstigst en het ziekst geweest toen ze in verwachting was van Gwen. En toen werd de baby een maand te vroeg geboren – een ernstige zaak in die tijd – en kon ze een week lang niet slapen. Uiteindelijk trok de schrik voorbij; haar kleine meisje kwam uit de couveuse. Met Gwen ging het prima, gewoon prima.

Daarvan was Paulette lange tijd overtuigd, tot het moment dat Frank haar dwong de feiten onder ogen te zien. Toen was ze alleen maar woest. Het gevoel was niet rationeel – dat wist ze zelfs toen – maar toch kon ze zich niet aan het idee onttrekken dat Frank met zijn tests en zijn wetenschappelijke tijdschriften, zijn onophoudelijke honger naar slecht nieuws zelfs wanneer de huisarts zich geen zorgen maakte, de aandoening van Gwen eigenhandig had teweeggebracht.

Na het stadium van de tests bleef Paulette boos. Wat voor zin had al die kennis als de aandoening niet kon worden behandeld? Frank had erop gestaan om met groeihormonen te beginnen, maar Paulette was steeds met Gwen naar het ziekenhuis gegaan voor de injecties en had dagen van tevoren haar angst gesust. Paulette had haar later getroost toen de injecties geen effect bleken te hebben.

Op zulke momenten zat Frank zoals altijd in het lab.

Paulette was geen wetenschapper, alleen maar een moeder. En als moeder had ze zich afgevraagd wat ze nu eigenlijk hadden bereikt door hun dochter een etiket op te plakken. Ze hadden een klein, maar gezond en gelukkig kind het gevoel bezorgd dat ze een merkwaardig geval was, een medische rariteit.

Frank had erop gestaan om Gwen te classificeren. Paulette vond dat wreed en onvergeeflijk. Daar wilde zij niet aan meewerken. Zelfs voor haar eigen familie had ze het verhuld: 'O, het gaat uitstekend met haar, papa. Ze is alleen klein voor haar leeftijd.' Tegen haar ouders en tegen Anne en Martine had ze zonder enige bedenking gelogen. Ze wist hoe wreed kinderen konden zijn en had er daarom voor gezorgd dat Billy en Scott eveneens hun mond hielden. 'Zeg niets tegen jullie neven en nichten. Het gaat buiten ons niemand iets aan.'

Later vroeg ze zich af of dit een juiste zet was geweest. Ja, ze had Gwen willen beschermen tegen een stigma; het welzijn van het kind ging haar aan het hart. Maar er speelde meer mee, net zoals het syndroom van Turner meer inhield dan alleen dat je klein was. De andere aspecten van de aandoening – de geslachtsaspecten – waren een beproeving voor haar geweest. Moest ze tegen haar vader of haar broer zeggen dat Gwen nooit in de puberteit zou komen? Niets in haar hele leven had haar op een dergelijk gesprek voorbereid. In de familie Drew kwam niemand in de puberteit. Dergelijke zaken werden niet besproken.

Ze was zwaar in verlegenheid gebracht en meed daarom het hele onderwerp. De familie kon zelf wel zien wat er met Gwen gebeurde, of niet gebeurde. Dat was misschien laf, maar het had Paulette de beste handelwijze geleken. En zelfs nu, twintig jaar later, kon ze nog steeds niet met zekerheid zeggen dat ze er verkeerd aan had gedaan.

Die avond belde ze Billy, iets wat ze in geen jaren had gedaan. Om haar niet op kosten te jagen met dure interlokale gesprekken stond hij erop om haar altijd te bellen. Tot haar ergernis kreeg ze Billy's antwoordapparaat. Paulette sprak uit principe nooit iets in, maar ditmaal maakte ze een uitzondering. 'Billy, met je moeder,' sprak ze een beetje ongemakkelijk. 'Het is van cruciaal belang' – dat zei Frank altijd; waarom gebruikte ze die woorden nu ineens? – 'dat ik je spreek. Ik heb je hulp nodig.' Ze was verrast toen haar telefoon een moment later overging.

'Lieverd,' zei ze tegen hem, 'ik maak me ernstig zorgen over je zus.'

'Rustig nou maar, mama.'

'Rustig? Ik sta versteld van je, Billy. Jij en Gwen hebben altijd zo'n hechte band gehad. Kan het jou dan helemaal niets schelen?'

Billy aarzelde. 'Ja, natuurlijk wel. Maar het is haar eigen leven, mama. Daar kunnen we niets aan veranderen.'

'Zeker wel! Je kunt erheen gaan om met haar te praten.'

'Ik heb al met haar gepraat over de telefoon, en het klonk alsof het prima met haar ging. Hoe dan ook, ik denk niet dat ze het erg waardeert als ik daar kom aanzetten.'

Paulette had even tijd nodig om dit te verwerken. 'Bedoel je dat je er niet heen wilt gaan?'

'Dat is een bijzonder slecht idee, mama. Neem dat maar van mij aan.'

'Billy, ik snap niet waarom je zo koppig doet! Je zus kan wel in gevaar verkeren.'

'Er is geen enkele reden om dat te denken,' zei Billy kalm. 'Als die vent een smerige gluiperd was, had Gwen zich volgens mij nooit met hem ingelaten.'

'Maar hoe kan zij dat nu weten, Billy? Je zus is zeer onervaren.'

'O ja?'

'Ja natuurlijk!' Wist hij soms iets wat zij niet wist? 'Hoezo? Denk jij van niet?'

Billy zuchtte. 'Ik zou het echt niet weten, mama. Gwen praat nooit over die dingen.'

Paulette gooide het over een andere boeg. 'Goed, maar we weten helemaal niks over die jongeman. Baart dat je dan geen zorgen?'

'Een beetje,' gaf hij toe. 'Misschien moet je zelf met haar praten.

De volgende keer dat ik van haar hoor, zal ik zeggen dat ze je even moet bellen.'

'Lieverd, doe niet zo dwaas. Jij weet heus wel dat ze geen woord aanneemt van wat ik zeg.'

Dat ontkende Billy niet.

'Mama, ik zou de zaak laten rusten als ik jou was. Ze is vierendertig. Ze heeft het recht haar eigen fouten te maken. En wellicht...' Hij brak zijn zin af.

'Wellicht wat?' reageerde ze volkomen verbijsterd. Ze had altijd op Billy kunnen rekenen. Het was ondenkbaar dat hij weigerde te helpen.

'Het is een rare situatie, ik weet het. Maar misschien maakt hij haar gelukkig.'

Gelukkig.

Lang nadat ze had opgehangen, proefde Paulette dit woord nog in haar mond. Ze had altijd graag gewild dat Gwen iemand zou leren kennen – een antropoloog misschien, of een archeoloog. (Er was een verschil, al kon Paulette zich niet herinneren wat het precies was.) Hij en Gwen zouden verliefd worden. Het zou ogenblikkelijk duidelijk zijn wat hen in elkaar aantrok (hun gemeenschappelijke liefde voor antropologie – of archeologie). De motieven van die jongeman waren te vertrouwen, omdat ze logisch waren. Gwen zou met hem trouwen en kinderen adopteren, of blij zijn zonder, net zoals zoveel vrouwen tegenwoordig. Met elk jaar dat verstreek leek dit scenario steeds onwaarschijnlijker te worden, maar Paulette bleef hopen.

En nu was er inderdaad een jongeman ten tonele verschenen en was ze vervuld van angst. Haar dochter was verliefd, mogelijk voor het eerst in haar leven. Paulette had lang geleden al geleerd – en was er kort geleden nog eens aan herinnerd – dat niets je kwetsbaarder maakte dan verliefd zijn. Een verliefde vrouw deed afstand van alles. Welgesteldheid, veiligheid, waardigheid; haar eigen plannen voor de toekomst. En wanneer de liefde naar Providence vertrok in de nieuwe truck die ze voor hem had gekocht, stond ze op de stoep om hem uit te zwaaien.

Frank liep in een uithoek van Brookline de trap op naar een bovengronds perron aan een slaperige metroroute van de Green Line. Hij had zijn Saab achtergelaten bij de garage; hij zou de metro nemen naar Park Street, waar hij kon overstappen op de metro naar Kendall Square. Met dit hele gedoe zou hij het grootste deel van de ochtend kwijt zijn. Hij keek op zijn horloge. De metro van de Green Line stond erom bekend dat hij traag was, en vandaag zat hij krap in de tijd. Zijn werkagenda stond helemaal vol. 's Middags een presentatie als onderdeel van de lezingenserie 'Genetica in de geneeskunde' op Harvard. Na afloop zou hij rechtstreeks naar het vliegveld rijden. De volgende ochtend stond er al vroeg een lezing van hem op het programma bij Stanford. Nu de publicatie dichterbij kwam, had zijn leven hectische vormen aangenomen. Cristina had het artikel net na Nieuwjaar ingediend en het enthousiasme bij *Science* was merkbaar: het artikel werd vrijwel meteen ter beoordeling aan een aantal collega's toegestuurd. Deze vakgenoten, wie ze ook waren (Frank had zo zijn theorieën), deden een paar suggesties van ondergeschikt belang en Cristina had de herzieningen in recordtijd doorgevoerd. Over nog maar drie weken zou het artikel in druk verschijnen – de snelste publicatie van een onderzoek in Franks hele carrière. Het wachten was een gelukzalige marteling, ongeveer zoiets als de aanloop naar seks in de eerste weken van een verliefdheid. Elke dag, elk uur, dacht hij aan de apoptose-labs van Baylor en Chicago, het sluimerende gevaar dat die hun de loef afstaken. Zodra het artikel was gedrukt, zou zijn lab onomwonden aanspraak kunnen maken op de bevindingen van Cristina. Er zouden nog meer afspraken volgen voor lezingen en interviews met de pers. Voor het eerst in tien jaar – sinds de onstuimige dagen van XNR – zou Frank McKotch in het middelpunt van de aandacht staan.

En dan.

Over een maand zou de Academy de genomineerden van dit jaar bekendmaken. Frank had in het verleden ook al eens gehoopt te worden genomineerd, maar dit jaar was hij ervan overtuigd dat het zou gebeuren. Zijn moment was gekomen.

Tot die tijd hield hij zich op de vlakte. De truc was om over het onderzoek te praten en enthousiasme te kweken zonder te veel prijs te geven. 'Ik ben als een vermoeide oude stripper,' mopperde hij vrolijk tegen Margit. 'Ik trek de handschoenen uit, en de kousen. Maar de tepellapjes laat ik zitten.' Hij had twee versies van dezelfde speech voorbereid: een snel praatje van veertig minuten voor Harvard en een langere en gedetailleerdere lezing (maar nog steeds zonder opening van zaken) voor de bijeenkomst op Stanford. Frank was van nature een goed spreker, ontspannen en vol zelfvertrouwen; maar hij zorgde er ook voor dat hij nooit ergens onvoorbereid verscheen. Hij was van plan geweest op deze cruciale ochtend zijn aantekeningen door te nemen. In plaats daarvan verdeed hij zijn tijd met het regelen van allerlei andere klusjes. Het keuringsvignet van de Saab zou verlopen tijdens zijn verblijf in Californië, wat hem bij zijn terugkeer nog meer hoofdpijn zou bezorgen. Zijn collega's hadden een vrouw om dergelijke taken waar te nemen: het eindeloze, tijdverslindende onderhoud, de verborgen kosten van het bezit van een auto, een huis, een lichaam. In dat najaar had hij een verkoudheid opgelopen die was uitgemond in een bronchitis; al hoestend en proestend was hij zelf naar de eerstehulpafdeling gereden. Op zulke momenten werd hij zich sterk bewust van zijn eenzaamheid. In deze en andere opzichten was het leven gecompliceerder voor een alleenstaande man.

Hij keek om zich heen. Er had zich een kleine menigte onder de overkapping verzameld. Een koude regen kletterde neer op het dak van plexiglas. In de verte zag hij een goed gefinancierde openbare middelbare school, die er fonkelnieuw uitzag met tal van sportvelden eromheen. Het was het soort school waar Franks kinderen wellicht heen waren gegaan als Paulette niet had aangedrongen op Pearse, waar 'alle Drew-mannen' altijd naartoe gingen. Hij had nooit de moeite genomen om haar te wijzen op het feit dat Billy en Scott geen Drew-mannen, maar McKotch-mannen waren. Zijn achternaam was een grap, een alias, een pijnlijke verwijzing naar het eerverlies van zijn vader. In zijn ogen was zijn achternaam het brandmerk van de mislukking. Frank was er in elk geval nooit iets beter van geworden.

Hij keek uit over het American footballveld dat er zonder kalkstrepen nutteloos uitzag, een drassige onafgebakende vlakte van stervend bruin gras. De sneeuw was gesmolten, op de eindzones van het veld lagen plassen regenwater die de effen grijze lucht weerspiegelden. Een gevoel van grote melancholie maakte zich van hem meester. Het grootste deel van zijn leven had hij zulke gevoelens met snelle sprintjes en behendige wendingen kunnen ontlopen, dankzij zijn verleden als getalenteerde quarterback. Nu, met de ouderdom in aantocht, kon hij zich niet meer op die slimme manoeuvres verlaten.

Hij had altijd geloofd dat succes de remedie was, dat een belangrijke ontdekking in het lab zijn wanhoop zou doen verdwijnen. En nu had hij na tien jaar van frustratie een belangwekkende publicatie in *Science*. Wanneer de Academy over een maand de nieuwe leden bekendmaakte, leek die eer voor hem opnieuw binnen bereik te zijn. Waarom voelde hij zich dan zo uitgeput en wanhopig? Zijn eetlust was weg, zijn libido bestond niet meer. Wanneer de wekker 's ochtends om vijf uur ging, kon hij zich slechts met grote moeite uit bed sleuren.

De metro kwam eraan, er klonk een signaal, de remmen puften. Frank stapte in en pakte een handgreep vast. Het was druk, de laatste stroom van ochtendforensen. Belangstellend bestudeerde hij de andere passagiers. Ze hadden hippe vrijetijdskleding aan en droegen laptoptassen of rugzakken. De meesten waren over de veertig, maar kleedden zich als studenten. Ruim de helft was vrouw. Frank vroeg zich af wat voor werk ze deden.

Hij had in deze uithoek van Brookline, al bijna in de voorsteden, een heel ander publiek verwacht: jonge getrouwde mannen, een paar orthodoxe joden misschien, iedereen in zakenkleding. Dat zou jaren geleden zo zijn geweest. Maar de tijden waren veranderd: de mensen dachten nu meer na over wat 'zich settelen' werd genoemd. Frank had zich op zijn vierentwintigste gesetteld, bereidwillig en opgewekt, zonder erbij stil te staan wat dat settelen eigenlijk inhield. In die tijd bleven alleen de zonderlinge types na hun dertigste single, moederskindjes en klunzen die geen meisje konden krijgen. Hij was een jonge echtgenoot en vader toen de wereld begon te veranderen. Hij had de spot gedreven met hippies, met hun baarden en paardenstaarten; maar zoveel jaar later kon hij er het aantrekkelijke wel van inzien om in Californië en Europa rond te zwerven en zich de aardse genoegens te laten smaken als gezonde jonge dieren, onschuldig, levenslustig en sterk. Als hij slechts een paar jaar later was geboren, had Frank McKotch met hen mee kunnen doen. In plaats daarvan was hij getrouwd, had hij gestudeerd, en had hij de beste jaren van zijn leven zitten zwoegen onder de felle lampen van het laboratorium. Nu werd hij snel oud en schuifelde hij al naar de zestig. En nog altijd zat hij in het lab.

Dergelijke gedachten gingen door hem heen terwijl de metro vaart minderde bij een overgang. Hij keek uit het raam en zag een meisje op de fiets in een lange zwarte rok. Het was een gehavende en zware fiets, een ouderwets model met een lage stang, een damesframe. Toen hij nog een jonge kerel was vond hij zulke fietsen onlogisch. Een jongen had per slot van rekening bungelende genitaliën, het kwetsbare zaakje dat zo gevoelig was dat de kleinste onvoorziene stoot een man al kon vellen. Het leek Frank niet te kloppen dat hij schrijlings over de stang moest zitten, terwijl meisjes – met hun edele delen zo goed verborgen dat de studie daarvan zijn taak voor het leven zou worden – het frame met de lage stang kregen.

Hij was met zijn taak voor het leven begonnen bij een meisje dat op net zo'n fiets reed, een boerenmeisje dat Elizabeth Wilmer heette. Haar vader bezat zo'n honderdtwintig hectare land aan de andere kant van het bos, waar het mijnbouwgebied plaatsmaakte voor landbouwgrond. Anders dan de mijnwerkers, die overwegend katholiek waren, waren de boeren lid van een uit Duitsland afkomstige protestantse groepering. Elke woensdag en zondag ging de familie Wilmer te voet naar de gebedsdienst in het verderop gelegen stadje, in een witgeschilderd houten kerkje dat Living Waters heette. Deze kerkelijke groepering – die zelfs in het van God bezeten Pennsylvania als extreem gold – vroeg van de leden een tiende van hun inkomsten, organiseerde Bijbelkampen in de zomer, paste volledige onderdompeling toe bij de doop en eiste dat vrouwen en meisjes uiterst sober gekleed gingen. De jurken van Lizzy Wilmer waren tot haar kin dichtgeknoopt en hingen tot halverwege haar kuiten; haar sluike donkere haar hing plat als een beddenlaken achter op haar rug. Maar ondanks haar preutse verschijning kon Lizzy een bal verder slaan dan Blaise Klezek. Frank zou nooit vergeten hoe zij langs de honken rende, met haar haren en lange jurk wapperend in de wind alsof ze elk moment kon opstijgen. Blaise, Lizzy en hij speelden de hele lente en zomer honkbal. 's Winters reden ze op sleeën en bouwden tunnels in de sneeuw, waarbij Lizzy steevast in haar rok liep, haar blote benen paars van de kou.

Op een dag in de winter was Lizzy in het bos opeens achter Frank opgedoken toen hij bij een boom stond te plassen. Hij was toen elf. Lizzy twaalf. 'Mag ik kijken?' vroeg ze tot zijn schrik. Geen enkel meisje had dat deel van hem ooit gezien. 'Schrijf je naam,' fluisterde ze, met haar handen bij zijn middel, en dat deed hij, of hij begon er tenminste mee. De F en de R waren bijna leesbaar dankzij de warme pis die de brosse sneeuw deed smelten.

'Ik heb niet meer,' zei hij verlegen, maar Lizzy lachte alleen maar. 'Let op,' zei ze.

Hij keek verbaasd hoe ze onder haar rok greep en haar witte onderbroek op de grond liet zakken. Ze stapte eruit, tilde haar rok omhoog tot haar middel en stond licht gehurkt in spreidstand. Haar gezicht stond strak van de concentratie; ze had het puntje van haar tong tussen haar tanden.

Ze schreef grote brede letters, waarbij ze zijwaarts bewoog om de onderkant van de L te schrijven, en ze daarna de plas vakkundig ophield voordat ze verderging met de I. Ze wachtte even voordat ze lachend met de laatste letter begon, met draaiende heupen en eindigend met een uitbundige kreet, als het slot van een komische act. De

Z was zacht en rond, zoals Lizzy dat zelf nog niet was. Niet dat Frank haar echt kon zien met al die stof die ze rond haar heupen bij elkaar hield. Dat kwam maanden later, op de modderige grond in het voorjaar, niet ver van de plek waar Lizzy had gepiest. Nu was ze een oude vrouw met een hele rits kleinkinderen. Jezus, wat was het leven toch vreemd.

De jaren waren verstreken en die waren onmogelijk terug te krijgen. Frank zou nooit meer jong zijn. Hij had nooit veel om geld gegeven; hij had altijd wel geweten dat tijd de enige rijkdom was die telde. Hij had al zijn tijd besteed aan één enkele aankoop: zijn carrière als wetenschapper. Dat was het enige wat hij echt had gewild. Het was dwaasheid, dat sluimerende gevoel van spijt.

Vlotjes rende hij de trap op naar zijn werkkamer. Betsy Baird keek op van haar bureau.

'Jij bent mijn waakhond,' zei hij tegen haar. 'Ik heb een halfuur nodig om mijn aantekeningen door te kijken. Zorg ervoor dat ik niet word gestoord.'

'Frank, ik moet je wel zeggen...'

'Ik meen het, Betsy. Een halfuur. En maak je geen zorgen over de lunch. Ik neem wel wat op Harvard.'

Hij stormde door de gang naar zijn werkkamer en hield abrupt halt. In de stoel tegenover zijn bureau zat zijn ex-vrouw Paulette.

'Daar ben je eindelijk,' zei ze geïrriteerd. 'Ik zit hier al de halve ochtend. Frank, ben je soms wezen hardlopen?'

'Nee, nee.' Hij wachtte even om op adem te komen. 'Wat kom jij hier doen?'

Ze keek hem onheilspellend aan. 'Ik probeer je al dagenlang te spreken te krijgen. Echt, ik zie het nut van die apparaten niet in als je de berichten nooit afluistert.'

Hij knipperde zenuwachtig met zijn ogen. Ze droeg een rok die slank afkleedde. Hij keek naar haar mooi gevormde benen, die ze ter hoogte van de knie over elkaar had geslagen. Hij deed de deur dicht.

'Dat is een verrassing,' zei hij terwijl hij snel achter zijn bureau schoof. 'Alles goed?' Op dat moment merkte hij de diepe kleur op haar wangen op. Haar rechtervoet, in een pump met hoge hak, ging ritmisch op en neer, alsof ze popelde hem een schop te geven. 'Je bent van streek.'

'Van streek? Ja Frank, ik ben uitermate van streek. Heb je iets van Gwen gehoord?'

'Gwen?' Hij knipperde met zijn ogen. 'Hoezo, nee, niet sinds Kerstmis. Ik dacht dat ze op vakantie was.'

'Dat was ook zo.' Paulette zweeg even. 'In feite is ze nog steeds op vakantie. Ik weet niet wanneer, en óf, ze terugkomt.'

Hij hoorde het verhaal dat zij vertelde vol verbazing aan.

'Wauw,' reageerde hij uiteindelijk.

'Wauw?' Paulette keek hem aan alsof hij een boer of een scheet had gelaten. 'Is dat alles wat je erop te zeggen hebt? Wauw?'

'Wat had je dan verwacht?' Ook al was er een familiecrisis, hij moest over vijfentwintig minuten op Harvard zijn en hij had nog geen blik op zijn aantekeningen kunnen werpen. Paulette was er nooit bijzonder goed in geweest om terzake te komen.

'Ik zou graag willen dat jij je er ook eens een keer mee bemoeit. Gwen heeft altijd respect voor jouw oordeel. Mijn hemel, het is wel vijftien jaar geleden dat ze naar iets heeft geluisterd wat ík zei.'

'Goed, ik neem aan dat ik haar wel kan bellen,' zei hij.

'Haar bellen? Ik ben bang dat dat niet genoeg is. Er moet iemand heen gaan om met die jongeman te spreken. Om te kijken wat voor iemand hij is.'

'Daarheen gaan? Nu?' Hij keek haar vol ongeloof aan. 'Luister, ik weet dat jij je zorgen maakt, maar je had eerlijk gezegd geen slechter moment kunnen uitkiezen. We publiceren over een paar weken een belangrijk onderzoek en dat betekent...' Hij keek heimelijk naar de klok. 'Zo moet ik over een paar minuten op Harvard zijn. Ik moet een lezing houden en daarna moet ik naar het vliegveld.'

'Je wilt dus niet.'

'Ik zeg dat ik niet kan. Ik kan met geen mogelijkheid weg.'

Ze zuchtte vermoeid. 'Ik had het kunnen weten.'

'Paulette, het spijt me,' zei hij terwijl hij onder zijn bureau naar zijn koffertje tastte. 'Ik zou dit niet doen als het niet enorm belangrijk was. Maar ik moet nu echt gaan.'

6

Waar het hem zijn hele leven aan ontbroken had – dat begreep Scott nu – was een missie.

Hij had er lang over gedaan om tot dit besef te komen, ondanks het feit dat iedereen die hem ooit had gekend – ouders, vriendinnen, leraren op Pilgrims en Pearse en Stirling – hem erop gewezen had. Zelfs Penny, die in haar eigen leven maar wat had aangemodderd met baantjes als serveerster en caissière en die jarenlang zijn geklaag had aangehoord over hoe vreselijk het was om *Great Expectations* te doceren aan ongeletterde vijftienjarigen, was hem onlangs in de rede gevallen: 'Best, Scotty. Maar wat wíl je dan doen?'

Voor zijn dertigste verjaardag had ze hem, zonder een greintje ironie, een boek gegeven met als titel *Welke kleur heeft jouw parachute?*

Op Concord High, waar hij heel even beland was nadat hij van Pearse was geschopt, had hij ooit een hele ochtend met een HB-potlood talloze kleine ovaaltjes zitten opvullen, bewerend dat hij meer van skiën hield dan van basketbal, meer van bowlen dan van kruiswoordraadsels oplossen, meer van rock-'n-roll dan van jazz of folk. Gebaseerd op dergelijke antwoorden concludeerde een computer in Madison, in Wisconsin, dat hij een goede soldaat, brandweerman of fabrieksopzichter kon worden.

Hij stelde zijn ouders niet van deze inzichten op de hoogte.

Pas nu hij in de eerste klas van een Boeing 747 zat die naar het zuiden vloog, voelde hij hoe verkwikkend het was om een echte missie te hebben. Hij was een ander mens geworden. Hij dronk zijn champagneglas leeg en schrokte de gratis aangeboden brie en aardbeien naar binnen. Zijn moeder had betaald voor een tweedeklasstoel, maar een flirterige grondstewardess had hem met een sluwe glimlach een betere plek bezorgd. Zoiets was hem nog nooit eerder overkomen en Scott zag het als een voorbode van zijn toekomstige geluk.

Hij zat uit het raampje te kijken met zijn hand tussen de bladzijden van *Great Expectations*, dat hij onlangs aan zijn leerlingen had opgegeven om te lezen. Scott had de laatste twee hoofdstukken nog niet gelezen, maar hij begreep nu dat dit niet aan luiheid te wijten was: hij werd in zijn functioneren belemmerd door een medische aandoening. Hij legde Dickens opzij en pakte een opzichtige paperback uit zijn rugzak. Het was *Man of Action* van Dashiell Blodgett, een roekeloze Australiër die de Everest en de K2 (waar hij een teen was kwijtgeraakt door bevriezing) had beklommen en die nu met zijn camera het gevaarlijkste groot wild ter wereld op de huid zat in een waanzinnig populair tv-programma dat over de hele wereld werd uitgezonden. *Man of Action* was de beschrijving van Blodgetts avonturen – ijsklimmen, grotduiken en met de motor langs de buitenrand van Afrika reizen. Maar eigenlijk was het boek een bespiegeling over de wezenlijke aard van de man, zijn behoefte aan risico's en veroveringen. 'De hedendaagse man,' schreef Blodgett, 'leeft in een toestand van volledige impotentie. Zijn comfortabele leefwijze heeft hem gecastreerd. De zachtheid van het moderne leven heeft hem te gronde gericht.'

Goed gesproken, dacht Scott.

Blodgett had het boek samen met zijn vrouw Pepper geschreven, een adembenemende blondine, die hem op zijn avonturen vergezelde. Een foto van het stel besloeg de hele achterflap. Daarop zag je Blodgett, die in een ruig rotslandschap op zijn hurken zat en de kaken van een krokodil openhield, met opgerolde mouwen zodat zijn gespierde onderarmen te zien waren. Pepper stond over hem heen gebogen waarbij ze zich aan zijn schouders vasthield, haar borsten zaten plat tegen zijn rug gedrukt en haar blonde haar streek langs zijn nek. Blodgett grinsde triomfantelijk, het toonbeeld van de mannelijke overwinnaar.

Scott had het boek een week eerder gekocht, op een zaterdagmiddag, kort nadat hij zijn instructies had ontvangen. Die ochtend had hij Penny's minibus geleend – aan de Golf mankeerde van alles – en was hij bij het krieken van de dag vertrokken, met trillende zenuwen van de adrenaline en de uitputting. Hij was nog tot laat op geweest om met Penny de strategie door te spreken. 'Wees gewoon direct,' had Penny aangeraden. 'Het is zijn oma, verdorie. Het kan geen kwaad om het te vragen.'

Hij dacht: om de dooie donder wel.

Hij dacht: meid, je hebt geen idee.

Bevreesd en laf had hij gehoopt het vernederende verzoek per telefoon te kunnen doen. *Mama, je hebt je altijd zo betrokken getoond bij de opleiding van de kinderen* (ze had hun per slot van rekening boeken gegeven met kerst). *En Fairhope is een fantastische school. Ik wist gewoon dat je zou willen helpen.*

Hij hield de woorden gereed in zijn mond – alsof het eten was waar hij een hekel aan had, lever of spruitjes, dat op zijn tong een bittere derrie werd. Maar zijn moeder was hem in de rede gevallen. Ze was blij dat hij belde; er was een kwestie die ze moesten bespreken. Kon hij die zaterdag naar Concord komen? 'Dan babbelen we even,' zei ze. 'Alleen wij tweeën.'

Hij was al om acht uur 's ochtends Horsham Road in komen rijden en zat even later in de vertrouwde keuken een bord met eggs benedict te eten. De keuken met zijn geuren en geluiden bracht lang vervlogen herinneringen naar boven aan de zomers dat hij thuis was van Pearse en zich elke ochtend met zijn luie tienerlijf uit bed sleurde en dan zag dat zijn lievelingsontbijt al voor hem werd klaargemaakt. Zijn vader en Billy woonden toen al niet meer thuis en Paulette verwelkomde hem dan op het station als een held die naar huis terugkeerde en kookte als welkomstmaal zijn lievelingskostje voor hem, prime rib met Yorkshire pudding. Ze vroeg hem honderduit over zijn vrienden en zijn vakken en luisterde in vervoering naar de leugens die hij vertelde. Ze had toen hooggespannen verwachtingen van hem. Haar vertrouwen was een last, niet zwaar maar onhandig, als een grote lege doos die hij moest meedragen totdat hij hem kon vullen. Al die jaren later was de doos loodzwaar geworden door een opeenstapeling van mislukkingen en dingen waarvan hij spijt had. Hij wankelde onder het gewicht ervan.

Hij at langzaam, genietend van het ontbijt en vrezend voor het gesprek dat zou volgen. Ten slotte pakte Paulette zijn lege bord en kon hij niet langer talmen. 'Je hebt ons altijd bijgebracht hoe belangrijk een goede opleiding is,' begon hij, bewust zijn broer en zus erbij betrekkend; vooral Billy was een heilige die je kon aanroepen wanneer je om gunsten bad. 'En nu zijn er ontwikkelingen met Ian...'

Ze hief haar hand op alsof ze hem halt toeriep. Het was een opzienbarend gebaar. Zijn moeder praatte nooit met haar handen. 'Die jongen heeft hulp nodig, dat zie ik ook wel.' Zo klaar als een klontje, een duidelijk feit. 'Maar nu eerst het belangrijkste, liefje. Je zus zit ernstig in de problemen.'

Het duurde even voordat hij het begreep. Zijn hele leven had zijn moeder hem met haar goede zorgen overladen, voor hem gezorgd totdat hij het helemaal gehad had. En nu, voor het eerst, had zij hem ergens voor nodig.

Niet zijn vader, niet Billy. Hem.

Het besef bracht hem van zijn stuk. De mannen uit zijn familie waren titanen die begiftigd waren met vitale krachten. Zijn vader de tovenaar, een alchemist die kanker genas; Billy de beschaafde wetenschapper, die moeiteloos boven iedereen uitstak met zijn filmsterrenglimlach. Wat kon Scott dan nog worden? Zijn vader was een genie. Zijn broer was een prins.

In zijn moeders keuken werd dat allemaal helder.

Als in een droom riep hij een vroeger, hoopvoller beeld van zichzelf op. Toen hij als een dief in de nacht Stirling College verliet in die Pontiac Sunbird, had hij zichzelf gezien als een rebel en een zwerver, ruig en roekeloos, die op een slimme manier zijn kostje bij elkaar wist te verdienen. Hij had graag willen reizen om de ongerepte delen van de wereld te zien. Maar onderweg verloor hij de moed. In zijn jonge leven had hij het te gemakkelijk gehad. Hij kon zich niet – wie kon dat wel? – ontworstelen aan het behaaglijke Concord. Toen dacht hij aan Warren Marsh, die naast hen was opgegroeid, en zich nadat hij was afgestudeerd aan Williams College bij het Peace Corps had aangesloten: de weg die hij zelf had moeten bewandelen.

Nog een gemiste kans. Gooi hem, als je hem kunt optillen, in de doos met alle dingen waarvan je spijt hebt.

Dus nam hij net als Columbus die op pad werd gestuurd door de koningin van Spanje, zijn opdracht in ontvangst en reed terug naar Gatwick met een cheque in zijn portefeuille: twintigduizend dollar, de bovenaardse kosten voor een jaar op Fairhope. In ruil daarvoor zou hij doen wat van hem gevraagd werd en de familiegeschiedenis ingaan als de dappere redder van zijn zuster. Zelfs zijn vader zou ervan onder de indruk moeten zijn. 'Geen probleem,' had Scott tegen Paulette gezegd. 'Maak je geen zorgen, mama. Ik regel dat wel.' Hij liep over van dankbaarheid, en haar vertrouwen had hem deemoedig gemaakt.

Hij nestelde zich in zijn eersteklasstoel. Het vliegtuig zat vol met studenten in Trinity- en Wesleyan-sweaters. Een paar jongens leken al dronken, rood aangelopen en luid joelend waren ze helemaal klaar voor een weekje van vrolijke liederlijkheid in Lauderdale of Daytona op kosten van hun ouders. In hun stompzinnige blijheid deden ze Scott denken aan hijgende honden met het vertrouwen dat voortkwam uit het feit dat ze nooit ergens in gefaald hadden. Dankbaar keek hij naar de meisjes, met hun glanzend gestifte lippen en hun dijen in nauwsluitende spijkerbroeken, en hij was er blij om dat ze op de wereld waren. Jarenlang lesgeven aan de middelbare school had hem grotendeels immuun gemaakt voor de charmes van jongeren, hoewel hij elk jaar in september even terugviel wanneer hij zijn knapste leerlingen een rol gaf in zijn losbandige dagdromen. Die fantasieën hielden een paar dagen aan, een week op zijn hoogst, en waren voorbij zodra hij de meisjes hoorde praten.

Hij begreep nu dat er maar één vrouw was die hem echt raakte, een vrouw aan de andere kant van de wereld, die de verschrikkingen in Kosovo aan de kaak had gesteld en die nu de door oorlog verscheurde woestijnen van Soedan trotseerde. Afgelopen week had hij, opgezweept door zijn toekomstige avontuur, een kordaat berichtje getypt op zijn computer op het werk. Vervolgens was hij met één enkele muisklik stoutmoedig de wereld van Jane Frayne binnengedrongen.

Hij had een automatisch antwoord gekregen: Jane was op reis door Soedan en was onbereikbaar per e-mail. Ze zou in april, mei of juni naar New York terugkeren en zou dan haar berichten beantwoorden.

Moet kunnen, dacht Scott.

Op het vliegveld van Pointe Mathilde nam hij een taxi naar de Mistral Inn, waar de reisagent van zijn moeder een kamer voor hem had geboekt. Scott was liever zelf naar onderdak op zoek gegaan, lekker op de bonnefooi zoals Penny en hij dat jaren geleden hadden gedaan. Dan sliepen ze in kamers boven kroegen in achterafstraatjes, op veranda's van mensen die ze nauwelijks kenden, of in hun slaapzak langs de kant van de weg. Maar dit was een klein, charmant hotelletje in een zijstraat achter het Place du Capitole; bovendien had hij geen tijd om rond te scharrelen op zoek naar een hotel.

De dochter van de eigenaar, een verlegen zwart meisje van dezelfde leeftijd als zijn dochter, nam Scott mee naar een zonnige kamer boven, waar een warm briesje de kanten gordijnen deed ritselen. Het grote bed oogde stevig en uitnodigend. Hij schopte zijn schoenen uit en strekte zich uit. De kamer keek uit op een binnenplaats aan de achterkant die weelderig was aangelegd met bloeiende struiken en citroenbomen. Die kon Scott tenminste thuisbrengen, die hadden overal in zijn oude buurt in San Bernardino gebloeid, in elke tuin behalve die van hemzelf. ONDERHOUDSARME TUIN was hun in de advertentie in The Sun beloofd, en dat bleek te kloppen: het vierkante perceel dat met harmonicagaas was afgeschermd, was een en al beton. In de voortuin waren twee bomen gespaard. De plompe palmbomen waren allang dood en zaten vol met kakkerlakken, maar de huisbaas, een donkere verweerde man die Guzman heette, weigerde ze om te hakken.

Scott had nog altijd koortsige dromen over dat huis, met zijn erwtgroene vloerbedekking en de kleine raampjes die waren gebarricadeerd met airconditioners, die van tijd tot tijd een te zware belasting vormden voor de onderontwikkelde elektrische bedrading. De eerste keer dat het gebeurde kwam Guzman langs en schudde, met een sigaret in zijn mondhoek, afkeurend zijn hoofd. Toen Penny het probleem in het Spaans uitlegde, was Guzman het er nog steeds niet mee eens en bleef hij zijn gevlekte kale hoofd schudden.

Door die herinneringen bedacht Scott ineens dat hij nog een vrouw had in Connecticut. Hij pakte de telefoon naast zijn bed en draaide zijn eigen nummer. Hij had beloofd haar te bellen. In het omgekeerde geval – als zijn vrouw de voorjaarsvakantie op een eiland doorbracht en hij thuis moest blijven met de kinderen – zou hij pissig zijn geweest, maar Penny was blij voor hem geweest. 'Een avontuur, Scotty!' had ze gezegd, de roekeloze meid die het heerlijk had gevonden om te kamperen in de woestijn, te klimmen in de Sierra Nevada en te duiken in de diepten van het Crater Lake, haar naakte lichaam badend in het licht van de sterren. Hij had haar van die wilde plekken weggeplukt en haar opgesloten in een standaardhuis in een buitenwijk.

De lijn was bezet; hij hing op en pakte zijn rugzak uit, een reliek van vroegere reizen. Er zat een grote enveloppe in met de stapel toetsen die hij niet zou nakijken. Hij gooide zijn schamele bezittingen – een extra overhemd, sokken en ondergoed – in de ladekast. Uit een zijvak haalde hij zijn scheerapparaat en tandenborstel. Toen voelde hij een vreemde bult helemaal onder in de rugzak. Hij kreeg even een korte flits van herkenning. Hij ritste een binnenzak open en voelde er toen binnenin, op zoek naar het kleine gaatje dat zijn jongere ik daar had gemaakt. Hij haalde er een klein in plasticfolie verpakt pakje uit en een smal houten pijpje zo groot als een patroonhuls. Het was zijn oude vriend, Smoky Joe.

Hij had de pijp een eeuwigheid geleden gekocht, in een headshop in La Jolla. Het holle uiteinde was zo groot dat er één stevig samengeperste dosis wiet in paste. Hij had het handig gevonden voor noodgevallen: in de file op de snelweg, of in de pauze in het spelonkachtige magazijn van de uitgeverij waar hij ooit had gewerkt, waar hij bundels tijdschriften op pallets moest laden die zonder aanwijsbare reden naar een ander deel van het gebouw moesten verhuizen. Maar het meest had hij het pijpje toch wel gebruikt om af te schuimen. Om te stelen. Van de persoon die het meest van hem hield.

In het begin hadden Penny en hij hun wiet eerlijk verdeeld. Een tijdlang liep die regeling gesmeerd. Ze rookten alleen als ze samen waren – ze waren bijna altijd samen – en hun behoeften gingen helemaal gelijk op. Later, toen ze allebei aan het werk waren, rookten ze na het eten op het terras een pijp marihuana; maar terwijl Penny dan voor de rest van de avond genoeg had, was Scott een uur later alweer toe aan een nieuwe dosis. Op een avond begon hij iets extra's voor zichzelf te rollen, een joint voor toe, met in gedachten de manier waarop zijn moeder de etensborden opschepte, overvolle porties voor zijn gespierde vader en verfijnder porties voor zichzelf.

'Schatje, ik ben er nog niet aan toe,' protesteerde Penny.

'Weet ik,' zei Scott, 'maar ik wel.'

Zo begon de Dope-oorlog van 1987, een periode van interne strijd die de nieuw gevormde alliantie van Scott en Penny op de proef stelde en bijna kapotmaakte. Een magische lente en zomer lang hadden ze alles wat ze bezaten bij elkaar gelegd: de rest van Scotts schoolgeld, de opbrengst van de verkoop van Penny's vw-bus, die een op drieënhalf liep en twee keer zo vaak iets mankeerde als Scotts Sunbird. Looncheques van de surfwinkel, het magazijn, diverse dag- en avondwinkels; Penny's aandeel in de fooienpot bij lunchcafés, snackbars en koffieshops. Wie wat verdiende was nooit duidelijk en dat deed er ook niet toe. De huur werd betaald, er werd benzine en eten gekocht. Wat er overbleef, besteedden ze aan dope. Penny had al jaren op deze manier geleefd, met een discipline waar Scott bewondering voor had. Zonder die discipline zou hij zijn loon verspild hebben aan bier, sigaretten en biljarten in de kroeg, plezierige bijzaken die hij nauwelijks miste. Met Penny's methode konden ze elke dag high worden, twee keer per dag. En lange tijd was dat genoeg.

Hij had jarenlang gehoord dat wiet niet verslavend was en hij was ook van mening geweest dat dit klopte. Hij kon leven zonder high te worden. Maar waar hij behoefte aan had, wat hij écht nodig had, was het vrije gevoel dat de dope hem gaf, de ontspannen improvisatie, het soepel door het leven bewegen. Als hij rookte, kon hij ongemerkt voorbijgaan aan het vernederende stinkwerk, de beledigingen van de nachtploegbaas, het gevoel van afgrijzen en de immense uitputting die hij aan het einde van de dag ervoer en soms ook aan het begin, wanneer hij dacht aan de eindeloze hobbelige busrit – Penny bezorgde pizza's en had de Sunbird nodig – de talloze bergen pallets die volgeladen moesten worden, het wezenloze gestamp van de machines, de bundels tijdschriften die steeds maar bleven komen. Hij dacht met een voortsluipend gevoel van bitterheid aan zijn makkers van Kap Sig, die sufferds, en aan die kostbare zakken vol wiet die ze zomaar oprookten voor onbenullig vermaak, dat obscene genot van giechelend naar Cheech en Chong-films te kijken en op de vloer in slaap te vallen. Voor Scott was wiet niet langer een verzetje maar een noodzaak; het enige wat zijn werk nog draaglijk maakte. En als hij aan het eind van een lichamelijk en geestelijk slopende dienst een paar halen meer nodig had dan zijn vriendin, waarom zou hij zich dat ontzeggen?

Hij zou die ruzie nooit vergeten, hun eerste en hun gemeenste. Elf twistzieke jaren later kon hij zich geen wreder bloedvergieten voor de geest halen, geen akeliger verwonding.

'Ik ben groter dan jij,' begon hij. 'Met een halve joint ben jij al gevloerd, maar ik voel er nauwelijks wat van.'

Waarop zij had geantwoord: 'Je bent nu groter dan vroeger.'

Het was een verrassingsaanval, ongelooflijk gemeen. Hij was dikker geworden door broodjes bal en fastfood, goedkoop arbeiderseten. Zijn gezicht was rond en pafferig, een bleke Elvis in zijn nadagen.

'En jij bent nu kleiner,' schoot hij terug, wat ook waar was. 'Ik kan je tieten niet eens vinden in het donker.'

De rest van de ruzie was te pijnlijk om zich nog voor de geest te halen, hoewel de afloop – hij moest op het natte gras slapen nadat zij hem had buitengesloten – hem voor altijd zou bijblijven. Ze waren twintig en wisten nog niet hoe liefde kon groeien en krimpen, hoe liefde kon splijten en spijten. Hoe liefde je gebroken en blut op het gazon van de buren kon doen belanden, waar je lag te huilen en sterretjes zag.

Hij deed Smoky Joe weer in de rugzak en ging naar buiten het heldere zonlicht in, in de richting van de Place du Capitole – eindeloos ver weg van Gatwick waar een lichte lentesneeuw neerdwarrelde op zijn armzalige kleine huis. Het stadsplein had de vorm van een driehoek, zoals je dat ook in de stadjes in New England tegenkwam. Aan een kant was het afgezet met het witgepleisterde raadhuis met zijn bogengalerij. Terwijl hij daar stond en de warme zon door zijn overhemd op zijn huid voelde, kwam Scott weer helemaal tot leven.

Hij stak het plein over in de richting die de hotelhouder hem had gewezen, in de hoop dat hij werkelijk naar het strand liep. De lucht rook sterk naar diesel. Door gebrek aan stoplichten stond het verkeer vast; taxi's stonden werkeloos bij kruispunten en verstopten de kronkelige straten. Een trage optocht slingerde zich over de trottoirs, toeristen die klaagden over de blaren in hun nieuwe schoenen. Scott keek naar de klamme okselplekken in hun fonkelnieuwe vrijetijdskleding en de boodschappentassen die langs hun winterwitte dijen streken. In zichzelf prevelend stapte hij om de voetgangers heen. De complexiteit van zijn missie overweldigde hem. Hij was naar dit overvolle eiland gekomen om een meisje te zoeken, een klein stil meisje dat geen aandacht trok en dat zich onzichtbaar tussen de mensen bewoog. Een heel koppig meisje dat naar alle waarschijnlijkheid niet gevonden wilde worden. Zijn moeder was uiterst karig geweest in het verschaffen van bijzonderheden: een man die Rico heette en iets met scubaduiken. Andere informatie die handig had kunnen zijn – zoals de naam van Gwens hotel – had Paulette domweg niet gehad. 'Vraag Billy maar,' had ze gezegd, maar daarvoor was hij te trots geweest. Het was Scotts missie, niet die van zijn broer. Hij zou er zelf wel achter komen.

De weg maakt een scherpe bocht. Aan de horizon doemde Marengo Bay op, een zilveren schittering. Scott knipperde met zijn ogen. Even leek het alsof er een kantoorgebouw boven op het water stond – wit oplichtend en groter dan het raadhuis.

'Wat is dat?' vroeg Scott aan de vrouw voor hem, een energieke oma in een roze sportbroek. Hoewel het een stevige dame was, was ze verbazingwekkend snel. Het was alsof hij een auto achtervolgde die in de eerste versnelling reed.

'Dat is ons schip,' zei ze trots, alsof ze eigenhandig aan de bouw had meegewerkt. 'The Star of the North.'

Nu liep de weg steil naar beneden, alsof deze wegstromende mensen werden opgevangen in een reusachtig bekken. De menigte stroomde sneller, de voeten klapten plat op het wegdek. In een laatste greep naar de toeristendollars werden de borden langs de weg dwingender. UITVERKOOP! GEEN BELASTING! GOEDKOOP, GOEDKOOP, GOEDKOOP! Amerikaanse vlaggen klapperden in de blauwe lucht. Scott keek een beetje geagiteerd om zich heen. Hij had het gevoel alsof hij meerende met de stieren in Pamplona, langzame aftandse stieren met zere hoeven. Toch leek het gevaarlijk om stil te staan. De vrouw achter hem had al twee keer op zijn sandaal getrapt.

'Hallo meneer,' zei een stem bij zijn elleboog, een zwarte jongen van een jaar of twaalf. 'Wat zoekt u?'

'Het strand,' zei Scott.

'Deze mensen gaan naar schip. Kom maar hierheen.'

De jongen liep een smalle zijstraat in. Scott volgde hem met zijn hand op zijn beurs. Hij was op zijn hoede voor trucjes van zakkenrollers, aangezien hij jaren geleden in Mexico al in de meeste valkuilen was getrapt. Maar deze jongen was goed gekleed, hij had niet aan Scotts mouw getrokken en was ook niet opdringerig overgekomen. Zelfs nu keek hij niet om en hield hij zijn pas niet in. Het leek wel alsof het hem niet kon schelen of Scott achter hem aan kwam of niet.

Ze kwamen langs waarzeggers en een paar barbecuetenten. Het rook naar geroosterd vlees. Scott voelde zijn maag samentrekken. De brie uit het vliegtuig voelde als een stuk kauwgum, zwaar en onverteerbaar. Hij moest iets eten en snel ook.

Hij volgde de jongen nog een blok verder. De straat werd smaller, de gezichten zwarter. Op een hoek was een klein café, met drie tafeltjes op een gammele veranda, met het soort plastic stoelen dat je in Amerika bij kleine warenhuizen voor vijf dollar per stuk kon kopen. Neonreclames lichtten op achter de ramen: CORONA, CARIB, RED STRIPE. Aan de dakspanten hing een zelfgemaakte banier, met de onhandige blokletters van een matrixprinter. Scott kneep zijn ogen samen om de woorden te ontcijferen: AMBROSIA CAFÉ.

Tegenover het café stopte de jongen en deed een stap naar achteren een deuropening in. Hij haalde een plastic zak tevoorschijn.

Scott knipperde met zijn ogen. Stond het woord STUFFKIKKER soms op zijn voorhoofd getatoeëerd? Was het zo gemakkelijk om hem uit de menigte te pikken? 'Nee, bedankt,' zei hij terwijl hij snel over zijn schouder keek.

'Zeker weten? Is met boot uit Jamaica gekomen. Topstuff.' Het joch hield hem de zak voor. 'Hier, ruik maar.'

Scott boog naar voren. Ergens heel ver weg in zijn geheugen hield deze gedachte zich schuil: 'Ze kunnen me niet arresteren als ik de zak niet aanraak.' Was dat nog altijd zo? Was het ooit zo geweest? Hij wist het niet.

De dope rook geweldig, vochtig en sterk. 'Goed spul, hè?' vroeg de jongen.

Hij noemde een prijs die voordelig was, maar ook weer niet supervoordelig, iets meer dan wat Scott zeven jaar geleden in Mexico had betaald. Hij rekende snel. De jongen stond er rustig en ontspannen bij; de paar mensen die bij het café zaten te drinken, letten niet op hen. Die deuropening, besefte Scott, was zijn winkel, alsof de jongen achter een limonadekraampje stond dat over de straat uitkeek.

'Ruikt goed,' gaf hij toe. 'Maar ik kan niet vandaag. Ik ben aan het werk.'

'Dan u komt later terug,' zei de jongen koeltjes en hij keek weg, alsof het al gênant voor hem was om dit kleine beetje enthousiasme te tonen.

'Misschien,' zei Scott.

Hij liep verder. Aan de andere kant zag hij twee jongens met natte zwembroeken. Het strand, dacht hij. Ze komen van het strand.

Hij versnelde zijn pas, intussen nog steeds aan de wiet denkend, groen als de afknipsels van een gazon. Hij probeerde zich te herinneren wanneer hem wiet van deze kwaliteit was aangeboden – van welke kwaliteit dan ook – die hij geweigerd had.

Dat was nog nooit voorgekomen.

Het strand was bomvol, het was een strook zand die niet breder was dan een oprijlaan in de voorsteden. Een dambord van kleurige handdoeken lag eroverheen. Scott keek beide kanten op. Hij was de enige blanke man op het strand.

Hij koos een kant en begon te lopen. Er klonk harde reggae uit een enorme gettoblaster, zo een die hij vijftien jaar geleden op

Pearse ook had gehad. Een overhellend triplex stalletje verkocht broodjes met varkensvlees en Red Stripe. Hij schatte dat een stuk of honderd kinderen krijsend in de branding speelden.

Hij ging naar het broodjesstalletje toe en kocht een Red Stripe. 'Ik ben op zoek naar een zekere Rico,' zei hij tegen de man die zijn wisselgeld bij elkaar zocht. 'Hij gaat met mensen scubaduiken.'

De man keek hem aan alsof hij gek geworden was.

'Dan zit je verkeerd, man. Vanaf dit strand geen scuba.'

'Waar gaan de mensen dan wel scubaduiken?'

Hij wees in de richting waar Scott vandaan gekomen was, de veehelling die naar de cruiseterminal leidde. 'Let op de rode vlag, man. Zij nemen je mee voor scubaduiken.'

'Ik wil zélf niet duiken,' legde Scott uit. 'Ik ben op zoek naar iemand die duiktrips organiseert. Naar één man in het bijzonder. Zijn naam is Rico.'

'Rico,' herhaalde de man. Hij begon breeduit te grinniken en schudde vol ongeloof zijn hoofd. 'U zoekt man met naam Rico.'

Scott knikte en nam een lange teug van zijn bier.

'Mijn naam is Rico,' zei de man lachend. 'Mijn kleine jongen naam is Rico. Hier op deze strand ik kan vinden twintig Rico's voor u. U kan praten met allemaal.'

Er klonk een scheepshoorn in de verte, zo luid dat Scotts kiezen er zeer van deden.

'Rico van u,' schreeuwde de man. 'Hij is zwarte man of witte man?'

'Weet ik niet,' schreeuwde Scott terug.

Hij keerde op zijn schreden terug langs het smalle zijstraatje en stopte om een toeristenkaart van het eiland te kopen. Bij het Ambrosia Café kocht hij een tweede Red Stripe en ging aan een tafeltje op de veranda zitten – zich ervan bewust in een dieper, eerlijker deel van zijn hoofd, dat hij zat te wachten totdat de jongen zou terugkomen, de trotse kleine zakenman met zijn geurige zak wiet.

Terwijl hij zat te wachten, vouwde hij de kaart uit en keek ernaar, in een poging te bepalen waar hij nu was. Hij had nooit wijs kunnen worden uit kaarten. Het eiland was groter dan hij had gedacht en hij zat aan de verkeerde kant ervan. De meeste stranden, volgens deze kaart, bevonden zich aan de noordkant.

'Pardon, meneer,' zei hij tot de man die een vochtig vod over zijn tafel haalde. 'Weet u waar ik een auto kan huren?'

'Op het vliegveld, man.' Hij was net zo oud als Scott en erg zwart, om zijn hoofd had hij een kleurige sjaal gebonden. 'Maar deze is dicht nu. Zaterdagavond, hè? Die soort zaken, dicht om vijf uur.'

Dat was nieuw voor Scott, maar de man zei het met zo'n stelligheid dat er geen twijfel over kon bestaan.

'Ik kan u maandag naar het vliegveld brengen,' zei de man, die zijn kans schoon zag. 'Mijn broer heeft een auto.'

'Niet morgen?' zei Scott.

De man schudde zijn hoofd. 'Zondag. Alles dicht.'

Scott dacht: dit kan niet waar zijn. 'Maar ik moet morgen aan de noordkant van het eiland zijn.'

'Neem een taxi,' stelde de man voor.

'Dat zal dan wel moeten,' zei Scott. 'Maar ik heb de auto een tijdlang nodig. Misschien wel de hele dag.'

De man dacht na. 'Kom morgen hier terug. Negen uur. Mijn broer is dan uit de kerk. Hij kan u met de auto rijden.'

Toen hij weer op zijn kamer was, voelde Scott zich geïrriteerd en rusteloos. Hij had twee uur in het café gewacht, maar de jongen was niet meer teruggekomen. Moedeloos ging hij op het bed liggen en draaide het nummer van zijn broer. Aan de andere kant van de lijn klonk een vreemde mannenstem.

'Eh, sorry,' zei Scott. 'Ik denk dat ik het verkeerde nummer heb gebeld. Ik ben op zoek naar Bill McKotch.'

'Billy is aan het hardlopen.' Het was een zachte, beschaafde stem met een Brits accent. 'Wie kan ik zeggen dat er gebeld heeft?'

Scott had sterk het gevoel dat alleen vrouwen een Brits accent mochten hebben.

'Ik ben zijn broer. Kunt u hem alstublieft een boodschap doorgeven? Het is tamelijk dringend.' Hij was even stil. 'Ik moet de naam weten van het hotel van onze zus op Saint Raphael.'

'Gwens hotel? Daar logeert ze niet meer.'

Het was een irritante stem, besloot Scott, steriel en arrogant. En wie ben jij verdomme dan wel? dacht Scott. En hoe weet jij hoe mijn zus heet?

'Geef hem gewoon de boodschap door, goed?'

'Prima,' zei de Brit en hing op.

Klootzak, dacht Scott... maar of hij daarmee de Brit, zijn broer of zichzelf bedoelde viel onmogelijk te zeggen.

Hij haalde zijn rugzak onder het bed vandaan en stak zijn hand in de voering. Het pakje bevatte één enkele cannabistop die een beetje grijzig was, maar verder nog perfect. Scott snoof er in diepe concentratie aan terwijl hij dacht aan de mossige geur van de schitterende groene smokkelwaar van de jongen. Zijn eigen belegen voorraadje rook helemaal nergens meer naar, maar het was alles wat hij had.

Later kleedde hij zich, stoned, verbrand en te uitgeput om nog te douchen, helemaal uit en kroop hij naakt in bed. Hij was vijftienhonderd kilometer van huis en hij miste zijn vrouw.

Het was de eerste keer in tien jaar dat hij de nacht zonder haar doorbracht. Die vorige keer was hij bij het krieken van de dag uit bed geslopen, heel voorzichtig om haar niet wakker te maken. Hij had een vroege vlucht van Los Angeles naar Logan genomen, waar zijn moeder, net als vroeger in de schoolvakanties, hem met de oude Volvo was komen ophalen. Maar dit was geen vrolijke thuiskomst. Hij had Paulette op een avond laat opgebeld, toen hij dronken en high en wanhopig was. Hij had zijn moeder in twee jaar niet gesproken. Toch maakte ze geld over voor een ticket.

Midden in een sneeuwstorm landde hij in Boston, broodnuchter en bibberend; hij had al zijn winterkleren verkocht. Paulette kwam hem bij de gate ophalen, ze zag er oud en moe uit. Hij kon onmiddellijk zien hoeveel pijn hij haar had gedaan. Het was te merken aan de heftige manier waarop ze hem vastgreep en aan haar hunkerende ogen die zijn gezicht afspeurden.

Het spijt me, dacht hij.

Dat was bijna de enige gedachte die hij dat weekend zou hebben. Paulette nam hem mee naar huis, naar Concord, waar hij douchte en at en toen twee dagen aan een stuk door sliep. Uiteindelijk ging hij aan de keukentafel zitten en vertelde hij zijn moeder alles.

O, niet alles. Hij liet een paar losbandige nachten achterwege, een paar vechtpartijen en fiasco's, een ruzie om drugs met een ex-gevangene die Duane Farley heette en die pas ophield toen Scott de man tegen de grond gedrukt hield en hem Farleys eigen mes op de keel zette. Hij zei niets over de vier joints die in zijn rugzak werden ontdekt aan de Mexicaanse grens; het onheil dat werd afgewend toen Penny tien minuten met de grenswacht verdween en glimlachend terugkwam. 'Je bent een vrij man,' zei ze.

Behalve deze gebeurtenissen, en andere die erop leken, vertelde hij zijn moeder alles. Hij eindigde met de woorden die hem voor altijd zouden blijven achtervolgen. 'Ik wil thuiskomen.'

Toen ving hij haar blik op, die overliep van een gevoel dat hij niet kon benoemen.

'Wanneer komt het kind?' vroeg ze.

'Over zes weken,' zei hij.

Hij had toestemming gevraagd om zijn echtgenote en kind te verlaten – nog niet echt een echtgenote, nog niet echt een kind, maar op beide punten zat hij er verontrustend dichtbij. Zijn moeder had geluisterd met een gezicht alsof ze misselijk was. En schudde toen zwijgend haar hoofd.

Nee.

'Hallo Pen,' zei hij tegen het apparaat.

Hij had zich in de berg kussens begraven en hield er eentje – een harde tierelantijnerige rol met het formaat van een football – tegen zijn borst geklemd.

'Ik heb je al eerder geprobeerd te bellen, maar je was in gesprek. Ik zit nu op het eiland, en wauw, het is echt prachtig. Maar dan dat gigantische cruiseschip – je gelooft gewoon niet wat je ziet zo groot...'

Hij was verbaasd toen de piep kwam. Had hij het hele bandje al volgepraat?

'Hallo,' zei zijn vrouw. 'Heb je Gwen al gevonden?'

'Schatje!' Hij liep over van vreugde. 'Wat heerlijk dat je er bent! Waarom nam je niet op?'

'Ik zat in bad.' Ze klonk afwezig en een beetje buiten adem. 'Ik moest rennen om de telefoon te halen.'

'O, wauw.' Hij was even stil om het beeld tot zich door te laten dringen. Penny naakt in de woonkamer, de vochtige huid van haar buik, haar hangende en deinende borsten die tegenwoordig zo weelderig waren.

'Ik hou van je tieten,' bezwoer hij haar met overslaande stem van verdriet omdat hij ze ooit beledigd had. Hij was bijna ziek van berouw.

'Wat is er met jou aan de hand? Scotty, ben je high?'

Ja, dat was het huwelijk. Via een krakerige verbinding over meer dan vijftienhonderd kilometer kon ze de cannabis in zijn stem horen. Ze had hem talloze malen stoned gezien. Jarenlang had ze hem nauwelijks op een andere manier gezien.

'Een beetje,' gaf hij toe. 'Pen, ik vond nog wat in mijn rugzak. Herinner je je Smoky Joe nog?'

'O, Jezus. Wacht even.' Tot zijn verbazing viel de lijn stil. Hun nieuwe draadloze telefoon had een wachtstand. Penny gebruikte die wanneer haar zus 's avonds laat belde en een opgewonden tirade hield zonder acht te slaan op het tijdsverschil. Ze had die wachtstand nog nooit bij hem gebruikt.

Onwillekeurig dacht hij eraan dat ze nog steeds naakt was.

'Sorry,' zei ze toen ze weer aan de lijn kwam. 'Het is hier een varkensstal. Ik kan niks vinden. Je broer heeft een poosje geleden gebeld. Hij heeft een boodschap achtergelaten.' Er zat iets verbitterds in haar stem waardoor ze ouder klonk – veel ouder – dan de naakte jonge vrouw die hij in zijn hoofd had.

'Billy,' zei hij. 'Ja, ik had hem gebeld. Een of andere arrogante Britse knakker nam de telefoon aan.'

'Gwens hotel was Pleasures,' las Penny voor.

'Uitstekend!' zei Scott. 'Heeft hij nog meer gezegd?'

'Ik heb hem niet gesproken. Sabrina heeft het aangenomen.'

'Pleasures,' herhaalde Scott. 'Oké, goed. Zeg, het spijt me dat ik gerookt heb. Ik hou van je, Pen.'

'Ik ook,' zei ze – op welk deel van de zin dat precies sloeg, wist hij niet zeker. 'Luister, ik moet opschieten. We moeten maar hopen dat Ruxton je niet in een potje laat pissen.'

'Waar ga je heen?' Hij wierp een blik op de wekker. Het was zaterdagavond halftien. Waar zou ze in vredesnaam naartoe moeten?

Penny zuchtte. 'Sabrina is ziek en ik kan Ian met geen mogelijkheid in bed krijgen. Jij mag dan wel stoned op een Caribisch eiland rondhangen, maar wij zitten nog precies waar je ons hebt achtergelaten.'

Ze hing op.

De volgende ochtend kwam Scott om vijf voor negen bij Café Ambrosia aan, zodat de broer van een vreemde hem ergens heen kon rijden, hem bewusteloos kon slaan en hem kon beroven. Dat hij dit plan in nuchtere toestand had verzonnen, was een verontrustend idee.

Hij nam een stoel op de veranda en wachtte. Twee kleine meisjes in witte jurkjes renden over de stoep, met sluiers die als condensatiesporen achter hen aan kwamen. Hij dacht aan zijn dochters eerste communie, in het voorjaar nadat ze naar Gatwick waren verhuisd; hoe diep het hem had geroerd, Sabrina als een klein bruidje in haar jurk met sluier. Haar haar was toen roder en ze leek verrassend veel op zijn zus op die leeftijd. Scott had een duidelijk beeld voor ogen van Gwen op zevenjarige leeftijd, dankzij een ingelijste foto die nog altijd bij zijn moeder in de zitkamer hing. Hij was genomen op de ochtend van Gwens eerste communie, voordat alles misging in hun leven. Zijn ouders stonden glimlachend arm in arm. Vooraan stonden de drie kinderen in hun zondagse kleren. Billy, Scott en – toen nog normaal, nog onschuldig – de schattige, roodharige Gwen.

Gwen. Voor het eerst begon het hem te dagen dat ze werkelijk in gevaar kon zijn, ontvoerd en gegijzeld. Dat hij zich misschien wel in een gevaarlijke situatie kon begeven, waarvoor hij – zeg nou zelf – dramatisch slecht toegerust was. Op dit moment bijvoorbeeld was hij van plan in een auto te stappen bij een volkomen vreemde die voor zijn moeite betaald zou willen worden. Hoeveel? Scott had het niet eens gevraagd.

'Hé, man,' zei een stem. 'Mijn broer zegt u moet een lift hebben.'

Scott keek op. In de deuropening van het café stond de kleine zakenman, het joch met de geurige zak wiet.

'Ja,' zei Scott. 'Dat ben ik.'

'Kom mee. Ik heb een auto achter.'

'Je bent niet oud genoeg om te rijden.'

'Ik ben achttien, man.'

'Gelul,' zei Scott.

'Oké, zestien.'

'Hooguit veertien.'

De jongen lachte. 'Dertien, maar maakt niet uit. Op Saint Raphael, als je hebt een auto, je mag rijden.'

Scott betwijfelde het of dit waar was. 'Dit is een verschrikkelijk slecht idee,' zei hij.

De jongen haalde omstandig zijn schouders op. 'U wilt niet met mij mee, dan u gaat niet. Maar als u wilt een taxi voor de hele dag, het kost tweehonderd dollar. Als u vindt een taxi. Het is zondag, man.'

'Hoeveel wil je hebben?'

'Vijftig,' zei de jongen. 'Of minder, als we doen andere zaken.'

Scott dacht hierover na. Hij liet zich overreden door de logica van de jongen. En door de herinnering aan zijn smaragdgroene wiet met zijn obsederende sterke geur.

'Kom, we gaan,' zei hij.

Ze raasden over het eiland in de Plymouth Reliant van de jongen, waarvan de zittingen waren bedekt met kralenmatten die Scott vibraties gaven in zijn heiligbeen op een manier die niet onprettig was. Het was laat in de ochtend, de zon stond bijna boven aan de hemel. Ze stopten kort op de parkeerplaats van een barbecuetent waar Scott zeven gram wiet kocht. Drie gram was meer dan genoeg geweest, maar de jongen, die Gabriel heette, leek teleurgesteld. Hij had op een grotere deal gerekend. Hij klaarde zichtbaar op toen Scott meteen een joint draaide.

'Wat, u gaat niet delen?' vroeg hij verontwaardigd.

'Je bent nog maar een kind,' zei Scott.

De jongen lachte. 'Ik rook dit spul al sinds ik ben zes jaar.'

Daarna kreeg de morgen meer glans. De zon brandde. De lucht werd blauwer. Scott rolde zijn mouwen op en stak zijn arm uit het raam. Hij had al in geen jaren een joint zo kort na het ontwaken gerookt. Penny beweerde dat de hele dag erdoor bedorven werd – Penny die er geen been in zag om meteen bij het opstaan de tv aan te zetten en zo haar schone slaperige brein te vervuilen.

Onder het rijden legde hij uit wat zijn missie was. 'Geen probleem,' antwoordde Gabriel kordaat en professioneel als een portier bij een chic hotel.

Ze staken een berg over die enorm groot leek, de kleine snertmotor pufte amechtig. Scott herinnerde zich dat zijn vader in de jaren tachtig altijd de spot had gedreven met deze wrakken, de K-cars van Lee Iacocca met hun goedkope onderdelen die onderling inwisselbaar waren op sedans, cabrio's en coupés, waarvan de vierkante modellen ontworpen leken door een fantasieloos kind dat gevraagd was om een auto te tekenen.

'Hoe oud is deze rammelkast?' vroeg Scott.

'Zelfde als ik,' zei Gabriel.

'Hoeveel kilometers?'

'Wat ik wil. Kijk,' zei hij en wees op de kilometerteller die op 827 stond.

Een ogenblik later zoefden ze de berg af. Scott leunde achterover met zijn ogen dicht en dacht terug aan de Speed Racer-tekenfilms uit zijn jeugd, de auto die kon zwemmen, springen en vliegen.

'Hier wij komen bij de grote resorts.' Gabriel floot zachtjes. 'Luxe, man. Niet te geloven. Vanaf de weg je ziet ze niet.' Hij wees op een afslag, die werd aangegeven door een gepleisterde overwelfde ingang en een bord waarop in zwierige letters te lezen stond: SUNSET POINT. En in kleinere letters: ALLEEN VOOR GASTEN, EIGEN TOEGANGSWEG.

Scott fronste. 'Ik geloof niet dat dat de goede is.' Shit, dacht hij. Hij was zo onder de indruk geweest van zijn gesprek met Penny, het had hem zo emotioneel en berouwvol gemaakt dat hij de naam van het hotel vergeten was.

'Gelóóft? U weet niet zeker?'

'Ik kan me de precieze naam niet herinneren.'

Ze kwamen langs een tweede afslag, toen een derde. BREEZES RESORT. CALYPSO BREEZE. BIMINI BEACH CLUB. MONTEGO CAY.

'Ze lijken allemaal op elkaar,' zei Scott.

'Toe nou, man,' Gabriel leek zijn geduld te verliezen, daarom stopten ze op een onverharde toegangsweg en rookten ze nog een joint.

'Luister, man,' zei de jongen nadat hij zich weer in bedwang had gekregen. 'Die resorts zijn zo op. Daar is nog een' – hij wees – 'en dan ze zijn op.'

Ze kwamen bij weer een afslag, weer een heg vol bloemen en weer een gepleisterde muur. Op het bord stond: WELKOM BIJ PLEASURES. 'Dat is het,' zei Scott.

Ze keerden. Halverwege de oprijlaan stond een hokje met een bewaker in uniform. Bij de aanblik van de K-car schudde hij zijn hoofd en fronste. Scott gebaarde Gabriel dat hij zijn raampje omlaag moest draaien. 'Hallo meneer,' zei Scott.

'Bent u hier te gast?' De man had een bruine huidskleur en het postuur van een linebacker. Het leek alsof hij softballen in zijn kuiten had. Zijn bovenbenen waren in felgroene shorts gehuld.

'Eh, niet echt. Ik probeer mijn zus te vinden.' Hij wierp even een blik over de schouder van de bewaker, alsof Gwen ineens achter hem tevoorschijn kon komen. 'Ik zou graag iemand van de receptie willen spreken. Reserveringen of zoiets.'

'Daar is een telefoonnummer voor,' zei de man.

Scott knikte vol vuur. 'Oké, goed. Maar nu ik hier toch al ben...'

'Ik kan u niet doorlaten,' zei de man. 'U bent geen gast.'

'En bezoekers dan? U laat toch wel bezoekers toe?'

'Dit is privéterrein. Als u dat ding hier niet weghaalt, moet ik de beveiligingsdienst erbij halen.'

Gabriel knalde de auto in zijn achteruit en reed met gierende banden de oprijlaan af. Ze draaiden de autoweg op.

'Klootzak,' zei hij. Tot Scotts verbazing leek hij oprecht van streek.

'Hij deed gewoon zijn werk,' zei Scott.

'Nee, man.' Gabriel draaide zijn hoofd opzij en spuugde woest uit het raam. 'Hij is lichthuid. Hij kijkt één keer naar mijn zwart gezicht en hij behandelt mij als stront. Het werkt zo op deze eiland. Je bent lichthuid: je bent Fransman. Je bent donkerhuid: ze behandelen je als stront.'

Scott knipperde met zijn ogen. Als je het hem had gevraagd, zou hij hen beiden hebben omschreven als zwart. De wereld leek plotseling ingewikkelder dan hij ooit voor mogelijk had gehouden. Dat gevoel had hij eerder gehad, toen zijn dochter geboren was en toen hij 'Jens' Jensen een integraalvergelijking had zien oplossen. Het was een verpletterende bewustwording van zijn eigen onbenul, van alles wat hij nooit zou begrijpen of zelfs maar zou opmerken.

Ze gingen terug naar de toegangsweg waar ze de joint hadden gerookt en bedachten een plan. Gabriel zou in de auto wachten. Scott zou te voet naar Pleasures gaan.

Scott keek even in de achteruitkijkspiegel hoe hij eruitzag. Zijn ogen waren rood en zijn oogleden hingen, zijn haar zat in de war door de wind. Hij streek met een hand door zijn haar en begon te lopen.

Een kilometer verder vond hij een gat in de heg en hij wurmde zich erdoorheen, waarbij de takken zijn armen schramden. Hij voelde zich gesterkt door dit succesje. Voor hem strekte zich een tot in de puntjes verzorgd gazon uit. Hij stak het over met een nonchalante tred, alsof hij hier op zijn plek was, een zorgeloze toerist op vakantie. Hij hoorde gegil en gelach in de verte, de doffe klappen van een volleybal. De klanken van vrijetijdsbesteding van welvarende witte mensen – hij dacht aan Gabriel die in de bloedhete auto zat te wachten met uitzicht op een energiecentrale – die zich vermaakten in de zon.

Hij liep op het rumoer af via een pad door een bosje met mangrovebomen. Hij stopte even om ze te bewonderen met hun lange zwaanachtige stammen, de gebogen nekken van oerschepsels die half in de aarde verzonken lagen. Hij genoot van de kortstondige koelte en het zachte zanderige pad onder zijn voeten.

Voor hem lag een zonovergoten terras van flagstones. Scott stond abrupt stil.

Iedereen was naakt.

Naakte mensen lagen languit op ligstoelen, spetterden in het bubbelbad of liepen snel op hun tenen over de hete flagstones. Blote borsten schommelden uitnodigend. Piemels en scrotums dansten en bungelden. Een bloot meisje roetsjte stuiterend en gillend de waterglijbaan af. In het enorme zwembad werd naakt volleybal gespeeld.

Het was kennelijk ook de tijd om naakt te lunchen. Een serveerster in een groene bikini bracht de naakte eters broodjes. Het viel

Scott op dat de stoelen zorgvuldig bekleed waren. De verstandige types hadden hun servet over hun schoot uitgespreid.

Er kwam een gastvrouw op hem af. Net als de serveerster leek ze wat overdreven gekleed in haar groene bikini. De drie driehoekjes van lycra leken net zo misplaatst als een parka. 'Het spijt me,' zei ze glimlachend. 'Dit terras is alleen voor naakte gasten. U kunt uw kleren in de kleedkamer hangen' – ze wees naar een witgepleisterd gebouw achter zich – 'of u kunt op het algemene terras gaan eten, als u dat liever wilt.'

Hij vond het erg grappig, de zakelijke manier waarop ze hem vroeg zijn broek uit te trekken.

Scott lachte schaapachtig, hij was blij dat de donkere bril zijn ronddwalende blik verborg. 'Ik ben eigenlijk een beetje verdwaald. Ik ben op zoek naar de balie voor reserveringen.'

'Het hoofdgebouw is aan het eind van dat pad,' zei ze wijzend. 'Anders komt u hier wat later terug.' (Of zei ze nu *wat naakter terug?*) 'U kunt hier tot drie uur lunchen.'

Hij draaide zich om en liep met half toegeknepen ogen door een ander bosje mangrovebomen. Hij kon er met zijn verstand niet bij, de radertjes waren vastgelopen bij het zien van zoveel lijven, met al die rondingen, tepels en behaarde lichaamsdelen. Toen de machine eindelijk weer op gang was, kwam er een verpletterende gedachte bij hem op: zijn zus had in een naaktresort gelogeerd. Het was zo'n verbijsterend idee, dat helemaal niet paste bij het beeld dat hij van Gwens persoonlijkheid had, dat hij zich afvroeg of hij niet het verkeerde hotel had. Opnieuw werd hij overweldigd door het gevoel dat zijn intuïtie niets voorstelde en dat zijn waarnemingen verwrongen waren. Zelfs de bomen kwamen hem verdacht voor. Niets was wat het leek.

Je kon paranoïde worden van blowen. Dat hoorde hij al jaren van zoveel verschillende mensen dat er een kern van waarheid in moest schuilen. Scott, die meer geblowd had dan de meeste mensen op aarde, had het afgedaan als een gebruikersfout, een verborgen psychisch gebrek bij de blower zelf. Dat was niet aan de cannabis te wijten, net zomin als het aan de auto te wijten was wanneer je die tegen een muur reed. Maar nu voelde hij zich voor het eerst stijf staan van de paranoia. Een rampzalige ontwikkeling voor een man met een missie.

Hij maande zich om scherp te blijven. Om niet meer naar die bizarre bomen te kijken.

Hij vond het hoofdgebouw, ademde diep in en liep op de receptie af. Het leek hem onbeleefd om zijn zonnebril op te houden, onbeleefd maar noodzakelijk. Wie weet wat voor paranoïde glans er in zijn ogen oplichtte?

'Mag ik wat vragen?' zei Scott vriendelijk, met de stem die hij zich bij dergelijke gelegenheden aanmat. Het was een diepe, hoffelijke stem, mannelijk en charmant. De stem van zijn vader. 'Ik ben op zoek naar mijn zus, die hier onlangs gelogeerd heeft. Kunt u me vertellen of ze hier nog steeds te gast is?'

De knappe receptioniste keek hem onderzoekend aan. 'Het spijt me. Ik kan geen enkele informatie over onze gasten verschaffen.'

'Dat begrijp ik,' zei hij uiterst vriendelijk. 'Maar er is sprake van een noodgeval in de familie en ik moet haar vinden. Haar naam is Gwen McKotch.' Hij haalde zijn rijbewijs uit zijn portemonnee en legde het op de balie. 'Ziet u wel?' zei hij terwijl hij op zijn naam wees. 'Ik ben haar broer. Scott McKotch.'

Het meisje keek bezorgd. 'Jeetje,' zei ze. 'Ik hoop dat het niets ernstigs is. Maar Pleasures heeft een strikt privacybeleid. Ik mag u helemaal niets vertellen.'

'Zelfs niet of ze hier logeert? En of ze hier ooit gelogeerd heeft?'

Het meisje glimlachte treurig. 'Mijn manager is dit weekend weg, maar morgenochtend is hij er weer. Als het werkelijk een noodgeval is, kan hij u dan misschien helpen.'

'Morgen?' herhaalde Scott. Over vierentwintig uur zou hij op het vliegtuig naar Connecticut zitten.

Op dat moment stak een mollig stel van middelbare leeftijd de lobby over, ze waren bruinverbrand en hadden natte haren. De man droeg twee zware tanks.

Scubatanks.

Scott rende op een drafje de marmeren vloer over. 'Mag ik wat vragen?' riep hij met zijn Frank-stem. 'Gaan jullie scubaduiken?'

'We zijn net terug,' zei de vrouw.

'Tja, kunt u me dan de naam geven van de... instructeur, denk ik? De man die u mee de zee op heeft genomen.'

Ze keken elkaar fronsend aan.

'Ik kan het me niet herinneren,' zei de man met een Brits accent. Alweer een Brits accent! Dit leek een onheilspellend voorteken. Scotts paranoia wakkerde weer aan. Doelbewust drukte hij het gevoel weg.

'Ik weet het niet meer,' zei de vrouw.

'We waren met meer.' De man keek even achterom. 'De anderen kunnen er ieder moment aankomen. Wij waren als eersten van de boot.'

Scott liep naar de deur en botste bijna tegen twee blondines van in de veertig op, met behoorlijke inkijk in hun sproeterige decolletés. De vrouwen sleepten plunjezakken van vinyl met zich mee. Uit een van de tassen staken een paar blauwe rubberen vinnen.

Scott herhaalde zijn vraag langzaam, met zijn diepste Frank-geluid.

De vrouwen keken elkaar aan met een brede grijns. 'Rico!' riepen ze in koor en ze barstten los in frivool gelach.

Zijn hart maakte een sprongetje. 'Kunt u me zeggen waar ik hem kan vinden?'

De grootste blondine wees. 'Het haventje is die kant op.'

Buiten begon Scott te rennen. Hij racete over een uitgestrekt gazon naar een bordje waarop stond NAAR HET STRAND, klepperde vervolgens een plankenpad af naar een ander bordje: TRAILERHELLING. In de verte zag hij een helwitte motorboot ronkend uit het haventje wegvaren. Een donkergekleurde man met ontbloot bovenlijf rolde een touw om zijn elleboog.

Aan het roer, met vlammend rood haar, stond zijn zus, Gwen.

'Echt waar? U ziet deze man en u praat niet met hem?'

Gabriel sprak langzaam en vol ongeloof, hoewel hij er niet bijzonder verbaasd uitzag. Hij zag er ook niet bijzonder wakker uit. Tot zijn immense opluchting had Scott de auto teruggevonden op de plaats waar hij hem had achtergelaten, op de zanderige toegangsweg met uitzicht op de energiecentrale.

'Ik heb het geprobeerd.' Hij was met zijn armen zwaaiend naar het einde van het haventje gerend en had uit volle borst Gwens naam geroepen en daarna die van Rico. Ze hadden hem niet gehoord boven het geraas van de motor uit, maar alle anderen wel, onder wie twee in het groen geklede bewakers die hem van het terrein afvoerden en bij het hek dumpten.

Hij zat even na te denken. Hij zou die Rico tegemoet treden; op een imposante, mannelijke manier zou hij de man de maat nemen. Hij proefde de woorden in zijn mond: *Wat zijn uw bedoelingen met betrekking tot mijn zuster?* Maar misschien deed het antwoord er wel helemaal niet toe. Het doel was om Gwen veilig thuis te brengen, 'om een eind te maken aan deze dwaasheid,' zoals zijn moeder had gezegd. Per slot van rekening had Paulette de missie gefinancierd en er was maar één resultaat dat haar tevreden zou stemmen.

'Stel eerst vast welk succes je wilt bereiken,' adviseerde Dashiell Blodgett. 'Stel je kompas in en hou vol.'

Morgenochtend zou hij naar Pleasures terugkeren en bij de aanlegsteiger wachten – de hele dag als het nodig was – totdat Gwen en Rico weer verschenen. Hij had de letters die op de achtersteven stonden uit zijn hoofd geleerd: 2STE. Uit recente ervaring was gebleken dat zijn geheugen onbetrouwbaar was. Voordat hij een nieuwe joint ging draaien – wat hij nu onmiddellijk moest gaan doen – zou hij het opschrijven.

'Gabriel,' zei hij. 'Makker. Heb je iets waarmee ik kan schrijven?'

Gabriel loerde onheilspellend door één oog, als een slapende kat die niet blij is dat hij wordt gestoord.

'Pen en papier?' vroeg Scott.

Gabriel viste een opschrijfboekje en een balpen onder zijn stoel vandaan. Hij bladerde door het boekje – de bladzijden stonden vol met keurige kolommen met cijfers – en scheurde er een schoon vel uit.

'Wat zijn dat voor getallen?' vroeg Scott.

'Wat u denkt?'

Scott schreef 2STE op, vouwde het papier dubbel en stopte het in zijn zak. 'Oké. Nu eerst even een blowtje.'

Hij graaide onder zijn eigen stoel en taste overal in het rond naar de plastic zak. Niets. Hij wendde zich tot Gabriel wiens zware oogleden trilden.

'Dat meen je niet,' zei hij. 'Heb je de hele zak opgerookt?'

'U was heel lang weg, man.'

'Hoe lang? Een uur? Twee uur?' Een lange wandeling heen en terug, de mangroves en de blote mensen, de receptie en de trailerhelling. Op dat moment was het niet bij hem opgekomen dat hij Gabriel met zijn voorraadje alleen had gelaten.

'Er is nog een beetje over,' zei Gabriel, die de zak tevoorschijn haalde. 'We kunnen er nog één rollen.'

'Dat was zeven gram. Heb je zeven gram in twee uur opgerookt?'

'Wij rookten nog samen twee joints,' hielp Gabriel hem herinneren.

'Maar toch.' Scott had dit gesprek al talloze malen gevoerd, in auto's en in achterafstraatjes, in studentenkamers op Pearse en Stirling, in waardeloze appartementen in La Jolla, Portland, Oakland en San Bernardino. Hij had een groot deel van zijn leven in een op dope gebaseerde economie geleefd – die, zo bleek, niet heel veel verschilde van de gewone economie. In hun aandacht voor prijs en kwaliteit, hun obsessieve controle van winst en inventaris, waren cannabisgebruikers niet heel anders dan Carter Rook en zijn vriendjes uit Wall Street, de ferventste kapitalisten die Scott kende.

'Oké. Best.' Scott pakte de zak van Gabriel en begon te rollen. Hij slaagde erin twee joints bij elkaar te schrapen, waarbij de tweede bestond uit een ontmantelde Marlboro uit Gabriels pakje en de wietmot onder in de zak. Scott stopte de joints in de zak en legde die weer op zijn plek onder de stoel.

'U wilt niet roken?'

'Straks.' Scott stapte de auto uit en liep eromheen naar de bestuurderskant. 'Schuif eens op,' zei hij terwijl hij de sleutels pakte. 'Ik rijd.'

Verrassend genoeg protesteerde Gabriel niet. Ze reden terug over de berg met Scott aan het stuur en Gabriel die af en toe aanwijzingen gaf. Ze zigzagden door de achterafstraatjes van Pointe Mathilde en parkeerden achter het Ambrosia Café.

'U moet vijftig dollar betalen,' zei Gabriel.

'Je hebt mijn vijftig dollar opgerookt,' zei Scott. 'Kom op. Dan krijg je iets te eten van mij.'

Op de veranda aan de voorkant van het Ambrosia Café bestelden ze twee steaks met friet, een Fanta voor Gabriel en een Red Stripe voor Scott. Opgepept door de suiker zag Gabriel er weer kwiek en helder uit. Hij zwaaide en riep naar bekenden in de straat.

'*Salut, mon pote!*' riep hij naar een jongen op een fiets die gezwind door de straat reed. De jongen remde, draaide zich om en begon te lachen. Het was een knap joch, kleiner dan Gabriel. Hij zette zijn fiets tegen de reling van de veranda en kwam Gabriel de hand schudden.

'Waar jij hebt gezeten, man?' zei Gabriel.

'Werken,' zei de jongen. 'Hele dag op die stomme boot. Heel gauw ik ben zo zwart als jij.'

'Ik werk ook, man. Rijden voor hem.' Gabriel wees met zijn duim naar Scott. 'Hij zoekt een vent. Deze gast is ervandoor met zijn zus.'

'Hij neemt mensen mee uit duiken,' zei Scott. 'Een gast die Rico heet.'

'Ríco?' Gabriel draaide zich om en keek Scott aan. Een ogenblik later barstte hij in stoned gelach uit. 'Shit, man. Waarom u heeft niet gezegd dat hij Rico heet?'

'Wat is er zo grappig?' vroeg Scott.

'Mijn vriend hier wérkt voor man die Rico heet.'

De andere jongen grijnsde.

'Ik geloof je niet,' zei Scott.

'Het is waar.' De jongen ging zachter praten. 'U hebt probleem met Rico?'

'Geen probleem. Ik ken hem niet eens. Ik probeer alleen mijn zus te vinden.'

De jongen nam hem nadenkend op. 'U geeft mij vijftig dollar, ik breng u naar haar toe.'

'Larie,' zei Scott.

'Uw zus heet Gwen. Kleine vrouw met rood haar.'

'Hoe kun jij dat verdomme nou weten?' Scott gaapte hem aan. 'Waar is ze? Ik wil haar zien.'

'U hebt vijftig dollar?'

'Ho, ho. Wacht eens even.' Scott keek even snel naar Gabriel, de dertienjarige drugsdealer die al zijn dope had opgerookt. 'Ken je deze jongen?'

'Kalm aan, man.' Gabriel sloeg Scott op zijn schouder. 'U bent in goede handen. Dit is mijn grote vriend Alistair.'

In het begin van de avond stoof Scott McKotch met twee dertienjarige drugsdealertjes in een Plymouth Reliant over de bochtige bergweggetjes van een eiland dat Scott nog steeds niet op de kaart kon vinden. Hij was zich er voortdurend van bewust hoe eigenaardig de situatie was, maar raakte er vreemd genoeg niet van in paniek. Hij had zijn buikje rond gegeten en hij had twee joints voor straks. En al waren de jongens slim, ze waren ook klein en mager. Scott had vijfenveertig kilo in te brengen tegen elk van hen. Als het nodig was, kon hij hen allebei doormidden breken.

Hij had zich nog nooit zo goed gevoeld.

Ze volgden de autoweg in westelijke richting, de andere kant op dan ze 's ochtends waren gereden, vervolgens draaiden ze een smal weggetje in dat vlak langs de kust liep. Voor deze ene keer lette Scott goed op. Voor deze ene keer wist hij precies waar hij was.

De weg kwam uit op een zanderige open plek waar een paar oude auto's en motors geparkeerd stonden. 'Daar is de boothelling,' zei Alistair wijzend. 'Rico heeft ligplaats nummer vier.'

Scott stapte de auto uit en liep het pad op, nog even achteromkijkend naar de jongens in de auto. De oranje zon stond laag aan de hemel. Gabriel groette nog even en Scott groette terug, met het – terechte – vermoeden dat hij de jongen nooit weer zou zien.

Hij liep een wankele aluminium helling af die behoorlijk steil was afgesteld. Het gevaarte kletterde luid bij elke stap. Hij herkende de boot onmiddellijk. Rico, met ontbloot bovenlijf, zat op een soort plastic scheepskist en schreef iets op een klembord. Wat schrijft hij? vroeg Scott zich af. En heeft hij geen overhemd?

'Mag ik iets vragen?' riep Scott. 'Bent u Rico?' Pas toen besefte hij dat hij niet wist hoe de achternaam van de man luidde.

De man keek op van zijn klembord. 'En wie bent u dan wel?'

'Is Gwen McKotch op deze boot? Ik ben haar broer. Ik wil haar spreken.'

'Billy?' Rico liet een brede glimlach zien. 'Kom aan boord, man. Wat een geweldige verrassing. Gwen is in het badhuis aan het douchen. Wat zal ze blij zijn.'

Scott klauterde de ladder op naar het dek. 'Hallo. Bedankt. Alleen ben ik niet Billy. Ik ben haar andere broer, Scott.'

'Scott,' herhaalde Rico. 'Ik wist niet dat ze nog een broer had.'

De woorden kwamen aan als een kille wind. 'O. Nou ja. Ik ben een tijdje weg geweest,' zei hij stompzinnig. 'We hebben elkaar niet zoveel gezien.'

Ze stonden elkaar daar een lang ogenblik op te nemen. De woorden die Scott had geoefend – *Wat zijn uw bedoelingen met betrekking tot mijn zuster?* – waren te stom om hardop uit te spreken. Rico keek uiterst alert uit zijn ogen. Hij leek in de dertig te zijn en hij had de slanke, krachtige bouw van een bantamgewicht; het leek alsof zijn spieren zich onder zijn huid samentrokken. Scott moest belachelijk genoeg aan Dashiell Blodgett denken, die halvegare die een teen was kwijtgeraakt op de K2 en er nu boeken over schreef. Blodgett kon de pot op. Zó zag een man van de daad eruit.

Ze stonden elkaar aan te kijken. Scott zou het verhaal later nog wat mooier maken: de spanning die in de lucht hing en de felle en mogelijk fatale krachtmeting van masculiene wilskracht die er ongetwijfeld op was gevolgd als Gwen niet op dat moment de helling was komen afklepperen. Ze hield abrupt stil en hield een hand boven haar ogen. 'Scotty? Ben jij dat?'

Onmiddellijk ontspande Rico zich; zijn gebalde spieren stonden niet meer strak gespannen. Hij begon vriendelijk te grijnzen. 'Scott,' zei hij en stak zijn hand uit. 'Mijn excuses. Welkom in ons huis.'

Gwen klauterde haastig de ladder op. 'Wauw. Mijn hemel.' Ze had een rood hoofd en was een beetje buiten adem. Een wit mannen-T-shirt hing bijna tot op haar knieën. Haar nog ietwat vochtige haren vielen in losse golven tot op haar kin. Ze ziet er mooi uit, dacht Scott. Als ze op haar handen had gelopen, had hem dat niet méér verbaasd.

'Wat doe jij hier?' Ze ging op de plastic kist zitten en haalde een kam door haar haar.

'Ik ben hier voor jou gekomen.' Hij wendde zich tot Rico. 'Zeg makker, kun je ons een momentje alleen laten?'

Rico keek aarzelend naar Gwen.

'Het is goed,' zei Gwen. 'Hij is mijn kleine broertje.'

Rico boog zich naar voren en kuste haar, zijn hand bleef beschermend op haar schouder liggen. 'Roep me als je me nodig hebt. Ik blijf in de buurt.'

Scott wachtte totdat Rico de ladder was afgedaald. Hij ging op een canvas dekstoel tegenover Gwen zitten.

'Lieve help, Scotty, wat kom je hier doen?'

'Wat denk je? Ik wilde zeker weten dat alles goed met je is.'

Ze liet een geërgerde zucht horen. 'Het is goed met me, heel goed. In hemelsnaam, het is altijd goed met me geweest.'

'Nou, mama is helemaal gek van de zorgen. Dat had je toch wel kunnen voorzien toen je zomaar verdween.'

'Ben ík verdwenen?'

'Nou, je hebt haar niet verteld waar je heen ging.'

'Sorry hoor,' zei Gwen. 'Was jij niet degene die wegliep naar Californië en twee jaar lang niet gebeld heeft?'

'Dat is niet hetzelfde,' zei hij. 'Ze maakt zich minder zorgen om mij dan om jou.'

'Dacht je dat? Ze heeft bijna een zenuwinzinking gehad,' zei Gwen. 'Echt. Ik dacht dat ze nog bij de psychiatrische gevallen in McLean terecht zou komen. Papa en Billy waren weg en ik zat twee jaar lang in Concord vast om op haar te passen.' Ze was even stil. 'Nou ja, je snapt het wel. Ik wil alleen maar zeggen dat ik haar nog steeds een keer per maand kan bellen zoals altijd. Of ik nu hiervandaan bel of vanuit Pittsburgh, gaat niemand wat aan. Ik zie werkelijk waar het probleem niet.' Vervolgens klemde ze haar kaken op elkaar, op de vertrouwde Gwen-manier. Tot op dat moment had ze een vreemde geleken. Dit was eindelijk de Gwen die hij kende.

'En hoe zit het dan met deze man?' vroeg hij van tactiek veranderend. 'Die Rico. Je moet toch toegeven dat het nogal plotseling is.'

'Plotseling? Scotty, ik ben vierendertig.' Ze hield haar hoofd scheef. 'Zeg nou zelf. Jij kunt zomaar weglopen en gaan trouwen, en Billy gaat naar New York en wordt verliefd. Waarom ben ik de enige die geen leven mag hebben?'

Is Billy verliefd? dacht Scott, maar er was geen tijd om deze informatie te verwerken. Gwen, die twintig jaar had gezwegen, hield niet meer op met praten. Het was alsof ze de woorden haar hele leven had opgespaard.

Toen keek Scott om zich heen, ditmaal heel aandachtig. De boot was niet nieuw, maar hij zag er wel mooi uit en was goed onderhouden, met een blinkend schoon dek. Aan de kant van de haven was een klein tafeltje uitgeklapt, dat opgeklapt in een kastje kon worden teruggeschoven. Er stond een fles wijn op, met een stokbrood ernaast en een schaal met stukjes fruit.

'Ik heb jullie gestoord bij het eten,' zei hij.

'O, nee. Dat is nog over van het ontbijt. Er is een uitstekende bakker in de stad. Rico gaat er iedere ochtend naartoe. Hij eet de hele dag door brood. Hij zou kunnen leven op brood.' Toen glimlachte ze liefdevol, een tikkeltje geamuseerd. Ze had een prachtige lach.

'Dus je woont hier,' zei hij, de feiten nalopend. 'Op de boot?'

'Voorlopig wel. Het is een beetje krap met zijn tweeën. We zijn op zoek naar een grotere boot.'

'Hoe kom je aan je geld?' Toen hij het zei, was hij bang dat ze beledigd zou zijn door die vraag, maar Gwen leek het niet erg te vinden. 'We leiden duikexcursies. Het is Rico's bedrijf. Hij doet het al jaren.'

Dat nam Scott eens goed in overweging. Hij kende veel succesvolle mensen – veel te veel eigenlijk. Maar geen van hen – zijn vader, Billy, zijn Drew-neven of zijn Broussard-neven, zelfs Carter Rook niet – bezat een echt bedrijf.

'Hoe zit het met jouw baan?' vroeg hij.

'Ik heb ontslag genomen. Ik heb acht jaar van mijn leven besteed aan het catalogiseren van fossielen. Ik begon er zo langzamerhand zelf een te worden.' Gwen was even stil. 'Ik moet nog wel terug om mijn appartement leeg te halen. Misschien organiseer ik een verkoop. Ik heb niet zoveel spullen.'

'Gaan jullie trouwen?'

'We hebben het er wel over,' zei ze plotseling verlegen. 'Mij kan het niet zoveel schelen of we nu wel of niet trouwen, maar Rico is ouderwets. Hij wil niet in zonde leven. En moet je nou toch horen: hij is katholiek! Dat vindt mama vast geweldig.'

Scott glimlachte. Hij had geen vragen meer. Hij wilde alleen nog even zitten om naar haar te kijken, zijn kleine grote zus, die eindelijk gelukkig was.

'Ik had dit al veel eerder moeten doen,' zei ze. 'Zoals jij. Het spijt me wat ik net zei over jouw vertrek naar Californië. Jij was veel dapperder dan ik, Scotty. Ik was trots op je.'

Jezus, Gwen was trots op hem geweest, terwijl hij in al die jaren van afwezigheid nauwelijks aan haar had gedacht. Als hij al aan haar dacht, dan beschouwde hij Gwen als Billy's zus, zijn rechterhand en zijn schaduw, wier uitballen en homeruns wel meetelden; als weer iets wat Billy had en hij niet. En nu bleek dat ze al die tijd ook zíjn zus was geweest.

'Wat zal ik tegen mama zeggen?' zei hij.

Gwen zuchtte. 'Ik weet het niet. Vertel haar maar dat ik gelukkig ben. Zeg maar dat ik onmogelijk en koppig ben. Zeg gewoon maar dat je het hebt geprobeerd.'

Die avond, nadat Gwen hem met de auto terug naar zijn hotel had gebracht, nadat hij had uitgerust en gedoucht en een joint had gerookt, draaide hij het nummer van zijn moeder.

'Lieverd, waar zit je? Goeie genade, wat bel je laat. Ik kreeg bijna een hartaanval toen de telefoon ging.'

'Het spijt me, mama.' Hij wierp een blik op de wekker, halftwaalf. Wat een verdomd lange dag.

'En, heb je haar gevonden? Is het goed met haar?'

'Rustig aan, mama.' Hij wilde de tijd nemen om het haar te vertellen, om te genieten van zijn overwinning. Tegen alle verwachtingen in had hij zijn zus gevonden, had hij haar echt gevonden. Gwen, die niet slechts een paar maanden zoek was geweest, maar – wat Scott betreft in elk geval wel – vele jaren.

'Ik heb haar gezien en het gaat goed met haar. Uitstekend zelfs. Ze woont op een woonboot' – hij vergaf zichzelf deze kleine overdrijving – 'met een man die ze op vakantie heeft leren kennen. Hij is... dat kan ik je wel vertellen, mama. Het is echt een indrukwekkende man.'

Doodse stilte aan de andere kant van de lijn. Scott zette door.

'Hij is hier op het eiland opgegroeid – hij heeft het best arm gehad, naar wat ik er zo van hoor. Maar hij heeft zich goed weten te redden. Hij heeft een behoorlijke boot – niet zoals die van oom Roy, maar zeker niet verkeerd. En hij heeft een bedrijf waarmee hij duikexcursies organiseert voor de grote resorts hier – er valt veel geld te verdienen in het toerisme, mama, echt veel geld als je verstand van zaken hebt. En die Rico heeft dat. Het is een slimme vent, hij is knap en erg' – hij zocht het juiste woord – 'dynamisch.'

Het was lang stil aan de andere kant.

'Op een boot,' zei zijn moeder. 'Gwen woont op een boot.'

'Dat is wel een beetje uitzonderlijk,' gaf hij toe. 'Maar luister eens.' En hij beschreef hoe het was om laat op de dag op het dek te zitten en de zon in de Candlewick Bay te zien zakken, een schouwspel dat zo betoverend mooi was dat het je in God deed geloven. Hij sprak over de zonsondergang, de fles wijn met het stokbrood op tafel, het zachte schommelen van de boot op zijn aanlegplaats, terwijl hij de hele tijd zat te wachten op een reactie van zijn moeder, wat gehum om interesse of begrip te tonen of zelfs misschien een woord van dank. Met een zeker risico voor zichzelf had hij gedaan wat niemand anders in zijn familie kon doen. Hij had zijn zus gevonden. Hij had het grondig aangepakt.

'Blijft ze daar?' zei zijn moeder.

'Dat is wel het plan, mama. Ze werken nu samen in het bedrijf. Toen ik haar voor het eerst zag, hadden ze zelfs net een stel mensen afgezet bij een eersteklas' – zijn moeder was dol op dat woord – 'resort.'

Stilte.

'Rico is katholiek,' voegde hij eraan toe. 'Had ik je al verteld dat hij katholiek is?'

Uiteindelijk begon zijn moeder te lachen. 'O, dat doet me deugd.'

'Je bent er nog,' zei Scott.

'Ja, ik ben er nog. Ik begrijp er helemaal niets van.'

'Het is eigenlijk vrij eenvoudig. Gwen houdt van die man, en hij houdt van haar.'

'Grote goedheid, dát bedoel ik niet,' zei ze met een stem waar het ongeduld vanaf spatte. 'Dáár is niets geheimzinnigs aan. Ik begrijp niet en dat zal ik ook nooit van mijn leven begrijpen wat jou in hemelsnaam mankeert.' Ze was even stil. 'Ik heb jou niet helemaal daarnaartoe gestuurd om samen met je zus naar de zonsondergang te gaan zitten kijken. Ik heb je gestuurd om te zorgen dat ze weer thuiskomt.'

'Dat weet ik,' zei Scott. 'Maar het punt is dat ze gelukkig is. Als je haar toch eens kon zien – ze is een ander mens geworden.'

Zijn moeder zuchtte. 'Dat geloof ik meteen, lieverd. Maar wat gebeurt er over een halfjaar of een jaar, als hij van haar heeft gekregen waar hij op uit is?'

Scott fronste. Seks? Had ze het over seks?

'Denk eens goed na, schat. Ze gaan trouwen en hij krijgt het Amerikaanse staatsburgerschap...' (*Rico is ouderwets. Hij wil niet in zonde leven.*) '... neemt al haar geld...'

'Heeft Gwen geld?'

Ze zuchtte ongeduldig. 'Ik ben ervan overtuigd dat ze elke cent nog heeft die papa haar heeft nagelaten, en dan nog wat erbij. En zou dat voor zo iemand als deze Rico, een ambitieus iemand die uit een arm milieu komt, dan niet heel verleidelijk zijn? Geld om in zijn zaak te steken. Om..., hemel, weet ik wat te kopen. Bootuitrusting. Een andere boot.'

(*Het is een beetje krap met zijn tweeën. We zijn op zoek naar een grotere boot.*)

Shit, dacht Scott.

'Als die Rico zo indrukwekkend is, zoals jij zegt, zou hij dan niet de vrouwen voor het uitkiezen hebben?'

Hij dacht aan de twee blondines in de lobby in Pleasures, met hun boezem die uit hun bovenstukje puilde. 'Rico!' hadden ze gegild en ze hadden gegiecheld als bakvissen.

'Waarom zou hij er dan voor kiezen om met je zus in zee te gaan? Ik zal je vertellen waarom.' Zijn moeder was even stil. 'Veel vrouwen hebben misschien een affaire met zo iemand, maar er zijn maar weinig vrouwen die hun hele leven in de waagschaal stellen en zo'n man alles geven wat hij wil. Een bepaald type vrouw valt voor zo'n soort man. Een eenzame, kwetsbare, onervaren jonge vrouw. En die Rico van jou heeft gevonden wat hij zocht.'

Scott hield een kussen tegen zijn borst geklemd. Een ijzeren vuist drukte op zijn buik. Had Rico hem ook voor de gek gehouden? Zijn eerdere paranoia kwam opeens terug. Hij was stoned bij het haventje komen aanzetten en was in staat om tot tranen toe geroerd te worden door de schoonheid van de zonsondergang, en Rico had de situatie onmiddellijk doorgrond. Elk woord dat hij had gezegd had hem meer overwicht gegeven. (*Ik wist niet dat Gwen nog een broer had.*)

Had Scott het gevoel gegeven dat hij onbeduidend en nietig was. 'Vroeg of laat zal die Rico zijn ware gedaante tonen,' zei zijn moeder. 'Dat doen mensen altijd. En dat zal vreselijk zijn voor Gwen, ronduit vreselijk. Dat wilde ik haar besparen.'

Scott dacht aan Gwen op de boot met de ondergaande zon achter zich, die haar haar in vuur en vlam zette. *Jij was veel dapperder dan ik, Scotty. Ik was trots op je.* Zijn nieuwe liefde voor zijn zus vlamde op naast de oude – de domme ouderwetse liefde die er altijd al was geweest. 'Ik hou ook van haar, mama,' zei hij. 'Ik heb mijn best gedaan.' Zijn moeder zuchtte. 'Ik neem aan van wel.'

Lange tijd nadat hij afscheid van haar had genomen, zat hij met zijn rug tegen de deur. Hij had zijn tegenstander onderschat. Zijn zus liep ernstig gevaar; hij kon en zou haar niet aan de willekeur van Rico overlaten. Zijn moeders plan was mislukt, maar Scott had zelf nog een paar ideeën. Zijn vlucht terug naar Connecticut kon nog worden omgeboekt. Er was nog tijd.

Scott stond de volgende ochtend vroeg op, en scheerde en douchte zich. Toen de bank openging, stond hij voor de deur te wachten. Een knappe kasbediende stuurde hem naar een geldautomaat waar zijn Quinebaug Trust-pas net zo snel werkte als thuis. Hij koos 'sparen', een rekening waar hij en Penny nooit aan kwamen, en met reden: tot voor kort was het saldo op iets van achttien dollar blijven steken. Scott wachtte ademloos. Toen hij zag dat zijn moeders cheque was overgeboekt, had hij even een feestelijk moment. Toen kwam de hardvochtige afwijzing. U MAG PER DAG MAXIMAAL $500 OPNEMEN stond er in strenge hoofdletters.

Hij wendde zich tot de aantrekkelijke kasbediende, die zich zijn lot leek aan te trekken.

'Ga maar even met de manager praten,' zei ze met zangerige stem. Ze sprak zacht en sussend, alsof ze een knorrig kind opbeurde. 'Hij kan een internationale overboeking doen. Geen zorgen. Dit gebeurt geregeld.'

Een uur later hield hij een taxi aan, zich scherp bewust van de enveloppe in de binnenzak van zijn jasje, die zwaar tegen zijn hart drukte. Doordat hij niet gewend was iets van waarde bij zich te dragen voelde hij zich kwetsbaar, een gemakkelijk doelwit voor dieven en ander tuig. Hij was vervuld van edele gevoelens, van intense solidariteit met zijn zus, en met alle andere slachtoffers in de wereld. Hij was er diep verontwaardigd over dat iemand misbruik kon maken van Gwen.

De taxi bracht hem naar de ingang van de jachthaven. De chauffeur parkeerde de auto en wachtte. Scott keek zenuwachtig op zijn horloge. Was hij te laat? Gwen had altijd graag uitgeslapen, maar Rico leek hem iemand die gewoonlijk vroeg uit de veren was. Het was moeilijk voor te stellen dat hij überhaupt sliep.

Ik kan altijd morgen nog terugkomen, zei Scott tegen zichzelf. Hij zou zo vaak terugkomen als nodig was, totdat de missie volbracht was.

Hij keek doelloos in de achteruitkijkspiegel en deed een poging zijn haar in model te brengen. Hij wilde dat hij zijn hoed had opgedaan. Op dat moment verscheen Rico in witte shorts en een T-shirt, en stapte kordaat naar de aanlegsteiger met een ingepakte baguette onder zijn arm. Scott schrok ervan toen hij zo plotseling verscheen. Het was alsof de man op hem had staan wachten.

Hij stapte de auto uit en sloeg het portier met een klap dicht. 'Rico,' riep hij, met een stem die totaal niet op die van zijn vader leek. Het was het norse schurkachtige gegrom dat hij in zijn jonge jaren had gebezigd, vooral wanneer hij drugs kocht.

Rico keek op. In zijn witte uitrusting leek hij op de knappe, charmante, gebruinde tennisleraren die op zijn moeders club rondparadeerden en vermogende vrouwen in zwijm deden vallen.

Gigolo, dacht Scott.

Op een kalm drafje stak hij de parkeerplaats over, zwetend in zijn zware jas.

'Gwen slaapt nog,' zei Rico tegen hem.

'Dat geeft niet,' zei Scott. 'Ik ben voor jou gekomen.'

Als je maar lang genoeg wachtte, toonde de mens zich in zijn ware gedaante. De dronkaard dronk, de bandiet stal. Hij kon zijn ware aard verbergen, maar niet gemakkelijk en niet voor lange tijd. Zijn duistere kant wilde dat ook niet. Pervers en onbedwingbaar was zijn verlangen om zichzelf te laten zien, naakt onder de groezelige regenjas. In al zijn duisterheid wilde hij gekend worden.

Opnieuw voelde Scott het gewicht in zijn jas. Hij zei: 'Ik wil je een zakelijk voorstel doen.'

7

De zon komt op boven Saint Raphael. Gwen ontwaakt het eerst, wakker geschud door het langzame deinen van de boot, het gestage ademen van het water eronder. Dezelfde beweging die haar in slaap wiegt, kan haar er ook weer uit wekken. Het is een mysterie, een van de vele die onlangs aan haar zijn geopenbaard. Nog een wonder dat ze nooit zal begrijpen. Ze draait zich naar de man die naast haar slaapt en ziet hem. Dat is geen kleinigheid. Jarenlang was ze in een waas wakker geworden en had ze naar haar bril op het nachtkastje getast. Nu ziet ze met tintelende helderheid. Vanaf het moment dat ze haar ogen opendoet, toont de wereld zich zonder dubbelzinnigheid, zonder vervorming. De donkere schaduw van zijn ochtendbaard, de geprononceerde botten in zijn gezicht. Zijn blote huid trekt haar aan; die lijkt zijn eigen leven te leiden, los van de rest van hem. Voordat Rico wakker wordt, steelt Gwen deze ogenblikken met dat andere deel van hem, die stralende uitnodigende huid.

'Je bent zo klein,' prevelt hij wanneer hij zich om haar heen krult. 'Ik hou ervan zo klein als je bent.'

En omdat hij ervan houdt, is zij dit ook aan zichzelf gaan waarderen. Ze is klein genoeg om helemaal te verdwijnen in het middendeel van een man, zodat elk deel van haar hem raakt, volledig gehuld in zijn huid. Eerst was hij voorzichtig toen hij haar onbehaaglijkheid voelde. Hij beminde haar met zijn handen, zijn hete adem, zijn mond. Nu maakten de magische pillen alles mogelijk. Hij beweegt achter haar en in haar, op hetzelfde golvende ritme. Zonder iets te zeggen tilt hij haar op en draait hij haar om, schikt haar boven, onder of naast zich. Zijn zekerheid brengt haar in vervoering. Hij lijkt haar lichaam te kennen op manieren die Gwen, die er altijd in geleefd heeft, nog maar net aan het ontdekken is.

Haar lichaam is veranderd. Haar buik is nu plat, haar armen zijn gespierd. Op een boot leven is hard werken. Steeds vaker vergeet ze zich zorgen te maken over hoe ze eruitziet. In de stad, in de omgeving van de jachthaven, wordt ze herkend. Dat verontrust haar niet. Ze voelt zich belangrijk, ze is het waard om gezien te worden. Gwen en Rico lopen overal samen; hij laat altijd zijn hand op haar rusten. 'Jouw kleine vrouw' zeggen de plaatselijke bewoners, een naam die haar bevalt. Ze zou altijd klein zijn, maar nu was ze een vrouw. Ze zou altijd klein zijn, maar nu hoorde ze bij hem.

Ze kijkt hoe hij uit bed stapt, hoort hem koffiezetten in de kombuis. Hij zal straks naar het stadje lopen om brood te halen en Gwen zal in een diepere slaap vallen dan mogelijk is wanneer hij naast haar ligt, wanneer zijn huid haar afleidt. Ze slaapt zoals een kind slaapt, vol vertrouwen, in de wetenschap dat hij zal terugkeren.

Ze slaapt minder dan ze gewend was. Toen, wat nog niet zo lang geleden is, bracht ze de lange winter in Pittsburgh in een winterslaap door, wachtend totdat de wereld zijn keerpunt bereikte, tot het leven weer begon. Nu leeft ze, ze wacht niet. Nu moet de boot bestuurd worden, moet het bedrijf gerund worden en moeten de duikers uitgerust, begeleid en discreet maar alert geobserveerd worden om ze te behoeden voor hun eigen onwetendheid en paniek. Gwen blinkt uit in deze ongemerkte observaties. Ze heeft altijd al geweten hoe ze zich onzichtbaar moest maken.

Bij de duikers is Rico niet onzichtbaar. Hij is een ster. De vrouwen wringen zich in bochten om zijn aandacht te trekken. Ze verschijnen in shorts, in strings, in strakzittende bikinibovenstukjes. Het stemmetje in haar binnenste is klein maar hardnekkig. Waarom zou je voor mij kiezen? Waarom zou je van mij houden?

De vrouwen zijn mooi en willen wel. Om de paar dagen is er wel een die hem een kamersleutel toestopt – altijd blanke vrouwen, Duitse of Franse, Amerikaanse of Zweedse. De eerste keer dat Gwen het zag, was ze kwaad. De tweede keer moest ze huilen. Rico raakte haar gezicht aan en sprak haar zachtjes toe. 'Het heeft niets te betekenen. De mensen zijn eenzaam. Je moet vertrouwen in me hebben.' Ze hebben het er niet meer over, zelfs niet wanneer de vrouwen nog een tweede keer terugkomen, en een derde keer; wanneer Rico ze 's avonds mee uit duiken neemt. Gwen ziet ze twee of drie keer in een week. Dan nooit meer.

En dat 'nooit meer', dat telt.

Het duiken bij nacht is lucratief en het bedrijf is hun toekomst. *Je moet vertrouwen in me hebben.*

Over vijf dagen gaat ze terug naar Pittsburgh, maar slechts voor korte tijd, om papieren te tekenen en dozen in te pakken. Ze heeft haar baan al opgezegd – een nietszeggend karweitje dat doeltreffend was afgehandeld per telefoon – maar ze zal nog bij het Stott langsgaan om Heidi Kozak bloemen te brengen, de vriendin die had gewacht totdat zij haar stilzwijgen verbrak, die haar naar Saint Raphael had gestuurd.

Haar spaargeld zal ze in het bedrijf steken. Ze heeft behoorlijk veel geld, meer dan iemand weet. Opa heeft haar een bedragje nagelaten. Maar na tien jaar van ambitieuze investeringen wordt een klein bedrag een aanzienlijk bedrag. Als enige van de kleinkinderen in de familie Drew weet Gwen hoe je moet sparen.

'Ik kan je geld niet aannemen,' had Rico gezegd, maar Gwen stond erop. Uiteindelijk had ze hem overtuigd. Ze hebben een nieuwe boot nodig en Gwen heeft genoeg voor een grote aanbetaling. Schulden maken Rico zenuwachtig. Hij heeft nooit iets gekocht dat hij maandelijks moet afbetalen. Nu verzekert Gwen hem op haar beurt: 'Maak je geen zorgen. Dat geld komt wel.'

Ze werken hard samen. Zes dagen per week leiden ze duikexcursies – vanaf Pleasures en Bimini Bay, de grootste resorts. 's Ochtends en 's middags weer ontvangen ze duikers; 's avond zijn er de eeuwige reparaties aan de boot. Om de paar dagen rijdt Gwen met Rico's truck naar de markt, om proviand in te slaan – fruit, flessen water – voor de duikers, en bloemen en wijn voor henzelf.

De oude truck zit vol verrassingen. Wanneer Gwen op een avond wegrijdt van de jachthaven, springt het dashboardkastje open. Ze slaat het met een klap dicht en opnieuw valt het deurtje open. In het kastje liggen een zonnebril, een tube zonnebrandcrème van haar, het opschrijfboekje waarin Rico de kilometerstand noteert. En een uitpuilende enveloppe van manillapapier.

Ze aarzelt niet, heeft daar geen reden voor. Rico en zij slapen in een ruimte van 0,75 vierkante meter. Ze maken hun eten naast elkaar klaar, dicht genoeg opeen om elkaar te horen ademen.

Gedachteloos, onwetend, maakt Gwen de enveloppe open. Op de Oost-Caribische bankbiljetten staan vogels, vissen en bergen, een jonge koningin van Engeland met juwelen om haar hals. De biljetten zijn allemaal honderdjes. Gwen telt snel. Het zijn vijf dikke stapels en een dunnere. Vijfhonderdenveertig biljetten.

Rekenen is nooit haar sterkste kant geweest, maar deze omrekening is een automatisme geworden. Omdat ze de boekhouding doet voor het bedrijf, doet ze het meermalen per dag.

Vierenvijftigduizend Caribische dollar komt overeen met twintigduizend Amerikaanse dollar.

Boven haar hoofd krijst een zeemeeuw.

Hoe komt Rico aan twintigduizend dollar?

Een dag, twee dagen lang zit Gwen op deze vraag te broeden. Ze hadden het over de toekomst gehad, wat de beste manier was om hun geld bij elkaar te leggen. Rico heeft geen spaarrekening en geen investeringen – hij had daarover in elk geval niets losgelaten. Ze kan in zijn kasboek kijken, het grootboek dat hij bijhoudt voor het bedrijf. Er zijn geen grote bedragen in opgenomen – onlangs niet en nooit eigenlijk, voor zover Gwen dat kan zien. Maar waar komt al dat contante geld dan vandaan? Is het uit de lucht komen vallen?

Er is een slechte mogelijkheid. Op Saint Raphael viert de drugssmokkel hoogtij. Om de paar maanden komen er controleurs in de jachthaven om smokkelwaar op te sporen. Ze hadden nog maar pas geleden een boot onderzocht die twee ligplaatsen verder lag, een gigantisch motorjacht dat Island Girl heette. De eigenaar was een blanke man van onbestemde nationaliteit – een vriend of een bekende van Rico? Volgens de roddels die in de jachthaven de ronde deden, had hij tochten naar Jamaica gemaakt. De Island Girl was in beslag genomen en de eigenaar was geboeid afgevoerd.

De man was een week geleden gearresteerd. Tien dagen hooguit.

Is Rico bij drugshandel betrokken? Alleen de gedachte al voelt als verraad. Gwen is ontsteld door haar achterdocht, ze is sprakeloos geworden door schaamte. Niet in staat om iets te zeggen kijkt ze toe en wacht af. Zij had geloofd dat ze aan elkaar gesmeed waren. Nu begint ze de kieren te zien, de plekken waar de verzegeling bubbels vertoont.

Je moet vertrouwen in me hebben.

Twee dagen lang houdt ze toezicht op het dashboardkastje, om er zeker van te zijn dat het geld er nog steeds in zit. Op de derde dag pakt ze de enveloppe en verstopt hem in haar paarse rugzak die in een hoek van het vooronder staat gepropt.

Die avond ziet Rico er zweterig en paniekerig uit wanneer hij uit de stad terugkeert. Zijn ontsteltenis is overduidelijk. Maar als ze er niet op gelet zou hebben, had ze het dan ook gezien? Hoe blind is ze nu helemaal geworden?

'Alles in orde?' vraagt ze. Haar stem klinkt helder en onschuldig. Haar vermogen om te veinzen vervult haar met afschuw en met een vreemd soort trots.

Rico knijpt haar in haar schouder met zo'n ontwapenende glimlach dat haar hart een klein beetje breekt. Wat ben ik aan het doen? vraagt ze zich af.

Later beseft ze dat dit een verkeerde vraag is. Beter is: Wat heb ik al gedaan?

Er gaat opnieuw een dag voorbij. Ze leggen aan bij Pleasures om een ploegje duikers op te halen. Gwen kijkt hoe Rico hen de boot op helpt. Zijn welkomstwoord – hetzelfde praatje als altijd – klinkt onecht en oppervlakkig, een holle vertoning. Hij speelt toneel, denkt ze. Zijn vlotte plagerijtjes met de duikers, zijn innemende lach: niets daarvan is echt. Ze ziet hem met nieuwe ogen.

Die nacht doet ze alsof ze slaapt wanneer hij zijn hand naar haar uitstrekt. Ze ligt lange tijd wakker en luistert naar zijn ademhaling.

Dan breekt eindelijk de ochtend aan dat ze naar Pittsburgh gaat. Ze pakt haar rugzak uit het vooronder en begint te pakken. Ze haalt de enveloppe van manillapapier tevoorschijn en legt die midden op het bed. Rico rekent erop haar met de auto naar het vliegveld te brengen. 'Gwen, ben je klaar?' roept hij vanaf het dek.

Ze ritst de rugzak dicht. Haar duikuitrusting is al ingepakt. Vol in het zicht staat de paarse plunjezak klaar op het dek. Is dat Rico niet opgevallen? Zijn kleine vrouw is klaar om te vertrekken. Het moment is pijnloos; het verdriet komt later. Ze heeft altijd geweten dat ze hem kwijt zou raken. Nu dat verlies bijna achter haar ligt, voelt ze een merkwaardige opluchting.

Hij komt naar beneden het ruim in. Ze houdt haar rug naar hem toe gekeerd, ze geeft hem een ogenblik om de enveloppe op het bed op te merken. Haar hart klopt razendsnel. Ze zegt geen woord, kijkt hem niet aan.

Uiteindelijk raakt hij haar schouder aan, zij draait zich om en kijkt hem aan. Ik was van plan mijn hele bankrekening leeg te halen, denkt ze. Al mijn spaargeld. Het geld dat opa me had nagelaten. Ik was van plan een boot voor ons te kopen. Ze zegt niets van dit alles. Voor het eerst in maanden gaat Gwen weer over op het Zwijgen. Ze wacht totdat hij iets zegt.

'Je hebt het gevonden,' zegt hij eindelijk.

Ze denkt: kennelijk.

'Waarom heb je me er niet naar gevraagd?'

Ze denkt: waarom heb je het me niet verteld? Waarom moet ik ernaar vragen?

'Het is veel geld,' zegt Rico.

Ze denkt: hoe kom jij aan twintigduizend dollar? Verkoop je drugs?

'Je bent boos,' zegt hij.

Ze denkt: je hebt me gebruikt en ik heb je je gang laten gaan. Je zou me beroofd hebben van alles wat ik heb. Ja, slimmerik. Ik ben boos.

Hij kijkt haar vertwijfeld aan. 'Gwen, zeg iets.' Zijn stem slaat een beetje over, en dat is wat haar losweekt.

'Je was niet van plan om het me te vertellen,' zegt ze ten slotte, zich in de woorden verslikkend.

'Dat kon ik niet. Het ligt nogal gecompliceerd.'

Ze denkt: ik ben zo stom. Ik dacht dat je van me hield. En toen: mijn moeder had gelijk.

Buiten klinkt getoeter.

'Dat is mijn taxi.' Gwen hijst de rugzak op haar schouder. 'Ik moet gaan.'

In Pennsylvania had Frank McKotch als kind gezien hoe een jongen vastzat in de stam van een boom. Dat gebeurde in de lente, in het jaar dat Blaise Klezek en hij tien waren. Blaise was zijn beste vriend, bijna een broer – aan zijn eigen broers, die negen en twaalf jaar ouder waren dan hij, had Frank nooit veel gehad. Het was eind maart, vochtig weer en de bomen nog niet in blad, de eerste zonnige dag na een week dat de regen bij bakken uit de hemel was gevallen. De jongens hadden de ochtend in de kerk doorgebracht met de eindeloze lofzangen en bewierokingen van palmzondag. Ze hadden in ongemakkelijke kleding de kipmaaltijd uitgezeten. Ten slotte renden ze, blij dat het voorbij was, het bos in onder het uitroepen van indianenkreten, in een stortvloed van opgekropte jongensenergie die eruit moest.

Ze woonden op een heuvel waarop rijen fabriekswoningen strepen trokken; achter de heuvel was een groot dichtbegroeid gebied vol populieren, eiken en beuken. In het hertenjachtseizoen waren deze bossen verboden terrein – een paar jaar eerder was er een jongen omgekomen die door de verdwaalde kogel van een jager getroffen was – maar in de lente was het bos van de jongens. De beek zat vol kikkers, waterlopers en kleine slangen die kronkelden maar niet beten. De eiken – met hun lage, wijd uitstaande takken – waren gemakkelijk om in te klimmen. De populieren waren minder gedienstig en strekten zich onverschillig en majestueus tot in de hemel uit.

Al lange tijd hadden de jongens een bepaalde boom op het oog, een kolossale populier die boven op een richel stond, de hoogste boom in de verre omtrek. De bast was gegroefd en zilverachtig, de stam had de omvang van een vat. De takken waren onbereikbaar, maar vlak ernaast stond een hoge beuk waaraan iemand ruwe houten balkjes had gespijkerd, met zoveel tussenruimte als bij de sporten van een ladder. Halverwege de beuk was een houten platform, een uitkijkpost voor jagers. Als een jongen op het platform ging staan, zou hij de onderste tak van de populier kunnen bereiken.

Het was Frank die erop wees en Blaise die de geïmproviseerde ladder op klauterde. Maar toen hij op het platform was aangekomen, aarzelde hij.

'Kun je erbij?' riep Frank.

'Ik weet het niet,' zei Blaise. 'Het is verder dan het lijkt.'

Frank hield zijn adem in toen Blaise zich uitstrekte en op de onderste tak van de populier zwaaide. Daarna zag het er eenvoudig uit. Blaise bewoog zich zijwaarts naar de stam van de populier waar de takken dikker waren. Hij reikte omhoog naar een hogere tak, en toen een nog hogere. Een adembenemend ogenblik lang verloor hij zijn evenwicht. Snel herstelde hij zich weer.

'Glad,' riep hij.

'Voorzichtig,' zei Frank.

'Ik kan het schoolplein zien,' zei Blaise. 'Ik kan de Twaalf zien!'

'Echt waar?' De laadinrichting van Mijn Twaalf, bijna een kilometer verderop, was het hoogste gebouw in de stad.

Inmiddels was Blaise zes meter boven de grond. 'Het is nat,' schreeuwde hij. Een ogenblik later liet hij een enorme gil horen. Toen was hij domweg verdwenen.

'Blaise?' Frank liep reikhalzend om de boom heen, maar er was geen spoor van zijn vriend. Het was alsof een voorbijkomende engel hem vanuit de lucht had weggegrist.

Hij hoorde nog een schreeuw die van ver leek te komen. Toen hoorde hij Blaises stem, die merkwaardig gedempt klonk: 'Hij is hol! Ik zit in de boom!'

Frank stormde op de stam af. Het geluid leek van boven zijn hoofd te komen. 'Is alles goed met je?' schreeuwde hij.

Weer een gedempte kreet.

'Ik kan je niet horen,' schreeuwde Frank.

'Mijn been,' zei Blaise nu met luidere stem. 'Mijn been doet zeer.'

'Kun je iets zien?' vroeg Frank.

'Het is donker.' Blaise sprak met verstikte stem.

'Ik ga mijn vader halen,' riep Frank de boom in.

'Nee!' schreeuwde Blaise zo hard dat de bast naast Franks wang ervan trilde. 'Niet weggaan!'

'Ik kan niet bij je komen,' zei Frank. 'Mijn vader heeft een ladder.' Voor zover hij kon zien was de enige manier om erin te komen langs de weg die Blaise was gegaan, door een zachte rotte plek in de stam, zo'n zes meter hoger. Frank zag nu dat de plek zwart geworden was. De boom was ooit door de bliksem getroffen. Hij was van binnenuit doodgegaan.

'Ik ben zo terug,' riep hij.

Frank rende keihard naar zijn huis en kwam terug met zijn vader en die van Blaise; toen hun touw en ladder te kort bleken, stoof Frank de stad door naar de brandweerkazerne. Toen Blaise twee uur later eindelijk was bevrijd – met een gebroken been, een ontwrichte schouder en zijn handen en gezicht vol schaafplekken – leek hij verdoofd en gedesoriënteerd, nog steeds in de war door zijn val.

Frank had heel lang niet meer aan Blaise Klezek gedacht – hij was tien jaar geleden verongelukt toen hij dronken achter het stuur zat – maar hij herinnerde zich het voorval ineens levendig toen hij in het voorjaar van 1998 in zichzelf mompelend door de straten van Cambridge liep. Zijn geest, atletisch als altijd, stuiterde als een steeds weer terugkaatsende bal tussen twee baskets op en neer. De ene, Cristina Spiliotes. De andere, Blaise in zijn benauwde gevangenis, verbijsterd en onbeweeglijk, zonder opening om naar buiten te kijken. Het was een gevangenis die de natuur had gemaakt; door zijn instinct te volgen was Blaise erin gevallen. Naar de volgende tak reiken was iets wat een jongen moest doen. De jongen nam wat de boom bood. Hij deed dit omdat hij het kon. Wat de jongen omlaagtrok was eveneens een natuurkracht. De wetten van de schepping weken voor niemand.

Mensen hadden massa. Mensen vielen.

Frank viel op een maandagochtend op de aarde neer. Hij was net teruggekeerd van een vroege vergadering bij Protogenix en trof Betsy Baird aan de telefoon aan.

'Frank, waar zat je toch? Ik heb de hele stad afgebeld op zoek naar jou. Steve van Boven wil je spreken. Zo snel mogelijk, zegt hij.'

Boven klopte Frank aan bij de deur van het hoekkantoor, waar Zeichner zijn lunch zat te verorberen. Hij had nu grijze haren, in een kort en strijdlustig kapsel, en een laaghangende bolle buik. Hij leek meer op een legerkok of misschien op een bakker dan op een geneticus die de Nobelprijs had gewonnen.

'Frank, fijn dat je er bent. Ga zitten.' Zeichner schoof zijn broodje opzij en likte zijn vingers af. 'Ik heb niet zoveel tijd, dus ik kom meteen terzake. We zitten met een probleem. Het betreft een van je postdocs.' Hij vouwde zijn handen ineen. 'Cristina Spiliotes.'

'Cristina,' herhaalde Frank.

'Vertel eens over het artikel, Frank.'

Hij voelde onmiddellijk dat de wind draaide. Zoals veel atleten functioneerde hij op tegenslag en resultaat. Een crisis zweepte hem op. Hij maakte snel de inventaris op van zijn lichaam, ademde moed in en versterkte de reserve.

'Nou, zoals je weet is het geaccepteerd bij *Science*,' zei hij behoedzaam. 'Het staat gepland voor de eerste week van april.'

Zeichner sloot even zijn ogen. Hij zag er enigszins onwel uit. 'Dat dacht ik al. Frank, als je weet hebt van enige onregelmatigheden in de gegevens, dan moet je me dat nu zeggen.'

'Onregelmatigheden,' herhaalde hij langzaam. 'Waar heb je het over?'

Zeichner bladerde door het document op zijn bureau. 'Dit.' Hij overhandigde Frank het document. Een lijndiagram was doorgehaald met rode inkt, een fijne streep in de kleur van bloed.

'De blot van de staart?' Frank fronste. 'Wat is het probleem? Het laat duidelijk zien dat ze erin is geslaagd om de XIAP in de cellen uit te schakelen. Het staat daar zwart op wit.'

'Dat staat er,' zei Zeichner.

'Wat wil je nu precies zeggen?' Frank was even stil. 'Steve, ze heeft me de gel van de staartblot laten zien. Ik heb hem zelf gezien.'

'Dat mag ik hopen.'

'Ik bedoel dat ik het nauwkeurig onderzocht heb. Vele keren. Er mankeerde niets aan die gel.'

Zeichner keek hem in de ogen. 'Luister, ik twijfel er niet aan dat ze je een gel heeft laten zien en ik ben ervan overtuigd dat die er prima uitzag. Maar dat DNA kwam niet uit de staart. Ze heeft gelogen, Frank.'

Frank knipperde niet begrijpend met zijn ogen.

'Ze heeft de staartblot gedaan,' ging Zeichner verder. 'Maar de resultaten bevielen haar niet. Die gel liet zien dat ze het gen niet had uitgeschakeld en daarom heeft ze hem vervalst. Deze gel' – hij priemde met zijn dikke vinger kwaadaardig op de pagina – 'kwam niet van de staartblot. Hij kwam van de stamcellen.'

Franks gedachten gingen razendsnel. Was dat mogelijk?

'Dit is idioot,' zei hij. 'Het is een slimme meid, Steve. Ik heb in geen jaren zo'n veelbelovende postdoc gezien.' Terwijl hij het zei, besefte hij dat het waar was. 'Van wie zijn deze beschuldigingen afkomstig?'

Zeichner keek hem doordringend aan. 'Een van je andere postdocs is vanochtend bij me geweest. Hij was kennelijk aanwezig geweest bij de labvergadering van afgelopen herfst, toen zij de blot van de stamcellen presenteerde. En toen hij het artikel onder ogen kreeg, kwam de staartblot hem bekend voor. Die had hij eerder gezien. Ze had de stamcelblot opnieuw gebruikt, alleen zei ze nu dat die van de staart kwam.' Hij was even stil. 'Ze heeft gelogen, Frank.'

'Maar dan...' Franks gedachten gingen razendsnel. Als Cristina het gen niet had uitgeschakeld – als de XIAP wél was blijven functioneren – dan was dat niet haar enige teleurstelling geweest. Hoe kon dan de goede gezondheid worden verklaard van de transgene muizen die resistent leken tegen tumoren?

'Heeft ze de diergegevens vervalst?' zei hij zachtjes.

Zeichner haalde zijn schouders op. 'Frank, dat weet jij net zo goed als ik: er zijn talloze manieren waarop ze met die cijfers geknoeid kan hebben.'

Frank keek strak naar de grond. Dat was natuurlijk waar. Alle gegevens uit dierenonderzoek konden gemakkelijk statistisch gemanipuleerd worden; alleen de integriteit van de wetenschapper stond dat in de weg. En als Cristina sluw genoeg – wanhopig genoeg – was om te liegen over de uitschakeling van het gen, waarom zou ze dan niet nog verder gaan?' Drie groepen transgene muizen, drie groepen controlemuizen: zes reeksen getallen, de tumoren die met kleine schuifmaatjes werden geteld en gemeten. Door de ziekste muizen achterwege te laten en de tumorgrootte bij de andere iets af te zwakken – her en der een paar millimetertjes – kon ze de verschillen tussen de beide groepen hebben overdreven. Het zou verbijsterend eenvoudig geweest zijn om zoiets te doen.

'Wie zegt dat?' vroeg Frank. 'Een van míjn mensen?'

'Martin Keohane.'

Frank knipperde met zijn ogen. Martin werkte al bijna vier jaar in zijn laboratorium, hij had die fameuze verjaarspartij voor hem georganiseerd. Frank was bij Martins huwelijk aanwezig geweest en bij de doop van zijn zoon.

'Mártin? Dat meen je niet.' Dit kan niet waar zijn, dacht hij. 'Daar begrijp ik helemaal niks van. Waarom is hij in vredesnaam niet eerst bij mij gekomen?'

'Dat heb ik me ook afgevraagd.' Zeichner leunde naar voren in zijn stoel. 'Frank, ik moet je dit wel vragen: heeft je postdoc reden om te denken dat je dit probleem niet in redelijkheid kunt afhandelen?'

'Waar doel je precies op?'

'Luister, ik weet niet wat voor relatie jij met dit meisje hebt en daar vraag ik ook niet naar. Daar wil ik echt helemaal niets van weten. Jullie zijn beiden volwassen en het instituut heeft geen gedragsregels voor relaties tussen collega's buiten het werk. Hoewel het in dit geval...' Hij was even stil. 'Luister, Frank. Er is hier wel sprake van een hiërarchische verhouding. Als jouw relatie met haar, wat die ook mag zijn, je oordeel vertroebelt, als je haar onderzoek niet net zo streng controleert als dat van de andere postdocs, als er dingetjes aan de aandacht beginnen te ontsnappen...' Zijn stem klonk zachter.

'Dan hebben we een probleem.'

Frank opende en sloot zijn vuisten. Hij merkte dat hij geen gevoel meer in zijn handen had.

'Steve, ik zeg dit maar één keer. Mijn relatie met dit meisje is volkomen gepast geweest. Volkomen,' voegde hij er nog eens met klem aan toe. 'Heeft iemand eigenlijk al met haar gepraat? Haar kant van het verhaal gehoord?'

'Nog niet.' Zeichner keek even snel op zijn horloge. 'Dat laat ik aan jou over. Maar om vijf uur moet haar werk van tafel zijn. Zorg dat haar reagentia uit de vriezer worden gehaald. Als ik jou was, zou ik er persoonlijk op toezien. Het is allemaal bewijs, Frank. Dat hebben we nodig voor het interne onderzoek.'

Frank haastte zich met twee treden tegelijk de trap af. Dat artikel moet terug, dacht hij verwoed. We moeten dat artikel intrekken. Hij verscheen dreigend aan Betsy Bairds bureau. 'Heb je Cristina gezien?' vroeg hij bijtender dan hij had bedoeld.

'Neeee.' Ze keek hem onderzoekend aan. 'Is er iets aan de hand?'

'Als je haar ziet, zeg dan dat ik haar wil spreken,' bulderde hij.

In zijn werkkamer staarde hij een ogenblik voor zich uit om zichzelf weer onder controle te krijgen. Hij kon maar één persoon bedenken om te bellen in zo'n noodsituatie. Een wetenschapper die altijd ethisch zuiver had gehandeld en die zich beter aan de regels hield dan wie ook. Het verleden deed er nu niet toe, het enige dat telde was de huidige noodsituatie.

Hij pakte de telefoon en belde Neil Windsor.

Hij had een halfuur aan de telefoon gezeten toen hij het geklak van hoge hakken in de gang hoorde. Door het glazen ruitje in de deur van zijn werkkamer zag hij Cristina voorbijkomen.

'Ik moet ophangen,' zei hij tegen Neil. 'Daar heb je haar.'

'Niet boos worden,' waarschuwde Neil. 'Kijk gewoon haar aantekenbock na. Dat is alles wat je moet doen.'

'Dank je wel, kerel. Ik laat je wel weten hoe het afloopt.'

Hij hing op en haastte zich de gang door. Cristina was het lab binnengegaan met een dienblad van piepschuim in haar hand. Ze draaide zich verschrikt om.

'Frank, je laat me schrikken!' Haar ogen speurden zijn gezicht af. 'Is er iets aan de hand?'

'Dat kun je wel stellen.' Hij sloot resoluut de deur. 'Ga zitten.'

Ze trok een labkruk bij en ging zitten terwijl ze naar hem opkeek. Ze zag er in elk geval niet schuldig uit. Ze keek stomverbaasd.

'Ik heb vanochtend een gesprek gehad met Steve Zeichner,' zei hij. 'Het lijkt erop dat we een probleem hebben.'

Ze hield haar hoofd een beetje schuin en keek hem vragend aan.

'Hij heeft jouw gegevens bestudeerd. Onze gegevens. De staartblots.'

Ze fronste.

'Cristina, moet je me soms iets vertellen?'

Er gleed een schaduw over haar gezicht, of misschien verbeeldde hij zich dat. 'Wat bedoel je daarmee?'

Hij knikte. 'Goed dan. Ik wil graag je aantekenboek zien.'

Cristina verroerde zich niet.

'Nou?' bulderde hij.

Ze keek met grote ogen naar hem op. Een halfjaar geleden zou hij helemaal week geworden zijn van die blik. Nu voelde hij alleen maar woede.

'Cristina,' zei hij met opeengeklemde kaken. 'LAAT ME DIE GELS ZIEN.'

Ze boog haar hoofd. Voor het eerst zag hij een vleugje zilver in haar haar.

'Het spijt me,' zei ze zachtjes.

'Heb je het echt gedaan?' Hij keek haar ontzet aan. 'In godsnaam, heb jij de gegevens vervalst?' Als ze er niet in geslaagd was het gen uit te schakelen, dan moesten de muizen vol tumoren hebben gezeten. Haar artikel – hún artikel – was één grote leugen.

'Snap je dan niet wat voor verregaande consequenties dit heeft? Voor jouw carrière, voor je reputatie. Voor mijn carrière verdomme! Voor de toekomst van dit lab. Heb je er wel enig idee van wat je hebt gedaan?'

Hij wachtte, zijn wangen waren vuurrood.

'Zeg iets! Vertel me gewoon wáárom je het hebt gedaan.'

Ze hief haar hoofd op. 'Ik was ervan overtuigd dat het me was gelukt om die genen uit te schakelen. Ik weet niet wat er verkeerd is gegaan.' Ze aarzelde. 'Als ik het nog een keer had kunnen proberen...'

Hij staarde haar aan met nog steeds gloeiende wangen.

'Maar er was helemaal geen tijd! Frank, jij wilde het artikel meteen indienen en ik wilde je niet teleurstellen. Ik was bang dat je van gedachten zou veranderen.'

'Je wilt toch niet beweren dat ik je hiertoe heb aangezet?' Hij stopte, ademde eens diep in en koos zijn woorden met zorg. 'Ik geef toe dat ik het artikel erg graag wilde indienen. Maar een frauduleus artikel? Ben je wel goed bij je hoofd?'

'Maar jij zei dat het klaar was! Er was geen reden om de zaak onnodig lang voort te laten slepen, zei je. Je wilde niet in de details verzanden.'

'Onzin,' snauwde hij. 'Wanneer heb ik dat gezegd?'

'Op kerstavond! Je hebt een boodschap op mijn antwoordapparaat ingesproken. Je zei dat het artikel klaar was om in te sturen. Je wilde het snel de deur uit hebben.'

Toen herinnerde hij het zich: kerstavond in Cambridge, een eenzame oude dronken man op pantoffels die daar zat te oreren.

'Dat heb je letterlijk zo gezegd,' hield Cristina vol. 'Ik kan het bewijzen. Ik heb het bandje nog.'

Nu hij in een hoek was gedreven, werd hij boos. Luidruchtig en onevenredig boos. 'O, kom me daar niet mee aan! Je wist heel goed dat die opmerkingen uit de losse pols waren. Het was verdorie kerstavond! Dat kun je toch moeilijk als een definitieve beoordeling beschouwen.'

Ze keek hem aan. 'Ik heb een verschrikkelijke fout gemaakt; dat weet ik. Ik verzin ook geen uitvluchten. Maar je vroeg me waarom ik het heb gedaan en dat zal ik je vertellen.' Haar stem beefde. 'Ik had al lang het gevoel dat er iets scheef zat tussen ons. In het begin was je heel enthousiast over mijn werk en moedigde je me heel erg aan. Maar toen is er ineens iets veranderd.'

Frank keek haar ontnuchterd aan. Schaamte deed zijn wangen branden.

'Je was heel anders tegen Guei en Martin; dat kon ik merken. Ik had het gevoel dat ik je op de een of andere manier had teleurgesteld. En ik wilde ervoor zorgen dat je trots op me kon zijn.'

Billy en Gwen zaten in Central Park in het gras in de buurt van het Reservoir een vette afhaalmaaltijd te eten van een Chinees aan Eighty-sixth Street. Het was een zondagmiddag in april, abnormaal warm voor het seizoen. De lucht was sponsachtig en geurig, de eerste verleidelijke voorbode van de zomer. Vrouwen droegen sandalen en bloemetjesjurken. Een gestage stoet van mensen op wielen – fietsers, skaters, peuters in wandelwagens – rolde het park in en uit. Onder het eten betrapte Billy zichzelf erop dat hij haar zat te bestuderen. Zijn zus, een geruststellende en betrouwbare constante in zijn leven. Onveranderd sinds haar jeugd, of zo leek het in elk geval: ze droeg dezelfde kleren en ze luisterde naar dezelfde muziek – Supertramp, the Allman Brothers – op vinyl natuurlijk. Nu was Gwen ten langen leste veranderd. Ze had nu langer haar, dat bijna op haar schouders viel. Ze had gaatjes in haar oren en ze had zilveren ringen aan zeven vingers. Het viel hem op dat ze mooie handen had.

'Dus Scott stond zomaar ineens voor je neus. Je moet wel volkomen verrast zijn geweest.' Hij stak een halve wonton in zijn mond en voelde zich nu al onpasselijk van het schuldgevoel. Hij at bijna nooit gefrituurd voedsel en zeker niet een week voor een wedstrijd, maar de knoedels waren Gwens favoriete gerecht. Ze had de avond ervoor bij hem voor de deur gestaan, met rode ogen van het huilen. Billy had haar niet meer zien huilen sinds ze een klein meisje was. Nu ze er zo aan toe was, kon hij haar niets weigeren.

'Misschien zou ik je dit niet moeten vertellen,' zei hij, 'maar mama heeft mij ongeveer een maand geleden in paniek opgebeld. Ze wilde dat ik daarheen zou vliegen om je op te halen.'

'Dat meen je niet.'

'Verbaast het je?'

'Nee, niet echt. Mag ik dit opmaken?' Gwen hield het bakje nasi omhoog. 'Het lijkt me logisch dat ze het eerst aan jou vroeg. Ik bedoel, waarom zou ze Scott hebben uitgekozen?'

Billy gniffelde. 'Haar laatste redmiddel, denk ik.'

'Hij was knetterstoned toen hij kwam opdagen.'

'Dat verbaast me niks,' zei Billy. 'En toen? Probeerde hij je over te halen om te vertrekken?'

'Ongeveer één minuut lang. Toen vergat hij het min of meer.' Gwen haalde haar schouders op. 'We hebben op het dek naar de zonsondergang zitten kijken. Daarna heb ik hem met de auto teruggebracht naar zijn hotel.'

'Maar het heeft wel gewerkt,' zei Billy verbaasd. 'Ik wil maar zeggen, je bent er nu toch?'

'Dat had niets met Scott te maken.' Gwens ogen vulden zich met tranen. 'Ik ben gewoon tot bezinning gekomen. Ander onderwerp graag.'

Zoals altijd wanneer ze samen waren, hadden ze het over vroeger. Billy lag in het gras over zijn opgeblazen buik te wrijven en vertelde Gwen van de keer dat Paulette hem had meegenomen naar Cambridge om zijn vader te bespioneren.

Het was op een ochtend in september, zijn eerste week in de tweede klas op de middelbare school. Paulette had hem thuisgehouden van school, iets wat ze nog nooit eerder had gedaan; ze hadden Scotty en Gwen afgezet bij de Pilgrims Country Day School en waren toen de stad in gereden. Tot op heden was het hem niet duidelijk waarom ze hem had meegenomen, wat haar had bezield om hem te betrekken in hun doorzichtige volwassenenspelletjes. Misschien had ze alleen een getuige nodig, iemand om haar triomf mee te delen wanneer ze Frank op een leugen betrapte.

Billy had eerst niet begrepen waar ze naartoe gingen. Toen namen ze de afslag Cambridge en herkende hij de vierkante gebouwen van het MIT, waar zijn vader hem die zomer mee naartoe had genomen om een dagje in het lab door te brengen. Die dag was toen vrolijk begonnen met sinaasappelsap en muffins in de universiteitskantine. Daarna was zijn vader met hem door het lab gelopen en had hem verschillende apparaten aangewezen en hem door microscopen laten kijken. Uiteindelijk had hij Billy in een hoekje neergezet met een paar wetenschappelijke tijdschriften – om door te bladeren kennelijk, alsof hij bij de tandarts zat te wachten – en begon hij op een typemachine te hameren, waarbij het belletje steeds klonk als hij aan het einde van een regel was gekomen. Eerst wachtte Billy geduldig terwijl hij naar de oude Seth Thomas-klok zat te kijken – de zoemende, zwierige beweging van de seconden en de kwieke sprong van de minuten. Later wachtte hij ongeduldig en begon hij te draaien in zijn stoel. Het maakte niet uit wat hij deed. Zijn vader keek geen moment op van zijn rapport.

Uiteindelijk kwam zijn vaders secretaresse, een blonde jonge vrouw die Betsy heette, langs de open deur en zag hem daar zitten. Ze nam hem mee naar een benauwd vertrek vol dossierkasten. De radio stond aan, wat hem verbaasde. Thuis luisterde hij zodra het maar kon, maar hij had altijd gedacht dat volwassenen niet van muziek hielden. Dat leek op te gaan voor alle volwassenen die hij kende.

Er lagen grote stapels mappen van manillakarton op het bureau, op de dossierkasten en op de grond. De documenten waren uit een ander kantoor hiernaartoe gebracht en Betsy moest ze nu archiveren. Ze vroeg of Billy haar wilde helpen.

'Mij best,' zei hij, blij dat hij iets anders kon doen dan naar de klok staren, maar ook een tikje nerveus omdat Betsy heel lang haar had, een zoetig parfum droeg en naar hem glimlachte als ze wat zei.

Ze liet hem de code zien die op elk document was genoteerd, een lange reeks letters en cijfers die correspondeerde met het etiket op de lade van de dossierkast. Ze werkten met de rug naar elkaar toe, hun lichamen raakten elkaar bijna en Betsy's parfum vulde het kleine vertrek.

Zo werkten ze minuten achter elkaar, of uren, wie zou het zeggen, totdat er een bepaald nummer op de radio kwam. Billy herkende de eerste maten onmiddellijk. Het nummer was 'Billy Don't Be a Hero.'

Hij kende de tekst helemaal uit zijn hoofd natuurlijk – als je toen jong was en Billy heette en tien uur per dag naar de radio luisterde, dan moest je de tekst wel uit je hoofd kennen. Het was een onnozel liedje dat hij stiekem wel leuk vond, de smeekbede van een meisje aan een of andere Billy die op het punt stond het leger in te gaan, waar zijn kop eraf zou worden geschoten tenzij hij tot bezinning kwam en met haar trouwde. Toen hij ernaar luisterde, verbaasde hij zich erover hoe dom die andere Billy was. Het sprak vanzelf dat hij zich met het meisje identificeerde, het meisje met de hartstocht en het gezonde verstand, het meisje dat duidelijk gelijk had.

'Dat is jouw liedje!' gilde Betsy. Ze draaide het volume omhoog en met een verliefde uitdrukking op haar gezicht keek ze hem in de ogen en zong het liedje voor hem, met haar mooie meisjesstem legde ze nog wat meer nadruk op de hoge tonen. Het was een moment dat hem altijd zou bijblijven: Betsy met haar korte rokje en haar bungelende oorbellen, die een denkbeeldige microfoon voor haar glanzende roze lippen hield. Betsy's schouders die meebewogen op de muziek en die gekwelde verliefdheid in haar stem, die hem in verrukking bracht.

En toen zat hij een paar maanden later in zijn moeders stationcar, die rondjes reed om het gebouw waar zijn vader werkte. Billy zag Franks nieuwe auto, een donkergroene cabriolet, op straat geparkeerd staan. Zijn moeder parkeerde op een plek waar het niet mocht en blokkeerde zo een brandkraan, terwijl ze de motor stationair liet lopen. Billy keek naar de benzinemeter. Zoals ieder ander was hij in die tijd geobsedeerd door benzine, het geheim van het tanken op even of oneven dagen afhankelijk van het nummerbord.

Zo verspillen we benzine, zei hij bijna tegen zijn moeder, maar hij deed het niet. Hij had het gevoel dat er iets belangrijks stond te gebeuren.

Ze zaten er een hele tijd, totdat Frank het gebouw uit kwam met Betsy. Er speelde een briesje door haar lange haar. Ze lachte toen zijn vader iets zei. Billy keek naar zijn moeder. Haar lippen waren wit; ze had haar lippenstift eraf gekauwd. Er zaten ronde rode vegen op haar beide wangen, als de schmink van een clown.

'Er is een kantine in dat gebouw,' zei hij. 'Papa heeft me daar een keer mee naartoe genomen. Ze gaan lunchen.' *Dat is toch niet verkeerd*, wilde hij eraan toevoegen, maar hij deed het niet. *Ze zijn gewoon aan het lunchen.* Hij was oud genoeg om te begrijpen waar het om ging, de reden voor zijn moeders verdriet.

'Heeft papa jullie gezien?' vroeg Gwen.

'Nee. We reden terug naar Concord en ik weet nog dat mama heel stil was. Ik wilde de radio aandoen en zij zei dat het niet mocht, dat ze zich moest concentreren omdat ze anders de auto in de prak zou rijden. Toen kwamen we thuis en maakte ze een boterham voor me klaar.' Billy was even stil. 'Maar het gekke is dat ze de volgende ochtend echt de auto in de prak reed. Niet de stationcar, maar papa's cabriolet. De Saab 97. Weet je dat nog?'

'Tuurlijk,' zei Gwen. 'Het was de dag voor mijn verjaardag. Ze ging naar de bakker om een taart voor me te kopen.'

'Ja. Ik snap trouwens niet waarom ze zijn auto nam. Het was een schakelauto en daar had ze een hekel aan. Ik weet nog hoe boos ze was toen hij die Saab kocht, een auto waar ze nauwelijks in kon rijden. Weet je nog?'

'Ik weet nog wel dat ze die auto in de prak gereden had,' zei Gwen langzaam. 'Papa was ziedend. Maar dat andere? Dat ze hem ging bespieden?' Ze fronste. 'Ik dacht dat ze toen gelukkig waren. Voor...' Ze stopte.

Vóór de dokters, vóór de Turner. Voordat ik alles bedierf. Billy dacht even dat ze dat zou gaan zeggen. Maar ze was Gwen en ze zei het niet.

'Ze hebben altijd al problemen gehad,' zei hij. *Het kwam niet door jou,* wilde hij eraan toevoegen, maar hij deed het niet. *Het was jouw schuld niet.*

Toen hij die avond naar de achterkant van Gwens taxi stond te zwaaien, waar zich zoveel andere taxi's bij hadden gevoegd dat hij misschien wel naar de verkeerde zwaaide, vroeg Billy zich af waarom hij dat verhaal eigenlijk had verteld. Hij had in geen jaren meer aan die dag gedacht. Het klopte wel dat het huwelijk van zijn ouders altijd al wankel was geweest. Maar als iemand hem vroeg waardoor de scheiding teweeg was gebracht – Sri, Matthew Stone, de paar vrienden die hem goed genoeg kenden om persoonlijke vragen te stellen – vertelde hij een heel ander verhaal. 'Mijn vader kon niet omgaan met Gwens aandoening. Na de diagnose heeft hij onmiddellijk het veld geruimd.' Dat was zijn moeders versie van de gebeurtenissen en

Billy besefte – en had dat tot op zekere hoogte altijd al beseft – dat dit niet helemaal klopte. Ten eerste had Frank het na Gwens diagnose nog bijna een jaar volgehouden, een periode waarin de echtelijke strijd zo escaleerde dat Billy hem in elk geval met opluchting zag vertrekken.

'Waarom ben je zo negatief over papa?' vroeg Gwen hem vaak. Frank had er per slot van rekening voor gezorgd dat er een fatsoenlijke diagnose was gesteld, en had zich tot het uiterste ingezet om behandelingen voor haar te vinden die destijds heel geavanceerd waren. Er was geen andere vader die bezorgder of betrokkener had kunnen zijn. Maar toch wogen in Billy's ogen Franks enkele deugden niet op tegen zijn vele fouten. De schade die hij had aangericht. Beter dan wie ook wist Billy hoezeer Paulette had geleden. De hele periode van de scheiding was hij haar vertrouweling geweest. 'Je vader gaat bij ons weg. Hij laat je arme zuster in de steek. Eerlijk, ik weet niet of ik dit wel aankan.' Hij was geschrokken van haar tranen en de intense kracht van haar woede. Elke keer wachtte hij stilzwijgend af tot de storm was uitgeraasd en schaamde hij zich voor zijn hulpeloosheid en zijn onvermogen om haar te troosten. Hij voelde zich verplicht om zijn vader de schuld te geven. Het was een blijk van loyaliteit, die zijn moeder van hem leek te verlangen. Op zijn veertiende en vijftiende had hij erg opgezien tegen de schoolvakanties: het voortdurende drama van het op en neer gereis met Gwen naar de diverse dokters en de bittere ruzies tussen zijn ouders die eraan voorafgingen en erop volgden. Wat was hij dankbaar wanneer hij kon terugkeren naar Pearse, eindelijk verlost van zijn beide ouders. Verlost, zelfs, van Gwen. Het had hem toen veiliger en verstandiger geleken om hen allemaal op afstand te houden. Op die manier was het Systeem in werking getreden.

Hij stak de avenue over en klom de trappen op naar zijn appartement, waarbij hij zich plotseling uitgeput voelde. Niet door de rustige dertien kilometer die hij gisteren had gelopen – zijn training was nu in de afbouwfase – of door de aanwezigheid van zijn zus, maar door zijn eigen aanwezigheid. Het hele weekend had hij zich zorgen gemaakt – meedogenloos en onophoudelijk – of hij wel de goede dingen zei, of hij genoeg had gedaan om te helpen. Als Sri erbij was geweest, had hij hem wel zien tobben, met zijn gedachten die maar rondmaalden als kledingstukken in een wasmachine. *Je doet het prima*, zou Sri tegen hem hebben gezegd, en Billy zou hem geloofd hebben. Sri was geen deskundige waar het Gwen betrof – sinds Billy's ongeluk hadden ze geen contact meer met elkaar gehad behalve wat gegrap aan de telefoon – maar hij was wel een deskundige waar het Billy betrof. 'Je moet eens ophouden zo je best te doen,' had Sri ooit tegen hem gezegd. 'Je hebt het er zo druk mee om steeds maar weer te proberen het beter te doen, dat je vergeet te leven. Ophouden. Ophouden.'

En het hielp. Wanneer Billy zich druk maakte – over zijn patiënten, over zijn lastige iliotibiaalbanden die een week voor een wedstrijd opspeelden, over een aanstaand bezoek aan zijn neurotische familie – dan hielp Sri's gezicht hem herinneren: *ophouden, ophouden.*

Billy maakte snel een rondje door het appartement – schoonmaken, gladstrijken – en dook toen de keuken in. Hij boende zich grondig schoon en begon toen te snijden – wortels, selderij, bosuien, gember. Sri zou over twee uur thuis komen en Billy was van plan hem met een etentje te verrassen, iets wat hij zelden deed. Hij kon best goed koken – als je tien jaar alleen woonde, kon je best een eitje bakken – maar het grootste deel van zijn oude repertoire was nu verboden terrein. Zijn slagaderen liepen tegen de veertig en hij kon zijn bloed niet belasten met verzadigd vet zoals hij dat vroeger had gedaan. Hij had geleerd om van de frisheid van Sri's kookkunst te houden, de manier waarop je verfijnde smaken kon thuisbrengen van eten waarvan je dacht dat het helemaal geen smaak bezat: rijst, sla, melk. 'Dit zou verrukkelijk zijn op de oude manier,' zei Sri soms smachtend als hij een gerecht proefde. Zijn grootmoeder had met ghee – de Indiase geklaarde boter – gekookt, wat Billy een stuitend idee vond.

'Het is beter zo,' zei hij tegen Sri. 'Dan blijven we eeuwig leven.'

Wat hij bedoelde, maar niet zei: *Ik wil met jou samen oud worden.*

Alleen het denken van die woorden al maakte een overweldigend gevoel in hem los; hij durfde het niet aan om ze uit te spreken. Zijn liefde voor Sri overviel hem op vreemde momenten. Afgelopen week, nadat hun schone was bezorgd was, had hij Sri's spullen met aandacht in zijn ladekast gelegd, diep geraakt door de keurige stapeltjes opgevouwen spijkerbroeken en T-shirts, de zachte stapeltjes kleren van zijn geliefde.

Hij had zich dat gevoel herinnerd toen hij toekeek hoe Sri zijn spullen pakte, de ruwe, kwade manier waarop hij de kleren in zijn weekendtas propte, zonder zich iets aan te trekken van de zorg die eraan besteed was om ze op te vouwen, door het jonge Chinese meisje dat ze met zachte handen in de plooi had gelegd.

'Het is maar voor een paar dagen,' had Billy gezegd. En toen onoprecht: 'Ik maak me zorgen om haar. Ik moet zien of ze het wel redt.'

Sri had hem met een blik het zwijgen opgelegd. Ze wisten allebei dat het daar niet om ging. Bekommer je hoe dan ook om je zus, zei de blik. Maar waarom moet je mij dan de straat op schoppen?

Ze waren uit elkaar gegaan zonder elkaar een afscheidszoen te geven. 'Ik bel je wel,' had Sri over zijn schouder gezegd.

Maar hij had niet gebeld.

Twee dagen lang had Billy zichzelf afgeleid met Gwens problemen. Nu werd hij plotseling weer overvallen door ongerustheid. Het was een hele klus om zijn zus bij te staan in haar hartzeer, vreemd en ongemakkelijk en zorgwekkend. Zou ze hem in vertrouwen nemen? Zou ze wijze raad verwachten? Lieve hemel, zou ze gaan huilen? De aanwezigheid van zijn geliefde zou het er alleen nog maar vreemder op maken. Toch had Gwen verbaasd gereageerd op zijn afwezigheid. 'Waar is Sri?' had ze gevraagd zodra ze de deur binnenkwam.

Het klopte wat Sri vaak zei: dat hij bang was voor verandering.

Dat soort gedachten spookten hem door het hoofd, toen de telefoon ging.

'Hai,' zei hij buiten adem.

'Billy?' Zijn moeder klonk verbluft. 'Liefje, zo neem je de telefoon toch niet aan?'

'Sorry,' zei hij zenuwachtig. 'Ik was net druk bezig met iets.'

'Nou, hou me niet langer in spanning. Hoe ging het met je zus? Ik heb me zo'n zorgen om haar gemaakt.'

Daar gaan we weer, dacht Billy. Het was zijn eigen fout: hij had haar verteld dat Gwen zou langskomen. Hij had dit over zichzelf afgeroepen.

Hij streek neer op de bank. 'Ze leek me een beetje... in de war, denk ik.'

'Heeft ze je iets verteld? Natuurlijk ben ik dolblij dat we haar weer terug hebben, maar ik wil ook dolgraag weten wat er is gebeurd. Waarom is ze van gedachten veranderd?'

'Rico was niet de persoon die ik dacht dat hij was,' had Gwen verklaard.

'Ze heeft niet zoveel gezegd. Ze hebben ruzie gehad, denk ik.'

'Hoe zag ze eruit?'

'Anders,' zei hij peinzend. Toen ze zaterdagochtend naar het restaurantje waren gelopen, waren ze langs een hippe kapperszaak gekomen en even had hij overwogen om Gwen mee naar binnen te slepen – haar haar was nu eindelijk eens zo lang dat een stylist er iets mee zou kunnen beginnen. Maar hij had zich ingehouden. Dat zou typisch iets voor homo's zijn.

'Liefje, daar heb ik niet zoveel aan. Kun je me dan tenminste vertellen wat voor kleren ze droeg?'

Typisch Paulette.

'Net als altijd,' zei Billy.

'Och, hemel.' Ze was even stil. 'En hoe zit het met het werk? Kan ze haar baan terugkrijgen?'

'Dat wil ze niet.' Ze ging nog liever achter het drive-inloket van een hamburgertent staan, had ze Billy verteld, dan terug te gaan naar het Stott. 'Misschien maak ik mijn proefschrift wel af,' had ze zonder veel enthousiasme gezegd. 'Ik ben er nog niet helemaal uit.'

Billy hoorde een vreemd gebrom aan de andere kant van de lijn. 'Wat is dat voor een geluid?'

'Een zaag denk ik. Je broer is in de achtertuin hout aan het zagen.'

'Scott?'

'Ja, lieverd. Hij is hier al het hele weekend aan het werk. Je weet niet half wat een opluchting het is dat er nu eindelijk iets aan die veranda gebeurt.'

'Scótt?' herhaalde Billy.

'Hij verricht uitstekend werk. Ik had niet door hoe gecompliceerd het was om zoiets in de authentieke stijl te restaureren. Je broer heeft heel wat onderzoek gedaan.'

Billy fronste. Zijn broer die iets constructiefs deed, – sterker nog, die iets deed wat niet ronduit destructief was – dat was moeilijk voor te stellen.

'Dat is geweldig, mama,' zei hij met een blik op de klok. 'Doe hem maar de groeten van me.'

Er klonk nog meer gebrom, gevolgd door geschreeuw.

'Doe dat zelf maar, als je wilt. Hij wil je graag spreken.'

Nee, hè, dacht Billy. Hij wachtte.

'Ha die Bill,' Scott hijgde en snoof. 'Mama zei dat je Gwen gezien had.'

'Ze was het weekend hier.' Hij werd getroffen door het merkwaardige aan de situatie: zijn broer was in Concord bij hun moeder en Billy zelf was daar niet. Op zijn spaarzame bezoekjes met de feestdagen na, met vrouw en koters op sleeptouw, was Scott in geen jaren in Concord langs geweest.

'Wat is er gebeurd, man?' vroeg Scott. 'Heeft die smeerlap haar eruit geschopt?'

'Eh, nee,' zei Billy, een beetje beduusd. 'Zij is kennelijk bij hem weggegaan.'

'Zíj is weggegaan.' Scotts toon was sceptisch, alsof hij wel beter wist. Alsof Billy het helemaal bij het verkeerde eind had. 'Oké dan. Waarom heeft ze dat gedaan?'

'Ik weet het niet zeker.' Billy aarzelde. 'Ik kreeg het idee dat hij iets in zijn schild voerde – iets illegaals misschien. En dat Gwen daarachter was gekomen.'

'Shit,' zei Scott. 'Wat zei ze dan precies?'

'"Hij was niet de persoon die ik dacht dat hij was." Iets van die strekking.' Billy was even stil. 'Jij hebt hem ontmoet. Zou hij een crimineel kunnen zijn? Een drugsdealer misschien?'

'Dat is een interessante vraag,' zei Scott omstandig, alsof hij zich aan het opwarmen was voor een redevoering over dit onderwerp. Zijn toon kwam hem merkwaardig bekend voor – met die gewichtigheid en bedaardheid van iemand die zichzelf graag hoort spreken. Even klonk hij net als hun vader. 'Hij was beslist nerveus. Je had die blik op zijn gezicht moeten zien toen ik plotseling kwam opdagen. Hij deed het gewoon in zijn broek. Natuurlijk gedroeg hij zich netjes tegenover mij. De broer uit de States. Maar hij had iets onbetrouwbaars. Hij was een beetje te gladjes, als je begrijpt wat ik bedoel. Een drugsdealer?' Hij was even stil alsof hij de kwestie aan het overwegen was. 'Ja, dat is mogelijk. Dat zou me niks verbazen.'

Bedankt voor je deskundige mening, dacht Billy.

'Hoe dan ook, eind goed, al goed,' zei Scott.

Billy dacht eraan hoe Gwen eruitzag toen ze bij hem voor de deur stond, met opgezwollen ogen, alsof ze de hele vlucht vanaf Pittsburgh als een kind had zitten huilen. Nee, niet als een kind: het verdriet had haar gezicht zo getekend dat de verandering blijvend leek. Alsof ze als een oorlogsweduwe maanden of jaren had gehuild.

'Wat doe je daar trouwens?' vroeg Billy. 'Mama's veranda opknappen?'

Scott lachte, een laag hartelijk gegniffel. 'Was het maar zo eenvoudig. De veranda valt niet meer te repareren. Ik ga hem helemaal opnieuw maken, Bill, en gezien de historische waarde van het huis, wil ik het precies goed krijgen. Dat is belangrijk, weet je. Ik bedoel voor de nationale monumentenlijst...'

'Staat het huis op de monumentenlijst?'

'Nee, maar dat zou wel moeten. Vanwege Josiah Hobhouse en zo. Ik ben aan het uitzoeken hoe je zo'n huis kunt nomineren. Maar een ding tegelijk, weet je? Hoe dan ook, om een lang verhaal kort te maken...'

Dat kan al niet meer, dacht Billy.

'Ik heb laatst een timmerman leren kennen – hij blijkt mama te kennen – en hij doet niets anders dan historische restauraties, voornamelijk op Martha's Vineyard. Hij laat me zien hoe dat allemaal in zijn werk gaat, welke materialen je moet gebruiken...'

'Dat is geweldig, Scotty. Luister, ik moet nu opschieten. Ik heb iets op het vuur staan.'

'Ben je aan het koken?' Scott floot. 'Zeg maar niets meer. Dat moet wel een hele bijzondere dame zijn.'

'Zeg dat wel,' stemde Billy in. 'Succes met alles en geef moeder een kus van me.'

Hij hing op, zich ervan bewust dat hij niet fatsoenlijk afscheid had genomen van zijn moeder, een delicate operatie die gewoonlijk wel tien minuten of meer kostte. Hij voelde zich een beetje opgelucht, en een beetje verloren.

In de keuken ging hij verder met snijden. Zijn hele leven had zijn broer zoveel jonger geleken – een peuter in luiers toen Billy bij de Little League ging honkballen en softballen, een wietrokende delinquent toen Billy zich het leplazarus werkte als medicijnenstudent. En toen kwam Scott terug uit Californië met een vrouw en kinderen, en plotseling had Billy zich oud gevoeld. Voor het eerst sinds jaren stelde hij zich voor wat voor leven hij met Lauren McGregor had kunnen hebben, of met iemand zoals zij. Het was niet iets waar hij naar hunkerde. Die groezelige warboel van het gezinsleven: chaotisch en vermoeiend op goede dagen; op slechte dagen een zenuwslopende hel. Toen hij zijn kleine broertje zijn eigen kudde van twee kinderen zag hoeden, werd Billy zich pijnlijk bewust van een aantal zaken. Dat zijn eigen keuzes – net zoals die van Scott, en die van Gwen – bindend waren. Dat de volwassenheid hun alle drie was overkomen, zoals een ernstige ziekte. Dat gelukkig of niet, de koers in hun leven was uitgezet, het enige leven dat ze hadden.

Sri kwam om zeven uur, stipt als altijd. 'Wat is dit allemaal?' zei hij in de keuken glurend.

'Eten,' Billy boog zich naar hem over om hem een kus te geven. 'Ik dacht dat ik maar eens een keer voor jou moest koken.'

'Ik kan niet blijven.'

Toen zag Billy dat hij zijn weekendtas niet bij zich had.

'Waarom niet?' vroeg hij, hoewel hij het al wist. Hoewel hij het op de een of andere manier het hele weekend al geweten had: zijn maag, zijn zenuwen, het knagen en tobben.

'Het is beter zo,' zei Sri.

'Hoezo?' Billy's stem sloeg over, tot zijn verbazing. 'Hoezo is dat beter?'

Sri zat op de punt van de bank, maar ging niet lekker ontspannen zitten. Hij bewoog zich anders door het appartement, alsof hij op bezoek was. Alsof hij al vertrokken was.

'Het was fout van mij,' begon Billy haperend. 'Om te vragen of je weg wilde gaan. Ik heb je de hele tijd gemist. Gwen had het heel fijn gevonden om je te spreken.'

'Het ligt dus niet aan Gwen,' zei Sri zacht. 'Het ligt aan jou.'

'Het is ingewikkeld met Gwen. Dat is altijd al zo geweest.' Hoe moest hij die merkwaardige drang tot bescherming uitleggen, het feit dat zijn zus, totdat hij door een auto-ongeluk bewusteloos was geraakt, nog nooit een van zijn vrienden had ontmoet? Het was altijd zijn neiging geweest om haar verborgen te houden, om hen allebei voor lastige vragen te behoeden. Hij had in geen jaren met zijn nicht Mimi gesproken; zij was permanent op zijn zwarte lijst komen te staan omdat ze naar Gwens gezondheid informeerde. Op zijn vijftiende was hij voor de enige keer in zijn leven op de vuist gegaan vanwege een stom grapje: Warren Marsh, die vervelende klier die naast hen woonde, had Gwen zijn 'lietel siester' genoemd met een Peter Sellers-accent en een hoog pieperig stemmetje.

'Ik heb het altijd al gedaan,' zei Billy. 'De zaken gescheiden houden. Mijn ouders apart van mijn vrienden. Gwen apart van alles. Mijn familie is gewoon zo.'

'Je schaamt je dus niet voor mij,' zei Sri.

'Natuurlijk niet,' loog Billy, terwijl hij wist dat hij zich in feite overal voor schaamde: voor Sri, voor Gwen en voor zichzelf. Dat zijn schaamte allesomvattend was.

'Het is moeilijk uit te leggen,' zei hij langzaam. 'Als ik een vriendin had, zou ik dat ook niet tegen mijn moeder zeggen. En zij vraagt er ook nooit naar. Ze buigt zich nooit over de eettafel met de vraag: Billy, heb je een vriendinnetje? Het hele onderwerp is verboden terrein. Want als ze het mij zou vragen, dan zou ze het ook aan Gwen moeten vragen.'

'Dus je hele familie zit in de kast,' zei Sri.

'Bij wijze van spreken,' beaamde Billy.

'Hoe is het met Gwen?'

'Haar hart is gebroken.' Net als bij mij, dacht Billy. We hebben allebei een gebroken hart.

Later zou hij beseffen dat hij het had moeten zeggen. Het laatste van een lange lijst van dingen die hij had moeten zeggen.

Ik hou van je. Ga niet bij me weg.
Moeder, ik ben
Papa, ik ben
Lauren, ik ben
Ja, dat ben ik.

'Jouw familie is niet gemakkelijk,' zei Sri. 'Die van mij ook niet, denk ik – wat ervan over is. Maar ze wonen heel ver weg. En ik ben daar al zo lang weg dat het mij niet langer kan schelen wat ze denken.'

'Mij ook niet,' zei Billy te snel. 'Het kan me niet schelen wat mijn familie denkt.' Toen hij het zei, hoorde hij hoe absurd het was. De grootste leugen – een van de vele – die hij in zijn leven had verteld.

'Ik heb er genoeg van om tijdelijk te zijn,' zei Sri. 'We zijn al vier jaar lang een voorlopig stel. Als het aan jou lag, zouden we dat voor de rest van ons leven zijn.' Hij fronste. 'Het is alsof je erop zit te wachten dat er iets verandert. Je wilt graag geloven dat je nog altijd van gedachten kunt veranderen.'

'Maar ik heb een hekel aan verandering. Dat zeg jij steeds tegen mij.'

'Ja. Maar je houdt van de illusie dat verandering mogelijk is. Dat is iets wat je niet kunt opgeven.'

'Luister nou,' zei Billy. 'Ik kan er wel wat aan doen. Ik kan...'

'... veranderen.' Sri lachte breeduit, alsof Billy iets buitengewoon grappigs had gezegd. Hij drukte een vuist in zijn oog. Hij zag er verrukt en woedend uit, en bijna in tranen.

8

Scott was een matineus type geworden. Zijn hele leven had hij de wekker vervloekt, maar nu was er vanbinnen iets bij hem veranderd. Hij maakte er een sport van om zachtjes het bed uit te kruipen, voorzichtig om Penny niet wakker te maken. Het was een luxueus genoegen om bij zonsopgang al op Ruxton aan te komen, een heel uur vóór Rick O'Kane. Wanneer hij de deur naar zijn werkkamer van het slot deed en de plastic speeltjes zag die Jordans bureau sierden, voelde hij zich een meester over zijn tijd en zijn omgeving. Dashiell Blodgett: 'Verover je omgeving voordat die jou verovert.' Hij verspilde die kostbare vroege uurtjes niet aan het beoordelen van werkstukken. De ochtenden waren voor zijn eigen projecten. Hij had een stuk of vijf boeken over bouwen en bouwkunst van de bibliotheek geleend: *Herenhuizen van het oude New England*, *Het onderhouden van uw historische huis*. Zich voltankend met koffie – hij haalde elke ochtend zo'n piepschuim-emmertje vol koffie bij Dunkin' Donuts – bleef hij die met een onvermoeibare aandacht bestuderen. Nu de veranda klaar was, had hij diverse andere projecten in zijn moeders huis gevonden die zijn aandacht nodig hadden. De ramen op het westen hadden al jaren geleden vervangen moeten worden, geen wonder dat het huis tochtig was. Een slaapkamerplafond vertoonde waterschade. Het dak was enkele jaren geleden vervangen, maar kennelijk niet op tijd.

Hij legde zijn plannen vast in een groezelig aantekenboekje met schetsen, notities en boodschappenlijstjes voor de bouwmarkt. Vaak belde hij onder het plannen maken het mobiele nummer van Gil Pyle, een timmerman die zijn moeder kende. Pyle die dan op weg was naar een vroege klus in Newton, Wellesley of Newport begroette hem altijd kernachtig – 'Ha klojo' – alsof ze al jaren vrienden waren. Dat, besefte Scott, was half en half de reden dat hij belde. Pyle luisterde dan naar de details van Scotts plan en deed hem een paar bondige suggesties aan de hand: gebruik nummer twaalf, niet tien; laat het spul een hele dag drogen; kijk eens op het terrein van de kringloop in Dorchester, daar verzuipen ze in de ramen. Het waren dingen die je niet uit boeken kon leren, trucjes die alleen aannemers kenden. Pyle verschafte hem die informatie ruimhartig, zonder er iets voor terug te verwachten. 'Je moeder is goed voor me geweest,' zei hij. 'Ik heb veel aan haar te danken. Wat je maar weten wilt, man. Vraag maar raak.'

Het bleef hem verbazen dat zijn moeder zo iemand kende. 'Battle Road, liefje,' zei ze toen Scott vroeg waar ze elkaar hadden ontmoet. Als kind had Scott het naspelen van die slag belachelijk gevonden. Volwassen mannen die zich in historische kostuums hesen en hun musketten laadden om saluutschoten te lossen. Nu hij Gil Pyle kende, keek hij er anders tegenaan. Stiekem wilde hij dat zelf ook wel.

Het verbaasde hem te ontdekken dat Pyle aardig wat over hem wist. 'Ik hoorde dat je een tijdje in Californië hebt gezeten,' zei hij een keer toen ze zijn truck aan het uitladen waren. 'Als klein jochie ging ik daar een keer fietsen. Zo hielp ik mezelf met een zonnesteek het ziekenhuis in.' Pyle wist dat Billy cardioloog was in New York; hij wist hoe Scotts ouders elkaar hadden ontmoet en zelfs, zo liet hij doorschemeren, waarom ze gescheiden waren. Maar het onwaarschijnlijkste was dat Pyle wist – en dat was zo verbazingwekkend dat Scott bijna vijftig kilo timmerhout op zijn voet liet vallen – van Gwen.

Zelfs binnen de familie was de aandoening van zijn zus altijd strikt geheim geweest. 'Vertel oma Mamie niet dat je zus bij de dokter is.' Zonder ooit naar de reden te hebben gevraagd, begreep hij hoe belangrijk het was om het stil te houden. Dat zijn moeder dit met een vreemde had besproken, een man die zijn brood verdiende met spijkers op de kop slaan en die zich eens per jaar in een kniebroek verkleedde, was ronduit verbijsterend. Gil Pyle had hele zomers op de Cape en de eilanden doorgebracht; hij had dakspanen voor een Kennedy gedaan, vloeren voor een ex-vrouw van een Kennedy. Hij had een tuinhuisje gebouwd voor een bejaarde actrice in Edgartown, een openluchttheater voor een popsterrenpaar dat in hun eigen achtertuin wilde optreden. Als je aandrong, kwam Pyle met de details aanzetten – beide popsterren hielden er een hele stal knappe minnaars op na; de oude actrice deed elke ochtend volledig opgemaakt als jonge ster de deur open, met elke dag een andere pruik op. De verhalen eindigden altijd met hetzelfde refrein: *Het is een aardige dame als je haar beter leert kennen. Het is een geschikte kerel.* Over zijn eigen leven was Pyle net zo toeschietelijk. Hij had een dochter op de universiteit, een ex-vrouw in Maine en een ex-vriendin in Florida, de moeder van zijn twee jonge zonen. Hij had zes jaar in het leger gezeten; er waren verhalen over Duitse meisjes en andere, Belgische en Franse, die hij op verlof had ontmoet. Scott dacht aan zijn vaders dreigement van jaren geleden toen hij van Stirling werd gestuurd: 'Nog zo'n semester en het leger mag je hebben. Ik wens ze er veel succes mee.' Nu kwam het hem voor alsof het een goed idee was geweest van Frank. Het had hem verder kunnen brengen. Scott had dan, net als Gil Pyle, wat van de wereld kunnen zien. Hij had een man kunnen worden. In plaats daarvan had hij het geld van zijn ouders verspild op de ene school na de andere en hij was er niets beter van geworden, hij was een contractarbeider die zelfs zijn eigen beeltenis had verkocht. Dag in dag uit reed hij langs het reclamebord op Highway 61, onbewust zijn blik afwendend. Ruxton was zijn Siberië, een gevangenis vol vernederingen. Alleen nu, bij het krieken van de dag, nu het er leeg was en het er naar vloerreiniger rook en de conciërge vermoeid wat diensten verrichtte, vond hij enige rust op deze plek.

Later, nadat hij zijn eerste lesuren had gedraaid, keerde hij terug naar zijn kamer en zag dat het rode berichtenlampje op zijn telefoon knipperde.

'Dag, schat. Ians school heeft weer gebeld. Ze hebben zijn schoolgeld voor de herfstperiode morgen nodig. Ze deden er ook heel hatelijk over. Vergeet het dus niet, oké.'

Ians schoolgeld.

Hij was het niet vergeten, in de verste verte niet. De frase 'twintigduizend dollar' kwam ongeveer drie keer per uur bij hem op. Het getal twintigduizend beheerste zijn dromen. Zijn droom-ik liep paniekerig en transpirerend in de gangpaden van de bouwmarkt tussen de torenhoge stellingen door. Hij had twintigduizend spijkers nodig of twintigduizend liter grondverf. De droom keerde twee tot drie keer per week terug en kwam in de plaats voor zijn gebruikelijke Stirlingdroom, zijn flashback vol academische paniek. Scott leefde in vrees. Spoedig zou Penny – en misschien zelfs zijn moeder – ontdekken wat hij had gedaan. Net als in het verleden raakte hij verlamd door zijn angst. Hij was bijvoorbeeld nog niet zover gekomen dat hij een manier bedacht had om zijn vrouw van het nieuws op de hoogte te stellen. *Het geld is weg. Ian kan niet naar Fairhope.*

Het luide gerinkel van de bel maakte hem aan het schrikken. Hij moest nog een klas lesgeven. Hij pakte een stapel weektoetsen uit de la van zijn bureau en stopte ze in zijn aktetas.

'McKotch,' zei een stem. Rick O'Kane stond in de deuropening, in een licht pak dat er duur uitzag. Hij was wat bruiner geworden. Hij zag er goed en welgedaan uit.

'Rustig aan, knaap.' O'Kane ging in de stoel tegenover Scotts bureau zitten, waarbij hij zijn broek optrok om de vouw goed te houden. 'Waarom heb je zo'n haast?'

'Ik moet dit uur lesgeven,' zei Scott.

'Dat is dus niet zo. Ik heb gezorgd dat Mary Fahey voor je invalt.' Hij deed een greep in zijn jasje en haalde een langwerpige enveloppe tevoorschijn.

Scott keek hem schaapachtig aan.

'U bent geselecteerd voor de drugstest,' droeg O'Kane voor. 'Deze selectie is willekeurig en, zoals u zich zult herinneren, een voorwaarde voor uw indiensttreding.

Scott voelde zich plotseling licht in zijn hoofd. Zijn brein probeerde koortsachtig snel te berekenen hoeveel weken er waren voorbijgegaan sinds zijn uitstapje naar Saint Raphael. 'Wanneer?' vroeg hij.

'Nu.' O'Kane overhandigde hem de enveloppe. 'Je moet je onmiddellijk melden bij het testcentrum aan Quinebaug Highway. Standaardprocedure, McKotch.'

Scott fronste. Voor zijn laatste drugstest was hij naar een medisch centrum bij het ziekenhuis gereden. 'Niet die andere tent?'

'We werken nu met een ander bedrijf. Het adres zit in de enveloppe.' O'Kane stond op. 'Het is tien minuten rijden vanaf hier. Ga meteen naar het testcentrum. Ga niet eerst ergens donuts eten,' zei hij met een blik op Scotts piepschuim-beker. 'Als je je niet binnen een halfuur hebt gemeld, bellen ze mij. Een prettige dag verder.' Hij keek Scott doordringend aan. Hij leek ergens op te wachten.

'En daarna?' zei Scott.

'Ik heb je uitslag in vierentwintig uur binnen. O, en maak je niet druk over je lessen,' zei O'Kane over zijn schouder. 'Er is de rest van de dag vervanging voor je geregeld.'

In één ding had Dashiell Blodgett beslist gelijk: onbeholpen, misschien onbewust, schiep je je eigen lot. Het noodlot was een vingerverfschilderij van een kind, een pizzatent, een dronken calypsoliedje dat je onder de douche verzonnen had. Zelfs op dat beslissende moment, toen O'Kane hem het pakketje overhandigde, had Scott zich er nog uit kunnen kletsen. Hij was verkouden, hij had rugpijn, kiespijn; hij nam hoestsiroop, neusdruppels, enorme doses ibuprofen, wat een vertekende uitslag kon geven. Jordan Funk had dat kunstje een jaar geleden geflikt, een zet die Scott schoorvoetend had bewonderd.

'Goeie strategie,' had hij Jordan later toegefluisterd.

'Ik ben echt verkouden. Ik gebruik geen drugs,' hield Jordan vol, zo stijfjes dat Scott wist dat hij loog. Toch had O'Kane zich laten overtuigen door zijn verhaal, of had gedaan alsof dat zo was. Misschien had hij wel hetzelfde voor Scott gedaan, als Scott het maar geprobeerd had.

Waarom had hij het niet geprobeerd?

Terwijl hij stilstond in het verkeer op Quinebaug Highway stond de waarheid hem ineens helder voor ogen, elegant in al haar eenvoud. Hij wilde zijn baan helemaal niet houden. Ruxton was van begin af aan een ellende geweest. Als jongen was hij een kribbige, onwillige en slecht presterende leerling geweest. Nu was hij een kribbige, onwillige en slecht presterende leraar. De school was de grootste kwelling van zijn leven geweest, het toneel van al zijn vernederingen en woede-uitbarstingen. Nu was hij volwassen en vrij om te kiezen waar en hoe hij zijn kostbare tijd op aarde wilde doorbrengen. En waar had hij verkozen die door te brengen? Op school.

Hij had nooit leraar willen worden. Toen hij in Californië was gestrand, met een baby die hij niet had gepland en een vrouw van wie hij misschien niet hield, had hij weer een kind willen zijn. Zijn moeder had die hoop de bodem ingeslagen. 'Maak je studie toch af,' had ze hem gesmeekt. 'Laat mij je helpen.' De California State University in San Bernardino had zijn studiecertificaten geaccepteerd, de colleges die hij min of meer willekeurig had uitgekozen in zijn drie semesters op Stirling: Geschiedenis van de Vruchtbare Sikkel, Inleiding in de Psychologie, Shakespeare verfilmd. Hij was high geweest toen hij deze onderwerpen uitkoos en dat had dus helemaal niets opgeleverd. Algemene Studies was de enige universitaire graad die binnen zijn bereik lag. Hij knoopte er nog een semester aan vast om zijn lesbevoegdheid te halen (wat kon hij anders doen met een graad in Algemene Studies? Al gemener worden?) en een paar maanden later stond Scott voor de klas.

Hij had de kans om op Ruxton les te geven met beide handen aangegrepen, in de veronderstelling dat Ruxton net zo zou zijn als Pearse. Hij was toen wanhopig en leed aan waanideeën, een suf geblowde amnesiepatiënt die vergeten was dat Pearse een gevangenis voor hem was geweest. Op zijn veertiende had hij het gevoel dat hij daarnaartoe was verbannen, naar de bajes gestuurd omdat hij slechte tafelmanieren had en zijn zusje steeds plaagde. Een veroordeelde seriebijter, die door zijn familie was verbannen en een zware straf moest uitzitten.

Jezus, hij haatte Pearse.

Zoals Ian Fairhope zou haten.

Deze openbaring maakte hem zo aan het schrikken dat hij bijna van de snelweg af schoot.

Geld was niet het punt. Plotseling deed het er niet meer toe dat hij twintigduizend dollar had gegeven aan iemand die hij maar nauwelijks kende, dat de cheque voor Ians schoolgeld, als Penny die uitschreef, als ongedekt ontmaskerd zou worden. *Ian gaat niet naar Fair-hope*, zou Scott tegen haar zeggen. *Hij is geen crimineel. We sturen hem niet naar de gevangenis.*

Hij zag onmiddellijk in hoe terecht deze beslissing was. Penny moest misschien wel overtuigd worden, maar zij zou het ook gaan inzien. Met gerechtvaardigde overtuiging reed hij het parkeerterrein van QuineMed Testing op.

O, en moet je horen, dacht hij. Ik heb vanochtend in een potje gepist. En morgen ben ik mijn baan kwijt.

Het huis zag er uitgestorven uit om tien uur 's ochtends. Scott stapte uit de auto en haalde diep adem. Zijn overhemd rook naar formaldehyde, de geur die hij had opgedaan in de burelen van QuineMed. Hij had daar een minder vernederende behandeling ondergaan dan hij had verwacht. Bij zijn vorige drugstest was een verpleger met hem meegegaan de toiletten in en was buiten het hokje blijven staan, met zijn hand achter zijn oor, ongetwijfeld, om de pis in het testbekertje te horen vallen. Bij QuineMed ging het er in vergelijking daarmee tamelijk futloos aan toe. Scott had een andere proefpersoon met zijn bekertje de toiletten in zien gaan. De dienstdoende verpleegster scheen niet op te merken dat de man een versleten Carharttjack droeg dat veel te dik was voor het zachte weer en wijd genoeg om tien potjes met schone urine in te verbergen. Scott vroeg zich heel even af of O'Kane deze nonchalante club expres had uitgekozen. Of hij verwachtte dat de schuldige bedrog zou plegen, of hij eigenlijk misleiding uitlokte. Scott had de test met gemak kunnen doorstaan, als hij maar gewild had.

De garage was open, Penny's minibus stond erin geparkeerd, alsof hij aan het bijkomen was van de beproeving om de kinderen naar school te brengen.

'Penny,' riep hij, de huiskamer binnenstappend. 'Pen, ik moet met je praten.'

Hij keek snel de kamer rond. De gewoonlijke chaos: reclamedrukwerk, een verdwaalde gymschoen, het cola light-blikje op de salontafel. (Penny dronk meerdere trays per week.) Het rook naar geroosterd brood. Dat was allemaal gewoon, precies zoals altijd.

Toch leek er iets helemaal niet te kloppen.

Toen drong het tot hem door: iemand had de televisie uitgezet. 'Schatje?' riep hij, enigszins verontrust. Over zijn stoppelige kin wrijvend liep hij de gang in naar de slaapkamers. *Pen, ik moet je iets vertellen,* oefende hij. *Maak je geen zorgen, het komt allemaal wel goed.* De deur van hun slaapkamer stond open, het bed was onopgemaakt. De badkamer, Ians kamer: ze waren beide leeg. Alleen de deur van Sabrina's kamer was dicht.

'Penny?' Hij duwde Sabrina's deur open en stond abrupt stil. Op het roze vloerkleed zat zijn vrouw in haar ondergoed, met haar rug tegen het bed. Naast haar, met zijn arm om haar heen geslagen, zat een blonde man die van top tot teen in spijkerkleding was gestoken: jeans, jasje, overhemd. Ze kwamen niet overeind. Ze maakten zich klein als ondeugende kinderen.

'Wat is dit verdomme?' zei hij met bonzend hart.

'Scotty.' Ze krabbelde overeind, ze zag er verslagen uit. Ze droeg een bikinislip en de bh die hij zo leuk vond.

'Wie is dit verdomme?'

De man stond langzaam op. Hij was groter dan Scott, maar hij bewoog zich merkwaardig gracieus.

'Dit is Benji,' zei Penny.

'Benji,' herhaalde Scott.

'Uit Idaho,' zei Penny. 'Benji, mijn broer.'

Het leven bereidde je voor op bepaalde calamiteiten. Met wat oefening kon je je voorbereiden op verlies, op verlaten worden, op mislukkingen in allerlei soorten en maten. Scott was gearresteerd, beledigd, geschorst, ontslagen, voorwaardelijk veroordeeld, knock-out gemept, in zijn kruis getrapt en murw gebeukt. Zijn vertrouwen in de wereld was eruit geramd; van Concord tot Pearse tot Stirling tot Californië had hij een kleverig spoor nagelaten. Hij was ervan overtuigd dat hij resistent was tegen teleurstelling, dat hij beter dan de meesten in staat was om de ondergang met zijn verminkende blik in de ogen te kijken. Dat geloofde hij tot aan het moment dat Penny hem vertelde dat ze verliefd was op haar broer.

'Stiefbroer,' verbeterde ze met een enorm rood hoofd. De blos deed Scott denken aan een moment jaren geleden toen hij naast haar had geslapen op een afgelegen strand in Baja, high van de nieuwe liefde. Ze waren gemeen verbrand wakker geworden, met hun lichamen vervuld van een merkwaardige gloed.

'Ik was van plan het je te vertellen,' zei zijn vrouw in het doorschijnende slipje dat niets verborg. 'Binnenkort. Ik wist alleen niet hoe.'

Dat probleem kwam Scott bekend voor.

'Hoe is dit zo gekomen?' vroeg hij bedaard, alsof Penny en hij gezellig een bakkie deden. Hij toonde beleefde interesse voor de activiteiten van zijn vrouw, de nuttige karweitjes waarmee ze haar dag vulde. Hij keek niet naar de man, die spijkerpakverschijning naast haar. Onder geen beding wilde Scott hem aankijken.

'Ik was ooit in een chatroom en daar heeft Benji me gevonden. Mijn schermnaam is PennyCherry,' verklaarde ze. 'En toen dacht hij: nou ja, hoeveel kunnen dat er zijn?'

Scott knikte nadenkend, te laat begreep hij de waarde van de patriarchale traditie, waarom vrouwen eeuwenlang de naam van hun man hadden aangenomen. Om hun deugdzaamheid in online chatrooms te bewaken. Om geile, lang uit het oog verloren stiefbroers op afstand te houden, die al sinds hun kindertijd hopeloos verliefd waren, en stilletjes hun tijd lagen af te wachten.

'En toen had hij je gevonden,' moedigde Scott aan. Het zonlicht bloedde rood door zijn dochters roze gordijnen. Hij had het gevoel alsof hij een long was binnengestapt.

'Ja, en toen begonnen we te chatten en daarna belden we elkaar. Toen is hij in de afgelopen maand hiernaartoe gekomen.'

'Afgelopen máánd?'

'Toen jij op het eiland zat,' zei ze. 'Hoe lang geleden was dat?

'Vierentwintig dagen,' zei Scott die onlangs dat rekensommetje had gemaakt. Hij herinnerde zich dat hij haar vanuit de Mistral Inn had gebeld, dat ze hijgend de telefoon had aangenomen. Hij had zich haar naakt voorgesteld, nog nat van het bad.

'En je had hem niet meer gezien sinds... hoe lang al niet meer? Sinds jullie kinderen waren?' Scott genoot ervan om te doen alsof Benji niet bij hen in de kamer was. Hij begreep dat dit de enige lol was die hij er nog om kon hebben.

'Twaalf jaar denk ik. Niet meer sinds die kampeerreis in Yellow-stone Park. Weet je nog?'

Toen kolkte het bloed in hem, bulderend als de oceaan, een hete vloedgolf van bloed. Met een heroïsche wilskracht keek hij naar de man, de spookachtige aanwezigheid in de hoek. De geest die er zijn hele huwelijk al was geweest. Benji, die lang en mager was als een cowboy, een jonge Henry Fonda, met zijn lange door de zon gebruinde gezicht.

'Was jij daar ook?' vroeg Scott.

Benji knikte. Hij had zijn denimmouwen opgestroopt waardoor zijn kleurige, in elkaar gevlochten tatoeages te zien waren. Scott voelde een steek van herkenning, snerpend en alarmerend als een sirene in de verte.

'Waren jullie toen... samen?'

'We probeerden van niet,' zei Penny, met de blos die nu blijvend leek. 'En toen kwam ik jou tegen.'

Scott knikte diepzinnig, alsof hij het begreep.

'En toen zijn we elkaar lange tijd uit het oog verloren. Het was moeilijk voor hem, snap je? Dat ik ging trouwen. En daarna de kinderen.'

Jezus, de kinderen.

'De kinderen weten het toch niet?'

Penny keek weg. 'Het gebeurde min of meer per ongeluk. Sabrina kwam een keer vroeg thuis. Ik kon er niets aan doen.'

Scott keek de kamer rond, naar zijn dochters roze meisjesbestaan, de stapel speelgoed die ze al ontgroeid was. In deze kamer, te midden van stapels poppen en knuffelbeesten, hadden zijn vrouw en Benji elkaar uitgekleed.

Penny leek zijn gedachten te lezen. 'Niet in onze slaapkamer,' zei ze zacht.

Het was een graadmeter voor Scotts troosteloosheid dat hij daar dankbaar voor was.

'Benji kan heel goed overweg met Ian,' voegde ze eraan toe. 'Ze zijn afgelopen weekend wezen kamperen in de White Mountains. Ian vond het te gek.'

Scott voelde het bloed in zijn oren kloppen. 'Heb je hem met Ian weg laten gaan? Waar was ik dan, verdomme?'

'Concord.'

'Ook 's nachts?' zei Scott bijna schreeuwend. 'Had hij hem ook 's nachts mee?'

'Nou, hij is wel Ians oom,' bracht ze zonder een greintje ironie naar voren.

Ooit is dit gesprek voorbij, bedacht Scott rustig. Het volgende dat te gebeuren staat, begint te gebeuren. Die gedachte gaf hem troost zoals de bliksem een vochtige dag in de zomer openbreekt. Hij wilde niets liever dan weg uit deze kamer, waar de muren waren behangen met popsterren, puberjongens die naar zijn slapende dochter loerden en zagen wat ze niet mochten zien. Zijn leven zou zijn kronkelige weg vervolgen, maar een deel van hem zou altijd hier blijven. Hijzelf, zijn vrouw en haar minnaar zouden tot in de eeuwigheid de confrontatie aangaan in Sabrina's roze rommelige meisjeskamer.

De lijst werd in de derde week van april bekendgemaakt, direct na de jaarvergadering. Twee dagen lang waren de meest eminente wetenschappers van Grohl niet in de gangen te zien geweest: Steve van Boven, de bio-informaticus Ira Babish en Malcolm John Liddy, die van een sarcastische postdoc de bijnaam 'dokter Genoom' had gekregen. Frank beschouwde deze mensen als zijn gelijken; het was dus een enorme kwelling voor hem dat zij de deur uit waren om de belangrijkste wetenschappelijke kwesties van het moment te bespreken terwijl hij als een soort babysitter bij zijn treurige staf moest achterblijven. Sinds het vertrek van Cristina verkeerde het lab in mineurstemming. De deur van de werkkamer van de postdocs bleef de hele tijd dicht. Martin Keohane kwam en ging in stilte als een neerslachtige jonge priester.

Donderdag klopte Betsy Baird in het begin van de middag zachtjes op het raam van Franks werkkamer. Door haar behoedzame benadering wist hij dat ze slecht nieuws had.

'De lijst is bekend,' zei ze. Ze had de hele dag de website van de Academy in de gaten gehouden.

Toch keek hij haar hoopvol aan.

'Het spijt me voor je,' zei ze.

Tegen lunchtijd glipte hij als de Garbo van Grohl via de achterdeur naar buiten. Hij reed de brug over voor een late lunch, niet in de stemming om op Kendall Square collega's tegen het lijf te lopen. Daarna voelde hij zich te zwak om de zes trappen naar boven te nemen, zodat hij de lift pakte en zij aan zij kwam te staan met de andere Steve – de immunoloog Steve Palumbo, die ook wel bekendstond als Steve van Beneden.

'Frank.' Palumbo gaf hem een stevige klap op zijn rug. 'Ik heb het zojuist gehoord.' Hij was een gespierde robuuste kerel met felle donkere ogen en een warrige bos haar die steevast nat was van het douchen. Palumbo ging 's ochtends vroeg en tijdens de lunch altijd rennen of roeien; in de jaren tachtig hadden Frank en hij elke week gesquasht. Op wetenschappelijk vlak was Palumbo een lichtgewicht, maar Frank had een heilig ontzag voor lichamelijke prestaties. Grohl stond onder leiding van een stelletje zieltogende oude sullen. Bij een fysieke wedstrijd – opdrukken, armworstelen – zouden alleen Palumbo en hij zich staande kunnen houden.

'Man, dat zal hard aankomen,' zei Palumbo. 'Nu je er zo dichtbij was. Misschien moet ik er maar dankbaar voor zijn dat ze totaal niet weten wie ik ben.'

'O, maar jij bent nog jong,' zei Frank, in zijn nieuwe rol van oude grijsaard die zijn beste tijd had gehad. Terwijl hij dat zei, realiseerde hij zich dat Palumbo bijna vijftig was. Zonder vrouw en kinderen leek hij immuun te zijn voor veroudering. Elk vrij moment besteedde hij aan sport, hij keek ernaar of hij deed eraan. Hij had dezelfde interesses als de gemiddelde jongen van twaalf.

'Nou, ik zou niet graag in die man zijn schoenen staan als jij verhaal gaat halen,' zei Palumbo. En toen hij Frank vreemd zag kijken: 'Wist je dat niet? Je bent nog op de definitieve lijst gekomen, vriend. Maar iemand heeft je kandidatuur aangevochten.'

Frank keek hem ongelovig aan. De Academy was maandenlang bezig een schifting te houden onder de genomineerden. Er werden honderden eminente wetenschappers onder de loep genomen en afgewezen. Over de definitieve lijst – van mannen en vrouwen die zich zozeer hadden onderscheiden dat ze weleens de Nobelprijs konden winnen – werd door alle leden gestemd, en die lijst werd gewoonlijk zonder slag of stoot aangenomen. Voor zover Frank zich kon herinneren was er slechts eenmaal een kandidatuur aangevochten.

'Ik heb het gehoord van mijn vroegere mentor van de University of South Florida. Hij was erbij, Frank. Hij vertelde dat het leek alsof er in de zaal een bom was afgegaan.'

'Heeft er echt iemand mijn kandidatuur aangevochten?' vroeg Frank. 'Weet je dat zeker?'

De lift bereikte de bovenste verdieping; Frank was vergeten de knop met '3' erop in te drukken. Nu drukte hij op de knop 'deuren sluiten'. 'En wie was dat dan in godsnaam?'

'Geen idee,' zei Steve.

Op welke gronden? vroeg Frank bijna, maar hij hield zich in. Daarover wilde hij geen discussie met Palumbo voeren. Of met wie dan ook op Grohl. Vooral niet hier op de bovenste verdieping van het instituut, op tien meter van het kantoor van Steve van Boven.

'Heb jij ook geen idee?' Steve floot zachtjes. 'Ik had het vermoeden dat het iets persoonlijks was. Iemand die nog een appeltje met je te schillen had.'

Frank pijnigde zijn hersenen. In vijfendertig jaar had hij heus wel een paar rivalen gekregen – gold dat niet voor iedereen? Maar tot nu toe was er niemand geweest die hij zijn vijand zou noemen.

'Ik kan je één ding zeggen,' bracht hij uit. 'Ik zal uitvinden wie er achter zit.'

Na het werk trof hij Margit op hun vaste adresje, een Thais restaurant aan Massachusetts Avenue. Ze was net naar de kapper geweest en haar haar was bordeauxrood geverfd, een warme kleur die niet in de natuur voorkwam, tenminste niet op het hoofd van vrouwen. Ze droeg een nieuwe bril met een klein rechthoekig montuur die precies paste bij haar kapsel, haar lippenstift en het zijden sjaaltje dat ze over haar schouders had gedrapeerd. Ze had er veel aandacht aan besteed en was daarmee niet direct een schoonheid geworden, maar ze was er wel in geslaagd er elegant uit te zien.

Ze bestelden hun gebruikelijke voorgerecht, een dubbele portie kipsaté, maar Franks maag speelde op. Zijn haastige lunch, een broodje kreeft met veel mayonaise, lag hem nog zwaar op de maag, op dezelfde plek waar zijn slokarm het had gedeponeerd. Hij kon geen hap door zijn keel krijgen.

'Mijn God,' zei ze toen hij bij haar tafeltje kwam. 'Wat is er met jou aan de hand?'

Hij deed in vijf zinnen het hele verhaal uit de doeken, bijna zonder de tijd te nemen om adem te halen.

'Je weet natuurlijk wel wat de reden is,' zei ze met neergeslagen ogen. 'Die kwestie met Cristina. Het moest wel uitlekken dat jij het onderzoeksverslag hebt ingetrokken. Iemand heeft waarschijnlijk uitgeplozen waarom.'

Frank knikte, terwijl hij terugdacht aan de manier waarop Margit had gereageerd toen hij haar het nieuws voor het eerst had verteld, haar verwijtende stilte die sprekender was dan woorden. Over het algemeen was ze niet snel geschokt. Hij herinnerde zich de uiterst pikante Grohl-roddels van een paar jaar geleden: een emeritus hoogleraar was gearresteerd in een bordeel in een dubieuze buurt; een mannelijke postdoc werd aangehouden wegens te hard rijden en bleek toen een bh, pumps en een pruik te dragen. Toen Margit die verhalen van Betsy Baird te horen kreeg – die alles zag en alles hoorde – reageerde ze met een soort geamuseerde verdraagzaamheid: 'Ik rijd ook sneller met hoge hakken aan. Er komt minder gewicht op het gaspedaal te liggen. Dat ga je vanzelf overcompenseren.' Maar wanneer het om wetenschappelijke integriteit ging, was ze een moralist van de bovenste plank. Wanneer het om wetenschap ging, was Margit heel preuts.

'Jij had de leiding over dat onderzoek,' zei ze. 'Wat zou het anders kunnen zijn?'

'Inderdaad,' reageerde Frank. 'Maar dat was een interne kwestie en Grohl had alle reden om de zaak stil te houden. Zelfs Steve Palumbo wist er niets van. Wie kan het dan zijn geweest?'

'Frank.' Met beide handen pakte ze zijn hand beet. 'Dit is verschrikkelijk onrechtvaardig en ik begrijp dat je van streek bent. Maar doet het er uiteindelijk iets toe wie jouw kandidatuur heeft aangevochten? Ongeacht wie het was, het resultaat blijft hetzelfde.'

'Neem maar van mij aan,' zei hij met zijn tanden op elkaar geklemd, 'dat het ertoe doet.'

'Goed, eens even denken. Je hebt het personeel van je lab. En iedereen aan wie ze iets verteld kunnen hebben.'

Frank dacht koortsachtig na. Het moreel was de laatste tijd zo slecht dat iedereen wel over de kwestie kon hebben gemopperd.

'En Cristina,' zei Margit. 'Vergeet Cristina niet.'

'Dat doe ik ook niet.' Hij had van Betsy Baird gehoord dat ze naar Griekenland was teruggegaan. 'Maar ik kan me niet voorstellen dat zij nog veel heeft in te brengen.'

'O ja, de redacteuren van *Science* weten ervan,' voegde Margit eraan toe. 'En mogelijk de vakgenoten die het artikel moesten beoordelen.'

Frank knikte. Hij had geen idee wie het artikel hadden beoordeeld – de procedure was in principe vertrouwelijk, maar soms was het mogelijk om erachter te komen. Tijdens de rit naar huis kon hij een klein aantal aannemelijke personen bedenken, van wie de helft aan Harvard of het MIT verbonden was. Hij kende hen allemaal zijdelings, van conferenties en colloquia. Maar dat was alles.

Ik had het vermoeden dat het iets persoonlijks was, had Steve Palumbo gezegd. *Iemand die nog een appeltje met je te schillen had.*

Frank parkeerde voor zijn huis, terwijl zijn maag ineenkromp. Het koude zweet liep hem over zijn rug. Wat was er toch met hem aan de hand? Hij was niet gewend last te hebben van maagzuur, rugpijn of huiduitslag. Hij had zich in geen twintig jaar zo beroerd gevoeld.

Zodra hij binnen was, kleedde hij zich helemaal uit en kroop in bed met de dekens stijf om zich heen. De dagen lengden; door de jaloezieën viel het laatste licht van de schemering naar binnen. Hij had een raam open gelaten en een koele bries deed de jaloezieën rammelen. Hij dacht aan Cristina Spiliotes en haar vervalste gegevens, het stompzinnige bedrog dat hem buiten de Academy had gehouden en dat een smet wierp op de carrière waaraan hij zich zijn hele leven had gewijd. Dom, dom: de stommiteit ervan was verbijsterend. Maar pleitte de naïviteit van haar bedrog vreemd genoeg niet in haar voordeel? Ze was geen sjacheraarster. Ze speelde vals als een beginneling, als een meisje dat in haar hele leven nog nooit had gelogen.

Hij had het moeten zien, en in zekere zin had hij het ook gezien: hij had meteen al doorgehad dat het onderzoeksverslag niet klaar was, dat Cristina in haar opwinding over de eerste resultaten en verblind door het vooruitzicht van publicatie met zevenmijlslaarzen op de finish af was gegaan. Voor een jonge wetenschapper als Cristina zou een publicatie in *Science* het begin van een grote carrière betekenen. Zelfs voor een veteraan als Frank was zoiets geen peulenschil. Hij had al een paar jaar niet zo'n belangrijke publicatie gehad.

En dus had het meisje vals gespeeld; ze had gelogen over haar resultaten. Dankzij zijn grote staat van dienst had Frank de consternatie overleefd: de intrekking van het onderzoeksverslag, het ongenoegen van Steve van Boven. De smet op zijn reputatie zou van tijdelijke aard zijn. En had Cristina niet genoeg boete gedaan voor haar bedriegerij? Waarom kon hij de zaak niet laten rusten nu het hele debacle voorbij was?

Het bedrog was Cristina's verantwoordelijkheid. Maar Cristina zelf viel onder zíjn verantwoordelijkheid: dat feit viel niet te ontkennen. Het was niet voor niets dat het systeem zo in elkaar zat; de postdocs waren met een reden werkzaam onder leiding van oudere wetenschappers: zo kregen zij advies en begeleiding, zo werden ze gestimuleerd en getraind. Frank dacht enigszins ongemakkelijk aan de wekelijkse bijeenkomsten die hij had geannuleerd, altijd met een goed excuus: hij was nodig bij Protogenix, er was een subsidievoorstel op komst. Maar was de ware reden niet duisterder? Dat hij naar haar verlangde en haar niet kon krijgen. Als een nukkig kind had hij haar zijn aandacht ontzegd, had hij haar gestraft omdat zij niet naar hem verlangde.

Natuurlijk had de rest van zijn team wel iets gemerkt van zijn zotte gedrag. Frank had al heel vroeg geleerd dat er geen geheimen bestonden in een laboratorium. Had Betsy Baird over zijn dwaasheid gekwebbeld – met Guei of Ursula, de laborante? Wat zou Martin Keohane, die hem vroeger op een voetstuk had geplaatst, nu van Frank denken? De kameraadschap binnen zijn team, hun respect en genegenheid, de warme collegialiteit die hij altijd had gekoesterd – het drong nu tot hem door hoe waardevol die zaken waren. Dat alles, en nog meer, had hij opgeofferd voor een kalverliefde.

Ik ben een oude gek, dacht hij.

Hij ging op zijn zij liggen en greep naar zijn maag. Ergens in de verte huilde een baby. Een baby in Cambridge: de kans was groot dat zijn vader ergens in de omgeving van Kendall Square in het lab werkte.

Frank probeerde zich voor te stellen waar zijn eigen kinderen op dat ogenblik waren. Hij wist zo weinig van hun leven dat het voor hem een moeilijke opgave was. Hij stelde zich voor dat Billy uitgebreid dineerde met een mooie vrouw, dat Scott zijn eigen kinderen voorlas, die Sabrina en Ian heetten en die... zes en acht waren? Zeven en negen?

Hij wist het echt niet.

En hoe zat het met Gwen?

Hij herinnerde zich opeens de dag dat Paulette op zijn werk was verschenen. Ze was dodelijk ongerust geweest over Gwen en haar nieuwe vriend en had zijn troost, zijn raad, zijn hulp nodig gehad. Een maand geleden? Langer? Voordat hij het onderzoeksverslag introk, voordat hij Cristina ontsloeg. Daarna was alles als een kaartenhuis in elkaar gestort: zijn reputatie, zijn carrière, zijn toekomstverwachtingen. In die periode had hij geen moment aan zijn dochter gedacht. Hij had andere dingen aan zijn hoofd gehad.

Hij pakte de telefoon.

'Frank?' Paulette klonk verrast – stomverbaasd eigenlijk – toen ze zijn stem hoorde.

'Paulette, hallo.'

'Je klinkt vreselijk.'

'Ik heb last van mijn maag.'

'Wat heb je gegeten?'

Hij had in geen jaren met haar gebeld, maar toch had het iets heel vanzelfsprekends om de onrust in zijn spijsverteringskanaal te beschrijven, het verraderlijke broodje met kreeft te vervloeken dat zijn maag van streek had gemaakt en verwijten te krijgen omdat hij beter had moeten weten dan zulke problemen over zich af te roepen.

'Sorry dat ik zo klaag. Dat is niet waarom ik belde,' zei hij, ook al was dat niet helemaal waar. 'Ik wilde graag horen hoe het nu met Gwen is.'

'O Frank, ik heb geweldig nieuws. Ze is terug in Pittsburgh. Scott is naar Saint Raphael gegaan en heeft haar tot bezinning gebracht.'

'Heeft Scott haar tot bezinning gebracht? Dat kan niet. Wie heeft Scott tot bezinning gebracht?'

'Je bent vreselijk.' De lach in haar stem deed hem goed. Hij had er altijd van genoten om haar aan het lachen te maken. 'Eerlijk gezegd heb ik er geen idee van wat hij tegen haar heeft gezegd, maar ze schijnt volkomen van inzicht te zijn veranderd.'

'Gwen?' riep Frank uit. 'Gwen is nog nooit over iets van inzicht veranderd.'

'De wonderen zijn de wereld nog niet uit.'

Frank hoorde vervolgens dat zijn kleinkinderen acht en tien jaar waren, dat Scott niet alleen zijn zus had gered, maar ook eigenhandig Paulettes veranda aan de voorkant van het huis had hersteld. En dat hij fantastisch werk had geleverd.

'Hoe gaat het met Billy?' vroeg hij.

Ze aarzelde. 'Er is iets vreemds gaande. Ik heb al bijna twee weken niets van hem gehoord. En toen ik hem de laatste keer sprak, klonk hij ook helemaal niet goed. Hij had het erover dat hij vakantiedagen zou opnemen.'

'Vakantiedagen?' herhaalde hij niet-begrijpend. Frank nam nooit vakantie. En voor zover hij wist, deed zijn hardwerkende zoon dat evenmin.

Paulette zuchtte. 'Hij heeft vast een vriendin.'

Frank lag met kramp in zijn maag te luisteren. Vreemd genoeg greep het hem aan om haar stem in zijn oor te horen. Even had hij het gevoel dat ze naast hem was, dicht genoeg om haar aan te raken. Hij kneep zijn ogen dicht om de illusie intact te houden. Niet weggaan, dacht hij.

Hij luisterde naar wat ze vertelde over de kinderen die zij samen hadden grootgebracht en die zich nu met dingen bezighielden die hem zo vreemd voorkwamen dat ze het over vreemden had kunnen hebben. Lang geleden had hij zich al bepaalde ideeën gevormd over Billy, Gwen en Scott; ieder van hen was een bekende chemische verbinding die zich op voorspelbare wijze gedroeg. Dankzij dit inzicht had hij zich niet onnodig zorgen over hen hoeven maken. Hij hoefde niet over hun toekomst in te zitten, hij hoefde niet te bedenken waarin hij hen had teleurgesteld. Ondanks zijn verwaarlozing waren ze... niet echt bijzonder goed terechtgekomen, maar waren ze in elk geval terechtgekomen. Ze waren opgegroeid, ze waren af; ze hadden hun stadium van voltooiing bereikt. Maar nu vroeg hij zich af of daar wel iets van klopte.

Zijn maag speelde weer hevig op.

'Frank, luister je? Ik vroeg je iets.'

'Het spijt me. Mijn maag speelt me parten.'

'Pepermuntthee, schat.'

Hij glimlachte. Tijdens alle drie de zwangerschappen had hij kilo's van dat spul mee naar huis genomen van Harnett's in Cambridge. Het 'schat' was onbewust, een gewoonte die de teloorgang van hun huwelijk had overleefd, als een verschroeid juweel dat na een brand wordt teruggevonden. Frank wist dat het onbewust was. Toch deed het hem wel iets.

'Ik vroeg of je nog iets van Neil had gehoord. Hij is in de stad namelijk.'

'Windsor?' Hij zat rechtop in bed, klaar om zich erop te storten. 'Ik wist niet dat jullie nog contact hadden.'

'O, hij belt me eens in de zoveel tijd. Op mijn verjaardag. Op die manier.'

Frank fronste. Paulette was jarig in... september? Of was Gwen dan jarig?

'We gaan morgen lunchen trouwens. In de Harvest.' Ze wachtte even. 'Frank, waar kan ik in godsnaam rond die tijd parkeren zonder een Harvard-sticker? Ik zou het eerlijk gezegd niet weten.'

Hij noemde een zijstraat van Massachusetts Avenue en nog een andere ten zuiden van het plein. Zijn maag-darmkanaal rommelde als een betonmolen. Er scheen een uitbarsting op komst te zijn.

'Paulette,' zei hij. 'Ik moet ophangen.'

We dragen het verleden altijd bij ons.

Hij was hevig verliefd op Paulette geworden, vanaf het allereerste ogenblik was hij als een blok voor haar gevallen. Op haar negentiende was ze nog een kind – dat zag Frank meteen – maar het kind kon zeilen, pianospelen en paardrijden. Voor hem als echte boerenkinkel waren dat vaardigheden die hij niet eens wenste te beheersen. Zij had gereisd door Engeland, Schotland, Spanje en Italië; hij zou tijdens hun huwelijksreis merken dat ze Frans sprak als een geboren Française. Ze had een uitstekend geheugen voor namen en gezichten; ze bezat de gave om vreemden voor zich in te nemen. Vooral mannen raakten in de ban van haar door de aandacht die zij hun schonk. Frank wist precies wat hun dat voor gevoel gaf. Vanaf het begin was hij ervan overtuigd geweest dat ze aan zijn lippen hing, dat ze zich zijn woorden voor de rest van haar leven zou herinneren en ze zou citeren bij zijn grafrede, waarbij ze een prachtige hoed droeg en gracieus een traan wegpinkte.

Neil leek te schrikken toen Frank haar mee uit vroeg.

'Echt kerel? Ze lijkt me niet echt jouw type.'

'Ze zijn allemaal mijn type,' had hij bij wijze van grap gezegd, een beetje beledigd. Neils toon deed het voorkomen alsof Paulette voor hem te hoog gegrepen was. Dat was natuurlijk ook zo, maar wie was Windsor om dat te zeggen? Frank was eraan gewend dat Neil zijn mening eerbiedigde waar het romantische aangelegenheden betrof. Neil was de nederige leerling die dringend begeleiding nodig had. Frank was het orakel, een rol die hem was gaan bevallen.

Hij wist heel goed dat Neil jaloers op hem was. Hij had Paulette het eerst leren kennen en Frank had haar voor zijn neus weggekaapt. Frank begreep dit en trok zich daar verder niets van aan. Sterker nog: hij schepte genoegen in Neils wrok en vond dat hij daar recht op had. Hij sprak elk weekend met Paulette af en belde haar elke avond vanuit het appartement dat Neil en hij deelden, zonder acht te slaan op wat zijn vriend kon horen. Zijn vrijblijvende relaties met een aantal meisjes van Radcliffe bloedden langzaam dood door verwaarlozing. Na zijn ontmoetingen met Paulette kreeg hij thuis de vragen van Neil over zich heen – indringende vragen van een wetenschappelijke nieuwsgierigheid – en hij beantwoordde ze in geuren en kleuren. Paulette was maagd, maar speels; ze liet toe dat hij haar overal betastte, maar bleef passief in zijn armen. Frank had dergelijke vrouwen al eerder meegemaakt en wist hoe hij met ze moest omgaan. Met de juiste benadering kon hij haar verzet wel overwinnen.

Neil liet hem zo maar doorkletsen totdat hij zich belachelijk begon te voelen.

'Ja en dan?' vroeg Neil ten slotte. 'Zeg, ze geeft toe. Jij bent haar eerste. Wat gebeurt er als jij je oog op iemand anders laat vallen?'

Die vraag deed hem schrikken. Lintworm had zijn veroveringen altijd toegejuicht.

'Dat gebeurt niet.' Frank besefte het net voordat hij het zei: 'Ik ga met haar trouwen.'

Hun huwelijk in de Holy Cross Cathedral leek hem een scène uit een film, een uitgebreid spektakel waarbij hij aanwezig mocht zijn als een op het laatste ogenblik uitgenodigde gast. Neil was zijn getuige, de enige bekende in de menigte. Hij kwam op het cruciale moment met de ring op de proppen en tijdens de receptie danste hij plichtsgetrouw met de bruid. Neil was een vent op wie je kon bouwen, een heer, Franks beste vriend sinds Blaise Klezek, de surrogaatbroer uit zijn jeugd. Jarenlang leefde hij in die veronderstelling, tot de laatste klotemaand van zijn huwelijk, toen Paulette hem om de oren sloeg met de waarheid.

Ze hadden onenigheid over Gwen, het was een van die ruzies die inmiddels een gewoonte waren geworden. 'We moeten haar gehoor opnieuw laten onderzoeken,' zei Frank. 'Het is bijna een jaar geleden. Ik wil er zeker van zijn dat er geen verandering is opgetreden.'

Het leek hem een redelijk verzoek. Gehoorafwijkingen kwamen veel voor bij Turner-meisjes. Paulette wist dat net zo goed als hij. Maar tot zijn verbazing was zijn vrouw in woede uitgebarsten. Zoals gewoonlijk was het niet te voorspellen wat haar kwaad maakte.

'Haar gehoor is prima! Denk je niet dat ik het zou merken als ze niet goed hoorde?' En daarna volgde haar vaste refrein: 'Waarom zoek je altijd problemen? Waarom kun je de dingen niet laten rusten?'

Ten slotte verloor hij zijn geduld.

'In vredesnaam Paulette! Ik wil alleen maar weten waarmee we van doen hebben. Dat is het verschil tussen jou en mij. Jij steekt je kop in het zand. Ik wil de waarheid weten.'

Die zin was voor haar de aanleiding geweest. 'O werkelijk?' zei ze met een glimlach die hem nerveus maakte. 'Dat zie ik toch wel anders. Er is genoeg waarvan jij niets wilt weten. Je hebt nooit veel wetenschappelijke nieuwsgierigheid aan de dag gelegd wanneer het om mij ging.'

En wat kon zij daarmee bedoelen?

'Jij was niet mijn eerste,' zei ze. 'Dat was Neil. Hij hield van mij.'

Als ze haar hele leven lang studie had gemaakt van zijn zenuwstelsel, had ze deze stoot niet beter kunnen plaatsen. Het verkeer over zijn zenuwbanen kwam tot stilstand. Een stroom vijandige chemische stoffen overspoelde zijn hersenen. Ze keek hem vastberaden aan terwijl ze het zei, met felle ogen. Joost mocht weten hoe lang ze op dit moment had gewacht. Bij elke keer dat hij laat thuiskwam, het eten miste, een verjaardag vergat; bij elke keer dat hij haar broer beledigde of geringschattend over haar vader sprak of naar een serveerster in een restaurant lonkte, moesten die woorden op het puntje van haar tong hebben gelegen, waarbij ze genoot van de smaak ervan en bleef wachten tot het beste moment.

Zijn gezicht brandde; het bloed klopte in zijn handen. 'Windsor,' zei hij.

Ze knikte eenmaal, resoluut.

Op dat moment liet Paulette hem los. Hun huwelijk was een opeenstapeling van ellende waaraan hij in zijn ogen nooit meer kon ontsnappen. Ze was onzeker, jaloers, ijdel en neurotisch. Ongehinderd door enige logica verklaarde ze hem schuldig aan overtredingen die hij alleen maar in zijn dromen had begaan. Jarenlang was dat de basis van hun ongelukkige huwelijk geweest, een jammerlijk vastgeroest patroon dat Frank klakkeloos had geaccepteerd – zo blind, zo dwaas was zijn liefde voor haar. Hij had gezien hoe ze op cruciale punten tekortschoot tegenover hun dochter, doordat ze werd gehinderd door haar eigen schaamte. Maandenlang had hun huwelijk aan een zijden draadje gehangen. Nu had Paulette hem – dat was hem duidelijk – een mes gegeven.

Frank sneed het draadje door.

Hij had er nooit veel waarde aan gehecht om met een maagd te trouwen. Over het verleden van een vrouw maakte hij zich niet druk; voordat zij elkaar ontmoetten, had Paulette wat hem betreft de hele staf van Harvard kunnen bedienen. Maar ze had zich slechts aan twee mannen gegeven en dat impliceerde dat er iets gemeenschappelijks tussen hen was. In haar ogen waren Neil Windsor en hij gelijken. Niet alleen waren ze uitwisselbaar, ze waren in feite ook uitgewisseld. Dat idee kon Frank niet verdragen. Jarenlang had hij gezien hoe Windsor tot grote hoogten steeg – met publicaties van de bovenste plank en grote ontdekkingen. Hij had altijd steun gevonden in het feit dat hij Paulette had – de enige prestatie die Windsor niet kon overtreffen, de ultieme trofee.

Het was druk in de Harvest rond lunchtijd: baarden en tweedpakken, wollen rokken en parels, een paar keurige pakken – de economische faculteit – en studenten die zich netjes gedroegen, met ouders die de rekening betaalden. Frank zag Otto Mueller van de medische faculteit aan de bar zitten en zwaaide vluchtig. Normaal zou hij zijn gestopt om een praatje te maken en te informeren naar wat hij deed – Mueller zat in de wetenschappelijk adviesraad van Protein Therapeutics en werd loslippig als hij er een paar op had. Maar vandaag niet. Niet vandaag.

Hij zag hen zitten aan een tafeltje bij het raam, zijn vrouw en Neil Windsor. Paulette droeg een crèmekleurig mantelpakje als een bruid van middelbare leeftijd. Hij keek even naar haar, terwijl het zonlicht weerkaatste in haar halsketting. Ze had altijd een voorliefde gehad voor dat soort verfijnde sieraden, een eenvoudig gouden kettinkje zo dun als een zenuw. Ze had hem nog niet gezien, en het gaf hem een weldadig gevoel om haar onopgemerkt te bekijken. Haar gezicht straalde bij iets wat Neil zei en haar glimlach ging door Frank heen als een scalpel, bijna pijnloos in zijn precisie, maar niet helemaal.

Hij liep op hun tafeltje af. Paulette zag hem over Windsors schouder heen aankomen. 'Frank! Wat doe jij hier?' Ze keek bevreemd, een tikje gealarmeerd.

'Kijk eens wie we daar hebben.' Windsor stond op met een brede lach en gaf Frank een hand. 'Pak een stoel.'

Frank keek hem strak aan.

'Wat is er aan de hand?' vroeg Windsor. 'Je ziet er beroerd uit.'

'Hij voelt zich al een tijdje niet goed,' legde Paulette uit.

Omdat hij er opeens zin in had, boog Frank zich naar voren en kuste haar lichtjes op haar wang. Hij had haar in geen twintig jaar aangeraakt. Ze droeg nog steeds hetzelfde parfum waarvan hij zich de naam niet kon herinneren, zelfs al had hij door de jaren heen hele flessen van dat spul voor haar gekocht. Het rook naar niets in de natuur, geen bloem die hij herkende. Het rook alleen naar Paulette, een gedachte die hem bijna tot tranen toe bewoog.

Frank zag het leren mapje bij Windsors elleboog. Hij had uiteraard de rekening betaald. Alsof hij Paulette mee uit had genomen.

'Het spijt me dat ik zo snel weg moet, Frank, maar ik heb een afspraak in de binnenstad.' Paulette keek op haar horloge. 'Kapper,' lichtte ze toe.

Windsor stond op. 'Lieve meid, het was geweldig je te zien,' zei hij terwijl hij haar omarmde.

Hun omarming was van korte duur, gepast. Frank had geen reden er kwaad om te worden. Er was geen sprake meer van een huwelijk of een familieband, van vriendschap, jeugd, liefde of onschuld, van eergevoel of een ander sentiment dat zijn driftige gedrag kon rechtvaardigen. Frank had geen reden om snel op te staan, de lichte stoel om te gooien en Neil Windsor een klap op zijn schouder te geven met de valse vriendschappelijkheid van een boze bullebak. Maar Frank deed het toch, en allemachtig, het deed hem goed.

Tal van gasten keken in hun richting. Met een brede glimlach bukte Frank zich om de omgegooide stoel overeind te zetten. 'Een kop koffie voor mijn vriend,' zei hij tegen de ober. 'Ga zitten,' zei hij tegen Windsor. 'We moeten even bijpraten.'

Paulette keek hem zenuwachtig aan. 'Frank, gaat het wel goed met je?'

'Prima, schat.' Hij pakte haar hand en hield die kort tegen zijn wang. 'Ga nu maar. Ik moet even een praatje maken met onze vriend Neil.'

Hij keek haar na toen ze vertrok, haar slanke benen, de ronding van haar heupen. 'Ze ziet er nog steeds goed uit,' zei hij tegen Windsor, die gehoorzaam was gaan zitten. 'Vind je niet dat ze er goed uitziet?'

'Frank, wat is er met je? Ben je dronken?' Windsor keek bezorgd, met gefronste wenkbrauwen.

'Godallemachtig, moet je nu jezelf eens horen. Je lijkt wel een oud wijf.' Frank glimlachte. 'Hoe was de vergadering?'

'Van de Academy?' Windsor klopte op zijn schaarse haar, alsof hij zich ervan wilde vergewissen dat het er nog zat. 'Nou ja, het was een veelbewogen vergadering. Zoals je ongetwijfeld zult hebben gehoord.'

'Waarom heb je het gedaan?' Franks hart klopte langzaam, de laatste stuiptrekkingen van een stervend wezen. Met zijn laatste krachten zou hij over de tafel heen graaien om Windsors arm te breken.

'Wat gedaan?' Windsor oogde aangedaan. 'Mijn God, Frank. Denk je dat ik je kandidatuur heb aangevochten?'

'Kunnen we tenminste toegeven dat we altijd elkaars rivalen zijn geweest? De publicaties, de vaste aanstelling als hoogleraar, Protogenix.' Hij wachtte even. 'Paulette.'

'Paulette,' zei Windsor, alsof de rest er niet toe deed. Wat eigenlijk ook zo was. 'Wat is er met haar?'

'O kom op zeg,' reageerde Frank. 'Doe niet zo onnozel. Ik weet ervan.' Hij voelde zich opzwellen van woede. Jarenlang had hij die woede bij zich gedragen, een substantie die ergens in zijn ingewanden huisde en die nog steeds groeide. Door de jaren heen was die binnengedrongen in zijn *muscularis mucosae*, zijn *submucosa* en zijn *muscularis propria*. De kwaadaardige tumor was in stadium B, schatte hij in. Hij drong in andere cellen binnen, maar zonder zich uit te zaaien.

Windsor knipperde tweemaal snel met zijn ogen. 'Heeft ze het jou verteld? Wanneer?'

'Lang geleden.'

'O, dank u,' zei hij tegen de ober, die met de koffie bij het tafeltje was gekomen. 'Dus al die jaren... Frank, ik ben sprakeloos. Waarom heb je nooit iets gezegd?'

Frank keek recht voor zich uit en meed Windsors ogen. Hij concentreerde zich doelbewust op de bedrijvigheid om zich heen, de gasten die kauwden en slikten, het getik van het bestek, de obers die drankjes serveerden. 'Waarom ik dat niet deed? Allemachtig, Weisberg. Jij was mijn getuige. Mijn beste vriend. Jij had het tegen mij moeten zeggen, meteen in het begin. Maar jij hebt nooit je mond opengedaan.'

'Mijn God, wat had ik moeten zeggen?' Windsor ging zachter praten. 'Ik hield van haar; ik was gek op haar. Had je dat echt willen weten? En wat had het voor zin als zij niet van mij hield?'

'Ze hield niet van je,' herhaalde Frank voor alle duidelijkheid. Om de feiten goed op een rijtje te zetten.

'Nee. Kijk eens, amigo: dat was veertig jaar geleden. We zijn nu allemaal oud en geen van ons beiden heeft haar. Einde verhaal.'

Frank knikte. Einde verhaal.

Windsor roerde in zijn koffie. 'Nu die andere kwestie. De Academy. Denk je echt dat ik dat heb gedaan? Dat ik jou een mes in je rug heb gestoken?'

Frank keek hem aan, hij voelde de twijfel in zijn huid prikken. 'Jij was op de hoogte van de hele zaak. De postdoc, de vervalste gegevens. Ik heb je alles verteld. En Grohl had het in de doofpot gestopt; niemand anders wist ervan. Dus als jij mijn kandidatuur niet hebt aangevochten, wie dan wel?'

Windsor nam een slok van zijn koffie. 'Ken je een zekere Alan Manning?'

Frank fronste bij zijn poging om de naam thuis te brengen.

'Nou ja, hij weet genoeg over jou. De gegevens en het meisje dat is geschorst. Hij liet doorschemeren dat zij de zondebok was.'

Frank knipperde met zijn ogen. 'Zei hij dat ik de gegevens had vervalst?'

'Nee, dat niet precies. Alleen dat je het waarschijnlijk wist, of had moeten zien. En dat kan ik je ook wel zeggen, mijn beste: je had het moeten zien.'

'Zij moet het hem hebben verteld,' zei Frank langzaam. 'Manning was haar mentor op Baylor. Ik heb haar bij hem weggeplukt.'

'Kennelijk heeft hij dat persoonlijk opgevat.'

'Dat effect heeft ze op mannen.'

Windsor liet een scheef lachje zien. 'Zeg maar niks. Ik wil het niet weten.'

'Er is niets gebeurd,' zei Frank diep beschaamd... omdat hij zo weinig had begrepen van hoe de wereld in elkaar stak, omdat hij zo vol overtuiging verkeerd had kunnen handelen.

'Zeg er niets over tegen Paulette,' voegde hij eraan toe. 'Over het meisje. Zij zou het verkeerd opvatten.'

'Geloof me, daar heb ik totaal geen behoefte aan.' Windsor ging staan. 'Het was leuk, Frank, maar ik moet naar het vliegveld.'

'Het spijt me,' zei Frank. 'Ik had je niet mogen beschuldigen. Dat was volkomen onterecht.'

'Je moest eens weten.' Windsor grijnsde. 'Ik ben de idioot die je heeft genomineerd.'

Frank sloeg een hand voor zijn ogen.

'Ik ben nog maar pas lid. Ik word geacht me daar koest te houden en me netjes te gedragen, mijn hand op te steken als ik moet piesen. Maar ik moet zo nodig mijn nek uitsteken en een lul als jij nomineren.'

'Verdorie,' zei Frank. 'Dat ziet er niet goed voor je uit.'

Windsor haalde zijn schouders op. 'Wat kunnen ze doen? Het is net zoiets als wanneer je rechter van het hooggerechtshof bent: ze kunnen mij niet lozen. Net zoals ik jou niet kan lozen.'

9

Het grootste deel van haar leven was Paulette dol geweest op de zondag. Als klein meisje wandelde ze altijd vroeg in de ochtend met haar vader naar de winkel op de hoek om vóór de kerkdienst de krant te halen. Om de een of andere reden waren haar broer en haar zus van dit ritueel uitgesloten, en voor Paulette was dat al de helft van het plezier. Haar vader kocht elke week de *Globe* van zondag en een lot van de loterij. Het lot was een geheim van hun saampjes. Paulette mocht het aan niemand vertellen, vooral niet aan haar moeder, en ze had zich daar altijd aan gehouden. Later op de dag reden ze naar Concord voor het zondagse diner bij oma Drew. Het was vol aan de tafel voor de volwassenen: tante Doro en tante Tess met hun echtgenoten, Paulettes ouders, haar grootmoeder en haar ongetrouwde tante Grace. Aan wat de tafel voor de jongelui werd genoemd zaten Roy, Martine en Paulette, met hun neven en nichten Trudy, Peter, Gabby, Abigail en Dick.

In het begin van haar huwelijk vond ze de zondagen fantastisch. Aanvankelijk betreurde ze het dat Frank niet met haar mee naar de kerk wilde, maar er stond wel wat tegenover. Zondagochtend was de enige keer in de week dat hij langer in bed bleef liggen en niet bij het eerste daglicht al opsprong om zich naar het laboratorium te haasten. Hij beminde haar vroeg in de ochtend, nog voordat ze helemaal wakker was, en viel na afloop weer in slaap terwijl hij haar nog vasthield in de omhelzing van een minnaar. Hiervoor miste zij maar al te graag een jaar lang de diensten op zondag. Op een van die ochtenden – daarvan was ze overtuigd – werd Billy verwekt. Haar moeder en Martine hadden haar ervan beschuldigd dat ze een voorliefde voor haar oudste had, en Paulette veronderstelde dat dit inderdaad het geval was. Billy was haar zondagskindje. Van alle kinderen was hij uit de grootste liefde voortgekomen.

Later, toen haar huwelijk voorbij was en haar kinderen het huis uit waren, voelde Paulette zich juist op zondag het meest alleen. In de *Globe* van zondag las ze over een grote antiekmarkt in het zuiden van Maine, op een afstand van twee uur rijden. De lange rit was een extra pluspunt, omdat ze daarmee de tijd kon doden. De omvang van de antiekmarkt overweldigde haar, met de mensenmassa en de commotie, de honderden verkopers die hun waar uitstalden. De kopers waren mannen en vrouwen van alle leeftijden: sommige droegen dure kleding, andere zagen er haveloos uit. De meesten waren net als zij alleen. In dat jaar ging ze vervolgens ook naar antiekmarkten in Framingham, Brattleboro, Derry en Hartford, Bristol in Rhode Island, en Katonah in de staat New York. Ze kocht verzamelaarsgidsen van Kovel en Warman's, en bestudeerde foto's en prijslijsten. Toen ze hoorde van de Mount Washington Glass Company, die was gevestigd in New Bedford, ging er bij haar een belletje rinkelen. New Bedford! Clarence Hubbard Drew! Deze borden en vazen leken een concrete connectie te hebben met de familie Drew, met de familie waarvan ze deel had uitgemaakt. Haar man en haar kinderen hadden haar verlaten, maar haar voorouders gingen nergens meer heen.

Ze deed haar eerste aankoop, een biscuitpot van Mount Washington, voor een prijs waarvan ze inmiddels wist dat die veel te hoog was. Dat had ze destijds wel vermoed, maar ze had zich er niet toe kunnen zetten om met de verkoper te onderhandelen. Binnen een jaar werd het afdingen voor haar een tweede natuur, maar destijds kon ze geen woord over haar lippen krijgen. Haar familie had nooit gesproken over wat dingen kostten. Donald Large leerde haar voor zichzelf op te komen, om te vragen wat ze wilde, om te laten merken dat ze iets wilde. Uit zorg om haar toekomst had hij stappen ondernomen om te zorgen dat ze er warmpjes bij zat. Eigenlijk ontfermde hij zich nog steeds over haar.

God zegene Donald. Hij had haar beter achtergelaten dan hij haar had aangetroffen, in alle mogelijke opzichten.

Na zijn dood volgden er nog meer eenzame zondagen. Terwijl ze haar thee dronk, bladerde ze de krant door. Ze had onlangs belangstelling gekregen voor politiek. Jarenlang had ze er praktisch geen idee van gehad wie het land bestuurde; de moorden op de Kennedy's hadden haar zo aangegrepen dat ze zich sindsdien niet meer in de politiek had willen verdiepen. Nu had ze een obsessieve belangstelling voor de carrière van Madeleine Albright, die op Wellesley bij Martine in de klas had gezeten: ambassadeur bij de Verenigde Naties, de eerste vrouwelijke minister van Buitenlandse Zaken. Toen Paulette las over wat zij in haar leven had bereikt, werd ze zich scherp bewust van haar eigen mogelijkheden die ze helemaal niet had benut. Op Wellesley had ze Frans en kunstgeschiedenis gestudeerd, met de bedoeling om in twee hoofdvakken af te studeren. Toen had ze Frank ontmoet en had ze haar studie helemaal niet meer afgemaakt.

Nu koesterde ze haar flinterdunne connectie met Madeleine Albright, die niet alleen een eminent diplomaat was, maar ook elegant en vrouwelijk. Heel anders dan de onhandige Janet Reno, de alleenstaande minister van Justitie, die geen lippenstift scheen te bezitten. Reno met haar jongensachtige kapsel, haar niet bepaald flatterende ruime mantelpakjes, haar effen, zakelijke stem.

Mijn hemel, dacht Paulette.

De minister van Justitie was veel ouder en meer dan dertig centimeter langer, maar in andere opzichten was de gelijkenis bijna griezelig. Zij was een oudere, slungelachtige versie van Gwen.

Net als Gwen weigerde Janet Reno zich te presenteren zoals van vrouwen werd verwacht. Zij was niet vrouwelijk. Voor Paulette had dat woord altijd iets complimenteus ingehouden, net zoals 'romantisch' of 'decoratief', ook al hoefde geen van die woorden eigenlijk positief te zijn. In Paulettes ogen betekende 'vrouwelijk' iets zeer specifieks – een vrouwelijke verschijning, wat hem niet alleen in de kleding en het kapsel zat, maar ook in de manier van lopen en spreken, van zich in de wereld bewegen. Maar wat was daar nu eigenlijk belangrijk aan? Wat was de zin ervan?

De zin ervan was mannen aan te trekken.

En zodra er een man in de wacht was gesleept, moest er worden getrouwd en moesten er kinderen komen. Moeders waren ook vrouwelijk: in een soort reflex glimlachten ze naar baby's, hun eigen en die van anderen, en palmden hen in met een lieve zangerige stem. Die stem was geschikt om kinderen te troosten en aan te moedigen; maar het viel Paulette op hoeveel vrouwen van haar eigen leeftijd, van wie de volwassen kinderen allang het huis uit waren, nog steeds op die lieflijke toon praatten. Ze ergerde zich daar in toenemende mate aan. Als een vrouw geen kinderen had om te troosten en aan te moedigen, waarom zou ze dan nog haar hele leven onnozel blijven lachen als een kindermeid? En als ze er geen interesse in had om een man aan te trekken – wat steeds meer een verstandige houding leek – waarom zou ze dan lippenstift opdoen? Ongetwijfeld had Janet Reno dringender zaken aan haar hoofd dan haar kapsel. En hetzelfde – de gedachte trof Paulette als een windvlaag – gold wellicht voor Gwen. Ze dacht terug aan die frustrerende maaltijden op kerstavond, de monologen van haar dochter over haar baan bij het Stott. Een en al antropologie of archeologie. Gwen had geprobeerd haar te vertellen over wat het belangrijkst was in haar leven. Paulette had alleen maar geveinsd dat ze luisterde.

Ik ben aan het veranderen, dacht ze.

Ze richtte haar aandacht op de *Globe*. De afdeling met het lokale nieuws deed uitvoerig verslag van de uitvoering van Battle Road van de vorige dag. Voor het eerst in elf jaar was Paulette er niet bij geweest; ze had haar rol overgedragen aan de vrouw van Harry Good. 'Ik ga op bezoek bij mijn zus in New Mexico,' had ze gelogen. Enkele weken eerder had er een enveloppe in haar brievenbus gelegen zonder postzegel erop, eigenhandig afgeleverd. In de enveloppe trof ze een postwissel aan ter waarde van vierhonderd dollar en een gekrabbeld berichtje: 'Het is niet veel, maar het begin is er. Bedankt voor alles. Gegroet, Gil.' Paulette kon nu de gedachte niet verdragen om hem in uniform te zien, terwijl hij de musket van John Hawes Gilbert afvuurde. Ze wilde hem helemaal niet zien.

Het was dan ook een grote verrassing voor haar toen ze vorige week uit haar keukenraam keek en hem in haar eigen achtertuin zag staan babbelen met haar zoon Scott. Een glimmende nieuwe truck stond iets verderop bij de familie Marsh geparkeerd, waar iets – een vloer? een toilet? – werd vervangen. Ze luisterde verdwaasd bij het open raam, maar ze hadden alleen over timmerwerk gesproken. Hij had haar naam niet eens genoemd.

Later ondervroeg Scott haar vol vuur: hoe kende zij Gil Pyle? Wist ze wel dat hij een genie was?

'Kennelijk is hij een goede timmerman,' zei ze mild. 'Waar woont hij tegenwoordig? Bij zijn gezin in New Hampshire?'

'Nee,' antwoordde Scott. 'Bij zijn vriendin. In Providence denk ik.'

Op dat moment was het tot haar doorgedrongen dat wat zich tussen hen had afgespeeld – of niet had afgespeeld; misschien had zij het zich allemaal alleen maar verbeeld – ten einde was gekomen. Zij en Gil Pyle zouden nooit minnaars zijn, of zelfs maar vrienden; voor hem was zij niet meer dan een schuldeiser. Het geld dat zij hem had geleend – Donalds geld! – zou geleidelijk bij haar terugkeren. Telkens wanneer hij een betaling deed, zou ze de pijn voelen. Onder deze omstandigheden was het absurd om tien keer per dag uit het raam te kijken om te zien of zijn truck (haar truck? hun truck?) bij de buren geparkeerd stond.

Zij was de leeftijd van de liefde gepasseerd. Haar fascinatie voor Gil Pyle was de laatste opflakkering geweest; bedroefd en tegelijk opgelucht zag ze dat nu wel in. Het kwam haar plotseling krankzinnig voor dat dit ene kleine onderdeel van het leven zoveel geween en tandengeknars moest veroorzaken. Een paar jaar lang vleiden mannen en vrouwen elkaar, versierden ze elkaar en verlangden ze naar elkaar; en daarna strekte de rest van het leven zich voor hen uit, om het te vullen met wat de wereld verder nog te bieden had. En dat was welbeschouwd nog heel wat. Maar wat was dan de verklaring voor al die romans, opera's, toneelstukken, gedichten en popsongs op de radio? Was de liefde echt zo fascinerend en zo veelomvattend dat niets anders de moeite waard was om over te zingen?

Misschien wel. Maar Paulette had er nu wel eens genoeg van. Het was tijd om aan iets anders te denken.

Ze richtte zich op de rubrieksadvertenties en zocht naar boedelveilingen. Met Donald had ze bij dergelijke veilingen geweldige stukken op de kop getikt – haar Roseville-jardinière, enkele stukken

Rookwood en een hele set Scroddleware in bijna puntgave staat, die slechts voor de sier bij iemand in de porseleinkast had gestaan. Maar zonder hem vond ze de veilingen deprimerend: hele huizen die binnenstebuiten werden gehaald en werden opengesteld voor vreemden, families die uiteen waren gevallen of uitgestorven, of die gewoon geen interesse hadden voor de dozen vol ingelijste foto's in sepiatinten van ernstig kijkende kinderen die als kleine volwassenen waren gekleed. Die foto's brachten haar danig in verwarring door de kinderen die somber in de camera keken alsof ze een grimmige toekomst voorzagen. Kinderen die inmiddels dood waren, of die stokoud waren of bijna dood, aan hun lot overgelaten in een verpleeghuis. Bij het bekijken van die foto's was ze overweldigd door een onbestemd gevoel, een besef dat deze levens, die nu voorbij waren, eens net zo reëel waren geweest als het hare, net zo vervuld van passie, verwarring en pijn. Net als alle jonge mensen was zij er ooit onbewust van overtuigd geweest dat de wereld was begonnen op de dag dat zij werd geboren. De tijd had haar uit die droom geholpen. Dat was, meende ze, het fundamentele verschil tussen jong zijn en oud zijn.

Ze wilde net de afdeling met rubrieksadvertenties aan de kant leggen, toen een advertentie haar aandacht trok.

LAST-MINUTE VERHUUR IN DE ZOMER. GROOT HISTORISCH HUIS IN TRURO, RUSTIG GELEGEN, 16 SLAAPPLAATSEN! VERANDA MET SLAAPMOGELIJKHEID, ZEEZICHT, VELE EXTRA'S. BEL NU!

Dat kon niet waar zijn. Maar daar stond tot haar verbazing het adres: NECK ROAD 1.

Ze belde de agent en kwam een aanbetaling overeen.

'Wilt u het niet eerst zien?' vroeg hij, verbaasd dat het zo gemakkelijk ging.

'Niet nodig,' zei Paulette. 'Ik ken het huis.'

Nadat ze dit had geregeld, belde ze de kinderen. Voor de allereerste keer belde ze Gwen als eerste. Terwijl de telefoon overging, stelde ze zich voor dat ze met haar dochter in diep gesprek verwikkeld over Mamies Strand zou wandelen. Ze zou luisteren, echt luisteren, naar wat Gwen haar wilde vertellen. Ze zou meer te weten komen over antropologie of archeologie; ze zou haar dochter accepteren zoals ze was. Als Gwen dit merkte, zou ze zich voor haar openstellen. Er zouden geen gespannen stiltes meer tussen hen zijn. Ze zouden zoveel hebben om over te praten. Niet alleen over de Rico's van de wereld, of over de Gil Pyles, maar over de wereld en daarmee uit.

Paulette wachtte, maar Gwen was niet thuis. Ze was van huis om te doen wat de mensen in Pittsburgh nu eenmaal op een zondagochtend deden. Eindelijk kreeg ze het antwoordapparaat.

'Ik kan niet wachten om je te spreken,' zei Paulette terwijl ze zich slechts lichtelijk belachelijk voelde dat ze dit tegen een apparaat zei.

Ze belde haar zonen. Scott had natuurlijk de hele zomer vrij. Billy nam niet op; Paulette veronderstelde dat hij dienst had. Het kwam haar voor alsof hij altijd aan het werk was. Van haar kinderen was alleen Billy echt ambitieus. In dat opzicht aardde alleen Billy naar zijn vader.

Zijn vader.

Ze was nog niet bekomen van de schrik om Frank in de Harvest te zien. De indringende manier waarop hij naar haar had gekeken, de vreemde urgentie in zijn stem. Hij had er wat verward uitgezien. Ze was verbijsterd toen hij haar hand tegen zijn gezicht had gedrukt – een onbegrijpelijk gebaar, intiemer dan een kus. En wat had hij zich vreemd gedragen tegenover Neil! De vriendschap tussen die twee mannen had haar altijd bevreemd – met de rivaliteit en de vijandigheid die zo dicht aan de oppervlakte lagen. Heel anders dan haar vriendschap met Tricia James bijvoorbeeld. Paulette dacht er nog even verder over na. Nou ja, misschien ook niet zo heel anders.

Ze had Tricia meteen gebeld nadat ze het huis had gehuurd, overlopend van enthousiasme en niet in staat zich te bedwingen. 'Lieverd, dat is fantastisch!' reageerde Tricia op zangerige toon. 'Hoeveel verwacht je er?'

'Gewoon, alleen de kinderen,' zei Paulette. 'En het gezin van Scott natuurlijk.'

'Komt Gwens vriend niet?'

'Had ik je dat nog niet verteld? Met hem is het over en uit.' Paulette zei het op luchtige toon, terwijl ze zich probeerde te herinneren wat haar eigenlijk had bezield om dat nieuws ooit aan Tricia toe te vertrouwen. 'Gwen is tot bezinning gekomen. Ze is alweer terug in Pittsburgh. Alles gaat goed.'

Wat was Tricia opgelucht om dat te horen! Ze had zich zo'n zorgen om Gwen gemaakt, ze was echt dodelijk ongerust geweest. 'En hoe zit het met Billy?' vroeg ze. 'Neemt hij iemand mee?'

'Hij heeft momenteel niemand,' zei Paulette.

'Nou ja, je moet hem vragen om iemand mee te nemen. Misschien heeft hij wel een vriendin over wie hij jou nog niets heeft verteld.' Tricia wachtte even. 'En Frank? Hij zal vast en zeker graag een poosje bij de kinderen zijn.'

'Mijn hemel, nee,' antwoordde Paulette. 'Wat een bizarre gedachte.'

Toen ze ophing, voelde ze bij haar linkerslaap hoofdpijn opkomen. De laatste tijd scheen Tricia die uitwerking op haar te hebben. Na de vorige keer dat ze elkaar spraken, had Paulette een zware aanval van migraine gekregen. Ze nam een aspirine en overwoog haar bezoek aan Philadelphia in het najaar af te zeggen. Misschien moesten Tricia en zij dit jaar maar eens een pauze inlassen.

Vanuit zijn veilige bed keek Billy op televisie naar de Boston Marathon. Er was twee uur verstreken sinds het startschot had geklonken voor de keur aan lopers die vanuit Hopkinton waren vertrokken. Al snel zouden de voorste lopers de hoek omgaan naar Boylston Street en zou de Hancock Tower in zicht komen.

Hij zou Boston nooit lopen.

Billy ving in de slaapkamerspiegel een glimp van zichzelf op. Hij zag er afgetobd uit. Hij had de laatste tijd onrustig geslapen doordat hij geplaagd werd door wilde dromen. Hij werd achtervolgd door belagers, mooie jongens met geweren, messen of knuppels. Dat de jongens aantrekkelijk waren, maakte de visioenen nog angstwekkender. Wanneer hij 's ochtends wakker werd, was hij doodop.

Hij was acht dagen zijn appartement niet uit geweest.

Eerst had hij een week verlof genomen. Zijn collega's mopperden wel dat hij het zo laat liet weten, maar beiden waren hem nog wel iets verschuldigd. Elke zomer werkte Billy als een paard terwijl Matt in de Hamptons vakantie ging vieren. En toen Lucia voortijdig ging bevallen, had Billy haar dringende zaken overgenomen – waardoor hij in 1995 de marathon van Boston moest missen, een feit dat hij haar nimmer liet vergeten.

Toen de week voorbij was, sprak hij twee voicemails in: een voor Lucia waarin hij melding maakte van vage gezondheidsklachten, en een voor Geri, de receptioniste, waarin hij haar opdroeg de afspraken met zijn patiënten te verzetten.

Nadat hij dat had geregeld, nam hij de telefoon niet meer op.

Hij keek weer naar de televisie. Zesmaal had hij al getraind voor

Boston; zesmaal had hij om verschillende redenen verstek moeten laten gaan. Zijn liesblessure, de ziekte van Pfeiffer, de chronische uitputting van het coassistentschap. Een auto-ongeluk, een whiplash en gebroken ribben. Een levensongeluk, whiplash en gebroken harten. Jaar na jaar liep hij New York zonder enig probleem. Waarom lukte Boston hem steeds maar niet?

In de afgelopen nacht had hij wakker gelegen terwijl hij zich over deze vraag het hoofd brak. Uiteindelijk had hij uitgeput maar klaarwakker Jeremy gebeld.

'Hij slaapt, barbaar,' had Nathan geïrriteerd gezegd. 'Jemig, hoe laat is het wel niet?'

Het was halfdrie 's nachts. Maar: Boston.

'Misschien,' zei Nathan, 'wil je gewoon niet naar huis.'

Billy had zijn tijd in het appartement niet verdaan met nietsdoen. Hij moest allerlei lege ruimten opvullen, kasten opnieuw indelen, de lege plekken verdoezelen die openbleven nu Srikanths spullen weg waren. Ze hadden ieder een flinke garderobe: met een langdurige, ingewikkelde en ongelooflijk dure verbouwing hadden ze het appartement met drie slaapkamers veranderd in een appartement met twee slaapkamers en grote inloopkasten. Sri had op een dinsdag de zijne leeggehaald. Toen Billy van zijn werk thuiskwam, trof hij de spiegeldeur open aan, en waren alle rekken leeg. Bij het sluiten van de deur hoorde hij een zacht geritsel. Aan de achterkant van de deur hing aan een koperen haak een pak in het zachte plastic van een stomerij. Het was het zandkleurige linnen pak dat Sri had gedragen op de dag dat ze elkaar hadden leren kennen.

Was Sri het pak vergeten, of had hij het met opzet laten hangen? Wilde hij dat Billy het hield? Of wilde hij dat hij een taxi nam naar de andere kant van de stad om het naar hem toe te brengen?

Je kon wel gek worden van al die vragen.

Om zijn zinnen te verzetten ondernam Billy een grootscheepse reorganisatie. Nu Sri weg was, zouden zijn eigen wollen kledingstukken ruimte hebben om te ademen. Zijn zijden en linnen pakken konden de zomer in Sri's oude kast doorbrengen, als gebruinde Drews op de Cape. Dat dacht hij juist op het moment dat zijn moeder belde. Dat was eigenlijk niet zo verwonderlijk. Zolang hij het zich kon heugen, hadden Paulette en hij langs dezelfde lijnen gedacht.

Toen de telefoon overging keek hij op de klok: precies halftwaalf, Gwens gebruikelijke tijd. Hij had in geen twee weken van zijn zus gehoord, niet meer na haar bezoek aan New York. Iets wat nu pas bij hem opkwam.

'Red Leader,' brulde hij in de telefoon. 'Hoe staat het ervoor?'

Een lange verwarde stilte.

'Billy?' sprak zijn moeder. 'Hemeltje, wat heb jij?'

'Moeder, sorry.' Natuurlijk: het was maandag, niet zondag. De dagen begonnen in elkaar over te lopen, een slecht teken. 'Ik dacht dat je Gwen was. Ik heb al een tijdje niet meer van haar gehoord.'

'Dat is vreemd. Ik ook niet. Maar de laatste keer dat ik haar sprak, klonk ze goed.' Paulette wachtte even. 'Ze bereidde zich voor op een gesprek met iemand van de universiteit om het over de afronding van haar proefschrift te hebben. Haar mentor is inmiddels gepensioneerd, wat de zaak kennelijk ingewikkelder maakt. Billy, ik word er niet goed van als ik eraan denk. Wat dwaas van haar om op dat moment te stoppen. Een jaar voor het behalen van haar doctorsgraad. Kun jij je dat voorstellen?'

Billy sloot zijn ogen. Dit niet, dacht hij. Nu niet. Hij had niet de kracht om zijn moeder bij te staan in haar geweeklaag over de keuzes die Gwen in haar leven maakte. Hij dacht aan Sri's linnen pak dat nog in de kast hing. Hij had het gevoel alsof er in de andere kamer een minnaar op hem wachtte.

'Hoe dan ook,' zei Paulette, 'naar omstandigheden gaat het goed met je zus. Ik ben blij dat ze terug in de beschaafde wereld is, na al die toestanden met die jongeman.'

Billy dacht aan Gwens roodomrande ogen, haar trillende stem. De schok toen hij haar in tranen zag, voor het eerst in twintig jaar.

'Ik denk dat ze hem mist,' zei hij terwijl hij langs zijn ogen veegde.

'Jij klinkt alsof je zwaar verkouden bent. Ben je daarom thuis op een maandag? Ik ging ervan uit dat ik dat vreselijke apparaat te horen zou krijgen.'

'Ik voel me beroerd,' gaf hij toe.

'Ik heb gisteren de hele dag geprobeerd je te bereiken. Ik begon me al zorgen te maken. Lieverd, ik heb een fantastisch nieuwtje. Ik keek zondag in de krant en je raadt nooit wat ik toen zag. Het Kapiteinshuis! De nieuwe eigenaars verhuren het.' Het huis was gelukkig nog vrij in de derde week van juni – de week van Paulettes verjaardag.

'Het is helaas maar voor een week,' zei ze verontschuldigend. 'Ik heb gevraagd of we het langer konden huren, maar de rest van de zomer zitten ze al vol. Je moet ook niet te veel willen, denk ik dan maar.'

Ze had de aanbetaling al per post verstuurd. Billy liet haar relaas over zich heen komen, waarbij haar stem steeds luider werd van opwinding.

'Dat klinkt geweldig, moeder,' zei hij toen hij er niet langer tegen kon. 'Ik zal mijn rooster nakijken en dan bel ik je terug.'

Er volgde een koele stilte.

'In je agenda kijken? Billy, dat kun je niet menen. Voor één keer wil ik graag op mijn verjaardag de hele familie bij elkaar hebben. Dat is in geen jaren gebeurd.' Ze aarzelde. 'Het is natuurlijk prima als je een gast meeneemt.'

Een gast?

Billy liet de telefoon bijna vallen.

'Moeder,' zei hij wat beminnelijker. 'De situatie is nu een beetje gecompliceerd.' Hij wachtte even omdat hij zijn stem niet vertrouwde. 'Ik heb er al moeite mee om over volgende week na te denken. Laat staan over volgende maand.'

'Maar het is zomer!' sprak zijn moeder. 'Je moet toch een keer vakantie nemen. Je kunt niet elke minuut van je leven werken. Geen wonder dat je ziek bent.'

Ik ben hopeloos ziek, dacht hij. Ik heb een hartaanval gehad. Ik ben aangevallen door mijn hart.

'Ook in de zomer kunnen mensen een hartaanval krijgen,' zei hij echter.

Hij kon aan haar stilte merken dat hij iets vreselijk verkeerds had gezegd. Het spijt me, het spijt me, dacht hij. Maar wat wilde ze ook als ze juist op dit moment belde, nu zijn eigen leven uiteen was gerafeld tot een enkel bibberend draadje?

Hij keek naar de televisie. Hij had de finish gemist. Een commentator interviewde de magere Keniaan die de finishlijn als eerste was gepasseerd.

Ik zal die wedstrijd nooit lopen, dacht Billy.

'Lieverd, wat is er met je? Ben je soms boos op me?' Ze wachtte even. 'Dit heeft toch zeker niks met Gwen te maken?'

'Ze hield van hem,' reageerde hij, zelf verrast door zijn heftigheid. 'Hij maakte haar gelukkig. Ze is een volwassen vrouw, hoor. Ik weet dat je niet zo over haar denkt, maar dat is ze wel.'

Hij haalde diep adem.

'Je hebt altijd zo erg je best gedaan om haar te beschermen. Maar misschien had ze dat helemaal niet nodig. Scott daarheen sturen om de zaak te verklo... dat was verkeerd, moeder. Dat was niet eerlijk tegenover Gwen.'

Lange tijd bleef het stil aan de lijn.

'Billy,' sprak zijn moeder zachtjes. 'Is alles goed?'

Gwen liep beladen met tassen vol boodschappen de trap op naar haar appartement. Ze draaide de sleutel om in het slot. Ze was nu net iets meer dan twee weken weer thuis en ze schrok nog steeds van de leegte in haar woning, de dode hoeken waar ooit levende planten hadden gestaan. Op de eerste dag dat ze terug was, had ze een tiental dode planten opgeruimd – amaryllissen, varens, klimop en ficussen, potten van klei en porselein met harde aarde en dode bladeren. De enige overlevende, een wegkwijnende cactus, had ze midden op de keukentafel gezet. De cactus zag er grijzig en misvormd uit. Er groeiden ronde bulten op als poliepen. Ik haat dat ding, dacht Gwen elke ochtend wanneer ze aan haar ontbijt zat. Toch hield ze de cactus koppig en rancuneus in leven.

Ze zette haar boodschappen op het aanrecht. De televisie van mevrouw Uncapher was door de vloer heen te horen. 'Zoals zand door een zandloper glijdt, zo verglijden de dagen van ons leven.' De gestage dreun had een kalmerende uitwerking op haar. Zo voelde ze zich minder alleen.

Ze had een deprimerende ochtend achter de rug. Eerst had ze op de universiteit een gesprek gehad met het nieuwe hoofd van de afdeling antropologie. Hij had geen goed nieuws. Na tien jaar waren veel van Gwens oude studieresultaten verlopen. Ze zou opnieuw een promotieplaats moeten zien te verwerven. Als ze daarin slaagde – áls! – dan moest ze de verlopen resultaten weer inhalen. Dan was er de kwestie van het proefschrift zelf, waarvan ze zich het onderwerp slechts vagelijk herinnerde. Het woord 'proefschrift' alleen al had een golf van afkeer in haar losgemaakt, een oude paniek. Ze was tien jaar geleden niet in staat geweest het te schrijven, toen ze nog in het belang ervan geloofde. In haar huidige gemoedstoestand leek het project gedoemd te mislukken.

Na dit gesprek had ze over de campus rondgezworven. Haar stralende maanden op Saint Raphael leken net zo ver weg als haar jeugd. Haar wereld bestond uit deze grijze lucht van Pittsburgh, de koude regen die in bakken naar beneden kwam. Het kwam haar nu voor alsof ze altijd wel had verwacht hier terug te keren. Dit leven was passend, haar logische lotsbestemming. De wilde, ongebreidelde vreugde van haar tijd met Rico was slechts een zijpaadje geweest. Er had zich een foutje voorgedaan, een onverwachte storing in het systeem. Zo'n willekeurige binding tussen twee mensen was te onwaarschijnlijk om stand te houden. Gwen zag nu in dat ze erop had zitten wachten tot hij haar ontrouw zou zijn. Dat was hij uiteindelijk ook geweest, al was het niet op de manier die zij had verwacht. Hij was nooit voor de charmes gevallen van de schaamteloze toeristes met hun kamersleutels. Tenminste niet voor zover zij wist.

Ze keek hoe de studenten met hun rugzak zich van het ene naar het andere gebouw haastten, en probeerde zich voor te stellen dat zij een van hen was. Rond haar twintigste had ze zich een buitenstaander gevoeld. Op haar vierendertigste zou ze zich een zonderling voelen.

Met gebogen hoofd, haar lelijke paarse regenjas helemaal dichtgeritst, liep ze door de straten van Oakland, voorbij de bar waar ze ooit dronken van de Stott Golden Ale had gezoend met Eric Farmer. Bij de volgende hoek dook ze Fast-Cuts binnen, die op dat tijdstip leeg was. 'Waar heb jij gezeten?' vroeg haar vaste kapster. 'Je haar is echt lang.'

Gwen negeerde de vraag. 'Ik moet geknipt worden.'

'Weet je het zeker? Het staat je goed zo.'

'Haal het eraf,' zei Gwen.

Nu keek ze, kortgeknipt, naar zichzelf in de badkamerspiegel. Dit gezicht, dit lichaam dat Rico had bemind, of had geveinsd te beminnen. De korte dikke armen die nu met sproeten waren bedekt, de korte nek, de tepels die ver uiteen stonden op haar platte borstkas. Ze herinnerde zich een avond in maart, toen ze een groep duikers hadden teruggebracht naar Pleasures en daarna naar de andere kant van het eiland waren gevaren om daar voor anker te gaan. De roze zon die tot laag in de lucht gleed. 'Kom, we gaan zwemmen,' had Rico gezegd terwijl hij zijn shorts uitdeed. Wanneer het maar even kon, zwom hij naakt. Zijn magere billen waren net zo bruin als zijn rug. Hij maakte zich vrolijk omdat Gwen koppig een badpak bleef dragen. 'Wat heb je te verbergen?' zei hij vaak plagend tegen haar. 'Ik heb meer van jou gezien dan jijzelf. Ik heb alles gezien wat er te zien valt.'

Wat uiteraard waar was.

Wat had haar die avond bezield om haar badpak uit te trekken? Ze was zich ervan bewust dat hij naar haar keek. Het was nog niet helemaal donker. Rico applaudisseerde toen ze de zee in dook. Ze zwommen lange tijd samen, waarbij ze steeds als cichliden op elkaar toeschoten: het seksueel geladen aanvallen en wegvluchten van dieren in zee, de dans in het water.

Had ze dat echt gedaan? Was Gwen McKotch tot zoiets in staat?

Op de Caraïben had ze twee fantastische mensen leren kennen, Rico en zichzelf.

Ze zat in haar keuken de rubrieksadvertenties van de Post-Gazette door te kijken toen de telefoon ging. Heel even veerde ze op. Belachelijk natuurlijk. Rico had haar telefoonnummer helemaal niet en zou ook niet weten hoe hij daarachter moest komen. Hij kon haar onmogelijk vinden.

Toch pakte ze hoopvol de telefoon op.

'Lieverd, daar ben je! Ik probeer je al twee dagen te bereiken. Is alles goed met je?'

Gwen had de hele dag niet gehuild, een hele prestatie. Plotseling voelde ze de tranen opkomen. Haar moeders zorg en tederheid. Haar moeders stem.

'Hm, nee. Niet echt.' Gwen zweeg omdat ze haar stem niet vertrouwde. 'Mama, ik mis hem,' zei ze zachtjes – Gwen die nooit zoiets zei.

'O lieveling. Dat weet ik,' verzuchtte Paulette. 'De liefde is zoiets gevaarlijks. Ik ben alleen maar blij dat je veilig en wel terug bent. Beloof me dat je nooit meer zomaar weggaat.'

'Dat doe ik ook nooit meer,' zei Gwen.

'Ik zal je niet uithoren over wat er is gebeurd. Je hoeft me niets te vertellen als je daar geen zin in hebt.'

'Dank je, mama,' reageerde Gwen, merkwaardig geroerd. Haar moeder legde anders nooit zo'n terughoudendheid aan de dag. 'Ik vind het vreselijk naar dat je er zo'n verdriet om hebt. Als die jongeman jou niet fatsoenlijk kon behandelen, verdiende hij jou ook niet. Dat is het enige wat ik erover kwijt wil.' Paulette leek te aarzelen. 'Ik weet dat het geen enkele troost is, maar ik heb een nieuwtje voor je. Wat zou je ervan vinden om deze zomer naar de Cape te komen?' Het Kapiteinshuis, legde ze uit. Paulette wilde haar verjaardag daar met hen vieren. Ze had net met Billy gesproken. Hij en Scott zouden ook komen.

'Kom de hele week,' drong Paulette aan. 'Het lijkt me heerlijk om je zo dicht bij me te hebben.'

'Dat doe ik,' antwoordde Gwen. Ze had zoals voorheen, zoals altijd, geen andere plannen.

'Ben je bij hem weg?'

Ze zaten in een Mexicaans restaurant in de North Side, een paar straten van het Stott. Heidi Kozak had haar werkkleren nog aan. Ze had een nieuw kapsel dat ze de Rachel noemde, omdat de gelijknamige ster van een televisieserie haar haar zo droeg.

'Ik snap het niet. Een paar weken geleden was je nog helemaal in de wolken. Ik kon het niet uitstaan. Nee, serieus. Toen ik de telefoon ophing, dacht ik: weg met die boerenkinkels van hier. Ik wil ook een eilandbewoner.' Heidi nam een flinke slok van haar margarita. 'Mijn God, deze is lekker. We nemen een hele karaf. Maar zeg: wat is er toch gebeurd?'

'Hij heeft gelogen,' zei Gwen. Daarna vertelde ze Heidi met een rood hoofd over de enveloppe in Rico's dashboardkastje en dat zij die op het bed had gelegd op de ochtend dat ze vertrok.

Heidi keek hogelijk verbaasd. 'Als ik het goed begrijp, heb je hem dus niet eens gevraagd waar hij dat geld vandaan had?'

'Nee,' antwoordde Gwen. 'Dat doet er eerlijk gezegd niet toe. Voor mijn part heeft hij een bank beroofd.'

Heidi fronste. 'Wat is nu eigenlijk het probleem?'

'Het probleem is dat hij liegt. Hij zei dat hij aan de grond zat, en ik geloofde hem.' De woorden kwamen er nu snel achter elkaar uit. 'Ik stond op het punt hierheen te vliegen om mijn auto te verkopen. Mijn bankrekening leeg te halen. Al het geld dat ik van mijn opa heb geërfd. Ik wilde elke cent die ik had in dat bedrijf stoppen. En Rico had me dat gewoon laten doen.' Gwen stopte om op adem te komen. 'Hij heeft me gebruikt. Hij was alleen maar op mijn geld uit.'

Heidi schonk de helft van haar margarita in Gwens lege glas.

'Ik dacht dat hij van me hield. Is dat niet om je wild te lachen? Ik voel me een dwaas.'

'Weet je het zeker?'

Gwen knikte. Tot haar afschuw voelde ze tranen in haar ogen komen.

'Nou, hij kan de klere krijgen. Je bent beter af zonder hem.'

'Dat zegt mijn moeder ook. Niet op die manier natuurlijk.' Gwen grinnikte zwakjes.

'Je moeder? Zij zal dit wel geweldig vinden.' Heidi plukte wat aan de Rachel. 'Het is precies wat zij wilde, toch? Jij terug in Pittsburgh en Rico voorgoed uit beeld.'

Gwen aarzelde. 'Ja, ik denk het. Maar ze bedoelt het goed. Billy en Scott – ze waren allemaal erg bezorgd.'

'Dat is waar ook, Scott.' Heidi stak twee vingers op naar de serveerster: nog twee margarita's. 'Ik kan nog steeds niet geloven dat hij daar kwam opdagen.'

'Het was vreemd,' beaamde Gwen.

'Interessant...' Heidi's stem stierf weg.

'Wat?'

'Vind je het niet allemaal wat erg toevallig? Je broer komt vanuit het niets bij je opdagen en niet lang daarna – een week? twee weken? – heeft Rico opeens twintigduizend dollar.'

Gwen dronk haar glas leeg en likte het zout van haar lippen. 'Wat bedoel je? Dat Scott hem het geld heeft gegeven?' Ze fronste. 'Waarom zou hij dat doen?'

'Hoe kan ik dat nou weten? Maar je moet toegeven dat het wel heel toevallig is.'

Gwen haalde haar schouders op. 'Hoe dan ook, Scott heeft niet zomaar twintigduizend dollar voor het grijpen. Geloof me, het verbaasde me al dat hij een ticket kon betalen.'

'Nou ja, en je moeder dan? Had ze niet een rijke oude vriend die is overleden? Niet om het een of ander, maar het ziet ernaar uit dat zij wel wat geld achter de hand had.' Heidi hield haar hand voor haar mond. 'Ai, dat had ik niet moeten zeggen. Ik bedoel alleen maar dat je moeder op de een of andere manier precies heeft gekregen wat ze wilde. Of vergis ik mij?'

Gwen knipperde met haar ogen en herinnerde zich de woorden van haar moeder.

Ik ben alleen maar blij dat je veilig en wel terug bent.

Het lijkt me heerlijk om je zo dicht bij me te hebben.

Beloof me dat je nooit meer zomaar weggaat.

'Nee,' zei Gwen langzaam. 'Je vergist je niet.'

10

Cape Cod is de ontblote en gebogen arm van Massachusetts. Terwijl Paulette over de snelweg voortkroop met een frustrerende slakkengang van vijfentwintig kilometer per uur, schoot haar die dichtregel weer te binnen. Het verkeer was drukker dan ze ooit had meegemaakt. De auto's kwamen nu niet meer in een kleine opstopping terecht wanneer ze de Sagamore Bridge naderden, er stond nu aan beide kanten een kilometerslange file. Het was zaterdag, de dag van de wisseling van de wacht op de Cape: een stroom nieuwe huurders kwam de brug over om hun huisje voor een week in bezit te nemen en een gelijk aantal begaf zich nu in tegengestelde richting, op weg naar hun leventje thuis in de staat New York of Connecticut, of in het noordelijke onbarmhartige New Hampshire dat de wereld Gil Pyle had gegeven en dat als staatsmotto had Live Free or Die.

We zijn nu huurders, dacht Paulette. Dat was een maand geleden ook al bij haar opgekomen, toen ze de peperdure cheque voor de verhuuragent uitschreef; maar het besef was van voorbijgaande aard geweest. Nu ze tussen het drukke verkeer op Route 6 zat, voelde ze daadwerkelijk wat het inhield.

Ze had de achterbank volgeladen met picknickspullen en badlakens. Vroeger had ze die dingen altijd opgeslagen in het Kapiteinshuis, klaar voor wie er gebruik van wilde maken: de neef of nicht die onaangekondigd langskwam, onverwachte gasten. Bij haar op zolder had Paulette twee oude houten tennisrackets gevonden, een badmintonset en een opblaasboot waarin een van de kinderen – Gwen of Billy – vroeger had gevaren. In een stoffig hoekje stond een tas met golfclubs. (Van Martine? Waarom zou zij Martines clubs in

Concord hebben?) Met het gevoel dat ze belachelijk bezig was, had Paulette deze spullen, met uitzondering van de clubs, in de stationcar geladen. Van haar kinderen speelde alleen Billy golf. Ze hoopte maar dat hij niet vergat zijn eigen clubs mee te nemen.

Ze dacht aan de pakweg tien tassen met levensmiddelen in de warme bagageruimte van de auto en maakte zich zorgen over de bederfelijke waar. Extra eieren voor Billy (hij at geen dooiers, zodat er voor een omelet wel vijf eieren nodig waren), Canadese bacon voor Scotts eggs benedict. Aardbeienijs voor Gwen, die een halve bak per keer verslond, of dat tenminste vroeger deed. At ze nog steeds ijs? Paulette had haar jarenlang alleen met de kerst gezien. Van de huidige gewoonten en voorkeuren van Gwen wist ze niets.

Ze moest weer veel leren.

Behalve de handdoeken en de tennisrackets had ze twee boeken ingepakt die Gwen haar in verschillende jaren als kerstcadeau had gegeven: het ene was een thriller, het andere een dik boek over vrouwen en wolven. Ze hadden jarenlang ongelezen in de kast gestaan. Paulette had zich nu voorgenomen de boeken te lezen, om te begrijpen waarom Gwen ze voor haar had uitgezocht. Wie was deze dochter die ze had grootgebracht? Deze scubaduikster, deze antropologe (of archeologe) die zo dapper, zo dwaas of zo gepassioneerd was dat ze naar een tropisch eiland vertrok en verliefd werd op een volslagen vreemde. Wie was deze zelfstandige, terughoudende, impulsieve jonge vrouw? Paulette zocht naar aanwijzingen. Terwijl ze jarenlang moeite had gedaan om de dochter groot te brengen die ze had verwácht te krijgen, had ze geen oog gehad voor de dochter die ze werkelijk had gekregen. Maar het was nog niet te laat. De week op de Cape lag nog voor hen. Er was tijd genoeg.

Eindelijk bereikte ze de afslag. De koele schaduw van de No Name Road werkte als een verzachtend kompres. Ze had het gevoel dat ze zich in goedgezind gezelschap bevond, de hoge bomen voor wie tweeëntwintig jaar een peulenschil was. 'Ik ben er weer,' zei ze tegen hen. 'Ik ben er weer.'

Op de No Name Road had Frank haar leren autorijden. Dat was vroeg in maart geweest, toen het huis nog dicht was voor de winter. Vanuit Boston waren ze erheen gereden op een verraderlijke lentedag: overdag scheen de zon uitbundig, maar 's avonds werd het kil en was het vroeg donker. Paulette had een besluit genomen waarin ze niemand wilde kennen, zelfs Tricia Boone niet. Frank en zij zouden elkaar beminnen in het Kapiteinshuis. Maar eerst het autorijden. Toen ze die middag over de No Name Road reden, had hij haar achter het stuur van zijn oude Chevrolet laten plaatsnemen. 'Zachtjes nu. Laat de koppeling opkomen.' Hij had haar telkens even aangeraakt om zijn woorden te benadrukken. Dat leidde haar eerder af dan dat het haar hielp: het gewicht en de warmte van zijn hand op haar bovenbeen.

Ze deed haar zijraampje open. In de verte krijste een zeemeeuw. Het rook naar zoete zee, een heel speciale geur. Als klein meisje had ze voor zichzelf de verschillende geuren van de zee benoemd: zilt, visachtig, zanderig of fris. Elke zomer rook de zeewind een paar keer op onverklaarbare wijze naar donkere zoete stroop.

Ze herinnerde zich de vijf zeegeuren toen er iets opmerkelijks gebeurde. Er schoot een auto langs, een cabriolet met het dak open en met een kale man aan het stuur. Even later kwam er nog een auto langs, een Range Rover met een kajak die op het dak was vastgebonden.

Auto's op de No Name Road!

Wie wáren die mensen?

Toen zag ze in de bocht van het weggetje de huizen. Twee huizen die dicht tegen elkaar waren gebouwd, hoog op de helling. De huizen waren gigantisch, tweemaal zo groot als het Kapiteinshuis. Hun splinternieuwe dakspanen lichtten geel op in de namiddagzon.

Tot haar opluchting was de oprijlaan niet geplaveid. Paulette parkeerde voor het huis. Het vertrouwde droge geknerp van de banden op het grind deed haar goed. Ó ja, dacht ze met haar ogen dicht. Ik ben er.

Ze stapte uit de auto en pakte een armvol boodschappen op. Ze zou een paar keer heen en weer moeten om de rest te halen. Was het altijd zo'n karwei geweest om de auto uit te laden? Nee, niet met de hulp van een zus, drie kinderen en zo nu en dan zelfs een echtgenoot.

Ze stond even stil, terwijl ze naar de voorgevel van het huis keek, de drie ruitvormige raampjes net boven de voordeur. Roy, Martine en Paulette.

Billy, Scott en Gwen.

De sleutel lag onder de deurmat, zoals de verhuuragent had beloofd. Paulette draaide hem om in het slot.

Haar hart klopte razendsnel.

Nu ze over de drempel van het Kapiteinshuis stapte, nu ze de boodschappen neerzette en van kamer naar kamer snelde, nu ze een inventaris opmaakte van elk tapijt, elk gordijn en elk stuk huisraad, terwijl ze bij elke kast en elke gang diep ademhaalde en de geur vergeleek met de vage, maar opvallend specifieke herinnering diep in haar limbisch systeem, was er één persoon op aarde die had voorzien welke emotie haar wangen zou kleuren en haar handen zou doen beven, één persoon die had voorvoeld hoe ze door het huis zou dwalen van de voordeur naar de keuken, naar de alkoof van de kokkin, de trap op naar Fanny's kamer en de Fluitkamer, en tot slot de slaapveranda uit haar jeugd, waar ze op haar knieën naast een bed zou vallen en lange tijd zou blijven knielen alsof ze bad.

Dit voorgevoel – direct, acuut, uiterst precies en diep verontrustend – had bezit van Billy genomen op het moment dat zijn moeder hem voor Truro uitnodigde. Hij had zich te zwak gevoeld om hulp te bieden bij de dreigende zenuwinstorting van Paulette. Hij wist zichzelf nauwelijks staande te houden.

Het huis was veranderd.

Dat had Paulette natuurlijk ook wel verwacht. Vóór de verkoop had haar broer alles al weggehaald wat hij van waarde achtte: een antieke kwispedoor in de hal, een paar amateuristische aquarellen (Roy had geen oog voor kunst) die in het trappenhuis hingen. Al het andere had hij tegelijk met het huis verkocht. Het was altijd ingericht geweest met allerhande spullen, comfortabele afdankertjes: in de zitkamer stonden sleetse banken die laag en breed waren, en er lagen verschoten vloermatten waar het zand niet meer uit te krijgen was. Vanzelfsprekend zouden de nieuwe eigenaars, een Portugees echtpaar uit Rhode Island, van alles veranderen. Toch was ze geschokt bij het zien van het nieuwe meubilair, de zware banken en stoelen met een fleurige maritieme streep. Ze oogden veel te groot voor de kamer.

Boven was de situatie nog triester. In alle vier de slaapkamers – de Kapiteinskamer, de Seringenkamer, de Fluitkamer en Fanny's kamer – lag er tapijt op de houten vloer, zo'n stevige synthetische soort die je aantrof in openbare gebouwen en motels, gekozen door mensen die er zelf niet verbleven. Paulette knielde in de hoek van de Seringenkamer en onderzocht de rand van de vloerbedekking, die stevig op de vloer was vastgespijkerd. Professioneel geïnstalleerd: de familie Medeirose had er wel geld ingestoken.

Hier, op haar knieën in de hoek van de Seringenkamer, deed ze een nog verontrustender ontdekking. Het bordje was van de deur afgehaald.

Ze liep door de gang naar Fanny's kamer. Het spijkergaatje was dichtgemaakt en de deur was overgeschilderd. Hetzelfde was gebeurd bij de Kapiteinskamer, de Slaapveranda en de Fluitkamer. Alle bordjes waren weg.

Paulette ging languit op het bed in de Fluitkamer liggen en huilde zoals ze dat in geen jaren had gedaan, zelfs niet in de tijd van haar scheiding. Ze was vergeten hoe bevredigend huilen kon zijn. Ze huilde om Roy en Martine, en om de arme Anne, om haar overleden ouders, om oma Drew en de tantes Grace, Tess en Doro, en om Fanny Porter, wier kamer uit zijn functie ontheven was, waar nu een waardeloze vloerbedekking lag, en die eruitzag als een te opzichtige kamer in een armetierig pension. Ze huilde om hele generaties van de familie Drew en hun zomervrienden, de sandalen dragende gasten die vanaf hun terras naar de zonsondergang hadden gekeken. Die berooide clan die de Cape uit handen had gegeven aan wie maar wilde, en die zich had verspreid tot in onzalige uithoeken als Taos en Tucson. Dom en nonchalant hadden ze afstand gedaan van alles wat belangrijk was, inclusief elkaar. Ze waren het leven vergeten zoals het geweest was.

Paulette huilde verscheidene minuten, totdat ze zich een beetje belachelijk ging voelen. Ze had Fanny Porter immers nooit gekend. Die vrouw was geen familielid, alleen maar een schoolvriendin die op Wellesley aan oma Drew geklit was en elke zomer naar de Cape was gekomen totdat de hele familie wel genoeg van haar moest hebben gehad.

Het was bij nader inzien een tikje schaamteloos.

Vergeet Fanny Porter dus maar. En vergeet – het idee overviel haar – Roy en Martine. Haar broer was per slot van rekening de schurk die het huis verkocht had. En Martine was – waarom zou ze het mooier voorstellen dan het was? – altijd een klier geweest. Om de anderen kon Paulette met recht huilen. Ze was dol geweest op haar tantes en haar grootmoeder, en uiteraard ook op haar arme ouders.

Overigens zou haar vader, als hij nog leefde, zevenennegentig zijn en nauwelijks de trap naar de Kapiteinskamer op kunnen komen. Hij zou ergens in een verpleeghuis zitten weg te schrompelen.

En daar zou waarschijnlijk een vergelijkbare vloerbedekking liggen.

Bij die gedachte moest Paulette lachen, zo lang dat ook het lachen vreemd ging voelen. Het was niet goed om al te lang alleen met je emoties te zijn; het was niet gezond en ook niet fijn. Ze wilde dat Gwen kwam.

Op dat moment hoorde ze een auto op de oprijlaan, het grind kraakte onder de banden.

Ze stond op, streek haar haar goed en keurde haar gezicht in een kleine spiegel met een houten lijst. Nog een reden dat volwassenen niet moesten toegeven aan huilbuien. Haar kinderen zagen er vroeger mooi uit nadat ze hadden gehuild, met zachte wangen die schoon waren gespoeld en getuigden van nieuwe hoop, hun tere huid blozend als fruit. Bij volwassenen, vooral volwassenen op leeftijd, was het effect minder betoverend. Ze zag eruit alsof ze net een chemokuur had gehad.

Er werd op de voordeur geklopt. Een mannenstem zei: 'Hallo?'

Ze haastte zich naar beneden. Het was donker in de kamers geworden; iemand die minder vertrouwd met de indeling van het huis was, had op de trap lelijk ten val kunnen komen. Ze knipte een lamp aan.

'Frank,' zei ze.

Hij stond op het trapje aan de voorkant van het huis met een boeket madeliefjes – *madeliefjes?* – in zijn hand.

'Lieverd, wat is er?' Hij keek geschrokken, wat haar bevreemdde. Toen bedacht ze dat haar oogleden zo gezwollen waren als blaren. *Wat doe jij hier?* had ze kunnen zeggen. *Wie heeft je verteld dat we hier zouden zijn?* In plaats daarvan zei ze: 'Ze hebben de bordjes weggehaald.'

Hij duwde de deur open en nam haar in zijn armen. Dat was niet echt wat ze zocht. De jaren dat ze naar hem verlangde – zijn aanraking, zijn aanwezigheid, zijn verdriet om de pijn die hij had veroorzaakt – waren allang voorbij. Zelfs toen hij een sterke en vitale jongeman was, had hij haar niet kunnen geven wat ze nodig had. Nu zag hij er vermoeid en verzwakt uit, terwijl haar behoeften alleen maar waren toegenomen, dichter in elkaar verstrikt en vergroeid waren geraakt als de wortels van een oeroude boom. Toch was hij daar, net zo groot en opvallend misplaatst als de nieuwe gestreepte banken. De hordeur stond open en er zwermden insecten rond de lamp boven haar hoofd. Maar zoveel had ze inmiddels wel geleerd: je nam het leven zoals het op je afkwam, zelfs in een open deur. Je nam het en je hield het vast.

Zo hielden ze elkaar een beetje ongemakkelijk in de armen, toen er een andere auto over de oprijlaan kwam aanrijden en knerpend tot stilstand kwam.

'Wie is dat nu?' mompelde Paulette, terwijl ze een stap van hem vandaan deed, denkend aan een keer dat haar moeder hen juist op die plek had betrapt toen ze elkaar zoenden. Natuurlijk zou Frank zich zoiets niet herinneren. Daar was ze ook maar blij om.

'Papa?' Scott stapte uit de auto. 'Wat doe jij hier?'

'Hallo, lieverd!' Paulette liep op de auto toe. Haar kleindochter zat voorin. Penny en Ian waren nergens te bekennen.

'Waar zijn de anderen?' vroeg ze.

'Dat is een lang verhaal,' antwoordde Scott.

Ze aten die avond met z'n vieren op het terras. De koelkast puilde uit van het eten voor het ontbijt en de ingrediënten voor een frittata. Sabrina bleek verrassend behulpzaam in de keuken. Ze vond het leuk dat Paulette haar liet zien hoe je een eenvoudige vinaigrette kon maken. 'Ik wist niet dat je die kon máken,' zei ze vrij cryptisch. Ze had honingblond haar, dat keurig was gevlochten; ze had geen ingezakte houding zoals je bij zoveel meisjes van die leeftijd zag. Scott en Penny hadden allebei een vreselijke houding. Wie had Sabrina geleerd rechtop te staan?

Paulette keek uit het raam. Scott en Frank zaten op de veranda en waren diep in gesprek. Scott praatte en zijn vader knikte instemmend. Dat verraste haar. Met Frank was het meestal omgekeerd.

Wat vreemd om hem zo op het terras te zien zitten alsof hij nooit weg was geweest, alsof hij ertoe gerechtigd was die plaats in te nemen. Waarom was hij eigenlijk gekomen? De vorige maand aan de telefoon had ze gevoeld dat hij eenzaam was, dat hij hongerde naar informatie over de kinderen. Na de kerst had hij geen van hen nog gesproken.

Wie had hem dan verteld over het reisje naar de Cape?

Zijn komst leverde onder meer een complicatie op bij de verdeling van de slaapplaatsen. Ze was van plan geweest Billy de Kapiteinskamer te geven, maar toen Frank zijn jasje daar had opgehangen, had ze geen bezwaren geuit. Het was een schending van het protocol – hij was beslist niet meer het hoofd van de huishouding – maar ze herinnerde zich, ze zou dat nooit meer vergeten, dat hij altijd in die kamer had willen slapen. Ze kon Billy wel de Seringenkamer geven, maar waar moest Gwen dan slapen? Op de veranda met Sabrina? Zelf was Paulette dol op de slaapveranda, maar Gwen zou het misschien als een belediging opvatten, alsof Paulette haar als een klein meisje behandelde.

Je kon het gerust aan Frank overlaten om problemen tussen Gwen en haar te veroorzaken.

'Ik wist niet dat opa ook kwam,' zei Sabrina.

Paulette keek geschrokken op. Het kind had haar gedachten gelezen, iets wat Billy ook altijd deed.

'Ik wist het ook niet,' erkende ze. 'Ik denk dat hij je vader wilde zien, en oom Billy en tante Gwen. En jou natuurlijk.'

'En u,' voegde Sabrina eraan toe.

Paulette reageerde niet.

'Mijn moeder heeft een vriend,' zei Sabrina.

Paulette, die juist eieren brak voor de frittata, liet een dooier op de vloer vallen.

'Ian vindt hem leuk, maar ik niet. Hij zegt nooit wat en hij heeft tatoeages. Ik haat tatoeages,' voegde ze eraan toe, alsof dat het cruciale punt was. 'Vooral bij mannen.'

'Heb je die man ontmoet?' vroeg Paulette.

'Een paar keer. Hij nam ons mee uit minigolfen, wat ik helemaal niet leuk vind.' Het was een kind met uitgesproken voorkeuren. 'En hij was er een keer toen ik van school thuiskwam.'

'Weet je vader hiervan?' vroeg Paulette met ietwat trillende stem.

'Nu wel. Volgens mij gaan ze scheiden. Dat mocht ik eigenlijk niet vertellen. Is het zo goed?' vroeg Sabrina terwijl ze haar de salade liet zien.

'Het ziet er fantastisch uit,' zei Paulette en gaf haar impulsief een kus. 'Lieverd, je bent geweldig. Ik ben zo blij dat je er bent.'

Ze brachten de schalen naar buiten op het terras, waar Scott drankjes inschonk; iemand – hij of Frank – had de drankkast gevuld. Na enig protest liet Paulette hem een slappe gin-tonic voor haar inschenken.

'Wees voorzichtig met dat spul, mevrouwtje,' zei Frank met een plagerige glimlach. 'Scott, heb ik je ooit verteld over die keer dat je moeder een martini wilde hebben?'

Paulette liep rood aan. 'Frank, in vredesnaam.'

'We zaten in een tent ergens in Philadelphia met Wall en Tricia James. Ik heb haar daarna naar de auto moeten dragen.'

'Oma!' riep Sabrina lachend uit.

'Het was vreselijk,' zei Paulette met het schaamrood op haar kaken. 'Ik voelde me zeer gedistingeerd toen ik uit dat mooie glas dronk. Maar na het eten merkte ik dat ik niet meer op mijn benen kon staan.'

'We hadden wel bekijks toen we vertrokken,' zei Frank.

Paulette lachte met hen mee. Het was vreemd genoeg wel plezierig dat er om haar werd gelachen. Haar familie – een deel ervan tenminste – was bijeen in het Kapiteinshuis. Morgen zouden Gwen en Billy komen, en dan waren ze compleet. Op Ian na dan, natuurlijk. In principe wilde ze haar kleinzoon graag zien, maar eigenlijk was ze ook wel een beetje opgelucht. Misschien zou hij de volgende zomer zijn onstuimige periode zijn ontgroeid.

Penny miste ze allerminst.

Ze keek naar Scott aan de overkant van de tafel. Hij zag er moe uit, wat ook wel logisch was. Hij werd kaal en hij was afgevallen; hij leek op zichzelf in te teren. Jarenlang had ze gewenst dat hij van die verschrikkelijke meid verlost zou zijn, maar ze had geen moment gedacht aan de pijn die hem dat zou geven. Dat had ze hem zeker niet toegewenst.

Scott rook het ontbijt al toen hij wakker werd. Een koele bries streek langs de gestreepte gordijnen in de Fluitkamer. Hadden de ramen de afgelopen nacht gefloten? Hij was te bezopen geweest om er iets van te merken. Nadat zijn moeder en Sabrina naar bed waren gegaan, waren zijn vader en hij nog urenlang op het terras blijven zitten terwijl ze de ene na de andere gin-tonic achteroversloegen. Was dat echt gebeurd? Was hij de halve nacht op gebleven om zich samen met zijn vader klem te zuipen?

Hij ging rechtop in bed zitten en greep naar zijn hoofd. Frank had zijn rol als barkeeper overgenomen en had hem nog eens ingeschonken, en nog eens en nog eens. Al was er niet veel voor nodig geweest om hem zover te krijgen. Gezien de recente ontwikkelingen voelde hij zich daar wel toe gerechtigd.

Opeens schoot hem te binnen wat voor puinhoop hij in Gatwick achter zich had gelaten. Na haar onthulling had Penny merkwaardig genoeg een kalme en tevreden indruk gemaakt, alsof er een nijpend probleem was opgelost. Ze was vrolijk en vriendelijk. Ze legde een hernieuwde – of misschien was het een nieuwe – belangstelling voor de huishouding aan de dag: ze stofzuigde achter de stoelen en banken, ze kookte echt zelf in plaats van een kant-en-klaar kipgerecht uit de supermarkt mee te nemen. Het verbazingwekkendst was dat ze geen televisie meer keek. Scott sliep in het souterrain onder een dekbed dat naar paddenstoelen rook, maar hij werd wel wakker in een schoon, rustig huis. In veel opzichten was zijn huiselijke leven erop vooruitgegaan. Had Penny het geheim van een succesvol huwelijk ontdekt? Hoefde je daarvoor alleen maar een affaire met je broer hebben?

Ze was er abrupt mee opgehouden om hem aan zijn hoofd te zeuren. Jarenlang hadden ze steeds zitten touwtrekken. Nu had Penny het touw eenvoudigweg laten vallen. Ze beleefde de dag kalmpjes in een trance van genoegzaamheid, een stil en sloom geluk dat Scott deed denken aan de tijd dat ze marihuana rookten, toen Penny langzaam en lief was en alles goedvond, zonder méér van het leven te vragen dan onmiddellijk voorhanden was. Niets leek nu haar kalmte te kunnen verstoren.

Nou ja, bijna niets.

Op een avond, toen de kinderen al naar bed waren, voelde Scott zich veilig door haar ogenschijnlijke kalmte en deed hij een bekentenis. Jarenlang had Penny hem de biecht afgenomen. Door de jaren heen had ze hem duizenden fouten en mislukkingen vergeven, had ze geluisterd, had ze vragen gesteld en boetedoeningen opgelegd. Na elke clowneske blunder had hij troost bij haar gevonden. Nu had hij haar ondanks haar recente ontrouw meer nodig dan ooit. Zijn schuld was een parasiet die zich voedde met zijn bloed. Hij kon het wel verdedigen dat hij Ians schoolgeld had verspeeld – een kostschool zou toch niets voor hem zijn geweest, of dat hield hij zich tenminste voor. Maar hij werd achtervolgd door het gezicht van zijn zus. Gwen op Saint Raphael: haar dromerige glimlach, haar stralende geluk. Hij werd er bijna ziek van wanneer hij dacht aan wat hij had verwoest.

'Wát heb je gedaan?' zei Penny.

'Die twintigduizend dollar. Ik heb ze aan de vriend van Gwen gegeven. Ik heb hem omgekocht, Pen. Om mijn zus met rust te laten.'

'Jezus, Scotty!' Met open mond van afschuw keek ze hem aan. 'Waarom heb je dat in godsnaam gedaan?' Toen klaarde haar gezicht op. 'Natuurlijk. Ik snap het. Je wilde een wit voetje bij je moeder halen. En als je daarvoor Gwens leven kapot moest maken... nou ja, dan moest dat maar.'

Na zijn onthulling trad er tussen hen een kilte in. Penny wilde het hem niet vergeven, ze wilde hem niet eens meer aankijken. Zijn vrouw – die aan het rampetampen was geweest, die nog aan het rampetampen zou blijven, met haar stiefbroer – vond Scotts daden weerzinwekkend. *Heftig* zelfs. In zijn hart moest hij haar gelijk geven.

Zijn andere schandvlekken stelden in vergelijking daarmee weinig voor. Toen hij de dag na zijn drugstest op Ruxton was gekomen, merkte hij dat zijn bureau al was leeggehaald en dat de inhoud in stevige dozen van golfkarton zat. Jordan Funk stond met een somber gezicht op van zijn bureau.

'Dit heeft O'Kane hier voor je achtergelaten.' Hij overhandigde Scott een verzegelde enveloppe.

Scott stopte hem in zijn zak.

'Idioot,' zei Jordan hoofdschuddend. 'Je had het me moeten zeggen dat je p-pis werd getest. Ik had je wel kunnen helpen.'

Hij hielp Scott de dozen naar zijn auto te dragen, waarbij zijn meisjesachtige armen trilden van de inspanning. Toen de auto was volgeladen, deed Jordan een stap achteruit en sloeg hij zijn armen over elkaar.

'Dat was het dan, denk ik,' zei Scott.

'Dit is echt zo belachelijk.' Jordans gezicht was rood aangelopen, zijn ogen schoten vuur. Scott zag diezelfde blik weleens bij Ian, net voordat hij in een huilerige woedeaanval uitbarstte en hij blokken of Power Rangers door de lucht smeet. Godallemachtig, dacht Scott. Gaat hij huilen?

'Bedankt voor je hulp,' zei Scott. 'Je hebt me heel wat heen en weer geloop bespaard.'

Er volgde een ongemakkelijke stilte.

'Wat ga je doen?' vroeg Jordan.

Scott haalde zijn schouders op. 'Ik ken iemand die timmerwerk doet in Massachusetts. Hij heeft voor de zomer een hulpje nodig.'

Weer leek het alsof Jordan in tranen zou uitbarsten.

'Hé, zo erg is het niet,' zei Scott terwijl hij de magere Jordan een klap op zijn schouder gaf. 'Het bevalt me eigenlijk wel.'

Jordan leek niet overtuigd. Onder het wegrijden keek Scott naar hem. Hij stond met een slap armpje te zwaaien.

Hij herinnerde zich nu dat hij het tafereel voor zijn vader had beschreven: Jordan die op de stoep stond, terwijl de BMW van Aaron Savitz het parkeerterrein op reed en die dikke lul hem net op tijd opmerkte om zijn middelvinger naar hem op te steken. Daar had Frank om moeten lachen, een mannelijke dronkemanslach. Terwijl

Scott nu met een zware kater in bed zat, verwonderde hij zich daarover. Hij kon het zich niet heugen wanneer hij zijn vader voor het laatst, of sowieso wanneer hij hem ooit, aan het lachen had gemaakt.

Het had hem de avond tevoren verbaasd toen hij zijn ouders op de veranda van het Kapiteinshuis aantrof terwijl ze elkaar vriendschappelijk knuffelden dan wel hartstochtelijk omhelsden. Scott wist niet zeker welk van beide mogelijkheden hem het meest zou hebben verrast. Daarna had hij de nieuwe Saab-cabriolet opgemerkt die aan het eind van de oprijlaan geparkeerd stond. 'Papa's Nobelprijs'. Op dat moment beving hem een gevoel dat hij slechts vaag nog kende van zijn jeugd. Hij wilde op zijn vader afrennen met zijn hoofd omlaag als een jonge bok, om hem aan te vallen en met hem over de grond te rollebollen en te stoeien, niet in woede maar in opperste verrukking. Zijn vader was terug.

Toen moest hij ineens aan Ian denken. *Zo voelt Ian zich.*

Terwijl hij nu in bed in de Fluitkamer lag, dacht hij aan alle keren dat hij uitgeput, ontevreden en terneergeslagen door zijn dag op Ruxton zijn zoon had weggeduwd. Dat kan beter, dacht hij. Hij was niet geïnteresseerd in bergen beklimmen zoals die klootzak Dashiell Blodgett, hij zou geen remedie voor kanker ontdekken of rijk worden of iemands leven redden. Maar met de hulp van Penny had hij twee hele mensen gemaakt, iets wat Gwen en Billy niet hadden gedaan. Hij was de vader van Ian en Sabrina. Misschien was dat ook al een missie.

Het had hem geraakt toen Ian op het allerlaatste moment niet mee wilde naar de Cape. 'Hij wil gaan klimmen,' had Penny uitgelegd. 'Je weet hoe hij kan zijn.' Ian was een kind met obsessies; een paar keer per jaar koos hij een nieuw doelwit voor zijn fixatie – het skateboard, de Power Rangers – en zette zich daar met onrustbarend enthousiasme voor in. Nu hij van zijn oom Benji had leren rotsklimmen zouden ze de hele zomer onafscheidelijk zijn, of in elk geval een paar weken.

'Wat kan ik eraan doen?' riep Penny boven het lawaai van de grasmaaier van de buren uit. Ze stond blootsvoets op de oprit en keek hoe Scott de Golf inlaadde. 'Ga nu maar gewoon en geniet van je tijd met Sabrina. Ian komt hier wel een keer uit. Je weet dat hij van je houdt, Scotty. Het is maar een fase.'

'En hoe zit het met jou?' Scott sloeg de achterklep dicht. 'Is oom Benji voor jou ook een fase?'

Penny negeerde zijn sarcastische toon. 'Wij horen bij elkaar.'

'Je meent het.' De grasmaaier verderop stopte; Scott dempte zijn stem. 'Het is verdorie je stiefbroer.'

'Hij is mijn beste vriend.'

Scott kromp ineen bij de gedachte dat Penny hem in het begin 'mijn maatje in de misdaad' had genoemd. Nu was Benji haar beste vriend. Het was het wreedste wat ze ooit had gezegd.

'Hij vindt me een slimme meid, Scotty. Hij houdt ervan hoe ik me kleed. Het kan hem niet schelen of ik tv kijk. Je snapt het nog steeds niet,' zei ze bij het zien van zijn wezenloze blik. 'Hij houdt van me zoals ik ben.'

'Ik hou van je!' barstte Scott uit. 'Elf jaar, Pen! Denk je dat ik niet van je hou? Ben je soms...' Bijna zei hij 'achterlijk'... 'Ben je gek?'

Penny zuchtte. 'Ja hoor, ik ben gek. En ik kan niet koken, ik lees geen kranten, ik hou van de verkeerde dingen, ik zeg de verkeerde dingen en ik heb geen idee waarom je me eigenlijk ooit hebt gewild, en als ik niet zwanger was geworden, was je er tien jaar geleden al vandoorgegaan. Heb ik gelijk of niet?' Ze verwachtte geen antwoord, ze stopte alleen maar even om adem te halen. 'Dan was ik een meisje geweest dat je ergens in het westen had opgepikt toen je nog jong en dom was. Je zou mijn naam niet eens meer weten.'

Scott deed zijn mond open om te reageren.

'Ik geloof wel dat je van me houdt,' zei ze, 'maar weet je ook waarom eigenlijk? Ik ben geen Drew. Ik ben niet naar Pearse geweest. Ik weet niet hoe ik tegen je moeder moet praten.'

'Mijn moeder?' Scott knipperde met zijn ogen. 'Allemachtig, Penny. Voor de honderdste keer: mijn familie heeft geen hekel aan je.'

'Misschien niet,' gaf ze toe. 'Misschien begrijpen ze alleen maar niet waarom je met mij bent getrouwd. Ik neem het hun niet kwalijk. Ik heb het zelf ook heel lang niet begrepen.'

Scott keek haar met bonzend hart aan. Penny en hij waren nooit erg subtiel geweest. Het leek op een vreemde manier wel passend dat de laatste pijnlijke momenten van hun huwelijk plaatshadden

in de voortuin, terwijl er op straat een koeriersbusje van UPS stationair draaide.

'Jij denkt dat je een mislukkeling bent, en naast mij voel jij je beter. Je hebt iemand nodig op wie je kunt neerkijken. Daarom steek je
altijd preken tegen mij af. Daardoor voel jij je slimmer.'

Scott bloosde. Nadat Penny elf jaar lang had aangehoord hoe hij
de expert uithing, had ze hem eindelijk de les gelezen.

'Benji geeft me een goed gevoel. En jij geeft me meestal het gevoel
dat ik niks waard ben.'

De grasmaaier ging weer aan.

'Penny, nee.' Plotseling werd hij beverig, werd hij overspoeld
door paniek. 'Dat klopt niet. Het was nooit mijn bedoeling om...'
Hij zocht naar woorden. 'Ik heb je nodig, Pen. Ga niet bij me weg.'

Penny was geen janker. Haar helderblauwe ogen waren kurk-
droog.

'Maak je geen zorgen, Scotty,' zei ze. 'Je redt je heus wel.'

Scott kleedde zich aan en ging naar beneden.

'Zo, goedemorgen! Dat is het toch nog wel?' Zijn moeder gaf hem
een kus op zijn wang, en streek even door zijn ongekamde haren.

'Ga zitten, jongen.' Zijn vader was al naar het stadje geweest om
de *Globe* en de *Times* op te halen. Hij zat aan tafel en ontleedde ze in de
afzonderlijke katernen: voorpagina, nationaal nieuws, plaatselijk
nieuws, kunst. Sabrina zat naast hem vriendschapsarmbandjes te
vlechten; haar ontbijt lag nog half opgegeten op haar bord.

'Koffie?' vroeg Scott.

Zijn vader grinnikte. 'Ik heb al een hele pot leeggedronken. Heeft
niet veel geholpen.'

'Waar is iedereen?' Hij had zich voorgenomen om bij de eerste de
beste gelegenheid onder vier ogen met Gwen te spreken. Om haar zo
nodig kruipend om vergeving te smeken. Aan waardigheid had hij
niets meer te verliezen.

'Billy kan nu elk moment komen. Wat je zus betreft, ik heb geen
idee. Het laatste wat ik heb gehoord is dat ze van plan was op het
vliegveld een auto te huren. Ik verwacht haar later vandaag.' Paulette gaf hem een glas sinaasappelsap. 'Lieverd, ken je dat nog?'

'Mijn kreeftenglas!'

'Ik heb het bewaard,' vertelde ze. Jaren geleden, nog voordat het huis te koop werd gezet, hadden Martine en zij alles geschift wat er in de oude porseleinkast stond. De losse borden waren niet de moeite waard geweest om te bewaren, maar ze had per se de lievelingsglazen van de kinderen willen hebben: de kreeft van Scott en de Chris Craft-boot van Gwen. 'Ik vrees dat ik niet meer wist wat Billy's lievelingsglas was,' erkende ze. 'Een vuurtoren misschien? Of was het een of andere vis?'

Dat maakte het nog beter.

Na zijn eggs benedict en zijn gegrilde tomaten bleef Scott nog even aan de ontbijttafel zitten om de kranten door te kijken. Tot zijn verbazing stelden zijn ouders hem geen vragen over zijn werk. Ook werd de naam Penny niet genoemd. In plaats daarvan haalden ze herinneringen op aan de zomers van vroeger: die keer dat zijn oom Roy kapseisde met de Mamie Broussard, of die keer dat Martines vriend, die omwille van het fatsoen een eigen kamer had gekregen, van de trap viel en een enkel brak toen hij net vanuit haar kamer wilde terugsluipen. Verhalen die Scott was vergeten of die hij nooit eerder te horen had gekregen – het verhaal over Martines vriend hadden ze niet voor zijn oren geschikt geacht. Als jongste van de familie was hij het slachtoffer van censuur geweest; hij was eerder dan zijn neven en nichten naar bed gestuurd, wanneer de lucht nog maar nauwelijks donker was. Hij was zich scherp bewust geweest van het vakantieleventje dat zich om hem heen afspeelde, het Drewleventje van de tieners en volwassenen waarvan hij was uitgesloten: films in de openlucht in Wellfleet, nachtelijke zeiltochten, barbecues in de voortuin, het huis vol met gasten. 'Ik loop alles mis,' had hij vaak geklaagd wanneer hij naar bed moest. 'Geduld,' maande zijn moeder hem. 'Jouw tijd komt nog wel.' Maar tegen de tijd dat Scott een tiener was, was het huis verkocht en was de familie uiteengevallen. Zijn vader, zijn broer, zijn zus, de ooms, tantes, neven en nichten van de familie Drew waren allemaal weg.

Hij herinnerde zich nu het gevoel van gekwetstheid en de woede om het onrecht. Wat een opluchting om nu bij zijn ouders te zitten als plezierige volwassenen, rustig bij een kop koffie, zonder zich zorgen te maken over de duizenden punten waarop hij hen had te-leurgesteld, de beschamende wetenschap dat hij het nooit goed zou doen. Hij probeerde zich te herinneren wanneer ze voor het laatst zo bij elkaar hadden gezeten, Paulette, Frank en hij, lachend en terug-denkend aan vroeger. Dat was nooit eerder gebeurd, realiseerde hij zich. Dit was in zijn hele leven nog nooit gebeurd.

Zijn jeugd was voorbij. Wat een godvergeten opluchting.

Op dat moment verstijfde zijn moeder. 'Hoorden jullie dat?' riep ze terwijl ze uit haar stoel opsprong. 'Billy is er!'

Ondertussen haar haar schikkend haastte ze zich de voordeur uit, met Frank dicht op haar hielen. Scott bleef een ogenblik zitten en staarde in zijn lege kreeftenglas. Hij kwam moeizaam overeind en liep achter hen aan de veranda op en zag nog juist de auto de oprij-laan oprijden.

Scott keek naar zijn Golf die in de schaduw geparkeerd stond, met een deuk in de zijkant en de roest die als een agressief gezwel vanaf het chassis omhoogkroop. Toe maar, klootzak, dacht Scott met een blik op Billy's glanzende Mercedes, parkeer maar naast mij.

'Hij heeft iemand bij zich,' zei Frank.

De auto stopte. Billy stapte uit. Daarna stapte de andere inzitten-de uit, een man met een donkere huid die was gekleed in een lichte linnen broek.

Paulette hield een hand boven haar ogen. 'Wie is dat nou?'

De twee mannen liepen naar de veranda. Toen hield Billy halt.

'Papa,' zei hij.

'Hallo jongen.' Frank stapte naar voren en gaf Billy een klap op zijn schouder. Paulette boog naar voren voor een kus. Billy keek even wat verdwaasd, als een rijke toerist die in een havenstad door zwervers wordt omstuwd.

'Mama, papa,' zei hij toen hij zich van hen losmaakte. 'Dit is mijn partner Srikanth.'

De donkergekleurde man stak zijn hand uit.

Drie dagen lang had Billy in gedachten de woorden gerepeteerd. 'Mama, er is een zeer speciaal iemand met wie je kennis moet maken. Dit is mijn partner Srikanth.' Hij had zich het hoofd gebroken over 'speciaal', waardoor het klonk alsof Sri achterlijk was. En over 'partner', omdat het klonk alsof ze samen in zaken zaten. Maar hij verafschuwde het woord 'vriend' – hij was geen tiener. En bij 'minnaar' wilde hij gillend de straat op rennen. Het woord 'partner' kon uiteraard verkeerd worden opgevat. Dat vond Billy er juist ook aantrekkelijk aan. Zijn moeder mocht de relatie best verkeerd opvatten, als ze dat wilde. Het belangrijkste was dat hij het had gezegd. Billy zou de woorden uitspreken en Sri zou ze horen. Zijn familie kon er verder van denken wat ze wilde.

Sri had het hem nog één keer gevraagd toen ze de snelweg verlieten en de No Name Road op reden: 'Weet je zeker dat je dit wilt?'

'Natuurlijk,' had Billy gezegd.

Maar even later zag hij de Nobelprijs op de oprijlaan geparkeerd staan. Daarna vloog de hordeur open en stonden zijn ouders samen op de veranda te wachten.

'Wat doet hij hier?' zei Billy.

Hij voelde een plotselinge aandrang – maar hij negeerde die – om op het pad rechtsomkeert te maken en de veel geroemde acceleratie van de Mercedes te beproeven door plankgas naar Manhattan terug te rijden.

Het was te laat om van gedachten te veranderen.

Hij sprak de woorden uit die hij had gerepeteerd en wachtte af.

Na een moment van verbijstering gaf zijn vader Sri een hand.

Wat ironisch, wat verwarrend, wat ronduit verbluffend dat juist Frank de situatie redde. Frank stuurde Paulette met Sabrina en een heel sterke bloody mary naar het strand, en stelde Sri een reeks beleefde, vervolgens geïnteresseerde, en daarna razend gefascineerde vragen over zijn werk.

Godallemachtig, zijn vader. Terwijl hij in de deuropening van de keuken stond, keek Billy hoe het tafereel in de woonkamer zich ontvouwde. Zijn vader zat vol aandacht tegenover Sri op de afschuwelijke nieuwe bank (*strepen?*). Sri's welsprekendheid over genetische expressiepatronen leek het feit in de schaduw te stellen dat hij sodomie had gepleegd met Franks zoon. Een terloopse waarnemer zou hebben gezegd dat er bij Frank sprake van ontkenning was, maar Billy realiseerde zich dat de waarheid uitzonderlijker was. Hij besefte al jarenlang dat er iets met zijn vader aan de hand was, dat er een fundamentele menselijke eigenschap ontbrak. (Kijk maar naar hoe hij Paulette had behandeld. En hoe hij Gwen had behandeld.) Nu leek Franks merkwaardige afstandelijkheid echter opeens een deugd. Het was niet zo dat zijn vader niet tot liefde in staat was. Hij reserveerde zijn liefde alleen voor de wereld van de natuur en de subtiele mysteries die zich daarin voordeden. Dat type liefde leidde niet tot een gelukkig huwelijk of een succesvol ouderschap, maar die liefde was wel iets subliems dat buiten het vermogen van de meeste mensen lag: om van iets te houden wat niets met jezelf te maken had.

En toch.

Terwijl Billy keek hoe zijn vader knikte, glimlachte en met oprechte instemming lachte, dacht hij terug aan die vreselijke Thanksgiving die Lauren McGregor had doorgemaakt in Concord, aan zijn vaders hartelijkheid en gastvrijheid, de intuïtieve manier waarop hij haar op haar gemak had gesteld. Nu was hij net zo aardig voor Sri.

Zijn vader was een zachtaardige man.

Billy werd gewoonlijk nooit 's middags dronken. Echt nooit. Maar hij was in Truro, hij was volwassen, en in het Kapiteinshuis gold dat de volwassenen het nodige innamen. Cocktails om vijf uur, in het weekend eerder. Die gouden zomers van zijn jeugd: op de een of andere manier had hij er nooit bij stilgestaan dat zijn opa, oma Mamie, Roy, Martine en waarschijnlijk ook zijn moeder in die zomers de helft van de tijd stomdronken waren geweest. Hoe kon je het anders een hele zomer met je familie uithouden? Die oude gewoonte getuigde toch van een zekere wijsheid, bedacht hij terwijl hij een tweede kan met bloody mary's mengde. Het was ook een soort Systeem.

Hij nam de kan mee naar de veranda aan de voorkant, waar zijn broer zat te wachten. Op die plek zat eigenlijk nooit iemand omdat je er alleen maar uitzicht over de oprijlaan had. Voor Billy was dit juist het aantrekkelijke ervan. Hij had graag zijn auto in het zicht, met zijn sleuteltjes rammelend in zijn broekzak. Het was een geruststellende gedachte dat hij elk moment achter het stuur kon springen en kon wegrazen over de No Name Road in de richting van de snelweg.

'Wat doet papa hier eigenlijk?' vroeg hij Scott.

'Hij was hier al toen ik gisteravond kwam aanrijden. Hij stond met mama op de veranda.' Scott aarzelde. 'Mogelijk hadden ze elkaar net gezoend.'

'Mama en papa?' Billy schrok. Op een dag dat hij de vreemdste dingen normaal leek te vinden, bracht dit hem van zijn stuk. 'Weet je het zeker?'

'Nee,' gaf Scott toe. 'Maar ze lijken volkomen normaal samen. Wat op zich abnormaal is.' Hij hield zijn lege glas op.

'Waar heeft hij geslapen?' wilde Billy weten.

'In de Kapiteinskamer. Mama heeft in Fanny's kamer geslapen.'

Billy vulde hun glazen. Hij wachtte tot Scott iets zou zeggen. Toen hij niet langer kon wachten, nam hij een flinke teug van zijn bloody mary. Hij stond op het punt om het met zijn broer over zijn seksleven te hebben. Een naar de achtergrond verdwenen, nuchter deel van hem stond versteld en vond het afschuwelijk.

'Even serieus, man,' zei hij uiteindelijk. 'Heb je al die jaren nooit iets vermoed?'

'Nee,' zei Scott.

'Hoe kan dat nou?'

Scott haalde zijn schouders op. 'Je had vriendinnen. Lauren.'

Lauren?

'Dat was vijftien jaar geleden,' zei Billy een beetje kregelig. 'Ik heb geen vriendin meer gehad sinds Reagan president was. Heeft dat je nooit aan het denken gezet?'

'Shit, ik had niet door dat het al zo lang geleden was.' Scott reikte in zijn zak naar een pakje Camel.

'Dat gaat niet door,' zei Billy streng. 'Geen sprake van dat je hier gaat zitten roken.' Hij kon nu al nauwelijks lucht krijgen.

De hele situatie benam hem de adem. Hij stond er versteld van hoezeer zijn broer in een eigen wereldje leefde, zonder zich voor zijn onnadenkendheid te verontschuldigen. Twintig jaar lang had Billy ermee rondgelopen, had hij er heel precies op gelet hoe hij zich gedroeg en wat hij zei. Het uitkiezen van zijn kleding voor familiebijeenkomsten (zie ik er niet te veel als een homo uit in dit overhemd?) had hem steevast clusterhoofdpijn bezorgd. Wat dwaas en wat belachelijk om te denken dat iedereen daarop zat te letten. Hij had uitgedost met een verenboa naast de kerstboom kunnen gaan staan en dan had zijn broer het nog niet gemerkt. Je zou denken dat Scotty directeur was van General Motors of vredesonderhandelaar in het Midden-Oosten, zo druk had hij het met zijn eigen zaken. Maar je moest je er uiterst geconcentreerd op toeleggen om een mislukkeling te zijn, realiseerde Billy zich. Je kon niet zo'n gigantische rotzooi van je leven maken door de dingen gewoon maar op je af te laten komen. Je moest je er wel voor inzetten.

'Penny wist het,' zei Scott. 'Zij heeft altijd gezegd dat je homo was. Ik werd er altijd pissig om.'

'Penny?' In een familie van louter intelligente mensen had Billy zijn schoonzus altijd minder hoog aangeslagen. Toch had alleen zij gezien wat overduidelijk was.

'Waar is Penny eigenlijk?' vroeg hij. Tot dan toe was het hem niet opgevallen dat ze er niet was.

'Ze is niet meegekomen.' Scott nam een lange teug van zijn glas. 'Ze gaat bij me weg. Ze heeft een affaire met haar stiefbroer.'

Hoe moest je op zo'n soort onthulling reageren? Billy keek een moment lang naar de grond.

'Klasse,' zei hij uiteindelijk.

Hij liet Scott hem het hele verhaal vertellen: de stieffamilie in Idaho, de chatroom, hoe hij hen samen in Sabrina's slaapkamer had ontdekt. Ergens halverwege – de kampeerplek in Yellowstone Park, de kleurige tatoeages – graaide Scott in zijn zak naar een sigaret. Ditmaal zei Billy niets.

Hij luisterde. Hij dwong zichzelf om het allemaal in zich op te nemen, de duizenden losse, onthutsende details. Dit was het leven van zijn broer, het jonge broertje dat hij vanwege zijn Systeem niet had leren kennen. Op dat moment zag hij in dat het Systeem zijn tijd had gehad. Jarenlang had het als een soort opbergdoos gefungeerd, als een manier om tot een indeling te komen voor zijn liefde, zijn woede en zijn merkwaardige loyaliteit, zijn onvoorspelbare en overweldigende genegenheid voor de vier mensen die hem altijd gekend hadden, zijn vader, zijn moeder, Scotty en Gwen.

Aan Mamies Strand was het eb. In het lage wolkendek was een opening ontstaan, waardoor een witte zonneschijf zichtbaar werd.

Paulette en Sabrina maakten een rustige wandeling, waarbij ze telkens even stilstonden om een mooie schelp of een stukje gekleurd glas op te pakken. Paulette wandelde traag, door het sterke drankje zwabberde ze een beetje, wat ze wel prettig vond. Sabrina rende vooruit, vrolijk blootsvoets in het zachte zand. Zonder enige aanleiding miste Paulette opeens haar zus. Martine had er altijd van genoten in haar kajak langs de kust te peddelen. Als meisje had ze vaak de ingelijste zeekaart bestudeerd die in de hal van het huis hing. 'Daar ligt Pamet Harbor!' riep ze dan uit terwijl ze de plek aanwees. 'Mamies Strand. Full-Moon Cove.'

'Hoe weet je dat?' wilde Paulette weten, waarop Martine alleen maar haar schouders ophaalde.

'Gewoon kijken en dan zie je hoe het zit.'

Paulette had het wel geprobeerd, maar de verwijzingen ontgingen haar. De formaties op de kaart zagen er heel anders uit dan de zandstranden en kreken die zij voor ogen had. In haar beleving waren het volslagen andere dingen.

Ze hadden elkaar twee dagen eerder gesproken vanwege Paulettes verjaardag. Martine had, zoals altijd, naar de kinderen gevraagd, en voor het eerst in jaren had Paulette haar zus in vertrouwen genomen. 'Billy is de laatste tijd zo afstandelijk. Hij heeft altijd haast. Ik mag blij zijn als hij me eens per week belt.' Martine had maar weinig begrip getoond – iets wat Paulette ook wel had kunnen verwachten. 'Geef hem toch een beetje de ruimte. Jij bent niet zijn enige zorg. Je hebt er geen idee van wat er verder in zijn leven gaande is.' Paulette vroeg zich nu af of Martine iets had geweten wat zij niet wist. Maar voor zover zij kon nagaan, had Billy zijn tante in geen jaren gesproken.

Martine was in die dingen altijd slimmer geweest, meer een vrouw van de wereld, beter op de hoogte. Jaren geleden, toen Gwen en Billy nog klein waren, was Martine bij het Kapiteinshuis komen opdagen met een vriend uit New York, een artdirector – wat dat ook mocht zijn – bij het agentschap waarvoor zij werkte. Hij heette Anthony – op de Britse manier met een harde T uitgesproken – en was een knappe man met rossig haar dat van voren lang was gehouden, zodat hij het steeds uit zijn ogen moest wegvegen. Ze hadden allemaal aangenomen dat Anthony de vriend van Martine was, maar hij liep steeds achter Paulette aan wanneer Martine aan het zeilen of het golfen was, en hij hield Paulette gezelschap bij de piano wanneer de kinderen 's middags een dutje deden. Het leek alsof hij smoorverliefd op haar was, een verontrustende ontwikkeling. Ze was nog uitgeput van haar zwangerschap en voelde zich afgeleefd en lelijk. In geen tijden was er iemand verliefd op haar geweest. Ze wilde dat Frank er was om het te zien. (Ook al zou Frank de laatste zijn om zoiets op te merken. Hij was altijd immuun voor jaloezie geweest. Ook een bewijs dat hij nooit genoeg van haar gehouden had.)

Tot haar verrassing stoorde Martine zich geenszins aan Anthony's ontrouw. 'Ik ben blij dat jullie je hebben vermaakt,' zei ze tegen Paulette toen ze hem bij de veerboot afzetten. En bij het zien van Paulettes verwarring: 'In godsnaam, hij is niet mijn vriend. Hij is homofiel.' Voor zover Paulette wist, was Anthony de eerste homoseksuele man die ze had ontmoet. Martine kende er blijkbaar veel meer in New York; zij was de eerste in Paulettes omgeving die het woord 'homo' gebruikte. Had zij het al die tijd geweten van Billy?

Waarschijnlijk wel, besefte Paulette. Billy had het haar niet hoeven vertellen. Martine had gewoon gekeken en gezien hoe het zat. Waarom heb ik het niet gezien? vroeg Paulette zich af. Mijn hemel, wat is er met mij aan de hand?

Ze keek op haar horloge en vroeg zich af of Gwen al was gearriveerd.

Toen ze het trapje van de veranda op ging, hoorde Paulette binnen mannenstemmen. Tot haar schrik zag ze Frank en Srikanth op de bank zitten oreren. Met al haar gepeins over Billy en Martine was ze hen allebei helemaal vergeten. Frank was aan het woord; ze luisterde even en pikte er twee woorden uit: transgeen en mutatie. Genoeg om haar ervan te overtuigen dat er geen gewichtige dingen werden besproken.

Billy's vriend was knap. Ze vond dat hij een elegant profiel had, met fraai gewelfde wenkbrauwen, en lange sierlijke handen. Jarenlang was Billy voor haar het ijkpunt geweest voor mannelijke schoonheid, de standaard waaraan zij alle mannen afmat – de zeer jonge mannen in de advertenties in tijdschriften, de acteurs met hun tandpastaglimlach op televisie. Meestal viel dat uit in hun nadeel. Maar deze Srikanth had de mooiste huid die ze ooit bij iemand had gezien, man of vrouw. Zijn donkere krulhaar glansde als nertsbont.

Hij scheen zich bewust te zijn van haar blik. Hij keek op van hun gesprek en zijn ogen ontmoetten de hare. Toen Paulette glimlachte, gaf hij haar een oogverblindende glimlach terug. Ze besefte dat hij zelfs nog knapper dan Billy was. Ze was ontegenzeglijk dronken, maar ze had vertrouwen in haar waarnemingen.

Hij kon weleens de knapste man ter wereld zijn.

Dat zou er natuurlijk niets toe moeten doen. Maar voor Paulette werd de situatie daardoor begrijpelijk. Haar zoon was een homoseksueel, maar wie kon hem dat kwalijk nemen? De wereld zou krioelen van de homoseksuelen als meer mannen er zo uitzagen als Srikanth.

'Mijn moeder is verliefd op je,' zei Billy.

Ze lagen in het donker in het stapelbed in de Barak – Sri in het bovenste bed, Billy in het onderste – nadat ze het aanbod van het tweepersoonsbed in de Seringenkamer hadden afgeslagen. Hij kon niet zeggen hoe opgelucht hij was dat hij deze dag achter de rug had. Hij had er geen spijt van. Maar hij was nog niet zo ver dat hij met Srikanth in de Seringenkamer kon slapen terwijl Paulette aan de ene kant van hen lag en Frank aan de andere kant. Waarschijnlijk zou hij dat nooit kunnen.

'Onder het eten keek ze de hele tijd naar je. Het was gênant.'

'Volgens mij was ze een beetje tipsy,' zei Sri.

'Ze was stomdronken. Dat waren we allemaal. Welkom in de familie.' Billy reikte naar het glas water dat hij naast het bed had gezet. 'Ik zie er morgen vast opgezwollen uit.'

'Dan hou ik toch nog van je,' zei Sri.

'Dat zeg je nu.'

Boven hen kraakte de vloer. Beweging in de Kapiteinskamer.

'Mijn vader is op pad,' zei Billy. 'Hij komt naar beneden om je zijn subsidieaanvraag te laten zien.'

Sri grinnikte.

'Je denkt dat ik een grapje maak,' zei Billy.

Frank lag lange tijd wakker, zijn gedachten hielden hem bezig. Hij herinnerde zich een avond in een ver verleden, toen hij met twee meisjes en Neil Windsor terugreed van Nantasket Beach. Hij was er die avond van overtuigd geweest dat Windsor homo was en had daarmee de plank volledig misgeslagen.

Bij zijn eigen zoon had hij dezelfde fout in omgekeerde richting gemaakt.

Honderden keren had hij Billy gevraagd naar zijn vriendinnen. De antwoorden waren steevast ontwijkend geweest. Billy's zwijgzaamheid had hem altijd gestoken: waarom wilde die jongen niet met hem praten? Had hij als vader zijn kinderen zo verwaarloosd? Was Billy na al die jaren nog steeds kwaad over de echtscheiding?

Eens te meer had hij de gegevens verkeerd geïnterpreteerd. De waarheid had hem verrast, maar hij was als wetenschapper wel zo ervaren dat hij niet in paniek raakte bij een onverwacht resultaat. Deze uitslag bood geen ruimte voor een snelle interpretatie – Frank zou er de rest van zijn leven voor nodig hebben om tot een verklaring te komen – maar de uitslag was beslist gunstiger dan wat hij had voorspeld. Ook al was hij homo, Billy haatte hem niet. Frank was zijn zoon niet kwijt.

De klok naast het bed tikte luid. Op een gewone zondagnacht zou hij nu diep in slaap zijn, zodat hij bij het krieken van de dag des te wakkerder uit bed kon springen om vroeg in het lab te beginnen. Maar nu lag hij in een vreemd bed op een plek waar hij nooit meer had verwacht te zullen zijn. Het grote bed in de Kapiteinskamer. Truro, Cape Cod, Massachusetts, New England, Verenigde Staten.

Een tiental of meer zomers had hij onwillig de reis naar dit huis ondernomen – grommend en brommend, zich scherp bewust van alles wat hij misliep in Cambridge. En dat was... wat eigenlijk? Een paar lange dagen – van de duizenden – die hij in het laboratorium had doorgebracht.

Toentertijd had hij de reis ondernomen om Paulette te plezieren. Nu wilde zij hem niet meer in Truro hebben. En hij wilde juist nergens anders meer zijn. Was dit de ouderdom: het einde van alle verlangens? In april had hij zijn zestigste verjaardag gevierd. Vieren was niet het goede woord daarvoor. Wat hij van het leven had verlangd had hij gekregen, of niet; zijn wensen waren bevredigd, of niet. Zijn verlangens – ook die van Paulette – waren opgebruikt. Hun kinderen waren aan de beurt om te verlangen. Billy verlangde... wat hij maar verlangde. (Het was het beste daar niet al te veel over na te denken.) Scott verlangde zijn vrijheid. En dan Gwen.

Papa, doe dit alsjeblieft voor me. Billy neemt zijn telefoon niet op. Ik kan het aan niemand anders vragen.

Frank rolde zijn bed uit en graaide naar zijn overhemd en broek. De vloer kraakte. Jaren geleden, toen ze nog niet getrouwd waren, hadden Paulette en hij op aparte kamers moeten slapen. 's Nachts slopen ze door het huis wanneer haar ouders sliepen. Frank en Paulette verliefd: ze vervloekten de lawaaiige trap en verlangden naar elkaar. Ze hadden nooit enige privacy. Het leek wel alsof er in alle hoeken en gaten iemand van de familie Drew zat – Roy en Anne op het grasveld, kettingrokend en toen al kibbelend, of tante Doro en die andere van wie Frank de naam nooit kon onthouden, met hun dronken gelach dat opsteeg vanaf het terras. Nu voelde het huis leeg aan en tot zijn verrassing stemde dat hem triest. Jarenlang was hij de familie ontvlucht – zowel zijn eigen als die van Paulette. En nu voor het eerst wilde hij hen dicht bij zich hebben.

Jawel. Er was nog steeds iets om naar te verlangen.

Hij liep op zijn tenen de gang door, langs de gesloten deur van Scott, en vulde zijn glas weer met water bij de wastafel in de badkamer. Hij wierp even een blik op de slaapveranda: vijf lege bedden, met Sabrina in het zesde. Ze zag er klein uit onder het dekbed, en op de een of andere manier wat verloren, als een meisje dat een pyjamafeestje gaf waar niemand was komen opdagen. Hij had er eigenlijk wel schik in dat die gedachte de tranen in zijn ogen deed opwellen. Jezus, was dat zijn toekomst? Een huilende opa.

Onder de deur van Fanny's kamer was een spleet licht te zien. Paulette las altijd graag in bed. Hij wachtte even bij de deur.

De vorige keer, ja. De zomer van het tweehonderdjarig bestaan van het land was de laatste keer geweest dat Paulette en hij samen in deze kamer hadden gelegen. De tijd was niet zomaar een product van de geest. Hij had gewicht, een geur en een vaste vorm. Je trok hem aan als loden schoenen, de tijd. En toch konden die jaren in een oogwenk verstrijken. Dan stond je op dezelfde deur te kloppen.

'Paulette?' fluisterde hij. 'Ben je nog wakker?'

'Frank? Ben jij dat?'

Hij deed de deur open en zag nog net dat ze haar leesbril onder het dekbed verborg. Ze zat rechtop in bed met kussens in haar rug. Ze leek verbaasd hem te zien.

'Ik ben blij dat je wakker bent,' zei hij.

'Ik kan niet meer zo goed slapen. Frank, wat is er? Is er iets?' De nacht was kil geworden; ze droeg een gebreid vestje over haar nachtjapon. 'Ik snap niet dat Gwen er nog niet is.'

Hij ging op de rand van haar bed zitten. 'Ik moet met je praten.'

Paulette sloot haar ogen. 'Alsjeblieft niet over Billy.'

'Je bent van streek,' zei hij.

'Helemaal niet. Het is volgens mij helemaal zijn eigen zaak. Eerlijk, ik weet niet goed waarom hij het ons zo nodig moest vertellen.' Ze wreef behoedzaam over haar slapen. 'Alsjeblieft, laten we het er niet over hebben.'

'Mij best.' Hij reikte haar het glas water aan. 'Drink dat maar op. Morgen heb je vast een kater.'

Ze pakte het glas aan.

'Eigenlijk moet ik je iets heel anders vertellen. Daarom ben ik hier ook naartoe gekomen. Het was niet mijn bedoeling je vakantie te verstoren.' Hij aarzelde. 'Het gaat over Gwen.'

Paulette fronste.

'Ze belde me deze week op een avond op en vroeg me of ik jou wilde zeggen...' Hij brak zijn zin af. 'Lieverd, Gwen komt niet.'

Ze keek hem met grote ogen aan.

'Ze is teruggegaan naar het eiland. Kennelijk heeft ze het bijgelegd met die man.'

Paulette luisterde zwijgend terwijl hij haar alles vertelde wat hij wist.

'Maar waaróm?' vroeg ze toen hij was uitgesproken. 'Waarom kon ze mij dat niet zelf vertellen?' Haar stem, hees van pijn, deed hem schrikken. Het was een stem die hij nooit eerder had gehoord.

'Ik weet het niet,' gaf Frank toe. 'Ik heb haar gesmeekt, maar ze wilde het per se niet. Ze wilde niet zeggen waarom niet.' Hij reikte naar haar hand, de hand van de vrouw die alles was in zijn leven. Paulette die niet was veranderd, die niet zou veranderen, en die misschien ook niet kon veranderen. Die in haar liefde voor hun dochter zo onvolmaakt was geweest. Die zo onvolmaakt was geweest in haar liefde voor hem.

'Paulette, het spijt me. Ik weet hoe belangrijk dit voor je was. Jij wilde de hele familie bijeen hebben, en nu is alles...'

'Blijf bij me,' zei ze.

De prognose

De winter komt laat op Saint Raphael. De novemberzon gaat vroeg onder. De grote schepen keren terug naar de haven. De resorts, die in het orkaanseizoen leeg zijn, beginnen vol te lopen. In de tijd van Thanksgiving en Kerstmis komen de toeristen als vluchtelingen hierheen. Ze zijn op de vlucht voor de feestdagen, de pijnlijke familiepelgrimage. Ze gaan niet naar hun familie, maar vliegen zuidwaarts: gegoede toeristen met een seizoensdepressie, beschaamd om hun bleke winterhuid. Gwen is blij hen te zien, en niet alleen om de dollars en de euro's die ze met hun creditcard uitgeven. Ze begroet hen vriendelijk, met een warmte waarvan ze nooit had gedacht dat ze die bezat. In haar beleving zijn het overlevenden van een natuurramp. Ze heeft de neiging om veldbedden en dekens uit te delen, om wonden te verbinden.

Er was een tijd, niet zo lang geleden, dat ze niet met vreemden wilde praten. Die tijd lijkt nu ver achter haar te liggen. Als een droom die ze zich herinnert, schiet het even door haar gedachten, maar het lijkt haar dan al snel grote onzin.

'Waar komt u vandaan?' vraagt ze aan iedereen. 'Bent u hier op vakantie?' Die twee vragen volstaan. Toeristen zijn eenzaam. Ze hebben een sterke behoefte om over zichzelf te praten, om zich te herinneren wie ze zijn.

Gwen beheert de zaak, een keurig witgepleisterd gebouw aan de Quai des Marins. Ze draagt steevast een T-shirt van de Pittsburgh Steelers en wekt vertrouwen met haar Amerikaanse uitstraling. Ze bestuurt tegenwoordig de boot niet vaak meer. De nieuwe boot is groot en log, er is moeilijk mee te manoeuvreren. De jongens, Alistair en Gabriel, gaan er deskundig mee om; daarom stelt ze zich er tevreden mee om aan land te blijven, om de persluchtflessen en de duikuitrustingen uit te delen, en telefoontjes aan te nemen van de cruiserederijen. De duikwinkel blijft in bedrijf dankzij de cruiseschepen. De toeristen komen zonder een snorkel of wat ook aanzetten, en Gwen verschaft hun een complete uitrusting. Duikmaskers en vinnen, honderd gloednieuwe ademautomaten, trimvesten in felle gele en groene kleuren die in verrijdbare rekken hangen. Deze voorraad had een klein fortuin gekost. Rico had geaarzeld om zoveel te investeren, om zich nog verder in de schulden te steken.

'We moeten wel,' had Gwen tegen hem gezegd. De cruiserederijen wilden alleen zaken doen met bedrijven met een complete dienstverlening, die in staat waren een bootlading aan duikers van een uitrusting te voorzien. En dankzij de cruiserederijen konden ze hun vrijheid bewaren, konden ze zelfstandig blijven tegenover de inhalige resorts, die enorme winsten op hun duiktrips maakten en de uitrustingverschaffers een schamele twintig procent betaalden.

Aanvankelijk had Rico tegengestribbeld. De uitrusting voor honderd personen zou meer kosten dan de 2STE. Maar Gwen hield aan en uiteindelijk luisterde hij naar haar. Twee jaar later hadden ze de lening al bijna afgelost.

Bij grote aangelegenheden houdt ze voet bij stuk. Bij de kleine – het dagrooster, het aannemen en ontslaan van medewerkers – laat ze hem zijn gang gaan. Gabriel is bevriend met Alistair, nog een delinquent die Rico wil redden. Gabriel is stipt en heeft verantwoordelijkheidsgevoel, hij is ook een betere matroos dan Alistair. Gwen denkt weleens aan hen, de drie jongens op de boot. Haar man is ondanks zijn stoere houding eerder een jongen dan een man. Gwen merkt nog steeds de bevallige toeristes op, de flirterige duiksters in hun bikini. Ongetwijfeld merkt Rico hen ook op. Maar er zijn geen duiktrips na zonsondergang meer.

Ze is nu twee jaar getrouwd en ze verkiest hem te vertrouwen. De andere weg is die van haar moeder, die eindigt met een gebroken hart. Een weg die ze liever niet wil bewandelen.

Rico is nu haar familie: Rico, Alistair en Gabriel. De twee jongens zijn haar kinderen, de enige die ze ooit zal hebben, of ooit nodig zal hebben. Aan haar andere familie denkt ze slechts zelden. In haar beleving zijn zij teruggeweken, zijn ze gebouwen op een verre kust. Ze belt eens per maand met Billy, stuurt zo nu en dan een e-mail naar haar vader. Zo komt ze te weten dat Penny haar biezen heeft gepakt en is vertrokken naar Idaho, dat ze de kinderen heeft achtergelaten bij Scott. En dat Frank – hoe is het mogelijk? – zijn huis in Cambridge heeft verkocht en weer in Concord is gaan wonen.

De aarde is gekanteld.

Gwen reageert niet op deze berichten. Eerst hield ze zich voor dat haar zwijgen niet zo bedoeld was. De verhuizing naar Saint Raphael, de aankoop van de duikwinkel: zij was met andere dingen bezig. Daarna kreeg haar leven vaste vorm, en toch bleef ze zwijgen. Het was beter zo.

Ze kon niet vergeten wat haar familie had gedaan. De waarheid was haar in een flits duidelijk geworden, toen ze met Heidi Kozak in het Mexicaanse restaurant zat. Scott had het geld aan Rico gegeven. Het geld en het plan – het wrede, beledigende en ongelooflijk sluwe idee – waren afkomstig van haar moeder.

Die avond had ze het nummer van Rico gedraaid. 'Mijn broer heeft jou het geld gegeven. Hij heeft je betaald om mij te verlaten. Waarom heb je dat niet gezegd?'

'Als mijn broer zoiets had gedaan,' zei hij, 'had ik het niet willen weten.'

'Zou je...?' Ze stopte, begon opnieuw, in de wetenschap dat de rest van haar leven afhing van zijn antwoord. 'Zou je mij hebben verlaten?'

'Nooit,' bezwoer hij. 'Jij hebt mij verlaten. Ik zou jou nooit verlaten.'

'Maar je nam wel het geld aan.'

'Je weet niet hoe het is om arm te zijn,' zei hij. 'Hoe kun je dat ook weten?'

Het was verbazingwekkend hoeveel je kon vergeven, als je dat wilde.

Dit: Rico had geld aangenomen van haar familie.

En dit: Scott had dit verraad op touw gezet.

En dit: Gwen had zelf toegelaten dat het allemaal kon gebeuren.

Zij was zonder iets te zeggen weggelopen, bereid om het ergste te geloven.

Ze vergaf Rico. Ze had geen andere keus. Ze weigerde het leven op te geven dat mogelijk was. Woede en schaamte waren geen partij voor de liefde.

Zichzelf vergeven was moeilijker. Mededogen had ze niet snel. Ze had geen minzame houding tegenover zichzelf zoals ze vroeger was, de Gwen die op het vliegtuig naar Saint Raphael was gestapt, onschuldig als een klein, bang vogeltje. Ze was slecht toegerust geweest voor de liefde. Niets in haar leven had haar hierop voorbereid. Het bedroefde haar nu wanneer ze terugdacht aan die eerste maanden op de 2STE: de uitzinnigheid waarmee ze Rico had aanbeden, de twijfel en de angst die haar bekropen. Ze was een volwassen vrouw, maar toch hield ze wanhopig veel van hem, zoals een jong meisje zou doen. Haar eerste liefde: twee lichamen die zich hebben verenigd en één hart delen. Nu is Rico haar echtgenoot, en houdt zij op een andere manier van hem. Ze behoudt haar eigen hart.

Ze is zo klein. Ze heeft tijd nodig om goed mee te kunnen komen.

Eindelijk kon Gwen goed meekomen.

Scott vergeven duurde langer. Haar trots verhinderde haar om zijn excuses aan te horen. Zijn brieven stuurde ze ongeopend terug. Ze weigerde hem te spreken wanneer hij belde. Uiteindelijk had hij in wanhoop een telegram gestuurd:

IK BEN EEN ETTER. IK HOOP DAT JE ME VERGEEFT. IK HOU VAN JE.

SCOTTY.

P.S. GEEF MAMA NIET DE SCHULD.

Zijn Scottigheid had haar uiteindelijk doen smelten. 'Je bent zeker een etter,' schreef ze in een e-mail. 'En een bijter. Ik hou ook van jou.'

Ze negeerde de laatste regel van het telegram.

Gwen had geleerd dat vergeving iets elastisch was. Om Rico en later Scott te vergeven had ze flink moeten rekken. Maar nooit van haar leven zou ze Paulette kunnen vergeven. Bij alleen de gedachte aan haar moeder knapte het elastiek al bijna.

Maanden lang, een jaar, was ze ziek van woede geweest. Vreemd genoeg werd ze genezen door haar huwelijk: door het uitspreken van de huwelijksgelofte was er een barrière opgeheven waardoor er een weg was vrijgemaakt, en vanaf dat moment sijpelde haar woede weg. Nu is haar moeder steeds in haar gedachten, een merkwaardige ontwikkeling. Jaren geleden, toen Mamie overleden was, had Gwen voortdurend aan haar oma gedacht, wat ze niet had gedaan toen Mamie nog leefde. En nu Paulette uit haar leven verdwenen is, denkt Gwen met grote tederheid terug aan haar moeder. Wellicht is het een kenmerk van Gwens aandoening, of wellicht iets vreemds in haar eigen persoonlijkheid, dat ze het veel gemakkelijker vindt om van iemand te houden die dood is.

Ze vraagt zich niet meer af wat normaal is, of het klopt wat voor gevoel ze ergens bij heeft. Dat is onmogelijk te zeggen. Haar hele leven weet ze al dat haar aandoening niet te behandelen is. Nu begrijpt ze dat er ook geen behandeling nodig is. Het verschil is gigantisch; in de ruimte daartussen kun je een heel leven kwijt. En zo is het ook gegaan.

Lange tijd leek haar leven dan ook afgerond – niet beëindigd, maar gepolijst en gevernist, als een meubelstuk, alsof het zijn definitieve vorm had bereikt. De warme zomer verliep traag en rustig. In september vierden Rico en Gwen op haar verjaardag tevens hun tweede trouwdag. Die nacht raasde de orkaan Cleo over het Caribisch gebied en teisterde Saint Lucia. Gwen en Rico spijkerden planken voor de ramen van de zaak. Ditmaal bleef Saint Raphael gespaard.

Een week later zat ze achter de balie te lezen in het *Smithsonian Magazine*, toen Gabriel de zaak kwam binnenstuiven.

'Zet de radio aan!' riep hij. 'Er gebeuren rare dingen in New York.'

De radio stond afgestemd op een lokale reggaezender. *Stir it up. Little darling, stir it up.* Gwen draaide aan de afstemknop. Ruis. Nog meer reggae. Nog meer ruis.

'Wat een pokkeneiland is het toch,' brieste Gabriel. 'Het lijkt wel alsof we op de maan wonen.'

'Wat is er gebeurd?' vroeg Gwen.

'Er is een vliegtuig in een gebouw gevlogen.'

'Is dat alles?' New York leek net zo ver als China, of Pluto, of de hemel. Toch sloot ze de zaak en liep met Gabriel mee door de stad. Bij het Ambrosia Café had zich een menigte verzameld rond de televisie. Gwen keek met grote ogen van schrik. Het gapende gat in de torenflat, de opstijgende rookwolk.

Billy, dacht ze.

De laatste keer dat ze bij hem was geweest, was ze met een taxi rechtstreeks naar zijn kantoor gereden. Ze hadden samen gewandeld over de Brooklyn Bridge en weer terug. Op een frisse lenteavond, toen de zon al vroeg onderging. In de twee torenflats waren alle ramen verlicht, duizend panelen van fluorescerend licht.

De hele dag probeerde ze hem te bellen, terwijl ze de ingeblikte stem – 'Alle lijnen zijn bezet. Probeert u het later nog eens' – vervloekte omdat haar pogingen steeds strandden. Die nacht werd ze overmand door paniek en deed ze wat ze had gezworen nooit te zullen doen. Ze draaide het nummer van haar moeders huis in Concord. Het nummer kwam als een boei bovendrijven aan de oppervlakte van haar geheugen, het eerste telefoonnummer dat ze ooit uit haar hoofd had geleerd.

Er klonk een zware stem aan de telefoon.

'Papa?'

Een golf van emotie overspoelde haar, een tropische storm.

'Billy is hier,' zei hij. 'Ze zijn weg uit de stad. Ze hebben er de hele dag over gedaan, maar ze zijn de stad uit.'

Daarna kreeg ze haar ene en vervolgens haar andere broer aan de lijn; en Ian en Sabrina en Srikanth; en daarna een vluchtelinge die ze niet kende, Scotts vriendin Jane. En ten slotte haar moeder. Ondertussen lag Gwen plat op haar rug op het dek, haar thuis deinend onder haar, en keek omhoog naar het fonkelende firmament.

Ze spraken lange tijd. Gwen dacht na over het signaal dat dit mogelijk maakte, dat haar stem de ruimte in stuurde en weer omlaag naar het huis in Concord. Krachtig en oneindig klein.

Dankbetuiging

Voor diverse vormen van hulp en steun dank ik:

De MacDowell Colony, de Ucross Foundation, de Eastern Frontier Society, de Bogliasco Foundation en de Hawthornden International Retreat for Writers

Dr. Carlin Long, dr. Elizabeth McCauley en dr. John Brauman

Karen Reed

Dan Pope en Thomas O'Malley

Claire Wachtel, Dorian Karchmar, Jonathan Burnham en Michael Morrison

Dr. Michael Cardone.